LINDA LÊ

les évangiles du crime

Du même auteur
chez Christian Bourgois éditeur

les aubes

autres jeux avec le feu

calomnies

le complexe de caliban

conte de l'amour bifrons

les dits d'un idiot

in memoriam

kriss *suivi de* l'homme de porlock

lettre morte

personne

les trois parques

voix

Aux éditions Jean-Michel Place

marina tsétaïéva. comment ça va la vie ?

Aux Presses universitaires de France

tu écriras sur le bonheur

LINDA
LÊ

les
évangiles
du crime

Christian Bourgois éditeur

ISBN 978 2 267 01936 0

À mon père

« Je n'envie rien au Créateur ; mais qu'il me laisse descendre le fleuve de ma destinée, à travers une série croissante de crimes glorieux. »

LAUTRÉAMONT

REEVES C.

« La détermination d'une substance s'affirme dans l'affirmation de l'autre car chacune ne voyait dans l'autre que sa propre affirmation. Leur amour est haine, comme leur vie est mort. »

Carlo MICHELSTAEDTER

Rue Pierre-Charron (1)

Il avait suffi d'une voix, une voix ni plaintive ni suppliante. Une voix qui dit : « Je voudrais reprendre goût à la vie. » La voix vint me frapper en plein dos, alors que je m'attendais à être attaquée de face. J'allais sans but, mais pour me donner une contenance et pour me dégager de l'habituelle angoisse qui m'enserrait les chevilles dès que je me coulais dans le lit de mes semblables, je marchais à vive allure. Je ralentis le pas, sans me retourner. L'homme qui voulait reprendre goût à la vie me dépassa. Il avait des cheveux noirs, une veste sombre, un dos ordinaire, le dos d'un homme sur lequel personne jamais ne se retourne. Il se laissait porter par la foule. Je marchais derrière lui, à une distance raisonnable. Devinait-il que j'avais les yeux fixés sur son dos ? Était-il encore en train de marmonner, de confier au passant distrait son désir de reprendre goût à la vie ? J'eus le pressentiment que cette phrase m'était destinée, que l'homme jouait au lance-pierres, qu'il se promenait dans la foule pour choisir sa cible. Celle-ci atteinte, il disparaissait. Mon intuition ne m'avait pas trompée.

Au carrefour, alors que j'attendais aux feux derrière lui, l'homme traversa en courant, manqua d'être heurté par une voiture, arriva sans encombre de l'autre côté, tourna son regard vers moi une fraction de seconde et s'engouffra dans une rue transversale. Je n'avais pu qu'entrevoir sa figure. L'homme qui voulait reprendre goût à la vie ne me laissa que peu d'indices : sa voix et un tic qu'il avait (de temps à autre, il secouait sa tête comme s'il frissonnait intérieurement).

Cette nuit-là, je fis un rêve qui me surprit par sa cohérence dans l'illogique. Je demandais à un chauffeur de taxi de me conduire rue Pierre-Charron. Il refusa, je ne sus pourquoi. Il refusa calmement, se contenta de me dire avec une courtoisie froide : « Non, madame. » Je descendis de la voiture et retournai chez moi, persuadée pourtant que j'aurais dû me rendre rue Pierre-Charron.

Le lendemain, je restai toute la matinée enfermée dans ma chambre ; j'allai du lit à la table de travail, de la fenêtre à la porte. J'hésitais à me rendre rue Pierre-Charron. Ce nom m'intriguait. J'ignorais jusqu'alors l'existence de ce moraliste admirateur de Montaigne, je n'avais jamais lu ses *Trois livres de la sagesse*, je ne savais pas qu'une rue parisienne portait son nom. Alors, pourquoi avoir demandé au chauffeur de taxi de m'y conduire ? J'étais partagée entre l'affolement et la curiosité. Je me répétais le nom de cette rue Pierre-Charron, je songeais à l'attitude du chauffeur de taxi : j'avais de l'argent (je tenais mon obole entre les dents !), pourtant, il refusa d'être mon nocher. C'est donc que je n'avais pas de sépulture. Je voulais tricher avec la mort. J'aspirais à mourir alors que je n'avais pas rassemblé tous mes morceaux épars, alors qu'une moitié de moi-même s'était perdue sans que je me fusse inquiétée de son sort. Ma quête était restée inachevée.

Je tournai en rond dans ma chambre sans parvenir à me décider. En début d'après-midi, je cherchai sur un plan de Paris l'emplacement de la rue Pierre-Charron. Je m'y rendis à pied. Ma déception fut grande. Je me figurais une rue triste, sombre, mal famée. Je découvris une rue terne, riche, sans histoire. J'avais cru à une prémonition. En m'engageant dans la rue, je me dis aussitôt qu'aucune aventure étrange ne pourrait prendre place dans un tel décor. Je descendis la rue en longeant le trottoir de gauche, puis, pour balayer tous mes doutes et chasser toutes mes angoisses, je fis demi-tour, traversai et remontai la rue. Une curieuse jubilation m'envahissait – j'avais cru lire dans mon rêve une prémonition ; je m'étais réveillée avec le sentiment que j'étais morte depuis longtemps et qu'une partie de moi-même s'était égarée pendant le voyage vers les enfers. D'avoir perdu cette moitié de moi-même me valut d'être maintenue en vie. Le chauffeur de taxi m'avait refusée parce qu'il était interdit de transporter la moitié d'un corps. Je m'étais livrée à ces spéculations funestes en me dirigeant vers la rue Pierre-Charron. L'aspect de la rue me persuada que j'étais dans l'erreur. Je n'avais rien à craindre. Je remontai sans hâte cette rue dont le nom m'avait jetée toute la matinée dans la plus grande inquiétude. J'avais voulu donner à mon rêve une signification particulière, il se révéla tout à fait anodin. Je me sentais pleine d'allégresse. Pourtant, une odeur d'irrémédiable flottait dans l'air.

Devant moi, un homme marchait ; il allait d'un pas de flâneur, je l'avais presque rattrapé. Je regardai ses cheveux noirs, son dos ; il fit un mouvement de tête, comme s'il frissonnait – je le reconnus. L'homme s'arrêta devant un hôtel, un bâtiment blanc dont les stores rouges battaient au vent ; il leva les yeux vers les fenêtres du dernier étage. Je m'approchai de lui ; quand j'arrivai à sa hauteur, il se tourna brusquement et me fit face. Je m'attendais à entendre de nouveau : « Je voudrais tellement reprendre goût à la vie. » L'homme me regarda, il me dit à voix basse : « Mademoiselle, c'est dans cet hôtel qu'un de mes amis s'est suicidé. »

Ce jour-là, rue Pierre-Charron, l'homme qui voulait reprendre goût à la vie ne me dit rien de plus. Il me demanda mon numéro de téléphone avec si peu d'empressement à l'obtenir que je le lui donnai sans hésiter. Il se contenta de mémoriser les chiffres. Je le quittai devant l'hôtel aux stores rouges. Les jours suivants, je ne sortis que rarement de chez moi, j'écourtai toutes les conversations au téléphone – j'attendais un appel de l'homme qui voulait reprendre goût à la vie. Une semaine s'écoula. J'hésitai à me rendre rue Pierre-Charron, mais, par une sorte de superstition résignée, je me défendis de forcer le hasard. Au bout d'un mois, alors que j'étais parvenue à me convaincre que l'homme avait été trahi par sa mémoire, le téléphone sonna. L'homme qui voulait reprendre goût à la vie avait une voix d'adolescent, une voix de victime, une voix qui excitait chez l'interlocuteur sa veine de tortionnaire. L'homme m'appela presque tous les soirs. Il me parla d'un certain Reeves C., suicidé une nuit de novembre 1953 dans l'hôtel de la rue Pierre-Charron. Reeves était le mari d'une romancière américaine célèbre, Carson C. L'homme qui voulait reprendre goût à la vie, né quelques mois avant la mort de Reeves, ne s'était jamais rendu en pèlerinage aux États-Unis, il n'avait fait que feuilleter les livres de Carson C. Il ne connaissait de Reeves que sa fin, dans cet hôtel aux stores rouges, mais, me dit-il, il portait, inscrit dans sa chair, le calvaire du suicidé. L'homme me parla chaque soir et, chaque nuit, dès qu'il m'avait quittée, je notais sur des feuillets épars ses confidences sur Reeves C. Cette liasse de feuillets noircis au jour le jour, j'aurais pu l'intituler : « Notes d'un fou qui croyait avoir rencontré son double », un je-ne-sais-quoi m'interdisait cependant d'employer pareille formule. Sans doute était-ce cette inquiétude qui me tenaillait quand l'homme m'appelait : j'avais le sentiment que l'autre moitié de moi-même venait frapper à ma porte.

Rue Pierre-Charron (2)

J'ai rencontré Reeves C. en visitant, dans le nouveau cimetière de Neuilly, le mausolée de l'American Legion. Je n'ai pas l'habitude d'aller frotter ma neurasthénie aux pierres tombales – le goût pour les cimetières relève trop de l'affectation de profondeur et rien ne me paraît plus saugrenu que d'exhiber ma pauvre carcasse de condamné valide devant les lits de ces repus qui ont fini de purger leur peine. J'avais rendez-vous à la rédaction d'un journal. Comme j'étais arrivé une heure à l'avance, je me mis à flâner à travers les rues. Mes pas aboutirent au nouveau cimetière. Je me dirigeai aussitôt vers le mausolée de l'American Legion ; j'ai toujours aimé ces murs de marbre noir, ces fragments de ciel enténébré où brillent en lettres d'or, comme des étoiles sur le point de se détacher, les noms des soldats morts. Au milieu de la troisième colonne, un nom accrocha mon regard, je vacillai – je venais de renouer avec un frère perdu de vue, je venais de rencontrer Reeves C. Sur le moment, je ne savais pas encore que ce nom allait se fondre avec le mien, au point de me faire oublier que j'avais un patronyme ; je ne savais pas encore que j'éprouverais une telle volupté à prononcer le nom de Reeves C. et qu'à travers lui j'avais retrouvé mon jumeau, mon saboteur, ma face mutilée, mon moi déglingué, mon frère belliqueux, mon ennemi trop aimant.

Ce jour-là, devant le mur de marbre noir, aucune de ces pensées ne me tourmentait. Je me préoccupais seulement de me rappeler pourquoi le nom de Reeves C. ne m'était pas inconnu : Reeves portait le nom d'une romancière américaine célèbre – je n'avais jamais lu ses livres, bien que leurs titres, au parfum de solitude, de tristesse et de mort, m'eussent toujours attiré. Je quittai le cimetière, expédiai en un quart d'heure mon rendez-vous et mis le cap sur une librairie du centre de Paris. J'y feuilletai quelques manuels de littérature américaine, où je pus découvrir que Reeves avait été le mari de la romancière Carson C. Je parcourus une biographie de Carson, trouvai une ou deux mentions peu flatteuses concernant Reeves, une note en bas de page m'apprit qu'il s'était suicidé à Paris. Je ne voulus pas en savoir plus, n'achetai aucun livre de Carson ; je crus pouvoir m'en tirer en affamant ma curiosité. On ne se débarrasse pas ainsi d'un frère qui vient vous demander un supplément de vie.

J'assistai, durant les jours qui suivirent, à un phénomène étrange : je sentais, je voyais des parties de moi-même me quitter l'une après l'autre, je ne me souciais pas de les retenir, elles se détachaient de moi, tombaient sur le sol, puis disparaissaient. Je savais qu'un fantôme était à l'affût, qu'il s'emparait de ces fragments de moi-même et les accumulait pour tromper son propre vide. De manière imperceptible, son vide se remplissait, tandis que je partais en morceaux. Chaque geste que je faisais me paraissait incomplet. J'étais comme un paraplégique dont seule la moitié du corps est vivante, mais c'était l'autre moitié, celle, morte, qui attirait l'attention. Quand je me regardais dans le miroir, je ne surprenais que le reflet d'un fragment de marbre noir. Je ne savais plus quel était l'aspect de ma physionomie. J'imaginais que j'avais un beau visage canaille, des cheveux blonds bouclés, des yeux gris, une bouche méprisante aux lèvres minces. Quand je marchais dans les rues, je croyais lire dans le regard des passants que c'était ce visage-là qu'ils voyaient, je croyais lire dans leurs yeux qu'ils reconnaissaient en moi Reeves C. J'avais faim de lui. Dans chaque lieu où je me tenais, je cherchais des traces de Reeves – je savais qu'il avait habité en 1946 dans une maison de la rue Claude-Bernard, puis en 1952 dans une ferme à une heure de Paris qu'il appelait son *presbytère.* J'aurais pu me rendre dans ces deux endroits, mais j'avais la certitude que je ne le trouverais pas là. Nous nous étions rencontrés une première fois au mausolée de l'American Legion, j'attendais qu'il me fixât un autre rendez-vous.

Une nuit, je rêvai que je courais à travers Paris à la recherche d'une rue, la rue Pierre-Charron. Dans mon rêve, c'était le plein été, il faisait un temps caniculaire. J'arpentais la ville en tous sens, je savais où se trouvait cette rue, mais j'avais beau aller et venir, je n'arrivais pas à destination. J'arrêtais des passants ; au moment de leur demander la direction, je ne savais plus quel était le nom de la rue. Je me réveillai en sueur. Le froid glaçait les murs de ma chambre, nous étions en novembre. Je me levai aussitôt et me rendis dans une bibliothèque voisine ; je demandai la biographie de Carson C. que j'avais déjà feuilletée en sortant du cimetière de Neuilly, j'y cherchai une allusion à la rue Pierre-Charron. J'appris que l'hôtel dans lequel Reeves C. s'était suicidé dans la nuit du 18 au 19 novembre 1953 se trouvait dans cette rue. Rendez-vous était pris. J'allai rue Pierre-Charron le soir même. Je n'entrai pas dans l'hôtel ; je restai devant à faire les cent pas, comme si j'étais venu saluer un ami, dont je devinais la présence derrière les fenêtres aux stores rouges. Depuis lors, chaque premier jeudi du mois, je me rends rue Pierre-Charron. Reeves C. est devenu le locataire de ma carcasse. Je n'ai plus besoin de chercher des renseignements sur lui, il me suffit de le laisser entrer chez moi. Au début, je vivais à travers les souvenirs qu'il m'imposait, puis je l'écoutai s'agiter dans mon corps, je finis par me fondre en lui sans plus opposer aucune résistance.

« *Douleur muette* »

Pourquoi m'écoutez-vous, soir après soir ? Est-ce parce que je vous fais miroiter du malheur, parce que je vous promets un suicide clé en main ? Vous m'écoutez parler de Reeves C. comme un aliéniste un peu voyeur regarderait l'accouplement d'un fou avec son fantôme. Prenez-vous des notes ? Consignez-vous des remarques sur le phénomène du double ?

Je vous pose toutes ces questions inutiles en sachant que vous n'y répondrez pas. Je vous surnomme, à part moi, « Douleur muette ». J'ai su, au premier regard, ce que vous cherchiez : une douleur qui parle. Vous ne demandez qu'à emplir votre silence de paroles balafrées, de confidences suintantes, et cependant, vous n'appartenez pas à la race des guérisseurs, vous êtes une arnaqueuse des âmes. Vous volez et vous faites croire qu'on vous vole. Vous menez le jeu et vous vous imaginez la victime d'une manipulation. Vous voulez communier dans l'horreur, mais vous ne soupçonnez pas votre capacité de résistance au désastre : c'est en parlant qu'on se laisse entraîner vers l'irrémédiable, c'est en parlant qu'on se fracasse contre son propre vide, vous, « Douleur muette », vous ne serez jamais brisée en morceaux, le silence porte votre corps tout au long de la chute et, après avoir goûté au vertige des sentiments, c'est sur un lit de sagesse que vous reposez.

Je suis venu vous offrir d'espionner mon théâtre ; vous ne manifestez aucun étonnement. Vous ne me demandez même pas par quel hasard vous avez été désignée pour assister à mes noces avec le suicidé. Soir après soir, je vous appelle à des heures de plus en plus tardives, je sonne chez vous comme un vampire en rut, mais c'est mon sang que je déverse et je ne sais pas pourquoi vous vous obstinez à recueillir mes saignées quotidiennes.

Pour l'instant, vous m'êtes nécessaire, j'ai besoin de mettre de l'ordre dans mon bazar d'angoisses. Je me suis engagé à fournir une cargaison de délires. Je vous ai promis un spectacle, vous l'aurez.

La menace

J'aime votre méfiance à mon endroit ; elle m'apprend que je bouscule votre quiétude, que j'ai réussi à assiéger votre vie. Je soliloque, vous restez muette. Je vous parle dans une langue inconnue, mais vous devinez que j'ai besoin de votre silence au bout du fil. Vous êtes comme une petite sœur frissonnante. Vous ressemblez à Carson telle qu'elle était quand Reeves la rencontra pour la première fois.

Était-ce une première fois ? Ils ne se connaissaient pas, ils se souvenaient l'un de l'autre. Cette rencontre ne marquait pas un début, mais l'aboutissement de deux nostalgies. Je les imagine, Carson et Reeves, comme deux enfants qu'on aurait élevés ensemble avant de les séparer en les forçant à oublier leur gémellité. Puis un jour, le destin, plein de cruauté facétieuse, les met face à face : ils croient se rencontrer pour la première fois, ils ne comprennent pas pourquoi ils restent pétrifiés l'un devant l'autre, pourquoi ils ont envie de se toucher, de renouer avec les gestes qu'ils avaient jadis esquissés. Ils vivent ce moment avec exaltation ; en même temps, ils ont

im kommerziellen Interesse anmelden. Diesen Vorteil müssen die Urheber nicht vergütungsfrei ermöglichen.

III. Die Vervielfältigung zugunsten Behinderter

Über die Freiheit für Privatkopien (§ 53 I UrhG) hinausgehend ermöglicht § 45a I UrhG die Herstellung und Verbreitung von Vervielfältigungsstücken, die Behinderten den andernfalls infolge ihrer Behinderung nicht möglichen **Zugang zum Werk** eröffnen. Die Herstellung der Vervielfältigungen darf nicht Erwerbszwecken dienen und die Werkexemplare dürfen nur an die Behinderten verteilt werden. Es dürfen auch keine Exemplare der für die Behinderten wahrnehmbaren Art (bei Blinden zB Tonträger oder Bücher in Blindenschrift) zu einem der nicht wahrnehmbaren Art entsprechenden Preis bereits verfügbar und für die Zwecke der Behinderten brauchbar sein.[7] Beschränkt sich die Herstellung auf einzelne Exemplare, so werden die Rechteinhaber allenfalls durch die Geräteabgabe oder die Speichermedienabgabe (§ 54 UrhG) entschädigt. Geht die Herstellung hingegen über einzelne Vervielfältigungsstücke hinaus, ist nach § 45a II UrhG eine **angemessene Vergütung** geschuldet. 553

Ab dem 12.10.2018 sind in diesem Zusammenhang die Richtlinie über bestimmte zulässige Formen der Nutzung bestimmter urheberrechtlich oder durch verwandte Schutzrechte geschützter Werke und sonstiger Schutzgegenstände zugunsten blinder, sehbehinderter oder anderweitig lesebehinderter Personen **(RL Lesebehinderte 2017/1546)** sowie die flankierende EU-Verordnung 2017/1563 über den grenzüberschreitenden Austausch von Vervielfältigungsstücken bestimmter urheberrechtlich oder durch verwandte Schutzrechte geschützter Werke und sonstiger Schutzgegenstände in einem barrierefreien Format zwischen der Union und Drittländern zugunsten blinder, sehbehinderter oder anderweitig lesebehinderter Personen **(VO Grenzüberschreitender Austausch zugunsten Lesebehinderter 2017/1563)** zu berücksichtigen, die ihrerseits auf den Marrakesch-Vertrag der WIPO zurückgehen. Neben der Harmonisierung der nationalen Schranken zugunsten Lesebehinderter besteht die Besonderheit dieser beiden Rechtsakte darin, dass sie die **grenzüberschreitende Verbreitung barrierefreier Formate** im Binnenmarkt (Art. 4 RL Lesebehinderte 2017/1546) und darüber hinaus im Verhältnis zu allen derzeit 33 Vertragsstaaten des Marrakesch-Vertrages legalisieren (Art. 3f. VO Grenzüberschreitender Austausch zugunsten Lesebehinderter 2017/1563). 554

IV. Sammlungen für den religiösen Gebrauch

§ 46 I 1 UrhG lässt zugunsten von Sammlungen, die ihrer Beschaffenheit nach (bei online-Veröffentlichung: durch die Art der Zugänglichmachung) nur für den **Gebrauch während religiöser Feierlichkeiten** bestimmt sind und Werke einer größeren Anzahl von Urhebern vereinigen (zB Gesangbücher), gegen Zahlung einer angemessenen Vergütung (Abs. 3) umfangreiche Nutzungen auch gegen den Willen der Urheber zu. Um Missbräuche zu vermeiden, ist in den Vervielfältigungsstücken oder bei der öffentlichen Zugänglichmachung deutlich anzugeben, dass die Sammlung für religiöse Feierlichkeiten bestimmt ist (§ 46 I 3 UrhG). Teile von Werken sowie Sprachwerke oder Werke der Musik von geringem Umfang, einzelne Werke der bildenden Künste oder einzelne Lichtbildwerke dürfen nach ihrer Veröffentlichung als Elemente in sol- 555

[7] AmtlBegr., UFITA 2004/I, 219.

che religiösen Sammlungen aufgenommen und dann vervielfältigt und verbreitet oder öffentlich zugänglich gemacht werden.

556 Der Herausgeber der religiösen Sammlung hat nach § 46 III UrhG dem Urheber bzw. dem Inhaber des ausschließlichen Nutzungsrechts Mitteilung zu machen. Entspricht das Werk nicht mehr der **Überzeugung des Urhebers** und ist ihm daher dessen Verwertung nicht mehr zuzumuten, so kann der Urheber nach Abs. 4 die Aufnahme in die Sammlung verbieten. Um eine missbräuchliche Ausübung dieses Verbotsrechts zu verhindern, macht es das Gesetz davon abhängig, dass der Urheber aus diesem Grund auch ein etwa bestehendes Nutzungsrecht gemäß § 42 UrhG zurückgerufen hat. Hat allerdings der Verleger der Sammlung vor Ausübung des Verbotsrechts mit der Vervielfältigung bereits begonnen, so darf er sie analog § 136 I u. II UrhG noch vollenden und die Vervielfältigungsstücke verbreiten.

V. Öffentliche Wiedergaben zu sozialen Zwecken

557 Aus sozialpolitischen Motiven lässt § 52 UrhG **öffentliche Wiedergaben von erschienenen Werken** ohne Zustimmung des Urhebers zu, wenn die Wiedergabe **keinem Erwerbszweck** des Veranstalters dient, die Teilnehmer **ohne Entgelt** zugelassen werden und **keiner der ausübenden Künstler eine besondere Vergütung** erhält.[8] Sind diese drei Voraussetzungen erfüllt, so ist die öffentliche Wiedergabe genehmigungsfrei.

558 Von der Frage der Erlaubnisfreiheit zu unterscheiden ist die weitere Frage, ob die öffentliche Wiedergabe auch vergütungsfrei zulässig ist. Grundsätzlich ist gem. § 52 I 2 UrhG eine **angemessene Vergütung** zu zahlen, die Urheber gem. § 63a S. 2 UrhG im Voraus nur an eine Verwertungsgesellschaft abtreten können. Ausgenommen von der Vergütungspflicht sind hingegen gem. § 52 I 3 UrhG **Veranstaltungen der Jugendhilfe, der Sozialhilfe, der Alten- und Wohlfahrtspflege und der Gefangenenbetreuung,** wenn diese Veranstaltungen nach ihrer sozialen Zweckbestimmung nur einem bestimmt abgegrenzten Kreis von Personen zugänglich sind. Mit Veranstaltungen sind nur zeitlich bestimmte Einzelereignisse gemeint, nicht hingegen Dauereinrichtungen wie die ständige Musikwiedergabe in Altersheimen[9] oder Gefängnissen.[10]

559 Das **Singen und Musizieren von Jugend- oder Wandergruppen** oder von einzelnen Personen wird nicht besonders erwähnt. Der Rechtsausschuss war der Meinung, dass es hierbei an einer öffentlichen Wiedergabe, nämlich an einer Aufführung, fehle. Auch das Musizieren im Schulunterricht sei keine öffentliche Wiedergabe. **Nicht erlaubnisfrei** sind dagegen **Betriebsfeiern,** da sie dem Erwerbszweck des Unternehmens dienen,[11] oder **Kurkonzerte,** da von den Hörern jedenfalls mittelbar, nämlich über die Kurtaxen, ein Entgelt erhoben wird,[12] oder Wiedergaben in Sanatorien, Kurheimen und Heilstätten, auch wenn diese von einer Anstalt des öffentlichen Rechts betrieben werden, da auch sie einen Erwerbszweck verfolgen. Genehmigungs-, aber nicht ver-

8 Verfassungsgemäß, s. BVerfG NJW 1996, 2022 – Vergütungspflicht für Veranstaltungen der Altenpflege.
9 BGHZ 116, 305 – Altenwohnheim II.
10 BGHZ 123, 149 (156) – Verteileranlagen in Haftanstalten. Vgl. auch oben → Rn. 442f.
11 BGHZ 17, 381 – Betriebsfeiern.
12 RGSt 43, 189.

gütungsfrei zulässig sind öffentliche Wiedergaben im Rahmen von Hochschulveranstaltungen.[13]

Für öffentliche Wiedergaben bei einem **Gottesdienst** oder einer **kirchlichen Feier** der 560
Kirchen oder Religionsgemeinschaften bestimmt § 52 II UrhG, dass der Veranstalter in keinem Falle der Erlaubnis bedarf, wohl aber stets dem Urheber eine angemessene **Vergütung** zu zahlen hat. Nach der Begründung des Regierungsentwurfs sind jedoch der Gemeindegesang, die Orgelbegleitung und das Orgelvorspiel nicht vergütungspflichtig, weil sie keine Darbietung an einen Zuhörerkreis, also keine Aufführung sind.[14]

Die Wiedergabefreiheit gilt grundsätzlich für alle Arten von Werken, sofern sie veröf- 561
fentlicht sind, und alle Arten öffentlicher Wiedergaben, also neben persönlichen Darbietungen auch Wiedergaben von Bild- oder Tonträgern. **Ausgenommen** sind jedoch nach § 52 III UrhG öffentliche bühnenmäßige Darstellungen, öffentliche Zugänglichmachungen im Internet und Funksendungen[15] sowie öffentliche Vorführungen eines Filmwerks. Für das Änderungsverbot und die Pflicht zur Quellenangabe siehe §§ 62 und 63 II 1 UrhG.

VI. Die Vervielfältigung von bestellten Personenbildnissen

Bestellt jemand ein **Bildnis einer Person** (Zeichnung, Gemälde, Fotografie, Relief, 562
Büste, Totenmaske), so erwirbt er zwar das Eigentum am Bildnis, das Urheberrecht an der Abbildung verbleibt aber beim Künstler. Mit Rücksicht auf persönliche Interessen, die mit solchen Abbildungen verbunden sind, gestattet § 60 I 1 UrhG zunächst dem Besteller oder seinem Rechtsnachfolger, Lichtbilder von dem Bildnis herzustellen oder herstellen zu lassen und sie zu verbreiten. Doch muss die Verbreitung unentgeltlich sein und darf nicht (wie die Werbung) gewerblichen Zwecken dienen. Das gleiche Recht steht bei einem auf Bestellung geschaffenen Bildnis dem Abgebildeten und nach dessen Tode seinen Angehörigen zu. Der Begriff der Angehörigen ist in § 60 II UrhG näher bestimmt.

Handelt es sich bei dem Bildnis um ein **Lichtbildwerk,** so darf es nicht nur durch 563
Lichtbild, sondern auch durch Abmalen oder Abzeichnen vervielfältigt werden (§ 60 I 2 UrhG). Ein Recht auf Herausgabe des Negativs folgt daraus aber nicht.[16] Die unterschiedliche Behandlung von Porträts in Form von Werken der bildenden Kunst und in Form von Lichtbildwerken – erstere dürfen nur im Wege der Fotografie, letztere auch durch Malen oder Zeichnen vervielfältigt werden – erklärt die Begründung zum RegE damit,[17] dass bei Lichtbildwerken die persönliche Beziehung des Urhebers zu seinem Werk nicht so eng sei wie bei Werken der bildenden Kunst. Zum privaten und sonstigen eigenen Gebrauch, nicht zum Zwecke der Verbreitung, dürfen allerdings auch Werke der bildenden Kunst nach § 53 UrhG vervielfältigt, insbesondere abgemalt und abgezeichnet werden.[18]

[13] OLG Koblenz NJW-RR 1987, 699.
[14] BT-Drs. 10/837, 15.
[15] ZB über die Verteileranlage eines Gefängnisses, BGH GRUR 1994, 47 – Verteileranlagen.
[16] LG Wuppertal GRUR 1989, 54.
[17] RegE UrhG 1965, BT-Drs. IV/270, 76.
[18] BGH GRUR 2014, 974 Rn. 46ff. – Porträtkunst.

VII. Verwaiste und vergriffene Werke

1. Die Schranke zur Nutzung verwaister Werke

564 Das Urheberrecht entsteht automatisch kraft Gesetzes mit dem Realakt der Werkschöpfung. Anders als im gewerblichen Rechtsschutz muss der Urheber also keinen formalen Registrierungsakt vornehmen, damit das Urheberrecht entsteht. Selbst unveröffentlichte, anonyme und pseudonyme Werke genießen für mindestens 70 Jahre seit ihrer Schaffung oder ggf. späteren Veröffentlichung Schutz (§ 66 UrhG). Im Übrigen erlischt das Urheberrecht erst 70 Jahre nach dem Tod des Urhebers (§ 64 UrhG). Die **Kombination aus formfreier Entstehung und jahrzehntelanger Dauer des Urheberrechts** hat das **Problem verwaister Werke hervorgebracht.** Es besteht im Kern darin, dass vor langer Zeit geschaffene Werke möglicherweise noch unter Urheberrechtsschutz stehen, dass es aber nicht möglich ist, Rechte für eine Digitalisierung und Online-Nutzung dieser Kulturgüter auf vertraglichem Wege zu erwerben, weil der Rechtsinhaber trotz sorgfältiger Suche schon nicht identifiziert oder zumindest nicht ausfindig gemacht werden kann (vgl. § 61 II aE UrhG). So ist vielen Fotografien und alten Filmaufnahmen nicht zu entnehmen, wer sie geschaffen hat. Und selbst wenn der Urheber festgestellt werden kann, ist in aller Regel nicht aufzuklären, wer die Erben eines zB vor 30 oder gar 60 Jahren verstorbenen Urhebers sind und wo sie sich aufhalten. Das Ausmaß dieses Problems ist erheblich. Selbst konservative Schätzungen gehen davon aus, dass 5–20% aller Schriftwerke, 12% der Filme und bis zu 90% der Fotos, die sich in den Beständen von Bibliotheken und Archiven befinden, verwaist sind.[19]

565 Im analogen Zeitalter war das Problem verwaister Werke kaum relevant. Denn mehr als gelegentliche und urheberrechtlich zulässige Ausleihvorgänge[20] fanden ohnehin nicht statt. Das Kulturgut verstaubte in den Regalen. Diese Situation hat sich unter den Bedingungen der Digitalisierung und des Internets grundlegend gewandelt. Nunmehr ist es sogar ein höchst interessantes Geschäftsmodell, auch den „long tail" des Weltwissens im Internet verfügbar zu machen.[21] Der europäische Gesetzgeber hat sich mit der Richtlinie 2012/28, die in den §§ 61–61 c UrhG in deutsches Recht umgesetzt wurde, aber dazu entschieden, nur **öffentlich zugänglichen und im Gemeinwohl errichteten Institutionen** wie Bibliotheken, Archiven, Museen und den öffentlich-rechtlichen Rundfunkanstalten (§ 61 c UrhG) zu erlauben, verwaiste Bücher und andere Schriften, Filmwerke und Tonträger aus ihren Sammlungen zu digitalisieren und öffentlich zugänglich zu machen. Sie dürfen dies nur **zu kulturellen und bildungspolitischen Zwecken** tun und hieraus auch in Kooperation mit privaten Unternehmen kein Geschäft machen (vgl. § 61 V UrhG). Insbesondere soll die Schranke für verwaiste Werke den Aufbau der Deutschen Digitalen Bibliothek (DDB) und ihrem europäischen Pendant EUROPEANA ermöglichen. Diese frei verfügbaren Datenbanken sollen die Wissens- und Informationsgesellschaft stärken und das kulturelle Erbe für künftige Generationen sichern.[22]

566 Allerdings müssen die begünstigten Institutionen zuvor durch eine **sorgfältige Suche** sicherstellen, dass das betreffende Werk tatsächlich verwaist ist, der oder die Rechtsin-

[19] EU-Kommission, Impact Assessment, 24.5.2011, SEC(2011) 615 final.
[20] Vgl. § 27 II UrhG.
[21] Zu Google Books siehe *Peukert* UFITA 2010/II, 477.
[22] Regierungsentwurf, BT-Drs. 17/13423, 10ff.

haber also nicht festgestellt oder ausfindig gemacht werden können (§ 61c UrhG). Hierzu muss die Bibliothek, das Museum etc mindestens die in der Anlage zu § 61c UrhG aufgelisteten Quellen konsultieren, zu denen unter anderem die Datenbanken von Verlegerverbänden und Verwertungsgesellschaften zählen.[23] Um zu verhindern, dass mehrmals vergeblich nach dem Rechtsinhaber eines verwaisten Werkes gesucht wird, muss die Institution ihre Suche dokumentieren und das Deutsche Patent- und Markenamt (DPMA) hierüber informieren. Das DPMA leitet die Nachricht über die erfolglose Suche nach dem Rechtsinhaber eines bestimmten Bestandsinhalts an das Amt der Europäischen Union für Geistiges Eigentum (EUIPO) in Alicante weiter, das eine europäische Datenbank verwaister Werke betreibt.[24] Dort als verwaist erfasste Werke dürfen über das Portal der EUROPEANA in allen Mitgliedstaaten der EU genutzt werden.

Dass die Schranke für verwaiste Werke auf ein gesteigertes kultur- und bildungspoliti- 567
sches Informationsinteresse der Öffentlichkeit Rücksicht nimmt, lässt sich daraus ersehen, dass die Online-Nutzung verwaister Werke zunächst keine Vergütungspflicht auslöst. Zudem wäre mangels Berechtigtem unklar, an wen die Entschädigung fließen soll. Der Rechtsinhaber hat es aber in der Hand, **den Status als verwaistes Werk jederzeit zu beenden,** indem er seine Berechtigung geltend macht und Unterlassung verlangt. In diesem Fall ist die nutzende Institution zur Zahlung einer angemessenen Vergütung für die bereits erfolgte Nutzung verpflichtet (§ 61b UrhG).

2. Die Regelung bezüglich vergriffener Werke

Ein **Zugangsproblem** besteht nicht erst, wenn ein Werk verwaist ist, sondern bereits 568
dann, wenn es **vergriffen** ist, also vom Verlag nicht mehr geliefert werden kann. Stehen einem Verleger nämlich keine zum Absatz bestimmten Exemplare eines Buches, einer Zeitschrift oder einer anderen Schrift mehr zur Verfügung, kann das Werk nur noch über Antiquariate und Bibliotheken bezogen werden. Wer über ein seit zwei Jahren vergriffenes Buch oder eine vergriffene Zeitschrift verfügt, darf diese zwar sogar vollständig kopieren (§ 53 II Nr. 4b, IV UrhG). Diese Schranke nützt aber nichts, wenn die Schrift schon gar nicht zu erhalten ist. Auch dieses Zugangsproblem ist erheblich. Die Deutsche Nationalbibliothek geht von knapp **zwei Millionen (!) vergriffenen,** aber immer noch urheberrechtlich geschützten **Buchtiteln** aus. **Vor 1966 erschienene Zeitschriften** gelten sogar **zu 100% als vergriffen.**[25]

Sehr viele dieser vergriffenen Werke sind zugleich verwaist und unterfallen damit den 569
§§ 61–61c UrhG. Nach erfolgloser sorgfältiger Suche dürfen sie daher von öffentlichen Institutionen digitalisiert und im Internet zugänglich gemacht werden. Allerdings sind **massenhafte Digitalisierungen** vergriffener Werke unter den Bedingungen der Such- und Dokumentationspflichten des § 61a UrhG kaum zu realisieren. Sie sind vielmehr nur in die Tat umzusetzen, wenn sie weitgehend **automatisiert** ablaufen können. Die rechtlichen Rahmenbedingungen hierfür wurden auf europäischer und deutscher Ebene von Verlegern, Autoren, Verwertungsgesellschaften und Bibliotheken ausgehandelt und in §§ 51f. VGG kodifiziert.

[23] Abgedruckt bei *Hillig* (→ Rn. 175).
[24] https://euipo.europa.eu/orphanworks/.
[25] Regierungsentwurf, BT-Drs. 17/13423, 13.

570 Ausgangspunkt ist, dass die **VG Wort** und die **VG Bild-Kunst** nach entsprechender Änderung der Wahrnehmungsverträge nunmehr auch die Rechte zur Vervielfältigung (§ 16 UrhG) und zur öffentlichen Zugänglichmachung (§ 19a UrhG) von vergriffenen Schriften und darin enthaltenen Abbildungen wahrnehmen. § 51 VGG erweitert diese vertragliche Wahrnehmungsbefugnis durch eine gesetzliche Vermutung auf sog. Außenseiter, die die genannten Verwertungsgesellschaften eigentlich gar nicht mit der Wahrnehmung von Rechten an vergriffenen Werken beauftragt haben. Hierdurch werden die VG Wort und die VG Bild-Kunst in die Lage versetzt, **alle vor dem 1.1.1966 in Büchern, Fachzeitschriften, Zeitungen, Zeitschriften oder anderen Schriften veröffentlichten und heute vergriffenen Werke,** die sich im Bestand von öffentlich zugänglichen Bibliotheken, Museen, Archiven usw. befinden, **für nicht gewerbliche Digitalisierungsvorhaben** zu lizenzieren. Freilich gilt das nur für solche Werke, die auf Antrag der Verwertungsgesellschaft in ein vom DPMA im Internet geführtes Register vergriffener Werke (§ 52 VGG)[26] eingetragen worden sind und gegen deren Nutzung der Rechtsinhaber nicht innerhalb von sechs Wochen nach der Registrierung widersprochen hat. Dieser Registrierungs- und Widerspruchsvorbehalt soll es Verlegern ermöglichen, die Freischaltung ihrer vergriffenen Backlists über die Deutsche Digitale Bibliothek zu verhindern.

571 Für die Lizenz zur Digitalisierung und Freischaltung der noch immer massenhaft verbleibenden vergriffenen Schriften, für die es keinen aktiven Verlag mehr gibt, haben die öffentlichen Institutionen eine **angemessene Vergütung** an die VG Wort und die VG Bild-Kunst zu entrichten, die sie im Gegenzug von Ansprüchen später auftauchender Rechtsinhaber freistellen (vgl. § 61b UrhG und § 51 IV VGG). Nach gewissen Schamfristen fließen diese Steuergelder in die Taschen der wahrnehmungsberechtigten Verlage und Autoren der VG Wort und der VG Bild-Kunst, obwohl deren Werke in aller Regel gerade nicht im Register vergriffener Werke gelistet und von der Homepage der Deutschen Digitalen Bibliothek abrufbar sind.

572 Im Ergebnis **profitieren fast alle Beteiligten:** Die Deutsche Nationalbibliothek kann nach einem automatisierbaren Abgleich mit dem Register vergriffener Werke massenhaft digitalisieren, freischalten und damit ihren öffentlichen Auftrag erfüllen. Die Verwertungsgesellschaften haben ein neues Betätigungsfeld gefunden. Die aktiven Verlage und Urheber behalten die Kontrolle darüber, was als vergriffen gilt und erhalten zudem Zahlungen, obwohl ihre Werke gar nicht genutzt werden. Nur die nicht feststellbaren oder auffindbaren Rechtsinhaber vergriffener und zugleich verwaister Werke gehen leer aus. **Ob das unionsrechtskonform ist, ist sehr zweifelhaft.** Die französische Regelung zu vergriffenen Werken, wonach eine Verwertungsgesellschaft das Recht der Vervielfältigung und öffentlichen Zugänglichmachung auch zu kommerziellen Zwecken „ausüben" können sollte, wurde vom EUGH für unvereinbar mit der InfoSocRL 2001/29 erklärt, da die Richtlinie keine entsprechende Schrankenregelung vorsieht. Wenn nicht ausgeschlossen sei, dass einige betroffene Urheber faktisch nicht einmal Kenntnis von der geplanten Nutzung ihrer Werke haben und daher nicht in der Lage sind, dazu in der einen oder der anderen Richtung Stellung zu nehmen, könne auch nicht von einer impliziten Zustimmung ausgegangen werden.[27] Auch wenn die VG

[26] https://www.dpma.de/dpma/wir_ueber_uns/weitere_aufgaben/verwertungsges_urheberrecht/vergriffene_werke/recherche/index.html.

[27] EUGH GRUR 2017, 62 – Marc Soulier und Sara Doke.

Wort gem. § 51 I Nr. 3 VGG anders als nach französischem Recht nur eine nicht gewerblich motivierte Digitalisierung gestatten darf, stellt dies ebenso wie die französische Parallelregelung der Sache nach eine Einschränkung der ausschließlichen Verwertungsrechte dar, die das geltende Unionsrecht nicht erlaubt. Rechtsfolge wäre, dass die §§ 51 f. VGG nicht angewendet werden dürfen.

VIII. Die Begünstigung des privaten und sonstigen eigenen Gebrauchs

1. Übersicht

Um dem einzelnen eine **umfassende Teilnahme am Geistesleben und die Bildung** 573 **und Entfaltung seiner Persönlichkeit** zu ermöglichen, erklärt das Gesetz den privaten und sonstigen eigenen Gebrauch von Werken in gewissem Umfang für frei. Begünstigt werden soll aber nur das persönliche Interesse an der Teilnahme am Geistesleben, deshalb kann aus dem Gesetz nicht der Gedanke eines allgemeinen Schutzes der Privatsphäre gegenüber dem Nutzungsinteresse des Urhebers abgeleitet werden. Die Privatsphäre als solche ist nicht so weit schutzwürdig, dass sie die Benutzung fremden Geistesgutes rechtfertigen würde.[28]

Schon die **Ausgestaltung der Verwertungsbefugnisse** lässt in mehrfacher Hinsicht 574 Raum für einen freien Werkgenuss des Einzelnen. Er darf das gekaufte Buch beliebig oft lesen oder Noten immer wieder spielen und sich daran erfreuen und bilden. Auch ist es zulässig, das Werkexemplar an Familienmitglieder, Verwandte oder Freunde weiterzugeben oder Noten innerhalb des persönlichen Bekanntenkreises zur Aufführung zu benutzen. Das Recht des Urhebers zur unkörperlichen Wiedergabe ist überhaupt auf öffentliche Wiedergaben beschränkt. Nach dem Erschöpfungsgrundsatz (vgl. § 17 II UrhG) ist es sogar gestattet, Werkstücke weiterzuverkaufen, sei es privat oder über den Antiquariatsbuchhandel. Auch die Bearbeitung von Geisteswerken, zB die Übersetzung, und die Benutzung derselben ist im privaten Kreise ohne Weiteres zulässig (vgl. § 23 UrhG).

Darüber hinaus gestattet das Gesetz in den §§ 53–54h UrhG unter bestimmten Vor- 575 aussetzungen die **Vervielfältigung zum privaten und sonstigen eigenen Gebrauch.** Aufgrund der rasanten Entwicklung der Reproduktionstechnologien – im analogen Zeitalter zunächst der Tonbandgeräte und Videorecorder, im digitalen Zeitalter der allgegenwärtigen Computer – kann heute jeder Vervielfältigungen selbst vornehmen. Um der Rechtsprechung des BVerfG zum Schutz des „geistigen Eigentums" Rechnung zu tragen und um eine allzu starke Beeinträchtigung der Interessen des Urhebers durch diese unkontrollierbaren Massennutzungen zu vermeiden, will ihm das Gesetz wenigstens eine Vergütung sichern. Diese ist grundsätzlich für jede Kopie geschuldet, die mit den modernen technischen Mitteln hergestellt wird. Vervielfältigungen mit der Hand oder Schreibmaschine bleiben hingegen wegen ihrer Aufwendigkeit und Seltenheit vergütungsfrei. §§ 53, 53a UrhG regeln die Zulässigkeit von Vervielfältigungen, die §§ 54–54h UrhG enthalten die Vergütungsregelung.

2. Vervielfältigungen zum privaten Gebrauch

Nach § 53 I 1 UrhG ist es zulässig, einzelne Vervielfältigungsstücke eines geschützten 576 Werkes zum privaten Gebrauch herzustellen. Privater Gebrauch ist die Benutzung innerhalb der privaten Sphäre durch die natürliche Person, die die Vervielfältigung her-

[28] Dazu BGHZ 17, 277 – Grundig-Reporter.

stellt oder herstellen lässt, und durch die mit ihr durch ein persönliches Band verknüpften Personen.[29] Die Vervielfältigungen dürfen ferner **weder unmittelbar noch mittelbar Erwerbszwecken dienen.** Ein typischer Fall der sog. Privatkopie ist die Vervielfältigung einer Musikdatei, um die digitale Kopie auf anderen Computern und Abspielgeräten, etwa im Auto oder im Kinderzimmer für private Wiedergaben zu verwenden. Ferner dürfen Fernseh- und Rundfunksendungen aufgezeichnet werden, um sie zu einem späteren Zeitpunkt im privaten Kreis abzuspielen. § 53 I UrhG legalisiert aber auch Verhaltensweisen wie das Abschreiben von Noten durch einen Chor oder Musikverein für private Aufführungen (vgl. § 53 IV UrhG) sowie die Aufnahme, die ein Klavierspieler von seinem eigenen Spiel zur Selbstkontrolle herstellt. Vom urheberrechtlichen Standpunkt aus wäre es schließlich auch erlaubt, eine nichtöffentliche Vorlesung für persönliche Zwecke aufzuzeichnen.[30] Generell setzt die Anwendung der Schranke des § 53 UrhG nicht voraus, dass das kopierte Werk bereits veröffentlicht ist.[31] Aus persönlichkeitsrechtlichen Gründen ist jedoch die Einwilligung des Dozenten erforderlich.[32]

577 Unter dem Begriff **„einzelne" Vervielfältigungsstücke** sind (was bleibt dem Richter angesichts dieses „genialen" Gesetzestextes anderes als Willkür übrig!) nicht mehr als sieben, möglicherweise aber auch weniger, manche sagen: drei, zu verstehen.[33] Gleichgültig ist das Herstellungsverfahren **(analog oder digital).** Im digitalen Zeitalter hat es der Rechtsinhaber aber in der Hand, private und sonst eigene Vervielfältigungen durch den Einsatz technischer Schutzmaßnahmen zu unterbinden. Derartige Digital Rights Management-Systeme dürfen gem. §§ 95a und b UrhG auch dann nicht umgangen werden, wenn der Nutzer eine an sich zulässige Privat- oder Eigenkopie herstellen möchte.

578 Gem. § 53 I 1 letzter Hs. UrhG sind Privatkopien nur zulässig, „soweit nicht zur Vervielfältigung **eine offensichtlich rechtswidrig hergestellte oder öffentlich zugänglich gemachte Vorlage** verwendet wird." Demnach darf etwa für einen Download oder Stream keine Online-Quelle genutzt werden, bei der für jeden durchschnittlichen Internetnutzer keine ernsthaften Zweifel bestehen, dass sie ihrerseits rechtswidrig ist, wie dies zB bei einem kostenlosen Angebot aktueller Kinofilme oder laufender Pay-TV-Programme der Fall ist. Ist die Rechtswidrigkeit der Quelle indes nicht in diesem Sinne offensichtlich, legalisiert § 53 I 1 UrhG auch Privatkopien von rechtswidrigen Vorlagen. Das ist nach Auffassung des EUGH nicht mit dem Dreistufentest und der InfoSocRL vereinbar.[34] Diesem unionsrechtlichen Verbot jeder Privatkopien von rechtswidrigen Vorlagen steht nun aber der eindeutige Wortlaut und der vom deutschen Gesetzgeber verfolgte Regelungszweck des § 53 I 1 aE UrhG entgegen, wonach private Internetnutzer nur haften sollen, wenn die Rechtswidrigkeit der für das genutzten Quelle offensichtlich ist. Diese gesetzliche Regelung kann nicht im Wege der teleologischen Reduktion auf einen richtlinienkonformen Inhalt gebracht werden. Vielmehr ist der deutsche Gesetzgeber aufgerufen, das Wort „offensichtlich" aus § 53 I 1

[29] BGHZ 134, 250 = ZUM-RD 1997, 329 – CB-infobank I.

[30] Zu Hochschulvorlesungen → Rn. 390.

[31] BGH GRUR 2014, 974 → Rn. 13ff. – Porträtkunst unter Hinweis auf die Schranken-Schranke des § 53 VI UrhG.

[32] BGHZ 27, 284.

[33] BGH ZUM 1978, 344 – Vervielfältigungsstücke.

[34] EUGH ZUM 2014, 573 – ACI Adam; ZUM 2017, 587 Rn. 72 – Stichting Brein/Wullems.

UrhG zu streichen. Bis dahin bleibt Urhebern und anderen Rechtsinhabern nichts anderes übrig, als nach den Grundsätzen der Francovich-Rechtsprechung von der Bundesrepublik Ersatz für ihre – freilich schwer quantifizierbaren – Schäden zu verlangen, die sie aufgrund der zu großzügigen Regelung des deutschen Rechts erleiden.

Der zur Vervielfältigung Befugte darf die Vervielfältigung auch **durch einen anderen,** sogar durch einen Gewerbebetrieb, **herstellen lassen** (§ 53 I 2 UrhG). Er kann sich also für seinen Privatgebrauch nicht nur (analoge oder digitale) Kopien durch seine Freunde oder Familienmitglieder, sondern auch durch einen Copyshop oder durch eine Bibliothek anfertigen lassen. Voraussetzung ist allerdings, dass die Vervielfältigung auf Papier oder einem ähnlichen Träger mittels photomechanischer oder anderer Verfahren mit ähnlicher Wirkung vorgenommen wird, oder aber die Vervielfältigung durch Dritte geschieht unentgeltlich. Entgegen dem üblichen Sprachgebrauch versteht die Amtliche Begründung unter „unentgeltlich" auch das Entgelt für die Anfertigung von Kopien durch Bibliotheken, die Gebühren für die Kopien oder Entgelte für ihre Ausleihe erheben, solange diese die Kostendeckung nicht überschreiten.[35] Mit diesem Begriffsverständnis bleibt das Gesetz jedoch für Laien (zu denen auch Bibliothekare gehören) unverständlich. 579

3. Vervielfältigungen zum sonstigen eigenen Gebrauch

Während § 53 II 1 Nr. 3 UrhG Vervielfältigungen zur eigenen Unterrichtung über Tagesfragen gestattet,[36] erklärt § 53 II 1 Nr. 4 UrhG es ohne präzise Zweckbindung für zulässig, einzelne Vervielfältigungsstücke eines Werkes zum **sonstigen eigenen Gebrauch** herzustellen oder herstellen zu lassen. Hiermit dürfen natürliche und juristische Personen im Gegensatz zu § 53 I UrhG sogar unmittelbar berufliche oder gewerbliche Zwecke verfolgen. Im Gegenzug schränkt das Gesetz den Anwendungsbereich dieser Schranke auf photomechanische oder sonst analoge Kopien (§ 53 II 2 UrhG) sowie zwei relativ eng umrissene Anwendungsfälle ein, die beide auf dem Gedanken beruhen, dass es **dem interessierten Nutzer nicht zumutbar ist, sich das Werk anderweitig zu beschaffen**[37]: 580

Hierbei handelt es sich erstens um **kleine Teile eines erschienenen Werkes** oder um **einzelne Beiträge,** zB auch Lichtbilder, die in Zeitungen oder Zeitschriften erschienen sind (§ 53 II 1 Nr. 4 lit. a UrhG). Ärzte, Rechtsanwälte, Steuerberater, aber auch gewerbliche Unternehmen oder Behörden dürfen also zur eigenen Verwendung kleine Teile aus Büchern oder ganze Zeitschriftenaufsätze fotokopieren lassen. Die Hilfe Dritter muss sich aber auf den technisch-maschinellen Vorgang der Vervielfältigung beschränken. Deshalb ist die Hinzuziehung von Recherchediensten von der Kopierabgabe nicht ausgenommen.[38] 581

Zweitens dürfen **seit mindestens zwei Jahren vergriffene Werke** vervielfältigt werden (§ 53 II 1 Nr. 4 lit. b UrhG). Demnach dürfen zB öffentliche Bibliotheken und Forschungsabteilungen von Unternehmen weitere Leseexemplare herstellen oder entliehene Bücher zur Vervollständigung ihrer Bestände kopieren (nicht aber digitalisieren: vgl. § 53 II 2 UrhG). 582

---

[35] AmtlBegr., UFITA 2004/I, 224.
[36] Oben → Rn. 492.
[37] BGH ZUM 2014, 524 Rn. 71 – Meilensteine der Psychologie.
[38] BGHZ 134, 250 – CB-infobank I; ebenso OLG Köln GRUR 2000, 417.

4. Zustimmungserfordernisse

583 Mit Rücksicht auf besondere Verwerterinteressen lässt das Gesetz im Wege der Rückausnahme die Vervielfältigung zum privaten oder sonstigen eigenen Gebrauch in folgenden Fällen wiederum **nur mit Einwilligung des Berechtigten** zu:

584 Einwilligungsbedürftig ist demnach die Vervielfältigung von **graphischen Aufzeichnungen von Werken der Musik** oder um eine **im Wesentlichen vollständige Vervielfältigung eines Buches oder einer Zeitschrift** (§ 53 III UrhG). Das Fotokopieren von Musiknoten oder eines ganzen Buches oder einer ganzen Zeitschrift bedarf also, falls sie urheberrechtlich noch geschützt sind, immer der Einwilligung des Berechtigten. Eine Rück-Rück-Ausnahme von der Bewilligungspflicht macht das Gesetz nur für das händische Abschreiben, ferner für die Aufnahme in ein eigenes Archiv und zum eigenen Gebrauch, wenn es sich um ein seit mindestens zwei Jahren vergriffenes Werk handelt. Im letzteren Fall darf also auch für wissenschaftliche Zwecke ein ganzes Buch kopiert werden.

585 Um einen Missbrauch der Vervielfältigungsfreiheit zu verhindern, bestimmt § 53 V UrhG, dass die **Vervielfältigungsstücke weder verbreitet noch zu öffentlichen Wiedergaben benutzt werden dürfen.** Im Interesse der Tätigkeit der Bibliotheken ist es jedoch erlaubt, rechtmäßig hergestellte Vervielfältigungsstücke von Zeitungen (zB für Archivzwecke hergestellte Mikrokopien) und vergriffenen Werken sowie solche Werkstücke zu verleihen, bei denen kleine beschädigte oder abhanden gekommene Teile durch Vervielfältigungen ersetzt worden sind. Musikstudenten dürfen also abgeschriebene (!) Noten nicht zur öffentlichen Wiedergabe im Rahmen von Lehrveranstaltungen benutzen.[39] Unzulässig wäre es auch, sie zu Proben für eine öffentliche Aufführung zu verwenden.[40] Kolleghefte dürfen nicht an beliebige Dritte verkauft werden. Der Betreiber eines Kopiergeräts hat am Aufstellungsort einen deutlich sichtbaren Hinweis auf die Verpflichtung der Kunden zur Beachtung fremder Urheberrechte anzubringen (als ob das etwas nützen würde!).[41]

586 Eine Beschränkung der Vervielfältigungsfreiheit für den Eigengebrauch enthält schließlich auch § 53 VI UrhG. Danach ist die **Aufnahme** öffentlicher Vorträge, Aufführungen oder Vorführungen eines Werkes **auf Bild- oder Tonträger** nur mit Einwilligung des Berechtigten zulässig. Dasselbe gilt für die **Ausführung von Plänen und Entwürfen zu Werken der bildenden Künste und den Nachbau eines Werkes der Baukunst.** Für den Fall, dass hierbei eine wesentliche Umgestaltung erfolgt, ergibt sich das Verbot aus § 23 S. 2 UrhG. Eine öffentliche Konzertaufführung, eine öffentliche Rede, eine öffentliche Vorlesung darf also auch für persönliche Zwecke nicht aufgezeichnet werden.[42]

587 **Datenbankwerke und Computerprogramme** dürfen nicht zum privaten und sonstigen eigenen Gebrauch vervielfältigt werden. Für diese Werkarten gelten nach Maßgabe der einschlägigen EU-Richtlinien besondere Schrankenbestimmungen.[43]

[39] OLG Koblenz NJW-RR 1987, 699.
[40] So schon RGSt 48, 130; vgl. auch BGHZ 8, 88.
[41] Nach BGH ZUM 1983, 658 – Kopierläden.
[42] Zur Aufnahme nichtöffentlicher Vorlesungen vgl. o. → Rn. 390.
[43] Unten § 30.

Literatur zur Vertiefung: *Hohagen,* Die Freiheit der Vervielfältigung zum eigenen Gebrauch, 2004; *Hohlefelder,* Kollektivierung und Opt-Out – Die neue Grundnorm des Urheberrechts?, 2015; *Lauber-Rönsberg,* Urheberrecht und Privatgebrauch, 2011; *Möller,* Verwaiste Werke – Eine Analyse aus internationaler Perspektive, 2013; *Moser,* Personal Manufacturing und Urheberrecht – „3D Druck" im privaten Umfeld, 2015; *Talhoff,* Die Nutzung verwaister und vergriffener Werke im Urheberrecht, 2016; *Tilch,* Verwaiste Werke, 2015

§ 29. Kulturwirtschaftliche Interessen

Neben Informationsbedürfnissen der Öffentlichkeit, Bildungs- und Forschungsbelangen sowie sozialen und kulturellen Nutzungsinteressen privilegiert das UrhG in wenigen Fällen auch genuin wirtschaftliche Interessen. Den Regelungen ist gemeinsam, dass sie **Unternehmen einer im weiten Sinne verstandenen Kulturwirtschaft** begünstigen. Dadurch, dass Sendeunternehmen, der Elektrohandel, Museen und Galerien Werke in begrenztem Umfang für ihre Zwecke zustimmungsfrei nutzen dürfen, wird zugleich der Boden für ein vielfältiges, nicht nur hoheitlich, sondern eben auch privatwirtschaftlich betriebenes Kulturleben bereitet, in dem die Urheber bessere Aussichten auf vergütungspflichtige Folgenutzungen ihrer Werke haben. Mit diesem Gedanken lässt sich sogar der Umstand rechtfertigen, dass die §§ 55, 56 und 58 UrhG keine Vergütungspflicht vorsehen. 588

I. Vervielfältigungen durch Sendeunternehmen

In der Regel werden von den Sendeanstalten **Ton- und Bildträger für Sendezwecke hergestellt,** da auch Live-Sendungen in aller Regel wiederholt bzw. für eine gewisse Zeit in der Online-Mediathek vorgehalten werden. Solche Aufzeichnungen stellen gem. § 16 II UrhG eine Vervielfältigung des Werkes dar und bedürfen daher einer besonderen Erlaubnis des Urhebers. § 55 I UrhG lässt jedoch sog. ephemere Bild- und Tonaufnahmen ohne weitere Erlaubnis des Urhebers zu, wenn das Sendeunternehmen zur Funksendung des Werkes berechtigt ist und die Aufnahmen mit eigenen Mitteln herstellt, um sie zur Funksendung über jeden seiner Sender je einmal zu benutzen. Die Bild- oder Tonträger müssen jedoch spätestens einen Monat nach der ersten Funksendung des Werkes gelöscht werden. Nach § 55 II UrhG brauchen aber Bild- oder Tonträger, die außergewöhnlichen dokumentarischen Wert haben, nicht gelöscht zu werden, wenn sie in ein amtliches Archiv aufgenommen werden. Von der Aufnahme in das Archiv ist der Urheber unverzüglich zu benachrichtigen. In der Regel lassen sich die Sendeunternehmen das Recht zur dauerhaften Speicherung vertraglich einräumen. 589

II. Vervielfältigung und öffentliche Wiedergabe in Geschäftsbetrieben

Geschäftsbetriebe, die Geräte zur Herstellung oder Wiedergabe von Bild- oder Tonträgern, zum Empfang von Funksendungen oder zur elektronischen Datenverarbeitung (Computerbildschirm, Drucker, Modems) vertreiben oder instand setzen, dürfen nach § 56 I UrhG Werke auf Bild-, Ton- oder Datenträger übertragen und Werke mittels Bild-, Ton- oder Datenträger sowie Funksendungen und öffentliche Zugänglichmachungen öffentlich wahrnehmbar machen, soweit es notwendig ist, um Kunden die Geräte vorzuführen oder um die Geräte instand zu setzen. Wenn der **Elektrogerätehandel in Schaufenstern und Kaufhäusern die Geräte zu Werbezwecken ständig laufen lässt,** geschieht dies, um für den Absatz der Geräte zu werben, und nicht wie bei den Gastwirten zum Zwecke der Unterhaltung des Publikums. Es erscheint daher gerechtfertigt, obwohl dies nicht im strengen Sinne „notwendig" ist, 590

§ 56 I UrhG in erweiternder Auslegung auch auf diesen Fall anzuwenden, anstatt die Verwertungsgesellschaften aufgrund von Gesamtverträgen auch hier kassieren zu lassen.[1] Bild- und Tonträger, die im Rahmen des § 56 I UrhG bespielt wurden, sind unverzüglich zu löschen (§ 56 II UrhG).

III. Werbung für Ausstellungen und Galerien

591 Werke der bildenden Künste, Lichtbild- und Filmwerke (§ 2 I Nr. 4–6 UrhG), die öffentlich ausgestellt oder zur öffentlichen Ausstellung oder zum öffentlichen Verkauf bestimmt sind, können zum **Zwecke der Werbung** durch den Veranstalter (das Museum, die Galerie) vervielfältigt, verbreitet und öffentlich zugänglich gemacht werden, soweit dies zur Förderung der Veranstaltung erforderlich ist (§ 58 UrhG). Mit der Beschränkung auf Werbung zur Förderung einer noch laufenden Veranstaltung ist klargestellt, dass allgemeine Merchandising-Produkte wie Poster, Postkarten, Repliken oder T-Shirts nicht unter die Benutzungsfreiheit fallen.

592 § 58 UrhG bezieht sich nur auf die Nutzung des ausgestellten Originals (zB eines Gemäldes). Dieses darf insbesondere fotografiert werden. Für die anschließende Verwendung dieser **Fotografien** ist dann aber das Einverständnis des Fotografen nach § 72 I iVm § 16 UrhG, bei der Fotografie von Skulpturen wegen der Lichtbildqualität meist nach § 2 I Nr. 5 iVm § 16 UrhG erforderlich. Dieses wird bei Auftragsarbeiten der Fotografen auch konkludent erteilt.

593 Zum Änderungsverbot und zur Quellenangabe siehe §§ 62, 63 UrhG. Nach § 62 III UrhG sind **vervielfältigungsbedingte Änderungen** erlaubt, solange die Wiedergabe nicht zur Entstellung führt. Bloße Schwarz/Weiß-Wiedergaben eines farbigen Werkes sind keine Entstellung,[2] desgleichen selbst starke Verkleinerungen in anderer Auflösung.

Literatur zur Vertiefung: *Jacobs,* Die neue Katalogbildfreiheit, FS Tilmann, 2003, 49; *Loewenheim,* Die Benutzung urheberrechtlich geschützter Werke auf Messen und Ausstellungen, GRUR 1987, 659; *Mercker,* Die Katalogbildfreiheit, 2006

§ 30. Schranken bei Datenbankwerken und Computerprogrammen

594 **Datenbankwerke und Computerprogramme** sind Gegenstand **zweier spezieller EU-Richtlinien** (1996/9 und 2009/24), die von der allgemeinen Richtlinie zum Urheberrecht in der Informationsgesellschaft 2001/29 unberührt bleiben. Im UrhG gelten für diese beiden Werkarten ebenfalls besondere Bestimmungen, auch im Hinblick auf die Schranken. Die Sonderregelungen reflektieren den Umstand, dass sich **Datenbankwerke und Computerprogramme von den übrigen Werkarten grundlegend unterscheiden.** Letztere verkörpern einen geistigen Gehalt in Form von Texten, visuell wahrnehmbaren Darstellungen (Bildern) oder Tönen. Datenbankwerke sind hingegen aufgrund einer kreativen Auswahl oder Anordnung der in ihnen enthaltenen Werke, Daten und anderen Elemente geschützt. Sie sind gewissermaßen das Gefäß, in dem sich die Werke und Informationen befinden. Auf diese Texte, Musikstücke, Bilder usw. beziehen sich letztlich die in den Schranken niedergelegten Zugangsinteressen. Ähnliches gilt für Computerprogramme. Sie können unter anderem dazu ein-

[1] S. Dreier/Schulze/*Dreier* (→ Rn. 177) UrhG § 56 Rn. 9 zur geltenden Praxis.
[2] BGHZ 85, 8 – Presseberichterstattung und Kunstwiedergabe I.

gesetzt werden, Werke wie Texte, Musik, Bilder und Filme in Form digitaler Dateien zu erschaffen und im Folgenden auf die unterschiedlichsten Weisen zu nutzen. Während diese Dateien statische Informationen vermitteln, zeichnet sich ein Computerprogramm durch eine dynamische Funktionalität aus. Elektronische Datenbanken und Computerprogramme sind also die Werkzeuge, mit denen Werke und sonstige Daten im digitalen Zeitalter geschaffen und kommuniziert werden. Die an diesen Werkzeugen bestehenden Urheberrechte unterliegen wesentlich geringeren Einschränkungen als sonstige Werke. Denn erstens sind elektronische Datenbanken und Computerprogramme das Wertvollste, was man im digitalen Zeitalter sein eigen nennen kann. Zweitens können die in Datenbanken enthaltenen oder mit Computerprogrammen prozessierten Texte, Bilder und Töne in der Regel auch ohne Eingriff in die Rechte an diesen Werkzeugen vervielfältigt und sonst genutzt werden.

I. Datenbankwerke

Vor diesem Hintergrund überrascht es nicht, dass die **Struktur eines elektronischen Datenbankwerks** weder zum privaten Gebrauch noch zum archivarischen oder zum sonst eigenen Gebrauch vervielfältigt werden darf (§ 53 IV UrhG).[1] Zulässig ist bei derartigen elektronischen Datenbankwerken nur die Nutzung zur Veranschaulichung des Unterrichts und der Lehre an Bildungseinrichtungen (§ 60a UrhG) und zur wissenschaftlichen Forschung (§ 60c UrhG), jeweils unter dem Vorbehalt, dass nur nicht kommerzielle Zwecke verfolgt werden. Vervielfältigungen sind hier unter Quellenangabe (§§ 63 I 2, 137g I UrhG) zulässig, und zwar vergütungsfrei. Bei diesen Restriktionen ist zu beachten, dass sich die genannten Vorschriften auf die Vervielfältigung der urheberrechtlich geschützten Struktur (Auswahl und Anordnung) der elektronischen Datenbank und nicht auf die darin enthaltenen Werke bezieht. Demgemäß dürfen für Unterricht und Forschung nur 15 bzw. 75 % der Datenbankstruktur genutzt werden. 595

Würde nun aber das Vervielfältigungsrecht des Urhebers eines elektronischen Datenbankwerks gar keinen Schranken unterliegen, könnten sogar flüchtige Vervielfältigungen im Arbeitsspeicher des eingesetzten Computers untersagt werden (vgl. § 16 I UrhG). Dadurch würde sich sogar die **normale Benutzung einer elektronischen Datenbankstruktur durch den berechtigten Benutzer** als Eingriff in das Urheberrecht darstellen. Um dieses absurde Ergebnis zu vermeiden, erklärt § 55a UrhG Vervielfältigungen und Bearbeitungen der Datenbankstruktur, die für den Zugang zu den Elementen des Datenbankwerks und für dessen übliche Benutzung durch den Endverbraucher erforderlich sind, für zulässig.[2] § 55a S. 1 UrhG erläutert, wer zu den Nutzungsberechtigten zu zählen ist. Dabei unterscheidet die Norm zwischen Offlinenutzung und Onlinenutzung. Bei der Offlinenutzung erfolgt der Zugang zum Inhalt der Datenbank durch unmittelbare Nutzung eines „Vervielfältigungsstücks des Datenbankwerkes“ (CD oder DVD). Hier ist Nutzungsberechtigter, wer „Eigentümer eines mit Zustimmung des Urhebers durch Veräußerung in Verkehr gebrachten Vervielfältigungsstücks“ ist (denn durch die Zustimmung des Urhebers ist dessen Verbreitungsrecht nach § 17 II UrhG „erschöpft“) oder wer „in sonstiger Weise zu dessen Gebrauch“ berechtigt ist. Letzteres ist der Fall bei gestatteter Vermietung (die Vermie- 596

[1] Entsprechend zum verwandten Schutzrecht des Datenbankherstellers: § 87c I 1 Nr. 1 UrhG.
[2] Entsprechend zum verwandten Schutzrecht des Datenbankherstellers § 87e UrhG; für sonstige Werke § 44a Nr. 2 UrhG; für Computerprogramme § 69d I UrhG.

tung wird von der Erschöpfung des Verbreitungsrechts nach § 17 II UrhG ja nicht erfasst) oder bei Verleih. Bei der Onlinenutzung ist Nutzungsberechtigter, wem das Datenbankwerk „aufgrund eines mit dem Urheber oder eines mit dessen Zustimmung mit einem Dritten geschlossenen Vertrages zugänglich gemacht wird". Ein solcher Datenbankvertrag ist notwendig, weil die unkörperliche Verbreitung dem Recht der öffentlichen Wiedergabe unterfällt und weil selbst die berechtigte Online-Veräußerung das Recht der öffentlichen Zugänglichmachung nicht erschöpft.[3] Wird aufgrund eines Vertrags über die Onlinenutzung nur ein Teil des Datenbankwerks zugänglich gemacht, so beschränkt sich nach § 55a S. 2 UrhG die Bearbeitungs- und Vervielfältigungsfreiheit des S. 1 auf diesen Teil. Diese gesetzlich garantierte Benutzerfreiheit wird noch vertragsrechtlich dadurch flankiert, dass sie nach § 55a S. 3 UrhG nicht disponibel ist.

597 Gem. § 60d II 1 UrhG gilt auch das **Text- und Data-Mining als übliche Benutzung eines Datenbankwerks** gem. § 55a S. 1 UrhG. Diese Fiktion beruht auf dem Gedanken, dass die Schranke für das Text- und Data-Mining einen legalen Zugang zur betreffenden Datenbank voraussetzt. Ist ein solcher aufgrund eines bestehenden Lizenzvertrags aber gegeben, umfasst das Recht zu lesen auch das Recht, in der Datenbank automatisiert nach bisher nicht erkannten Häufigkeiten und Korrelationen zu „schürfen". Die Vorschrift stellt sicher, dass die Rechtsinhaber den automatisierten Abruf von Inhalten aus dem Datenbankwerk oder der gem. §§ 87a ff. UrhG geschützten Datenbank (dazu § 60d II 2 UrhG) nicht vertraglich untersagen können.

598 Da Datenbankwerke im Übrigen den allgemeinen urheberrechtlichen Vorschriften unterfallen und weitere Sonderregelungen für die Schranken bei Datenbankwerken fehlen, ist aus § 53 IV und § 55a UrhG im Umkehrschluss zu folgern, dass die **§§ 44a ff. UrhG auf Datenbankwerke grundsätzlich anwendbar sind.** So dürfen *nicht-elektronische* Sammel- und Datenbankwerke (zB eine Auswahl von Gedichten) nach Maßgabe von § 53 I–III, V UrhG auch zu privaten und sonst eigenen Zwecken vervielfältigt werden. *Elektronische wie nicht-elektronische* Datenbankstrukturen dürfen ferner etwa für Zwecke der Rechtspflege und öffentlichen Sicherheit (§ 45 UrhG), für behinderte Menschen (§ 45a UrhG) und für Zitate (§ 51 UrhG) zustimmungsfrei verwendet werden.[4]

II. Computerprogramme

599 Anders als Sammel- und Datenbankwerke sind **Computerprogramme** im 8. Abschnitt (§§ 69a–g UrhG) von vornherein **eigenständig geregelt.** Dies gilt auch für die Schranken des Urheberrechts, die hier in Umsetzung der Art. 5 und 6 ComputerprogrammRL 2009/24 „Ausnahmen von den zustimmungsbedürftigen Handlungen" genannt werden. Soweit die einschlägigen §§ 69d und e UrhG ein Nutzungsinteresse abschließend regeln, verbietet sich ein ergänzender Rückgriff auf die allgemeinen Schrankenbestimmungen der §§ 44a ff. UrhG (vgl. § 69a IV UrhG).

600 Dies gilt zunächst für die **Interessen berechtigter Endnutzer von Computerprogrammen.** § 69c Nr. 1 UrhG macht jedes Laden, Anzeigen, Ablaufen, Übertragen oder Speichern eines Computerprogramms von der Zustimmung des Rechtsinhabers abhängig, und sei die hierzu erforderliche Vervielfältigung auch noch so flüchtig. Nach

[3] Vgl. o. → Rn. 375.

[4] Richtlinienkonform gem. Art. 6 II und ErwGrd. 37 DatenbankRL 96/9/EG.

§ 69d I UrhG darf der Nutzungsberechtigte von Vervielfältigungsstücken eines Computerprogramms (Käufer, Lizenznehmer, Bibliotheksbenutzer) diese aber im Rahmen einer bestimmungsgemäßen Benutzung des Programms auch ohne Zustimmung des Rechtsinhabers **vervielfältigen, umarbeiten** und die Umarbeitung vervielfältigen.[5] Damit wird wie durch §§ 44a Nr. 2 und 55a UrhG das absurde Ergebnis vermieden, dass selbst rechtmäßige Werknutzungen qua Vervielfältigung einen Eingriff in das Urheberrecht darstellen. Allerdings stellt die Norm die Zulässigkeit bestimmungsgemäßer Benutzungen unter den Vorbehalt abweichender vertraglicher Vereinbarungen. Ob solch gegenteilige Abreden wirksam sind, ist anhand des AGB-Rechts, insbes. § 307 BGB, zu beurteilen.[6]

Ferner darf dem Nutzungsberechtigten vertraglich nicht untersagt werden, eine **Sicherungskopie** herzustellen, wenn diese zur Sicherung künftiger Nutzung für den Fall erforderlich ist, dass die Arbeitskopie zerstört oder sonst nicht mehr benutzbar ist (§ 69d II UrhG). Anderweitige Abmachungen sind nichtig (§§ 69g II UrhG). Hat allerdings der Rechtsinhaber dem Nutzungsberechtigten bereits eine Sicherungskopie ausgehändigt, so fällt das Recht zur Herstellung einer weiteren Sicherungskopie im Zweifel dahin; denn § 69d II UrhG schließt die Herstellung von mehr als einer Sicherungskopie aus. 601

Während § 69d I und II UrhG auf die Interessen berechtigter privater und gewerblicher Endnutzer Rücksicht nimmt, geht § 69d III UrhG bereits über dieses schlichte Konsuminteresse hinaus. Die Vorschrift erklärt in dem Umfang, wie dem Nutzungsberechtigten das Laden, Anzeigen, Abrufen, Übertragen und Speichern des Programms gestattet ist, es auch für zulässig, **das Funktionieren des Programms zu beobachten, zu untersuchen und zu testen,** um dem Programm oder seinen Elementen zugrunde liegende Ideen und Grundsätze zu ermitteln (§ 69d III UrhG). Damit soll es anderen Programmierern bzw. Softwareherstellern ermöglicht werden, funktional äquivalente[7] oder interoperable Computerprogramme zu schaffen. § 69d III UrhG dient also der Förderung des Wettbewerbs im Markt für Computerprogramme. Anderweitige Abmachungen sind nichtig (§§ 69g II UrhG). Vertragliche Beschränkungen der Nutzungsberechtigung hingegen, die der Gefahr einer rechtswidrigen, dauerhaften Vervielfältigung eines Lizenzprogramms vorbeugen wollen, wie die Beschränkung auf eine bestimmte Anzahl von Geräten sowie auf Geräte an bestimmten Orten, sind wirksam (sog. CPU-Klausel).[8] Nicht anwendbar ist § 69d III UrhG auf die häufig gesondert urheberrechtlich geschützten Inhalte, die mit einem Computerprogramm prozessiert werden, zB die audiovisuelle Benutzeroberfläche eines Computerspiels. Da für diese Werke der bildenden Kunst, der Musik usw. in den §§ 44a UrhG keine dem § 69d III UrhG entsprechende Schranke existiert, können sich die Hersteller von Computerspielen und anderen hybriden Softwareprodukten gegen die Verwendung des Programms zur Untersuchung seiner Funktionalität wehren.[9] Das erscheint aus wettbewerblichen Gründen problematisch und sollte durch den Unionsgesetzgeber korrigiert werden. 602

[5] Einschließlich der Fehlerberichtigung durch Dritte, BGH ZUM-RD 2000, 419 – Programmfehlerbeseitigung.

[6] Dazu → Rn. 841 ff.

[7] Vgl. EUGH GRUR 2012, 814 Rn. 47 ff. – SAS Institute.

[8] Dazu BGH GRUR 2003, 416 und → Rn. 918.

[9] BGH ZUM 2017, 236 Rn. 65 ff. – World of Warcraft I.

603 Selbst wenn ein Nutzungsberechtigter durch Beobachtung, Untersuchung und Tests die einer Software zugrundeliegenden Ideen und Grundsätze ermittelt hat, ist er doch häufig nicht in der Lage, ein mit dem betreffenden Computerprogramm interoperables und doch unabhängiges Programm zu erstellen. Denn hierfür müssen die in Frage kommenden Schnittstellen bekannt sein. Diese sind nur in Form des binären Objektcodes zugänglich, den zwar Computer verarbeiten, Menschen aber nicht lesen können. Der Objektcode wurde durch einen sog. Compiler aus einem Quellcode erzeugt, der vom Urheber des Originalprogramms in einer für Menschen verständlichen Programmiersprache wie zB Java geschrieben wurde. Die gem. § 69e UrhG privilegierte und gem. § 69g II UrhG vertraglich unabdingbare Dekompilierung beschreibt die **Rückübersetzung der Maschinensprache in eine Programmiersprache** (reverse engineering). Die dabei anfallenden Vervielfältigungs- und Bearbeitungsvorgänge sind zulässig, soweit sie der **Herstellung der Interoperabilität** eines unabhängig geschaffenen Computerprogramms mit anderen Programmen dienen. Interoperable Computerprogramme beleben den Wettbewerb im Softwaremarkt. § 69e UrhG dient also wie § 69d III UrhG der Förderung des Wettbewerbs. Wie diese Schranke kann auch § 69e UrhG praktisch leerlaufen, wenn sich der Inhaber der Rechte an der Software zugleich auf Rechte an der audiovisuell wahrnehmbaren Benutzeroberfläche berufen kann. Denn die §§ 44a ff. UrhG sehen eine dem § 69e UrhG entsprechende Schranke nicht vor.

604 Im Interesse des Rechtsinhabers knüpft § 69e I und II UrhG eine zulässige Dekompilierung an eine Reihe sehr **einschränkender Bedingungen** der Informationserlangung und -verwendung:

- Die Informationserlangung darf nach § 69e I UrhG nur vom Nutzungsberechtigten selbst oder von einer von diesem ermächtigten Person vorgenommen werden.
- Die für die Herstellung von Interoperabilität erforderlichen Informationen dürfen dem Nutzungsberechtigten oder der von ihm ermächtigten Person nicht anderswo bereits ohne Weiteres zugänglich sein.
- Die informationsverschaffenden Handlungen müssen sich auf diejenigen Teile des Programms beschränken, deren Kenntnis zur Herstellung der Interoperabilität notwendig ist.

605 Ferner dürfen durch Dekompilierung erlangte Informationen nach § 69e II UrhG

- nur zur Herstellung von Interoperabilität (also nicht für Wartungszwecke!) verwendet werden.
- Sie dürfen an Dritte nur weitergegeben werden, wenn dies für die Interoperabilität notwendig ist.
- Sie dürfen nicht für die Entwicklung, Herstellung oder Vermarktung eines Programms mit wesentlich ähnlicher Ausdrucksform oder für andere das Urheberrecht verletzende Handlungen verwendet werden. So stellt die dauernde Entfernung eines Kopierschutzes (der sog. Dongle-Sicherung) eine Bearbeitung dar, die dem Rechtsinhaber vorbehalten ist.[10]

606 Gelingt es unter diesen Vorgaben nicht, ein Computerprogramm zu dekompilieren und auf diesem Wege Interoperabilität mit anderen Computerprogrammen herzustellen, und weigert sich der Rechtsinhaber, die Informationen über die Schnittstellen-

[10] OLG Karlsruhe NJW 1996, 2583.

informationen freiwillig offenzulegen, kann dies den **Missbrauch einer marktbeherrschenden Stellung** gem. Art. 102 AEUV/§ 2 GWB darstellen. Der Rechtsinhaber ist dann kartellrechtlich verpflichtet, die begehrten Informationen zur Verfügung zu stellen.[11]

§ 69e UrhG besagt nichts über die **Dekompilierung** zum Zwecke des **Nachweises einer Urheberrechtsverletzung.** Er beschränkt sich auf die Regelung des Rechts zur Dekompilierung zum Zwecke der Herstellung von Interoperabilität eines unabhängig geschaffenen Computerprogramms. Beruft sich ein vermeintlicher Verletzer darauf, ein Computerprogramm nicht etwa vervielfältigt oder bearbeitet, sondern durch Tests und Dekompilierung ein unabhängiges, aber interoperables Computerprogramm geschaffen zu haben, kann der Rechtsinhaber einen Anspruch auf Vorlage und Besichtigung gem. § 101a UrhG geltend machen. Das Gericht kann dann dem Gegner aufgeben, einem Sachverständigen den Quellcode des eigenen Programms zu Vergleichszwecken zur Verfügung zu stellen. Weigert sich der Gegner, dem nachzukommen, kommen die Grundsätze der Beweisvereitelung zur Anwendung. 607

Die Nutzungsinteressen von Endnutzern und Wettbewerbern des Rechtsinhabers eines Computerprogramms sind abschließend in §§ 69c und d UrhG geregelt. Hieraus folgt insbesondere, dass Computerprogramme **nicht zum privaten oder sonst eigenen Gebrauch gem. § 53 UrhG** vervielfältigt werden dürfen. Die Frage, wie mit Schranken des Urheberrechts zu verfahren ist, die andere Zugangsinteressen begünstigen, wird von der Computerprogrammrichtlinie ausdrücklich offengelassen.[12] Nach § 69a IV UrhG finden daher die für Sprachwerke allgemein geltenden Schranken auch auf Computerprogramme Anwendung, soweit sie nicht Endnutzer- oder Wettbewerbsinteressen verfolgen. Demnach dürfen Computerprogramme insbesondere im Interesse der Rechtspflege und öffentlichen Sicherheit (§ 45 UrhG), zur Veranschaulichung im Unterricht (§ 60a UrhG) und sowie zu wissenschaftlichen Zwecken (§ 60c UrhG) zustimmungsfrei genutzt werden. 608

Literatur zur Vertiefung: Oben → Rn. 255 sowie *Kreutzer,* Schutz technischer Maßnahmen und Durchsetzung von Schrankenbestimmungen bei Computerprogrammen, CR 2006, 804; *Spindler,* Grenzen des Softwareschutzes, CR 2012, 417

§ 31. Schranken-Schranken und Vergütungspflichten

I. Grenzen zulässiger Werknutzungen

Die Schranken des Urheberrechts unterliegen ihrerseits vielfältigen Einschränkungen. 609
Zunächst einmal sind der gesetzgeberische Gestaltungs- und der richterliche Auslegungsspielraum durch den Dreistufentest und die Eigentumsgarantie begrenzt.[1] Aus Sicht des einzelnen Nutzers ergeben sich die Schranken-Schranken sodann aus den gesetzlichen **Tatbestandsvoraussetzungen für einen zulässigen Eingriff in das Urheberrecht.** So ist beispielsweise ein Zitat insgesamt unzulässig, wenn sein Umfang den gebotenen Rahmen überschreitet; an sich zulässige Privatkopien dürfen gem. § 53 V 1 UrhG weder verbreitet noch für öffentliche Wiedergaben benutzt werden. Schließlich gilt für zulässige Schrankennutzungen ein grundsätzliches Änderungsver-

[11] Vgl. o. → Rn. 119ff. und EuG Slg. 2007, II-3601 – Microsoft.

[12] ErwGrd. 19 ComputerprogrammRL 2009/24.

[1] Oben → Rn. 85ff.

bot (§ 62 UrhG) und in allen Fällen, in denen dies Sinn macht, ein Gebot der Quellenangabe (§ 63 UrhG). Wird gegen diese beiden generellen Schranken-Schranken verstoßen, stellt sich die Nutzung wiederum insgesamt als Rechtsverletzung dar.

610 Damit die Werkintegrität (§ 14 UrhG) auch im Rahmen von Schrankennutzungen gewährleistet wird, dürfen nach § 62 I 1 UrhG **Änderungen** an dem zulässigerweise benutzten Werk nicht vorgenommen werden. Was hier zunächst als grundsätzliches Änderungsverbot erscheint, wird in den folgenden Regelungen jedoch weitgehend zurückgenommen. Erstens folgt aus § 63 I 1 UrhG, dass bei zahlreichen Schrankennutzungen – etwa bei Zitaten gem. § 51 UrhG – die Vervielfältigung eines Teils eines Werkes und damit seine Änderung grundsätzlich zulässig ist.[2] Ebenfalls zulässig sind zweitens Änderungen des Werkes und sogar seines Titels, zu denen der Urheber seine Einwilligung nach Treu und Glauben nicht versagen könnte (§§ 62 I 2, 39 II UrhG). Drittens erklären die Absätze 2–4 des § 62 UrhG weitere Änderungen für zulässig, die bestimmte Benutzungszwecke oder das angewendete Verfahren erfordern.

611 Ähnlich verhält es sich mit dem **Gebot der Quellenangabe gem. § 63 UrhG,** das das Urheberpersönlichkeitsrecht auf Anerkennung der Urheberschaft (§ 13 UrhG) bei zulässigen Schrankennutzungen gewährleistet. Auch hierbei handelt es sich um einen Grundsatz, der in § 63 I 1 UrhG für zahlreiche zulässige Vervielfältigungen und Verbreitungen und in § 63 II UrhG für zulässige öffentliche Wiedergaben kodifiziert ist. Demnach ist stets die „Quelle“ deutlich anzugeben, also insbesondere der Name des Urhebers und die Fundstelle des Werkes (zur Nennung des Verlags und der Zeitung vgl. § 63 I 2, III UrhG). Die Informationen müssen sicherstellen, dass der Adressat der Werknutzung eindeutig erkennen kann, um welches Werk es sich handelt und wer der Rechtsinhaber ist. Doch folgen aus § 63 UrhG zahlreiche Einschränkungen dieses Gebots. Es entfällt bei den in der Vorschrift nicht aufgelisteten Schrankennutzungen, zB bei Vervielfältigungen durch gem. § 45 II UrhG privilegierte Gerichte und Behörden. Eine Quellenangabe ist ferner nicht erforderlich, wenn die Quelle dem Schrankenbegünstigten nicht bekannt ist, Prüfungszwecke ihrer Angabe entgegenstehen (§ 63 I 3 UrhG), ihre Angabe bei öffentlichen Wiedergaben nicht möglich ist oder von der Verkehrssitte nicht gefordert wird (§ 63 II UrhG).

II. Vergütungspflichten

1. Der Gedanke der gesetzlichen Lizenz

612 Einige Schranken des Urheberrechts nehmen Rücksicht auf gesteigerte Informationsbedürfnisse der Allgemeinheit oder tangieren die Verwertungsinteressen des Urhebers in so geringem Maße, dass die betreffenden Nutzungen vergütungsfrei zulässig sind. In vielen Fällen aber verknüpft das Gesetz die Nutzungserlaubnis mit einem Anspruch des Urhebers auf angemessene Vergütung.[3] Die **Kombination aus gesetzlicher Erlaubnis und Vergütungspflicht** rechtfertigt es, in diesen Fällen von einer gesetzlichen Lizenz zu sprechen. Der Urheber verliert zwar sein Verbotsrecht und muss zB Privatkopien auch gegen seinen Willen hinnehmen. Der hiermit verbundene, vermögenswerte Werkgenuss ist aber nicht kostenlos. Vielmehr wird der Urheber mit einem Anspruch auf Zahlung einer angemessenen Vergütung für den Verlust der Möglichkeit

[2] BGH ZUM 2017, 494 Rn. 41 – East Side Gallery.
[3] Oben → Rn. 350–352.

entschädigt, die betreffende Werknutzung individualvertraglich zu monetarisieren.[4] Im Ergebnis wird das Ausschließlichkeitsrecht auf einen bloßen Vergütungsanspruch reduziert. Auch wenn dieser Vergütungsanspruch zunächst nicht erfüllt wird, bleibt die erfolgte Nutzung rechtmäßig. Nur die Zahlungspflicht lebt fort und muss ggf. gesondert geltend gemacht werden.

Allerdings ist der einzelne Urheber faktisch nicht in der Lage, den Vergütungsanspruch 613 gegen alle privilegierten Nutzer individuell geltend zu machen. Deshalb werden die gesetzlichen Vergütungsansprüche allesamt **von Verwertungsgesellschaften wahrgenommen;** zT ordnet das Gesetz dies ausdrücklich an.[5] Die Verwertungsgesellschaften setzen die Vergütungsansprüche gegen zahlungspflichtige Nutzer durch und verteilen diese Einnahmen anschließend an die anspruchsberechtigten Urheber.[6] Die Kollektivierung und Pauschalisierung gesetzlicher Vergütungsansprüche ändert nichts an ihrer Rechtsnatur und ihrem Zweck als privater urheberrechtlicher Befugnisse im Hinblick auf urheberrechtlich relevante Nutzungen. Es handelt sich mit anderen Worten **nicht um eine Steuer oder sonstige öffentliche Abgabe.** Die Finanzierung des urheberrechtlichen Vergütungsaufkommens aus dem allgemeinen Staatshaushalt ist unionsrechtswidrig und damit unzulässig, weil und soweit hierbei nicht gewährleistet werden kann, dass die Kosten des gerechten Ausgleichs letztlich von den Schrankenbegünstigten getragen werden.[7]

Beispielhaft soll im Folgenden die wirtschaftlich bedeutsame, zugleich aber praktisch 614 und rechtlich besonders schwierige kollektive Abwicklung des **Vergütungsanspruchs für Vervielfältigungen zum privaten und sonstigen eigenen Gebrauch sowie für Unterricht, Wissenschaft und Institutionen** gem. §§ 54–54h UrhG dargestellt werden.

2. Die §§ 54–54h UrhG als Beispiel

Gem. **§ 54 I UrhG** haben Urheber, deren Werke nach ihrer Art erwarten lassen, dass 615 sie nach § 53 I oder II oder nach §§ 60a–f UrhG zulässigerweise, also für den privaten Gebrauch, den eigenen Gebrauch sowie für Unterricht, Wissenschaft und Bildung vervielfältigt werden, einen **Anspruch auf angemessene Vergütung.** Grundvoraussetzung für den Vergütungsanspruch ist mithin, dass die betreffenden Vervielfältigungen von den genannten Schrankenregelungen gedeckt sind. Rechtswidrige Kopien, zB Privatkopien von (offensichtlich) rechtswidrigen Vorlagen (§ 53 I 1 UrhG), sind verboten. Auf sie darf daher auch kein gesetzlicher Vergütungsanspruch gestützt werden.[8]

Dieser Anspruch ist im Voraus nicht verzichtbar und kann im Voraus auch nur an eine 616 Verwertungsgesellschaft oder an einen Verleger abgetreten werden, der ihn in eine Verwertungsgesellschaft einbringt, die sowohl Urheber als auch Verleger vertritt (§ 63a UrhG). Neben den **Urhebern** steht dieser Vergütungsanspruch auch denjenigen **originären Inhabern von verwandten Schutzrechten** zu, auf die § 54 UrhG für anwendbar erklärt wird, nämlich den Verfassern wissenschaftlicher Ausgaben (§ 70 I UrhG), den Herausgebern nachgelassener Werke (§ 71 I UrhG), den Lichtbildnern

[4] EUGH GRUR 2011, 50 Rn. 40ff. – Padawan (Ausgleich für einen „Schaden").
[5] → Rn. 1101.
[6] Dazu näher unten → Rn. 1098ff.
[7] EUGH GRUR 2016, 687 Rn. 39ff. – EGEDA.
[8] EUGH ZUM 2015, 381 Rn. 74ff. – Copydan Båndkopi.

(§ 72 I UrhG), ausübenden Künstlern und Veranstaltern (§ 83 UrhG), Tonträgerherstellern (§ 85 IV UrhG), Presseverlegern (§ 87g IV 2 UrhG) und Filmherstellern (§ 94 IV UrhG), **nicht aber** den Sendeunternehmen (§ 87 IV UrhG) und **sonstigen Verlegern,** weil diese über kein eigenes Leistungsschutzrecht verfügen.[9]

617 Eigentlich müsste sich der Vergütungsanspruch gegen diejenigen Nutzer richten, die zum privaten und sonst eigenen Gebrauch Vervielfältigungen herstellen oder herstellen lassen. Denn sie sind es, die urheberrechtsrelevante Handlungen zu ihren Vorteilen vornehmen und damit dem Urheber einen „Schaden" zufügen. Da es jedoch weder sinnvoll noch angemessen ist, diese im privaten bzw. sonst eigenen Bereich stattfindenden Vervielfältigungen zu erfassen und gegen jeden Einzelnen durchzusetzen, **verlagert das Gesetz die Zahlungspflicht auf Hersteller, Importeure bzw. Händler von Kopiergeräten und Speichermedien sowie auf Betreiber von Ablichtungsgeräten** wie Copyshops und Universitäten. Ihre Haftung beruht auf dem Gedanken, dass sie es sind, die Endnutzern die vergütungspflichtigen Vervielfältigungen ermöglichen. Nur über ihre Inanspruchnahme kann der gesetzliche Vergütungsanspruch praktisch wirksam werden. Schließlich können sie die urheberrechtlichen Vergütungen als Preisaufschlag auf die Endnutzer abwälzen.[10]

618 Der Anspruch auf Vergütung richtet sich gegen den **Hersteller von Geräten und Speichermedien,** deren Typ allein oder in Verbindung mit anderen Geräten, Speichermedien oder Zubehör zur Vornahme der betreffenden Vervielfältigungen benutzt wird (§ 54 I UrhG). Unter „Speichermedien" versteht das Gesetz „alle physikalischen Informations- und Datenträger mit Ausnahme von Papier oder ähnlichen Trägern. Das sind alle elektronischen (zB Smartcard, Memory Stick), magnetischen (zB Musikkassette, Magnetband, Festplatten, Diskette) und optischen (zB Film, DVD, CD-ROM, CD-R, CD-RW, Laserdisk) Speicher".[11] Zu den „Geräten", die zur Vornahme legaler Vervielfältigungen benutzt werden, zählen zB Drucker, PCs, Smartphones, Tablets usw. Für die Geräteabgabe und die Speichermedienabgabe haften neben dem **Hersteller**[12] der gewerblich handelnde **Importeur** (vgl. § 54b II UrhG) und der **Händler**[13] als **Gesamtschuldner** (§ 54b I UrhG).

619 Neben der Geräteabgabe und der Speichermedienabgabe hat der Urheber gemäß § 54c I UrhG noch einen zusätzlichen Vergütungsanspruch gegen denjenigen, der in Schulen, Hochschulen sowie Einrichtungen der Berufsbildung oder sonstiger Aus- und Weiterbildung, in Archiven, Museen, in Forschungseinrichtungen, öffentlichen Bibliotheken oder in kommerziellen Einrichtungen wie Copyshops oder Kaufhäusern Reprographiegeräte für die entgeltliche Nutzung bereithält (sog. **Betreiberabgabe**). Die gesetzliche Aufzählung der Betreibereinrichtungen ist abschließend, nimmt also Verwaltung und Wirtschaft, soweit sie nicht Träger einer der genannten Einrichtungen sind, aufgrund der Erwägung aus, dass dort nur relativ wenig geschütztes Material abgelichtet werde.[14]

---

9 EUGH ZUM 2012, 313 Rn. 98 ff. – Luksan; BGH ZUM 2016, 639 Rn. 64 ff. – Verlegeranteil.
10 EUGH GRUR 2011, 50 Rn. 40 ff. – Padawan.
11 Amtliche Begründung, UFITA 2008/I, 160.
12 Begriffsbestimmung in BGH GRUR 1985, 280; 1985, 285.
13 Auch derjenige, der inländische Nutzer durch Direktvertrieb über das Internet beliefert: EUGH ZUM 2011, 644 Rn. 34 ff. – Stichting.
14 Verfassungsgemäß nach BVerfG ZUM 1997, 41 – Kopierladen I.

Die **Pflicht zur Geräteabgabe und zur Speichermedienabgabe entsteht** mit dem Inverkehrbringen, zB dem Veräußern, Vermieten, Verleihen oder dem Aufstellen an einem Ort, an dem die Gegenstände benutzt werden können; denn dadurch entsteht die Möglichkeit zum privaten und eigenen Gebrauch. Eine Veräußerung an den Händler oder Importeur genügt. Geräteabgabe und Speichermedienabgabe entfallen, wenn den Umständen nach erwartet werden kann, dass die Geräte oder Speichermedien nicht zu vergütungspflichtigen Vervielfältigungen benutzt werden. Demgemäß sind von der Vergütung für digitale Privatkopien digitale Geräte und Speichermedien ausgenommen, die nicht privaten Nutzern überlassen werden und eindeutig anderen Verwendungen als der Anfertigung von Privatkopien vorbehalten sind, wogegen allerdings eine Vermutung spricht, die der Vergütungsschuldner entkräften muss.[15] 620

Die **gesamtschuldnerische Haftung des Händlers entfällt** nach § 54b III UrhG, wenn der Hersteller oder Importeur, von dem der Händler seine Geräte oder Speichermedien bezogen hat, an einen Gesamtvertrag über die Vergütung gebunden ist oder wenn der Händler Art und Stückzahl der von ihm bezogenen Geräte oder Speichermedien und seine Bezugsquelle zu den in § 54b III Nr. 2 UrhG vorgeschriebenen Terminen der in § 54h UrhG bezeichneten Stelle mitteilt. 621

Die **Höhe der angemessenen Vergütung** entspricht grundsätzlich der Höhe des Schadens, den Urheber und originäre Leistungsschutzberechtigte dadurch erleiden, dass das jeweilige Gerät oder Speichermedium als Typ ohne ihre Erlaubnis tatsächlich für nach § 53 I, II und §§ 60a–f UrhG zulässige Vervielfältigungen genutzt wird. Zum Ausgleich dieses Schadens ist grundsätzlich die angemessene Vergütung zu zahlen, die die Nutzer hätten entrichten müssen, wenn sie die Erlaubnis für die Vervielfältigungen eingeholt hätten.[16] Welche Kriterien hierfür im Einzelnen maßgeblich sind, regelt § 54a UrhG. Zu berücksichtigen ist demnach, 622

- in welchem Maß die Geräte und Speichermedien als Typen tatsächlich für legale Vervielfältigungen genutzt werden (§ 54a I 1 UrhG);
- inwieweit durch Anwendung technischer Schutzmaßnahmen nach § 95a UrhG private oder sonst eigene Kopien von vornherein unterbunden werden, so dass ein Vergütungsanspruch entfällt, § 54a I 2 UrhG;[17]
- dass Vervielfältigungsgeräte mit integrierten Speichermedien (zB PC) sowie Geräte, die mit anderen Geräten oder Speichermedien funktionell verbunden sind (zB PC mit Drucker), zwar gesonderten Vergütungen unterliegen, doch muss die Gesamtvergütung angemessen bleiben, § 54a II UrhG;
- dass auch auf die Leistungsfähigkeit der Vervielfältigungsgeräte und auf die Speicherkapazität und Mehrfachbeschreibbarkeit der Speichermedien abgestellt wird, § 54a III UrhG;
- dass an sich angemessene Vergütungssätze im Wege einer abschließenden Ergebniskontrolle zu reduzieren sind, sollten sie ein wirtschaftlich angemessenes Verhältnis zum Preisniveau des Gerätes oder Speichermediums übersteigen, so dass die Vergütung nicht an die Endnutzer abgewälzt werden kann, § 54a IV UrhG.[18]

[15] BGH GRUR-RR 2017, 486 Rn. 19ff. – USB-Sticks und Speicherkarten.
[16] BGH ZUM-RD 2017, 436 Rn. 40f. – Gesamtvertrag PCs mwN.
[17] EUGH ZUM 2013, 786 Rn. 57 – VG Wort. Unter Umgehung technischer Schutzmaßnahmen hergestellte Kopien sollen hingegen vergütungspflichtig sein, vgl. BGH ZUM-RD 2017, 374 Rn. 71ff. – externe Festplatten (sehr zw.).
[18] Vgl. BGH ZUM-RD 2016, 444 Rn. 38ff. – Gesamtvertrag Unterhaltungselektronik.

623 Auf dieser gesetzlichen Grundlage haben sich Verwertungsgesellschaften und Verbände von Geräteanbietern zB auf Gesamtverträge geeinigt, wonach bis Ende 2018 für Privat-Tablets 7,00 Euro und für Business-**Tablets** 2,80 Euro, für Verbraucher-**Mobiltelefone** 5,00 Euro und für Business-Mobiltelefone 2,50 Euro zu zahlen sind.[19]

624 Um die Überwälzung der Abgabe für Geräte und Speichermedien auf den Endverbraucher zu erleichtern, sieht § 54d UrhG vor, dass in **Rechnungen** über die Veräußerung oder ein sonstiges Inverkehrbringen an Unternehmer für deren Unternehmen auf die dafür anfallende Urhebervergütung **hinzuweisen** ist. Der Händler kann daraus ersehen, ob seine Inanspruchnahme droht, und dies bei der Gestaltung seiner Einkaufspreise berücksichtigen. Dadurch wird bereits auf der Stufe der Hersteller und Importeure Druck zugunsten der Begleichung der Abgabenschuld ausgeübt.[20]

625 Da im Binnenmarkt der EU die staatliche Einfuhrkontrolle weggefallen ist, überbürdet § 54e I UrhG dem **Importeur** eine privatrechtliche **Meldepflicht.** Dieser hat Art und Stückzahl der von ihm eingeführten Geräte und Speichermedien monatlich an die von den Verwertungsgesellschaften bezeichnete gemeinsame Inkassostelle (§ 54h III UrhG) schriftlich mitzuteilen. Dort werden die Meldungen mit den Auskünften verglichen, die von den Händlern über Art und Stückzahl der in Deutschland veräußerten oder in Verkehr gebrachten Geräte und Speichermedien sowie ihrer Bezugsquellen nach § 54f I, 54b UrhG abzugeben sind. Das ermöglicht eine effiziente Kontrolle. Unrichtige, unvollständige oder überhaupt nicht getroffene Angaben können mit dem doppelten Vergütungssatz geahndet werden (§§ 54e II, 54f III UrhG). Parallel zu dieser Meldepflicht sind **Betreiber von Reprografiegeräten,** die nach § 54c UrhG vergütungspflichtig sind, verpflichtet, der Inkassostelle der Verwertungsgesellschaften (§ 54h I UrhG) zwecks Bemessung der Betreiberabgabe das Betreten ihrer Betriebs- und Geschäftsräume während der üblichen Betriebs- oder Geschäftszeit zu gestatten (§ 54g UrhG).[21] Vermeidbare Betriebsstörungen haben zu unterbleiben. Auch besteht kein Selbsthilferecht. Wird der Kontrollbesuch verwehrt, ist der Rechtsweg zu beschreiten.[22]

626 Die Vergütungsansprüche, der Anspruch auf Meldung durch die Importeure, der Auskunftsanspruch sowie das Recht auf Kontrollbesuche sind nach § 54h I UrhG **verwertungsgesellschaftspflichtig.** Da die Ansprüche der jeweiligen Urheber- und Leistungsschutzberechtigten durch verschiedene Verwertungsgesellschaften wahrgenommen werden, bestimmt § 54h II UrhG, dass jedem Berechtigten ein angemessener Anteil an den Vergütungen zusteht mit Ausnahme solcher Werke, die mit technischen Maßnahmen nach § 95a UrhG geschützt sind. Die Verwertungsgesellschaften müssen also die kassierten Vergütungen unter sich angemessen aufteilen. Sie haben zu Durchsetzungs- und Verteilungszwecken die ZPÜ, die ZBT, die ZFS und die ZVV gegründet.[23]

627 In der Gesamtschau etablieren die §§ 54–54h UrhG folgenden **Zahlungsfluss:**

---

[19] Vgl. https://www.zpue.de/aktuelles.html.
[20] Amtliche Begründung, UFITA 2008/I, 166.
[21] Verfassungsgemäß: BVerfG ZUM 2008, 681.
[22] Amtliche Begründung, UFITA 2008/I, 167 und BVerfG ZUM 2008, 682.
[23] → Rn. 1105.

Übersicht: Zahlungsfluss

Hierbei handelt es sich aber lediglich um ein Idealbild. Zweifelhaft ist bereits, ob es 628
den Vergütungsschuldnern, also den Geräteanbietern und Kopiergerätebetreibern gelingt, die urheberrechtlichen Vergütungen auf die Endnutzer abzuwälzen. In einer empirischen Studie konnte keine Korrelation zwischen der Höhe der urheberrechtlichen Abgabe und dem Endverkaufspreis von Druckern festgestellt werden.[24] Hinzu kommt, dass das System **hohe Transaktionskosten generiert und sehr schwerfällig** ist. Gerichte tun sich schwer, auf der Basis der allgemeinen gesetzlichen Vorgaben einen angemessenen („gerechten") Preis festzulegen.[25] Was „angemessen" und demgemäß von den Vergütungsschuldnern zu zahlen ist, bleibt oft für so viele Jahre umstritten, dass die mit Vergütungsabgaben belegten Geräte und Speichermedien bereits wieder obsolet sind. Diese Rechtsunsicherheit geht sowohl zu Lasten der Urheber, die auf ihre Einnahmen teils mehr als ein Jahrzehnt warten, als auch zu Lasten der Vergütungsschuldner, die nicht wissen, welche Vergütung sie einpreisen müssen und die über Jahre hohe Rückstellungen bilden müssen.[26]

---

[24] *Kretschmer,* Private Copying and Fair Compensation, 2011, https://ssrn.com/abstract=2063809.

[25] Der BGH knüpft teilweise an die ehemals kodifizierten Vergütungssätze (BGH ZUM-RD 2017, 185 Rn. 63ff. – Musik-Handy; ZUM-RD 2017, 374 Rn. 85 – externe Festplatten), teilweise an vergleichbare Gesamtverträge zu anderen Geräten an (BGH GRUR-RR 2017, 486 Rn. 29ff. – USB-Sticks und Speicherkarten).

[26] Nach 10 Jahren noch ungeklärt waren zB die Vergütungssätze für DVD-Rekorder (BGH ZUM-RD 2016, 444 – Gesamtvertrag Unterhaltungselektronik), CD-/DVD-Rohlinge (BGH MMR 2017, 402 – Gesamtvertrag Speichermedien) und externe Festplatten (BGH ZUM-RD 2017, 374 – externe Festplatten).

Literatur zur Vertiefung: *Claussen,* Die Vergütung für die Überspielung zum privaten Gebrauch und ihre Verteilung im Filmbereich, 1993; *Götting,* Beteiligung der Sendeunternehmen an der Pauschalvergütung nach § 54 UrhG, 2004; *Hohagen,* Die Freiheit der Vervielfältigung zum eigenen Gebrauch, 2004; *Zachow,* Die Pauschalvergütung des Urhebers im digitalen Zeitalter, 2013

§ 32. Die Schutzdauer

I. Schutzdauer und Gemeinfreiheit

629 Die wohl bedeutsamste Begrenzung des Urheberrechts zugunsten der Interessen der Allgemeinheit liegt in seiner Befristung. Nach Ablauf der in §§ 64–69 UrhG in Umsetzung der SchutzdauerRL 2006/116 geregelten Fristen wird das Werk **gemeinfrei.** Es steht von da ab jedermann zu jedem legalen Zweck zur freien Verfügung. Die im Urheberrecht enthaltenen Rechte (Verwertungsrechte und das Urheberpersönlichkeitsrecht) erlöschen. Selbiges gilt für abgeleitete Nutzungsrechte der Werkmittler. Jedermann kann nunmehr das Werk vervielfältigen, verbreiten, aufführen, vorführen usw., ohne die Zustimmung des Urhebers einholen oder eine Vergütung dafür zahlen zu müssen.

630 Zur **Rechtfertigung** der zeitlichen Begrenzung werden zum einen Zugangsinteressen angeführt: Nach verbreiteter Auffassung hat die Allgemeinheit um des Kulturlebens willen **nach einer gewissen Zeit Anspruch auf freie, unentgeltliche Benutzung** der geistigen Güter. Und in der Tat haben empirische Untersuchungen in den USA gezeigt, dass gemeinfreie Bücher zu erheblich (ca. 50 %) günstigeren Preisen angeboten werden als urheberrechtlich geschützte. Auch werden deutlich mehr alte, gemeinfreie Bücher in verschiedenen Versionen (zB als Hörbuch) vermarktet als urheberrechtlich geschützte Bücher aus den 1970er und 1980er Jahren.[1] Ferner wird darauf hingewiesen, dass der **Werkschöpfer** auf der Vorarbeit seiner Vorgänger aufbaue und also seinerseits das **Kultur- und Allgemeingut benutze.** Sodann wird argumentiert, Immaterialgütern wohne unter ökonomischen Gesichtspunkten die Eigenschaft inne, **die Bedürfnisse potentiell unbeschränkt vieler Personen befriedigen zu können,** während das Sacheigentum die Selbstnutzung nur einer beschränkten Anzahl von Personen ermögliche.[2] Schließlich wird der Unterschied zwischen der ewigen Dauer des Sacheigentums und der zeitlichen Befristung des Urheberrechts damit gerechtfertigt, dass der Urheber im Gegensatz zum Sacheigentümer **keine Aufwendungen zur Erhaltung seines Guts** tätigen muss. Er befindet sich dadurch in einer erheblich besseren Stellung als der Eigentümer einer Sache.[3]

631 Ein weiterer Grund für eine zeitliche Befristung des Urheberrechts liegt in dessen persönlichkeitsrechtlichem Bestandteil. Das droit moral ist Ausdruck des ideellen Bands zwischen dem Urheber und seinem Werk. Der direkte **Bezug zur Person des Urhebers** bewirkt, dass nach dem Tod der Bezugsperson notwendigerweise auch deren persönlichkeitsrechtliche Interessen nicht ewig fortbestehen können. Dadurch ist dem Wesen der persönlichkeitsrechtlichen Komponente des Urheberrechts eine zeitliche Schranke immanent. Was die **konkrete Dauer** betrifft, so ist zu berücksichtigen, dass die Ausstrahlung der Persönlichkeit eines Urhebers auch über dessen Tod hinaus fortbesteht, so dass der Wegfall des Urheberrechtsschutzes im Zeitpunkt des Tods

[1] S. *Heald* (→ Rn. 75). Zu solch vergriffenen Werken näher → Rn. 568 ff.
[2] *Weinmann* Die Rechtsnatur der Lizenz, Bern 1996, S. 536–539.
[3] Zum Ganzen *Pahud* (→ Rn. 125) S. 51 ff., 149 ff.

nicht gerechtfertigt wäre. Das Urheberrecht muss vielmehr so lange fortbestehen wie die Erinnerung an den lebenden Urheber reicht; denn so lange bleibt das Band zwischen der Urheberpersönlichkeit und dem Werk bestehen. Die im Interesse der Rechtsklarheit erforderliche generelle Festlegung einer Zeitschranke ist Sache des politischen Ermessens. Die Bundesrepublik hat sich für eine Schutzdauer von 70 Jahren entschieden. Inzwischen gilt diese Schutzdauer einheitlich und verbindlich für alle Mitgliedstaaten der EU (Art. 1 SchutzdauerRL 2006/116). Die meisten Mitgliedstaaten der RBÜ sind bei der dort vorgesehenen und angemessenen Schutzdauer von 50 Jahren geblieben. Das Bundesverfassungsgericht hat entschieden, dass in der zeitlichen Befristung keine verfassungswidrige Enteignung liegt.[4] Nimmt man die monistische Urheberrechtstheorie ernst, dann lässt sich eine Erweiterung des Schutzes von Werken über den Tod des Urhebers hinaus sogar überhaupt nur damit erklären, dass ausnahmsweise wegen der wirtschaftlichen Versorgung der nächsten Erben ein begrenzter Schutz bis zur maximalen Nachwirkung der Schöpferpersönlichkeit im Andenken dieser Erben gerechtfertigt ist.

Der Gedanke, nach Ablauf der Schutzfrist auf die Nutzung gemeinfreier Werke eine 632
Kulturabgabe (domaine public payant) zu erheben und daraus das urheberrechtliche Schaffen der Gegenwart zu fördern, ist bereits in der Französischen Revolution aufgetaucht und seither in einigen Ländern verwirklicht worden. Auch der Regierungsentwurf zum UrhG 1965 wollte eine Kulturabgabe als sog. **Urhebernachfolgevergütung** einführen. Danach sollten die Verwerter eines Werkes, das urheberrechtlich nicht mehr geschützt ist, eine Urhebernachfolgevergütung an einen Urheberfonds zahlen müssen, der als Stiftung des bürgerlichen Rechts gegründet werden sollte. Die Einziehung der Vergütung sollte durch die Verwertungsgesellschaften erfolgen. Die Einnahmen waren bestimmt für Ehrensolde an verdiente Urheber, für die Unterstützung bedürftiger Hinterbliebener verdienter Urheber und für Förderungsbeihilfen an begabte Urheber. Der Gesetzgeber ist jedoch diesen Vorschlägen zu Recht nicht gefolgt; denn das **Urheberrecht ist kein Recht der Sozialhilfe und der Kulturpolitik.**[5]

Ebenso abzulehnen ist die Forderung nach einem gegen Entstellungen schützenden 633
ewigen Urheberpersönlichkeitsrecht.[6] So hatte zB die Verwendung Schubertscher Melodien in der Operette „Drei-Mäderlhaus" zu heftigen Protesten geführt.[7] In einigen Auslandsrechten, insbesondere in Art. L 121-1 des französischen Gesetzes über das geistige Eigentum,[8] ist das droit moral in der Tat als ewiges Recht ausgestaltet, dessen Wahrnehmung den gesetzlichen Erben obliegt. Dies aber bezweckt in erster Linie nicht Urheberschutz, sondern Kulturgüterschutz.[9]

In Betracht kommt dann allerdings noch ein **Schutz als sog. nachgelassenes Werk** 634
gem. § 71 UrhG. Wird ein bis zum Ablauf der Schutzfrist noch nicht erschienenes Werk (zum Erscheinen siehe § 6 II UrhG) nämlich erstmals zum Erscheinen gebracht

[4] BVerfG NJW 1972, 491.
[5] Zur Künstlersozialabgabe → Rn. 58.
[6] ZB *Hirsch* FS Roeber, 1982, S. 175–179.
[7] Dazu *Jayme* UFITA 2008/II, 316–318.
[8] UFITA 125 (1994), 238.
[9] Für die Wahrung des mit der Gemeinfreiheit entstehenden kulturellen Freiraums auch *Schack* (→ Rn. 176) Rn. 359f.

oder öffentlich wiedergegeben, so entsteht für den dafür Verantwortlichen nach § 71 UrhG ein Leistungsschutzrecht für die Dauer von 25 Jahren.[10]

II. Die Berechnung der Schutzfrist

635 Die 70-jährige Schutzfrist wird grundsätzlich vom Tode des Urhebers an gerechnet, ausnahmsweise vom Erscheinen oder von der Veröffentlichung des Werkes an. Die (zu) lange Schutzfrist gilt im Interesse der vollständigen Harmonisierung der Schutzfristen in der EU für alle Werke, die **in zumindest einem Mitgliedstaat der EU am 1.7.1995 noch geschützt** waren (vgl. § 137f UrhG). Dies gilt selbst dann, wenn das betreffende ausländische Werk niemals in der Bundesrepublik geschützt war, sondern eben nur in diesem einen Mitgliedstaat der Union.[11]

636 In der Regel ist der maßgebliche Zeitpunkt der **Tod des Urhebers** (§ 64 UrhG). **Bei gemeinschaftlich geschaffenen Werken** ist der Tod des längstlebenden **Miturhebers** maßgebend (§ 65 I UrhG), bei audiovisuellen Werken jedoch angesichts der Vielzahl möglicher Urheber nur der Tod des Längstlebenden unter den folgenden Werkschöpfern: Hauptregisseur, Drehbuchautor, Dialogautor und Komponist der für das betreffende Werk geschaffenen Musik (§ 65 II UrhG).

637 Bei **Werkverbindungen** (§ 9 UrhG) bestimmt sich die Schutzfrist hingegen für jedes der verbundenen Werke nach dem Tode seines Schöpfers. Denn die Werke sind zwar zu gemeinsamer Verwertung miteinander verbunden, lassen sich aber anders als von Miturhebern geschaffene Werke auch gesondert verwerten.[12] Bei **Sammelwerken** läuft die Schutzfrist ebenfalls getrennt für das Sammelwerk als solches und die einzelnen Beiträge. Auch eine Musikkomposition und ein Text sind getrennt verwertbar, und zwar selbst dann, wenn beide Beiträge eigens füreinander geschaffen wurden – man denke an die Verwertung von Instrumentalversionen bekannter Pop- und Rocksongs, die von der Band gemeinsam geschrieben wurden. Da dieser Fall jedoch in den Mitgliedstaaten der EU unterschiedlich geregelt wurde, sieht § 65 III UrhG in Umsetzung der EU-Richtlinie 2011/77 vor, dass die **Schutzdauer einer Musikkomposition mit Text** 70 Jahre nach dem Tod des am längsten lebenden Komponisten *oder* Texters berechnet wird. Dieses Geschenk an die Musikindustrie kann dazu führen, dass die Verwertung von Instrumentalversionen und neuen Texten zu Kompositionen, deren Urheber vor 70 Jahren verstorben ist, um diejenigen Jahre zustimmungspflichtig wird, die der Texter den Komponisten überlebt.[13]

638 Bei **anonym oder unter unbekanntem Decknamen** veröffentlichten Werken wird die Schutzfrist von der **Veröffentlichung** an gerechnet, bei unveröffentlichten Werken von ihrer Schöpfung an (§ 66 I UrhG). Jedoch wird die Schutzfrist vom Tode des Urhebers an nach den allgemeinen Regeln (§§ 64, 65 UrhG) berechnet:

- Wenn der Urheber **innerhalb von 70 Jahren seit der Veröffentlichung** seine Identität offenbart oder sein Pseudonym keinen Zweifel an seiner Identität mehr lässt (§ 66 II 1 UrhG) oder
- wenn der wahre Name des Urhebers innerhalb von 70 Jahren seit der Veröffentlichung zur Eintragung in das **Register anonymer und pseudonymer Werke** (frü-

[10] Dazu → Rn. 719ff.
[11] EUGH ZUM 2009, 205 – Sony.
[12] Oben → Rn. 302ff.
[13] Übergangsvorschrift dazu in § 137m II UrhG.

her: Urheberrolle) angemeldet wird (§ 66 II 2 UrhG). Dieses wird beim Patent- und Markenamt in München geführt. Über die Einzelheiten siehe § 138 UrhG.

Die Offenbarung der Identität sowie die Anmeldung zur Eintragung im Register können mit Wirkung für die Fristberechnung nur vom Urheber selbst und nach dessen Tode von seinem Rechtsnachfolger oder Testamentsvollstrecker veranlasst werden (§ 66 III UrhG).

Ein Werk, dessen Schutzfrist wegen anonymer oder pseudonymer Urheberschaft nach 639
seiner Veröffentlichung zu berechnen ist, kann über einen längeren Zeitraum in Teillieferungen (einzelnen Bänden oder Lieferungen) erscheinen. Auch wenn diese Teile inhaltlich nicht abgeschlossen sind, muss die Schutzfristberechnung **für jede Lieferung gesondert** nach dem Zeitpunkt von deren Veröffentlichung erfolgen (§ 67 UrhG).

Die Schutzfristen beginnen **mit Ablauf des Kalenderjahres,** in das der für die Berech- 640
nung maßgebliche Zeitpunkt fällt (§ 69 UrhG). Ist zB der Verfasser im Laufe des Jahres 1948 gestorben, so läuft die Schutzfrist am 31.12.2018 ab.

Literatur zur Vertiefung: *Beier,* Die urheberrechtliche Schutzfrist, 2001; *Bischoffshausen,* Die ökonomische Rechtfertigung der urheberrechtlichen Schutzfrist, 2013; *Dittrich* (Hg.), Domaine Public Payant, Wien 1993; *Neymeyer,* Die urheberrechtliche Schutzdauer, 2015; *Rehbinder/Klingner,* Urhebernachfolgevergütung – ein aktuelles Bedürfnis?, UFITA 137 (1998), 5; *Ruzicka,* Die Problematik eines „ewigen Urheberpersönlichkeitsrechts", 1979; *Seidel,* Die zeitliche Begrenzung des Urheberrechts, 2002

3. Teil. Verwandte Schutzrechte

§ 33. Zweck, Geschichte und Bedeutung der verwandten Schutzrechte

641 Das Urheberrecht an Werken der Literatur, Wissenschaft und Kunst ist nur eines von nicht weniger als elf Ausschließlichkeitsrechten, die im UrhG insgesamt kodifiziert sind. Der 2. Teil des UrhG versammelt mittlerweile **zehn** mit dem Urheberrecht in gewisser Weise **„verwandte Schutzrechte"** (related rights), die auch Nachbar- und Leistungsschutzrechte genannt werden. All diese Rechte stehen selbständig nebeneinander und neben dem unberührt bleibenden Urheberrecht.[1] Die insoweit geltenden Regelungen des 1. Teils des UrhG werden zwar häufig für entsprechend anwendbar erklärt, etwa hinsichtlich der Schranken der verwandten Schutzrechte. Aus diesen Verweisen darf aber nicht gefolgert werden, dass etwaige Lücken des Leistungsschutzes unter Berufung auf urheberrechtliche Bestimmungen oder Grundgedanken ausgefüllt werden können. Denn dies würde den Unterschieden zwischen Urheber- und Leistungsschutz sowie der **abschließenden Kodifikation** der verwandten Schutzrechte widersprechen. Wo zB das UrhG den Leistungsschutzberechtigten nur Vergütungsansprüche gewährt (vgl. §§ 78 II, 86 UrhG), dürfen die den Urhebern zustehenden Verbotsrechte nicht entsprechend angewendet werden. Wer wie namentlich Artisten und Sportler weder zu den Urhebern noch zu den leistungsschutzberechtigten ausübenden Künstlern zählt, darf auch nicht durch analoge Anwendung des Urheberrechts und der verwandten Schutzrechte in deren Rang erhoben werden. Wird zB ein Fußballspiel unerlaubt im Internet übertragen, so können die Sportler hiergegen allenfalls aufgrund ihres allgemeinen Persönlichkeitsrechts vorgehen.

642 Die verwandten Schutzrechte können nach ihrem Gegenstand und Zweck in zwei Gruppen eingeteilt werden: Sieben der zehn Rechte betreffen **rein unternehmerische Leistungen** der Herausgeber sog. nachgelassener Werke (zB die Herausgabe einer bisher unbekannten oder verloren geglaubten Opernkomposition, § 71 UrhG), der Veranstalter von Werkdarbietungen (§ 81 UrhG) sowie der Hersteller von Tonträgern (§§ 85f. UrhG), Funksendungen (§ 87 UrhG), Datenbanken (§§ 87a–e UrhG), Presseerzeugnissen (§§ 87f–h UrhG) und Bildträgern (§§ 94f. UrhG). Ihre Leistung besteht darin, Werke und sonstigen vorbestehenden „Content" aller Art technisch-wirtschaftlich so aufzubereiten, dass er vom geneigten Publikum konsumiert werden kann. Dementsprechend besteht der Zweck dieser Leistungsschutzrechte allein darin, die hierfür erforderlichen **Investitionen** (Produktionskosten) zu schützen und damit zugleich einen Anreiz zu setzen, überhaupt in diesen riskanten Geschäftsfeldern tätig zu sein. Da die Investition im Produkt (dem Tonträger, der Sendung, dem Presseerzeugnis usw.) verkörpert ist, erklärt das Gesetz jenes zum Schutzgegenstand. Nur beim Schutz des Datenbankherstellers macht bereits der Wortlaut des Gesetzes deutlich, dass Schutzgegenstand die zugrundeliegende „wesentliche Investition" ist (vgl. § 87a UrhG). Deshalb wird dieses Schutzrecht „Recht sui generis" genannt.

643 Der Schutz der Verfasser wissenschaftlicher Ausgaben (§ 70 UrhG), der Lichtbildner (§ 72 UrhG) und der ausübenden Künstler (§§ 73–83 UrhG) honoriert hingegen, dass sie **neuen „Content" erzeugen,** nämlich wissenschaftliche Werkeditionen, Licht-

---

[1] So die wiederkehrende Floskel im internationalen Recht (zB Art. 1 Rom-Abkommen, Art. 1 II WPPT) und im Unionsrecht (zB Art. 12 Vermiet- und VerleihRL 2006/115/EG).

bilder und künstlerische Darbietungen. Diese Leistungen sind zwar keine Werke, weil sie keine individuelle Kreativität zum Ausdruck bringen (einfache Lichtbilder) bzw. vorbestehenden Werken gewidmet sind (Werkeditionen, Interpretationen). Sie befriedigen aber ebenfalls kulturelle Bedürfnisse und haben daher einen Vermögenswert, der vom Gesetz derjenigen natürlichen Person zugeordnet wird, die sie erbringt.

Werke und die vorgenannten Leistungen teilen jedoch das Schicksal, dass sie **beliebig reproduziert werden können** (die Ökonomen sagen: in ihrer Nutzung nicht exklusiv sind). Wird zB eine Musik-CD rechtswidrig kopiert oder öffentlich wiedergegeben, so eignet sich der Nutzer alle im Tonträger verkörperten Werke und Leistungen an: die Komposition, die Liedtexte, die Darbietungen der Sänger und Instrumentalisten und nicht zuletzt die Investition in die Produktion der CD. Folglich liegt nicht nur eine Urheberrechtsverletzung vor, sondern zugleich ein Verstoß gegen die verwandten Schutzrechte der ausübenden Künstler und des Tonträgerherstellers. Die Reproduzierbarkeit von Werken und Leistungen als übergreifendes Regulierungsproblem macht verständlich, warum das angloamerikanische Recht, dem überdies die idealistische Fixierung auf den Urheber abgeht, nur Copyrights (Rechte an Kopien, Rechte zum Kopieren) und keine „related rights" kennt. 644

Auch die **Geschichte der verwandten Schutzrechte** ist weniger von großen Theorien[2] als von der **Entwicklung und Ausbreitung neuer Reproduktionstechnologien** geprägt. Der Buchdruck als technologische Initialzündung des Urheberrechts gehört jedoch nicht dazu. Denn Verleger haben ihr Geschäft nach dem Wegfall des Privilegienwesens auf der Basis abgeleiteter Rechte betrieben, die sie von den Urhebern erwarben. Über ein eigenes Leistungsschutzrecht verfügen sie – abgesehen vom eng begrenzten Recht der Presseverleger gem. §§ 87f–h UrhG – bis heute nicht. Erst Technologien des späten 19. und frühen 20. Jahrhunderts zur Aufzeichnung und Sendung von Tönen und Bildern und zur massenhaften Vervielfältigung von Ton- und Bildträgern erzeugten ein Schutzbedürfnis, das nicht mehr nur durch eine entsprechende Ausweitung des Urheberrechts, sondern zudem durch eine neue Kategorie hiermit nur noch „verwandter" Schutzrechte befriedigt wurde. Die ersten Profiteure waren Sänger, Instrumentalisten und Sprecher, denen 1910 in § 2 II LUG ein Bearbeiterurheberrecht zugesprochen wurde, mit dem die entstehende Tonträgerindustrie operieren konnte. Die ohnehin dogmatisch missglückte Fiktion einer bloßen Wiedergabeleistung als Bearbeitung der Komposition erwies sich jedoch schnell als unzureichend. So erstreckte sich der Schutz nicht auf die Aufzeichnung und Sendung von Livedarbietungen. Konzertveranstalter, Rundfunkunternehmen und die Filmindustrie waren wie die Verleger auf den Erwerb von Urheberrechten angewiesen. Schauspieler gingen für ihre visuell wahrnehmbaren Leistungen leer aus. 645

Da gesetzgeberische Maßnahmen nicht über das Entwurfsstadium hinausgekommen waren,[3] sah sich die **Rechtsprechung** gezwungen, Schutzlücken unter Rückgriff auf das Delikts- und Lauterkeitsrecht zu schließen. Unerlaubte Aufzeichnungen und sonstige Verwertungen von Darbietungen und Rundfunksendungen wurden als **sittenwidriges Schmarotzen an fremder Leistung** gem. §§ 826 BGB, 1 UWG aF untersagt, weil dieses Verhalten den Künstlern, Konzertveranstaltern und Sendeunter- 646

[2] Zum Urheberrecht oben § 4.

[3] Entwurf eines Gesetzes über das Urheberrecht an Werken der Literatur, der Kunst und der Photographie von 1932 abgedruckt bei *M. Schulze* (→ Rn. 175) Bd. 1 S. 276ff.

nehmen die Möglichkeit nehme, ihre Herstellungskosten angemessen zu amortisieren und damit am Markt konkurrenzfähig zu sein.[4] Für das Verbot unerlaubter Aufzeichnungen und Verwertungen künstlerischer Darbietungen berief sich der BGH zudem auf das allgemeine Persönlichkeitsrecht, das den Interpreten garantiere, selbst über die Verwertung ihrer Leistungen zu bestimmen.[5]

647 Nachdem Anfang der 1960er Jahre internationale Abkommen zum Schutz der Sendeunternehmen, der Tonkünstler und Tonträgerhersteller geschlossen worden waren,[6] war der Boden für die verwandten Schutzrechte als eigenständige Rechtekategorie bereitet. Das **UrhG von 1965** versammelte unter diesem Dach bereits acht der zehn heute gültigen Leistungsschutzrechte. Hinzu kamen am 1.1.1998 in Umsetzung der DatenbankRL 1996/9 noch der Schutz des Datenbankherstellers gem. §§ 87a ff. UrhG sowie am 1.8.2013 der Schutz des Presseverlegers gem. §§ 87f ff. UrhG. Diese beiden Leistungsschutzrechte reagieren auf Schutzbedürfnisse, die sich aufgrund digital vernetzter Reproduktionstechnologien ergeben haben.

648 Die **wachsende Bedeutung der verwandten Schutzrechte** spiegelt sich nicht nur in ihrer rasant gestiegenen Zahl wider, sondern auch in ihrer prominenten Kodifikation im **Unions- und Völkerrecht.** Abgesehen vom Schutz von Lichtbildern und Presseerzeugnissen sind die Leistungsschutzrechte unionsrechtlich zwingend; der Schutz des Datenbankherstellers ist sogar vollständig harmonisiert.[7] Auf internationaler Ebene genießen Tonkünstler und Tonträgerhersteller (also die Musikindustrie) einen bereits auf das digitale Zeitalter zugeschnittenen, weitreichenden Schutz nach Maßgabe des TRIPS-Abkommens und des WIPO Performances and Phonograms Treaty (WPPT). Ein entsprechendes Übereinkommen für audiovisuelle Darbietungen (also zugunsten der Filmindustrie) wurde 2012 abgeschlossen. Die seit geraumer Zeit laufenden Verhandlungen über einen „Broadcasting Treaty“ zum Schutz von Sendeunternehmen sind ebenfalls weit fortgeschritten.[8]

649 Mit ihrer Zahl und ihrem Schutzbereich wächst schließlich auch die **praktische Bedeutung der verwandten Schutzrechte,** die nicht überschätzt werden kann. Im digitalen Zeitalter hängt die Entscheidung über besonders umstrittene und bedeutsame Fälle häufig nicht vom Urheberrecht, sondern von den verwandten Schutzrechten ab. So verstößt das **Sampling** kleinster Ton- und Bildfetzen nicht gegen das Urheberrecht der Komponisten und Filmregisseure, wohl aber möglicherweise gegen die Leistungsschutzrechte der Ton- und Filmhersteller. Das **Streamen von Musik und Filmen** kann urheberrechtlich erlaubt sein, weil die flüchtig gespeicherten Teile für sich betrachtet kein Werk darstellen; für den stets gegebenen Eingriff in die Leistungsschutzrechte der Ton- und Filmhersteller kommt es hierauf aber wiederum nicht an. Schließlich hängt die Zulässigkeit zentraler Online-Dienste von der Reichweite der verwandten Schutzrechte ab. **News-Aggregatoren** dürfen nur noch „kleinste Textausschnitte“ aus Presseerzeugnissen übernehmen (vgl. § 87f I 1 UrhG). **Metasuchmaschinen** sollen sogar per

4 S. BGHZ 37, 1 (18ff.) – Aki; BGHZ 39, 352 (356) – Vortragsveranstaltung.
5 BGHZ 33, 20 (22ff.) – Figaros Hochzeit.
6 Unten → Rn. 1174ff.
7 S. Art. 7ff. Vermiet- und VerleihRL 2006/115/EG; Art. 4ff. Satelliten- und KabelRL 93/83/EWG; Art. 3–6 SchutzdauerRL 2006/116/EG; Art. 7ff. DatenbankRL 96/9/EG; Art. 2ff. InfoSocRL 2001/29/EG.
8 Näher unten → Rn. 1174ff. und www.wipo.int.

se rechtswidrig sein, weil sie die durchsuchten Datenbanken (zB Automobilbörsen) verbotenermaßen „weiterverwenden".[9]

Aus alldem folgt, dass sich die Regulierungswirkung des „Urheberrechts" überhaupt erst aus der **Zusammenschau aller elf im UrhG geregelten Ausschließlichkeitsrechte** ergibt, von denen nur eines unmittelbar den Schutz der Urheber bezweckt. Ihr gemeinsamer Nenner und spezifischer Gegenstand ist es, reproduzierbare Werke, Darbietungen und andere Leistungen handelbar zu machen. Die exklusive Kommerzialisierungsbefugnis macht sowohl den grundgesetzlich geschützten Kern des Urheberrechts und der verwandten Schutzrechte[10] als auch ihren „spezifischen Gegenstand" im Unionsrecht aus: Die Nutzung von Werken und Leistungen zur Befriedigung geistig-kultureller Bedürfnisse soll auf Märkten von der Zahlung einer Vergütung abhängig gemacht werden können.[11] 650

Literatur zur Vertiefung: *Hilty,* Gedanken zum Schutz der nachbarrechtlichen Leistung, UFITA 116 (1991), 35; *Nordmann,* Rechtsschutz von Folkloreformen, 2001; *Oebbecke,* Der Schutzgegenstand der verwandten Schutzrechte, 2011; *Schmieder,* Das Recht des Werkmittlers, 1963; *Schneidinger,* Der Leistungsschutz, 1977; *Schulze,* Sind neue Leistungsschutzrechte erforderlich?, ZUM 1989, 53; *E. Ulmer,* Der Rechtsschutz der ausübenden Künstler, der Hersteller von Tonträgern und der Sendegesellschaften, 1957

§ 34. Leistungen von Wissenschaftlern, Lichtbildnern und ausübenden Künstlern

I. Wissenschaftliche Ausgaben

Für wissenschaftliche Schriftwerke und Darstellungen genießen Wissenschaftler Urheberrechtsschutz (vgl. § 2 I Nr. 1 und Nr. 7 UrhG). Wer jedoch nicht selbst schreibt, sondern fremde Texte nach wissenschaftlichen Kriterien ediert, um eine möglichst originalgetreue Fassung herzustellen, der schafft kein eigenes, urheberschutzfähiges Werk. Weil diese **Editionsarbeit** aber in der Regel sehr aufwändig ist, gewährt § 70 UrhG ein Leistungsschutzrecht für wissenschaftliche Ausgaben urheberrechtlich nicht geschützter Werke oder Texte, zB alter Handschriften von Werken der Literatur oder Musik oder von Inschriften. Daneben besteht an schöpferischen Ergänzungen und Anmerkungen ggf. ein Sprachwerkurheberrecht.[1] Aber unabhängig davon, ob solche schöpferischen Zutaten vorhanden sind, wird das Leistungsschutzrecht an der Ausgabe selbst für die damit verbundene **wissenschaftliche Leistung** gewährt. 651

Der Schutz setzt voraus, dass die Ausgabe das Ergebnis **wissenschaftlich sichtender Tätigkeit** darstellt und sich **wesentlich von den bisher bekannten Ausgaben der Werke oder Texte unterscheidet** (§ 70 I UrhG). Mit dem Schutzrecht wird also nur belohnt, wem es gelingt, mit anerkannten wissenschaftlichen Methoden eine neue Edition (neuen „Content") vorzulegen. Das bloße Auffinden genügt also nicht. Das Schutzrecht steht dem Verfasser der Ausgabe (§ 70 II UrhG), also dem **Musik- oder Literaturwissenschaftler** zu, nicht etwa dem wissenschaftlichen Institut, für das er tä- 652

9 Zu diesen Fällen näher unten → Rn. 697 ff., 722 ff., 728 ff.

10 BVerfGE 31, 229 (240 f.) – Kirchen- und Schulgebrauch; BVerfG GRUR 2014, 169 Rn. 87 – Übersetzerhonorare.

11 EUGH GRUR 1981, 649 Rn. 12 – Musik-Vertrieb membran und K-tel International; GRUR 2012, 156 Rn. 107 – Murphy.

1 BGH GRUR 1980, 227 – Monumenta Germaniae Historica; KG GRUR 1991, 597 – Schopenhauer-Ausgabe.

tig ist, oder dem Verleger. Es wird bei Musikwerken von der VG Musikedition wahrgenommen.[2]

653 Der **Inhalt des Schutzrechts** entspricht dem des Urheberrechts (§ 70 I UrhG). Der Verfasser verfügt also nicht nur über das ausschließliche Vervielfältigungs- und Verbreitungsrecht, sondern auch über das alleinige Recht der öffentlichen Wiedergabe. ZB kann der Musikwissenschaftler, der eine Ausgabe eines bisher unbekannten Werkes der Musik eines alten Meisters veranstaltet, nicht nur den Nachdruck, sondern auch die öffentliche Aufführung oder Sendung erlauben oder verbieten. Auch die urheberpersönlichkeitsrechtlichen Befugnisse, zB das Namensnennungsrecht, stehen ihm zu.[3]

654 Der **zeitliche Schutz** ist allerdings mit Rücksicht auf die Gemeinfreiheit der edierten Werke auf 25 Jahre begrenzt. Die Frist wird nach § 70 III UrhG wohl aus Gründen der Beweisbarkeit vom Erscheinen der Ausgabe an gerechnet, ausnahmsweise von der Herstellung an, wenn die Ausgabe innerhalb von 25 Jahren seit der Herstellung nicht erschienen ist. An sich hätte nämlich auf die Fertigstellung des Manuskripts für die betreffende Ausgabe abgestellt werden müssen; denn es geht hier um die Leistung des Wissenschaftlers und nicht um die des Verlegers.

II. Lichtbilder

1. Lichtbildwerke und Lichtbilder

655 Das UrhG unterscheidet zwischen Lichtbildwerken (§ 2 I Nr. 5 UrhG) und Lichtbildern. Lichtbildwerke als persönliche geistige Schöpfungen spiegeln die individuelle Kreativität des Fotografen wider. Wie bei allen Werkarten stellt die Rechtsprechung insoweit keine hohen Anforderungen. Beispielsweise werden Porträtaufnahmen von Schulkindern als Lichtbildwerke qualifiziert, weil der Fotograf bereits in diesen Fällen bewusste Gestaltungsentscheidungen (Licht, Ausdruck des Fotografierten) treffe.[4] Doch schützt das deutsche Urheberrecht bereits seit 1907 **sämtliche sonst von Menschen hergestellten Bilder** unabhängig von der eingesetzten Technologie (analog oder digital). Während dieser Schutz bis 1966 ein urheberrechtlicher war, ist er seither systematisch zutreffend als Leistungsschutzrecht ausgestaltet, weil in routinemäßig hergestellte Lichtbilder von Produkten[5] und sonstige Alltagsaufnahmen keine bzw. nicht genügend individuelle Kreativität fließt.[6] Freilich lässt auch diese Unterscheidung die Frage offen, warum sämtliche Fotografien, die weder Kreativität noch wesentliche Investitionen erfordern, für 50 (!) Jahre geschützt sind. Weder das Unionsrecht[7] noch die urheberrechtlichen Konventionen verlangen diesen viel zu weitgehenden Schutz.[8]

2. Schutzgegenstand und Schutzberechtigter

656 Schutzgegenstand ist nicht der abgebildete Gegenstand, sondern nur die **konkrete Abbildung.** Ein anderer darf also den abgebildeten Gegenstand von demselben Ort,

[2] → Rn. 1109.
[3] BGH GRUR 1978, 360 – Hegel-Archiv.
[4] EUGH ZUM-RD 2012, 1 Rn. 88 ff. – Painer.
[5] BGH ZUM 1992, 427 – Bedienungsanweisung.
[6] OLG Köln AfP 17, 1972, 144 – Urlaubsfoto.
[7] Vgl. Art. 6 S. 3 SchutzdauerRL 2006/116/EG.
[8] Für eine Abschaffung des Lichtbildschutzes auch *Ohly* (→ Rn. 75) S. F36 ff.

unter denselben Lichtverhältnissen und in derselben Form aufnehmen.[9] Besondere Anforderungen an die Leistung des Lichtbildners stellt das Gesetz im Übrigen zwar nicht.[10] Immerhin aber muss die Fotografie von einem Menschen und **nicht vollständig automatisiert** ausgelöst werden. Wer sich in einem Passbildautomaten fotografiert, ist wie für alle anderen Fotos als Lichtbildner geschützt. Bei Webcams, Satellitenfotos und Geräten zur Geschwindigkeitsüberwachung im Straßenverkehr („Blitzer") kommt es darauf an, ob die Einstellungen der Aufnahmeparameter (Ausrichtung, Blende, Belichtungszeit usw.) von einem Menschen (dann Lichtbildschutz gem. § 72 UrhG zu seinen Gunsten) oder zumindest teilweise von einem Computerprogramm (dann ungeschützte Automatenfotos) vorgenommen werden. Die rein mechanische Reproduktion zweidimensionaler Vorlagen, also das Fotokopieren oder Scannen von Büchern etc, genießt aufgrund einer teleologischen Reduktion des § 72 UrhG zumindest dann keinen Schutz, wenn die Vorlage gemeinfrei ist. Denn sonst könnte die vom Gesetzgeber gewollte Verfügbarkeit gemeinfreier Werke praktisch ausgehebelt werden.[11]

Die hM subsumiert unter § 72 UrhG nicht nur einzelne Fotografien, sondern auch die **Einzelbilder eines Films,** sei es ein Filmwerk oder ein bloßes Laufbild (§ 95 UrhG).[12] Damit wird der ohnehin viel zu weit gehende Rechtsschutz praktisch aller Fotos auf sämtliche nicht vollautomatisch generierten **Videos** ausgedehnt, wie sie alltäglich en masse per Smartphone, Tablet usw. von jedermann hergestellt werden. Hiergegen spricht, dass die auch § 89 IV UrhG unterliegende Annahme, ein Film setze sich technisch aus zahlreichen einzelnen, in kurzer Zeitfolge nacheinander aufgenommenen Lichtbildern zusammen, im digitalen Zeitalter überholt ist. Abgesehen davon, dass § 89 IV UrhG die Existenz eines solch „zufälligen" und „bedeutungslosen" Rechts des Kameramanns zu unterstellen scheint,[13] haben das UrhG und seine Vorläufer immer streng zwischen Filmen und Lichtbildern unterschieden. Als originäre Rechtsinhaber bei Filmen kommen nur Filmurheber (§§ 2 I Nr. 6, 89 UrhG) und Filmhersteller für ihre organisatorisch-unternehmerische Investitionsleistung in Filmwerke und Laufbilder (§§ 94f. UrhG) in Betracht; bei Lichtbildern sind dies die Urheber von Lichtbildwerken und Lichtbildner. Ein **Schutz von „Laufbildnern"**, also den Erzeugern nicht schöpferischer Videos, ist dem UrhG und nicht zuletzt dem Unionsrecht[14] fremd und daher als nicht gerechtfertigte Einschränkung der Grundfreiheiten im Binnenmarkt **abzulehnen.** 657

Träger des Schutzrechts ist der **Lichtbildner** (§ 72 II UrhG). Bei Fotografien, die im Rahmen eines Gewerbebetriebs hergestellt werden, ist dies der Unternehmer, wenn der Angestellte nach seinen ins Einzelne gehenden Weisungen arbeitet; dieser ist dann nur als Gehilfe zu betrachten. Ist der Angestellte fachlich selbständig tätig, so räumt er doch in der Regel bereits im Anstellungsvertrag die Nutzungsrechte dem Arbeitgeber ein, soweit sie für dessen Betrieb von Wichtigkeit sind.[15] Aus dem Wesen des Arbeits- oder Dienstverhältnisses wird sich meist ergeben, dass die Vorschriften über 658

[9] OLG Hamburg ZUM-RD 1997, 221 – Troades-Inszenierung.
[10] BGHZ 9, 264 – Lied der Wildbahn I.
[11] BGH ZUM 1990, 354 – Bibelreproduktion; aA OLG Stuttgart ZUM 2017, 940.
[12] BGH ZUM 2014, 401 Rn. 20ff. – Peter Fechter.
[13] S. RegE UrhG 1965, BT-Drs. IV/270, 101.
[14] S. Art. 2, 3 III, 6 S. 3 SchutzdauerRL 2006/116/EG.
[15] KG GRUR 1976, 264 – Gesicherte Spuren.

die Nutzungsrechte, die den Urheber besonders, vor allem in seinen persönlichen Interessen, schützen wollen, wie die Vorschriften über das Zustimmungserfordernis bei der Übertragung eines Nutzungsrechts oder die Vorschriften über das Rückrufsrecht, nicht anwendbar sind (vgl. § 43 UrhG). Ebenso verhält es sich mit dem Grundsatz der Unübertragbarkeit des Urheberrechts, der auf das Leistungsschutzrecht am Lichtbild nicht entsprechend anwendbar ist.

3. Inhalt des Schutzrechts

659 Der Inhalt des Schutzrechts bestimmt sich wegen des Verweises auf die Lichtbildwerke **grundsätzlich nach dem des Urheberrechts.** Dem Hersteller eines Lichtbilds stehen daher auch persönlichkeitsrechtliche Befugnisse wie das Namensnennungsrecht (§ 13 UrhG) oder der Integritätsschutz (§ 14 UrhG) zu; ihre Geltendmachung hängt jedoch davon ab, ob im Einzelfall schutzwürdige persönliche Interessen gegeben sind. Dies wird sich vielfach nach der Art und Qualität des Lichtbilds bestimmen.

660 Auch die **Schranken des Urheberrechts** gelten für den Fotografieschutz. Ein Lichtbild darf zB frei benutzt werden (§ 24 UrhG). Bei Bildnissen, die auf Bestellung angefertigt sind, ist nach § 60 UrhG die Vervielfältigung durch Fotografie, aber auch durch Malen, Zeichnen usw. zulässig, auch die unentgeltliche und nicht-gewerbliche Verbreitung ist erlaubt. Die Befugnis, zB ein Gemälde zu Zitatzwecken abzubilden, umfasst gem. § 51 S. 3 UrhG die Nutzung einer ggf. gem. § 72 UrhG geschützten Abbildung des zitierten Werkes. Dh, man darf sich für Zitate vorhandener Lichtbilder bedienen, auch wenn man nicht das Lichtbild, sondern das darin abgebildete Artefakt (eben zB ein Gemälde) anführen möchte.

661 Die **Schutzfrist** beträgt 50 Jahre und beginnt mit dem Ablauf des Jahres, in dem das Lichtbild erschienen bzw. hergestellt ist (§ 72 III UrhG).

III. Darbietungen ausübender Künstler

662 Die Musiker, Sänger, Schauspieler, Tänzer oder Dirigenten, die bei der Aufführung, Verfilmung oder Sendung eines Werkes der Tonkunst, eines Bühnen- oder Filmwerks mitwirken, vollbringen damit zwar in der Regel keine Schöpfung, weil sie nur das vom Urheber geschaffene geistige Gut (zB einen Text oder eine Komposition) auf ein anderes Ausdrucksmittel übertragen und so wiedergeben (interpretieren), wohl aber erbringen sie eine **künstlerische Leistung, die schutzwürdig** ist. Die Technik hat es möglich gemacht, diese Leistung, die früher bei jeder Wiedergabe des Werkes neu erbracht werden musste, endlos und in gleichbleibender Qualität zu wiederholen. Die künstlerische Darbietung kann durch Lautsprecher übertragen, durch Rundfunk und Fernsehen gesendet und im Internet öffentlich zugänglich gemacht werden, sie kann in Gaststätten und andernorts öffentlich wahrnehmbar gemacht werden, sie kann auch auf Ton- und Bildträger aufgenommen und mit deren Hilfe beliebig oft wiedergegeben werden. Dies kann zu einer Gefährdung des Anspruchs des Künstlers auf einen angemessenen Lohn für seine Leistung führen, insbesondere ist die Gefahr der Verdrängung der lebenden Musik durch Schallkonserven gegeben. Der Künstler bedarf also eines rechtlichen Schutzes, der aber nicht wie das Urheberrecht ein umfassender sein kann, wohl aber ein dem besonderen Schutzgegenstand und der besonderen Interessenlage angepasster. Das UrhG gewährt den ausübenden Künstlern (Interpreten) daher Verwertungsrechte, Vergütungsansprüche sowie einen persönlichkeitsrechtlichen Schutz gegen Entstellung ihrer Darbietung und ein Recht auf Anerkennung.

1. Geschützter Personenkreis und Schutzgegenstand

§ 73 UrhG definiert zunächst den **Begriff des ausübenden Künstlers.** Als solcher wird angesehen, wer ein Werk oder eine Ausdrucksform der Volkskunst (Folklore) aufführt, singt, spielt oder auf andere Weise darbietet oder wer an einer solchen Darbietung künstlerisch mitwirkt. Aus dieser Legaldefinition folgt zugleich, dass sich das verwandte Schutzrecht der ausübenden Künstler auf ihre **künstlerische Darbietung** bezieht, die mithin den Schutzgegenstand der §§ 73ff. UrhG bildet. 663

Das verwandte Schutzrecht der Interpreten ist anders als die übrigen Leistungsschutzrechte **werkakzessorisch** ausgestaltet. Denn ausübender Künstler iSd § 73 UrhG ist nur, wer ein „Werk" iSd § 2 UrhG darbietet. Dieses Werk kann zwar wegen Ablaufs der Schutzdauer bereits gemeinfrei sein (zB Aufführung einer Mozart-Sonate), es muss aber im Übrigen eine persönliche geistige Schöpfung gem. § 2 II UrhG darstellen. Aus der Werkakzessorietät ergeben sich auch die Mindestanforderungen an einen Schutz von Darbietungsteilen (sog. Samples). Jene sind gesondert schutzfähig, wenn sie für sich betrachtet einen seinerseits isoliert schutzfähigen Werkteil vermitteln.[16] Das ist bei sehr kurzen Auszügen oftmals nicht der Fall. Einzelne gesungene oder auf einem Instrument dargebotene Töne erreichen weder Werk- noch Darbietungsqualität. 664

Art. 2 lit. a WPPT folgend können Gegenstand der Darbietung auch **„Ausdrucksformen der Volkskunst"** sein, die wie das Schuhplatteln keinen Werkcharakter haben. Erneut gilt, dass ein Teileschutz nur in Betracht kommt, wenn der entnommene Darbietungsteil erkennbar eine Ausdrucksform der Volkskunst vermittelt. Dagegen gehören Varieté- und Zirkuskünstler mangels aufgeführtem oder vorgetragenem Werk von vornherein nicht zum geschützten Personenkreis (Art. 9 Rom-Abkommen stellt den Vertragsstaaten den Schutz solcher Künstler frei). 665

Als ausübende Künstler sind nicht nur diejenigen anzusehen, die unmittelbar das Werk vortragen oder aufführen, wie Musiker, Sänger, Schauspieler, sondern über Art. 3 lit. a Rom-Abkommen hinausgehend auch diejenigen, die **an der Darbietung künstlerisch mitwirken,** wie der Dirigent oder der Tonregisseur.[17] Gleichgültig ist, ob die Mitwirkung gleichzeitig mit der Darbietung erfolgt oder ob sie der Darbietung vorausgeht wie beim Bühnenregisseur oder beim Masken-, Kostüm- und Bühnenbildner (bei denen auch Urheberschutz infrage kommt)[18] oder ob sie der Darbietung nachfolgt wie beim Tonmeister, dessen Mitwirkung als „Audio-Designer" bei den modernen Produktionstechniken, insbesondere der Mehrspurtechnik, auch nach Beendigung der Klangerzeugung durch den Musiker gefragt ist.[19] Bei einer Verfilmung wird der Tonmeister hingegen als Miturheber eines neuen Werkes angesehen.[20] 666

Eine bloß pädagogische oder organisatorische oder eine bloß technische Mitwirkung, zB als Tontechniker oder als Beleuchter, genügt hingegen nicht. Für die Zubilligung 667

[16] Dazu oben → Rn. 182.

[17] OLG Hamburg GRUR 1976, 708.

[18] BGH GRUR 1974, 672 – Celestina; LG Hamburg UFITA 78 (1977), 264.

[19] Zu eng BGH FuR 1983, 340 und OLG Hamburg ZUM 1995, 52: im Regelfall wirke ein Tonmeister nicht bei der Aufführung selbst mit, sondern bestimme nur die Art der Werkwiedergabe.

[20] → Rn. 248.

eines Leistungsschutzes nach §§ 73ff. UrhG ist vielmehr ein **Mindestmaß an künstlerischer Interpretation** des dargebotenen Werkes erforderlich, weswegen der bloße Nachrichtensprecher nicht als ausübender Künstler im Sinne des § 73 UrhG angesehen werden kann.[21] Auch Pornodarsteller und Discjockeys schaffen und interpretieren keine Werke (anders ggf. beim sog. DJing). Während der Bühnenregisseur von der hM als ausübender Künstler angesehen wird,[22] erwirbt der Filmregisseur unbestritten ein Urheberrecht am neu geschaffenen Filmwerk.[23] Ein Bearbeiterurheberrecht wird dem Bühnenregisseur nur dann zugesprochen, wenn es sich um eine grundlegende, schöpferische Neugestaltung der bühnenmäßigen Ausdrucksmittel handelt.[24]

668 Erwirbt der ausübende Künstler, wie zB bei Jazzimprovisationen, nicht nur Leistungsschutzrechte nach §§ 74ff. UrhG, sondern **auch einen urheberrechtlichen Schutz,** stehen die auf die Darbietung bzw. das Musikwerk bezogenen Schutzrechte grundsätzlich unabhängig nebeneinander. Ein ausübender Künstler kann also zugleich Werkschöpfer sein. Fallen dagegen schöpferische Gestaltung und künstlerische Leistung untrennbar zusammen, liegt also eine einheitliche Leistung vor, ist neben dem Urheberrechtsschutz kein Raum für einen gleichzeitigen Leistungsschutz.[25]

2. Inhalt, Dauer und Schranken der Verwertungsrechte

669 Als **verwertungsrechtliche Befugnisse** des ausübenden Künstlers sieht das UrhG bestimmte Erst- und Zweitverwertungsrechte sowie Vergütungsansprüche vor. Sie sind abschließend aufgezählt, können also de lege lata anders als der Urheberschutz nicht aufgrund eines umfassenden allgemeinen Verwertungsrechts erweitert werden. Gegenstand des Schutzes ist jeweils die Darbietung des ausübenden Künstlers.

670 Mit dem in § 77 I UrhG dem Interpreten gewährten ausschließlichen Recht, seine Darbietung auf Bild- oder Tonträger **aufzunehmen,** schützt das Gesetz sowohl seine ideellen Interessen, indem er zB entscheiden kann, welche seiner Darbietungen fixiert wird, als auch seine materiellen Interessen, da er seine Einwilligung zur Aufnahme von einer Vergütung abhängig machen kann. § 77 II UrhG gibt ihm das Recht, Bild- und Tonträger mit seiner Darbietung zu **vervielfältigen** und zu **verbreiten.** Für Inhalt und Reichweite sind die entsprechenden Vorschriften für das Vervielfältigungs- und Verbreitungsrecht von Urhebern in §§ 16, 17 UrhG heranzuziehen. Ferner hat der Interpret auch die Vergütungsansprüche für Vermietung und Verleihen nach § 27 UrhG (§ 77 II 2 UrhG).

671 Neben der körperlichen Verwertung seiner Darbietung hat der Interpret in gewissem Umfang auch ausschließliche Rechte zu ihrer unkörperlichen Verwertung durch **öffentliche Wiedergabe.** Hierzu zählen gem. § 78 I UrhG die exklusiven Befugnisse, eine Darbietung im Internet öffentlich zugänglich zu machen (§ 19a UrhG) und durch Bildschirm, Lautsprecher uÄ in einen anderen Raum zu übertragen (§ 21 S. 2 UrhG) sowie das auf Live-Darbietungen beschränkte Senderecht (§ 20 UrhG). Nach

---

21 Anders der Quizmaster, BGHZ 79, 362, oder der Synchronsprecher, BGH GRUR 1984, 120.

22 *Depenheuer* ZUM 1997, 734; aA *Hieber* ZUM 1997, 17.

23 S. → Rn. 248.

24 BGH GRUR 1972, 143 – Biografie; OLG Frankfurt a. M. GRUR 1976, 199 – Götterdämmerung; zw. OLG Dresden ZUM 2000, 955 – Csárdásfürstin.

25 BGHZ 90, 225 = GRUR 1984, 730 – Filmregisseur eines sog. Fernsehfeatures.

§ 78 IV UrhG steht dem ausübenden Künstler ferner das verwertungsgesellschaftspflichtige Kabelweitersenderecht (§ 20b UrhG) zu.

Anstelle von Verbotsrechten beschränkt § 78 II UrhG die Interpreten in bestimmten Fällen auf **Vergütungsansprüche,** und zwar (Nr. 1) im Falle der Sendung von erlaubterweise aufgenommenen und erlaubterweise öffentlich zugänglich gemachten oder als Bild- oder Tonträger erschienenen Darbietungen, (Nr. 2) im Falle der öffentlichen Wahrnehmbarmachung mittels (erlaubterweise aufgenommenen) Bild- oder Tonträgern (zB Diskotheken) und (Nr. 3) im Falle der öffentlichen Wahrnehmbarmachung von Sendungen oder öffentlichen Zugänglichmachungen zB in Gaststätten und Hotelzimmern.[26] Diese Vergütungsansprüche sind im Voraus unverzichtbar und können im Voraus nur an eine Verwertungsgesellschaft (die GVL)[27] abgetreten werden (§ 78 III UrhG). 672

Bezüglich der **Schutzdauer der Verwertungsrechte** unterscheidet § 82 I UrhG in Umsetzung der EU-Richtlinie 2011/77 zwischen Darbietungen, die auf Tonträgern aufgezeichnet wurden, und sonstigen Darbietungen. Die Verwertungsrechte an erstgenannten Tonaufzeichnungen erlöschen wie die flankierenden Rechte der Tonträgerhersteller (vgl. § 85 III UrhG) **70 Jahre** nach dem Erscheinen des Tonträgers oder einer eventuell früheren öffentlichen Wiedergabe. Die Rechte an auch nach 50 Jahren nicht erschienenen bzw. öffentlich wiedergegebenen Tonaufzeichnungen sowie die Verwertungsrechte an allen übrigen Darbietungen (insbes. der Schauspieler und Tänzer) erlöschen hingegen „bereits" nach **50 Jahren.** Verstirbt der ausübende Künstler vor Ablauf dieser Schutzdauern, gehen die Verwertungsrechte nach § 1922 BGB auf den Erben über. 673

Der um 20 Jahre längere Rechtsschutz kommt demnach insbesondere der **Musikindustrie** zugute, die beispielsweise alte Aufnahmen klassischer Musik mit berühmten Dirigenten (zB Herbert v. Karajan) und Sängern (zB Maria Callas) noch länger exklusiv vermarkten kann.[28] Da die Schutzfristverlängerung aber vor allem als **soziale Maßnahme zugunsten der künstlerisch agierenden Musiker, Dirigenten, Sänger** usw. präsentiert wurde,[29] die ihre Rechte aber in aller Regel an die Tonträgerhersteller abgetreten haben (vgl. § 137m III UrhG), spricht § 79a UrhG ihnen für den Schutzdauerzuschlag von 20 Jahren einen unverzichtbaren Anspruch auf 20% des Reingewinns zu, den die Plattenfirma in dieser Zeit mit der alten Aufnahme erzielt. Es bleibt abzuwarten, wie viele ausübende Künstler bzw. Erben diesen Anspruch 50–70 Jahre nach dem Erscheinen einer Tonaufnahme bei der gem. § 79a II UrhG allein aktivlegitimierten Verwertungsgesellschaft GVL geltend machen werden. Am ehesten dürften sich die Erben weiterhin erfolgreich vermarkteter Spitzenkünstler wie Karajan melden, die allerdings ohnehin bereits mit einem weit überdurchschnittlichen Nachlass beschenkt wurden und daher nicht der urheberrechtlichen Sozialfürsorge bedürfen. 674

---

[26] Nicht aber in Arztpraxen: Vgl. EUGH ZUM-RD 2012, 241 – SCF.

[27] → Rn. 1110.

[28] Einen parallelen Vorstoß zugunsten der ausübenden Künstler und Produzenten im audiovisuellen Sektor (= Filmindustrie) hat der europäische Gesetzgeber bereits angekündigt; vgl. Art. 3 II SchutzdauerRL 2011/77/EU.

[29] Vgl. ErwGrd. 4–7 SchutzdauerRL 2011/77/EU.

675 Um den ausübenden Künstler grundsätzlich nicht besserzustellen als den Urheber, bestimmt § 83 UrhG, dass die für das Urheberrecht geltenden **Schranken** auf die Interpretenrechte sinngemäß anzuwenden sind. So müssen die ausübenden Künstler zB die aktuelle Berichterstattung dulden (§ 50 UrhG), auch können sie Vervielfältigungen von Bild- oder Tonträgern zum privaten Gebrauch nicht verbieten, wofür ihnen allerdings ein Vergütungsanspruch zusteht (§§ 53, 54 UrhG). Keine Anwendung findet § 42a UrhG (Zwangslizenz zur Herstellung von Tonträgern), um den Wettbewerb unterschiedlicher Interpretationen eines Musikwerks nicht zu beeinträchtigen. Die Exklusivverträge der Musikproduzenten mit ihren Starinterpreten können also nicht durch Zwangslizenzen unterlaufen werden, was eine Besserstellung der Rechtsstellung der Interpreten gegenüber den Urhebern darstellt. Über § 83 UrhG kommen dem ausübenden Künstler schließlich das Änderungsverbot (§ 62 UrhG) und das Gebot der Quellenangabe (§ 63 UrhG) zu, die im Bereich der gesetzlich freigestellten Nutzung die persönlichkeitsrechtlichen Belange des betroffenen Künstlers sicherstellen.

3. Übertragbarkeit der Verwertungsrechte und Einräumung von Nutzungsrechten

676 Der vermögenswerte Charakter der Erst- und Zweitverwertungsrechte kommt darin zum Ausdruck, dass nach § 79 I 1 UrhG nicht nur die Vergütungsansprüche (nach ihrer Entstehung: § 79 I 2 UrhG), sondern auch das Ausschließlichkeitsrecht **uneingeschränkt übertragbar** ist. Damit ist das Interpretenrecht anders als das Urheberrecht nicht monistisch, sondern dualistisch ausgestaltet. In der Praxis überträgt der ausübende Künstler die Vergütungsansprüche auf die Verwertungsgesellschaft GVL, die Ausschließlichkeitsrechte dagegen individualvertraglich beispielsweise an Tonträgerhersteller oder Arbeitgeber. Für Schauspieler, Tänzer usw., die bei der Herstellung eines Filmwerks mitwirken, gelten die Vermutungsregelungen und Rechteeinschränkungen betreffend die Filmnutzungsrechte in § 92 UrhG.

677 Neben der translativen Rechtsübertragung ist nach § 79 II UrhG auch die **Einräumung von (einfachen oder ausschließlichen) Nutzungsrechten** möglich, die eine Belastung des Verwertungsrechts bewirken.[30] Dieses Nutzungsrecht, das sich je nach Vereinbarung auf alle dem Interpreten vorbehaltene Nutzungsarten oder auf einzelne Nutzungsarten erstrecken kann, hat (auch als einfaches Nutzungsrecht, str.) gegenständliche Wirkung und ist daher insolvenzfest und sukzessionsgeschützt, dh der Nutzungsberechtigte verliert sein Recht nicht in der Insolvenz des Inhabers des Verwertungsrechts an der Darbietung, und sein Nutzungsrecht wirkt auch gegenüber Dritten, auf die das Verwertungsrecht übergegangen ist.

678 Gem. § 79 IIa UrhG sind die §§ 31, 32 bis 32b, 32d bis 40, 41, 42 und 43 auf vollständige Rechteübertragungen (Abs. 1) und die Einräumung von Nutzungsrechten (Abs. 2) entsprechend anzuwenden. Demnach gilt der Großteil des urheberschützenden Vertragsrechts auch zugunsten der ausübenden Künstler, die der Gesetzgeber im Verhältnis zu den verhandlungsstärkeren Produzenten zu Recht für ebenso schutzwürdig einschätzt. Insbesondere haben ausübende Künstler als einzige Leistungsschutzberechtigte einen zwingenden Anspruch auf angemessene Vergütung und weitere Beteiligung (§§ 32, 32a UrhG).[31] Hiervon im Interesse einer rechtssicheren Verwertung

[30] Näher zu diesem Konstrukt → Rn. 807ff.

[31] BGH GRUR 2012, 1248 – Fluch der Karibik (Synchronsprecher).

auch jahrzehntealter Darbietungen ausgeklammert sind lediglich das Recht zur anderweitigen Verwertung nach zehn Jahren bei pauschaler Vergütung (§ 40a UrhG) und das Schriftformerfordernis für Verträge über unbekannte Nutzungsarten (§ 31a UrhG). Allerdings hat der ausübende Künstler wie der Urheber (§ 32c UrhG) gem. § 79b UrhG einen zwingenden Anspruch auf eine gesonderte angemessene Vergütung, wenn sein Vertragspartner oder ein späterer Erwerber der Rechte eine neue Art der Nutzung seiner Darbietung aufnimmt, die im Zeitpunkt des Vertragsschlusses vereinbart, aber noch unbekannt war. Der Vertragspartner (also etwa der Tonträgerhersteller) ist aber nicht verpflichtet, die ausübenden Künstler über die Aufnahme der neuen Art der Werknutzung proaktiv und unverzüglich zu unterrichten (anders für Urheber § 32c I 3 UrhG).

Auch ausübende Künstler, die ihre **Darbietungen im Rahmen eines Arbeits- oder Dienstverhältnisses** erbringen, zB fest angestellte Rundfunkmusiker oder Schauspieler einer städtischen Bühne, erwerben originär Leistungsschutzrechte nach §§ 74ff. UrhG. Es können sich daher Zweifel ergeben, inwieweit der Arbeitgeber zur Verwertung dieser Darbietungen berechtigt ist. So kann beispielsweise fraglich sein, ob die städtische Theaterleitung die Sendung einer öffentlichen Aufführung durch den Rundfunk gestatten darf. Soweit sich in den **Anstellungs- oder Tarifverträgen** keine ausdrücklichen Bestimmungen finden, ist nach § 79 II UrhG der § 43 UrhG anwendbar. Demnach darf der Arbeitgeber die Leistung der ausübenden Künstler jedenfalls insoweit auswerten, als er es für seine betrieblichen oder dienstlichen Zwecke benötigt. Beispielsweise darf eine Rundfunkanstalt die Darbietungen des Rundfunkorchesters senden. 679

4. Künstlergruppen

Zu Schwierigkeiten kann die Wahrnehmung und Geltendmachung der Verwertungsrechte bei Darbietungen von **Künstlergruppen** wie Chor, Orchester oder Bühnenensemble führen. Da jedes Mitglied der Gruppe eigene, von den übrigen Mitwirkenden unabhängige Leistungsschutzrechte erwirbt, bestünde die Gefahr, dass ein einzelner ausübender Künstler die Verwertung der gemeinsamen Leistung torpediert und auf diese Weise die übrigen Mitwirkenden um erwünschte Einnahmen bringt. Um dies zu verhindern und eine Vereinfachung des Rechtsverkehrs herbeizuführen, sieht § 80 UrhG eine der Miturheberschaft in § 8 UrhG entsprechende Regelung der Rechtsposition des einzelnen Gruppenmitglieds vor. 680

Ist eine Verwertung der Anteile des Interpreten an der Ensemble-Leistung gesondert nicht möglich, steht das Recht zur **Verwertung** den beteiligten Interpreten **„zur gesamten Hand"** (§ 80 I 1 UrhG), richtig: in modifizierter Bruchteilsgemeinschaft zu.[32] Die einzelnen Mitglieder der Künstlergruppe können nur Ansprüche aus Verletzungen des gemeinsamen Verwertungsrechts geltend machen. Dabei haben sie Leistung an die Gruppe zu verlangen (§§ 80 I 3, 8 III 3 UrhG).[33] Im Innenverhältnis darf jedoch keiner der Beteiligten seine Einwilligung in eine gemeinsame Verwertung wider Treu und Glauben verweigern (§ 80 I 2 UrhG). Notfalls muss auf Einwilligung geklagt werden. Hat die Gruppe jedoch einen gewählten Vertreter (Vorstand), so ist dieser Dritten gegenüber allein zur Ausübung der Verwertungsbefugnisse und Gel- 681

[32] → Rn. 293.
[33] Zur Klagebefugnis BGHZ 121, 319 – The Doors.

tendmachung der Vergütungsansprüche befugt (§§ 80 II 1, 74 II 2 UrhG). Ist kein gewählter Vertreter vorhanden, steht diese Befugnis dem Leiter der Künstlergruppe und mangels Leiter einem ad hoc zu wählenden Vertreter zu (§§ 80 II 1, 74 II 3 UrhG). Vertreter oder Leiter der Gruppe handeln in gesetzlicher Prozessstandschaft. Dabei können sie auch im Hinblick auf solche Rechte handeln, die zu einer Zeit entstanden sind, als ein anderer Vorstand wirkte und als die Gruppe aus anderen Mitgliedern bestand.[34]

682 Die Erträgnisse aus den gemeinsamen Verwertungsrechten oder Vergütungsansprüchen gebühren mangels abweichender Vereinbarung den Gruppenmitgliedern **je nach Umfang ihres Beitrags zur Gesamtleistung** (§§ 80 I 3, 8 III UrhG).[35] Ein Gruppenmitglied kann ausnahmsweise auf seinen Anteil verzichten, doch nur, wenn dies zugunsten der Gruppe geschieht. Der Verzicht ist gegenüber den übrigen Gruppenmitgliedern zu erklären. Mit der Erklärung wächst der Anteil den übrigen Gruppenmitgliedern zu (§§ 80 I 3, 8 IV UrhG).

5. Künstlerpersönlichkeitsrechte

683 Neben den Verwertungsrechten gewähren die §§ 74–76 UrhG dem ausübenden Künstler auch einen **persönlichkeitsrechtlichen Schutz** durch das Recht auf Anerkennung als ausübender Künstler und das Recht, Beeinträchtigungen seiner Darbietung zu verbieten, die geeignet sind, sein Ansehen oder seinen Ruf als ausübender Künstler zu gefährden. Es handelt sich dabei nicht wie beim umfassenden Urheberpersönlichkeitsrecht um einen integrativen Bestandteil eines einheitlichen Rechts, sondern um gesetzliche Sonderfälle des allgemeinen Persönlichkeitsrechts. Beide Rechte sind zumindest in ihrem Kern (schwerwiegende Eingriffe in den Schutzbereich) unübertragbar und unverzichtbar.

684 § 74 UrhG schützt durch Gewährung eines **Rechts auf Anerkennung** das sog. Authentizitätsinteresse des ausübenden Künstlers im gleichen Umfang wie § 13 UrhG dasjenige des Urhebers.[36] Geistige und künstlerische Leistungen werden also im Hinblick auf persönlichkeitsrechtliche Befugnisse grundsätzlich gleichbehandelt.[37] Nach § 74 I 1 UrhG steht dem Interpreten das Recht zu, für eine bestimmte Darbietung als deren „Schöpfer" anerkannt, dh gegen Bestreitung und Anmaßung geschützt zu werden. Er kann ferner wie der Urheber bestimmen, ob und mit welchem Namen er genannt wird (§ 74 I 2 UrhG).

685 Sofern bei **gemeinsamen Darbietungen,** insbesondere bei Ensemble-Leistungen, die individuelle Bezeichnung jedes einzelnen Künstlers mit einem unverhältnismäßigen Aufwand verbunden ist, ist das Namensnennungsrecht (nicht das Anerkennungsrecht insgesamt) auf die Nennung des Gruppennamens beschränkt (§ 74 II 1 UrhG). Parallel zur Regelung über die Verwertungsrechte in § 80 II UrhG kann die Ausübung des Namensnennungsrechts durch den gewählten Vertreter einer Gruppe oder deren Leiter oder neu zu wählenden Vertreter allein erfolgen. Dieser bedarf im Innenverhältnis einer mehrheitlichen Zustimmung, die auch vorab durch Generalvollmacht erklärt

[34] BGH ZUM 2005, 390 – Götterdämmerung.

[35] Zum Verhältnis des Sängers zu seiner Begleitband siehe BGH NJW 1999, 139 – Bruce Springsteen and his band.

[36] § 22.

[37] AmtlBegr., UFITA 2004/I, 238.

werden kann.[38] Die Beschränkung des Rechts auf Namensnennung auf den Gruppennamen und die Beschränkung seiner Ausübung auf den Vertreter erfolgt nicht für Gruppenmitglieder, die – wie regelmäßig die Solisten – ein besonderes Interesse an der persönlichen Namensnennung haben (§ 74 II 4 UrhG). Beim Film wird das Namensnennungsrecht auch bei nicht gemeinsamen Darbietungen eingeschränkt (§ 93 II UrhG).

Bei der Prüfung, ob eine **Beeinträchtigung der Darbietung** nach § 75 S. 1 UrhG vorliegt, ist zunächst festzustellen, ob in die Darbietungsintegrität eingegriffen wurde. 686
Das ist bei mangelhafter technischer Aufzeichnung nur der Fall, wenn das Publikum die schlechte Qualität der Darbietung dem Künstler und nicht der Technik zurechnet.[39] Im Bereich des Films muss die Beeinträchtigung gröblich sein (§ 93 I UrhG). In einem weiteren Schritt ist dann die Eignung dieses Eingriffs zur Gefährdung des künstlerischen Rufs oder Ansehens zu prüfen, wobei die Beeinträchtigung der Darbietung bereits die Rufgefährdung indiziert. Ein Verbotsrecht aus § 75 S. 1 UrhG kommt beispielsweise dem Bühnenregisseur zu, wenn dessen die Gesamtkonzeption der Inszenierung prägende Regie-Idee bei der Wiederaufnahme des Stücks gestrichen wird.[40] Bei Ensemble-Darbietungen steht der Schutz gegen Entstellung zwar jedem einzelnen Mitglied der Künstlergruppe zu, bei der Ausübung des Rechts haben sie aber aufeinander angemessene Rücksicht zu nehmen (§ 75 S. 2 UrhG).

Das Künstlerpersönlichkeitsrecht in seinen beiden Erscheinungsformen (Nennungs- 687
recht, Entstellungsschutz) **erlischt** gemäß § 76 S. 1 UrhG in keinem Fall vor dem Tod des ausübenden Künstlers und überdauert dessen Lebenszeit ggf. bis zum Ablauf der Verwertungsrechte nach 70 (Tonaufzeichnungen) bzw. 50 Jahren (restliche Darbietungen), sollte der Interpret vorher versterben. In letzterem Fall wird der fortwirkende Persönlichkeitsschutz gemäß § 76 S. 4 UrhG von den Angehörigen iSd § 60 II UrhG wahrgenommen.

Sonstige persönlichkeitsrechtliche Befugnisse sieht das Gesetz nicht vor; eine analoge 688
Anwendung urheberpersönlichkeitsrechtlicher Vorschriften kommt nicht in Betracht. Mithin besteht kein Verbotsrecht gegen die **Nachahmung** der Interpretenleistung, zB das Stimmenplagiat oder die Parodie. Doch muss der Künstler nicht hinnehmen, dass seine Stimme für **Werbezwecke**[41] oder im Wahlkampf imitiert wird.[42] Denn die Stimme ist ein Identitätsmerkmal der Person und als solches vom allgemeinen Persönlichkeitsrecht geschützt.

Literatur zur Vertiefung: Zu I: *Hubmann* (Hg.), Rechtsprobleme musikwissenschaftlicher Editionen, 1982; *M. Rehbinder,* Zum Rechtsschutz der Herausgabe historischer Texte, UFITA 106 (1987), 255
Zu II: *Heitland,* Der Schutz der Fotografie im Urheberrecht, 1995; *Lehment,* Das Fotografieren von Kunstgegenständen, 2008; *Wanckel,* Foto- und Bildrecht, 4. A. 2012
Zu III: *Apel,* Der ausübende Künstler im Recht, 2011; *Dünnwald/Gerlach,* Schutz des ausübenden Künstlers, 2008; *Ernst,* Urheberrecht und Leistungsschutz im Tonstudio, 1995; *Freitag,* Kommerzialisierung von Darbietung und Persönlichkeit des ausübenden Künstlers, 1993; *Gotzen,* Die Verträge über die Verwertung der Rechte der ausübenden Künstler, 1981; *Grünberger,* Das Interpretenrecht, 2006; *Jaeger,* Der aus-

[38] AmtlBegr., UFITA 2004/I, 231.
[39] BGH GRUR 1987, 816 – Die Zauberflöte.
[40] OLG München NJW 1996, 1157 – Iphigenie in Aulis; OLG Dresden ZUM 2000, 955.
[41] OLG Hamburg GRUR 1989, 666 – Heinz Ehrhardt.
[42] LG München I UFITA 87 (1980), 345.

übende Künstler und der Schutz seiner Persönlichkeitsrechte, 2002; *Kruse,* Die rechtliche Differenzierung zwischen Urhebern und ausübenden Künstlern unter besonderer Berücksichtigung des § 79 UrhG, 2013; *Kuhn,* Die Bühneninszenierung als komplexes Werk, 2005; *Lucas,* Rechtsverhältnisse in Orchestern, 2002; *Peukert,* Die Leistungsschutzrechte des ausübenden Künstlers nach dem Tode, 1999; *Raschèr,* Für ein Urheberrecht des Bühnenregisseurs, 1989; *Rüll,* Allgemeiner und urheberrechtlicher Persönlichkeitsschutz des ausübenden Künstlers, 1998; *Schwinge,* Leistungsschutzrechte von ausübenden Künstlern im Arbeitsverhältnis, 1999; *Wild/Salagean,* Das Zusammenfallen von Werkschöpfung und Werkdarbietung, ZUM 2008, 580

§ 35. Unternehmerische Investitionen in Kulturgüter

689 Die im vorangegangenen Paragraphen dargestellten verwandten Schutzrechte belohnen die Erzeugung neuer Inhalte, die geistig-kulturelle Bedürfnisse befriedigen, nämlich wissenschaftliche Werkeditionen (§ 70 UrhG), Lichtbilder (§ 72 UrhG) und künstlerische Darbietungen (§§ 73ff. UrhG). Originär Berechtigte sind natürliche Personen (Wissenschaftler, Lichtbildner und ausübende Künstler), die hinsichtlich ihrer Leistungen auch einen persönlichkeitsrechtlichen Schutz genießen. Die im Folgenden erörterten verwandten Schutzrechte dienen hingegen dem **Schutz der unternehmerischen Investition in die Produktion und Vermarktung vorbestehender Werke und Leistungen.**

690 Dabei knüpft das Gesetz den Schutz überwiegend an die Leistungsergebnisse, in die investiert wird: die Verwertung bisher nicht erschienener Werke, die Veranstaltung künstlerischer Darbietungen sowie Tonträger, Filmträger, Sendungen, Presseerzeugnisse. Lediglich das Recht des Datenbankherstellers bezieht sich nicht auf die Datenbank, sondern die hierfür erforderliche Investition; deshalb ist es ein **Schutzrecht „sui generis“.**

691 Originär berechtigt sind die für die Endprodukte bzw. die Investition in die Datenbank verantwortlichen **Unternehmen,** bei denen es sich – wie regelmäßig – auch um juristische Personen (AG, GmbH usw.) oder rechtsfähige Personengesellschaften (KG, OHG, Außen-GbR) handeln kann. Ihnen gewährt das UrhG konsequent keinen persönlichkeitsrechtlichen Schutz, sondern **nur Verwertungsrechte.**[1] Die exklusiven Befugnisse sollen für möglichst viele Unternehmen einen Anreiz setzen, auf dem riskanten Markt für Kulturgüter tätig zu werden. Damit tragen die Investitionsschutzrechte letztlich auch zur kulturellen Vielfalt bei; denn eine Konzentration nur auf kommerziell erfolgversprechende Produktionen und nur auf bereits erfolgreiche Kulturschaffende wäre weder im Interesse der Urheber und ausübenden Künstler noch im Interesse der Öffentlichkeit (als Verbraucher von Kulturgut).

I. Theater- und Konzertveranstalter

692 In den Abschnitt zum Schutz der ausübenden Künstler integriert ist das Schutzrecht der Veranstalter gem. § 81 UrhG. Der Unternehmer, der in seinem Betrieb Darbietungen ausübender Künstler, zB Bühnen-, Konzert- und ähnliche Aufführungen, veranstaltet, erbringt damit eine kulturelle **Leistung,** die allerdings nicht auf künstlerischem, sondern **auf organisatorischem und wirtschaftlichem Gebiet** liegt. Um sie vor einer Ausbeutung durch andere zu schützen, gewährt ihm § 81 UrhG ein Leistungsschutzrecht, falls schutzfähige Werke oder Folklore dargeboten werden. Der Ver-

[1] Vgl. aber § 94 I 2 UrhG zum Schutz des Filmherstellers vor Entstellungen und Kürzungen.

anstalterschutz ist also akzessorisch zum Schutz der Interpreten ausgestaltet. Fehlt es an einer Darbietung iSd § 73 UrhG, besteht mithin auch kein Schutz gem. § 81 UrhG. Die Vorschrift schützt damit in erster Linie Theater- und Konzertveranstalter. Sie ist aber auch auf Rundfunkanstalten, Tonträgerhersteller und Filmproduzenten bezüglich der von ihnen mit Publikum veranstalteten Studioaufnahmen anzuwenden.

Veranstalter von Sportereignissen (zB Fußballvereine und -verbände) genießen hin- 693
gegen keinen Schutz gem. § 81 UrhG, weil sportliche Aktivitäten kein Werk iSd § 2 II UrhG künstlerisch darbieten. Die Rechtsgrundlage, aufgrund derer sie den Zutritt von Zuschauern und vor allen Dingen auch Sendeunternehmen, die eine Live-Übertragung durchführen wollen, von der Zahlung eines Entgelts abhängig machen können, ist das auf Eigentum oder berechtigtem Besitz am Stadion etc beruhende **Hausrecht.**[2]

Nach § 81 S. 1 UrhG unterfällt die Aufnahme einer Darbietung gem. § 73 auf Bild- 694
oder Tonträger, ihre Vervielfältigung und Verbreitung (§ 77 I, II 1 UrhG) sowie ihre öffentliche Wiedergabe durch öffentliche Zugänglichmachung im Internet, Live-Sendung und Wahrnehmbarmachung in einem anderen Raum (§ 78 I UrhG) nicht nur dem Leistungsschutzrecht des ausübenden Künstlers, sondern auch dem Leistungsschutzrecht des Veranstalters der betreffenden Darbietung. Dieser kann die genannten Nutzungen daher **aus eigenem Recht erlauben oder verbieten.** Wer also ein Live-Konzert oder eine Bühnenaufführung aufzeichnet und den Mitschnitt vervielfältigen und sonst verwerten möchte, bedarf der Erlaubnis (1) der Urheber, deren Werke dargeboten wurden, (2) der künstlerisch mitwirkenden ausübenden Künstler und (3) des Veranstalters der Darbietung.

Das Schutzrecht dauert bezüglich der auf Bild- oder Tonträger aufgenommenen Dar- 695
bietung **25 Jahre,** erlischt also deutlich früher als die Rechte der ausübenden Künstler (§ 82 II UrhG). Es unterliegt denselben Beschränkungen wie deren Verwertungsrechte (§ 83 UrhG). Dieser kann sich dadurch gemäß Verweisung in § 83 UrhG eine **Beteiligung an den Vergütungsansprüchen** der §§ 46 IV (Sammlungen für den Kirchen-, Schul- und Unterrichtsgebrauch), 47 II (Schulfunksendungen), und 54, 54a UrhG (Speichermedien- und Geräteabgabe) sichern. Keine Beteiligung hingegen ist vorgesehen für die Vergütungsansprüche der §§ 77 II 3, 27 (Vermietung und Verleihen von Bild- und Tonträgern), 78 II Nr. 1 (Sendung des Bild- oder Tonträgers), 78 II Nr. 2 (öffentliche Wahrnehmbarmachung der Darbietung mittels Bild- oder Tonträgers) und 78 II Nr. 3 UrhG (Sendung oder auf öffentlicher Zugänglichmachung beruhende öffentliche Wahrnehmbarmachung der Darbietung). Ein persönlichkeitsrechtlicher Schutz wie beim ausübenden Künstler (§§ 74–76 UrhG) ist nicht gegeben, da § 81 UrhG eine unternehmerische Leistung schützt, die regelmäßig von juristischen Personen erbracht wird.

Die **vertragsrechtliche Nutzung des Veranstalterrechts** erfolgt durch Einräumung 696
von Nutzungsrechten an seinem Leistungsschutzrecht (§ 81 S. 2 UrhG). Er kann sein Leistungsschutzrecht aber auch übertragen oder Nutzungsrechte einräumen (§ 79 I, II UrhG analog). Für die Nutzungsrechte gelten die allgemeinen Regeln über den Umfang von Nutzungsrechten an Werken in § 31 UrhG, über den Sukzessionsschutz in § 33 UrhG und die Vermutung im Falle der Zurverfügungstellung für Sammelwerke in § 38 UrhG. Da Konzert- und Theaterveranstalter anders als Urheber und aus-

[2] BGH ZUM 1998, 157; zum Kurzberichterstattungsrecht s. § 5 RStV.

übende Künstler nicht zu den strukturell schwachen Vertragspartnern zählen, ist das die Kreativen schützende Vertragsrecht auf sie nicht anwendbar (vgl. § 81 S. 2 mit § 79 IIa UrhG).

II. Tonträgerhersteller

697 Auch die Leistung des Herstellers von Tonträgern (Vinyl, CDs, aber auch bloße digitale Datensätze) ist keine schöpferische, sondern eine organisatorisch-technische, die jedoch dem Kulturleben dient. Insbesondere setzt sie zumindest bei aufwändigen Einspielungen etwa von Orchestern einen erheblichen Kapitalaufwand voraus. Da Tonträger (Vorrichtungen zur wiederholbaren Wiedergabe von Tonfolgen, § 16 II UrhG) im Laufe der Zeit immer leichter und in immer besserer Qualität vervielfältigt und heute zudem per Mausklick einer weltweiten Öffentlichkeit im Internet zugänglich gemacht werden können, werden ihre Hersteller geschützt, um es ihnen zu ermöglichen, durch exklusives Inverkehrbringen ihrer Erzeugnisse auf ihre Kosten zu kommen. Mit diesem **Investitionsschutzgedanken** ist aber lediglich der Zweck der §§ 85 f. UrhG angesprochen. Den **Schutzgegenstand** bildet der **Tonträger** iSd erstmaligen Fixierung von Tönen, also das Endprodukt, in das die Investition geflossen ist.[3]

698 Anders als das Leistungsschutzrecht der ausübenden Künstler ist dasjenige der Tonträgerhersteller **nicht werkakzessorisch** ausgestaltet. Es ist mit anderen Worten nicht erforderlich, dass urheberrechtlich schutzfähige Werke aufgenommen wurden, sondern das Tonträgerherstellerrecht gilt auch für Aufnahmen von Naturgeräuschen (Meeresrauschen) und von Tierstimmen, die isoliert oder als Tonspur für Filme und Hörspiele verwendet werden. Denn auch die Herstellung solcher Klangprodukte kostet Geld.

699 Fraglich ist, ob hieraus folgt, dass wirklich jede Erstfixierung von Tönen (zB auch die beiläufige Aufzeichnung von Tönen durch eine Privatperson mit einem Smartphone) und jedes noch so kleine Aufnahmepartikel Rechtsschutz gem. §§ 85 f. UrhG genießt. Nach dem Wortlaut des Art. 2 lit. c InfoSocRL, der eine vollständige Rechtsharmonisierung herbeiführt, haben die Mitgliedstaaten „Tonträgerherstellern" in Bezug auf ihre „Tonträger" das ausschließliche Vervielfältigungsrecht zu gewähren; hiervon erfasst ist nicht nur die vollständige, sondern auch die „teilweise" Vervielfältigung eines Tonträgers. Der BGH ist der Auffassung, jedes noch so kleine Tonschnipsel (sog. **Sample**) repräsentiere die gesamte Investition des Produzenten in die betreffende Aufnahme, so dass stets eine Lizenz erworben werden muss, es sei denn, die betreffenden Töne können nicht mit angemessenem Aufwand neu eingespielt werden (§ 24 I UrhG analog).[4] Das Bundesverfassungsgericht hält dieses grundsätzliche Lizenzierungserfordernis für mit der Kunstfreiheit unvereinbar; die künstlerische Übernahme von Samples zu tongestalterischen Zwecken in eine andere Tonaufnahme müsse erlaubnisfrei zulässig sein, wenn hiermit keine erheblichen wirtschaftlichen Nachteile für den Hersteller der Originalaufnahme verbunden seien.[5] Die nach einem bald 20-jährigen Rechtsstreit (!) zwischen inzwischen beim EUGH anhängige Rechtsfrage zum urheberrechtlichen Status des Samplings[6] sollte durch eine am Investitionsschutzgedan-

[3] AA BGH ZUM 2017, 760 Rn. 18 – Metall auf Metall III (Investition als Schutzgegenstand).
[4] BGH ZUM 2017, 760 Rn. 18 – Metall auf Metall III mwN.
[5] BVerfG NJW 2016, 2247 Rn. 91 ff. – Metall auf Metall.
[6] Rs. C-476/17, Hutter/Pelham.

ken orientierte Auslegung der Begriffe „Tonträgerhersteller“ und „Teile eines Tonträgers“ beantwortet werden. Demnach kommt ein Rechtsschutz gem. §§ 86f. UrhG in Anlehnung an das Recht des Datenbankherstellers gem. §§ 87a f. UrhG nur in Betracht, wenn **„wesentliche“** Investitionen getätigt wurden (so dass nebenbei privat erstellte Tonaufnahmen schutzlos bleiben) und **„wesentliche“ Teile des Tonträgers** vervielfältigt oder sonst genutzt wurden.[7] Letzteres ist der Fall, wenn in quantitativer oder qualitativer Hinsicht so viele oder so markante Tonträgerteile übernommen wurden, dass die angegriffene Aufnahme zum Original in Konkurrenz tritt, es also potentiell substituiert. Eine solche Konstellation ist nicht gegeben, wenn etwa zwei Sekunden einer Rhythmussequenz aus einer zwanzig Jahre alten Einspielung einer Elektro-Avantgarde-Band elektronisch kopiert („gesampelt“) und einem Hip-Hop-Titel in fortlaufender Wiederholung unterlegt werden.[8]

Inhaber des Schutzrechts ist der Hersteller des Tonträgers. Dieser ist gekennzeichnet 700
durch die organisatorische Leitung und die wirtschaftliche Verantwortung für die Aufnahme.[9] Der bloße Mitschnitt eines Konzerts und sonstige spontane Tonaufnahmen lassen zugunsten des Aufnehmenden also noch kein Tonträgerherstellerrecht entstehen.[10] Da das Schutzrecht den Aufwand an technischen und wirtschaftlichen Mitteln abgelten soll, gilt bei Tonträgern, die in einem Unternehmen hergestellt werden, der Unternehmer als Hersteller, nicht etwa der Toningenieur (§ 85 I 2 UrhG). Aus demselben Grund entsteht das Schutzrecht auch nur bei der erstmaligen Aufnahme, nicht etwa beim Kopieren eines bereits vorhandenen Tonträgers (§ 85 I 3 UrhG). Die Kennzeichnung des Tonträgerproduzenten durch den P-Vermerk begründet eine dem Urheberrechtsvermerk nach § 10 I UrhG entsprechende Vermutung, § 85 IV UrhG.[11]

Der Inhalt des Schutzrechts umfasst die Königsrechte im digitalen Zeitalter, nämlich 701
das ausschließliche **Vervielfältigungs- und Verbreitungsrecht** sowie das **Recht der öffentlichen Zugänglichmachung** (§ 85 I 1 UrhG). Unternehmen der Musikindustrie sowie Verlage als Hersteller von Hörbüchern können also grundsätzlich anderen die Online-Nutzung sowie die Vervielfältigung und Verbreitung (einschließlich der Vermietung) von CDs usw. aus eigenem Recht erlauben oder verbieten. Wer eine solche Nutzung vornehmen möchte, bedarf der Einwilligung (1) der betreffenden Urheber (Komponisten, Textdichter), (2) der beteiligten ausübenden Künstler (Sänger, Instrumentalisten), (3) bei Konzertmitschnitten des Veranstalters und (4) des Tonträgerherstellers.

Für die **Benutzung von Tonträgern zur öffentlichen Wiedergabe** („Zweitverwer- 702
tung“) gewährt das Gesetz dem Hersteller von vornherein weder ein Verbotsrecht noch einen Vergütungsanspruch. Auch kann er sich nicht gegen Entstellungen und Kürzungen wehren, wie es der Filmproduzent (§ 94 I 2 UrhG) und der Interpret (§ 75 UrhG) können. Zum Schutze seiner wirtschaftlichen Interessen bestimmt je-

[7] BVerfG NJW 2016, 2247 Rn. 110f. – Metall auf Metall. Art. 1 lit. c Tonträgerherstellerschutzübereinkommen, Art. 2 Tonträgerherstellerschutzübereinkommen (abgedruckt bei *Hillig* (→ Rn. 175)) verlangt nur einen Schutz gegen unerlaubte Vervielfältigungsstücke, die „alle oder einen wesentlichen Teil der in dem Tonträger festgelegten Töne verkörpert“. Krit. auch *Ohly* (→ Rn. 75) S. F40f.

[8] So der Sachverhalt im zuvor zitierten Metall-auf-Metall-Fall.

[9] OLG Hamburg ZUM 2001, 325 – Cat Stevens.

[10] *Schack* (→ Rn. 176) Rn. 702.

[11] § 15.

doch § 86 UrhG, dass er dann, wenn ein erschienener oder erlaubterweise öffentlich zugänglich gemachter Tonträger, auf dem die Darbietung eines ausübenden Künstlers aufgenommen ist, zur Funksendung oder zur öffentlichen Wiedergabe, zB in Gaststätten, benutzt wird, gegen den ausübenden Künstler einen Anspruch auf angemessene Beteiligung an der Vergütung hat, die dieser nach § 78 II UrhG erhält. Die Rundfunkanstalt bzw. der Gastwirt soll also bei der Benutzung von Schallplatten nur einen Anspruchsgegner, nämlich den ausübenden Künstler, haben. Dem Hersteller des Tonträgers gewährt das Gesetz lediglich einen **internen Beteiligungsanspruch.** Die ausübenden Künstler und die Tonträgerhersteller haben sich jedoch zu einer gemeinsamen Verwertungsgesellschaft, nämlich der Gesellschaft zur Verwertung von Leistungsschutzrechten (GVL), zusammengeschlossen, die den Vergütungsanspruch wahrnimmt und die Beträge an Künstler und Tonträgerhersteller verteilt. Das Inkasso hat die GVL wiederum der GEMA übertragen.

703 Die **Schutzdauer** des Tonträgerherstellerrechts beträgt seit 1.11.2013 (Übergangsvorschrift in § 137m I UrhG) nicht mehr 50, sondern 70 Jahre ab Erscheinen bzw. ab der ersten erlaubterweise öffentlichen Wiedergabe des Tonträgers, gerechnet vom Ablauf des Jahres des Erscheinens oder der öffentlichen Wiedergabe. Nur wenn der Tonträger auch 50 Jahre nach seiner Herstellung noch in den Archiven schlummert, erlöschen die Rechte bereits mit Ablauf dieser Frist (vgl. § 85 III UrhG). Den 20-jährigen Zuschlag hat die Musikindustrie dank einer Intervention des europäischen Gesetzgebers der Filmindustrie voraus, die sich vorläufig noch mit einer 50-jährigen Schutzdauer zufriedengeben muss – obwohl doch die Produktion eines Films in aller Regel mit höheren Kosten verbunden ist als die Herstellung eines Tonträgers (vgl. § 94 III UrhG).

704 Da die **Beschränkungen des Urheberrechts sinngemäß anzuwenden sind (§ 85 IV UrhG),** muss der Hersteller insbesondere auch digitale Privatkopien dulden. Dafür ist er an der Geräte- und Speichermedienabgabe zu beteiligen (§§ 53, 54 UrhG). Neben den Vergütungsansprüchen für die Vervielfältigung gibt ihm § 85 IV UrhG auch (neben den Urhebern und ausübenden Künstlern) den Vergütungsanspruch aus § 27 II, III UrhG für den öffentlichen Verleih (Bibliothekstantieme).

705 Das Herstellerrecht ist frei übertragbar (§ 85 II 1 UrhG) und kann mit einem Nutzungsrecht Dritter belastet werden (§ 85 II 2 UrhG). Für **Verträge** über die Einräumung von Nutzungsrechten gelten nach § 85 II 3 UrhG lediglich die allgemeinen Regeln über die Einräumung von Nutzungsrechten an Werken in § 31 UrhG, über den Sukzessionsschutz in § 33 UrhG und die Vermutung im Falle der Zurverfügungstellung für Sammelwerke in § 38 UrhG, nicht jedoch die Vorschriften zum Schutz der Urheber und ausübenden Künstler als schwächere Vertragsparteien.

III. Filmhersteller

706 Filmhersteller ist diejenige natürliche oder juristische Person, die die organisatorisch-wirtschaftliche Gesamtverantwortung für die Produktion eines fertigen Filmwerks oder Laufbilds trägt.[12] Bei Koproduktionen kommt es auf die tatsächliche Aufgabenteilung an.[13] Der betreffende Unternehmer ist in aller Regel nicht Urheber oder Miturheber des Filmwerks.[14] Allerdings **erleichtert** es ihm **das Gesetz** durch Vermutun-

[12] BGH ZUM 1993, 286 – Filmhersteller.
[13] *Schack* (→ Rn. 176) Rn. 716.
[14] → Rn. 310 ff.

gen, die zur Filmauswertung erforderlichen **Rechte** von den Urhebern der benutzten Werke sowie von den Urhebern des Filmwerks **in seiner Hand zu vereinigen** (§§ 88, 89 UrhG). Außerdem erwirbt er (nur) zur filmischen Verwertung die Rechte an den Lichtbildern, aus denen sich das Filmwerk zusammensetzt (§ 89 IV UrhG) und mit Ausnahme der Leistungsschutzrechte ausübender Künstler auch die Rechte an Laufbildern (§ 95 UrhG).

Obwohl das Gesetz den Filmhersteller also beim Erwerb der zur Filmauswertung nöti- 707 gen Rechte unterstützt, gewährt es ihm zusätzlich noch **eigene Leistungsschutzrechte,** die dem Umstand Rechnung tragen, dass er selbst bei der Herstellung von Filmwerken oder Laufbildern eine schutzwürdige Leistung erbringt, die allerdings auf organisatorisch-technischem Gebiet und in der **Übernahme der wirtschaftlichen Verantwortung** liegt.[15] Es ist behauptet worden, dass diese Leistungsschutzrechte für den Filmhersteller keinen Wert hätten. Sie können aber Bedeutung erlangen, wenn ein umfassender Rechteerwerb der Produzenten missglückt. Das Filmherstellerrecht bezieht sich wie das Recht des Tonträgerherstellers auf das materielle Endprodukt, hier die die Erstfixierung des Films (Filmwerk oder Laufbild, § 95 UrhG) auf einem beliebigen Trägermedium. Es bezweckt wie das Tonträgerherstellerrecht den **Schutz der** im materiellen Bildträger verkörperten organisatorischen und wirtschaftlichen Leistung des Filmherstellers, m. a. W. seiner **Investition.**

Das Filmherstellerrecht umfasst das ausschließliche Recht, den Filmträger zu verviel- 708 fältigen, zu verbreiten (auch zu vermieten) und zur öffentlichen Vorführung, Funksendung oder öffentlichen Zugänglichmachung zu benutzen. Ferner kann der Filmhersteller jede Entstellung (nicht nur „gröbliche" Entstellungen wie bei Eingriffen in das Filmwerk nach § 93 I UrhG) und jede Kürzung des Filmträgers verbieten, die geeignet ist, seine berechtigten materiellen Verwertungsinteressen an diesem zu gefährden (§ 94 I 2 UrhG). Wie der Tonträgerhersteller soll auch der Filmhersteller gegen die **Übernahme kleinster Filmsequenzen** vorgehen können.[16] Denn es gebe keinen Teil des Films, auf den nicht ein Teil der vom BGH für unteilbar gehaltenen Gesamtinvestition entfiele, die eigentlicher Schutzgegenstand des § 94 UrhG sei. Diese im Wortlaut nicht angelegte („der Bildträger") teleologische Auslegung sollte bei nächster Gelegenheit dem EUGH zur Überprüfung vorgelegt werden, denn auch das Vervielfältigungsrecht des Filmherstellers ist durch Art. 2 lit. d InfoSocRL 2001/29 vollständig harmonisiert. Im Ergebnis sollte das verwandte Schutzrecht des Filmherstellers auf Fälle beschränkt werden, in denen sich ein Dritter unerlaubt „wesentliche" Investitionen aneignet.[17]

Das Schutzrecht erstreckt sich aber **nur auf den Filmträger, nicht auf das Filmwerk** 709 **oder das Laufbild als solche.** Der Filmhersteller kann also aufgrund des § 94 UrhG nicht eine Wiederverfilmung abwehren; bei Laufbildern kann er nicht etwa die Herstellung eines ähnlichen Films mit ähnlicher Bildfolge verhindern. Bei live gesendeten Fernsehwerken, die nicht aufgezeichnet sind, entsteht das Schutzrecht nicht (hier nur Schutz an der Sendung); die Aufzeichnung der Livesendung ist nicht die Leistung eines Filmherstellers. Es muss zudem eine **erstmalige Fixierung** erfolgen. Weitere

---

[15] BGH ZUM 1993, 286 – Filmhersteller.
[16] BGH ZUM-RD 2008, 337 Rn. 14ff. – TV Total; ZUM 2018, 293 Rn. 16ff. – Konferenz der Tiere.
[17] → Rn. 699.

schlichte Kopien lassen kein weiteres Leistungsschutzrecht entstehen. Desgleichen reichen nicht die Aufwendungen für technische Verbesserungen wie Umformatieren und Digitalisieren, wohl hingegen Bearbeitungen (zB Kolorierung).

710 Das Leistungsschutzrecht des Filmherstellers unterliegt wichtigen **Einschränkungen.** So beträgt die Schutzdauer 50 Jahre, vom Erscheinen bzw. von der ersten erlaubten Benutzung zur öffentlichen Wiedergabe des Filmträgers an gerechnet (§ 94 III UrhG). Auch sind die Vorschriften über die Schranken des Urheberrechts sinngemäß anzuwenden (§ 94 IV UrhG). Der Filmhersteller muss also die private Übertragung auf Bild- oder Tonträger dulden, ist aber an dem Vergütungsanspruch gegen die Geräte- und Speichermedienhersteller bzw. Importeure zu beteiligen (§§ 53, 54 UrhG). Ferner sind das Recht auf Kabelweitersendung sowie die Vergütungsansprüche wegen Kabelweitersendung und wegen öffentlichen Verleihens (besonders von DVD) verwertungsgesellschaftspflichtig (§§ 94 IV, 20b, 27 II, III UrhG).

711 Im **Rechtsverkehr** unterliegt das Recht des Filmherstellers denselben Grundsätzen wie das Leistungsschutzrecht des Tonträgerherstellers. Das Schutzrecht ist demnach ganz oder teilweise übertragbar (§ 94 II 1 UrhG) oder durch die Einräumung von Nutzungsrechten an Dritte belastbar (§ 94 II 2 UrhG). Das urheberschützende Vertragsrecht findet auf diese unternehmerischen Akteure wiederum keine Anwendung.

IV. Sendeunternehmen

712 Die Durchführung von Sendungen im Hörfunk oder Fernsehen stellt ähnlich wie die Herstellung von Tonträgern und Filmträgern eine **organisatorisch-technische Leistung** im Dienste des kulturellen Lebens dar, die einen erheblichen Kapitalaufwand erfordert. Diese Leistung kann unbefugt verwertet werden, insbesondere durch Übernahme und Weiterleitung von Sendungen durch andere Rundfunksender, durch unerlaubte Streams im Internet, durch öffentliche Wiedergabe der Sendung (zB in Gaststätten) sowie durch Festlegung auf Ton- und Bildträger. § 87 UrhG bietet den Sendeunternehmen hiervor Schutz. Sendeunternehmen ist, wer die Übertragung als Sendung an die Öffentlichkeit kontrolliert und verantwortet, nicht hingegen, wer die Übertragung technisch durchführt[18] oder den Sendeinhalt lediglich produziert. Wie bei den verwandten Schutzrechten der Tonträger- und Filmhersteller knüpft der Schutz an das Produkt „Funksendung" und genauer noch an das ausgestrahlte Sendesignal an, zielt aber eigentlich auf die darin verkörperte **Investition** ab.

713 Nach § 87 I UrhG kann das Sendeunternehmen die funktechnische **Weitersendung** seiner Sendesignale an ein neues Publikum (zB über eine Verteileranlage an einzelne Hotelzimmer),[19] und deren **öffentliche Zugänglichmachung im Internet** untersagen. Ferner kann es die **Aufnahme** der Sendung auf Bild- oder Tonträger, die Herstellung von Lichtbildern von der Sendung sowie die **Vervielfältigung und Verbreitung** der Bild- oder Tonträger oder der Lichtbilder verbieten, die Vermietung ausgenommen. Schließlich kann es die öffentliche Wiedergabe von Funksendungen an Stellen untersagen, die der Öffentlichkeit nur gegen **Zahlung eines Eintrittsgeldes** zugänglich sind, das speziell für die öffentliche Wiedergabe der Sendung gezahlt wird. An einem solchen Entgelt für die Möglichkeit des Werkgenusses fehlt es, wenn in

[18] BGHZ 123, 154 – Verteileranlagen.
[19] BGH ZUM 2010, 588 Rn. 17ff. – Regio-Vertrag.

Gaststätten und Bars sowie in Hotelzimmern Fernseh- und Hörfunkprogramme wiedergegeben werden. Bezüglich dieser öffentlichen Wiedergaben stehen daher nur Urhebern und ausübenden Künstlern,[20] nicht aber Sendeunternehmen Rechte zu.[21]

Das Leistungsschutzrecht des Sendeunternehmens erlischt **50 Jahre** nach der ersten Funksendung, gerechnet vom Ablauf des Jahres der Sendung (§ 87 III UrhG). Ferner sind die Vorschriften über die **Schranken des Urheberrechts** wie zB das Recht auf Privatkopie grundsätzlich entsprechend anzuwenden (§ 87 IV UrhG). Nicht anwendbar sind aber die Bestimmungen über den Vergütungsanspruch für die Festlegung von Schulfunksendungen (§ 47 II S. 2 UrhG) und über den Vergütungsanspruch gegen die Hersteller von Geräten und Speichermedien bei privaten Aufnahmen auf Bild- oder Tonträgern (§ 54 I UrhG). Die Sendeunternehmen müssen also die Festlegung von Schulfunksendungen und private Aufzeichnungen von Sendungen dulden, ohne dafür eine Vergütung verlangen zu können.[22] Schließlich unterliegen die Sendeunternehmen bezüglich des Leistungsschutzrechts an ihrer Sendung sowie der ihnen in Bezug auf diese Sendung eingeräumten oder übertragenen Senderechte Dritter einem Abschlusszwang für Verträge über die Kabelweitersendung (§ 87 V UrhG: Zwangslizenz). 714

Bei **Eigenproduktionen** stehen den Sendeunternehmen neben den Rechten aus § 87 I UrhG das Leistungsschutzrecht des § 94 UrhG[23] und ggf. auch das Tonträgerherstellerrecht aus § 85 UrhG zu,[24] bei von ihnen organisierten Konzerten das Recht des Veranstalters aus § 81 UrhG. Auch die **urheberrechtlichen Nutzungsrechte** nach § 89 UrhG vereinigen sie in diesen Fällen in der Regel in ihrer Hand. Auf der Basis dieser abgeleiteten Urheber- und Leistungsschutzrechte können sie auch die Wiedergabe der Sendung in Gaststätten verbieten und bei Schulfunksendungen sowie privaten Ton- und Bildaufnahmen eine Vergütung verlangen. 715

Das Sendeunternehmen kann sein Recht ganz oder in Teilen frei **übertragen** (§ 87 II 1 UrhG) oder es mit **Nutzungsrechten** Dritter belasten (§ 87 II 2 UrhG). Für die Einräumung von Nutzungsrechten gelten wie beim Veranstalter (§ 81 S. 2 UrhG), beim Tonträgerhersteller (§ 85 II 2 UrhG) und beim Filmhersteller (§ 94 II 2 UrhG) die Vorschriften über den Umfang der Nutzungsrechte an Werken in § 31 UrhG, die Vorschriften über den Sukzessionsschutz in § 33 UrhG und über die Vermutung im Falle der Zurverfügungstellung für Sammelwerke in § 38 UrhG. Die Vorschriften zum Schutz des Urhebers und des ausübenden Künstlers als strukturell schwache Vertragsparteien kommen Sendeunternehmen wiederum nicht zugute. 716

Der urheberrechtliche Schutz aller Sendeunternehmen ist streng vom **Rundfunkbeitrag** zu unterscheiden, der auf öffentlich-rechtlicher Grundlage erhoben wird, um eine **„funktionsgerechte Finanzausstattung" des öffentlich-rechtlichen Rundfunks** (insbes. ARD und ZDF) zu gewährleisten.[25] Demnach muss jeder Inhaber einer privaten Wohnung und jeder Inhaber einer Betriebsstätte einen Rundfunkbeitrag zahlen, 717

---

20 → Rn. 379ff., 669ff.

21 EUGH ZUM 2017, 347 – Verwertungsgesellschaft Rundfunk.

22 Verfassungsgemäß nach BVerfG ZUM 1988, 296; aA *Arnold/Langhoff* ZUM 2006, 605.

23 BGH ZUM-RD 2008, 337 Rn. 14ff. – TV Total (Hessischer Rundfunk als Filmhersteller).

24 BGH GRUR 1999, 578 – Sendeunternehmen als Tonträgerhersteller.

25 Art. 1 Rundfunkbeitragsstaatsvertrag (RBeitrStV).

der vom „ARD ZDF Deutschlandradio Beitragsservice" in Köln eingezogen wird. Die Unterlassung der Anzeige einer Beitragspflicht und längerfristige Nichtzahlungen werden nach § 12 RBStV als Ordnungswidrigkeit mit einer Geldbuße geahndet. Auf dieser Grundlage fließen den öffentlich-rechtlichen Sendeunternehmen **jährlich 7–8 Milliarden Euro** zu. Trotz dieser üppigen Finanzierungsquelle steht auch ihnen der Schutz des Sendeunternehmens gem. § 87 UrhG sowie für Eigenproduktionen zudem noch der Schutz als Film- und ggf. als Tonträgerhersteller gem. §§ 85f., 94 UrhG zu. Private Sendeunternehmen sind hingegen darauf angewiesen, dass ihr nur privat-, nämlich urheberrechtlich geschütztes Produkt am Markt Erfolg hat, so dass Werbepartner oder Abonnenten bereit sind, dafür zu zahlen.

V. Herausgeber nachgelassener Werke und Presseverleger

718 Während die Durchführung von Konzerten und die Herstellung von Tonträgern, Filmträgern und Sendesignalen mit eigenständigen Leistungsschutzrechten belohnt werden, genießen **Verleger und Herausgeber von Druckschriften, Notenheften, Bildbänden usw.** grundsätzlich keinen unternehmerischen Investitionsschutz. Bei der Verwertung der genannten Printprodukte müssen sie sich auf derivativ erworbene Urheberrechte und Rechte von Lichtbildnern und wissenschaftlichen Editoren (§§ 70, 72 UrhG) stützen. Anders aber verhält es sich im Hinblick auf sog. nachgelassene Werke und Presseerzeugnisse. Den Verlegern bzw. Herausgebern dieser Produkte gewährt das UrhG in den §§ 71 und 87f–h UrhG durchaus originäre Leistungsschutzrechte.

1. Nachgelassene Werke

719 Wer ein bisher weder im In- noch Ausland erschienenes, sog. nachgelassenes Werk erlaubterweise (dh ohne Verletzung von Rechten Dritter wie zB des Eigentumsrechts am Original) erstmals erscheinen lässt (sog. **editio princeps**) oder erstmals öffentlich wiedergibt **(Uraufführung),** der erhält ein Leistungsschutzrecht, wenn das betreffende Werk gemeinfrei ist, sei es nach Erlöschen des Urheberrechts (§ 71 I 1 UrhG), sei es 70 Jahre nach dem Tode eines Urhebers, dessen Werke in Deutschland nicht geschützt waren (§ 71 I 2 UrhG).[26] Im Gegensatz zu § 70 UrhG schützt § 71 UrhG keine wissenschaftliche Editionsleistung, durch die ein neuer Content erzeugt wird, sondern die rein unternehmerische Leistung des ersten Erscheinenlassens bzw. der ersten öffentlichen Wiedergabe.

720 Das Recht steht demjenigen zu, **der das erstmalige Erscheinen bzw. die erstmalige öffentliche Wiedergabe unternehmerisch verantwortet.** Belohnt wird nicht das Auffinden verschollen geglaubter Manuskripte oder Notenblätter, sondern die Investition in deren anschließende Aufbereitung zum marktfähigen Produkt. Der „Finder" des nachgelassenen Werkes ist darauf verwiesen, einem Verleger das Original nur gegen Zahlung einer Vergütung zu überlassen, welche zu den Investitionen zählt, für die der Verleger im Anschluss Rechtsschutz gem. § 71 UrhG genießt. Diese Leistung wird typischerweise von einem Buch- oder Musikverleger erbracht, der durch § 71 UrhG eine 25-jährige Marktexklusivität zur Verwertung des nachgelassenen Werkes genießt. Das erscheint im Vergleich zu anderen Verlegern, die keinen eigenständigen

[26] Zur Beweislast für das Erscheinen oder Nichterscheinen des Werkes s. BGH ZUM 2009, 770 – Motezuma.

Leistungsschutz genießen, insoweit gerechtfertigt, als das nachgelassene Werk im Inland eben keinen Rechtsschutz mehr genießt („nach Erlöschen des Urheberrechts"), so dass sich der Verleger nicht auf ein abgeleitetes Verlagsrecht stützen kann.

Inhaltlich umfasst das Recht durch Verweis in § 71 I 3 UrhG **alle vermögensrechtlichen Befugnisse eines Urhebers.** Auch sämtliche Schranken der Verwertungsrechte gem. §§ 44a-63 UrhG sind entsprechend anwendbar. Irgendwelche persönlichkeitsrechtlichen Befugnisse sind mit dem Leistungsschutzrecht hingegen nicht verbunden. Es ist daher im Gegensatz zum Urheberrecht übertragbar (§ 71 II UrhG) und wird bei Musikwerken von der VG Musikedition wahrgenommen.[27] Die Schutzdauer beträgt 25 Jahre ab Erscheinen oder, sollte die öffentliche Wiedergabe vor dem Erscheinen gelegen haben, ab der öffentlichen Wiedergabe (§ 71 III UrhG). 721

2. Presseerzeugnisse

In der Vergangenheit haben Presseverleger ihre risikoreiche, organisatorisch-technische Leistung, Zeitungen und Zeitschriften auf den Markt zu bringen, allein auf der Basis abgeleiteter Urheberrechte ausgeübt, die sie von Journalisten, Fotografen usw. erwerben. Das Internet stellt dieses klassische Geschäftsmodell aber gerade im Pressesektor auf eine harte Probe. Nutzer erwarten vollständige Information ohne Bezahlschranken. Zugleich profitieren Suchmaschinen und News-Aggregatoren (etwa Google News) von den Leistungen der Presseverlage, indem sie Linklisten mit Auszügen aus frei verfügbaren Zeitungsbeiträgen zusammenstellen, welche den Besuch der werbefinanzierten Internetseiten der Presseverlage erübrigen können. Um in dieser Situation den **Schutz von Presseerzeugnissen im Internet** zu verbessern und Presseverlegern den Nachweis des Erwerbs abgeleiteter Urheberrechte zu ersparen, steht ihnen gem. §§ 87f–h UrhG ein in mehrfacher Hinsicht eng begrenztes Leistungsschutzrecht zu. 722

Anknüpfungspunkt des Schutzes ist das „Presseerzeugnis". § 87f II UrhG definiert es als die **redaktionell-technische Festlegung journalistischer Beiträge** im Rahmen einer unter einem Titel periodisch veröffentlichten Sammlung, die bei Würdigung der Gesamtumstände als überwiegend **verlagstypisch** anzusehen ist. Die erforderliche redaktionelle Auswahl und Regelmäßigkeit ist nicht nur bei den klassischen Tageszeitungen und Zeitschriften gegeben, sondern ggf. auch bei Blogs. Rechtsinhaber ist das Unternehmen, dem der wirtschaftliche (Miss-)Erfolg eines solchen Produkts zuzurechnen ist.[28] 723

Im Gegensatz zum Urheberrecht und zu allen anderen verwandten Schutzrechten richtet sich das ausschließliche Recht des Presseunternehmers nur gegen ganz bestimmte, kommerziell agierende Nutzer. Es erfasst nämlich lediglich **gewerbliche Anbieter von Suchmaschinen und gewerbliche Anbieter von Diensten, die Inhalte entsprechend aufbereiten** (News-Aggregatoren), und dabei Teile von Presseerzeugnissen öffentlich zugänglich machen (§§ 87f I, 87g IV, 19a UrhG). Nur gegen die systematischen, über das bloße Verlinken weit hinausgehenden Zugriffe solcher Marktakteure auf die verlegerische Leistung sollen die Presseunternehmer Schutz genießen. Nicht erfasst sind demgegenüber andere Internetnutzer wie zB Blogger, Unternehmen 724

[27] → Rn. 1109.
[28] BT-Drs. 17/11470, 7.

der sonstigen gewerblichen Wirtschaft, Verbände, Rechtsanwaltskanzleien oder private Internetnutzer, die Presseerzeugnisse öffentlich zugänglich machen. Sie haben unverändert „nur" die Urheberrechte an Texten, Lichtbildwerken etc und verwandte Schutzrechte an Lichtbildern etc zu beachten, die sie im Rahmen der Schranken ua für Zitate benutzen dürfen.

725 Da das Leistungsschutzrecht der Presseverlage wie die verwandten Schutzrechte der Tonträger- und Filmhersteller letztlich die zur Festlegung des geschützten Erzeugnisses erforderliche **Investition des Presseverlegers** schützt, könnte man folgern, dass auch der kleinste Schnipsel des Gesamtprodukts geschützt ist, da auch dieser die Gesamtinvestition repräsentiert.[29] Nach dieser Logik hätten die Presseverlage selbst die Übernahme einzelner Wörter in den Treffer- und Linklisten kommerzieller Suchmaschinenanbieter und News-Aggregatoren unterbinden können. Um diesen Intermediären jedoch eine den Informationsbedürfnissen des Online-Zeitalters entsprechende, knappe, aber zweckdienliche Beschreibung des verlinkten Inhalts zu erlauben, erstreckt sich das Recht des Presseverlegers ausdrücklich nicht auf „einzelne Wörter oder kleinste Textausschnitte" (§ 87f I aE UrhG). Demnach soll eine Schlagzeile wie „Bayern schlägt Schalke" nicht unter das Leistungsschutzrecht fallen und folglich als „Snippet" in einen Link aufgenommen werden dürfen.[30] Da Suchmaschinen automatisiert arbeiten, muss der zulässige, **„kleinste Textausschnitt"** als feststehende Zahl definiert werden. Für eine zweckdienliche Beschreibung einer Information dürften **fünf Wörter** noch ausreichen, sei es, dass ein einzelnes Suchwort in vier Wörter eingebunden wird, sei es, dass mehrere Suchwörter um die Differenz zur Höchstzahl fünf ergänzt werden.

726 Das Leistungsschutzrecht **erlischt bereits ein Jahr nach der Veröffentlichung des Presseerzeugnisses** (§ 87g II UrhG). Es unterliegt im Übrigen den Schranken der §§ 44a ff. UrhG (§ 87g IV 2 UrhG). Soweit das Leistungsschutzrecht der Presseverlage reicht, können sich Suchmaschinenanbieter und News-Aggregatoren auch nicht mehr auf eine schlichte Einwilligung von Presseverlegern nach der Vorschaubilder-Doktrin berufen; insoweit hat der Gesetzgeber die rechtsrelevante Verkehrsanschauung neu definiert.

727 Wie beim Schutz anderer Unternehmerleistungen trägt das Gesetz dafür Sorge, dass die Urheber, deren Werke im unternehmerischen Produkt – hier dem Presseerzeugnis – enthalten sind, durch die originäre Berechtigung des Produzenten nicht ungebührlich in der Ausübung ihrer Rechte beeinträchtigt werden. In diesem Sinne bestimmt § 87g III UrhG, dass das Leistungsschutzrecht des Presseverlegers **nicht zum Nachteil betroffener Urheber oder anderer Leistungsschutzberechtigter** (zB Lichtbildner) geltend gemacht werden kann. Insbesondere dürfen sie auch in Form von Linklisten Eigenwerbung für ihre Beiträge betreiben.[31] Schließlich sind die betroffenen Urheber an einer von den Presseverlegern bzw. einer von ihnen beauftragten Verwertungsgesellschaft vereinbarten Vergütung angemessen zu beteiligen (§ 87h UrhG).

[29] Vgl. zur entsprechenden Rechtsauffassung des BGH zum Tonträger- und Filmherstellerrecht → Rn. 699, 708.

[30] BT-Drs. 17/12534, 5.

[31] BT-Drs. 17/11470, 8.

VI. Hersteller von Datenbanken

1. Schutzgegenstand

Datenbanken bilden das Herzstück der digitalen Wissensgesellschaft und -wirtschaft. 728
§ 87a I 1 UrhG definiert den **Begriff der Datenbank** als „eine Sammlung von Werken, Daten oder anderen unabhängigen Elementen, die systematisch oder methodisch angeordnet und einzeln mit Hilfe elektronischer Mittel oder auf andere Weise zugänglich sind". Hierunter fällt nicht nur das Angebot von Printmedien,[32] sondern bereits der Spielplan einer Fußball-Meisterschaft, denn dieser ordnet unabhängige Daten (Spielpaarungen) systematisch und in einer Weise an, dass sie einzeln auffindbar sind.[33] Im Internet beruht praktisch jedes für eine größere Gruppe von Nutzern interessante Angebot auf einer Datenbank, seien es Online-Zeitungen, juristische und sonstige Fachdatenbanken wie Beck-Online,[34] Internet-Portale, die strukturierte Informationen anbieten (zB Vergleiche von Zahnarztleistungen[35]), Automobilbörsen[36] und nicht zuletzt die Datensammlungen von Google, Facebook und Co.

All diese Informationsangebote genießen **in unterschiedlicher Hinsicht urheberrechtlichen Schutz.** Zunächst einmal können die gesammelten Inhalte als Schrift-, 729
Musik- oder sonstige Werke unter Urheberrechtsschutz stehen (zB Online-Zeitschriften) und/oder Gegenstand verwandter Schutzrechte sein, zB Lichtbilder (Fotodatenbanken), Tonträger (zB iTunes, Spotify) oder Bildträger (zB YouTube). Beruht die Auswahl oder Anordnung der Daten auf individueller Kreativität, liegt ein Datenbankwerk gem. § 4 II UrhG vor.[37] Im Internet sind viele Datenbanken hingegen schlicht auf Vollständigkeit angelegt. Eine solche Sammlung stellt keine persönliche geistige Schöpfung dar. Da die Beschaffung, Überprüfung und Darstellung der Daten aber gleichwohl erhebliche Investitionen erfordern kann, gewährt § 87b UrhG dem hierfür verantwortlichen Datenbankhersteller in Umsetzung der Art. 7ff. DatenbankRL 1996/9[38] ein Leistungsschutzrecht, um ihm eine Vergütung zu sichern und Anreize zu setzen, in den Aufbau und die Pflege von Datenbanken zu investieren.

Aus gutem Grund spricht die Datenbankrichtlinie insoweit von einem **Schutzrecht** 730
„sui generis". Denn anders als bei allen übrigen Leistungsschutzrechten knüpft das Gesetz den Schutz nicht an die Datenbank als das Endprodukt, in dem die Investition verkörpert ist, sondern gewissermaßen umgekehrt unmittelbar auf die **wesentliche Investition in eine Datenbank.** Der Begriff der Datenbank dient lediglich dazu, die für die §§ 87a ff. UrhG relevanten Investitionen von anderen Investitionen des betreffenden Unternehmers zu unterscheiden. Sind die Investitionen in die Datenbank identifiziert, ist zu prüfen, ob sie „wesentlich" sind und deshalb Rechtsschutz verdienen.

Konsequent erklärt § 87a II UrhG denjenigen zum geschützten **Datenbankhersteller,** der die Investitionen in die Beschaffung, Überprüfung oder Darstellung des Datenbankinhalts getätigt, mithin die unternehmerische Initiative ergriffen hat und das 731

[32] OLG Dresden, ZUM 2001, 595.
[33] EuGH GRUR 2005, 254 – Fixtures Marketing.
[34] EuGH GRUR 2009, 572 – Apis.
[35] BGH ZUM-RD 2011, 463 – Zweite Zahnarztmeinung II.
[36] EUGH GRUR Int. 2014, 279 – Innoweb.
[37] Oben § 10.
[38] Vollständige Rechtsangleichung! Vgl. EUGH ZUM-RD 2012, 181 – Football Dataco/Yahoo!

Investitionsrisiko trägt.[39] Das kann auch eine juristische Person oder rechtsfähige Personengesellschaft sein, während nach dem Schöpferprinzip des § 7 UrhG das Urheberrecht am Datenbankwerk oder am Inhalt der Datenbank kein Unternehmerrecht ist, sondern (bei Vorliegen seiner Voraussetzungen) kumulativ in der natürlichen Person des Schöpfers des betreffenden Datenbankinhalts und des Schöpfers der Datenbankstruktur entsteht.

732 Schutzwürdig sind gem. § 87a I 1 UrhG nur Investitionen in **Datenbanken, deren Elemente systematisch oder methodisch angeordnet und einzeln zugänglich sind.** Zu einer solchen Sammlung von Werken, Daten oder anderen unabhängigen Elementen kann man bereits ein Musikalbum zählen, in dessen Zusammenstellung jedoch keine ausreichend große („wesentliche") Investition fließt.[40] Anders verhält es sich nach Auffassung des EUGH mit Landkarten. Denn auch eine analoge topografische Landkarte sei aus unabhängigen, einzeln zugänglichen Elementen zusammengesetzt, nämlich zum einen aus dem „geografischen Koordinatenpunkt", dh einem Zahlencode, der einem bestimmten Koordinatenpunkt im zweidimensionalen Gitternetz entspreche, und zum anderen aus der „Signatur", dh einem Zahlencode, den der Kartenhersteller für Einzelelemente wie zB Kirchen verwende. Da diese geografischen Daten durch Einscannen und weitere digitale Arbeitsschritte herausgelöst und mit ihrem fortbestehenden Informationswert zur Herstellung anderer Karten verwendet werden können, handele es sich bei Landkarten um „Datenbanken" iSd DatenbankRL 96/9, so dass die Investitionen zu ihrer Herstellung gem. §§ 87a ff. UrhG geschützt sein können.[41]

733 Aber auch wenn unabhängige Elemente strukturiert angeordnet werden und einzeln zugänglich sind, genießt die betreffende Datenbank nur Schutz gem. §§ 87a ff. UrhG, sofern gerade die **Beschaffung, Überprüfung oder Darstellung** der Daten eine nach Art oder Umfang wesentliche Investition erfordert. Damit sind nur die Kosten für die Erstellung der Datenbank als solcher gemeint, nicht die Kosten für die Erzeugung der gesammelten Daten. Denn die hierfür erforderliche Kreativität und der sonst eingesetzte Aufwand werden ggf. bereits mit einem Urheberrecht oder einem verwandten Schutzrecht an den gesammelten Werken bzw. sonstigen Leistungen (s. o.) belohnt. Das Datenbankherstellerrecht hingegen bezieht sich nur auf die spätere Zusammenstellung der Daten in einer strukturierten Datenbank. Demzufolge können für die Voraussetzung einer wesentlichen Investition lediglich die **Kosten zur Beschaffung vorhandener Daten** (zB Lizenzierungskosten) sowie die Kosten ihrer Zusammenstellung und Anordnung innerhalb der Datenbank, der Organisation ihrer individuellen Zugänglichkeit und der Überprüfung ihrer Richtigkeit während des Betriebs der Datenbank berücksichtigt werden. Der Spielplan einer Fußball-WM erfordert demnach keine wesentliche Investition. Denn es mag aufwendig sein, Spielorte und -paarungen so festzulegen, dass alle Organisationsbelange berücksichtigt sind. Doch hierbei handelt es sich um Kosten der Datenerzeugung, die für § 87a UrhG irrelevant sind. Die Zusammenstellung der einzelnen Spiele in einer Tabelle erfordert dann keine wesentliche Investition iSv § 87a I 1 mehr.[42]

[39] BGH ZUM-RD 2011, 463 Rn. 26 – Zweite Zahnarztmeinung II.

[40] S. ErwGrd. 17, 19 DatenbankRL 96/9/EG.

[41] EUGH GRUR 2015, 1187 – Freistaat Bayern/Verlag Esterbauer; BGH ZUM-RD 2016, 503 Rn. 15ff. – TK 50 II.

[42] EuGH GRUR 2005, 244 Rn. 30ff. – The British Horseracing Board.

Eine Investition in eine Datenbank ist nämlich nur **wesentlich,** wenn **erhebliche finanzielle Mittel und/oder erhebliche Mengen von Zeit, Arbeit und Energie** eingesetzt wurden.[43] Nach viel zu weitgehender Auffassung des BGH soll hingegen genügen, dass bei objektiver Betrachtung keine ganz unbedeutenden, von jedermann leicht zu erbringenden Aufwendungen erforderlich waren, um die Datenbank zu erstellen und fortlaufend zu pflegen. Investitionen von substantiellem Gewicht seien nicht erforderlich – womit geradezu das Gegenteil von Wesentlichkeit verlangt wird. Die nicht näher spezifizierten Kosten der Überprüfung von 3.500 Patientenbewertungen für 800 Zahnärzte und die Zahlung von 3.500 Euro für eine Datenbanksoftware hat der BGH für ausreichend erachtet.[44] 734

2. Schutzinhalt

Das Recht des Datenbankherstellers erstreckt sich nach § 87b I 1 UrhG auf die gesamte Datenbank sowie einen **nach Art oder Umfang wesentlichen Teil der Datenbank.** Auch die Auslegung dieses Tatbestandsmerkmals orientiert sich konsequent am Zweck des Investitionsschutzes. Demnach ist ein Teil einer Datenbank wesentlich, wenn er für sich betrachtet eine erhebliche Investition repräsentiert und daher gesondert schutzwürdig ist. Es kommt also auch für die Reichweite des Schutzrechts des Datenbankherstellers nicht auf den Umfang oder die qualitative Bedeutung der übernommenen Daten als solcher, sondern darauf an, ob die Beschaffung, Überprüfung und Darstellung gerade der übernommenen Daten erhebliche menschliche, technische oder finanzielle Anstrengungen erfordert hat.[45] Die unerlaubte Entnahme von 350 von 3.500 Zahnarztbewertungen auf eine konkurrierende Internetplattform genügt hierfür nicht.[46] 735

Ausnahmsweise vermag sich der Datenbankhersteller aber auch gegen die Entnahme oder Weiterverwendung **unwesentlicher Teile seiner Datenbank** wehren, wenn die angegriffene Nutzung wiederholt und systematisch erfolgt und dadurch der normalen Auswertung der Datenbank zuwiderläuft oder berechtigte Interessen des Datenbankherstellers unzumutbar beeinträchtigt (§ 87b I 2 UrhG). In einem solchen Fall ist der Investitionswert der übernommenen Daten zwar für sich betrachtet noch nicht erheblich und daher eigentlich nicht geschützt. Der Datenbankhersteller soll aber auch vor der kumulativen Wirkung vieler für sich genommen unwesentlicher Entnahmehandlungen geschützt sein, wenn beabsichtigt oder absehbar ist, dass letztlich doch wieder die gesamte Datenbank oder ein wesentlicher Teil unerlaubt verwendet und so die Investition in die Datenbank schwerwiegend beeinträchtigt wird.[47] Eine solche Umgehung des Investitionsschutzes kann nach Auffassung des BGH auch darin bestehen, dass ein Online-Unternehmer Zahnärzten, die bei einem konkurrierenden Patientenbewertungsportal registriert sind, in einem Werbeschreiben vorschlägt, zu seinem Konkurrenzprodukt zu wechseln. Dass ein solcher Versuch, „im Wettbewerb bestehen zu können",[48] gegen § 87b I 2 UrhG verstoßen soll, offenbart zugleich das **wettbewerbsbeschränkende Potential des Datenbankherstellerrechts.** 736

[43] EuGH GRUR 2005, 244 Rn. 71 – The British Horseracing Board.
[44] BGH ZUM-RD 2011, 463 – Zweite Zahnarztmeinung II.
[45] EuGH GRUR 2005, 244 Rn. 70ff. – The British Horseracing Board.
[46] BGH ZUM-RD 2011, 463 Rn. 29 – Zweite Zahnarztmeinung II.
[47] EuGH GRUR 2005, 244 Rn. 87 u. 89 – The British Horseracing Board.
[48] BGH ZUM-RD 2011, 463 Rn. 34ff. – Zweite Zahnarztmeinung II.

737 § 87b UrhG behält dem Datenbankhersteller die Vervielfältigung, Verbreitung und öffentliche Wiedergabe der Datenbank und ihrer wesentlichen bzw. ausnahmsweise unwesentlichen Teile vor. Hierbei handelt es sich allerdings um eine bei nächster Gelegenheit zu korrigierende, **verfehlte Umsetzung der vollständigen Rechtsangleichung durch die DatenbankRL 1996/9.** Die Datenbankrichtlinie operiert nämlich nur für Datenbank*werke* mit den traditionellen Verwertungsrechten. Dem Datenbankinvestor hingegen gewährt Art. 7 DatenbankRL 1996/9 die ausschließlichen Rechte zur **„Entnahme" und „Weiterverwendung"** seiner Datenbank und ihrer Teile. Nur auf die Bedeutung dieser, dem deutschen Urheberrecht fremden Begriffe kommt es zur Bestimmung der Reichweite des Schutzrechts sui generis an. Die §§ 87b, 15ff. UrhG sind daher bis an die Grenze des Wortlauts richtlinienkonform auszulegen.[49]

738 Gem. Art. 7 II lit. a DatenbankRL 1996/9 bedeutet **„Entnahme"** die ständige oder vorübergehende **Übertragung** der Gesamtheit oder eines wesentlichen Teils des Inhalts einer Datenbank auf einen anderen Datenträger, ungeachtet der dafür verwendeten Mittel und der Form der Entnahme. Hierdurch wird **jeder auch nur mittelbare Rückgriff auf die Datenbank** verboten. Anders als bei § 16 UrhG ist es unerheblich, ob die Übertragung durch Abschreiben oder ein sonstiges physisches Kopieren erfolgt. So wird ein geschützter, weil investitionserheblicher Teil einer Gedichtsammlung auch dann „entnommen", wenn die in der Datenbank enthaltenen Gedichte nach kritischer Prüfung aus *anderen* Quellen zusammenkopiert werden.[50] Denn auch durch dieses Vorgehen erspart sich der Nutzer unter Rückgriff auf die geschützte Datenbank wesentliche Investitionen und beeinträchtigt so das geschützte Investitionsinteresse des ersten Datenbankherstellers.

739 Ferner kann der Datenbankhersteller die **„Weiterverwendung"** seiner Datenbank und ihrer wesentlichen Teile untersagen. Art. 7 II lit. b DatenbankRL 1996/9 definiert diesen Begriff als „**jede Form öffentlicher Verfügbarmachung** der Gesamtheit oder eines wesentlichen Teils des Inhalts der Datenbank durch die Verbreitung von Vervielfältigungsstücken, durch Vermietung, durch Online-Übermittlung oder durch andere Formen der Übermittlung". Mit letztgenannter Öffnungsklausel geht auch diese Begriffsbestimmung über die herkömmlichen Verwertungsrechte der Verbreitung, Vermietung und öffentlichen Zugänglichmachung hinaus. Mit Rücksicht auf den Schutzzweck des Datenbankherstellerrechts fasst der EUGH[51] darunter „jede Handlung ..., die darin besteht, ohne die Zustimmung der Person, die die Datenbank erstellt hat, die Ergebnisse ihrer Investition öffentlich verfügbar zu machen und ihr damit die Einkünfte zu entziehen, die es ihr ermöglichen sollen, die Kosten dieser Investition zu amortisieren." Da Art und Form des angewandten Verfahrens wiederum irrelevant sind, soll bereits die **Zurverfügungstellung einer Metasuchmaschine,** die beispielsweise alle Automobilbörsen durchsucht und einem Nutzer die aggregierten Ergebnisse auswirft, eine verbotene Weiterverwendung der durchsuchten Datenbanken sein. Denn schon das bloße Angebot einer solchen Suchmaschine berge die Gefahr in sich, dass den Herstellern der Automobilbörsen Werbeeinnahmen entgehen, mit denen sie

[49] Dazu allg. → Rn. 165.

[50] BGH ZUM-RD 2011, 463 Rn. 39 mwN – Zweite Zahnarztmeinung II. Mit dem Wortlaut des § 16 UrhG ist dieses Ergebnis aber eigentlich nicht mehr vereinbar.

[51] EUGH GRUR Int. 2014, 279 Rn. 29ff. – Innoweb.

ihre Investition in die Datenbank hätten amortisieren können. Dass der BGH Metasuchmaschinen auf der Basis der überkommenen deutschen Urheberrechtsdogmatik entgegen dem EUGH nicht als per se „parasitäres Konkurrenzprodukt“,[52] sondern als urheberrechtlich zulässige Technologie betrachtete,[53] beweist zum einen, wie dringlich eine Anpassung des § 87b UrhG an den Wortlaut der DatenbankRL 1996/9 ist. Zum anderen zeigen die konträren Einschätzungen der beiden Höchstgerichte aber auch, dass der **abstrakte,** weder an eine materielle Verkörperung noch bestimmte Nutzungshandlungen anknüpfende **Investitionsschutz sui generis völlig konturlos** ist und außer Rand und Band zu geraten droht. Dabei ist auch daran zu erinnern, dass Verstöße gegen § 87b UrhG gem. § 108 I Nr. 8 UrhG strafbewehrt sind, also dem **Bestimmtheitsgebot** genügen müssen.

3. Schranken

740 Immerhin stellen §§ 87b II, 17 II UrhG klar, dass das Original und Vervielfältigungsstücke der Datenbank wie beim Urheberrecht dem Prinzip der europaweiten **Erschöpfung** unterliegen. Auch bleiben amtliche Datenbanken ungeschützt (§ 5 UrhG analog).[54] Während die Regelung in § 87c II UrhG über die Nutzung im Interesse der Rechtspflege und der öffentlichen Sicherheit der Regelung für das Urheberrecht in § 45 UrhG entspricht (ein Änderungsverbot und die Pflicht zur Quellenangabe wie in den §§ 62, 63 UrhG bestehen aber nicht), ist die Regelung der Vervielfältigung zum Eigengebrauch in § 87c I UrhG von der entsprechenden Schrankenregelung für das Urheberrecht in den §§ 53–54a UrhG deutlich verschieden. Eine Vervielfältigung der Datenbank insgesamt oder in ihren wesentlichen Teilen zum **privaten Gebrauch** ist **bei elektronischen Datenbanken,** dh Datenbanken, deren Elemente einzeln mit Hilfe elektronischer Mittel zugänglich sind, ausdrücklich untersagt, also nur bei nicht-elektronischen Datenbanken zulässig (§ 87c I 1 Nr. 1 UrhG). Zulässig ist hingegen die Vervielfältigung aller Arten von Datenbanken zu Zwecken der wissenschaftlichen Forschung und zur Veranschaulichung des Unterrichts und der Lehre (§ 87c I 1 Nr. 2 und 3 iVm §§ 60a–d UrhG). Eine Vergütung ist dafür nicht geschuldet.[55] Verglichen mit den Schrankenregelungen für Urheber lässt sich feststellen, dass der Datenbankhersteller sich durch § 87c UrhG in seiner Rechtsposition deutlich weniger Einschränkungen gefallen lassen muss als ein Urheber.

4. Schutzfrist

741 Das Schutzrecht sui generis unterliegt einer **Schutzfrist von 15 Jahren.** Sie beginnt mit der Fertigstellung der Datenbank und endet 15 Jahre nach ihrer Veröffentlichung (dh nach dem Zeitpunkt, in dem sie der Öffentlichkeit zugänglich gemacht wurde), wenn die Veröffentlichung innerhalb des Zeitraumes von 15 Jahren ab der Fertigstellung erfolgte; andernfalls endet sie mit dem Ablauf von 15 Jahren ab der Herstellung (§ 87d S. 1 UrhG). Der Fristenlauf beginnt wie beim Urheberrecht mit dem Ablauf des Kalenderjahres, in dem die Fertigstellung erfolgt ist (§§ 87d S. 2, 69 UrhG). Für den Zeitpunkt der Fertigstellung trägt der Hersteller die Beweislast.[56]

[52] EUGH GRUR Int. 2014, 279 Rn. 48 – Innoweb.
[53] BGH ZUM 2011, 839 – Automobil-Onlinebörse.
[54] BGH ZUM 2007, 473 – Sächsischer Ausschreibungsdienst.
[55] Vgl. dazu AmtlBegr., UFITA 134 (1997), 165f.
[56] ErwGrd. 53 DatenbankRL 96/9/EG.

742 Die Schutzfrist kann sich jedoch **unbegrenzt verlängern,** wenn der Hersteller fortlaufend zum Zwecke der Aktualisierung in die Datenbank **neu investiert.** Denn nach § 87a I 2 UrhG gilt eine inhaltlich geänderte Datenbank als neue Datenbank, wenn die Änderung nach Art oder Umfang wesentlich war und nach Art oder Umfang wesentliche Investitionen erforderte. Für jede neue Investition beginnt also wieder eine neue Schutzfrist von 15 Jahren zu laufen. Auch hier liegt die Beweislast für die Neuheit der Datenbank iSv § 87a I 2 UrhG und für den Zeitpunkt der Investition beim Hersteller. Eine wesentliche Neuinvestition, die eine neue Schutzdauer nach sich zieht, kann bereits in einer eingehenden Überprüfung des Inhalts einer Datenbank bestehen.[57]

5. Rechtsverkehr

743 Als unternehmerisches Investitionsschutzrecht in Reinform ist das Recht des Datenbankherstellers auch ohne dahingehende Klarstellung **übertragbar.** Auch kann der Rechtsinhaber entsprechend § 29 II UrhG schuldrechtliche Nutzungsvereinbarungen treffen und gegenständlich wirkende Nutzungsrechte einräumen.

744 Wie erläutert, ist der Datenbankinvestor gem. § 87b I 2 UrhG auch vor einer systematischen und wiederholten Entnahme und Weiterverwendung unwesentlicher Teile seiner Datenbank geschützt, wenn dies der normalen Auswertung zuwiderläuft oder berechtigte Amortisationsinteressen beeinträchtigt. Datenbankhersteller und ihre Rechtsnachfolger könnten nun sogar auf den Gedanken kommen, rechtmäßigen privaten und gewerblichen Endnutzern Handlungen **unterhalb dieser Verbotsschwelle auf vertraglichem Wege zu untersagen.** Einer solch privatautonomen Ausdehnung des ohnehin schon sehr weiten Datenbankschutzes steht jedoch § 87e UrhG (Art. 8 DatenbankRL 1996/9) entgegen. Demnach kann rechtmäßigen Benutzern geschützter Datenbanken nicht wirksam untersagt werden, unwesentliche Teile der Datenbank zu beliebigen Zwecken zu entnehmen und weiterzuverwenden, wenn diese Handlungen weder die normale Auswertung der Datenbank noch das Investitionsinteresse des Rechtsinhabers beeinträchtigen. Da allerdings der Datenbankhersteller die „normale Auswertung" durch die technische und vertragsrechtliche Ausgestaltung der gestatteten Abrufmöglichkeiten selbst definiert, erscheint der materielle Schutzgehalt dieser Norm zweifelhaft. Letztlich stellt § 87e UrhG nur klar, dass sich das Recht des Datenbankherstellers nicht auf den Inhalt der Datenbank erstreckt, die Nutzung eines einzelnen, rechtmäßig abgerufenen Elements also jedenfalls nicht gegen §§ 87a ff. UrhG (ggf. aber gegen den Schutz des Elements als Werk oder sonstige Leistung) verstößt.

Literatur zur Vertiefung zu I: *Glöckner,* Veranstaltungsrecht, 2015; *Kuczera,* Die Vermarktung von Übertragungsrechten im Fußball, 2004; *Kurz/Kehrl/Nix,* Praxishandbuch des Theater- und Kulturveranstaltungsrechts, 2. A. 2014; *Lochmann,* Die Einräumung von Fernsehübertragungsrechten an Sportveranstaltungen, 2005
Zu II: *Dierkes,* Die Verletzung der Leistungsschutzrechte des Tonträgerherstellers, 2000; *Gelke,* Mashups im Urheberrecht, 2013; *Häuser,* Sound und Sampling, 2002; *Salagean,* Sampling im deutschen, schweizerischen und US-amerikanischen Urheberrecht, 2008; *Schwenzer,* Die Rechte des Musikproduzenten, 2. A. 2001
Zu III: *Reupert,* Der Film im Urheberrecht, 1995; *Uhlig,* Der Koproduktionsvertrag der Filmherstellung, 2007; *A. Weber,* Die urheberrechtliche Stellung des unabhängigen Film- und Fernsehproduzenten, 2007

[57] ErwGrd. 54f. DatenbankRL 96/9/EG.

Zu IV: *v. Münchhausen,* Der Schutz der Sendeunternehmen, 2001; *Stolz,* Die Rechte der Sendeunternehmen, 1987
Zu V: *Koroch,* Das Leistungsschutzrecht des Presseverlegers, 2016; *Prantl,* Die journalistische Information zwischen Ausschlussrecht und Gemeinfreiheit, 1983; *Ricker/Weberling,* Handbuch des Presserechts, 6. A. 2012; *Wawortschek,* Urheberrechtsfragen der Presse im digitalen Zeitalter, 2005; *Waitz,* Das Leistungsschutzrecht am nachgelassenen Werk, 2008
Zu VI: *Bensinger,* Sui-generis Schutz für Datenbanken, 1999; *Ehmann,* Wettbewerbsfreiheit und Innovationsschutz für Datenbanken, 2011; *Gaster,* Der Rechtsschutz von Datenbanken, 1999; *Krähn,* Der Rechtsschutz von elektronischen Datenbanken, 2000; *Leistner,* Der Rechtsschutz von Datenbanken im deutschen und europäischen Recht, 2000

4. Teil. Verwertung und Rechtsschutz

745 Im 1. bis 3. Teil dieses Lehrbuchs sind die Grundlagen, der Inhalt und die Schranken der im UrhG geregelten elf primären Ausschließlichkeitsrechte – das Urheberrecht und die zehn hiermit verwandten Schutzrechte – dargestellt worden. Diese Rechte des „geistigen Eigentums" haben anders als das Sacheigentum nicht den Zweck, dem jeweiligen Rechtsinhaber einen friedlich-ungestörten Besitz zu sichern. Vielmehr besteht ihr Sinn darin, den Urhebern und originär Leistungsschutzberechtigten auch dann noch eine exklusive Position zu gewährleisten, wenn ihr Werk oder ihre Leistung – genauer: das reproduzierbare Master-Artefakt[1] – an die Öffentlichkeit gelangt ist und daher seine Vervielfältigung und sonstige Nutzung faktisch jedem Dritten möglich ist (sog. potentielle Ubiquität, Nicht-Exklusivität und Nicht-Rivalität). Diese Regelungswirkung erzielt das UrhG, indem es dem Rechtsinhaber ausschließliche Rechte gewährt, **bestimmte Nutzungen des Schutzgegenstandes zu erlauben oder zu verbieten** (vgl. zu dieser Terminologie zB Art. 11 TRIPS, Art. 2 InfoSocRL 2001/29).

746 Mit der Erlaubnis ist vornehmlich die **rechtsgeschäftliche Verwertung** angesprochen, die nebst der Zwangsvollstreckung und der Rechtsnachfolge von Todes wegen im folgenden Kapitel erläutert wird. Die Verbietungsbefugnis betrifft demgegenüber die **Durchsetzung der Schutzrechte gegen unerlaubte Nutzungen,** insbesondere in Gestalt von Abwehr- und Zahlungsansprüchen gem. §§ 97 ff. UrhG (dazu Kapitel 2). Das UrhG geht davon aus, dass Erlaubnisse und Verbote vom Rechtsinhaber normalerweise im Einzelfall ausgesprochen werden. Der technologische Fortschritt hat es aber mit sich gebracht, dass rechtsrelevante Nutzungen in so großer Zahl anfallen, dass eine individuelle Geltendmachung der Schutzrechte häufig praktisch ausscheidet. Deshalb werden zahlreiche Rechte, insbesondere gesetzliche Vergütungsansprüche, von **Verwertungsgesellschaften** wie der GEMA wahrgenommen (dazu Kapitel 3). Sowohl die rechtsgeschäftliche Verwertung als auch die Rechtsdurchsetzung beschränken sich sehr häufig nicht auf rein inländische Sachverhalte, sondern betreffen grenzüberschreitende, in Zeiten des Internets geradezu regelmäßig weltweite Nutzungen. Den sich bei solch **internationalen Sachverhalten** stellenden Rechtsfragen ist das abschließende 4. Kapitel gewidmet.

747 Das Interesse an der **rechtsgeschäftlichen Verwertung und Durchsetzung** ihrer Ausschließlichkeitsrechte haben Urheber und Inhaber verwandter Schutzrechte gemeinsam. Deshalb wird im Folgenden nur noch dort zwischen beiden Rechtekategorien unterschieden, wo – wie namentlich im Hinblick auf den Schutz des Urhebers und der ausübenden Künstler als schwächerer Vertragsparteien – juristische Unterschiede bestehen. Im Übrigen werden Urheber und alle Inhaber verwandter Schutzrechte sowie ihre Rechtsnachfolger unter den Oberbegriffen **„Rechtsinhaber"** (vgl. §§ 95 a I UrhG, 5 I VGG), **„Berechtigter"** (§ 6 VGG) und **„Verletzter"** (vgl. § 97 I 1 UrhG) zusammengefasst.

---

[1] → Rn. 27 ff.

1. Kapitel. Urheberrecht und verwandte Schutzrechte im Rechtsverkehr

Das folgende Kapitel zum Urheberrecht und zu den verwandten Schutzrechten **im Rechtsverkehr** bietet zunächst eine Übersicht über verschiedene Arten urheberrechtlicher Rechtsgeschäfte, die im Hinblick auf ihren Zweck und die beteiligten Parteien in Verwertungs-, Wahrnehmungs-, Open Content- und Endnutzerverträge eingeteilt werden können (§ 36). Inhalt und Wirksamkeit der in solchen Verträgen enthaltenen Gestattungen zur Nutzung geschützter Werke und Leistungen werden in § 37 erläutert. Die anschließenden Paragraphen befassen sich sodann mit dem besonderen urhebervertragsrechtlichen Schutz der Urheber und der ausübenden Künstler als typischerweise schwächerer Vertragspartei (§ 38), der Rechtslage bei der Schaffung von Werken im Arbeitsverhältnis (§ 39) sowie der Zwangsvollstreckung in Schutzrechte (§ 40) und der Rechtsnachfolge von Todes wegen (§ 41). 748

§ 36. Arten urheberrechtlicher Rechtsgeschäfte

Die Berechtigten können ihre Schutzrechte privatautonom zu ganz unterschiedlichen Zwecken einsetzen. Sie sind frei darin zu entscheiden, *ob* sie kurzfristig maximalen Profit erzielen, eine langfristige Beteiligung an der Nutzung sicherstellen oder umgekehrt jedermann unentgeltlich maximalen Zugang ermöglichen wollen. Ebenso in ihrem Belieben steht, *wie* sie das von ihnen präferierte Ziel erreichen möchten und *mit wem* sie zu diesem Zweck kontrahieren. Im Hinblick auf all diese Optionen können **vier prototypische Arten von Verträgen über geschützte Werke und Leistungen** unterschieden werden. An erster Stelle zu nennen sind bilaterale Verwertungsverträge, mit denen Kreative und originär leistungsschutzberechtigte Investoren anderen Werkmittlern wie zB Verlagen und Vertriebsunternehmen die Vermarktung von Werken und Leistungen gegen Entgelt gestatten (dazu I). Bei Wahrnehmungsverträgen mit Verwertungsgesellschaften und Agenturen tritt zum Verwertungs- ein besonderer Treuhandaspekt hinzu (dazu II). Im digitalen Zeitalter besteht ferner die Option, Schutzgegenstände jedermann unentgeltlich im Open Content-Modus (Open Source, Open Access usw.) zugänglich zu machen (dazu III). Wegen des Verbraucherschutzgedankens eigenständig zu betrachten sind schließlich Endnutzerverträge (sog. End User Licence Agreements, EULA), die typischerweise von Werkmittlern mit Konsumenten geschlossen werden (dazu IV). 749

I. Bilaterale Verwertungsverträge

Nach geltendem Recht bildet der bilaterale Verwertungsvertrag den rechtsgeschäftlichen Normalfall. Damit ist ein Vertrag gemeint, mit dem ein Rechtsinhaber einem anderen die Nutzung des Werks oder der geschützten Leistung **zur eigennützigen Verwertung gegen Zahlung eines Entgelts gestattet.** Solche Verwertungsverträge treten im Verkehrsleben in zahllosen Varianten auf. Sie werden sowohl von Kreativen (Urhebern und ausübenden Künstlern) als auch originär Berechtigten Investoren (zB Tonträgerherstellern) abgeschlossen. Ihr Inhalt unterscheidet sich je nach betroffener Werk- bzw. Leistungsart und Branche. 750

Exemplarisch belegen lässt sich die schillernde Vielfalt der im Verkehrsleben auftretenden Vertragsgestaltungen am ältesten Vertragstyp zur Verwertung eines Werkes im eigenen Interesse des Verwerters, dem **Verlagsvertrag.** Das Verlagswesen geht auf die 751

Erfindung des Buchdrucks im 15. Jahrhundert zurück. Verlegen meinte früher: *aus*legen. Verlage produzieren gedruckte Bücher, Zeitungen und Zeitschriften („Presseverlage", § 87f I UrhG), Notenhefte usw. Ein klassischer Printverlagsvertrag zeichnet sich demgemäß dadurch aus, dass der Urheber dem Verlag das Vervielfältigungs- und das Verbreitungsrecht gem. §§ 16f. UrhG einräumt, die der Verlag im Gegenzug verpflichtet ist, auf eigenes Risiko auszuüben (vgl. § 1 VerlG). Im digitalen Zeitalter haben sich Vertragstypen herausgebildet, bei denen die gegenseitigen Rechte und Pflichten der Parteien schwächer ausgeprägt sind. So sind Autorenverträge von **Book-on-demand-Anbietern** auf wenige Jahre befristet oder ordentlich kündbar. Vor allem aber wird ein Buch nur auf Bestellung hergestellt. Die Vermarktung obliegt häufig dem Autor, der dafür auch den Verkaufspreis bestimmen kann. Beim sog. **Self-publishing auf reinen E-Book-Plattformen** wie Amazon Kindle direct publishing oder Apple iBooks verbleibt das unternehmerische Risiko sogar weitestgehend beim Urheber. Dafür räumt der Urheber überwiegend nur einfache Nutzungsrechte ein und kann den Vertrag kurzfristig, teilweise täglich kündigen. Aufgrund der medialen Konvergenz von Texten, Bildern, Tönen und Videos begreifen sich viele Verlage inzwischen ganz generell als **Medienunternehmen,** die „Content" in unterschiedlichsten Formen vermarkten. Schließen Urheber mit solchen Unternehmen Verwertungsverträge ab, spricht man vermehrt unspezifisch von **„Autorenverträgen".**

752 Nur ein kleiner und immer kleiner werdender Teil all dieser Verträge hat im **Gesetz über das Verlagsrecht (Verlagsgesetz, VerlG)** eine eingehende, überwiegend aber dispositive Regelung gefunden. Das Verlagsgesetz ist der Dinosaurier im geltenden Urheberrecht. Es stammt aus dem Jahr 1901 und wurde seither nur unwesentlich überarbeitet. Sein Anwendungsbereich entspricht dem Geltungsbereich des 1965 aufgehobenen LUG. Es erfasst nämlich gem. § 1 VerlG nur Verlagsverträge über Werke der Literatur und Tonkunst unter Einschluss wissenschaftlicher und technischer Abbildungen wie zB Kartenwerke, sowie über choreographische und pantomimische Werke, ferner über wissenschaftliche Ausgaben und Ausgaben nachgelassener Werke (§§ 70, 71 UrhG). Dagegen gelten die Regeln des Verlagsgesetzes schon nicht unmittelbar für Kunstverlagsverträge über Werke der bildenden Kunst und der Fotografie, dh im Geltungsbereich des alten KUG; auch Bühnenverlagsverträge und Verträge über die Verfilmung von Drehbüchern und anderen Schriftwerken sind nicht erfasst. Selbst Verträge über Schrift- und Musikwerke, also der Buch-, Presse- und Musikverlagsbereich, fallen nicht unter das VerlG, soweit sie andere als Printnutzungen umfassen, namentlich den gesamten Bereich des elektronischen Publizierens. Da die Rechte zur Herstellung von E-Prints, E-Books, Tonträgern (Hörbüchern) usw. auch nicht mehr nur als Nebenrechte eingeräumt werden, ist das Verlagsgesetz selbst auf den typischen Buch- und Musikverlagsvertrag nicht mehr uneingeschränkt anwendbar. Für derartige Verträge sowie für den Text- und Musikverlagsvertrag ähnliche Verwertungsverträge wie den Illustrations- und Kunstverlagsvertrag können die Regelungen des VerlG jedoch im Einzelfall analog angewendet werden, wenn dies der Art des Gegenstandes, dem Zweck des Vertrages und dem Verkehrsbedürfnis entspricht.[1] Vor diesem rechtstatsächlichen Hintergrund wird das VerlG im Folgenden lediglich als beispielhafte Regelung der Rechte und Pflichten der an einem Verwertungsvertrag beteiligten Parteien erwähnt.

[1] RGZ 119, 412 – Elfenreigen.

Seiner Rechtsnatur nach ist der Verlagsvertrag wie andere bilaterale Verwertungsverträge („Lizenzverträge") auch ein von den im BGB kodifizierten Vertragstypen abweichendes („atypisches") **gegenseitiges Dauerschuldverhältnis.**[2] Verlags- und andere Autorenverträge unterliegen grundsätzlich keinen Formerfordernissen (vgl. aber §§ 31a, 40 UrhG). Beruhen sie auf vorformulierten Vertragsbedingungen, ist das AGB-Recht gem. §§ 305 ff. BGB zu beachten. **Verfügungsgeschäft** und **Verpflichtungsgeschäft** sind im Verlagsvertrag wie generell im Urhebervertragsrecht eng miteinander verbunden. Der Grundsatz der Abstraktheit des Verfügungsgeschäfts ist hier weitgehend durchbrochen (vgl. § 9 I VerlG).[3] 753

Kennzeichnend für Verlags- und andere Verwertungsverträge ist die **Erlaubnis urheberrechtlich relevanter Nutzungen,** die der Rechtsinhaber seinem Vertragspartner erteilt. Der rechtliche Gehalt einer solchen Gestattung kann von einer widerruflichen Einwilligung bis zur translativen Vollrechtsübertragung reichen.[4] Als Mittelweg zwischen diesen Extremvarianten steht dem Rechtsinhaber die Einräumung von Nutzungsrechten gem. §§ 31 ff. UrhG zu Gebote, beim Verlagsvertrag in Gestalt der Einräumung des ausschließlichen Vervielfältigungs- und Verbreitungsrechts (§§ 1, 8 VerlG, sog. Verlagsrecht). Als gestattende Rechtsinhaber können neben den originären Rechtsinhabern (Urheber und originäre Leistungsschutzberechtigte) auch Erwerber von Schutzrechten einschließlich der Erben des Urhebers (vgl. § 48 VerlG) auftreten. Ein besonderes Schutzbedürfnis besteht dabei nur, wenn Urheber und ausübende Künstler (die sog. Kreativen) einen Verwertungsvertrag abschließen. Denn nur sie befinden sich typischerweise in einer schwächeren Verhandlungsposition im Verhältnis zum Produzenten. Bei Verträgen zwischen Verwertern geschützter Inhalte (etwa zwischen Tonträgerherstellern und Offline-Vertriebsunternehmen oder Online-Plattformen) kontrahieren hingegen prinzipiell gleich starke Akteure, so dass die allgemeinen vertragsrechtlichen Grundsätze zum Tragen kommen können.[5] 754

Den **Rechtsinhaber** trifft grundsätzlich eine **Rechtsverschaffungspflicht.** Wie weit diese reicht, hängt davon ab, ob lediglich ein schuldrechtlicher Duldungsanspruch begründet wurde oder ob Nutzungsrechte eingeräumt wurden.[6] Erbringt der Rechtsinhaber diese Rechtsverschaffungspflicht nicht oder nicht wie geschuldet, haftet er nach allgemeinen schuldrechtlichen Grundsätzen auf Erfüllung und ggf. Schadensersatz. Ist der Vertragsgegenstand als solcher mangelhaft (zB eine unbrauchbare Software oder Produktdarstellung)[7] oder ist das Nutzungsrecht mit einem Rechtsmangel behaftet, weil vertragswidrig weitere Nutzungsrechte Dritter bestehen, trifft den Nutzungsrechtsgeber eine **Mängelhaftung** nach §§ 453 I, 437 ff. BGB bzw. §§ 281, 280 BGB. Dagegen hat der Rechtsinhaber nicht für den wirtschaftlichen Wert sowie für die wissenschaftliche und künstlerische Qualität des Werkes einzustehen.[8] Anders soll sich die Rechtslage nach der Rechtsprechung darstellen, wenn **der Vertragsgegenstand** 755

[2] RGZ 74, 361.
[3] Näher → Rn. 812.
[4] Dazu § 37.
[5] Dazu § 38.
[6] Dazu § 37.
[7] S. BGH NJW 1973, 843 über die inhaltliche Unrichtigkeit eines Anleitungsbuchs für Standesbeamte; vgl. auch BGH GRUR 1979, 396 – Herren und Knechte, über ein Buch mit persönlichkeitsrechtsverletzendem Inhalt; KG ZUM-RD 1999, 339 – Dokumentarfilm.
[8] BGH GRUR 1960, 644 – Drogistenlexikon.

gar nicht urheberrechtlich geschützt ist, weil die (geringen) Anforderungen an eine persönliche geistige Schöpfung nicht erfüllt sind oder weil das Werk bzw. die Leistung im Inland keinen Rechtsschutz (mehr) genießt. In einem solchen Fall soll der Lizenzgeber dennoch die vereinbarte Vergütung beanspruchen können, solange der Lizenzvertrag besteht und dem Lizenznehmer eine wirtschaftliche Vorzugsstellung verschafft wird. Immerhin soll der Nutzungsrechtsnehmer den Vertrag aus wichtigem Grund gem. § 314 BGB kündigen können, wenn er erkennt, dass er kein wirksames Schutzrecht, sondern ein Scheinrecht lizenziert hat.[9] Diese Auffassung verkennt, dass der vermeintliche Rechtsinhaber seine Hauptleistungspflicht zur Verschaffung eines wirksamen Nutzungsrechts von Anfang an nicht erbracht hat. Für diese anfängliche Unmöglichkeit haftet er auf Schadensersatz, wenn er das Leistungshindernis bei Vertragsschluss kannte oder seine Unkenntnis zu vertreten hat (§ 311 a II BGB); ein Mitverschulden des Lizenznehmers ist gem. § 254 BGB zu berücksichtigen. Ohne diese Haftung wäre es praktisch risikolos möglich, Urheber- und Leistungsschutzrechte zu behaupten, die es gar nicht gibt. Da ein solches Verhalten sogar deliktische Ansprüche auslösen kann,[10] ist eine Haftung gegenüber dem Vertragspartner erst recht anzuerkennen.

756 Neben der Rechtsverschaffungspflicht **können den Rechtsinhaber weitere Pflichten treffen.** So muss der Autor bei einem Verlagsvertrag das Manuskript in druckreifem Zustand sowie in vertragsmäßiger Beschaffenheit frei von Rechten Dritter abliefern (§§ 10, 31 VerlG). Das bedeutet nicht nur, dass sich das Manuskript äußerlich in einem für die Vervielfältigung geeigneten Zustand befinden muss, sondern auch, dass es nach Inhalt und Umfang den Vereinbarungen, insbesondere dem vorausgesetzten Zweck (zB für den Schulgebrauch) entsprechen muss und nicht gegen ein gesetzliches Verbot oder die guten Sitten verstoßen darf.[11]

757 Je nach dem Inhalt des Vertrags kann sich für den Rechtsinhaber auch eine **Enthaltungspflicht,** dh die Verpflichtung ergeben, sich selbst der Verwertung des Vertragsgegenstands zu enthalten. ZB darf der Urheber, der einer Bühne das ausschließliche Aufführungsrecht für einen bestimmten Bezirk eingeräumt hat, selbst in diesem Bezirk keine Aufführung veranstalten. Dabei ist zu bedenken, dass durch die Einräumung ausschließlicher Nutzungsrechte seine eigene Rechtsstellung entsprechend beschränkt wird (vgl. § 2 I VerlG und § 31 III UrhG), so dass er diese Befugnisse nicht mehr ausüben kann. Ein Verstoß hiergegen wäre nicht nur Vertragsverletzung (§§ 281, 280 BGB), sondern auch Verletzung des abgeleiteten Rechts. Darüber hinaus kann für ihn aus einem übernommenen Wettbewerbsverbot oder aus Treu und Glauben die Verpflichtung entspringen, die Verwertung eines ähnlichen Werkes, das dem anderen Konkurrenz zu machen geeignet ist, zu unterlassen[12] oder das Werk nicht in einer Weise auszuwerten, durch die eine einem anderen eingeräumte Nutzungsbefugnis beeinträchtigt wird (zB: keine Fernsehsendung zu gestatten, solange ein Film über das Werk im Kino läuft).[13]

---

9 BGH ZUM-RD 2012, 514 Rn. 17ff. – Delcantos Hits.

10 Nämlich bei sog. unberechtigten Schutzrechtsverwarnungen, vgl. BGHZ 164, 1.

11 BGH GRUR 1960, 644 – Drogistenlexikon; GRUR 1979, 396 – Herren und Knechte.

12 BGH GRUR 1985, 1043 – Inkasso-Programm.

13 BGH UFITA 54 (1969), 278 – Fernsehauswertung.

Zu den Hauptpflichten des Verwerters, dem die Nutzung geschützter Werke oder Leistungen gestattet wird, zählt zunächst die **Pflicht zur Zahlung der vereinbarten Vergütung** (vgl. §§ 32 UrhG, 22–24 VerlG). Diese kann als pauschale Einmalzahlung (etwa pro publizierter Zeile) und/oder als absatzabhängige, wiederkehrende Zahlung (etwa 10% vom Nettoladenpreis eines verkauften Buches) geschuldet sein. Ist die Höhe der Vergütung nicht bestimmt, gilt die angemessene Vergütung als vereinbart (§§ 32 I 2 UrhG, 22 II VerlG). Entspricht die vereinbarte Vergütung nicht der Üblichkeit und Redlichkeit, können Urheber und ausübende Künstler sogar eine Änderung des Vertrags erzwingen, durch die den Kreativen eine angemessene Vergütung gewährt wird (§§ 32 I 3, 79 II a UrhG).[14] 758

Verwerter wie zB Verleger, denen ein ausschließliches Nutzungsrecht eingeräumt wird, sind ferner im Zweifel verpflichtet, von ihren exklusiven Rechten auch tatsächlich in einer zweckentsprechenden und üblichen Weise Gebrauch zu machen (**Ausübungspflicht,** vgl. §§ 1 S. 2, 14 VerlG).[15] Anders ist es bei Nehmern einfacher Nutzungsrechte. Denn in diesem Fall ist die parallele Kommerzialisierung durch hoffentlich aktivere Nutzungsrechtsnehmer nicht ausgeschlossen (vgl. § 31 II UrhG). Jedoch steht dem Urheber bei Nichtausübung des eingeräumten Rechts durch den Erwerber das Rückrufsrecht zu (§ 41 UrhG). Je nach vertraglicher Gestaltung können den Verwerter weitere Leistungspflichten treffen, etwa die Pflicht zur Bewerbung eines Buches. 759

Vom Inhalt der dem Verwerter eingeräumten Rechtsposition hängt ab, ob dieser **im eigenen Namen gerichtlich gegen Dritte vorgehen kann,** die das vertragsgegenständliche Werk oder die Leistung unerlaubt nutzen. Bejaht wird dies für ausschließliche, verneint hingegen für lediglich einfache Nutzungsrechte sowie für bloß schuldrechtliche Gestattungen und Einwilligungen (vgl. § 9 II VerlG).[16] Aufgrund seines ausschließlichen Verlagsrechts bedarf etwa ein Verleger zur Geltendmachung dieser Ansprüche keiner gesonderten Zustimmung des Verfassers. Aus der Verpflichtung des Verlegers zur ordnungsgemäßen Vervielfältigung und Verbreitung ergibt sich für ihn dem Verfasser gegenüber sogar die Pflicht, gegen Verletzungshandlungen einzuschreiten. Umgekehrt ist auch der Verfasser in doppelter Weise gebunden: einmal durch das vertragliche Band, dann durch das dem Verleger eingeräumte Verlagsrecht. Würde er zB das Werk durch einen zweiten Verleger herausbringen, so würde er nicht nur eine Vertragsverletzung begehen, sondern auch eine Rechtsverletzung gem. §§ 97ff. UrhG. 760

Verwertungsverträge enden zum vertraglich bestimmten Zeitpunkt (Befristung, § 29 VerlG) oder durch Kündigung bzw. Rücktritt (vgl. §§ 30–35, 37f. VerlG). Das Kündigungsrecht folgt entweder aus dem Vertrag oder aus § 314 BGB, wenn das Vertrauensverhältnis erschüttert und der Vertragszweck dadurch ernstlich gefährdet ist, so dass dem Kündigenden die Durchführung des Vertrags nicht mehr zugemutet werden kann.[17] Dies kann nicht nur bei Pflichtverletzungen einer Seite, zB bei wiederholt unpünktlicher Zahlung des Honorars[18] oder schwerwiegenden Mängeln der Abrech- 761

[14] → Rn. 882ff.

[15] BGH ZUM 2003, 135 – Filmauswertungspflicht; anders zur Verfilmungspflicht BGHZ 27, 90 – Privatsekretärin.

[16] → Rn. 830f.

[17] BGH GRUR 1977, 551 – Textdichteranmeldung, wo schon eine Verdachtskündigung zugelassen wird; GRUR 1990, 443 – Musikverleger IV.

[18] OLG Köln GRUR 1986, 679.

nung,[19] sondern auch bei persönlichen Zwistigkeiten der Fall sein.[20] Verschulden einer Partei ist nicht vorausgesetzt, doch kann sich der Kündigende in der Regel nicht auf selbstverschuldete Zwistigkeiten berufen.[21] Mit der Beendigung des Vertrages fallen die eingeräumten Nutzungsrechte automatisch an den Rechtsinhaber zurück, ohne dass es einer gesonderten Rückübertragung bedarf. Hat der Schuldner die Leistungsstörung zu vertreten, kommen neben Kündigung oder Rücktritt Schadensersatzansprüche gem. §§ 280ff. BGB in Betracht (vgl. §§ 314 IV, 325 BGB).

762 Von den vorstehend skizzierten Verwertungsverträgen ist der **Werkvertrag** zu unterscheiden, der sich lediglich auf die **Herstellung eines Kunstwerks** oder einer sonstigen schutzfähigen Leistung bezieht (Werklieferungsvertrag über eine nicht vertretbare Sache, § 650 S. 3 BGB). Hierher gehört insbesondere der Architektenvertrag (§§ 650p–t BGB) und der Vertrag über die Herstellung von Personenbildnissen, die Auftragskomposition, die Auftragsproduktion von Filmen usw. und der sog. Bestellvertrag (§ 47 VerlG). Bei Letzterem lässt der Verleger (oder eine andere Person) vom Urheber ein Geisteswerk herstellen, wobei er ihm den Inhalt und die Art und Weise der Behandlung genau vorschreibt. In diesem Fall finden nicht die Regeln über den Verlagsvertrag, sondern die des BGB über den Werkvertrag Anwendung. Danach hat der Besteller keine Verpflichtung zur Vervielfältigung und Verbreitung. Der Urheber kann jedoch eine Vergütung für die Herstellung des Werkes auch dann verlangen, wenn dieses nicht veröffentlicht wird. Inwieweit mit dem Vertrag eine Einräumung von Nutzungsrechten an den Besteller verbunden ist, ergibt sich aus dem Sinn und Zweck der Vereinbarung (Vertragszwecktheorie).[22] Im Verhältnis des Bauherrn zum Architekten kann die Einräumung des Nachbaurechts an einem unter Kunstschutz stehenden Entwurf in der Regel nur angenommen werden, wenn ein dahingehender Wille der Vertragsparteien unzweideutig zum Ausdruck gekommen ist.[23] Für die Reparatur und den Wiederaufbau eines Bauwerkes ist er zu unterstellen. Umgekehrt bringt es die künstlerische Gestaltungsfreiheit mit sich, dass der Besteller eines Kunstwerks ein den vereinbarten Zweck und die tragende Idee zum Ausdruck bringendes Werk auch dann abnehmen muss, wenn es nicht seinem Geschmack entspricht.[24] Es gibt also kein Recht auf Nachbesserung in künstlerischer Hinsicht. Dagegen besteht keine Abnahmepflicht gem. § 640 I 1 BGB, wenn das Kunstobjekt nicht dem vereinbarten Zweck entspricht.[25] Beim Tode des Verfassers vor Vollendung des Werkes wird der Erbe von der höchstpersönlichen Leistungspflicht des Erblasser-Urhebers frei, verliert aber auch den Anspruch auf die Gegenleistung (§§ 275 I, 326 I 1 BGB).

763 Der Werkvertrag, der zur Herstellung eines vertragsgemäßen Kunstwerks oder einer sonst schutzfähigen Leistung verpflichtet, kann bereits die (Pflicht zur) Einräumung von künftigen Nutzungsrechten am künftigen Schutzgegenstand umfassen (vgl. § 11 II VerlG). Hingegen ergibt sich aus den sog. **Optionsverträgen** im Zweifel nur eine Anbietungspflicht des Urhebers. Der Verleger erhält dadurch die Möglichkeit, das künftige Werk an sich zu ziehen, da es ihm der Verfasser zuerst zum Abschluss

[19] OLG Köln ZUM-RD 1998, 451 – Alarm, Alarm.
[20] OLG Frankfurt a. M. ZUM 1989, 39.
[21] Zur Kündigung bei verbundenen Werken siehe BGH GRUR 1982, 744 – verbundene Werke.
[22] → Rn. 915ff. und BGH GRUR 1984, 529.
[23] BGHZ 64, 145 – Wohnhausneubau.
[24] BGHZ 19, 382 – Gedächtniskapelle.
[25] OLG Karlsruhe UFITA 73 (1975), 292 – Die Nachtwächter vom Hemshof.

eines Verlagsvertrags anbieten muss. Solche Optionsvereinbarungen stellen nicht ohne Weiteres eine unzulässige Beeinträchtigung der Freiheit des Urhebers dar; sie sind aber wegen Sittenverstoßes nichtig, wenn sie ohne zeitliche oder gegenständliche Beschränkung für das gesamte künftige Schaffen des Verfassers gelten sollen und der Verleger für die Einräumung des Optionsrechts keine angemessene Gegenleistung übernimmt.[26]

II. Wahrnehmungsverträge

Die Einräumung von Nutzungsrechten kann nicht nur zur eigenen Nutzung durch den Vertragspartner, sondern auch zu dem Zwecke erfolgen, dass der Vertragspartner die Nutzung durch Dritte vermittelt oder kontrolliert. Ein solcher Wahrnehmungsvertrag ist der **Agenturvertrag**[27] und der **Bühnenvertriebsvertrag,** der zivilrechtlich als Geschäftsbesorgungsvertrag (§ 675 I BGB) zu qualifizieren ist. Die sog. Theaterverlage oder Bühnenverlage erhalten vom Urheber das Recht, die Bühnenaufführungsrechte (die sog. großen Rechte) zu verwalten. Diese Rechte werden ihnen (meist einschließlich des Senderechts) zur individuellen (nicht wie bei den Verwertungsgesellschaften zur gemeinsamen) Wahrnehmung eingeräumt. Sie erteilen an Stelle des Urhebers den Theatern die Aufführungsgenehmigung und ziehen die Tantiemen ein, die dann zwischen Unternehmer und Autor nach einem vereinbarten Schlüssel geteilt werden. 764

Es gibt jedoch nicht nur Verträge zur individuellen, sondern auch solche zur **kollektiven Wahrnehmung** von Schutzrechten. Bei vielen Verwertungsarten ist es nämlich den Rechtsinhabern wegen der Allgegenwart und Flüchtigkeit von Werken und Leistungen nicht möglich, mit allen in Frage kommenden Verwertern Verträge abzuschließen und gesetzliche Vergütungsansprüche gegen alle Nutzer geltend zu machen. Um all diese Nutzungsvorgänge zu erfassen und bei fehlender Gestattung zu verhindern, schlossen sich Urheber und Verleger, später auch die Inhaber verwandter Schutzrechte zu **Verwertungsgesellschaften** zusammen, deren Tätigkeit im VGG eine eingehende Regelung erfahren hat.[28] 765

Der Vertrag, den die Berechtigten (also die originären oder derivativen Inhaber von Urheber- und Leistungsschutzrechten) mit einer Verwertungsgesellschaft schließen, wird allgemein **„Wahrnehmungsvertrag"** genannt (§ 6 VGG). Im Wahrnehmungsvertrag räumen die Inhaber von Urheber- und Leistungsschutzrechten der Verwertungsgesellschaft ausschließliche Verwertungsrechte und gesetzliche Vergütungsansprüche ein und erteilen den Auftrag zu deren treuhänderischen Wahrnehmung. Die Verwertungsgesellschaft räumt dann den Nutzern einfache Nutzungsrechte ein und kann, soweit ihre Wahrnehmungsbefugnis reicht, unbefugte Nutzungen im eigenen Namen verbieten. Auch der Urheber selbst darf seine Rechte ohne ihre Genehmigung nicht mehr nutzen.[29] Die Urheberpersönlichkeitsrechte hingegen verbleiben bei den Urhebern.[30] Darüber hinaus sind im Wahrnehmungsvertrag die Wahrnehmungsbedingungen festgelegt. Gesetzlich ist der Wahrnehmungsvertrag nicht näher geregelt, 766

[26] So BGHZ 22, 347.
[27] S. BGH GRUR 1986, 834 zur Werbeagentur; zur Künstleragentur OLG Hamburg ZUM 2008, 144.
[28] Dazu Kapitel 3.
[29] LG Köln ZUM 1998, 168.
[30] Zur Nutzung von Musik als Handyklingeltöne: OLG Hamburg ZUM 2008, 438.

er enthält aber Elemente gesetzlicher Typenverträge. Von der Rechtsprechung wird er als **urheberrechtlicher Nutzungsvertrag eigener Art** bezeichnet, der Elemente des Auftrags, insbesondere bzgl. der fremdnützigen treuhänderischen Rechtsübertragung, sowie des Gesellschafts-, Dienst- und des Geschäftsbesorgungsvertrags enthält.[31] Als Allgemeine Geschäftsbedingungen unterliegen Wahrnehmungsverträge der Inhaltskontrolle nach §§ 307ff. BGB.[32]

767 Wahrnehmungsverträge mit Verwertungsgesellschaften erstrecken sich auf **bereits geschaffene und auf künftige Werke und Leistungen.** Damit genießen die Verwertungsgesellschaften gegenüber allen späteren Vertragspartnern der Rechtsinhaber Priorität. Schließt etwa ein Wortautor zuerst einen Wahrnehmungsvertrag mit der VG Wort und später einen Verlagsvertrag, geht die im letztgenannten Vertrag vorgesehene Übertragung gesetzlicher Vergütungsansprüche an den Verlag ins Leere.[33] Allerdings kann eine Verwertungsgesellschaft ihr Rechteportfolio nur erweitern, wenn sie für jedes einzelne Recht die Zustimmung des Berechtigten einholt und diese individuelle Zustimmung auch dokumentiert. Sowohl diese Zustimmung als auch der ursprüngliche Wahrnehmungsvertrag bedürfen der **Textform** gem. § 126b BGB (§ 10 VGG).

III. Open Content-Verträge

768 Die Kommunikationsmöglichkeiten im digitalen Zeitalter haben einen dritten Typ von Rechtsgeschäften über Urheberrechte und verwandte Schutzrechte hervorgebracht, die als Open Content-Modelle bezeichnet werden können. Ihr Kennzeichen ist, dass der Rechtsinhaber sein Werk oder seine Leistung nicht wie in den vorgenannten, klassischen Varianten exklusiv und ergänzend über Verwertungsgesellschaften vermarktet und sich im Übrigen „alle Rechte vorbehält“, sondern dass es **jedermann gestattet** sein soll, **das Werk bzw. die Leistung ohne Zahlung einer Vergütung zu benutzen.** So heißt es gelegentlich auf Druckwerken, dass der „Nachdruck gestattet“ sei. Größere praktische Relevanz hat der Gedanke, Werke der Öffentlichkeit unentgeltlich zur Verfügung zu stellen, aber erst mit dem Aufkommen des Internets erlangt. Denn diese Technologie erlaubt es jedem zu minimalen Kosten, seine Werke und sonstigen Äußerungen mit ein paar Klicks einer weltweiten Öffentlichkeit zugänglich zu machen. Die Gründe für solches Verhalten können sehr unterschiedlich sein. Durchschnittliche Internetnutzer schreiben in Foren und posten jedes noch so beliebige Lichtbild und Video (§ 72 UrhG!), weil alle auf diese Weise kommunizieren. Viele (semi-)professionelle Urheber und ausübende Künstler sind bereit, ihre Werke und Leistungen zunächst einmal freizuschalten, um auf diesem Wege Aufmerksamkeit und eine Fangemeinde zu erzeugen. Selbst Top-Acts der Musikszene bzw. Tonträgerhersteller greifen immer häufiger zu diesem Vermarktungsmittel, um Tourneen und neue Alben zu bewerben.

769 Die unentgeltliche Nutzung der Werke und Leistungen kann **auf verschiedene rechtsgeschäftliche Weise gestattet** werden. Manche Rechtsinhaber gehen so weit, auf ihre Befugnisse mit Wirkung erga omnes zu verzichten, so dass der Schutzgegenstand gemeinfrei wird.[34] In den meisten Fällen werden Bilder, Videos und Texte ohne

---

[31] BGH GRUR 1982, 308 (309) – Kunsthändler.
[32] BGH GRUR 2013, 375 Rn. 13 mwN – Missbrauch des Verteilungsplans.
[33] BGH ZUM 2016, 639 – Verlegeranteil.
[34] Unten → Rn. 789ff.

weitere Erklärungen einfach in das Internet gestellt. Die Rechtsprechung fasst dieses Verhalten als konkludente, jederzeit widerrufliche Einwilligung in übliche Online-Nutzungen auf, so dass insbesondere der Download und ggf. Ausdruck, aber auch die Nutzung durch Suchmaschinen konkludent autorisiert sind.[35] Gewissermaßen zwischen diesen beiden Extremen stehen Open Content-Lizenzen, die im Einzelnen regeln, was der Nutzer mit dem betreffenden Inhalt tun darf. Die historisch ersten Lizenzen in diesem Sinne waren „Freie" bzw. „Open" Source Software Lizenzen (zB GNU General Public License). Mit ihnen gestatten Programmierer auch kommerzielle Nutzungen und Bearbeitungen ihres Codes, verknüpfen diese Lizenzerteilung aber mit der auflösenden Bedingung (§ 158 II BGB), dass der Quellcode von Veränderungen ebenfalls offengelegt und unter denselben Bedingungen weiterlizenziert wird (sog. **Copyleft**). Hält sich ein Lizenznehmer nicht an diese Vorgabe und vermarktet Open Source Software als proprietäre Software, begeht er eine Urheberrechtsverletzung, die alle Ansprüche gem. §§ 97 ff. UrhG auslöst.[36] Das Urheberrecht wird hier also nicht in seinem klassischen Sinne zur Herstellung von Exklusivität, sondern umgekehrt zur Erzwingung von Offenheit eingesetzt. Der Grundgedanke des „some rights reserved" wurde später auf andere Werkarten wie insbesondere Musik und wissenschaftliche Werke (Open Access) übertragen.[37]

Nicht nur die Zielsetzung der Open Content-Lizenzen unterscheidet sich grund- 770
legend von Verwertungs- und Wahrnehmungsverträgen, die auf entgeltliche und grundsätzlich exklusive Vermarktung ausgerichtet sind. Auch das **Schutzbedürfnis der Urheber und ausübenden Künstler** stellt sich in dieser Konstellation anders dar. Ihnen steht kein bestimmter, verhandlungsstarker Verwerter gegenüber. Vielmehr entscheiden sie sich aus unterschiedlichen Motiven, der Allgemeinheit unentgeltlich Zugang zu gewähren. Die hierdurch erzeugten, effektiven Kommunikations- und Kooperationsstrukturen lassen auch nach Auffassung des Gesetzgebers ein neues Interessen- und Schutzgefüge zwischen Urhebern, Verwertern und Endnutzern entstehen, auf das insbesondere die urhebervertragsrechtlichen Vergütungs- und Schriftformerfordernisse nicht passen.[38] Deshalb können Urheber und ausübende Künstler nach den sog. **Linux-Klauseln** unentgeltlich und ohne Beachtung der Schriftform jedermann ein einfaches Nutzungsrecht selbst für unbekannte Nutzungsarten einräumen.[39]

IV. Endnutzerverträge

1. Relevanz und Erscheinungsformen von Endnutzerverträgen

Im analogen und frühen digitalen Zeitalter war der private Werkgenuss ohne ur- 771
heberrechtlich relevante Nutzungen möglich. Wer im privaten Bereich ein Buch las, eine Schallplatte oder CD abspielte, Radio hörte oder Fernsehen schaute, gab nichts öffentlich wieder und stellte auch keine Vervielfältigungsstücke her. Der Vermögenswert des Werkgenusses floss zwar über ein Stufensystem von vorgeschalteten Verwertungs- und Vergütungsansprüchen und konkret den Preis für ein Buch oder eine Schallplatte über zwischengeschaltete Verwerter (Verlage, Tonträgerhersteller, Verwertungsgesellschaften) an die Urheber und ausübenden Künstler. Die Konsumenten

[35] Unten → Rn. 802.
[36] LG München I GRUR-RR 2004, 350; LG Berlin ZUM 2011, 559.
[37] http://de.creativecommons.org/.
[38] S. BT-Drs. 14/6433, 15; BT-Drs. 14/8058, 19; BT-Drs. 16/1828, 37; BT-Drs. 16/5939, 44.
[39] §§ 31 a I 2, 32 III 3, 32a III 3, 32c III 2 UrhG.

aber schlossen nur Kaufverträge über Bücher usw. ab, die sie zu Eigentum erwarben. Urheberrechtliche Nutzungen wurden ihnen nicht gestattet. Für den privaten Werkgenuss war dies auch nicht erforderlich. Die Herstellung von Privatkopien (§ 53 I UrhG) sowie die Weiterveräußerung der Werkexemplare (§ 17 II UrhG) waren überdies kraft Gesetzes zulässig, wenngleich für die privaten Vervielfältigungen eine Vergütung zu entrichten war (§ 54 UrhG). Öffentliche Wiedergaben des Werkes stellten hingegen stets Rechtsverletzungen dar.

772 Wer seinen Medienkonsum unverändert auf die vorgenannten Weisen deckt, kann weiterhin ohne Abschluss von Endnutzerverträgen auskommen. Wer jedoch für die private Wiedergabe von Werken und Leistungen **einen Computer einsetzt,** stellt zwangsläufig **flüchtige Vervielfältigungsstücke im Arbeitsspeicher** des Rechners her und greift hiermit in das Vervielfältigungsrecht gem. § 16 UrhG ein. Solch vorübergehende Vervielfältigungshandlungen werden von den §§ 44a Nr. 2, 55a und 69d I UrhG nur für zulässig erklärt, wenn ihr alleiniger Zweck es ist, eine **rechtmäßige Nutzung** eines Schutzgegenstands durch den **Berechtigten** zu ermöglichen. Rechtmäßig aber ist eine flüchtige Kopie im Arbeitsspeicher eines Computers nur dann, wenn dies im Rahmen einer sonstigen Schranke des Urheberrechts geschieht (insbes. Privatkopie gem. § 53 I UrhG) oder ihr der Berechtigte **zugestimmt** hat.

773 Da sich die Werknutzung durch Computer immer weiter ausbreitet, sind die **zu diesem Zweck abgeschlossenen Endnutzerverträge** (End User License Agreements, EULA) flächendeckend alltäglich geworden. Zuerst relevant wurden sie notwendigerweise im Bereich der Computerprogramme, die eben auch teilweise vorübergehend vervielfältigt werden, wenn sie auf einem Rechner ausgeführt werden. Inzwischen werden aber auch alle anderen Werkarten unter Einsatz von Computern und damit unter Herstellung prinzipiell zustimmungspflichtiger Vervielfältigungen genutzt, zB beim Fernseh- und Rundfunkempfang durch Decoder/Receiver,[40] beim Abspielen von DVDs/Blu-ray Discs und nicht zuletzt bei allen Online- und Offline-Nutzungen von digitalisierten Werken und Leistungen via PCs, Tablets, Smartphones usw.[41]

774 Eine weitere Ursache für die Proliferation von Endnutzerverträgen ist der **Rechtsschutz von Datenbanken,** für deren Schutz es nicht darauf ankommt, ob sie urheberrechtlich geschützte Werke und Leistungen oder aber nur sonstige Elemente (wie zB Daten über zum Kauf stehende Gebrauchtwagen) enthalten. Die §§ 55a und 87e UrhG garantieren in Umsetzung der Art. 6 und 8 DatenbankRL 1996/9 zwar die „normale Benutzung durch den rechtmäßigen Benutzer". Was der rechtmäßige Datenbanknutzer aber normalerweise tun darf, bestimmt grundsätzlich der Datenbankanbieter (zB der Beck-Verlag für die Datenbank Beck-Online) in seinen Endnutzer-AGB selbst. Auf diese Weise kann letztlich jeder Abruf aus der Datenbank vertraglich geregelt werden.[42] Zudem wird für den Betrieb einer Online-Datenbank meist ein besonderes Computerprogramm verwendet. Dieses Computerprogramm ist gegenüber der Datenbank ein eigenständiges Werk (§ 4 II 2 UrhG), für das es ebenfalls Nutzungsrechte zu erwerben gilt.

[40] EUGH GRUR 2012, 156 Rn. 153ff. – Murphy.

[41] Zum Browsen EUGH GRUR 2014, 654 Rn. 25ff. – Public Relations Consultants Association.

[42] Das gilt nach Maßgabe des Vertragsrechts ggf. sogar für Datenbanken, die die Schutzvoraussetzungen der §§ 4, 87a UrhG nicht erfüllen; vgl. EUGH GRUR 2015, 253 Rn. 39ff. – Ryanair.

In all diesen Konstellationen werden die Kunden mit Endnutzerlizenzverträgen konfrontiert, die eingehend regeln, ob und welche Vervielfältigungen und ggf. weitere Nutzungen sie vornehmen dürfen. Teilweise sind die Klauseln Bestandteil von Abonnementverträgen (zB Pay-TV) oder sie werden bei sog. Schutzhüllenverträgen dem Datenträger beigelegt. Überwiegend wird der Konsument aber aufgefordert, die allgemeinen Geschäftsbedingungen durch Anklicken zu akzeptieren. Tut er dies nicht, wird der Zugang zum verschlüsselten Sendesignal, zur Datenbank oder zum Werk verweigert bzw. die Software nicht installiert. Dies geschieht unter Einsatz **technischer Schutzmaßnahmen,** die gem. § 95a I UrhG in keinem Fall umgangen werden dürfen.[43] Endnutzerverträge und technische Schutzmaßnahmen bilden die beiden Säulen des **Digitalen Rechtemanagements** (Digital Rights Management, DRM), mit dem Rechtsinhaber im Online-Zeitalter effektiv steuern, wer zu welchen Informationen unter welchen Bedingungen Zugang hat. 775

2. Rechtsnatur von Endnutzerverträgen

Bei der rechtlichen Einordnung von Endnutzerverträgen ist zwischen der **urheberrechtlichen Frage** nach der Reichweite der Gestattung und der **schuldrechtlichen Qualifikation** des Vertrages zu unterscheiden. 776

Endnutzerverträge zeichnen sich ihrem Begriff nach dadurch aus, dass der Nutzer nur dazu berechtigt sein soll, das Werk oder die Leistung für eigene unternehmerische oder sonstige Zwecke im eigenen Bereich zu verwenden. Die Beschränkung auf die interne eigene Nutzung des Vertragspartners impliziert, dass es weder zu einer vollständigen Rechtsübertragung noch zur Einräumung ausschließlicher Nutzungsrechte kommt. Denn diese weitgehenden Befugnisse benötigt der Endnutzer nicht. Vielmehr genügen in der Regel **einfache Nutzungsrechte,** die als quasidingliche Belastungen des Stammrechts immerhin Sukzessionsschutz genießen (§ 33 UrhG) und bei einer Unterbrechung der Lizenzkette auch nicht automatisch an den Urheber zurückfallen. Die Auslegung des Vertrages unter Berücksichtigung aller Umstände und namentlich des begrenzten Zwecks der Gestattung kann aber auch ergeben, dass dem Nutzer lediglich ein **schuldrechtlicher Anspruch auf Duldung seiner Nutzung** verschafft wurde, der nicht über die Bestandsfestigkeit eines Nutzungsrechts verfügt. Hiervon ist insbesondere auszugehen, wenn der Endnutzer weder Investitionen in die Verwendung der Software oder des sonstigen Werkes getätigt hat noch sonst in besonderer Weise auf den Fortbestand der Lizenz und den Zugang zum Werk angewiesen ist. Schließlich kann sich die Gestattung auch auf eine **widerrufliche Einwilligung** beschränken. So verhält es sich namentlich, wenn Urheber ihre Werke ohne weitere Erklärungen im Internet zugänglich machen und hiermit konkludent Downloads und weitere Vervielfältigungen legalisieren.[44] 777

Die schuldrechtliche Qualifikation des Endnutzervertrages hängt davon ab, ob es sich um einen punktuellen Austauschvertrag (Geld gegen Daten bzw. Software) oder um ein Dauerschuldverhältnis handelt. Demzufolge soll bei Überlassung von vorgefertigter Standardsoftware **auf Dauer gegen einmaliges Entgelt Kaufrecht** (§§ 433ff. BGB) anwendbar sein.[45] Bei Fehlern des Datenträgers oder bei Programmfehlern fin- 778

[43] Dazu näher unten → Rn. 997ff.

[44] Zu all diesen Varianten unten → Rn. 800ff.

[45] BGH BB 2000, 638; EUGH ZUM 2012, 661 Rn. 35ff. – Usedsoft.

den dann die Vorschriften über die Haftung für Sachmängel (§ 434 BGB), bei fehlenden Nutzungsrechten die Vorschriften über die Haftung für Rechtsmängel (§ 435 BGB) Anwendung (§§ 437ff. BGB). Bei Überlassung von Software **auf Zeit** liegt hingegen ein **Lizenzvertrag als Dauerschuldverhältnis sui generis** vor. Verträge über die Entwicklung von Individualsoftware beurteilen sich nach Werkvertragsrecht (§§ 631ff. BGB),[46] bei Lieferung auf einem Datenträger nach Werklieferungsvertragsrecht (§ 650 BGB). Hier kommt auch die Verpflichtung zur Einräumung eines ausschließlichen Nutzungsrechts in Betracht (§ 31 III UrhG). Entsprechend verhält es sich bei Endnutzerverträgen über andere Werkarten.

3. Verbraucherschutz bei Endnutzerverträgen

779 Rechtsinhaber nutzen die **Möglichkeiten des Digitalen Rechtemanagements** häufig in **restriktiver Weise.** Nutzungen, die nach Maßgabe der Schranken des Urheberrechts eigentlich zulässig sind, werden vertraglich untersagt und technisch unmöglich gemacht. So ist in Softwareverträgen mit Unternehmen zT vorgesehen, dass das Computerprogramm nur auf einer bestimmten Anzahl von Rechnern verwendet werden darf. In Nutzungsverträgen mit Verbrauchern ist geregelt, wie viele Kopien von einer heruntergeladenen Musikdatei hergestellt werden dürfen bzw. dass gestreamte Dateien gar nicht dauerhaft gespeichert werden dürfen. Typischerweise untersagen die als „Lizenzverträge" bezeichneten Vereinbarungen ferner eine Weiterübertragung der Lizenz an Dritte. Soweit dies möglich ist, werden entsprechende Verhaltensweisen durch Einsatz technischer Schutzmaßnahmen auch faktisch unterbunden.

780 Die Nutzungsbedingungen werden von den Rechtsinhabern praktisch immer in Form **Allgemeiner Geschäftsbedingungen** einseitig vorformuliert (§ 305 I 1 BGB). Der Endnutzer steht vor der Wahl, die AGB wie gestellt zu akzeptieren oder auf die entsprechende Werknutzung zu verzichten. Da das Urheberrecht dem Digitalen Rechtemanagement keine Grenzen setzt, übernehmen das AGB-Recht und das allgemeine Verbraucherschutzrecht die Funktion, unangemessen restriktive Zugangsbedingungen zu verhindern und insgesamt für einen gerechten Ausgleich von Exklusivitäts- und Zugangsinteressen im digitalen Zeitalter zu sorgen.

781 Endnutzer-AGB müssen zunächst **wirksam vereinbart** worden sein. Für Verträge mit Verbrauchern sind insoweit die Vorgaben des § 305 II BGB zu beachten. Sog. Schutzhüllenverträge (Shrink Wrap-Lizenzen) genügen den Voraussetzungen einer wirksamen Einbeziehungsvereinbarung in aller Regel nicht, weil sie nicht zwischen dem Verkäufer des Datenträgers (DVD usw.) und dem Verbraucher zustandekommen, und das Öffnen der Packung auch keine Annahmeerklärung des Kunden gegenüber dem anbietenden Rechtsinhaber gem. § 151 S. 1 BGB darstellt. Bei Anklick-Lizenzen kommt es auf die konkrete Ausgestaltung an. Werden die AGB wie im Online-Geschäft mittlerweile üblich vor dem Vertragsabschluss auf dem Bildschirm angezeigt und bestätigt der Kunde, mit ihnen einverstanden zu sein, so werden die Klauseln wirksam in den Vertrag einbezogen.

782 Wirksam einbezogene Klauseln, die nach den Umständen, insbesondere nach dem äußeren Erscheinungsbild des Vertrags, so ungewöhnlich sind, dass der Endnutzer (Verbraucher oder Unternehmer) mit ihnen nicht zu rechnen braucht, werden gem.

---

[46] BGH NJW 1990, 3008.

§ 305c BGB gleichwohl nicht Vertragsbestandteil. Überraschend ist etwa eine Klausel zu den Nutzungsrechten, die in den Schlussbestimmungen umfangreicher AGB „versteckt" ist. Unverständliche oder unklare Bestimmungen stellen zugleich eine unangemessene Benachteiligung gem. § 307 I 2 BGB dar. Aus dem **Transparenzgebot** folgt, dass der Verwender die Rechte und Pflichten seines Vertragspartners klar, einfach und präzise formulieren muss. Dem Kunden darf nicht eine Rechtsstellung vorgespiegelt werden, die ihm in Wahrheit vorenthalten bleibt.[47]

Bei **Verbraucherverträgen über die Bereitstellung digitaler Inhalte aller Art** (insbes. Software, Computerspiele, Musik, Filme usw.) über das Internet sieht § 312a II 1 BGB iVm Art. 246 I Nr. 7 und 8 EGBGB **konkrete Informationspflichten** vor. 783
Demnach ist der Unternehmer verpflichtet, dem Verbraucher vor Abgabe von dessen Vertragserklärung in klarer und verständlicher Weise Informationen zur Verfügung zu stellen (1) über die Funktionsweise digitaler Inhalte, einschließlich anwendbarer technischer Schutzmaßnahmen sowie (2) über wesentliche Beschränkungen der Interoperabilität und der Kompatibilität digitaler Inhalte mit Hard- und Software, soweit diese Beschränkungen dem Unternehmer bekannt sind oder bekannt sein müssen. Verletzt der Anbieter digitaler Inhalte diese Informationspflichten, kann der Verbraucher Schadensersatz gem. §§ 280 I, 241 II, 311 II BGB verlangen oder den Vertrag wegen Irrtums über eine verkehrswesentliche Eigenschaft (§ 119 II BGB) oder wegen arglistiger Täuschung anfechten. Praktisch bedeutsamer sind aber die Unterlassungsansprüche von Verbraucherschutzverbänden nach § 2 II 1 Nr. 1 lit. b UKlaG.

Schließlich müssen Endnutzer-AGB der **Inhaltskontrolle** standhalten. Da die Klau- 784
selverbote der §§ 308, 309 BGB für urheberrechtlich motivierte Nutzungsbeschränkungen keine einschlägigen Regelungen enthalten, ist die Generalklausel des § 307 BGB anzuwenden. Demnach sind Bestimmungen in AGB unwirksam, wenn sie den Vertragspartner des Verwenders **entgegen den Geboten von Treu und Glauben unangemessen benachteiligen.** Hiervon ist im Zweifel auszugehen, wenn eine Klausel mit wesentlichen Grundgedanken der gesetzlichen Regelung, von der abgewichen wird, nicht zu vereinbaren ist (§ 307 II Nr. 1 BGB). Die Schranken des Urheberrechts zählen allerdings nicht zu diesen dispositiven gesetzlichen Regelungen. Denn sie betreffen nicht die schuldrechtlichen Rechte und Pflichten von Vertragsparteien, sondern die Grenzen des Ausschließlichkeitsrechts. Die Schranken des UrhG, wonach zB digitale Privatkopien zulässig sind, können daher nicht unmittelbar als Maßstab einer Inhaltskontrolle herangezogen werden. Vielmehr kommt es auf den **Vertragstyp** und die diesbezüglichen, berechtigten Erwartungen des Kunden an. Fasst man Endnutzerverträge als Kaufverträge über digitale Güter auf, die der Kunde endgültig erwirbt, erscheinen Einschränkungen wie Weiterveräußerungsverbote problematisch.[48] Qualifiziert man die Vereinbarungen hingegen als Dauerschuldverhältnisse (Lizenzverträge), die zeitlich und inhaltlich begrenzten Zugang zu digitalen Gütern verschaffen, reflektieren die entsprechenden Beschränkungen nur das Wesen des Zugangsvertrags. Die Inhaltskontrolle gem. § 307 BGB hat aber nicht den Zweck, die Entstehung neuer Vertriebsmethoden und dazugehöriger Vertragstypen zu verhindern.

---

[47] Vgl. BGH ZUM 2012, 793 Rn. 34 ff. – Honorarbedingungen Freie Journalisten; OLG Hamm ZUM 2014, 715, 719 – buch.de.

[48] IdS EUGH ZUM 2012, 661 Rn. 35 ff. – Usedsoft.

785 Auch für die Frage, ob eine Klausel die **Erreichung des Vertragszwecks gefährdet** und deshalb gem. § 307 I 1, II Nr. 2 BGB unwirksam ist, kommt es auf die vorgenannte Unterscheidung zwischen endgültigem Erwerb durch Kauf und vorübergehender Verschaffung des Zugangs durch einen Lizenzvertrag an. Der Käufer einer Sache soll mit dem zu Eigentum erworbenen Gegenstand nach Belieben verfahren können. Ebenso verhält es sich beim Kauf sonstiger Gegenstände gem. § 453 I BGB, zu denen auch digitale Güter zählen. Kopier- und Weiterveräußerungsverbote erscheinen dann als problematische Einschränkungen der Hauptpflichten des Veräußerers. Durch einen Lizenz- oder Abonnementvertrag (Application Service Providing, Streaming) hingegen soll dem Vertragspartner lediglich ein zeitlich und ggf. auch anderweitig begrenzter Zugang eröffnet werden. Entscheidet sich der Kunde für dieses Angebot und nicht für einen dauerhaften Erwerb einer CD, DVD usw., erlangt er genau diejenigen Rechte, die sich aus der Natur des Vertrags ergeben und auf die er berechtigterweise vertrauen darf. Ein Verstoß gegen § 307 II Nr. 2 BGB liegt dann nicht vor.[49]

786 Bedenklich erscheinen vertragliche Verbote an sich zulässiger Schrankennutzungen demnach nicht, soweit sie lediglich die **Art des Konsums digitaler Güter** (endgültig oder vorübergehend) **regulieren.** Insbesondere die digitale Privatkopie, aber auch die vergütungspflichtigen Schranken im Forschungs- und Bildungsbereich können daher durch widersprechendes Digitales Rechtemanagement wirksam unterbunden werden. Problematisch wären hingegen vertragliche und technische Verbote zulässiger Zitate, freier Benutzungen und anderer Schranken des Urheberrechts im Interesse der Informations- und Kommunikationsfreiheit. Dieser unabdingbare **Kern grundrechtlich garantierter und vergütungsfrei zulässiger Nutzungen** muss auch von Digitalem Rechtemanagement unberührt bleiben. In AGB sind entsprechende Verbote gem. § 307 I 1 BGB unwirksam, in Individualverträgen gem. § 138 I BGB nichtig.[50]

787 Die strukturelle Schwäche des AGB-Rechts im digitalen Zeitalter, in dem ständig neuartige Geschäftsmodelle und entsprechende Verträge zur Bereitstellung digitaler Inhalte auf den Plan treten, wird durch das **allgemeine Verbraucherschutzrecht** bisher praktisch nur durch die bereits erwähnten Informationspflichten des Anbieters gem. § 312a II 1 BGB iVm Art. 246 EGBGB kompensiert. Das bei Fernabsatzverträgen (§ 312c BGB) grundsätzlich bestehende **Widerrufsrecht des Verbrauchers** gem. §§ 312g I, 355 BGB **erlischt** gem. § 356 V BGB bei einem Vertrag über die Lieferung von nicht auf einem körperlichen Datenträger befindlichen (= online übermittelten) digitalen Inhalten nämlich, wenn der Unternehmer mit der Ausführung des Vertrags begonnen hat, nachdem der Verbraucher 1. ausdrücklich zugestimmt hat, dass der Unternehmer mit der Ausführung des Vertrags vor Ablauf der Widerrufsfrist beginnt, und 2. seine Kenntnis davon bestätigt hat, dass er durch seine Zustimmung mit Beginn der Ausführung des Vertrags sein Widerrufsrecht verliert (zur Dokumentationspflicht vgl. § 312f III BGB). Der Ausschluss des Widerrufsrechts unter diesen Voraussetzungen wird damit begründet, dass der Widerruf nach erfolgter Bereitstellung der digitalen Inhalte auf eine kostenlose Leihe hinausliefe, was auch dem urheberrechtlichen Grundsatz der zumindest mittelbaren Pflicht zur Vergütung des privaten Werkgenusses widerspräche. Kann der Verbraucher hingegen einen bereits ausgeführten Vertrag über die Online-Lieferung digitaler Inhalte wirksam widerrufen, weil es an sei-

[49] BGH ZUM 2010, 796 Rn. 24ff. – Half-Life 2; OLG Hamm ZUM 2014, 715 (726) – buch.de.

[50] Zur Undurchsetzbarkeit des Umgehungsschutzes gem. § 95a UrhG in diesen Fällen unten → Rn. 1008.

nen Erklärungen gem. § 356 V BGB fehlt, so hat er abweichend vom sonst geltenden Grundsatz gem. § 357 IX BGB **keinen Wertersatz** zu leisten. Diese auf den ersten Blick überraschende Besserstellung des Verbrauchers beruht auf dem Gedanken, dass sich digitale Inhalte im Gegensatz zu körperlichen Waren nicht abnutzen (vgl. § 357 VII BGB).[51] Die Europäische Kommission hat im Dezember 2015 einen Vorschlag für eine EU-Richtlinie „über bestimmte vertragsrechtliche Aspekte der Bereitstellung digitaler Inhalte" unterbreitet, der die Rechte und Pflichten der beteiligten Parteien näher bestimmt und digitale Endnutzerverträge damit zu einem eigenständigen Vertragstyp erheben würde.[52]

Einem sehr speziellen Teilaspekt der sich im Hinblick auf Online-Endnutzerverträge stellenden Rechtsfragen ist die **PortabilitätsVO 2017/1128** gewidmet. Gegenstand dieser unmittelbar anwendbaren EU-Verordnung sind sog. portable „Online-Inhaltedienste" wie zB Spotify, Netflix oder Sky Mobile. Bei solchen Diensten hatte sich zT das Problem ergeben, dass sie nur in einzelnen Mitgliedstaaten der EU angeboten wurden und von den Abonnenten bei einem vorübergehenden Aufenthalt in einem anderen Mitgliedstaat – etwa bei einer Dienstreise oder im Urlaub – nicht mehr genutzt werden konnten. Art. 3 PortabilitätsVO 2017/1128 verpflichtet die Anbieter von entgeltlichen Online-Inhaltediensten aber nunmehr, ihren Abonnenten auch bei solch zeitlich begrenzten Aufenthalten denselben Zugriff auf den Dienst wie im Wohnsitzstaat des Verbrauchers zu ermöglichen, ohne dass für diese Auslandsnutzung Zusatzkosten anfallen. Allerdings kann es sein, dass der Diensteanbieter für den betreffenden EU-Mitgliedstaat gar keine Lizenz zur öffentlichen Zugänglichmachung geschützter Inhalte erworben hat (§ 19a UrhG). Um zu verhindern, dass in einer solchen Situation die paneuropäische Portabilitätsverpflichtung mit territorial begrenzten Schutzrechten und Lizenzen kollidiert, fingiert Art. 4 PortabilitätsVO 2017/1128, dass die urheberrechtlich relevanten Nutzungshandlungen gem. §§ 16, 19a, 20 UrhG ausschließlich im Wohnsitzmitgliedstaat des Abonnenten erfolgen, für den der Anbieter in aller Regel die erforderlichen Lizenzen erworben hat (Ursprungslandprinzip). 788

Literatur zur Vertiefung: *Baus,* Verwendungsbeschränkungen in Software-Überlassungsverträgen, 2004; *Becker* (Hg.), Die Wahrnehmung von Urheberrechten an Sprachwerken, 1999; *Beilharz,* Der Bühnenvertriebsvertrag als Beispiel eines urheberrechtlichen Wahrnehmungsvertrages, 1970; *Berger/Wündisch (Hg.),* Urhebervertragsrecht, 2. A. 2015; *Delp,* Der Verlagsvertrag, 8. A. 2007; *Fischer/Reich,* Urhebervertragsrecht, 1993; *Fuchs,* Die Nutzungsrechtseinräumung im Rahmen von Individualsoftwareentwicklungsverträgen, 2015; *Gorçak,* Der Verlagsvertrag über U-Musik, 2003; *Grohmann,* Leistungsstörungen im Musikverlagsvertrag, 2006; *Haberstumpf/Hintermeier,* Einführung in das Verlagsrecht, 1985; *Hemler,* Das Urheberrecht bei Veränderungen im Verlagsunternehmen, 1993; *Hilbig,* Gewährleistungsrechte beim Informationsabruf aus elektronischen Datenbanken, 2009; *Horz,* Gestaltung und Durchführung von Buchverlagsverträgen, 2005; *Ingendaay,* Künstlerverträge (Tonträgerproduktionsverträge), 2008; *Jaeger/Metzger,* Open Source Software, 4. A. 2016; *König,* Das einfache, unentgeltliche Nutzungsrecht für jedermann, 2016; *Lange,* Der Lizenzvertrag im Verlagswesen, 1979; *Lenhard,* Vertragstypologie von Softwareüberlassungsverträgen, 2006; *Mauß,* Der Wahrnehmungsvertrag, 1991; *Melichar,* Die Wahrnehmung von Urheberrechten durch Verwertungsgesellschaften, 1983; *Obergfell,* Filmverträge im deutschen materiellen und internationalen Privatrecht, 2001; *Poser,* Konzert- und Veranstaltungsverträge, 2007; *Reupert,* Der Film im Urheberrecht, 1995; *Riesenhuber,* Die Auslegung und Kontrolle des Wahrnehmungsvertrags,

[51] Anders aber wiederum, wenn der Erwerb der digitalen Inhalte mit einer entgeltlichen Finanzierungshilfe (verzinslicher Zahlungsaufschub) verbunden ist (§§ 357a II 3, 506 BGB).

[52] COM(2015) 634 final, Gesetzgebungsverfahren 2015/0287 (COD). Sehr kritisch dazu Bundesrat, BR-Drs. 168/16.

2004; *Russ,* Verlagsgesetz (VerlG), Kommentar, 2014; *Salzmann,* Literaturagenten im deutschen Sprachraum, 2006; *Scharfe,* Eventmarketing, 2006; *Schlecht,* Das Urhebervertragsrecht im Bereich des Graphikdesigns, 1999; *Schmaus,* Der E-Book-Verlagsvertrag, 2002; *Schneider,* Das Recht des Kunstverlags, 1991; *Schneider,* Verträge über Internet-Access, 2001; *Schricker,* Verlagsrecht, 3. A. 2001; *Schröder,* Softwareverträge, 3. A. 2008; *Schulz,* Dezentrale Softwareentwicklungs- und Softwarevermarktungskonzepte, 2005; *Söder,* Schutzhüllenvertrag und Shrink-Wrap License, 2006; *Stieper,* Rechtfertigung, Rechtsnatur und Disponibilität der Schranken des Urheberrechts, 2009; *Uhlig,* Der Koproduktionsvertrag der Filmherstellung, 2007; *Ullrich/Lejeune* (Hg.), Der internationale Softwarevertrag nach deutschem und ausländischem Recht, 2. A. 2006; *Ulmer-Eilfort/Obergfell,* Verlagsrecht: Kommentar, 2013; *Ventroni,* Das Filmherstellungsrecht, 2001; *Vogel,* Die Entwicklung des Verlagsrechts, FS 100 Jahre Grüner Verein, 1991, 1211; *Wawretschek,* Urheberrechtsfragen der Presse im digitalen Zeitalter, 2005; *Wegner/Wallenfels/Kaboth,* Recht im Verlag, 2. A. 2011; *Werberger,* Die kartellrechtl. Beurteilung von Verlagsverträgen, 1985; *Wohlfahrt,* Das Taschenbuchrecht, 1991

§ 37. Inhalt und Wirksamkeit rechtsgeschäftlicher Gestattungen

I. Übertragbarkeit und Verzichtbarkeit der Schutzrechte

1. Urheberrecht

789 Das Urheberrecht ist **als Ganzes und in Teilen unübertragbar** (§ 29 I UrhG). Das Gesetz berücksichtigt mit dieser Regelung (der monistischen Theorie folgend)[1] die enge Verbindung des Urhebers zu seinem Werk und zugleich sein Schutzbedürfnis als typischerweise schwächere Partei beim Abschluss bilateraler Verwertungsverträge. Er kann also weder die Verwertungsrechte noch die urheberpersönlichkeitsrechtlichen Befugnisse auf einen anderen im Wege der Abtretung (§§ 413, 398 BGB) translativ übertragen. Das untrennbare Band zwischen Urheber und Werk bildet die dogmatische Grundlage für vielfältige Schutznormen des Urhebervertragsrechts. Hierzu zählen insbesondere die auch in der Lizenzkette durchsetzbaren Ansprüche auf angemessene Vergütung (§§ 32ff. UrhG), die Rückrufsrechte wegen Nichtausübung und wegen gewandelter Überzeugung gem. §§ 41f. UrhG sowie das zwingende Zweitnutzungsrecht wissenschaftlicher Autoren gem. § 38 IV UrhG.

790 Ausnahmsweise ist eine Übertragung des Urheberrechts mit seinem vollen Inhalt möglich. Dies gilt für die **Erbauseinandersetzung und für die Erfüllung einer Verfügung von Todes wegen.** Die Miterben können also einem von ihnen das Urheberrecht einschließlich der persönlichkeitsrechtlichen Befugnisse überlassen. Ebenso ist eine Übertragung des Vollrechts durch den Erben auf einen Vermächtnisnehmer möglich (§ 29 I UrhG). Der Erwerber hat als Rechtsnachfolger dieselbe Rechtsstellung wie der Urheber, soweit nicht das Gesetz etwas anderes bestimmt (§ 30 UrhG).[2] Dadurch wird die Einheit des Urheberrechts im Erbgang erhalten und der Wahrung der persönlichen Interessen des verstorbenen Urhebers gedient. Dass der Rechtsnachfolger den postmortalen Urheberpersönlichkeitsschutz auch zur Durchsetzung eigener Interessen nutzt, indem er zB Entstellungen genehmigt, wird von der hM zugelassen.[3]

791 Schwierigkeiten bereiten bei dem System des UrhG, das eine Übertragung des Urheberrechts auch in Teilen nicht zulässt und nur die Einräumung von Nutzungsrechten kennt, die **Vergütungsansprüche** wie zB das Folgerecht (§ 26 UrhG) und die Ver-

[1] S. → Rn. 154.
[2] Vgl. dazu §§ 42 I 2, 62 IV 2 UrhG.
[3] Dreier/Schulze/*Schulze* (→ Rn. 177) UrhG § 30 Rn. 4; aA Schricker/Loewenheim/*Dietz/Peukert* (→ Rn. 177) UrhG Vor §§ 12ff. Rn. 21ff.

gütungsansprüche für Vermietung und Verleihen (§ 27 UrhG). Gerade sie wird der Urheber in der Regel nicht selbst wahrnehmen und geltend machen können, sondern einer Verwertungsgesellschaft anvertrauen müssen. Um nun der Systematik des Gesetzes, aber auch den Bedürfnissen der Praxis gerecht zu werden, wird man bei den Vergütungsansprüchen unterscheiden müssen zwischen der urheberrechtlichen Befugnis, zB dem Folgerecht, und den daraus entspringenden Geldansprüchen. Die urheberrechtliche Befugnis ist Bestandteil des Urheberrechts und als solche unübertragbar. Die daraus entspringenden Geldansprüche hingegen können nach §§ 398ff. BGB abgetreten werden, und zwar nicht nur, soweit sie bereits gegen einen einzelnen Verwerter entstanden sind, sondern auch als künftige Ansprüche. Zum Schutze des Urhebers sind jedoch auf solche Abtretungen die für die Einräumung von Nutzungsrechten geltenden Vorschriften der §§ 31a, 32, 34, 40, 41 UrhG entsprechend anzuwenden.

Die gesetzlichen Vergütungsansprüche für die im Rahmen der Schrankenregelungen 792
erlaubnisfrei zulässigen Nutzungen stehen dem Urheber nach § 63a UrhG als Teil seines angemessenen Entgelts wie in § 20b II und in § 27 I UrhG **unverzichtbar** zu und sind **im Voraus lediglich an eine Verwertungsgesellschaft abtretbar.** Dies führt häufig dazu, dass zeitlich spätere Abtretungen der gesetzlichen Vergütungsansprüche an Verwerter, insbes. Verleger, ins Leere gehen.[4]

Schwierigkeiten bereiten auch die **persönlichkeitsrechtlichen Befugnisse.** Der Ur- 793
heber wird ihre Ausübung manchmal einem anderen anvertrauen müssen, zB wird er die Veröffentlichung oder die erste Inhaltsmitteilung (§ 12 UrhG) vielfach durch einen Verwerter vornehmen lassen wollen. Das Gesetz lässt eine Übertragung persönlichkeitsrechtlicher Befugnisse im Sinne einer Entäußerung nicht zu, doch wird man annehmen müssen, dass es sowohl eine Überlassung zur Ausübung als auch eine gegenständliche („gebundene") Belastung mit Rechten Dritter nicht ausschließen will (vgl. § 39 I UrhG).[5]

Aus der Unübertragbarkeit des Urheberrechts folgert die ganz herrschende Meinung 794
auch seine **Unverzichtbarkeit.** Der Urheber kann sich nicht vollständig von seinem Werk lossagen. Eine der Dereliktion des Sachenrechts (§ 959 BGB) vergleichbare völlige Rechtsentäußerung, die Schaffung eines „herrenlosen" Urheberrechts ist nicht möglich.[6] Auch auf **gesetzliche Vergütungsansprüche** kann im Voraus nicht verzichtet werden, sondern durch Erlassvertrag (§ 397 BGB) erst nach ihrer Entstehung (§§ 20b II 2, 26 II 1, 27 I 2, 32 III 1, 32a III 1, 32c III 1, 63a S. 1 UrhG).[7] Nur bei gemeinschaftlich geschaffenen Werken lässt § 8 IV UrhG ausnahmsweise einen **Verzicht eines Miturhebers** auf seinen Anteil an den Verwertungsrechten (nicht jedoch auf sein Urheberpersönlichkeitsrecht oder gesetzliche Vergütungsansprüche) zu. Der Anteil wächst dann den anderen Miturhebern an.[8]

Auch ein **Verzicht auf Urheberpersönlichkeitsrechte** ist nicht als Verzicht auf die 795
persönlichkeitsrechtliche Befugnis, sondern allenfalls als Verzicht auf die Geltendmachung von Ansprüchen aus einer Verletzung des Urheberpersönlichkeitsrechts

[4] Zu den Konsequenzen für die Beteiligung der Verleger an den Vergütungsaufkommen der Verwertungsgesellschaften → Rn. 1127.
[5] Vgl. unten → Rn. 833ff.
[6] BGHZ 129, 73 – Mauer-Bilder.
[7] EUGH ZUM 2012, 313 Rn. 98ff. – Luksan.
[8] → Rn. 300.

möglich. Dieser kann auch ein Verzicht auf künftige Ansprüche sein, zB durch vertragliche Einschränkung des Rechts auf Namensnennung oder als Verzicht auf die Abwehr von Werkentstellungen.[9] Bei schwerwiegenden Eingriffen in erhebliche persönliche Interessen werden vertragliche Vereinbarungen allerdings gegen § 138 BGB verstoßen. Eine gesetzliche Einschränkung der Urheberpersönlichkeitsrechte bei Filmwerken und Laufbildern enthält § 93 UrhG.

796 Die Unverzichtbarkeit des Urheberrechts bedeutet im Ergebnis, dass der Urheber sein Werk nicht in die Gemeinfreiheit entlassen kann. Wie aber beispielsweise die hierauf zugeschnittene Creative Commons „Public Domain Dedication"[10] beweist, sind im digitalen Zeitalter nicht wenige Urheber zu einer erga omnes wirkenden Aufhebung ihres subjektiven Rechts bereit. Sie wollen, dass ihr Werk von jedermann zu jedem legalen Zweck benutzt werden kann. Zugleich besteht in dieser Konstellation keine Gefahr der Übervorteilung durch einen stärkeren Verhandlungspartner, denn dem Urheber steht keine Person gegenüber, die ihn unter Druck setzen kann. Mit den sog. Linux-Klauseln, wonach der Urheber „unentgeltlich ein einfaches Nutzungsrecht für jedermann einräumen" kann,[11] hat der Gesetzgeber zum Ausdruck gebracht, dass Open Content-Modelle legitim und schutzwürdig sind. Konsequent ist auch ein **endgültiger Verzicht auf sämtliche Verwertungsrechte** möglich. Ob ein solcher tatsächlich erklärt wurde, ist im Wege der Auslegung gem. § 133 BGB zu ermitteln. Lediglich der Kern des Urheberpersönlichkeitsrechts besteht in diesem Falle fort, so dass der Urheber auch nach einem Verzicht auf die Verwertungsrechte noch gröbliche Entstellungen und andere gröbliche Beeinträchtigungen des Werkes untersagen kann (arg. § 93 I 1 UrhG).[12]

2. Verwandte Schutzrechte

797 Die meisten **verwandten Schutzrechte** erklärt das Gesetz ausdrücklich für **übertragbar.**[13] Der Inhaberwechsel erfolgt gem. § 413 BGB im Wege der Abtretung. Übertragbar sind auch die Leistungsschutzrechte an wissenschaftlichen Ausgaben und Lichtbildern. Zwar erklären die §§ 70 I, 72 I UrhG den für Urheberrechte geltenden 1. Teil des UrhG für entsprechend anwendbar. Doch bezieht sich dieser Verweis nur auf den „Umfang" des Rechtsschutzes, also namentlich die ausschließlichen Verwertungsrechte und die Schranken.[14] Die deutlich kürzere und ggf. noch zu Lebzeiten der Wissenschaftler und Lichtbildner endende Schutzfrist zeigt, dass in diesen Fällen kein untrennbares geistiges Band zwischen Person und nicht schöpferischer Leistung besteht.

798 **Unübertragbar** sind demnach nur die **Persönlichkeitsrechte des ausübenden Künstlers** gem. §§ 74f. UrhG, für die dieselben Grundsätze gelten wie für andere Ausprägungen des allgemeinen Persönlichkeitsrechts. Ferner können ausübende Künstler ihre **gesetzlichen Vergütungsansprüche** im Voraus nur an eine Verwertungsgesellschaft (die GVL), nicht aber an typischerweise verhandlungsstärkere Produzenten abtreten.[15] Diesen vertragsrechtlichen Schutz des Schwächeren mag man noch Wissenschaftlern

[9] BGH GRUR 1963, 40 (42).
[10] S. http://creativecommons.org/publicdomain/zero/1.0/deed.de.
[11] Oben → Rn. 770.
[12] S. *Peukert* (→ Rn. 33) S. 205ff. mwN.
[13] Vgl. §§ 71 II, 79 I 1, 81 S. 2, 85 II 1, 87 II 1, 87g I 1, 94 II 1 UrhG.
[14] RegE UrhG 1965, BT-Drs. IV/270, 87 u. 88.
[15] Vgl. §§ 83 iVm 63a S. 2; 78 III, IV; 79a III UrhG.

und Lichtbildnern zukommen lassen, den unternehmerischen Werkmittlern aber nicht.[16]

Aus der Übertragbarkeit der Leistungsschutzrechte folgt, dass ihr Inhaber auf sein Recht **mit Wirkung erga omnes verzichten** kann. Durch die Aufhebung des Ausschließlichkeitsrechts fallen auch die gesetzlichen Vergütungsansprüche für zulässige Schrankennutzungen weg. Das Verbot des Vorausverzichts gem. § 63a S. 1 UrhG betrifft seinem Sinn und Zweck nach nur zweiseitige Verwertungsverträge, an denen ausübende Künstler, Wissenschaftler und Lichtbildner beteiligt sind. Sie sollen nicht zugunsten des verhandlungsstärkeren Produzenten auf eine Beteiligung an den Aufkommen aus den gesetzlichen Lizenzen verzichten können. 799

II. Die Stufenleiter der Gestattungen

Urheber, ausübende Künstler, Herausgeber wissenschaftlicher Ausgaben und Lichtbildner sind auch im digitalen Zeitalter in der Regel nicht in der Lage, ihre Werke und Leistungen selbst zu verwerten, zB zu drucken, zu senden oder im Internet zu vermarkten. Sie überlassen diese Aufgabe vielmehr Verlegern, Ton- und Filmproduzenten und anderen Verwertern wie Online-Plattformen. In einer arbeitsteiligen Kulturwirtschaft sind auch diese Produzenten darauf angewiesen, dass sie ihre erworbenen und originären Rechte **möglichst flexibel vertraglich einsetzen** können. Wie eben dargestellt, können die Leistungsschutzrechte zu diesem Zweck übertragen werden, während das Urheberrecht in zweiseitigen Verwertungsverträgen unübertragbar ist. Doch kompensiert § 29 II UrhG diese Einschränkung der Verfügungsbefugnis des Urhebers dadurch, dass die Einräumung gegenständlich wirkender Nutzungsrechte, schuldrechtliche Einwilligungen und Vereinbarungen zu Verwertungsrechten sowie Rechtsgeschäfte über Urheberpersönlichkeitsrechte ausdrücklich für zulässig erklärt werden. Diese Varianten lassen sich zu einer **Stufenleiter der Gestattungen** ordnen. Sie reicht von einem minimalen Kontrollverlust des originären Rechtsinhabers in Gestalt widerruflicher Einwilligungen über schuldrechtlich bindende Nutzungserlaubnisse bis hin zur Einräumung einfacher und ausschließlicher Nutzungsrechte.[17] All diese Optionen stehen Urhebern und Inhabern verwandter Schutzrechte offen. Sie können folglich nicht nur ihren Vertragspartner frei wählen,[18] sondern auch dessen Rechtsposition sehr flexibel ausgestalten. Urheber und andere Rechtsinhaber sind dabei in der Regel bestrebt, möglichst viele Befugnisse zu behalten, während das Interesse der Erwerber dahin geht, eine möglichst umfassende und gesicherte Rechtsposition zu erlangen. 800

[16] Arg. § 71 I 3 UrhG.

[17] Grundlegend *Ohly* Volenti non fit iniuria, 2002, S. 141ff.; BGH GRUR 2010, 628 Rn. 29ff. – Vorschaubilder I.

[18] Zu Einschränkungen der Vertragsabschlussfreiheit durch urheber- und kartellrechtliche Zwangslizenzen oben → Rn. 122.

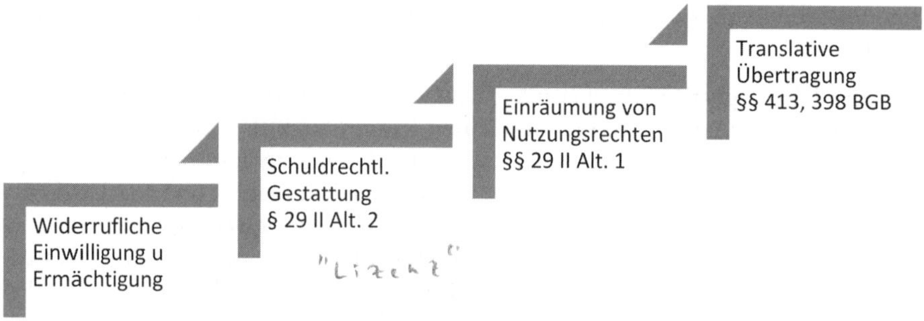

Übersicht: Stufenleiter der Gestattungen

1. Widerrufliche Einwilligung und Ermächtigung

801 Den geringsten Kontrollverlust erleiden Rechtsinhaber, wenn sie lediglich in bestimmte, zustimmungsbedürftige Nutzungshandlungen einwilligen. Eine solche vorherige Zustimmung (§ 183 BGB) führt ebenso wie eine nachträgliche Genehmigung (§ 184 BGB) dazu, dass der tatbestandsmäßige Eingriff in das Ausschließlichkeitsrecht **nicht rechtswidrig** ist. Eine schlichte Einwilligung unterscheidet sich von schuldrechtlichen Gestattungen und Nutzungsrechtseinräumungen dadurch, dass der Einwilligungsempfänger weder ein dingliches Recht noch einen schuldrechtlichen Anspruch oder ein sonstiges gegen den Willen des Rechtsinhabers durchsetzbares Recht erwirbt. Vielmehr kann der Rechtsinhaber die Einwilligung und damit die Rechtmäßigkeit der Nutzung **jederzeit und ohne weitere Voraussetzungen mit Wirkung für die Zukunft widerrufen** (vgl. § 183 BGB).

802 Aufgrund dieser Unsicherheit spielt die Figur der schlichten Einwilligung in klassischen Verwertungsverträgen etwa mit Verlagen oder Tonträger- und Filmherstellern keine Rolle. Denn Kulturproduzenten benötigen eine dauerhafte Rechtsposition, um ihre erheblichen Investitionen amortisieren zu können. Große Bedeutung aber kommt der Einwilligung in der **alltäglichen, unentgeltlichen und offenen Online-Kommunikation** zu. Viele professionelle Urheber und Künstler und die überragende Mehrheit der sonstigen Online-Nutzer stellen ihre geschützten Werke und Leistungen, insbesondere alltägliche Lichtbilder und Videos (§ 72 UrhG!), ohne weitere Erklärungen der Öffentlichkeit zur Verfügung. Damit bringen sie zwar keinen Rechtsbindungswillen im Hinblick auf Nutzungsrechtseinräumungen oder bindende schuldrechtliche Gestattungen zum Ausdruck. Sie willigen aber konkludent in alle Nutzungshandlungen ein, die nach der Verkehrsanschauung üblich sind (§ 157 BGB). Hierzu zählen jedenfalls Vervielfältigungen (Downloads, Ausdrucke) auch zu kommerziellen Zwecken sowie öffentliche Zugänglichmachungen im Rahmen einer Bildersuchmaschine,[19] im Zweifel aber nicht der erneute Upload des Inhalts auf einer anderen Internetseite.[20] Im künstlerischen Bereich können auch urheberpersönlichkeitsrechtlich unbedenkliche Bearbeitungen (Remixe, Mashups) konkludent legalisiert sein. Da die Einwilligung durch die Freischaltung des Inhalts im Internet erklärt wird, bedarf es für einen rechtlich beachtlichen

[19] BGH GRUR 2010, 628 Rn. 33ff. – Vorschaubilder I; ZUM 2012, 477 – Vorschaubilder II; EUGH GRUR Int. 2014, 279 Rn. 46 – Innoweb.

[20] Vgl. BGH ZUM 2017, 668 Rn. 32ff. – Cordoba.

Widerruf eines entsprechend gegenläufigen Verhaltens, also einer Löschung oder einer Sperrung des Zugriffs durch Suchmaschinen und andere Nutzer.[21]

Der Rechtsinhaber kann einen anderen ferner gemäß § 185 I BGB **ermächtigen,** Verfügungen über seine verwertungs- und persönlichkeitsrechtlichen Befugnisse im eigenen Namen vorzunehmen. Der Ermächtigte ist dann in der Lage, Dritten bestimmte Nutzungshandlungen zu gestatten. Dritte können auch kraft **gewillkürter Prozessstandschaft** die aus dem Urheberpersönlichkeitsrecht erwachsenden Ansprüche im eigenen Namen gerichtlich geltend machen. Derartige Ermächtigungen haben mit der schlichten Einwilligung gemeinsam, dass sie ebenfalls **jederzeit widerruflich** sind und daher dem Ermächtigten keine gesicherte Rechtsposition verschaffen. Sie eignen sich daher typischerweise nur für besondere Einzelfälle. 803

2. Schuldrechtliche Gestattungen

Eine Stufe über der stets widerruflichen Einwilligung und Ermächtigung liegt die **schuldrechtlich bindende Gestattung.** In einem solchen Vertrag verpflichtet sich der Rechtsinhaber, bestimmte Nutzungshandlungen seines Vertragspartners zu dulden.[22] Der Duldungs- bzw. Vornahmeanspruch ist ein durchsetzbarer Erfüllungsanspruch gem. § 241 I BGB, dessen Umfang sich nach der konkreten Vereinbarung richtet und der bis zum Gültigkeitsende des Vertrages (Befristung) oder seiner ordentlichen oder außerordentlichen Kündigung gem. § 314 BGB dauert. Nur ein solcher Anspruch wird von Einigen in einem engeren Begriffsverständnis „Lizenz" genannt (anders der Gesetzgeber in § 32a II 1 UrhG). 804

Einerseits verschafft eine solch schuldrechtliche Gestattung eine stärkere Rechtsposition als eine schlichte Einwilligung. Denn der Rechtsinhaber kann sich vom Nutzungsvertrag nicht durch einseitige Erklärung lossagen. Hieraus folgt zugleich, dass die **Vorschriften zum Schutz des Urhebers und des ausübenden Künstlers** (§ 79 IIa UrhG) als schwächerer Vertragsparteien grundsätzlich auf diese rein schuldrechtlichen Vereinbarungen entsprechend anzuwenden sind. Denn es macht insbesondere im Hinblick auf das Vergütungsinteresse keinen Unterschied, ob ein Kreativer umfassende Nutzungsrechte einräumt oder sich lediglich verpflichtet, Nutzungen zu dulden.[23] 805

Andererseits bleibt eine bloß schuldrechtliche Gestattung hinsichtlich ihrer Bestandsfestigkeit deutlich hinter einer gegenständlich („quasidinglich") wirkenden Nutzungsrechtseinräumung gem. § 31 UrhG zurück. Denn es kommt nicht zu einer Verfügung über das Urheber- oder Leistungsschutzrecht. Der Vertragspartner erlangt **kein Nutzungsrecht,** sondern lediglich einen gegen seinen Vertragspartner gerichteten Anspruch auf Duldung seiner Nutzungen im vereinbarten Umfang. Endet der Vertrag, fallen auch ggf. erteilte Unterlizenzen automatisch weg.[24] Gegenüber am Vertrag nicht beteiligten Dritten entfaltet der Duldungsanspruch in keinem Fall Wirkungen (anders der Sukzessionsschutz für Nutzungsrechte gem. § 33 UrhG). Auch ist der Anspruch nicht isoliert übertragbar, sondern kann allenfalls im Wege einer allseitigen Vertrags- 806

[21] BGH GRUR 2010, 628 Rn. 37f. – Vorschaubilder I.

[22] BGH GRUR 2010, 628 Rn. 32 – Vorschaubilder I.

[23] Vgl. § 32 I 1 UrhG („Erlaubnis zur Werknutzung"), § 31a I 1 UrhG (Verpflichtung zur Einräumung unbekannter Nutzungsarten).

[24] Anders zu Nutzungsrechten unten → Rn. 814.

übernahme auf einen anderen überführt werden (anders für Nutzungsrechte § 34 UrhG). Schließlich kann der Vertragspartner nur als Vertreter oder gewillkürter Prozessstandschafter gegen Verletzungen des fremden Rechts vorgehen.

3. Die Einräumung von Nutzungsrechten

807 **a) Begründung durch Verfügungsgeschäft.** Wer aber in die Produktion von Büchern, Ton- und Filmträgern usw. investiert und das unternehmerische Risiko der Vermarktung von Kulturgütern übernimmt, der wird sich mit einer so fragilen Rechtsposition nicht zufriedenstellen. Vielmehr streben Verwerter eine Rechtsposition an, die ebenso **beständig und fungibel** ist wie das Ausschließlichkeitsrecht des originären Rechtsinhabers. Bei verwandten Schutzrechten lässt sich dieses Ergebnis zwar im Wege einer vollständigen Rechtsübertragung erreichen, doch wird der Inhaber nicht immer damit einverstanden sein. Das Urheberrecht ist gem. § 29 I UrhG schon kraft Gesetzes nicht übertragbar. Als Minus sieht § 31 UrhG die Möglichkeit vor, dass Urheber und Leistungsschutzberechtigte[25] einem anderen das Recht einräumen können, den Schutzgegenstand auf einzelne oder alle Nutzungsarten zu nutzen. Die vor Erlass des UrhG 1965 mögliche Übertragung der urheberrechtlichen Verwertungsrechte ist nach § 137 UrhG als derartige **Einräumung von Nutzungsrechten** zu behandeln.

808 Einfache und ausschließliche Nutzungsrechte werden durch eine **Verfügung über das Urheber- bzw. verwandte Schutzrecht** begründet. Sie stellen eine Art **Belastung** des im Übrigen beim Rechtsinhaber verbleibenden Stammrechts dar. Als gegenständliche („quasidingliche") Rechte sind sie isoliert übertragbar, genießen Sukzessionsschutz und können den Erwerber je nach Ausgestaltung auch zur Rechtsverfolgung im eigenen Namen berechtigen. Allerdings können sie nur einen den Verwertungsrechten innewohnenden Inhalt haben (sind also „gebundene" Rechte). So kann der Urheber zB einem Verleger das Vervielfältigungs- und Verbreitungsrecht, einem Theater das Aufführungsrecht, einer Rundfunkanstalt das Senderecht als Nutzungsrecht einräumen. Da es sich hierbei um die weitreichendste Gestattungsvariante handelt, die Urhebern zur Verfügung steht, muss der Wille zur Begründung eines selbständigen Nutzungsrechts unter Berücksichtigung der gesamten Begleitumstände unzweideutig zum Ausdruck kommen.[26]

809 Wird das Nutzungsrecht fiduziarisch eingeräumt, spricht die Praxis von einem **Wahrnehmungsrecht.**[27] Bei der Erteilung eigennütziger Nutzungsbefugnisse spricht die Praxis meist von **Lizenz.** Einige wollen letztere Bezeichnung jedoch auf die lediglich schuldrechtlich wirkenden Verpflichtungen des Rechtsinhabers beschränken (anders der Gesetzgeber in § 32a II UrhG). Der gegenständlich (quasi-dinglich) wirkende Einräumungsakt als Verfügungsgeschäft wird missverständlich „gebundene Rechts*übertragung*" genannt,[28] obwohl die Rechtseinräumung konstitutiv und nicht translativ wirkt.

810 Im Verkehrsleben erscheinen Verwertungsverträge meist als wirtschaftliche Einheit, rechtlich ist jedoch nach allgemeinen Grundsätzen zwischen Verfügungs- und Verpflichtungsgeschäft zu unterscheiden. Das auf Einräumung oder Übertragung von Nutzungsrechten gerichtete **Verfügungsgeschäft** kommt durch formlose Einigung

---

[25] Vgl. §§ 70 I, 72 I, 79 II, 81 S. 2, 85 II 2 und 3, 87 II 2 und 3, 87g I 2, 94 II 2 und 3 UrhG.

[26] BGH GRUR 2010, 628 Rn. 29 – Vorschaubilder I.

[27] → Rn. 764 ff.

[28] Im Anschluss an *Forkel* Gebundene Rechtsübertragungen, 1977, S. 44 ff.

zustande. Diese kann auch stillschweigend erklärt werden, muss jedoch unzweideutig zum Ausdruck kommen.[29] Die Verfügung ist vielfach bereits im Urheberrechtsvertrag mit enthalten. Dagegen ist in der Übereignung eines Werkstücks, zB eines Manuskripts, eines Gemäldes, in der Regel nur die Ermöglichung des ungestörten individuellen Werkgenusses, nicht jedoch die Einräumung eines Nutzungsrechts zu erblicken (§ 44 I UrhG, vgl. auch § 27 VerlG), ebenso wie sich umgekehrt aus der Einräumung von Nutzungsrechten noch kein dingliches Recht am Werkstück ergibt.[30] Die Formlosigkeit des Verfügungsgeschäfts sollte de lege ferenda wenigstens bei ausschließlichen Nutzungsrechten zugunsten des Schriftformerfordernisses aufgegeben werden.

Das **Verpflichtungsgeschäft** kann verschiedenster Art sein. Es kann sich als Schen- 811
kung, Rechtskauf, Dienst- oder Werkvertrag, Gesellschaftsvertrag oder als Vertrag eigener Art (Lizenzvertrag) darstellen. Der einzige gesetzlich typisierte Urheberrechtsvertrag ist der im Verlagsgesetz geregelte Verlagsvertrag, durch den der Urheber einem Verleger das Vervielfältigungs- und Verbreitungsrecht einräumt.[31] Aber auch die im BGB geregelten Typen erfahren in ihrer Anwendung auf den Urheberrechtsverkehr Abwandlungen. Die für sie geltenden Bestimmungen können nur insoweit angewendet werden, als sie für den Vertragsgegenstand und die besondere Interessenlage passen. Vor allem bedingt das Urheberpersönlichkeitsrecht Modifikationen der schuldrechtlichen Regeln.

Die Unterscheidung von Verfügungs- und Verpflichtungsgeschäft liefert noch keine 812
Antwort auf die Frage, ob im Urheberrecht wie im Sachenrecht das Abstraktions- oder aber das **Kausalitätsprinzip** gilt, ob mit anderen Worten die Wirksamkeit der Nutzungsrechtseinräumung von der Wirksamkeit des Verpflichtungsgeschäfts abhängt oder nicht. Mehrere Vorschriften des Urheberrechts- und Verlagsgesetzes ordnen eine Verknüpfung beider Verträge im letztgenannten Sinne an. Gem. § 9 I VerlG erlischt das ausschließliche Nutzungsrecht des Verlegers („Verlagsrecht") mit der Beendigung des Vertragsverhältnisses. Nach § 40 III UrhG wird die Verfügung über Rechte an künftigen, noch nicht abgelieferten Werken unwirksam, wenn der zugrundeliegende Vertrag endet. Schließlich betrifft der Rückruf nicht nur das Verpflichtungsgeschäft, sondern bewirkt zugleich das Erlöschen des Nutzungsrechts durch Heimfall (§§ 41 V, 42 V UrhG). Diese Vorschriften reflektieren den allgemeinen Grundgedanken des Urhebervertragsrechts, demzufolge der Urheber im Zweifel Rechte nur in dem Umfang einräumt, der für die Erreichung des Vertragszwecks erforderlich ist.[32] Da Nutzungsrechte zudem überhaupt erst durch den schuldrechtlichen Vertrag näher bestimmt und ausgeformt werden, hängt ihr Bestehen ganz generell von der Wirksamkeit des Verpflichtungsgeschäfts ab. Endet der zugrundeliegende Vertrag, erlöschen Nutzungsrechte also generell ipso iure.[33]

c) Erlöschen, Übertragung und Sukzessionsschutz von Nutzungsrechten. Erlischt 813
ein Nutzungsrecht aus diesen oder anderen Gründen, zB wegen Zeitablaufs, wegen Zweckerreichung oder weil der Erwerber darauf verzichtet, so fällt damit die Belastung des Urheber- bzw. verwandten Schutzrechts automatisch durch Heimfall weg (**„Kon-**

[29] BGH UFITA 64 (1972), 255 – Kandinsky II.
[30] BGH GRUR 1971, 483 – Filmverleih.
[31] → Rn. 752.
[32] Unten → Rn. 915 ff.
[33] BGH ZUM 2012, 782 Rn. 17 ff. – M2Trade.

solidierung"). Der Rechtsinhaber kann also jetzt die betreffende Nutzungsart wieder selbst ausüben oder einem anderen ein gleiches Nutzungsrecht einräumen. Einer gesonderten Rückübertragung des Nutzungsrechts bedarf es nicht.

814 Diese starke Rückbindung der Nutzungsrechte an den originären Rechtsinhaber legt eigentlich den Schluss nahe, dass beim Erlöschen eines vom Urheber- oder verwandten Schutzrecht (dem „Mutterrecht") abgespaltenen ausschließlichen oder einfachen Nutzungsrechts (dem „Tochterrecht") die wiederum hiervon abgeleiteten weiteren Nutzungsrechte (die „Enkelrechte") gleichfalls erlöschen. Der BGH hat hingegen entschieden, dass wirksam eingeräumte, **einfache und ausschließliche Enkelrechte** fortbestehen, also nicht automatisch an den Urheber oder sonstigen Rechtsinhaber zurückfallen.[34] Der BGH begründet seine Auffassung damit, dass die Enkelrechte auf einem gesonderten Verfügungsgeschäft zwischen Haupt- und Sublizenznehmer beruhten und von den Tochterrechten endgültig „abgespalten" seien. Entscheidend aber ist der Wertungsgesichtspunkt, dass das **Vertrauen des Sublizenznehmers** in den Bestand einer für ihn ggf. existentiellen Lizenz schutzwürdiger ist als das Interesse des Hauptlizenzgebers (Rechtsinhaber) an einem Heimfall aller Rechte aus der Lizenzkette. Im Sinne eines Rechtsfortwirkungsanspruchs billigt der BGH dem Hauptlizenzgeber (Rechtsinhaber) aber immerhin einen Anspruch gegen den Hauptlizenznehmer auf Abtretung des gegen den Unterlizenznehmer fortbestehenden Anspruchs auf ausstehende Lizenzzahlungen gem. § 812 I 1 2. Alt. BGB zu.

815 Seine Rechtsprechung zum Fortbestand von Enkelrechten trotz Rückfalls von Tochterrechten begründet der BGH auch mit dem sog. **Sukzessionsschutz,** der für das Urheberrecht in § 33 UrhG geregelt ist, aber im gesamten Immaterialgüterrecht gilt. Demnach bleiben einmal eingeräumte Nutzungsrechte wirksam, auch wenn der originäre Rechtsinhaber oder erste Nutzungsrechtsnehmer später widersprechende Nutzungsrechte begründet, sein Recht überträgt oder auf sein Recht verzichtet. Zweck des Sukzessionsschutzes ist es, das Vertrauen des Inhabers eines Nutzungsrechts auf den Fortbestand seines abgeleiteten Rechts zu schützen und ihm die Amortisation seiner Investitionen unabhängig davon zu ermöglichen, was mit dem Stammrecht oder den Tochterrechten geschieht.[35]

816 Der Schutz von Nutzungsrechtsnehmern vor einem Verlust ihrer Rechte bedeutet zugleich, dass Urheber und andere Rechtsinhaber in erheblichem Umfang die Kontrolle über ihr Werk bzw. ihre Leistung verlieren. Wollen sie die Konsequenzen des Sukzessionsschutzes vermeiden, dürfen sie nur rein schuldrechtliche Verwertungsvereinbarungen schließen, ohne über ihre Rechte zu verfügen (s. o. 2). Beenden sie einen solchen Vertrag oder übertragen sie das betreffende Recht auf einen Dritten, erlöschen sämtliche Ansprüche der Lizenznehmer auf Duldung weiterer Nutzungen. Der Sukzessionsschutz ist damit ein zentrales Merkmal zur **Unterscheidung schuldrechtlicher Gestattungen und Nutzungsrechtseinräumungen.** Ergibt eine nach beiden Seiten hin interessengerechte Vertragsauslegung gem. §§ 133, 157 BGB unter Berücksichtigung aller Umstände,[36] dass der Vertragspartner des Rechtsinhabers – was die Regel darstellen dürfte – eine dauerhaft gesicherte Rechtsposition erlangen soll, wurden

[34] BGH ZUM 2009, 852 Rn. 9ff. – Reifen Progressiv; ZUM 2012, 782 Rn. 23ff. – M2Trade; ZUM 2012, 788 – Take Five.

[35] BGH ZUM 2012, 782 Rn. 24 – M2Trade.

[36] BGH ZUM 2014, 43 Rn. 32 – SUMO.

quasidingliche Nutzungsrechte eingeräumt. Andernfalls handelt es sich um eine bloß schuldrechtliche Nutzungsgestattung.

Ein **Erwerb von Nutzungsrechten kraft guten Glaubens** ist ausgeschlossen,[37] da es 817
an einem den guten Glauben rechtfertigenden Umstand (wie dem Besitz einer Sache oder einem Registereintrag) fehlt. Doch kann der Berechtigte die Rechtseinräumung durch einen Unbefugten nachträglich genehmigen (§ 185 II BGB).

Die **Vererbung von Nutzungsrechten** sowie ihre Übertragung zum Zwecke der Erfül- 818
lung von Vermächtnissen sind ohne Weiteres möglich. So gehen zB die Verlagsrechte mit dem Verlagsunternehmen auf den Erben über. Hat dagegen der Urheber für den Fall des § 34 III 1 UrhG (Unternehmensveräußerung) die Übertragung ausgeschlossen, so ist anzunehmen, dass das Nutzungsrecht nicht vererblich ist, da es in diesem Fall nur dem Erwerber persönlich und beschränkt auf die Zeit seines Lebens eingeräumt wurde und bei seinem Tode erlischt.

d) Einfache und ausschließliche Nutzungsrechte. Nach dem Umfang der Berechti- 819
gung unterscheidet das Gesetz zwischen einfachen und ausschließlichen Nutzungsrechten. Ein **einfaches Nutzungsrecht** (einfache Lizenz) liegt vor, wenn der Erwerber berechtigt ist, das Werk oder die Leistung neben dem Rechtsinhaber und ggf. anderen Berechtigten auf die ihm erlaubte Art zu nutzen (§ 31 II UrhG). Der Rechtsinhaber räumt in diesem Fall also nur eine positive Nutzungsbefugnis, nicht auch ein Verbotsrecht gegen fremde Nutzungen ein. Der Inhaber eines einfachen Nutzungsrechts kann weder dem Urheber noch anderen Personen die Nutzung des Werkes verbieten. Er kann sich nur gegen Störungen der eigenen Nutzung wehren. So wird in der Regel dem Konzertveranstalter, dem Filmtheater oder Online-Plattformen nur eine einfache Befugnis zur Aufführung, Vorführung bzw. öffentlichen Zugänglichmachung gewährt.

Das einfache Nutzungsrecht ist ein **quasi-dingliches** (gegenständlich wirkendes) 820
Recht, das das Urheberrecht als Immaterialgüterrecht belastet und den Urheber und seinen Rechtsnachfolger in seinen ausschließlichen Befugnissen beschränkt.[38] Demgemäß bleibt das einfache Nutzungsrecht gegenüber demjenigen wirksam, dem der Urheber später ein ausschließliches Nutzungsrecht gewährt (§ 33 S. 1 UrhG), sog. **Sukzessionsschutz.** Räumt zB der Urheber einem Bühnenvertrieb das ausschließliche Aufführungsrecht ein, so bleibt das Theater, dem er vorher eine einfache Berechtigung erteilt hat, auch dem Bühnenvertrieb gegenüber zu Aufführungen berechtigt. Hierin zeigt sich der gegenständliche Charakter des einfachen Nutzungsrechts. Das Fortbestehen des Nutzungsrechts gilt auch für den Fall des Verzichts des Rechtsinhabers oder eines Wechsels in der Person des Rechtsinhabers (§ 33 S. 2 UrhG).

Ein **ausschließliches Nutzungsrecht** (ausschließliche Lizenz, Exklusivrecht) liegt vor, 821
wenn der Erwerber berechtigt ist, den Schutzgegenstand unter Ausschluss aller anderen Personen einschließlich des Rechtsinhabers auf die ihm erlaubte Art zu nutzen und Dritten Nutzungsrechte einzuräumen (§§ 31 III 1 und 3, 35 UrhG). Das ausschließliche Nutzungsrecht ist ebenso wie das einfache Nutzungsrecht ein **quasi-dingliches,** das Urheber- oder verwandte Schutzrecht belastendes und damit gegenständlich wir-

[37] BGH GRUR 1959, 203 – Der Heiligenhof.
[38] BGH ZUM 2009, 852 Rn. 20 – Reifen Progressiv.

kendes **Recht,** das den Rechtsinhaber in seinen ausschließlichen Befugnissen beschränkt, aber an das Stammrecht gebunden bleibt. Der Rechtsinhaber räumt seinem Vertragspartner aber nicht nur die positive Nutzungsbefugnis, sondern auch das Abwehrrecht ein, so dass der Erwerber allen, im Zweifel auch dem Rechtsinhaber, die Nutzung des Werkes verbieten kann. So werden zB der GEMA von den Komponisten und Textdichtern alle diejenigen ausschließlichen Befugnisse überlassen, die nur kollektiv verwertet werden können, wie insbesondere das konzertmäßige Aufführungsrecht und das Senderecht (sog. kleine Rechte). Die GEMA kann also Werknutzern einfache Nutzungsrechte zur Aufführung oder Sendung gewähren, sie kann aber auch unbefugte Aufführungen oder Sendungen verbieten. Ebenso kann eine Bühne, der das ausschließliche Aufführungsrecht für einen bestimmten Bezirk eingeräumt ist, anderen innerhalb dieses Bereichs die Aufführung verwehren.

822 Allerdings kann auch bestimmt werden, dass das Nutzungsrecht zwar gegenüber Dritten wirkt, dem Urheber oder sonstigen Rechtsinhaber jedoch die Nutzung vorbehalten bleibt (§ 31 III 2 UrhG; sog. **eingeschränkte Ausschließlichkeit**). In diesem Fall bedarf auch die Einräumung weiterer Nutzungsrechte im Zweifel der gesonderten Zustimmung des Rechtsinhabers (§ 31 III 3 mit § 35 UrhG).

823 **e) Beschränkung von Nutzungsrechten.** Anders als im Sachenrecht besteht im Urheberrecht **kein Typenzwang.** Die Nutzungsrechte können vertraglich nach ihrer wirtschaftlichen Bedeutung, dh nach bestimmten Teilmärkten aufgespalten und auch sonst inhaltlich ausgestaltet werden. Insbesondere gestattet das Gesetz (§ 31 I 2 UrhG) auch die beschränkte Einräumung von Nutzungsrechten, damit der Urheber oder Leistungsschutzberechtigte sein Werk bzw. seine Leistung in einer seinen Interessen und den Verkehrsbedürfnissen entsprechenden Weise verwerten kann. Durch räumliche, zeitliche oder inhaltliche Beschränkungen des Nutzungsrechts können Rechtsinhaber erreichen, dass sie von ihren Rechten nicht mehr vergeben, als zu dem verfolgten Zweck erforderlich ist.

824 Häufig werden Nutzungsrechte nicht für die gesamte Schutzdauer, sondern **zeitlich beschränkt eingeräumt.** So wird Theaterbühnen das Aufführungsrecht nur bis zu einem bestimmten Termin oder für eine gewisse Zahl von Aufführungen eingeräumt; einem Filmhersteller wird das Verfilmungs- und Vorführungsrecht oft nur bis zu einem bestimmten Zeitpunkt gewährt.[39] Wenn der Urheber hingegen seinem Vertragspartner ein ausschließliches Nutzungsrecht für die gesamte gesetzliche Schutzfrist einräumt und sich daher eigentlich jeder künftigen Verfügung über sein Urheberrecht begibt, kann unter den in § 40a UrhG näher geregelten Voraussetzungen gleichwohl ein Recht des Urhebers zur anderweitigen Verwertung bestehen, während das vormals ausschließliche Nutzungsrecht des ersten Vertragspartners auf ein einfaches Nutzungsrecht schrumpft. Mit dem Recht zur anderweitigen Verwertung möchte der Gesetzgeber Verwertern einen Anreiz setzen, erworbene Nutzungsrechte auch wirklich dauerhaft zu nutzen.[40]

825 Das Nutzungsrecht kann auch **örtlich beschränkt eingeräumt** werden (Länder, Sprachräume, Orte). So wird einer Bühne in der Regel das Aufführungsrecht nur für eine bestimmte Stadt oder einen bestimmten Bezirk gewährt; Online-Plattformen er-

[39] BGHZ 5, 116 (121) – Parkstr. 13.
[40] Näher unten → Rn. 870ff.

halten ein Nutzungsrecht zur öffentlichen Wiedergabe von Film- und anderen Werken nur für bestimmte Länder. Solch territoriale Aufspaltungen sind auch innerhalb der EU zulässig, da und soweit dies dem spezifischen Gegenstand der Urheber- und Leistungsschutzrechte, nämlich ihrer marktmäßigen Verwertung zur Erzielung einer angemessenen Vergütung, entspricht. Sollen Vertragsklauseln jedoch eine **absolute gebietsabhängige Exklusivität** begründen und nationale Märkte voneinander abschotten, gehen sie über das zur Gewährleistung einer angemessenen Vergütung Erforderliche hinaus. Folglich ist zum Beispiel das in Nutzungsverträgen mit Pay-TV-Sendern enthaltene Verbot, für ein bestimmtes Land vorgesehene Receiver an Konsumenten aus anderen Mitgliedstaaten zu verkaufen, wegen Verstoßes gegen die Grundfreiheiten und die Wettbewerbsregeln des AEUV nichtig.[41] Eine spezialgesetzliche Überwindung der territorialen Zersplitterung des digitalen Binnenmarkts der EU findet sich in der **PortabilitätsVO 2017/1128.** Sie verpflichtet die Anbieter von entgeltlichen Online-Inhaltediensten, ihren Abonnenten bei einem vorübergehenden Aufenthalt in einem anderen EU-Mitgliedstaat denselben Zugriff auf den Dienst wie in ihrem Wohnsitzstaat zu ermöglichen, ohne dass für diese Auslandsnutzung Zusatzkosten anfallen. Dazu müssen sie aufgrund einer gesetzlichen Fiktion nur die erforderlichen Rechte für den Wohnsitzstaat des Verbrauchers erwerben.[42]

Schließlich können Nutzungsrechte auch für die **einzelnen Verwertungsbefugnisse,** 826
wie das Vervielfältigungsrecht, das Aufführungsrecht, das Verfilmungsrecht usw., **getrennt vergeben werden.** Die Komponisten von nicht-theatralischer Musik zB räumen in der Regel einem Verleger nur das Vervielfältigungs- und Verbreitungsrecht ein, während sie das Aufführungs-, Sende-, Vorführungsrecht usw. einer Verwertungsgesellschaft anvertrauen.

Darüber hinaus lassen sich auch die einzelnen Nutzungsrechte, die umfangmäßig den 827
einzelnen Verwertungsrechten des Urhebers entsprechen, auf bestimmte **Nutzungsarten** beschränken. So wird zB das Vervielfältigungsrecht nach Reproduktionsverfahren (fotografische Vervielfältigung, mechanische Vervielfältigung, Wiedergabe im Farbendruck, als Plastik usw.) oder nach Ausstattung der Werkexemplare (Taschenbuch- oder Hardcover-Ausgabe)[43] gesondert vergeben. Das Senderecht wird für die Hörfunk- und Fernsehsendung getrennt eingeräumt oder die Nutzung von Filmen auf die DVD-Auswertung beschränkt.[44]

Fraglich ist jedoch, **wie weit die inhaltliche Beschränkung gehen darf.** Da das Ur- 828
heberrecht bezweckt, dem Werkschöpfer ein angemessenes Entgelt für den durch seine Leistung verschafften Werkgenuss zu gewähren, muss er die ihm vorbehaltenen Befugnisse nach den verschiedenen Arten der Vermittlung des Werkgenusses an die verschiedenen Verbraucherkreise, wie sie sich im Verkehrsleben herausbilden, aufspalten können. Dadurch wird ihm ermöglicht, seine Entgeltforderung auf den im Einzelfall in Frage kommenden Verbraucherkreis abzustellen und alle Verbraucher zu erfassen. Doch erfordert es die Sicherheit des Rechtsverkehrs, dass inhaltliche Beschränkungen auf bestimmte Ausübungsarten die Nutzungsrechte nur insoweit aufsplittern, als eine **gesonderte Nutzung im Wirtschaftsleben üblich** ist. Deshalb werden als gesonderte

[41] EUGH GRUR 2012, 156 Rn. 93ff. – Murphy.
[42] Oben → Rn. 788.
[43] BGH ZUM 1993, 30 – Taschenbuchlizenz.
[44] BGHZ 123, 148 – Videozweitauswertung.

Nutzungsarten, auf die hin eine inhaltliche Beschränkung des Nutzungsrechts vorgenommen werden kann, nur solche konkrete Verwendungsformen des Werkes anerkannt, die **technisch und wirtschaftlich eigenständig** sind.[45] Es muss also von einem **eigenständigen Markt** gesprochen werden können. Beispiele: Nutzung eines Werkes zu Werbezwecken[46], Nutzung von Musik für filmische Aufzeichnungen[47] oder Einschränkung einer Softwarelizenz auf private Nutzungen, also einen Gebrauch in der Privatsphäre zur Befriedigung ausschließlich persönlicher Bedürfnisse außerberuflicher und außererwerbswirtschaftlicher Art, im Gegensatz zu kommerziellen Nutzungen.[48]

829 Dagegen kann ein Nutzungsrecht nicht auf eine bestimmte **Ausübungsart** beschränkt werden, **die nicht zum Inhalt des Urheberrechts gehört** und daher mit der Erfassung bestimmter Verbraucherkreise nichts zu tun hat. ZB ist es unmöglich, das Verbreitungsrecht dahingehend zu erweitern, dass die Werkexemplare nicht unter einem bestimmten Preis oder nur in einer bestimmten Ausstattung oder nur in Kaffee-Filialen verkauft oder nur zum privaten Gebrauch benutzt werden dürfen.[49] Solche Vereinbarungen begründen nur eine schuldrechtliche Verpflichtung zwischen den Vertragsparteien, wirken aber nicht gegen Dritte.[50]

830 **f) Aktivlegitimation bei Rechtsverletzungen.** Der **Erwerber eines ausschließlichen Nutzungsrechts** kann im eigenen Namen gegen Rechtsverletzungen vorgehen, denn er ist als Inhaber eines abgeleiteten, quasidinglichen Verbotsrechts **selbst „Verletzter“** iSd §§ 97 ff. UrhG. Es ist nach der Rechtsprechung auch möglich, dass das eingeräumte Verbietungsrecht über den Inhalt der erteilten positiven Benutzungsbefugnis hinausgeht.[51] ZB kann ein Inhaber ausschließlicher DVD-Rechte gegen Verletzungen durch Upload in Internettauschbörsen vorgehen, weil zu unterstellen ist, dass sich solche Verletzungen auch negativ auf den DVD-Absatz auswirken.[52]

831 **Daneben kann aber auch der Rechtsinhaber** aufgrund des bei ihm verbliebenen Urheber- oder Leistungsschutzrechts **einer Rechtsverletzung entgegentreten,** soweit er ein eigenes schutzwürdiges Interesse hieran hat. Ein solch schutzwürdiges Interesse an der Geltendmachung von Ansprüchen wegen Rechtsverletzungen besteht insbesondere, wenn der Rechtsinhaber sich eine fortdauernde Teilhabe am wirtschaftlichen Ertrag aus der Verwertung seines Rechts vorbehalten hat. Denn die ihm zufließenden Lizenzgebühren fallen geringer aus, wenn sich ein Dritter eine Nutzung einfach anmaßt, ohne zu zahlen. Urheber, ausübende Künstler, Herausgeber wissenschaftlicher Ausgaben und Lichtbildner können zudem eine Verletzung ihrer durch das Urheber- und Künstlerpersönlichkeitsrecht geschützten, ideellen Interessen geltend machen.[53]

---

[45] So BGHZ 95, 283 – GEMA-Vermutung I.
[46] OLG München ZUM 1997, 275 (279) – Trailerwerbung.
[47] OLG München NJW 2003, 683 (684) – Alpensinfonie.
[48] BGH ZUM 2017, 236 Rn. 46 – World of Warcraft I.
[49] BGH GRUR 1990, 669 (672) – Bibelreproduktion; GRUR 1992, 310 (312) – Taschenbuchlizenz.
[50] BGHZ 152, 239 – CPU-Klausel.
[51] BGHZ 9, 265.
[52] OLG München ZUM-RD 2013, 183 (185) – The W.-Series 3.
[53] BGH ZUM-RD 2013, 314 Rn. 49 ff. – Internet Videorekorder II.

4. Nießbrauch und Pfandrecht

An den verwandten Schutzrechten, aber auch am Urheberrecht, soweit es nach § 29 I UrhG übertragen werden kann, oder an einer einzelnen Verwertungsbefugnis können ferner ein **Nießbrauch** (§§ 1068, 1069 BGB) oder ein **Pfandrecht** (§§ 1273, 1274 BGB) bestellt werden. Dem Nießbraucher stehen die Nutzungen des Werkes oder der Leistung zu. Er ist berechtigt, anderen ausschließliche und einfache Nutzungsrechte für die Dauer des Nießbrauchs einzuräumen. Der Pfandgläubiger ist berechtigt, bei Pfandreife das Urheber- oder Leistungsschutzrecht im Wege der Zwangsvollstreckung zu verwerten (§ 1277 BGB). Die nach § 113 UrhG hierzu erforderliche Einwilligung des Urhebers ist in der Bestellung des Pfandrechts mit enthalten. Soweit eine Übertragbarkeit des Urheberrechts ausgeschlossen ist (§ 29 I UrhG), kommt höchstens eine Nießbrauchbestellung oder eine Verpfändung des Erbteils in Betracht, zu dem das Urheberrecht als Nachlassgegenstand gehört. 832

5. Besonderheiten bei urheberpersönlichkeitsrechtlichen Befugnissen

Auch für das Urheberpersönlichkeitsrecht gilt der Grundsatz des § 29 I UrhG, dass das Urheberrecht weder als Ganzes noch in Teilen übertragen werden kann.[54] Darüber, ob andere Verfügungen über persönlichkeitsrechtliche Befugnisse möglich sind, lässt sich dem Gesetz nichts Grundsätzliches entnehmen. Es wird lediglich festgestellt, dass Vereinbarungen über die Änderung des Werkes oder seines Titels und Vereinbarungen über die Urheberbezeichnung zulässig seien (§§ 29 II, 39 I UrhG). Wenn aber das Urheberpersönlichkeitsrecht den Urheber gerade in den mit seiner Person eng verbundenen Interessen schützen können soll, so muss er auch die Möglichkeit haben, anderen deren Wahrnehmung anzuvertrauen. Denn die **Unübertragbarkeit des Urheberrechts** soll ja ein Schutz für den Urheber sein und nicht etwa eine Behinderung. Eine Behinderung vermeidet man heute mit dem Konstrukt einer Überlassung persönlichkeitsrechtlicher Befugnisse an andere zwecks Ausübung sowie mit der „gebundenen" Rechtseinräumung. 833

Der Urheber kann ohne Übertragung im Rechtssinne einen anderen gemäß § 185 I BGB widerruflich **ermächtigen,** Verfügungen über seine persönlichkeitsrechtlichen Befugnisse im eigenen Namen vorzunehmen. Dritte können auch kraft **gewillkürter Prozessstandschaft** die aus dem Urheberpersönlichkeitsrecht erwachsenden Ansprüche im eigenen Namen gerichtlich geltend machen. 834

Ferner kann der Urheber auf die Geltendmachung auch künftiger Unterlassungs- und Schadensersatzansprüche aus der Verletzung von Urheberpersönlichkeitsrechten verzichten oder diese nach § 397 BGB antizipiert erlassen. Eine bessere Rechtsstellung erhält der Dritte, wenn der Urheber ihm eine **schuldrechtliche Gestattung** ausspricht. Hierdurch erlangt der Vertragspartner einen schuldrechtlichen Duldungsanspruch. Die erfolgenden Eingriffe in das Urheberrecht sind dann jedenfalls nicht widerrechtlich. Für das Recht, Änderungen vorzunehmen, ergibt sich die Möglichkeit der Gestattung aus § 39 I UrhG. Danach kann der Urheber mit dem Nutzer vereinbaren, dass dieser zu Änderungen berechtigt sein soll. Er kann zB einem Verleger, einer Bühne usw. das Recht gewähren, Zusätze anzubringen sowie Kürzungen und Ände- 835

[54] Über Ausnahmen zwecks Erfüllung einer Verfügung von Todes wegen oder zwecks Erbauseinandersetzung s. → Rn. 990.

rungen vorzunehmen. Dann verbleibt ihm allerdings die Befugnis, Entstellungen und Verstümmelungen des Werkes zu verbieten.[55] § 39 I UrhG ist jedoch über das Änderungsrecht hinaus auch auf andere persönlichkeitsrechtliche Befugnisse analog anzuwenden. Der Urheber kann zB vertraglich eine Einschränkung seines Namensnennungsrechts hinnehmen.[56] Einem Verleger kann das Recht zur Veröffentlichung oder zur ersten Inhaltsmitteilung überlassen werden, dem Urheber verbleibt dann zum Schutze erheblicher Interessen in jedem Fall das Rückrufsrecht (§§ 41 IV, 42 II, 34 V 1 UrhG). Eine gesetzliche Einschränkung des Urheberpersönlichkeitsrechts enthält für Filmwerke und Laufbilder § 93 UrhG.

836 Für die schuldrechtliche Gestattung ergeben sich wie für den Verzicht inhaltliche Grenzen aus § 138 I BGB. Sie sind erreicht, wenn der **Kernbereich des Urheberpersönlichkeitsrechts** verletzt ist. Das kann zB bei Ghostwriter-Abreden zwischen Hochschullehrern und wissenschaftlichen Mitarbeitern der Fall sein.[57] Ferner können Abreden nichtig sein, die Interessen Dritter beeinträchtigen, wie Vereinbarungen über irreführende Autorenangaben. Die Rechtsprechung hat in diesen Fällen allerdings auf das wettbewerbsrechtliche Verhältnis abgestellt.[58] Schließlich sind Abreden unwirksam, die die Ausübung des Rückrufsrechts im Voraus ausschließen (§§ 41 IV 2, 42 II 2, 34 V 1 UrhG).

837 **Zeitliche Grenzen** ergeben sich für das Rückrufsrecht aus § 41 IV 2 UrhG. Davon abgesehen kommt nur die Nichtigkeit gemäß § 138 BGB unter dem Gesichtspunkt der sittenwidrigen Knebelung in Betracht. Die Fünf-Jahres-Frist des § 41 UrhG gibt hier nur einen ersten Anhaltspunkt. Als Dauerschuldverhältnis ist eine Gestattungsabrede darüber hinaus jederzeit aus wichtigem Grund kündbar (§ 314 BGB).

838 Die **Gestattung** kann auch **über den Tod des Urhebers hinaus** gegenüber dessen Erben wirksam bleiben. Auf einen solchen Vertragswillen kann mangels ausdrücklicher Abreden nur dann geschlossen werden, wenn dem Vertragspartner zugleich ein Nutzungsrecht eingeräumt oder das Manuskript übergeben wird.[59] In der Bitte des Urhebers, seine persönlichen Interessen nach seinem Tode zu wahren, wird im Zweifel nur ein Wunsch, nicht aber eine verbindliche Willenserklärung zu sehen sein. Liegt eine Gestattung oder die Einsetzung als Treuhänder vor, so können die Erben gleichwohl schwere Beeinträchtigungen des Urheberpersönlichkeitsrechts abwehren. Bloße Meinungsverschiedenheiten reichen dazu aber nicht aus, denn der Urheber hat durch die Gestattung oder die Einsetzung zum Treuhänder zu erkennen gegeben, dass der Dritte seine Intentionen besser nachfühlen kann als die Erben.[60]

839 Nicht immer genügt die Rechtsfigur der Überlassung zur Ausübung, die nur relativ wirkt. Der Urheber muss auch in der Lage sein, zugunsten eines anderen **in gegenständlicher Weise über seine Rechte** durch gebundene Rechtseinräumungen an diesen **zu verfügen.** Es entspricht der monistischen Urheberrechtsauffassung, wie sie in § 11 S. 1 UrhG zum Ausdruck kommt, diese Verfügungsform nicht auf die Verwertungsrechte zu beschränken, sondern auch bei den urheberpersönlichkeitsrechtlichen

[55] BGH UFITA 62 (1971), 259 – Das zweite Mal.
[56] BGH UFITA 38 (1962), 340 – Straßen – gestern und morgen.
[57] OLG Frankfurt a. M. GRUR 2010, 221 (222f.) – Ghostwriterabrede.
[58] KG, UFITA 80 (1977), 368 – Köhnlechner.
[59] Über letztwillige Verfügungen vgl. u. → Rn. 992ff.
[60] BGHZ 15, 260 – Cosima Wagner mAnm *E. Ulmer* JZ 1955, 214 (216).

Befugnissen anzuerkennen.[61] Da die belastende Rechtseinräumung inhaltlich im Banne der höchstpersönlichen Urheberrechtsbefugnisse, dh umfangmäßig im Rahmen des droit moral verbleibt, können Interessen des Urhebers dadurch nicht gefährdet werden; denn dieser kann Beeinträchtigungen seiner Belange stets noch selbst abwehren.

Dass eine „Übertragung" von Urheberpersönlichkeitsrechten nicht schlechthin aus- 840
geschlossen ist, erkennt auch der österreichische OGH an,[62] was für Deutschland von Interesse ist, weil die einschlägigen Regeln unseres UrhG dem österreichischen Vorbild folgen. Es ist zu hoffen, dass die deutsche Rechtsprechung hier bald eine dogmatische Klärung herbeiführt, die praktikable Ergebnisse ermöglicht. Bisher herrscht hier eine **einzige große Unklarheit.** Der BGH lässt die Konstruktionsfragen völlig offen.[63] Dass der Gesetzgeber sich in Fragen der Rechtsdogmatik für unzuständig erklärt, hat in Deutschland seit *Savigny* Tradition.[64] Daher muss die Rechtsprechung hier ihrer Rolle als „Reparaturbetrieb der Gesetzgebung" gerecht werden.

III. Wirksamkeit von Nutzungsverträgen

Während die schlichte Einwilligung in eine Nutzung auf der einseitigen, nicht emp- 841
fangsbedürftigen Willenserklärung des Rechtsinhabers beruht, kommen rein schuldrechtliche Verwertungsverträge und Nutzungsrechtseinräumungen gem. § 31 UrhG nach allgemeinen Grundsätzen durch Angebot und Annahme zustande. Ein **Formerfordernis,** nämlich Schriftform gem. § 126 BGB, gilt lediglich für Verträge, die Urheber und ausübende Künstler über unbekannte Nutzungsarten (§ 31a I 1 UrhG) und künftige Werke (§ 40 I 1 UrhG) schließen. Abgesehen von diesem Schutz vor übereilten Entscheidungen im Hinblick auf künftige Entwicklungen der Technologie und der eigenen Schaffenskraft sind sowohl schuldrechtliche Gestattungen als auch Nutzungsrechtseinräumungen **formlos** wirksam. Es würde jedoch dem Interesse des Urhebers ebenso wie der Rechtsklarheit dienen, die Einräumung jedenfalls der ausschließlichen Nutzungsrechte de lege ferenda an die Schrift- oder wenigstens die Textform (§ 126b BGB) zu binden.

Auch für die **Grenzen der Parteiautonomie** beim Abschluss urheberrechtlicher Nut- 842
zungsverträge gelten die allgemeinen Grundsätze. So können Verwertungsverträge gem. § 138 BGB sittenwidrig und daher nichtig sein, wenn zwischen Leistung und Gegenleistung ein auffälliges Missverhältnis besteht. Beispielsweise wurde der Gesamtcharakter eines Künstlervertrages als sittenwidrig erachtet, mit dem sich ein Tonträgerproduzent ein umfassendes und sehr lange dauerndes Weisungs- und Entscheidungsrecht im Verhältnis zu einem Newcomer-Sänger verschafft hatte, der seinerseits mit für ihn ungünstigen Vergütungsregeln abgefunden wurde.[65] Auch die Ausnutzung einer Zwangslage des Urhebers oder Künstlers kann das Sittenwidrigkeitsverdikt nach sich ziehen.[66]

[61] Dazu *Forkel* Gebundene Rechtsübertragungen, 1977, S. 178ff., allerdings unter Verwendung der unzutreffenden Bezeichnung „konstitutive Rechtsübertragung", denn Übertragungen sind translativ, nicht konstitutiv, und als solche nach § 29 I UrhG nicht erlaubt.

[62] OHG Wien GRUR Int. 1989, 262 (264) – Weihnachtslieder.

[63] BGH ZUM 2000, 582 – Marlene Dietrich.

[64] *Meder,* Rechtsgeschichte, 3. Aufl. 2008, S. 279ff.

[65] OLG Karlsruhe ZUM 2003, 785; BVerfG GRUR 2005, 880.

[66] OLG Frankfurt a. M. GRUR 2010, 221 – Ghostwriterabrede.

843 Beim Abschluss von Verwertungsverträgen mit Urhebern und ausübenden Künstlern werden oft Formularverträge, Honorarbedingungen oder sonstige **allgemeine Geschäftsbedingungen** verwendet, die vom Produzenten einseitig aufgestellt sind (§ 305 I BGB). Auch wenn solche AGB zwischen den Verbänden der Urheber und den Verbänden der Werknutzer ausgehandelt wurden, wie das zB bei den „Vertragsnormen bei wissenschaftlichen Verlagswerken" (vereinbart zwischen dem Börsenverein des Deutschen Buchhandels und dem Hochschulverband), dem „Normvertrag für den Abschluss von Verlagsverträgen" für belletristische Werke oder beim „Normvertrag für den Abschluss von Übersetzerverträgen" (beide vereinbart zwischen dem Börsenverein und der IG Medien) der Fall ist, haben diese den Charakter von Vertragsmustern oder Empfehlungen, so dass sie Rechtswirksamkeit nur durch ihre rechtsgeschäftliche Einbeziehung in den Individualvertrag durch übereinstimmenden Willen der Parteien erlangen oder durch Auslegung des Individualvertrages am Maßstab des Verkehrsüblichen (§ 157 BGB). Zwar agieren die Kreativen beim Abschluss derartiger Verträge in Ausübung ihrer selbständigen beruflichen Tätigkeit, mithin als Unternehmer iSv § 14 BGB und nicht als Verbraucher iSv § 13 BGB, so dass namentlich die Klauselverbote der §§ 308f. BGB keine Anwendung finden (§ 310 I 1 BGB). Bei Arbeitsverträgen ist die Überprüfungsmöglichkeit gemäß § 310 IV 2 BGB ebenfalls beschränkt, desgleichen bei Verträgen mit arbeitnehmerähnlichen Personen iSv § 12a TVG.

844 **Überraschende und mehrdeutige Klauseln** in Verwertungsverträgen mit freischaffenden Künstlern werden aber gem. § 305c BGB nicht Vertragsbestandteil. Zudem unterliegen Verwertungs-AGB gem. § 310 I 2 BGB unter angemessener Berücksichtigung der im Handelsverkehr geltenden Gewohnheiten und Gebräuche der **Inhaltskontrolle des § 307 BGB.** Da der BGH der Vertragszwecktheorie des § 31 V UrhG wie auch anderen dispositiven Zweifelsregelungen zum Schutz des Urhebers und ausübenden Künstlers (zB § 37 UrhG) aber keine Leitbildfunktion iSv § 307 II Nr. 1 BGB zubilligt,[67] hat die Inhaltskontrolle für Rechtseinräumungsklauseln bisher keine große praktische Bedeutung erlangt.[68] Ebenso wenig berechtigt das Prinzip der angemessenen Vergütung für die Werknutzung gem. § 11 S. 2 UrhG zur Kontrolle formularmäßig vereinbarter Lizenzsätze. Denn die Angemessenheit dieser Hauptleistungspflicht hängt von den besonderen Umständen des Einzelfalls ab, die nur im Rahmen der §§ 32f. UrhG berücksichtigt werden können.[69]

Literatur zur Vertiefung: *C. Ahrens,* Die Verwertung persönlichkeitsrechtlicher Positionen, 2002; *H.-J. Ahrens,* Der Ghostwriter, GRUR 2013, 21; *Berger/Wündisch (Hg.),* Urhebervertragsrecht, 2. A. 2015; *Mäger,* Die Abtretung urheberrechtlicher Vergütungsansprüche in Verwertungsverträgen, 2000; *Matanovic,* Rechtsgeschäftliche Dispositionen über urheberpersönlichkeitsrechtliche Befugnisse, 2006; *Metzger,* Rechtsgeschäfte über das droit moral im deutschen und französischen Urheberrecht, 2002; *Schertz,* Merchandising, 1997; *Seemann,* Prominenz als Eigentum, 1996; *v. Welser,* Die Wahrnehmung urheberpersönlichkeitsrechtlicher Befugnisse durch Dritte, 2000

[67] BGH GRUR 1984, 48 – Honorarbedingungen Sendevertrag; ZUM 2012, 793 Rn. 15ff. – Honorarbedingungen Freie Journalisten.

[68] S. aber OLG Hamburg ZUM-RD 1999, 500 – Video-Lehrprogramme; AG Hamburg ZUM-RD 1999, 460 – Schadensersatzpauschalierung; LG Bochum ZUM-RD 2012, 217 (Weiterübertragung von Nutzungsrechten und Sublizenzen); LG Braunschweig ZUM 2012, 66, 71 (Namensnennungsrecht).

[69] BGH ZUM 2012, 793 Rn. 29f. – Honorarbedingungen Freie Journalisten.

§ 38. Der vertragsrechtliche Schutz des Urhebers und der ausübenden Künstler

I. Übersicht und Interessenlage

Das Verhältnis von Urhebern und eigennützig agierenden Verwertern ist von gegenseitiger Abhängigkeit geprägt. Urheber bedürfen der professionellen Unterstützung bei der Vermarktung ihrer Werke; Produzenten haben ohne individuell-kreative Schöpfungen der Urheber nichts anzubieten. Gleichwohl nehmen **Urheber** beim Abschluss von Wahrnehmungs- und sonstigen Verwertungsverträgen typischerweise die Rolle der **schwächeren Vertragspartei** ein. In dieser Situation droht der weitreichende Schutz ihrer ideellen und materiellen Interessen durch das Urheberpersönlichkeitsrecht und die Verwertungsrechte seine Funktion zu verlieren. Denn wenn all diese Ausschließlichkeitsrechte endgültig auf einen Verwerter übertragen oder weitestgehend eingeräumt werden könnten, ohne dass dem Urheber eine angemessene Vergütung und ggf. bestimmte Vetorechte garantiert wären, würde aus einem Recht, das die Interessen des Werkschöpfers schützen soll und deswegen Urheberrecht heißt (§§ 7, 11 UrhG), ein Recht der eigennützig agierenden, unternehmerischen Verwerter.[1] Um dies zu vermeiden, sieht der 5. Abschnitt des UrhG zum Rechtsverkehr im Urheberrecht **vielfältige vertragsrechtliche Mechanismen zum Schutz des Urhebers** vor. 845

Dieser Schutz wird überwiegend durch **zwingendes Vertragsrecht** gewährleistet. Einige Vorschriften dienen der Sicherung einer angemessenen Vergütung für die Nutzung des Werkes (§ 11 S. 2 UrhG), nämlich § 32 III UrhG (Recht auf angemessene Vergütung), § 32a III UrhG (Nachforderungsrecht) und § 32c I 1 UrhG (zusätzliche Vergütung für Nutzung früher unbekannter Nutzungsart). Andere Regelungen sollen verhindern, dass der Urheber durch umfassende Nutzungsrechtseinräumungen die Entscheidungshoheit über die Werknutzung endgültig verliert. Zu dieser Gruppe zählen § 31a I 3 UrhG (Widerrufsrecht bei unbekannten Nutzungsarten), § 38 IV UrhG (zwingendes Zweitnutzungsrecht für wissenschaftliche Autoren), § 40 II UrhG (Kündigungsrecht bei Verträgen über künftige Werke), § 42 II UrhG (Rückrufsrecht wegen gewandelter Überzeugung) und § 34 V 1 (Rückrufsrecht wegen Veränderungen in der Person des Nutzungsberechtigten und auf die solidarische Haftung des Erwerbers von Nutzungsrechten). Schriftformerfordernisse im Hinblick auf Verträge über unbekannte Nutzungsarten (§ 32c I 1 UrhG) und künftige Werke (§ 40 I UrhG) sollen Schutz vor übereilten Verfügungen über die Zukunft bieten. Hinzu treten **dispositive Vorschriften,** die ebenfalls dem Schutz des Urhebers dienen. So bedürfen die Übertragung von Nutzungsrechten und die Einräumung weiterer Nutzungsrechte grundsätzlich der Zustimmung des Urhebers (§§ 34f. UrhG). Zweifel darüber, ob ein Nutzungsrecht eingeräumt worden ist, löst das Gesetz zugunsten des Urhebers, dem die entsprechenden Befugnisse demnach im Zweifel verbleiben (vgl. §§ 31 V, 37, 38, 44 UrhG). Gewissermaßen zwischen durchweg unabdingbaren Schutzvorschriften und dispositiven Regelungen stehen die Ansprüche auf Auskunft und Rechenschaft über eine vergütungspflichtige Nutzung (§§ 32d und e UrhG), das Rückrufsrecht wegen Nichtausübung (§ 41 IV UrhG) und das Recht zur anderweitigen Verwertung nach zehn Jahren bei pauschaler Vergütung (§ 40a UrhG), von denen zum Nachteil des Urhebers nur durch eine Vereinbarung abgewichen werden kann, die auf einer gemein- 846

[1] BVerfG GRUR 2014, 169 Rn. 76 – Übersetzerhonorare.

samen Vergütungsregel (§ 36 UrhG) oder einem Tarifvertrag beruht (vgl. jeweils die letzten Absätze der Vorschriften). Bei solchen Kollektivvereinbarungen geht der Gesetzgeber davon aus, dass Verwerter- und Urheberverbände auf Augenhöhe verhandeln und daher im Zweifel angemessene Gesamtvereinbarungen auch im Hinblick auf Auskunftsansprüche und Rückrufs- bzw. Parallelverwertungsrechte der Urheber treffen.

847 Dieses umfangreiche Schutzpaket gilt für **Urheber von Computerprogrammen,** also Programmierer, gem. § 69a V UrhG nur mit gewissen Abstrichen. Sie können sich weder auf die Auskunftsansprüche gem. §§ 32d und e UrhG noch auf das Recht zur anderweitigen Verwertung nach zehn Jahren bei pauschaler Vergütung (§ 40a UrhG) berufen. Auch steht freiberuflichen Programmierern nicht das Instrument der gemeinsamen Vergütungsregel gem. §§ 36–36c UrhG zur Verfügung. Der Gesetzgeber rechtfertigt diese Ausnahmen vom urheberschützenden Vertragsrecht damit, dass aufgrund der hohen Nachfrage der Softwarebranche nach Mitarbeitern die Vertragsparität zwischen Urhebern und Verwertern nicht in gleichem Maße gefährdet sei wie in anderen Gebieten der Kreativwirtschaft. Außerdem seien die Besonderheiten der Schaffung und Nutzung von Computerprogrammen zu berücksichtigen, die in der Tat häufig von zahlreichen Programmierern in dauernder, arbeitsteiliger Weise erstellt werden.[2]

848 Für die Inhaber verwandter Schutzrechte ist zu differenzieren. **Ausübende Künstler** sind ebenso schutzbedürftig wie Urheber. Bei der Vermarktung ihrer künstlerischen Darbietung sehen sie sich ganz erheblicher Konkurrenz durch andere Sänger, Schauspieler, Tänzer usw. ausgesetzt, die alle bei Musik- und Filmproduzenten, öffentlichen Bühnen und Sendern usw. reüssieren wollen. Da die Zahl der in Frage kommenden Verwerter zT eng begrenzt ist, verfügen jene über eine viel stärkere Verhandlungsposition. Um dieser Asymmetrie entgegenzuwirken, erklärt § 79 IIa UrhG die weitaus meisten **urheberschützenden Vorschriften** für **entsprechend anwendbar.** Ausgenommen sind allerdings die Einschränkungen der Möglichkeit, über unbekannte Nutzungsarten zu verfügen (§ 31a UrhG) und das Recht zur anderweitigen Verwertung nach zehn Jahren (§ 40a UrhG). Ein ausübender Künstler kann also wirksam mündlich, ohne Widerrufsrecht (aber gegen gesonderte Vergütung, § 79b UrhG) sämtliche Verwertungsrechte an seinen Darbietungen auch für noch unbekannte Nutzungstechnologien und für die gesamte gesetzliche Schutzdauer auf einen Verwerter übertragen.[3] Diese Schlechterstellung im Vergleich zu den Urhebern trägt den Interessen der Produzenten Rechnung, die sich beim Aufkommen einer neuen Nutzungsart nur mit der zahlenmäßig kleineren Gruppe der Urheber (Komponisten, Textdichter, Filmurheber usw.) beschäftigen müssen.

849 **Verfasser wissenschaftlicher Ausgaben und Lichtbildner** erzeugen zwar ebenfalls neuen Content und genießen als natürliche Personen auch persönlichkeitsrechtlichen Schutz (§§ 70 I, 72 I). Die Pauschalverweise auf das im 1. Teil des UrhG geregelte Urheberrecht umfassen dabei an sich auch das gesamte Urhebervertragsrecht. Doch ist dabei zu berücksichtigen, dass Herausgeber von Werkeditionen und Lichtbildner anders als Urheber und ausübende Künstler keine kreativen Schöpfungen bzw. Darbietungen erbringen und deshalb generell weniger schutzwürdig erscheinen. Deshalb ist

2 RegE UrhVertrRRef 2016, BT-Drs. 18/8625, 27.
3 Vgl. zur früheren Rechtslage BGH GRUR 2003, 234 – EROC III.

anzuerkennen, dass ihre Leistungsschutzrechte übertragbar und verzichtbar sind. Dies gilt auch für unbekannte Nutzungsarten (arg. § 79 IIa UrhG). Die zwingenden Ansprüche auf angemessene Vergütung wollte der Gesetzgeber ebenfalls nur Urhebern und ausübenden Künstlern gewähren. Die übrigen Vorschriften des Urhebervertragsrechts sind unter Berücksichtigung der geringeren Schutzwürdigkeit von Verfassern wissenschaftlicher Ausgaben und Lichtbildnern entsprechend anwendbar.

Für alle **übrigen Leistungsschutzberechtigten** gilt das die Kreativen schützende Vertragsrecht nicht. Denn die Konzertveranstalter, die Hersteller von Tonträgern, Filmen, Presseerzeugnissen usw. sind ja wie erläutert in der Regel die **verhandlungsstärkere Partei** beim Abschluss urheberrechtlicher Nutzungsverträge und daher **gerade nicht schutzwürdig.** Anwendbar sind lediglich die allgemeinen vertragsrechtlichen Grundsätze zur Einräumung von Nutzungsrechten sowie zum Sukzessionsschutz.[4] Nach Auffassung der Rechtsprechung sollen unternehmerische Werkmittler zudem in den Genuss des Übertragungszweckgedankens (§ 31 V UrhG) kommen, also im Zweifel nur diejenigen Rechte übertragen bzw. einräumen, die ihr Vertragspartner nach dem Zweck der Vereinbarung benötigt.[5] Ein Grund für diese Begünstigung des Rechtsinhabers im Verhältnis zu gleichstarken anderen Verwertern ist aber nicht ersichtlich. Derartige Verträge zwischen unternehmerisch agierenden Werkmittlern sind wie alle anderen Verträge nach beiden Seiten hin gem. §§ 133, 157 BGB interessengerecht auszulegen.[6] 850

II. Einschränkungen der Verfügungsbefugnis

Die aus rechtsdogmatischer Sicht effektivste, zugleich aber einschneidendste Maßnahme zum Schutz des Urhebers vor nachteiligen Rechtsgeschäften über sein Urheberrecht besteht darin, seine Verfügungsbefugnis über das Urheberrecht von vornherein einzuschränken. Und tatsächlich erklärt § 29 I UrhG das **Urheberrecht unter Lebenden** für **unübertragbar.** Nur unter Miturhebern erlaubt das Gesetz einen Verzicht auf Verwertungsrechte (§ 8 IV UrhG). 851

Das bis zum Ende der Schutzdauer fortbestehende Band zwischen Urheber bzw. Erben und Werk bildet zugleich die dogmatische Grundlage für eine ganze Reihe weiterer Instrumente zum Schutz des Urhebers im Rechtsverkehr. So lässt sich auf der Basis des dem Urheber stets verbleibenden Stammrechts ohne Weiteres konstruieren, dass dem Urheber bestimmte Befugnisse ungeachtet gegenteiliger Vereinbarungen immer verbleiben. In diesem Sinne sah § 31 IV UrhG aF bis zum 31.12.2007 (vgl. § 137l UrhG) vor, dass die Einräumung von Nutzungsrechten für noch nicht bekannte Nutzungsarten sowie Verpflichtungen hierzu unwirksam sind. Die Entscheidung über den Einsatz solch neuer Nutzungsarten oblag also zwingend dem Urheber; über das betreffende Verwertungsrecht konnte er nicht wirksam verfügen. 852

Im geltenden Recht findet sich diese Lösung in **§ 38 IV UrhG,** dem sog. **zwingenden Zweitnutzungsrecht überwiegend öffentlich geförderter wissenschaftlicher Autoren.** Hochschullehrern, wissenschaftlichen Mitarbeitern und sonstigen Wissenschaftlern verbleibt demnach stets das Recht, wissenschaftliche Beiträge, die im Rahmen 853

[4] Vgl. §§ 71 II, 81 S. 2, 85 II 3, 87 II 3, 87g I 2, 94 II 3 UrhG. Der teilweise Verweis auf § 38 UrhG ist praktisch bedeutungslos, da zB Tonträger nicht in „periodisch erscheinenden Sammlungen" erscheinen.
[5] Unten → Rn. 919.
[6] Vgl. BGH ZUM 2014, 43 Rn. 32 – SUMO.

einer mindestens zur Hälfte mit öffentlichen Mitteln geförderten Forschungstätigkeit entstanden und in einer periodisch mindestens zweimal jährlich erscheinenden Sammlung (insbes. Fachzeitschriften wie JZ oder ZUM) erschienen sind, nach Ablauf von zwölf Monaten seit der Erstveröffentlichung in der akzeptierten Manuskriptversion im Internet öffentlich zugänglich zu machen, soweit dies keinem gewerblichen Zweck dient und die Quelle der Erstveröffentlichung angegeben wird. Über dieses Recht können sie nicht verfügen. Es verbleibt ihnen auch dann, wenn sie einem Verleger oder Herausgeber ein umfassendes ausschließliches Nutzungsrecht eingeräumt oder sonst abweichende Vereinbarungen getroffen haben. Zweck der Regelung ist es, dass mit Steuergeldern finanzierte Wissenschaftler die Option behalten, ihre Beiträge im Wege des nachgeschalteten, sog. **grünen Open Access** der Öffentlichkeit unentgeltlich zur Verfügung zu stellen. Ein Zwang hierzu besteht nicht. Wissenschaftler können es auch bei der exklusiven Verlagspublikation belassen. Die Vorschrift schränkt also die Privatautonomie ein, um zusätzliche rechtsgeschäftliche Gestaltungsmöglichkeiten zu erhalten. Diese Paradoxie liegt allen Vorschriften zum Schutz der schwächeren Vertragspartei zugrunde.

854 Das Urheberrecht ist das einzige Immaterialgüterrecht, das unter Lebenden nicht übertragen werden kann. In der Tat gehört es eigentlich zu den zentralen Merkmalen eines Eigentumstitels, dass die Person des Rechtsinhabers wechseln kann. Die Sonderrolle des Urheberrechts beruht auf seiner ebenfalls exzeptionellen Ausgestaltung als Einheit von Verwertungs- und Persönlichkeitsrechten.[7] Diese monistische Struktur findet sich bei **keinem verwandten Schutzrecht.** Die Verwertungsrechte des ausübenden Künstlers sind gem. § 79 I 1 UrhG im Wege der Abtretung (§§ 413, 398 BGB) übertragbar, nicht aber die hiervon getrennt (dualistisch) geregelten Künstlerpersönlichkeitsrechte gem. §§ 74f. UrhG. Auch die Leistungsschutzrechte der Verfasser wissenschaftlicher Ausgaben und der Lichtbildner sind übertragbar, da sich der Verweis auf den 1. Teil des UrhG in §§ 70 I, 72 I UrhG auf die Reichweite des Rechtsschutzes, nicht aber auf das spezifisch urheberschützende Vertragsrecht bezieht. Übertragbar sind schließlich auch alle übrigen, rein unternehmerischen Leistungsschutzrechte.[8]

III. Künftige Werke und Leistungen und unbekannte Nutzungsarten

855 Besonders nachteilig können sich Rechtsgeschäfte über das Urheberrecht auswirken, die sich auf künftige Umstände erstrecken, die überhaupt nicht oder nur sehr allgemein bekannt sind. Hierzu zählen zum einen Verträge über **künftige Werke,** die der Urheber erst noch schaffen muss, zum anderen Verträge über **Nutzungsarten,** die zum Zeitpunkt des Vertragsabschlusses noch **unbekannt** sind. Im ersten Fall kann es sein, dass der Urheber sich hinsichtlich seines künftigen Meisterwerks zu schlechten Konditionen bindet. Der zweite Fall kann dazu führen, dass technisch-wirtschaftlich neuartige Formen der Werknutzung im Vertrag und namentlich in den Vergütungsklauseln nicht abgebildet sind, so dass der Urheber am wirtschaftlichen Erfolg des Verwerters nicht angemessen beteiligt wird.

---

[7] Oben → Rn. 154.

[8] Oben § 35.

1. Schriftform von Verträgen über künftige Werke und Leistungen

Nutzungsrechte können vor diesem Hintergrund zwar auch an künftig erst zu schaffenden Werken eingeräumt werden, sofern diese hinreichend bestimmt oder bestimmbar sind.[9] Um Urheber, ausübende Künstler (§ 79 IIa UrhG), Verfasser wissenschaftlicher Editionen und Lichtbildner (§§ 70 I, 72 I UrhG) jedoch vor unüberlegten und unübersehbaren Bindungen ihrer wirtschaftlichen Bewegungsfreiheit und Schaffensfreiheit zu bewahren, bestimmt § 40 I 1 UrhG, dass ein Vertrag, durch den sie sich zur Einräumung von Nutzungsrechten an künftigen Schutzgegenständen verpflichten, die überhaupt nicht näher oder nur der Gattung nach bestimmt sind, der **Schriftform** bedarf. Hierher gehört zB ein Verlagsvertrag, der sich auf alle erst zu schaffenden Romane bezieht. 856

Ein solcher Vertrag kann zudem von beiden Vertragsteilen nach Ablauf von 5 Jahren seit Vertragsschluss unter Einhaltung einer Kündigungsfrist von 6 Monaten gekündigt werden, falls keine kürzere Frist vereinbart wurde (§ 40 I 2, 3 UrhG). Das **Kündigungsrecht** ist im Voraus nicht verzichtbar (§ 40 II UrhG). Außerdem kann der Vertrag als Dauerschuldverhältnis jederzeit aus wichtigem Grund (§ 314 BGB) gekündigt werden. Falls der Vertrag trotz der Kündigungsmöglichkeit wegen der besonderen Umstände gegen die guten Sitten verstößt, ist er nach § 138 BGB nichtig. Sind in Erfüllung des Vertrags Nutzungsrechte an künftigen Werken eingeräumt worden, so wird mit Beendigung des Vertrags die Verfügung hinsichtlich der Werke unwirksam, die zu diesem Zeitpunkt noch nicht abgeliefert sind (§ 40 III UrhG). Es bedarf also keiner Rückübertragung der eingeräumten Nutzungsrechte. Soweit dem Urheber bereits Vorschüsse gezahlt sind, hat er sie nach § 812 I 2 BGB zurückzuzahlen, wobei er nach § 820 I 2 BGB verschärft haftet. Für Rechtseinräumungen im Rahmen von Arbeits- oder Dienstverhältnissen gilt § 43 UrhG.[10] 857

Da § 40 UrhG nur von Verpflichtungen spricht, gilt er nicht für Verfügungsgeschäfte. Daher ist er auf **Wahrnehmungsverträge** von Verwertungsgesellschaften, durch die diesen Nutzungsrechte an künftigen Werken eingeräumt werden, nicht anwendbar. Bei den sog. **Optionsverträgen** ist durch Auslegung zu ermitteln, ob sie lediglich eine Anbietungspflicht des Werkschaffenden festlegen oder diesen bereits durch Vorvertrag verpflichten, nach Wahl des Werknutzers diesem die Nutzungsrechte zu den vertraglich festgelegten oder vom Werknutzer noch zu bestimmenden Bedingungen einzuräumen. Hier drängt sich eine Überprüfung im Hinblick auf eine sittenwidrige Knebelung nach § 138 BGB auf. 858

2. Verträge über unbekannte Nutzungsarten

Die **§§ 31a, 32c UrhG** gewähren **Urhebern** (nicht aber ausübenden Künstlern und sonstigen Leistungsschutzberechtigten)[11] des Weiteren einen gewissen **Schutz vor unüberlegten und sonst nachteiligen Verträgen über unbekannte Nutzungsarten.** Das Aufkommen neuer Nutzungsarten ist der Situation vergleichbar, dass es gelingt, auf neuen Wegen Bodenschätze aus einem Grundstück zu gewinnen. Diese Möglich- 859

[9] RGZ 140, 239; OLG Schleswig ZUM 1995, 874 – Werner.

[10] S. → Rn. 938 ff.; aA *Schack* (→ Rn. 176) Rn. 630, der Arbeitsverträge für formbedürftig hält, sofern sie Vorausverfügungen enthalten.

[11] S. § 79 IIa UrhG.

keit muss dem Eigentümer vorbehalten bleiben, selbst wenn er die Ausbeutung des Grundstücks auf die bisher bekannten Arten an andere vergeben hat; denn der wirtschaftliche Wert **unbekannter Nutzungsarten** ist nicht kalkulierbar. Deshalb sind auch Verträge zur Einräumung von Rechten an unbekannten Nutzungsarten und Verpflichtungen hierzu nur unter einschränkenden Bedingungen möglich.

860 Unter **Nutzungsart** ist jede konkrete **technisch und wirtschaftlich eigenständige Verwertungsform** des Werkes zu verstehen.[12] Bekannt ist die Nutzungsart also nicht bereits bei Kenntnis von ihrer technischen Möglichkeit, sondern erst bei Kenntnis ihrer wirtschaftlichen Bedeutung,[13] und zwar nicht aus Sicht der Vertragspartner, sondern aus Sicht der betreffenden Wirtschaftskreise. Es muss also für diese Form der Werknutzung ein neuer Verbraucherkreis entstanden sein. So führte die Digitalisierung als solche nicht immer zu neuen Nutzungsarten (die DVD ersetzte zB die Videozweitverwertung).[14]

861 Zum Schutz des Urhebers sind als **unbekannt** nicht nur solche Nutzungsarten zu betrachten, bei denen die Nutzungsmöglichkeit aus **tatsächlichen** Gründen unbekannt ist oder praktisch nicht ernsthaft in Betracht kommt,[15] sondern auch solche, bei denen **rechtlich** eine Nutzung zugunsten des Urhebers nicht anerkannt ist; denn ob eine Nutzungsbefugnis durch den Gesetzgeber oder die Gerichte gewährt werden wird, ist auch dann unbekannt, wenn darüber in der Literatur oder im Gesetzgebungsverfahren diskutiert wird. Ein Urheber, der die Einführung einer neuen rechtlichen Befugnis skeptisch beurteilt, wird nämlich leicht geneigt sein, sie einem Verwerter einzuräumen. Auf der anderen Seite sind Risikogeschäfte über technisch bekannte, aber wirtschaftlich zunächst noch bedeutungslose Nutzungsarten in der Phase ihres Bekanntwerdens zwar möglich,[16] doch schützt die Vorhersehbarkeit von Missverhältnissen der Entgeltvereinbarung nicht vor späteren Ansprüchen auf Vertragskorrektur oder Nachforderungen (§ 32a I 2 UrhG).

862 Als neue, bis zu einem bestimmten Zeitpunkt unbekannte Nutzungsarten wurden **zum Beispiel** angesehen: die Vervielfältigung und Verbreitung von Spielfilmen in Form von Videokassetten (bis 1975 unbekannt),[17] die Vermiet- und Verleihtantieme,[18] die Verwendung von Musik als Handy-Klingelton[19] und nicht zuletzt die Werkverwertung im Internet.[20] Keine neue Nutzungsart war hingegen trotz der neu eingeführten §§ 20a und b UrhG die Erweiterung der terrestrischen Übermittlung von Fernsehsendungen durch Satellitenfernsehen und Kabelfernsehen sowie das PayTV und die Auswertung von Filmen durch DVD im Verhältnis zur Auswertung als Videokassette.[21]

---

[12] BGHZ 95, 283 – GEMA-Vermutung I; BGHZ 133, 291 – Klimbim.
[13] BGHZ 128, 341 – Videozweitauswertung III.
[14] BGHZ 163, 115 – Der Zauberberg.
[15] BGHZ 17, 285.
[16] BGHZ 128, 342 – Videozweitauswertung III.
[17] OLG München ZUM-RD 1997, 354 – Videozweitauswertung.
[18] S. → Rn. 468ff.
[19] OLG Hamburg ZUM 2002, 480.
[20] OLG Hamburg ZUM 2005, 833.
[21] BGH GRUR 2001, 828 – Barfuß ins Bett; ZUM 2005, 816 – Der Zauberberg; KG ZUM-RD 2000, 386.

Zwar können Urheber seit der Aufhebung von § 31 IV UrhG aF zum 1.1.2008 auch bereits zu einer Zeit, zu der eine bestimmte Nutzungsart noch unbekannt war, über die diesbezüglichen Verwertungsrechte verfügen oder eine Verpflichtung hierzu eingehen. Doch ist hiervon in Anbetracht der potentiell weitreichenden Implikationen einer solchen Entscheidung und des das ganze Urheberrecht beherrschenden Leitgedankens, wonach der Urheber tunlichst angemessen am wirtschaftlichen Nutzen seines Werkes zu beteiligen ist, nur auszugehen, **wenn ein dahingehender Parteiwille unzweideutig zum Ausdruck gekommen ist.**[22] 863

Zudem bedarf die entsprechende Vereinbarung der **Schriftform** (§§ 31a I 1 UrhG, 126 BGB), es sei denn, es handelt sich um **Open Content-Lizenzen** (§ 31a I 2 UrhG). Diese werden von den Parteien nicht unterzeichnet, sondern als öffentliche Erklärung mit dem jeweiligen Werk verbunden. Lädt der Werknutzer die Software oder das sonstige Werk herunter, nimmt er das Lizenzangebot konkludent an, so dass der Vertrag gem. § 151 BGB wirksam zustande kommt, ohne dass der Lizenznehmer mit dem Urheber in Kontakt zu treten braucht. 864

Neben der Warnung des Urhebers durch das Schriftformerfordernis steht diesem zu seinem Schutze gegenüber dem regelmäßig stärkeren Vertragspartner, im Voraus unverzichtbar (§ 31a IV UrhG), ein **Widerrufsrecht** zu (§ 31a I 3 UrhG). Bevor der Verwerter mit der neuen Nutzung beginnt, muss er den Urheber von seiner Absicht unterrichten, diese Nutzung aufzunehmen (§ 31a I 4 UrhG). Der Urheber hat dann die Möglichkeit, innerhalb von drei Monaten seit Absendung der Mitteilung an die zuletzt bekannte Anschrift des Lizenznehmers die Lizenzerteilung zu widerrufen (§ 31a I 4 UrhG). Der Urheber ist damit bis zum Beginn der Werknutzung auf die neue Nutzungsart in der Lage, seine Entscheidung zu revidieren. Sind mehrere Werke zu einer Gesamtheit zusammengefasst oder besteht ein Werk aus den Beiträgen mehrerer Urheber, darf das Widerrufsrecht der Rechtsinhaber von diesen nicht wider Treu und Glauben ausgeübt werden. Blockaden durch einzelne Urheber sind damit untersagt (§ 31a III UrhG). 865

Erfolgt nach ordnungsgemäßer Unterrichtung innerhalb der Frist von drei Monaten kein Widerruf, verbleibt es bei der Lizenzerteilung und der Urheber erhält für die neue Nutzungsart zusätzlich zur eventuellen vertraglichen Vergütung als Korrekturanspruch eine **gesonderte (gesetzliche) Vergütung in angemessener Höhe** (§ 32c I 1 UrhG, für ausübende Künstler vgl. § 79b UrhG).[23] Das **Widerrufsrecht entfällt,** wenn der Urheber nach Bekanntwerden der neuen Nutzungsart mit dem Lizenznehmer eine angemessene Vergütung vereinbart oder wenn die Parteien im Vorhinein eine gemeinsame Vergütungsregel festgelegt haben (§ 31a II 1, 2 UrhG). Desgleichen entfällt das Widerrufsrecht mit dem Tod des Urhebers (§ 31a II 3 UrhG). Auch hier ist dann die angemessene Vergütung gesetzlich geschuldet (§ 31c I UrhG). 866

Um **alte Archivbestände** (Zeitschriften, Filme, Fotos usw.) modernen digitalen Nutzungsformen zu eröffnen, enthält § 137l UrhG eine recht komplizierte Übergangsregelung, in die die Verwertungsgesellschaften eingeschaltet sind (§ 137l V 3 UrhG). Sie ist für Altverträge aus der Zeit vor dem Inkrafttreten des UrhG am 1.1.1966 bis 867

[22] S. BGH GRUR 2011, 714 Rn. 14ff. – Der Frosch mit der Maske; zur Rechtslage vor Einführung des § 31 IV UrhG aF.

[23] Näher unten → Rn. 893f.

zum Inkrafttreten der Aufhebung von § 31 IV aF UrhG, dh bis zum 1.1.2008 gedacht. Das Gesetz arbeitet mit einer Lizenzierungsfiktion betreffend die Rechte an neuen Nutzungsarten zugunsten eines Erwerbers aller wesentlichen zum Zeitpunkt des Vertragsschlusses einräumbaren Nutzungsrechte. Altverträge hingegen aus der Zeit vor Inkrafttreten des UrhG, als die Rechtseinräumung für unbekannte Nutzungsrechte noch grundsätzlich zulässig war, profitieren von den Übergangsregelungen nicht, da sie meist keine ausdrücklichen Vereinbarungen über unbekannte Nutzungsarten enthielten, so dass nach der Übertragungszweckregel die Rechte an künftigen Nutzungsarten beim Urheber verblieben. Daher kommt man bei den Altverträgen aus der Zeit vor dem 1.1.1966 nicht um die aufwendige nachträgliche Rechteklärung herum, die einer sinnvollen Archivnutzung erfahrungsgemäß entgegensteht.[24]

IV. Rückrufsrechte und Recht zur anderweitigen Verwertung

1. Der Rückruf wegen Nichtausübung

868 Wenn der Urheber ein ausschließliches Nutzungsrecht eingeräumt hat, dieses aber vom Inhaber in den in Abs. 2 aufgeführten Fristen **nicht oder nur unzureichend ausgeübt** wird, gewährt § 41 UrhG dem Urheber ein Recht auf Rückruf wegen Nichtausübung. Durch die Einräumung eines ausschließlichen Nutzungsrechts ist der Urheber ja im Zweifel gehindert,[25] das Werk selbst zu verwerten oder es durch andere verwerten zu lassen. Er ist also darauf angewiesen, dass der Inhaber desselben das Recht ausübt und so das Werk an die Öffentlichkeit bringt. Daher gewährt das Gesetz dem Urheber die zu seinem Nachteil nur in Kollektivvereinbarungen abdingbare (§ 41 IV UrhG) Befugnis, das Nutzungsrecht gegenüber jedem Inhaber zurückzurufen, auch einem solchen, der es (zB als Subverleger) von einem Werknutzer nach § 34 UrhG erworben hat. Das Rückrufsrecht besteht allerdings nur, wenn die Nichtausübung berechtigte Interessen des Urhebers erheblich verletzt (§ 41 I 1 UrhG) und nicht überwiegend auf Umständen beruht, deren Behebung ihm zuzumuten ist (§ 41 I 2 UrhG)[26] wie die Berücksichtigung neuen Materials in wissenschaftlichen Werken.

869 Zur Wahrung der Interessen des Inhabers des ausschließlichen Nutzungsrechts bestimmt das Gesetz (Abs. 3), dass ihm der Urheber grundsätzlich eine angemessene Nachfrist unter **Ankündigung** des Rückrufs zu setzen hat. Mit Wirksamwerden des Rückrufs erlischt das Nutzungsrecht durch Heimfall an den Urheber (Abs. 5). Der Urheber hat jedoch den Betroffenen zu **entschädigen,** wenn und soweit es der Billigkeit entspricht (Abs. 6). Ob er also ein bereits empfangenes Honorar zurückzahlen oder dem Werknutzer bereits gemachte Aufwendungen ganz oder teilweise ersetzen muss, ist unter Abwägung der beteiligten Interessen bei Berücksichtigung aller Umstände zu bestimmen. Der Rückruf ist die **Ausübung eines Gestaltungsrechts,** welches im Wege einer einseitigen empfangsbedürftigen Willenserklärung durch Vernichtung des Nutzungsrechts dem Urheber wieder die volle Verfügungsfreiheit über sein Werk zurückgibt (Heimfall). Hat der Urheber einem Verwerter Nutzungsrechte an mehreren Werken eingeräumt, so kann der Rückruf nur bezüglich der Werke geltend gemacht werden, die nicht hinreichend ausgewertet worden sind.[27] Zwar muss der Urheber be-

[24] Zu den Regelungen für verwaiste und vergriffene Werke so → Rn. 564ff.
[25] → Rn. 821.
[26] BGH GRUR 1986, 613 – Ligäa.
[27] BGH NJW 1973, 328.

weisen, dass die Nutzungsrechte unzureichend ausgeübt werden, doch mangels Zugangs zu den Beweismitteln trifft den Nutzungsberechtigten eine primäre Darlegungslast, was er betreffend der Nutzungsmöglichkeiten unternommen hat.[28] Nach Abs. 7 bleiben Rechte und Ansprüche der Beteiligten nach anderen gesetzlichen Vorschriften unberührt. Dies gilt insbesondere für die Rücktrittsrechte in den §§ 17, 30, 32, 45 VerlG und in den §§ 323 bis 326 BGB, die jedoch nur gegenüber dem Vertragspartner des Urhebers bestehen. Ggf. kommen auch Ansprüche wegen Vertragsverletzung (§ 280 BGB) und Wegfall der Geschäftsgrundlage (§ 313 BGB) sowie die Kündigung aus wichtigem Grund (§ 314 BGB) in Betracht.[29]

2. Das Recht zur anderweitigen Verwertung

Seiner systematischen Stellung und seinem Sinn und Zweck nach eng mit dem Rückrufsrecht wegen Nichtausübung verwandt ist das am 1.3.2017 in Kraft getretene **Recht zur anderweitigen Verwertung nach zehn Jahren bei pauschaler Vergütung** (§ 40a UrhG). Es führt zwar nicht zu einem vollständigen Erlöschen des eingeräumten ausschließlichen Nutzungsrechts, soll den Nutzungsrechtsnehmer aber ebenfalls zu einer aktiven Vermarktung des Werkes anhalten und im Krisenfall den Urheber in die Lage versetzen, die Verwertung zumindest teilweise wieder an sich zu ziehen (vgl. § 41 V mit § 40a I 1 und 2 UrhG). Die Neuregelung reagiert auf die weit verbreitete Vertragspraxis, dass ausschließliche Nutzungsrechte oft über die gesamte Schutzdauer eingeräumt werden, bei urheberrechtlichen Werken also nicht selten über einen Zeitraum von mehr als 100 Jahren. Wenn der Urheber hierfür nach dem Vertrag keine oder lediglich eine ganz untergeordnete, die Vergütungsvereinbarung nicht prägende, laufende Erlösbeteiligung erhält, eröffnet § 40a I 1 UrhG ihm nach einer angemessenen Frist von zehn Jahren die Chance, das Werk entweder zusammen mit einem weiteren Vertragspartner zu verwerten oder dies selbst zu tun, wobei die Quelle der Erstveröffentlichung stets anzugeben ist. Dieses Recht zur anderweitigen Verwertung erscheint auch für den ersten Vertragspartner nicht unangemessen: Er kann sich bei Zahlung einer Pauschalvergütung zunächst vertraglich ein Exklusivrecht jedenfalls für die Dauer von zehn Jahren einräumen lassen und auf dieser Grundlage verlässlich kalkulieren. Danach verbleibt ihm ein einfaches Nutzungsrecht; er kann also die Verwertung fortsetzen, wenn auch ab dem elften Jahr nicht mehr exklusiv. Entsprechendes gilt auch für einen Unterlizenznehmer des ersten Vertragspartners. Damit ist zugleich sichergestellt, dass die kreative Leistung dem Markt und der Öffentlichkeit nicht entzogen wird.[30] 870

Das Recht zur anderweitigen Verwertung nach zehn Jahren kann **auf zwei Wegen abbedungen oder sonst eingeschränkt** werden, zum einen kollektiv in gemeinsamen Vergütungsregeln (§ 36) oder einem Tarifvertrag (§ 40a IV UrhG), zum anderen individuell durch Vereinbarung der Vertragsparteien, wenn seit der Rechtseinräumung bzw. Ablieferung des Werkes fünf Jahre vergangen sind (§ 40a II UrhG). Die erstgenannte Abweichungsvariante wird vom Gesetzgeber zugelassen, weil Verbände bzw. Vereinigungen von Urhebern nicht strukturell verhandlungsschwach sind und im Zweifel angemessene Gesamtlösungen erreichen können. Die Möglichkeit der Parteien, nach fünf Jahren die Ausschließlichkeit auf die gesamte Dauer der Nutzungs- 871

[28] Dreier/Schulze/*Schulze* (→ Rn. 177) UrhG § 41 Rn. 18; OLG München ZUM 2001, 179 – Friedrich Holländer, zur Kündigung eines Musikverlagsvertrags.
[29] BGH GRUR 1982, 45 – Musikverleger III; BGH GRUR 1990, 1005 – Salome.
[30] RegE UrhVertrRRef 2016, BT-Drs. 18/8625, 30f.

rechtseinräumung zu erstrecken, beruht auf der Erwägung, dass zu diesem Zeitpunkt typischerweise das Machtgefälle zwischen den Vertragsparteien im Vergleich zum Zeitpunkt des Vertragsschlusses geringer ist.[31]

872 Ganz ausgeschlossen ist das Recht zur anderweitigen Verwertung in den in § 40a III UrhG geregelten Konstellationen. Demnach kann der Urheber **von vornherein ein zeitlich unbeschränktes ausschließliches Nutzungsrecht einräumen,** wenn er (1) einen lediglich nachrangigen Beitrag zu einem Werk, einem Produkt oder einer Dienstleistung erbringt (zB geringfügige journalistische Beiträge für eine Zeitung),[32] (2) wenn es sich um ein Werk der Baukunst oder den Entwurf eines solchen Werkes handelt, (3) das Werk mit Zustimmung des Urhebers für eine Marke oder ein sonstiges Kennzeichen, ein Design oder ein Gemeinschaftsgeschmacksmuster bestimmt ist oder (4) das Werk zB als internes Behördengutachten nicht veröffentlicht werden soll. Diese Tatbestände reflektieren zum einen die untergeordnete oder in einen größeren ökonomischen Kontext integrierte Bedeutung einzelner Werke (Nr. 1, 2, 4), zum anderen gesteigerte und berechtigte Interessen an einer auf lange Zeiträume bestehenden Exklusivität der Nutzung (Nr. 3).

873 Nach der Begründung des Entwurfs soll § 40a UrhG gegenüber **Verwertungsgesellschaften,** denen der Urheber ausschließliche Nutzungsrechte zur Wahrnehmung einräumt, seinem Sinn und Zweck nach keine Anwendung finden.[33] In der Tat unterliegen Verwertungsgesellschaften gem. § 34 I VGG einem Abschlusszwang; sie müssen eine etwaige Nachfrage also gegen angemessene Vergütung bedienen. Überdies hat der Urheber gem. § 12 VGG die Möglichkeit, die Rechtswahrnehmung zu beenden oder der Verwertungsgesellschaft einzelne Rechte zu entziehen. Auch bei der Schaffung von Werken in einem **Arbeits- oder Dienstverhältnis** kommt § 40a UrhG in aller Regel nicht zum Tragen, weil der Urheber sein Entgelt unabhängig von der Verwertbarkeit seines Werkes erhält und mit einer parallelen Eigen- oder Drittauswertung die berechtigten Interessen des Arbeitgebers verletzt werden würden.[34]

3. Der Rückruf wegen gewandelter Überzeugung

874 Während das Rückrufsrecht wegen Nichtausübung und das Recht zur anderweitigen Verwertung den Interessen des Verfassers an der aktiven Vermarktung seines Werkes dienen, gibt ihm das Rückrufsrecht wegen gewandelter Überzeugung die Möglichkeit, eine Veröffentlichung oder die weitere Verwertung aus **ideellen Gründen** zu verhindern. Nach § 42 I 1 UrhG kann er ein ausschließliches oder einfaches Nutzungsrecht zurückrufen, wenn das Werk seiner Überzeugung nicht mehr entspricht und ihm deshalb die Verwertung des Werkes nicht mehr zugemutet werden kann. Ein solcher Fall kann vorliegen, wenn die in einem wissenschaftlichen Werk niedergelegte Auffassung durch neue Erkenntnisse überholt ist oder wenn der Autor seine politischen, weltanschaulichen oder ästhetischen Grundanschauungen gewandelt hat. Da das Rückrufsrecht die persönlichen Interessen des Urhebers schützen will, kann es sein Rechtsnachfolger nur ausüben, wenn der Urheber vor seinem Tode zum Rückruf berechtigt

[31] RegE UrhVertrRRef 2016, BT-Drs. 18/8625, 30f.
[32] Rechtsausschuss, UrhVertrRRef 2016, BT-Drs. 18/10637, 22.
[33] RegE UrhVertrRRef 2016, BT-Drs. 18/8625, 30f.
[34] RegE UrhVertrRRef 2016, BT-Drs. 18/8625, 30f.

gewesen wäre und an der Erklärung gehindert war oder diese letztwillig verfügt hat (§ 42 I 2 UrhG).

Das Rückrufsrecht ist **unverzichtbar** (Abs. 2). Seine Ausübung ist jedoch an die Zahlung einer angemessenen **Entschädigung** gebunden (Abs. 3). Der Urheber muss dem Inhaber des Nutzungsrechts mindestens die Aufwendungen ersetzen, die dieser bis zur Erklärung des Rückrufs gemacht hat, wobei jedoch Aufwendungen, die auf bereits gezogene Nutzungen entfallen, außer Betracht bleiben. Der Rückruf wird erst wirksam, wenn der Urheber die Aufwendungen ersetzt oder Sicherheit dafür geleistet hat. Nur wenn der Inhaber des Nutzungsrechts dem Urheber nicht binnen 3 Monaten seine Aufwendungen mitteilt, wird der Rückruf bereits mit Ablauf dieser Frist wirksam. 875

Mit dem Wirksamwerden des Rückrufs **erlischt das Nutzungsrecht.** Damit der Urheber den Rückruf nicht dazu missbrauchen kann, ein bestehendes Vertragsverhältnis zur Auflösung zu bringen, um die Werknutzung einem anderen Verwerter überlassen zu können, bestimmt Abs. 4, dass er das Werk, falls er es wieder verwerten will, dem früheren Inhaber des Nutzungsrechts zu angemessenen Bedingungen anbieten muss. 876

Rechte und Ansprüche der Beteiligten nach **anderen gesetzlichen Vorschriften** bleiben nach Abs. 5 mit § 41 VII UrhG unberührt. Dies gilt insbesondere für die Bestimmung des § 35 VerlG, die dem Verfasser aus ähnlichen Gründen ein Rücktrittsrecht – jedoch nur bis zum Beginn der Vervielfältigung – gibt. Ferner bleiben ein Namensnennungsverbot (§ 13 UrhG) und ggf. ein Änderungsrecht des Verfassers (§ 12 VerlG) möglich, die jeweils keine gesetzliche Entschädigungspflicht nach sich ziehen. 877

4. Der Rückruf wegen Änderung des Nutzungsberechtigten

Schließlich besteht ein Rückrufrecht in bestimmten Fällen einer unzumutbaren **Veränderung in der Person des Nutzungsberechtigten.** Wurde nämlich ein Nutzungsrecht im Rahmen einer Gesamtveräußerung eines Unternehmens oder der Veräußerung von Teilen eines Unternehmens ohne Zustimmung des Urhebers auf Dritte übertragen, so kann der Urheber das Nutzungsrecht zurückrufen, wenn ihm die Ausübung des Nutzungsrechts durch den Erwerber nach Treu und Glauben nicht zuzumuten ist (§ 34 III 2 UrhG). Ferner ist der Urheber zum Rückruf berechtigt, wenn sich am Unternehmen des Inhabers eines Nutzungsrechts die Beteiligungsverhältnisse wesentlich verändern (§ 34 III 3 UrhG). Diese Rückrufsrechte sind im Voraus ebenfalls nicht verzichtbar (§ 34 V UrhG). 878

V. Zwingende Vergütungsansprüche

Zwecks Durchsetzung der verfassungsrechtlich gebotenen wirtschaftlichen Beteiligung des Urhebers an der Verwertung seiner Werke[35] übernimmt das UrhG die Aufgabe, eine angemessene Vergütung für die Nutzung des Werkes zu sichern (§ 11 S. 2 UrhG). Diesem **Beteiligungsgrundsatz** wird aufgrund der wirtschaftlichen und organisatorischen Unterlegenheit der Kreativen gegenüber den primären Verwertern ihrer Werke und Darbietungen aber in der Vertragspraxis nicht immer Rechnung getragen. Gefährdet sind vor allem Freischaffende wie Journalisten, Fotoreporter und Übersetzer. Keine angemessene Vergütung ist ferner bei pauschaler Einräumung vielfacher Verwertungsmöglichkeiten („Nebenrechte") durch sogenannte Buy-out-Verträge ge- 879

[35] → Rn. 10.

währleistet. Das liberale Gerechtigkeitsprinzip der Vertragsfreiheit darf nicht zur Diktierfreiheit des wirtschaftlich Stärkeren oder Erfahreneren pervertieren. Im Sozialstaat jedenfalls, auf dessen Leitbild uns die Verfassung verpflichtet (Art. 20 I GG), ist in Fällen des Marktversagens in Folge gestörter Vertragsparität der Staat zu maßvollen Eingriffen in die Wirtschaftsfreiheit aufgerufen.

880 Der Gesetzgeber ist dem durch das Reformgesetz zur **Stärkung der vertraglichen Stellung von Urhebern und ausübenden Künstlern** (vgl. § 79 II 2 UrhG) mit Wirkung vom 1.7.2002 in grundrechtskonformer Weise nachgekommen, und zwar durch Vorschriften über zwingende Ansprüche auf angemessene Vergütung (§ 32 UrhG) und auf Nachforderung (§ 32a UrhG), die auch Anwendung im internationalen Rechtsverkehr finden (§ 32b UrhG).[36] In Branchen wie dem Zeitungsjournalismus, wo die §§ 32ff. BGB bis zum BGH durchgefochten wurden, haben sie zwar zu signifikant höheren Mindestvergütungssätzen geführt.[37] Dennoch blieb die praktische Relevanz und Durchsetzung der Ansprüche auf angemessene Vergütung hinter den Erwartungen zurück. Hierfür mit verantwortlich gemacht wurde das Risiko des sog. Blacklistings. Damit ist gemeint, dass Urheber, die versuchen, den gesetzlichen Anspruch auf angemessene Vergütung individuell durchzusetzen, keine Folgeaufträge mehr erhalten, weswegen sie eher stillhalten als dass sie um ihr Recht kämpfen. Nachdem sich auch das Instrument der Gemeinsamen Vergütungsregel (§ 36 UrhG) als weitgehend stumpfes Schwert erwiesen hatte, legte der Gesetzgeber Ende 2016 mit dem **Gesetz zur verbesserten Durchsetzung des Anspruchs der Urheber und ausübenden Künstler auf angemessene Vergütung** nach. Es bleibt abzuwarten, ob insbesondere die Stärkung der kollektiven Vergütungsregime (Tarifverträge und Gemeinsame Vergütungsregeln) die gewünschten Effekte zeitigt.

881 Doch kann auch ein noch so effizientes Durchsetzungsregime nichts an den inhärenten Grenzen der zwingenden Ansprüche auf angemessene Vergütung ändern. Erstens nehmen die betreffenden Regelungen den Vertragsparteien nicht jeglichen Verhandlungsspielraum hinsichtlich der Vergütungshöhe. Vielmehr schließen sie lediglich aus, dass Verwerter ihre Verhandlungsstärke durch Vereinbarung einer **unangemessen niedrigen Vergütung** ausnutzen.[38] Zweitens und fast wichtiger noch besteht ein Anspruch auf die gesetzlich garantierte Mindestvergütung nur, wenn es tatsächlich zu einer Nutzung des Werkes oder der Darbietung kommt. **Ohne Nachfrage kein Umsatz und kein Beteiligungsanspruch.** An diesem ehernen Gesetz des Marktes ändern auch die §§ 32ff. UrhG nichts. Sie garantieren den Kreativen kein Grundeinkommen. Die marktunabhängige Förderung von Kunst und Kultur bleibt Sache der öffentlichen Kulturförderung und des privaten Mäzenatentums.[39]

1. Anspruch auf angemessene Vergütung

882 Vereinbarungen über die Einräumung (gegenständlich wirkender) Nutzungsrechte oder die Erteilung (obligatorisch wirkender) Erlaubnisse zur Werknutzung enthalten in aller Regel auch Vereinbarungen über eine dafür zu entrichtende Vergütung. Ist de-

[36] BVerfG GRUR 2014, 169 Rn. 65ff. – Übersetzerhonorare. Zur Vergütung später bekannt gewordener Nutzungsarten vgl. §§ 32c, 79b UrhG und → Rn. 893f.

[37] Vgl. zB BGH ZUM-RD 2016, 6 Rn. 16ff. – GVR Tageszeitungen I.

[38] Zu weitgehend BGH GRUR 2009, 1148 Rn. 61 – Talking to Addison (ein Gericht sei nicht gehalten, die Vergütung nur gerade so weit anzuheben, dass sie nicht mehr unangemessen ist).

[39] RegE UrhVertrRRef 2016, BT-Drs. 18/8625, 13 und oben → Rn. 58f.

ren Höhe bestimmt, so ist diese im Zweifel auch geschuldet (§ 32 I 1 UrhG, Grundsatz der Privatautonomie). In den seltenen Fällen, in denen es an einer Abrede über die Höhe der Vergütung fehlt (meist mündlich erklärte Einverständnisse mit einer vorgeschlagenen Werknutzung), gilt die Vergütung in angemessener Höhe als vereinbart (§ 32 I 2 UrhG). Liegt die vereinbarte **Vergütung für die Nutzungsrechtseinräumung** jedoch unter dem, was angemessen ist, haben Urheber und von den Leistungsschutzberechtigten die ausübenden Künstler (§ 79 IIa UrhG) einen zwingenden Anspruch gegen ihren Vertragspartner, den Vertrag derart zu ändern, dass ihnen eine angemessene Vergütung zu gewähren ist (§ 32 I 3 UrhG). Der Anspruch steht dem einzelnen Kreativen oder rechtsfähigen Personengesellschaften (BGB-Gesellschaft, OHG, KG) zu, über die Kreative ihre Werke bzw. Darbietungen gemeinschaftlich verwerten.[40] Er betrifft nur die Gegenleistung für die Einräumung von Nutzungsrechten, nicht sonstige Leistungen und ihre Vergütung (zB Fahrtkosten).[41] Unangemessene Vergütungsregelungen entfalten keine Rechtswirkung (§ 32 III 1 UrhG), und eine Umgehung des zwingenden Anspruchs auf angemessenes Entgelt durch anderweitige Vertragsgestaltung ist ausdrücklich untersagt (§ 32 III 2 UrhG). Eine solche Umgehung sind Vereinbarungen eines Abzugs unangemessener Kostenpauschalen[42] und die Einbehaltung sog. Materialentschädigungen durch die Musikverleger ohne tatsächlich stattfindenden Notenverleih.[43] Der Anspruch auf Vertragsänderung (Korrekturanspruch) entfällt jedoch, wenn die Nutzungsvergütung in einem Tarifvertrag bestimmt ist (§ 32 IV 1 UrhG).

Vergütungen, welche von den Parteien nach einer **gemeinsamen Vergütungsregel** ermittelt wurden, die zwischen Vereinigungen von Urhebern und Vereinigungen von Werknutzern oder einzelnen Werknutzern ausgehandelt sind (siehe § 36 UrhG), gelten unwiderleglich als angemessen (§ 32 II 1 UrhG). Das Gesetz vertraut also auf die Selbstregulierung durch die „Sozialpartner" auch jenseits des Arbeits- und Tarifvertragsrechts, das in seinem Anwendungsbereich den individuellen Korrekturanspruch von vornherein verdrängt (§ 32 IV 1 UrhG). Sieht die gemeinsame Vergütungsregel einen Vergütungsrahmen vor, sind vereinbarte Entgelte der Vertragspartner angemessen, die sich in diesem Rahmen bewegen. 883

Fehlt es hingegen an einer unmittelbar einschlägigen gemeinsamen Vergütungsregel, 884
so **muss der Richter über den „gerechten Preis" entscheiden.** Als Maßstab seiner Entscheidung gibt § 32 II 2 UrhG dem Richter auf, angemessen sei diejenige Vergütung, die im Zeitpunkt des Vertragsschlusses (also bei einer **Betrachtung ex ante**), in dem der Anspruch entsteht, dem entspricht, was im Geschäftsverkehr nach Art und Umfang der eingeräumten Nutzungsmöglichkeit, insbesondere nach Dauer, Häufigkeit, Ausmaß und Zeitpunkt der Nutzung, unter Berücksichtigung aller Umstände wie Marktverhältnisse, Risikotragung und Herstellungskosten **üblicher- und redlicherweise** zu leisten ist. Durch das Merkmal der Redlichkeit soll die Üblichkeit wertend korrigiert werden. Für den vom Gesetzgeber als besonders regelungsbedürftig erachteten Fall des „Hungerlöhne" beziehenden literarischen Übersetzers, der „einen unverzichtbaren Beitrag zur Verbreitung fremdsprachiger Literatur" leiste,[44] hat der

[40] BGH ZUM-RD 2012, 510 → Rn. 21 ff. – Kommunikationsdesigner.
[41] BGH ZUM-RD 2016, 13 → Rn. 43 – GVR Tageszeitungen II.
[42] Dreier/Schulze/*Schulze* (→ Rn. 177) UrhG § 32 Rn. 78.
[43] *Hillig/Blechschmidt* ZUM 2005, 505.
[44] AmtlBegr., UFITA 2002/II, 569.

BGH beispielsweise entschieden, dass die Interessen des Urhebers grundsätzlich nur dann ausreichend gewahrt sind, wenn er an jeder wirtschaftlichen Nutzung seines Werkes angemessen beteiligt ist.[45] Bei einer fortlaufenden Nutzung des Werkes werde diesem Beteiligungsgrundsatz am besten durch eine **erfolgsabhängige Vergütung** entsprochen, die ggf. mit einer Pauschalvergütung kombiniert werden könne.

885 Ein Zivilprozess zwischen in der Regel zwei Parteien ist aufgrund seiner begrenzten Erkenntnismöglichkeiten an sich schon nicht das richtige Forum, um großflächige Branchenüblichkeiten festzustellen. Noch schwerer fällt es den Gerichten, auf oftmals lückenhafter Tatsachengrundlage zu beurteilen, ob die üblichen Vergütungssätze unredlich und daher anzuheben sind. Es überrascht daher nicht, dass die Rechtsprechung in ihrer Not **gemeinsame Vergütungsregelungen und Tarifverträge als Vergleichsmaßstab und Orientierungshilfe** heranzieht, deren Anwendungsvoraussetzungen nicht (vollständig) erfüllt sind und die deshalb keine unwiderlegliche Vermutungswirkung gem. § 32 II 1 UrhG entfalten. Ausreichend hierfür ist eine vergleichbare Interessenlage; eventuell für die Frage der Angemessenheitsprüfung bestehenden erheblichen Unterschieden ist im Einzelfall durch eine modifizierte Anwendung der Vergütungsregelung Rechnung zu tragen.[46] So hat der BGH die angemessene Übersetzervergütung dadurch bestimmt, dass er die in einer Gemeinsamen Vergütungsregel vorgesehenen Sätze für Autoren belletristischer Werke auf ein Fünftel reduziert, „um der gegenüber dem Originalwerk in aller Regel nachgeordneten schöpferischen und wirtschaftlichen Bedeutung der Übersetzung gerecht zu werden".[47] § 32 IIa UrhG bestimmt in diesem Zusammenhang ausdrücklich, dass eine gemeinsame Vergütungsregel auch rückwirkend zur Ermittlung der angemessenen Vergütung von Verträgen herangezogen werden kann, die vor ihrem zeitlichen Anwendungsbereich abgeschlossen wurden.

886 Die Beurteilung der Angemessenheit kann auch zum Ergebnis kommen, dass aufgrund der Marktverhältnisse „üblicher- und redlicherweise" **ein Entgelt entfällt,** ja dass sogar die Beteiligung der Kreativen an den Produktionskosten durch eigene oder fremde Subventionen („Druckkostenzuschüsse") als angemessen erscheint. Als Beispiel macht sich einer der Väter der Angemessenheitsregelung über die Habilitationsschriften lustig, die nach seinen Vorstellungen kaum jemand lesen würde und bei denen der Lohn des Wissenschaftlers in der Aussicht auf eine Professur oder auf ein bezahltes Gutachten bestehen würde.[48] Auch auf den Bereich gemeinnütziger Tätigkeit oder die Publikation nachgelassener Werke wird hingewiesen.[49] Ein Verzicht durch unentgeltliche (wenn auch an Bedingungen geknüpfte) Einräumung einfacher Nutzungsrechte an jedermann wie bei der **Open Source-Software** (Linux, Firefox usw.) ist jedoch möglich (§ 32 III 3 UrhG), „um der Linux-Familie mit ihrer Idee der Kostenlosigkeit und des freien Zugangs nicht zu nahe zu treten".[50]

887 Für die Angemessenheit der Vergütungen der Urheber seitens der **Verwertungsgesellschaften** gelten wegen deren treuhänderischer Aufgabenstellung die Sondervorschrif-

[45] BGH GRUR 2009, 1148 Rn. 19ff. – Talking to Addison.
[46] BGH ZUM-RD 2016, 6 Rn. 16ff. – GVR Tageszeitungen I.
[47] BGH GRUR 2009, 1148 Rn. 42 – Talking to Addison.
[48] *Hucko* (→ Rn. 922) S. 13.
[49] AmtlBegr., UFITA 2002/II, 570.
[50] *Hucko* (→ Rn. 922) S. 13.

ten des VGG über deren Tätigkeit.[51] Bei Werken, die im Rahmen von **Arbeits- und Dienstverträgen** geschaffen werden, ist regelmäßig nicht zu beanstanden, dass die entsprechenden Leistungen pauschal in Form des Arbeitsentgelts oder der Besoldung abgegolten werden. Dies soll allerdings nicht für Besonderheiten bei befristeten Kurzzeit-Arbeitsverhältnissen wie etwa bei Schauspielern für die Dauer einer Filmproduktion gelten.[52]

2. Nachträglicher Fairnessausgleich und Vergütung für später bekannte Nutzungsarten

Vielfach lässt sich bei der Einräumung von Nutzungsrechten oder -erlaubnissen durch 888 den Kreativen der Erfolg des Werkes bzw. der Darbietung ex ante nicht abschätzen. Es kann daher sein, dass die vereinbarte Gegenleistung verhältnismäßig niedrig ist, während das Werk zugunsten des Werknutzers erhebliche Erträge oder sonstige Vorteile abwirft. Stehen nun das Entgelt des Kreativen und die Erträge und Vorteile des Werknutzers **ex post betrachtet** in einem **auffälligen Missverhältnis,** dann gibt § 32a I 1 UrhG dem Urheber und über § 79 II a UrhG auch dem ausübenden Künstler gegen seinen Vertragspartner, wenn bei diesem die unverhältnismäßigen Erträge und Vorteile angefallen sind, einen Anspruch auf Änderung des Vertrages derart, dass dem Kreativen eine den Umständen nach weitere angemessene Beteiligung zu gewähren ist **(Fairnessausgleich).** Soweit die Nutzungen bereits erfolgt sind, kann auch direkt auf die fällig gewordenen Beträge einer angemessenen Beteiligung geklagt werden.

Die **Prüfung des § 32a UrhG** vollzieht sich in drei Schritten.[53] Zunächst sind die ver- 889 einbarte Vergütung einerseits und die vom Dritten erzielten Bruttoerträge abzüglich der konkret werkbezogenen Kosten sowie sonstige Vorteile (zB aus Werbung)[54] andererseits zu bestimmen. Sodann ist diejenige Vergütung zu definieren, die im Nachhinein betrachtet insbesondere unter Berücksichtigung der erzielten Erträge und Vorteile angemessen iSd § 32 II 2 UrhG ist. Schließlich ist zu prüfen, ob die vereinbarte Vergütung unter Berücksichtigung der normativ redlichen Vergütung in einem auffälligen Missverhältnis zu den Erträgen und Vorteilen steht. Im Übrigen sind für die Unverhältnismäßigkeit die **gesamten Beziehungen** des Kreativen zum Werknutzer zu berücksichtigen, insbesondere das Entgelt, das er für andere, weniger erfolgreiche Werke oder Darbietungen erhalten hat. Die Quersubventionierung anderer Produktionen wird nicht berücksichtigt. Es kommt auch nicht darauf an, ob die Vertragspartner die erzielten Erträge oder Vorteile vorhergesehen haben oder hätten vorhersehen können (§ 32a I 2 UrhG).

Der Anspruch auf weitere angemessene Beteiligung setzt zwar nicht voraus, dass der 890 Beitrag des klagenden Urhebers bzw. ausübenden Künstlers ursächlich für die Erträge und Vorteile ist, die aus der Nutzung etwa eines Films oder anderer Gruppenwerke gezogen werden. Bei **gänzlich untergeordneten Beiträgen** aber ist ein Fairnessausgleich gem. § 32a UrhG nicht geboten. Keinen Anspruch auf weitere Beteiligung haben deshalb Komparsen, wohl aber zB der Synchronsprecher des Hauptdarstellers eines

51 → Rn. 1122ff.; Dreier/Schulze/*Schulze* (→ Rn. 177) UrhG § 32 Rn. 8.
52 Rechtsausschuss UrhVertrRRef 2016, BT-Drs. 18/10637, 21.
53 BGH GRUR 2012, 496 Rn. 10ff. – Das Boot.
54 AmtlBegr., UFITA 2002/II, 572.

Hollywood-Blockbusters[55] und der Chefkameramann des mehrteiligen Filmwerks „Das Boot".[56]

891 Sind die unverhältnismäßigen Erträge und Vorteile bei einem Dritten angefallen, dem der Vertragspartner seine Nutzungsrechte übertragen oder Unterberechtigungen eingeräumt hat, so haftet dieser unter Berücksichtigung seiner vertraglichen Beziehungen in der **Lizenzkette** im Wege des **Durchgriffs** dem Kreativen unmittelbar (§ 32a II 1 UrhG) und die Haftung des Vertragspartners entfällt (§ 32a II 2 UrhG). Es haftet für die angemessene Vergütung also nur derjenige und dieser auch nur in dem Umfang, wie angesichts seiner ursprünglichen Entgeltverpflichtung gegenüber seinem Vertragspartner unverhältnismäßige Erträge und Vorteile angefallen sind.

892 Die Ansprüche sind zwingend, dh **im Voraus nicht verzichtbar** (§ 32a III 1 UrhG). Anwartschaften hierauf unterliegen nicht der Zwangsvollstreckung und sind nicht veräußerlich (§ 32a III 2 UrhG). Zwecks Geltendmachung der Ansprüche bestehen auch Ansprüche auf Auskunftserteilung und Rechnungslegung.[57] Die Verjährung richtet sich nach den allgemeinen Grundsätzen. Dabei ist zu beachten, dass bei einer laufenden Nutzung des Werkes jede Nutzung einen neuen Anspruch auf angemessene Beteiligung begründet, wenn zur Zeit der Verwertungshandlung ein auffälliges Missverhältnis zwischen der Vergütung des Urhebers und den Erträgen und Vorteilen des Verwerters besteht.[58] Erst ab diesem Zeitpunkt läuft die regelmäßige Verjährung (§ 199 I Nr. 1 BGB). Ein Recht auf Vertragskorrektur der vereinbarten Gegenleistung wegen auffälligen Missverhältnisses ist jedoch nicht gegeben, wenn die Vergütung nach einer gemeinsamen Vergütungsregel (§ 36 UrhG) oder tarifvertraglich bestimmt worden ist und diese kollektive Vergütungsvereinbarung ausdrücklich eine weitere angemessene Beteiligung für den Fall einer unverhältnismäßig geringen Vergütung vorsieht (§ 32a IV UrhG).

893 Zwar kann der Urheber gem. § 31a I 1 UrhG in schriftlicher Form wirksam Nutzungsrechte für noch **unbekannte Nutzungsarten** einräumen und damit eine Verfügung über das Urheberrecht treffen, deren wirtschaftliche Bedeutung ungewiss ist und für die daher ex ante keine angemessene Vergütung bestimmt werden kann. Beginnt der Nutzungsrechtsnehmer nun mit einer solchen neuen Art der Werknutzung und widerruft der Urheber seine diesbezügliche Verfügung auch nicht nach Maßgabe des § 31a UrhG, billigt § 32c UrhG ihm konsequent einen im Voraus unverzichtbaren Anspruch auf eine **gesonderte angemessene Vergütung** zu (für ausübende Künstler vgl. § 79b UrhG).

894 Um den Urheber in die Lage zu versetzen, diesen Anspruch überhaupt geltend zu machen, muss der Vertragspartner den Urheber unverzüglich über die tatsächliche Aufnahme der neuen Art der Werknutzung unterrichten (§ 32c I 3 UrhG). Was als gesonderte angemessene Vergütung für die neue Nutzungsart geschuldet ist, bestimmt sich nach § 32 II und IV UrhG (§ 32c I 2 UrhG). In Ermangelung einschlägiger Tarifverträge und gemeinsamer Vergütungsregeln kommt es mithin darauf an, **was im Geschäftsverkehr für die ursprünglich unbekannte Nutzung nach ihrer Art und**

[55] BGH GRUR 2012, 1248 Rn. 42ff. – Fluch der Karibik.
[56] Vgl. OLG München Urt. v. 21.12.2017 – 29 U 2619/16 – Das Boot III.
[57] → Rn. 895ff.
[58] BGH ZUM 2017, 56 Rn. 24ff. – Geburtstagszug II.

ihrem Umfang üblicher- und redlicherweise zu zahlen ist.[59] Wie beim nachträglichen Fairnessausgleich besteht der nachträgliche Vergütungsanspruch für unbekannte Nutzungsarten auch gegenüber Dritten, auf die das betreffende Nutzungsrecht übertragen worden ist. Beginnt die neue Werknutzung erstmals bei diesem Dritten, so soll nur dieser für die gesonderte angemessene Vergütung haften (§ 32c II UrhG). Kommt der Verwerter seiner Unterrichtungspflicht nach § 31c I 3 UrhG über die tatsächlich erfolgte neue Nutzung nicht nach, macht er sich, abgesehen von seiner Pflicht zur angemessenen Vergütung (§ 32c I 1 UrhG), wegen Vertragsverletzung schadensersatzpflichtig.

3. Ansprüche auf Auskunft und Rechenschaft

Urheber und ausübende Künstler, die Ansprüche auf angemessene Vergütung gem. 895
§§ 32, 32a, 32c, 79b UrhG geltend machen möchten, stehen nicht nur wie Gerichte vor der Schwierigkeit zu beurteilen, was aus normativer Sicht „angemessen" ist. In der Regel fehlen ihnen bereits Informationen über die Art und den Umfang der Nutzung (§§ 32, 32c, 79b UrhG) bzw. über die Erträge und Vorteile aus der Nutzung des Werkes (§ 32a UrhG). Prozessual können die aktivlegitimierten Kreativen auf dieses Problem mit einer **Stufenklage gem. § 254 ZPO** reagieren. Demnach können sie die zunächst noch unbezifferte, aber gleichwohl rechtshängige (Verjährung! § 212 I Nr. 2 BGB) Klage auf Zahlung mit einer Klage auf Rechnungslegung verbinden. Sind die begehrten Auskünfte erteilt worden (1. Stufe), muss der Kläger einen bestimmten Zahlungsantrag stellen, über den sodann in 2. Stufe entschieden wird.

Freilich setzt dieses Vorgehen voraus, dass der Kreative neben dem Anspruch auf an- 896
gemessene Vergütung auch einen materiellen Anspruch auf Auskunft und Rechnungslegung hat. In der Vergangenheit kam dafür nur der ungeschriebene **allgemeine Auskunftsanspruch gem. §§ 259, 242 BGB** in Betracht, der voraussetzt, dass der Berechtigte in entschuldbarer Weise über Bestehen und Umfang seines Anspruchs im Unklaren ist, während der Verpflichtete unschwer Aufklärung geben kann. Während dieser Anspruch zugebilligt wurde, wenn der Kreative nach dem Vertrag laufend am Absatzerfolg des Werkes oder der Darbietung zu beteiligen ist, ging die Rechtsprechung davon aus, dass der Verwerter ihm keine Rechenschaft schuldig ist, wenn – wie so häufig – ein Pauschalhonorar vereinbart war.[60]

Damit drohten die Ansprüche auf angemessene Vergütung genau in denjenigen Fällen 897
leerzulaufen, für die der Gesetzgeber sie vorgesehen hatte, nämlich für sog. Buy-out-Verträge, die bereits strukturell keine dauerhaft angemessene Beteiligung des Kreativen gewährleisten. In Reaktion auf diese Durchsetzungslücke wurden 2016 **zwei spezialgesetzliche Anspruchsgrundlagen auf Auskunft und Rechenschaft** gegen den Vertragspartner des Kreativen (§ 32d UrhG) und gegen dritte Schuldner in der Lizenzkette (§ 32e UrhG) kodifiziert. Nach der erstgenannten Vorschrift können Urheber und ausübende Künstler (§ 79 IIa UrhG) von ihrem **Vertragspartner,** dem sie entgeltlich Nutzungsrechte eingeräumt oder übertragen haben, **einmal jährlich Auskunft und Rechenschaft** über den Umfang der Werknutzung und die hieraus gezogenen Erträge und Vorteile auf Grundlage der im Rahmen eines ordnungsgemäßen Geschäftsbetriebes üblicherweise vorhandenen Informationen verlangen. Aufgrund des Entgelt-

[59] Oben → Rn. 884ff.
[60] BGH GRUR 2002, 602, 603 – Musikfragmente.

lichkeitserfordernisses besteht bei Open-Content-Lizenzen kein Auskunftsanspruch. Ferner soll der Anspruchsgegner im Falle der Mitwirkung mehrerer anspruchsberechtigter Kreativer nicht verpflichtet sein, deren einzelne Anteile an der Wertschöpfung zu quantifizieren. Geschuldet sei jeweils nur Auskunft über die Verwertung des Gesamtwerks.[61]

898 In diesem Umfang kann nach § 32e I UrhG **Auskunft und Rechenschaft auch von denjenigen Dritten** verlangt werden, die (1) die Nutzungsvorgänge in der Lizenzkette wirtschaftlich wesentlich bestimmen (zB Sendeunternehmen bei Auftragsproduktionen; Einheiten von verbundenen Unternehmen der Medienwirtschaft, die den Verwertungsprozess maßgeblich steuern) oder 2. aus deren Erträgnissen oder Vorteilen sich das auffällige Missverhältnis gemäß § 32a II UrhG ergibt. Um von diesen Schuldnern der Ansprüche auf nachträglichen Fairnessausgleich bei Bestsellern und auf gesonderte Vergütung für unbekannte Nutzungsarten (§§ 32a II, 32c II UrhG) Auskunft verlangen zu können, genügt es nach § 32e II UrhG, dass aufgrund nachprüfbarer Tatsachen klare Anhaltspunkte für die Voraussetzungen eines Zahlungsanspruchs vorliegen. Der Kreative muss also lediglich Indizien für die entsprechenden Sachverhalte vortragen und ggf. beweisen.[62]

899 **Ausgeschlossen sind die Auskunftsansprüche** gem. § 32d II (iVm § 32e I) UrhG, soweit (1) es lediglich um einen **nachrangigen Beitrag** zu einem Werk, einem Produkt oder einer Dienstleistung geht[63] oder (2) die Inanspruchnahme des Vertragspartners aus anderen Gründen **unverhältnismäßig** ist. Unverhältnismäßig kann die Inanspruchnahme etwa sein, wenn der Aufwand für die Bereitstellung der entsprechenden Informationen für den Vertragspartner unzumutbar erscheint, eine entgegenstehende Rechtspflicht des Vertragspartners besteht, die Geltendmachung des Auskunftsanspruchs rechtsmissbräuchlich ist oder aber berechtigte Geheimhaltungsinteressen beeinträchtigt würden. Demnach scheidet ein Auskunftsanspruch gegen den Vertragspartner und Dritte in der Lizenzkette beispielsweise wegen Rechtsmissbrauchs aus, wenn bereits mehrere Auskunftsersuchen keine relevanten Zahlen ergeben haben und keine Anhaltspunkte dafür vorliegen, dass sich die Verwertung nennenswert verändert hat. Ferner kann Unverhältnismäßigkeit gegeben sein, wenn mit der Nutzung des Werkes erkennbar keine Gewinnerzielungsabsicht verbunden ist. Denn dann sind auch keine ergänzenden Vergütungsansprüche der Kreativen denkbar.[64]

900 Im Übrigen sind die Auskunftsansprüche der Kreativen wie die Vergütungsansprüche, deren Durchsetzung sie dienen, **einzelvertraglich nicht abdingbar.** Von ihnen kann zum Nachteil der Kreativen gem. §§ 32d III, 32e III UrhG nur durch eine Vereinbarung abgewichen werden, die auf einer gemeinsamen Vergütungsregel (§ 36) oder einem Tarifvertrag beruht.

[61] RegE UrhVertrRRef 2016, BT-Drs. 18/8625, 26f.
[62] BGH GRUR 2012, 496, 499 – Das Boot.
[63] Dazu oben → Rn. 872.
[64] RegE UrhVertrRRef 2016, BT-Drs. 18/8625, 26f.

4. Die Rolle von Tarifverträgen und Gemeinsamen Vergütungsregeln

In diesem Zusammenhang erweist sich erneut die besondere Rolle, die der Gesetzgeber gemeinsamen Vergütungsregeln und Tarifverträgen bei der Sicherstellung einer angemessenen Vergütung von Urhebern und ausübenden Künstlern zugedacht hat. Ausgangspunkt hierfür ist die Erwägung, dass Arbeitnehmerverbände und Vereinigungen freiberuflicher Kreativer mit einzelnen Verwertern und Verwerterverbänden auf Augenhöhe verhandeln und insgesamt faire Vertragsbedingungen und angemessene Vergütungen vereinbaren. Die strukturelle Schwäche des einzelnen Kreativen soll mithin durch Kollektivierung seiner Interessen ausgeglichen werden (**„gemeinsam sind wir stark"**). 901

Dieser Grundgedanke **kommt in verschiedener Weise zum Tragen.** In ihrem Anwendungsbereich schließen Tarifverträge individuelle Ansprüche auf angemessene Vergütung zT von vornherein aus (§§ 32 IV 1, 32a IV UrhG) und gehen gemeinsamen Vergütungsregeln vor (§ 36 I 3 UrhG); Letztere legen aber immerhin unwiderleglich fest, was angemessen ist (§§ 32 II 1, 32c I 2). Selbst jenseits ihres sachlichen, räumlichen oder zeitlichen Anwendungsbereichs bieten Tarifverträge und gemeinsame Vergütungsregeln Anhalts- und Orientierungspunkte dafür, was als „angemessen" gelten kann.[65] Schließlich kann von den gesetzlichen Auskunftsansprüchen, dem Recht zur anderweitigen Verwertung sowie dem Rückrufsrecht wegen Nichtausübung zum Nachteil des Urhebers bzw. ausübenden Künstlers nur in gemeinsamen Vergütungsregeln oder Tarifverträgen abgewichen werden.[66] Die letztgenannten Regelungen bestätigen nicht nur das Vertrauen, das der Gesetzgeber in kollektive Vereinbarungen setzt, sondern sie dienen zugleich als Anreiz für Verwerter, gemeinsame Vergütungsregeln oder Tarifverträge abzuschließen. Denn wenn sie ggf. zahlreiche und deshalb lästige individuelle Auskunftsansprüche ausschließen und sich zugleich eine zeitlich unbegrenzte Exklusivität sichern wollen, müssen sie im Gegenzug die bittere Pille der kollektiv festgelegten und ggf. auf andere Branchen ausstrahlenden Mindestvergütung schlucken. 902

Während das arbeitsrechtliche Instrument der Tarifverträge im **Tarifvertragsgesetz (TVG)** eine allgemeine Regelung erfahren hat, handelt es sich bei den „gemeinsamen Vergütungsregeln" um eine speziell urhebervertragsrechtliche Institution, deren Voraussetzungen und Rechtswirkungen in den **§§ 36–36c UrhG** kodifiziert sind. Tarifverträge und gemeinsame Vergütungsregeln haben gemeinsam, dass sie sonst individuell zu vereinbarende Vertragsklauseln auf eine kollektive Ebene heben, die dann wieder verbindlich auf Einzelverträge zurückwirkt, die vom Anwendungsbereich der kollektiven Vereinbarung erfasst sind. Ihr Unterschied besteht vor allen Dingen im jeweils betroffenen Personen- und Vertragskreis. Als Tarifvertragsparteien können nur Akteure des Arbeitsrechts, namentlich Gewerkschaften, einzelne Arbeitgeber sowie Vereinigungen von Arbeitgebern auftreten (§ 2 TVG). Parteien der gemeinsamen Aufstellung von Vergütungsregeln sind hingegen Vereinigungen selbständiger Urheber und ausübender Künstler einerseits und Vereinigungen von Werknutzern oder einzelne Werknutzer (zB das ZDF) andererseits (§ 36 I 1 UrhG). Tarifverträge regeln mithin das weisungsabhängige Werkschaffen im Arbeits- oder Dienstverhältnis, gemeinsame Ver- 903

[65] Vgl. § 32 IIa, IV UrhG und oben → Rn. 885.
[66] §§ 32d III, 32e III, 40a IV, 41 IV UrhG.

gütungsregeln das freiberuflich-unternehmerische. Je größer die Zahl der selbständigen „Freelancer“ unter den Urhebern und ausübenden Künstlern, desto mehr schwindet die Bedeutung der arbeitsrechtlichen Instrumente und desto wichtiger werden gemeinsame Vergütungsregeln.

904 Gemeinsame Vergütungsregeln sollen demgemäß **den freiberuflich Kreativen (mit Ausnahme der Programmierer, vgl. § 69a V UrhG) schützen,** der im Falle der Durchsetzung individueller Rechtsansprüche kaum mehr mit neuen Aufträgen rechnen kann. Inhaltlich sollen sie die jeweiligen branchenspezifischen Tätigkeitsbereiche, insbesondere auch die Struktur und Größe der Verwerter berücksichtigen (§ 36 I 2 UrhG). Die Vereinigungen müssen **repräsentativ, unabhängig und** zur Aufstellung gemeinsamer Vergütungsregeln (satzungsgemäß oder durch Einzelakt) **ermächtigt** sein (§ 36 II UrhG). Diese Voraussetzungen sollen sicherstellen, dass mit der Aufstellung von gemeinsamen Vergütungsregeln kein Missbrauch betrieben wird, sondern diese nur von Vereinigungen vereinbart werden, welche die Gewähr für eine sachorientierte und interessengerechte Festlegung von angemessenen Regeln bieten und die daher im Hinblick auf die vertretene Branche nicht unbedeutend sind. Dementsprechend muss eine Vereinigung iSv § 36 II 1 UrhG nach der Zahl ihrer Mitglieder oder nach ihrer Marktbedeutung so groß sein, dass sie legitimerweise „für die Branche sprechen“ kann.[67] So verständlich diese Anforderungen aus urheberrechtlicher Sicht sind, so problematisch erscheinen sie aus kartellrechtlicher Sicht. Und in der Tat sind auch gemeinsame Vergütungsregeln nicht kategorisch immun gegenüber dem Vorwurf, die Vertragsparteien bezweckten oder bewirkten mit ihrer Vereinbarung eine gem. § 1 GWB, Art. 101 AEUV verbotene Verfälschung des Wettbewerbs.[68] Beruht die gemeinsame Vergütungsregel indes auf einem unwidersprochen gebliebenen Einigungsvorschlag der Schlichtungsstelle (vgl. § 36 IV UrhG), spricht eine Vermutung dagegen, dass die Vereinbarung eine Wettbewerbsbeschränkung bezweckt oder bewirkt.

905 Dabei ist auch zu beachten, dass die „Sozialpartner“ der Kulturwirtschaft mit Rücksicht auf die negative Koalitionsfreiheit des Art. 9 GG **weder zur Bildung von Vereinigungen iSv § 36 I 1 UrhG noch zur anschließenden Verhandlung über Vergütungsregeln verpflichtet** sind.[69] Zwar sind in den 16 Jahren seit Inkrafttreten des sog. Stärkungsgesetzes gemeinsame Vergütungsregelungen ua für Autoren und Übersetzer belletristischer Werke, freie Journalisten bei Tageszeitungen, Drehbuchautoren, Kameraleute, Regisseure und Schauspieler vereinbart worden.[70] Allerdings gelten auch diese Vereinbarungen nicht branchenweit, sondern zT nur einzelne Medienunternehmen. Urheberverbände beklagen zudem, dass sich teilweise selbst Mitgliedsunternehmen von Vereinigungen, die auf Verbandsebene gemeinsame Vergütungsregeln abgeschlossen haben, nicht an diese Regeln halten.[71]

906 Um diesen praktischen Defiziten entgegenzuwirken, hat der Gesetzgeber 2016 zum einen die sog. **obligatorische Schlichtung** gem. §§ 36 III, IV, 36a UrhG gestärkt. Demnach kann auch aufgrund des schriftlichen Verlangens nur einer Partei ein Schlichtungsverfahren in Gang gesetzt werden (§ 36 III UrhG). Über die Zusammen-

[67] BGH ZUM-RD 2016, 710 Rn. 16ff. – GVR Tageszeitungen III.
[68] BGH ZUM-RD 2016, 710 Rn. 34 – GVR Tageszeitungen III.
[69] Vgl. § 36 III 2 Nr. 1 UrhG und BGH GRUR 2017, 894 Rn. 15ff. – Verhandlungspflicht.
[70] Übersicht bei BeckOK UrhR/*Soppe* UrhG § 36 Rn. 97ff.
[71] RegE UrhVertrRRef 2016, BT-Drs. 18/8625, 14.

setzung der Schlichtungsstelle und das dort einzuhaltende Verfahren sind eingehende Detailregelungen in § 36a UrhG erfolgt, die zudem noch das Bundesministerium der Justiz zum Erlass von Rechtsverordnungen ermächtigen. Ein einseitiger Antrag auf Durchführung der Schlichtung ist möglich, (1) wenn nicht binnen drei Monaten nach schriftlicher Aufforderung zur Aufnahme von Verhandlungen über gemeinsame Vergütungsregeln mit Verhandlungen begonnen wurde, (2) wenn Verhandlungen ein Jahr ohne Ergebnis geblieben sind oder (3) wenn eine der Parteien die Verhandlungen für endgültig gescheitert erklärt hat (§ 36 III 2 UrhG). Der Spruch der Schlichtungsstelle, der aus einem begründeten Vorschlag für eine Vergütungsregel besteht, gilt als angenommen, wenn ihm nicht innerhalb von sechs Wochen widersprochen wurde (§ 36 IV UrhG). Der Spruch ist also nicht zwingend, dürfte aber gleichwohl eine faktische Wirkung dadurch entfalten, dass sich bei einem Streit über die Angemessenheit einer Vergütung im Einzelfall Parteien und Gerichte an den dort begründeten Regeln orientieren werden.

Der Gefahr, dass gemeinsame Vergütungsregeln zwar vereinbart, anschließend aber in der Praxis nicht beachtet werden, sollen die **§§ 36b, 36c UrhG** entgegenwirken. § 36b UrhG ermöglicht den Parteien gemeinsamer Vergütungsregeln durchzusetzen, dass sich die anderen Parteien beziehungsweise deren Mitglieder an gemeinsame Vergütungsregeln halten. Ein „schwarzes Schaf", das mit einem Urheber eine Abrede trifft, die zu dessen Nachteil von der gemeinsamen Vergütungsregel abweicht, kann insbesondere von den beteiligten Urhebervereinigungen **auf Unterlassung in Anspruch genommen werden.** Nach § 36c UrhG schlägt solch deviantes Verhalten auch auf den vergütungsregelwidrig abgeschlossenen Nutzungsvertrag durch. Der Verwerter kann sich auf die dem Urheber nachteiligen Bestimmungen nicht berufen, und der Urheber kann von ihm die Einwilligung in die Änderung des Vertrages verlangen, mit der die Abweichung beseitigt wird. Da § 36c die auf angemessene Vergütung gerichteten Korrekturansprüche gem. §§ 32, 32a, 32c UrhG unberührt lässt, ist die Vorschrift insbesondere in Fällen relevant, in denen es um vertragliche Bestimmungen geht, die nicht unmittelbar die Höhe des geschuldeten Honorars betreffen (zB Auskunftsansprüche, Rückrufsrechte).[72] 907

5. Verträge mit Auslandsberührung

Ist auf einen einheitlichen Verwertungsvertrag deutsches Recht anwendbar, ist bei der Beurteilung der angemessenen Vergütung auch zu berücksichtigen, ob Nutzungsrechte für das Ausland eingeräumt wurden und welche Erträge und Vorteile dort erzielt wurden.[73] Verwerter könnten nun aber auf den Gedanken kommen, den zwingenden Ansprüchen auf angemessene Vergütung zu entgehen, indem sie die **Flucht ins ausländische Recht antreten.** Denn im internationalen Vertragsrecht gilt das Prinzip der Parteiautonomie, sodass die Vertragsparteien grundsätzlich das auf ihren Vertrag anwendbare Recht selbst bestimmen können.[74] § 32b Nr. 1 UrhG ordnet aber an, dass die §§ 32 und 32a UrhG zwingend Anwendung finden, wenn, denkt man die Rechtswahl weg, deutsches Recht anzuwenden wäre. Hiermit wollte der Gesetzgeber den inländischen Kreativen auch in den Fällen begünstigen, in denen dieser mit einem ausländischen Lizenznehmer einen Nutzungsvertrag ohne Ausübungs- 908

[72] RegE UrhVertrRRef 2016, BT-Drs. 18/8625, 28.
[73] BGH GRUR 2012, 1248 Rn. 56 – Fluch der Karibik.
[74] Unten → Rn. 1192ff.

pflicht geschlossen hat.[75] § 32b Nr. 2 UrhG geht sogar noch einen Schritt weiter. Die Vorschrift setzt die Anwendung der Vergütungsregelungen auch für sämtliche Verwertungsverträge durch, die einem ausländischen Vertragsstatut unterliegen, soweit die maßgeblichen Nutzungshandlungen in Deutschland erfolgen. Folglich können auch ausländische Urheber und ausübende Künstler von ihren ausländischen Lizenznehmern für maßgebliche Nutzungshandlungen auf deutschem Boden angemessene Vergütungen verlangen.[76] Freilich nützt dem ausländischen Kreativen dieser Anspruch nichts, wenn die Parteien vereinbart haben, dass ein ausländisches Gericht oder ein Schiedsgericht ausschließlich für ihre vertraglichen Streitigkeiten zuständig sein soll. Denn Schiedsgerichte und ausländische Gerichte werden kaum geneigt sein, das im Übrigen keine Geltung beanspruchende deutsche Recht gerade in diesem neuralgischen Punkt anzuwenden.

VI. Zustimmungserfordernisse

1. Übertragung von Nutzungsrechten

909 Nach § 34 I 1 UrhG ist die **Übertragung** (auch die Weiterübertragung) **eines Nutzungsrechts** an einzelnen Werken **nur mit Zustimmung des Urhebers** (bzw. ausübenden Künstlers, § 79 IIa UrhG) zulässig. Die Kreativen haben also die Möglichkeit, auf die Auswahl des Nutzungsrechtserwerbers Einfluss zu nehmen. Sie können ihre Zustimmung auch von Bedingungen abhängig machen, insbesondere davon, dass der Erwerber die Verpflichtungen des Veräußerers übernimmt oder die im Filmrecht üblichen Zustimmungsvorbehalte gegenüber der Einräumung von Unterlizenzen anbringen.[77] Allerdings dürfen sie die Zustimmung nicht wider Treu und Glauben verweigern (§ 34 I 2 UrhG). Schuldrechtliche Absprachen sind hingegen zustimmungsfrei.

910 Eine Sonderregelung enthält § 90 UrhG für Filmwerke und für Laufbilder (§ 95 UrhG). Danach bedarf der **Filmhersteller** der Zustimmung zwar zur Übertragung des Verfilmungsrechts an den vorbestehenden Werken, nach Beginn der Dreharbeiten aber nicht mehr zur Vergabe der Filmauswertungsrechte. In erleichterter Weise ist die Übertragung von Nutzungsrechten an einem **Sammelwerk** nach § 34 II UrhG möglich. Danach ist die Zustimmung der Verfasser der Beiträge nicht erforderlich; es genügt die Zustimmung des Urhebers des Sammelwerks. Dasselbe gilt nach § 35 II UrhG für die Vergabe eines einfachen Nutzungsrechts an einem Sammelwerk.

911 Ausnahmsweise ist für die Übertragung von Nutzungsrechten die Zustimmung des Urhebers überhaupt nicht erforderlich, nämlich wenn die Übertragung im Rahmen der **Gesamtveräußerung eines Unternehmens oder der Veräußerung von Teilen eines Unternehmens** geschieht (§ 34 III 1 UrhG). Verkauft zB ein Theaterunternehmer die Bühne, so kann er auch die Aufführungsrechte an den ihm überlassenen Werken mitübertragen. Ebenso kann ein Bühnenvertrieb bei Veräußerung des Unternehmens die von ihm wahrgenommenen Rechte mitübertragen oder ein Verleger bei Veräußerung seiner juristischen Fachabteilung oder seines Bildarchivs die Rechte an den dazugehörigen Werken. Ist dem Urheber jedoch die Ausübung des Nutzungsrechts durch den Erwerber nach Treu und Glauben nicht zuzumuten, kann er das

[75] So AmtlBegr., UFITA 2002/II, 573.
[76] So AmtlBegr., ebd.
[77] BGH GRUR 1987, 39 – Videolizenzvertrag.

Nutzungsrecht zurückrufen (§ 34 III 2 UrhG), ebenfalls wenn sich die Beteiligungsverhältnisse am Unternehmen des Inhabers des Nutzungsrechts wesentlich ändern (§ 34 III 3 UrhG).

§ 34 IV UrhG schützt den Urheber noch besonders, wenn er der Übertragung des Nutzungsrechts im Einzelfall nicht „ausdrücklich", dh in einer Individualabrede zugestimmt hat (Pauschalvereinbarungen oder Formularverträge genügen also nicht). Da er hier keine Möglichkeit hatte, seine Interessen zu wahren, trifft den Erwerber des Nutzungsrechts eine gesetzliche **gesamtschuldnerische Haftung** für die vom Veräußerer dem Urheber gegenüber eingegangenen Verpflichtungen, zB für die Zahlung des Honorars. Das ist zwingend, dh ein Verzicht im Voraus ist nicht möglich (§ 34 V 1 UrhG). Hinzutreten kann die gesetzliche Haftung aus § 25 HGB. 912

Die vorstehend behandelten Regeln für die Übertragung von Nutzungsrechten sind jedoch **nicht zwingend.** Urheber und ausübende Künstler können mit dem Inhaber des Nutzungsrechts andere Vereinbarungen treffen (§ 34 V 2 UrhG). So können sie schon bei der Einräumung eines Nutzungsrechts dessen Übertragung gestatten (wie das gegenüber Verwertungsgesellschaften der Fall ist) oder selbst bei Veräußerung des Unternehmens ausschließen. Die Verfasser von Beiträgen zu einem Sammelwerk können sich die Erteilung ihrer Zustimmung zur Übertragung von Nutzungsrechten vorbehalten. Das Rückrufsrecht nach § 34 III 2, 3 UrhG sowie die gesamtschuldnerische Haftung nach § 34 IV UrhG sind jedoch im Voraus **unverzichtbar** (§ 34 V 1 UrhG). 913

2. Einräumung weiterer Nutzungsrechte

Zustimmungspflichtig ist nach § 35 I 1 UrhG wegen ihrer gegenständlichen Wirkung auch die (konstitutive) Einräumung einfacher wie ausschließlicher Nutzungsrechte,[78] die vonseiten des Inhabers eines ausschließlichen Nutzungsrechts erfolgt, also für die **konstitutive Einräumung weiterer Nutzungsrechte,** sog. Unter- oder Sublizenzen. Jedoch bedürfen Verwertungsgesellschaften und Personen, die ausschließliche Nutzungsrechte wahrnehmen, der Zustimmung des Urhebers bzw. ausübenden Künstlers (§ 79 IIa UrhG) nicht (§ 35 I 2 UrhG), da sie nach dem Wahrnehmungsvertrag gerade einfache Nutzungsrechte an Werknutzer erteilen sollen. Entsprechend anwendbar ist die Begrenzung der Zustimmungspflicht nach Treu und Glauben in § 34 I 2 UrhG und die Abdingbarkeit der gesetzlichen Regelung durch § 34 V 2 UrhG (§ 35 II UrhG). Wegen der gleichermaßen bestehenden Schutzbedürftigkeit der Kreativen bedarf auch die Erteilung einer bloß schuldrechtlichen Nutzungsbefugnis an Dritte durch den Inhaber eines gegenständlichen Nutzungsrechts der gesonderten Zustimmung (§ 35 UrhG analog).[79] 914

VII. Auslegungsregeln

1. Der Übertragungszweckgedanke

Da § 31 I 2 UrhG (in Abweichung vom Sachenrecht, das einen Numerus clausus inhaltlich und umfangmäßig im Gesetz genau vorgegebener Rechte kennt) dem Urheber die Möglichkeit gibt, den Umfang der Rechtseinräumung dem verfolgten Zweck anzupassen, muss dieser bei der Auslegung von Verträgen berücksichtigt werden. Nach der **Übertragungszwecktheorie** (nicht: „Zweckübertragungstheorie", 915

[78] → Rn. 807 ff.

[79] S. Dreier/Schulze/*Schulze* (→ Rn. 177) UrhG § 35 Rn. 9.

denn es wird ja nicht der Zweck übertragen) ist für den Umfang der Einräumung der Zweck maßgebend, der nach dem übereinstimmenden Willen der Parteien erstrebt wird. Im Zweifel ist anzunehmen, dass der Urheber nicht mehr Rechte vergeben wollte, als zur Erreichung dieses Zwecks erforderlich sind. Urheberrechtliche Befugnisse haben demgemäß die **Tendenz, soweit wie möglich beim Urheber zu verbleiben,** um diesem die Möglichkeit zu bewahren, einen angemessenen Anteil an den Erträgnissen seines Werkes zu erhalten. Bei Verträgen des Urhebers über sein Urheberrecht werden also im Zweifel keine weitergehenden Rechte eingeräumt, als dies der Zweck des Nutzungsvertrags unbedingt erfordert. Dagegen kann die Einräumung von über den Vertragszweck hinausgehenden Nutzungsrechten nur angenommen werden, wenn ein entsprechender Parteiwille – und sei es nur aufgrund der Begleitumstände und des schlüssigen Verhaltens der Beteiligten – unzweideutig zum Ausdruck gekommen ist.[80]

916 Nach teleologischer Methode ist daher gemäß § 31 V 2 UrhG zunächst zu bestimmen, ob überhaupt ein gegenständlich wirkendes Nutzungsrecht eingeräumt und nicht nur eine obligatorische Verpflichtung eingegangen wurde,[81] ob dieses Nutzungsrecht als einfaches oder ausschließliches Nutzungsrecht begründet werden sollte, ferner wieweit mit dem Nutzungsrecht auch ein Verbotsrecht verbunden sein sollte und schließlich, welchen Einschränkungen inhaltlicher, räumlicher und zeitlicher Art das Nutzungsrecht unterliegt. Dies gilt selbst bei eindeutig umfassendem Wortlaut.[82] Denn § 31 V 1 UrhG verlangt bei der Erstreckung auf Nutzungsarten, die vom Vertragszweck nicht gedeckt sind, eine **„ausdrücklich einzelne" Bezeichnung.** Die Nutzungsrechtseinräumungen tendieren daher heute zur Geschwätzigkeit amerikanischer Verträge, weil der Lizenznehmer die Beweislast für seinen Rechteerwerb trägt.[83]

917 **Beispielsweise** schließt ein Verlagsvertrag nach § 31 V UrhG im Zweifel nicht das Verfilmungsrecht ein, da der Verleger es für den Druck des Werkes nicht benötigt. Die Rechteeinräumung an die Presse durch Freiberufler umfasst im Zweifel nicht die Nutzung durch später erschienene Jahresbände auf CD-ROM oder das Recht zur Nutzung im Internetarchiv oder auf der Homepage.[84] Ein Filmproduzent erwirbt in der Regel die Rechte zur filmischen Auswertung von Musik und Text nur für den Film, für den diese Werke geschaffen wurden, nicht für einen beliebigen anderen Film. Andererseits kann bei einer Auftragsproduktion der Filmproduzent im Zweifel verpflichtet sein, alle Nutzungsrechte dem Besteller einzuräumen.[85] Der Architekt räumt die Rechte an seinem Plan dem Bauherrn stillschweigend insoweit ein, als dieser sie zur Errichtung des Gebäudes benötigt.[86] Der Übertragungszweckgedanke gilt schließlich auch für die Auslegung von **Wahrnehmungsverträgen mit Verwertungsgesellschaften.** Sollten die allerdings sehr detaillierten Wahrnehmungsverträge Zweifel am Umfang der Rechtseinräumung lassen, so erstrecken sie sich nur auf diejenigen

[80] BGH NJW 1998, 3716 – Comic-Übersetzungen; BGH ZUM 2010, 965 Rn. 41 – Autobahnmaut; BGH ZUM 2014, 43 Rn. 32 – SUMO.

[81] Dazu oben → Rn. 800 ff.

[82] BGH ZUM 1996, 238 – Pauschale Rechtseinräumung.

[83] OLG München ZUM-RD 1998, 106 – Auf und davon; OLG Hamburg ZUM 1991, 90 – Rundfunkwerbung.

[84] BGH ZUM 2002, 214 – SPIEGEL-CD-ROM; KG ZUM-RD 2001, 485.

[85] Dazu BGHZ 22, 212 – Europapost; BGH GRUR 1960, 609 – Wägen und Wagen.

[86] BGHZ 64, 145 – Wohnhausneubau.

Befugnisse, deren individuelle Verwertung dem einzelnen Berechtigten nicht möglich ist.[87]

Auf der Grundlage der Übertragungszwecktheorie sind auch die Fälle des sog. **Selbstplagiats** einer angemessenen Lösung zuzuführen. Von einem solchen spricht man, wenn der Urheber ein eigenes früheres Werk für späteres Schaffen benutzt.[88] An sich ist ihm dies ohne Weiteres erlaubt. Es kann darin aber eine Verletzung übernommener Vertragspflichten gegenüber bestimmten Verwertern und eine Verletzung der diesen eingeräumten Nutzungsrechte liegen. Das ist zB der Fall, wenn ein Künstler einem Verleger die Befugnis eingeräumt hat, von seinem Gemälde Kunstdrucke herauszugeben, und er später ein neues, aber ähnliches Werk schafft, das er bei einem anderen Verlag vervielfältigen lässt. In erster Linie bestimmt sich die Verpflichtung des Urhebers, sich einer Benutzung seines früheren Werkes zu enthalten (§ 2 I VerlG), nach dem Inhalt des mit dem ersten Verleger geschlossenen Vertrags in Verbindung mit Treu und Glauben. Bei der Beurteilung der weiteren Frage, ob die Benutzung gegen das dem ersten Verleger bereits eingeräumte Nutzungsrecht verstößt, kommt es allerdings darauf an, ob der Künstler sein eigenes Werk frei oder unfrei benutzt hat. Hierbei ist jedoch ein milderer Maßstab als sonst anzulegen; denn der Urheber fühlt sich immer wieder dazu getrieben, früher behandelte Gegenstände neu und in verbesserter Form darzustellen. Seine Schaffensfreiheit darf nicht durch Anlegung eines strengen Maßstabs zugunsten geschäftlicher Interessen des Verwerters allzu sehr eingeschränkt werden.[89] 918

Nach Auffassung des BGH gilt der Übertragungszweckgedanke auch für die **Einräumung von Leistungsschutzrechten,** und zwar nicht nur zugunsten von ausübenden Künstlern, Verfassern wissenschaftlicher Editionen und Lichtbildnern, sondern auch für alle rein unternehmerisch agierenden Werkmittler.[90] Richtig ist zwar, dass die entsprechenden Vorschriften jeweils auf § 31 UrhG verweisen (vgl. für Sendeunternehmen zB § 87 II 3 UrhG). Doch wird die Norm stets nur für *entsprechend* anwendbar erklärt. Sie gilt also nur insoweit, als ihr Sinn und Zweck auf das entsprechende verwandte Schutzrecht passt. Demnach gelten zwar die allgemeinen Grundsätze der Einräumung von einfachen und ausschließlichen Nutzungsrechten und der Sukzessionsschutz für alle Leistungsschutzrechte, nicht aber der in § 31 V UrhG hineingelesene Grundsatz, dass Urheber am Ertrag aus der Verwertung ihres Werkes möglichst weitgehend beteiligt werden sollen. Denn vergleichbar schutzbedürftig sind nur ausübende Künstler, Verfasser wissenschaftlicher Editionen und Lichtbildner, bei denen es sich stets um natürliche Personen handelt. Das Schutzbedürfnis dieser Kreativen und Wissenschaftler besteht gerade im Verhältnis zu Tonträger-, Filmherstellern und anderen Produzenten. Schließen diese Leistungsschutzberechtigten miteinander Verwertungsverträge, stehen sich gleichstarke, typischerweise als juristische Personen verfasste Parteien gegenüber. Ein solcher Vertrag ist nach allgemeinen Grundsätzen unter Berücksichtigung seines Zwecks (nichts anderes besagt der Wortlaut des § 31 V 1 UrhG) **beiderseitig interessengerecht** auszulegen. Für eine Begünstigung gerade des Veräußerers bzw. Lizenzgebers besteht kein Grund. 919

[87] BGH ZUM-RD 2013, 314 Rn. 46f. – Internet Videorekorder II.
[88] *Hirsch Ballin,* D'Après-Werke, UFITA 64 (1972), 117.
[89] Vgl. die Interessenabwägung in RGZ 119, 408 – Elfenreigen.
[90] BGH ZUM-RD 2013, 314 Rn. 46f. – Internet Videorekorder II.

2. Weitere Vermutungsregeln

920 **§ 37 UrhG** sieht **weitere Auslegungsregeln** vor, die den Urheber vor ungewollten Rechtseinräumungen bewahren sollen. Danach darf der Erwerber eines Nutzungsrechts im Zweifel nicht **Bearbeitungen des Werkes** veröffentlichen oder verwerten und kann auch dem Urheber oder einem Dritten deren Verwertung nicht verbieten (ähnlich § 2 II VerlG). Der Erwerber des Vervielfältigungsrechts darf im Zweifel das Werk nicht **auf Bild- oder Tonträger übertragen** und kann dem Urheber oder einem Dritten eine solche Übertragung nicht verwehren (ebenso § 2 II Nr. 4 VerlG). Der Erwerber einer Befugnis zur öffentlichen Wiedergabe des Werkes darf es im Zweifel nicht **außerhalb der Veranstaltung** durch Bildschirm, Lautsprecher oder ähnliche technische Einrichtungen öffentlich wahrnehmbar machen, jedoch bleibt sein Verbotsrecht aus § 19 III UrhG gegenüber dem Urheber und Dritten insoweit unberührt.

921 Einige Auslegungsregeln über den Inhalt (die eingeschränkte Ausschließlichkeit) des eingeräumten Nutzungsrechts enthält § 38 UrhG für **Beiträge zu Sammlungen** wie Texte, Illustrationen, Schaubilder, Fotos, Musik, Filme. Bei **periodisch erscheinenden Sammlungen** unterscheidet das Gesetz zwischen Zeitungen und anderen Sammlungen (wie Zeitschriften oder Datenbanken). Bei Letzteren erwirbt der Verleger oder Herausgeber im Zweifel ein ausschließliches Nutzungsrecht zur Vervielfältigung und Verbreitung des Beitrags. Jedoch darf der Urheber seinen Beitrag nach Ablauf eines Jahres seit dem Erscheinen anderweit vervielfältigen und verbreiten, wenn nichts anderes vereinbart ist (§ 38 I UrhG). Bei Zeitungen erwirbt der Verleger oder Herausgeber im Zweifel sogar nur ein einfaches Nutzungsrecht. Ist ihm jedoch ein ausschließliches Nutzungsrecht eingeräumt, so bleibt der Urheber gleichwohl berechtigt, den Beitrag sofort nach seinem Erscheinen anderweitig zu vervielfältigen und zu verbreiten, wenn nichts anderes vereinbart ist (§ 38 III UrhG). Auf diese Weise wird der Urheber in die Lage gesetzt, den aktuellen Zeitungsgehalt seines Beitrags durch gleichzeitiges Verhandeln mit mehreren Verlagen vor dem Veralten und damit der Wertlosigkeit zu bewahren. Für festangestellte sowie für freiberuflich, aber arbeitnehmerähnlich tätige Journalisten gilt bei Tarifbindung das Tarifrecht der Tageszeitungen.[91] Bei unentgeltlichen Beiträgen für **nicht periodisch erscheinende Sammlungen,** zB Festschriften, ist der Verfasser trotz Einräumung des ausschließlichen Vervielfältigungs- und Verbreitungsrechts, wofür eine Vermutung spricht, nach Ablauf eines Jahres seit dem Erscheinen zu anderweiter Verwertung berechtigt, wenn nichts anderes vereinbart ist (§ 38 II UrhG). Für die Berichterstattung im Fernsehen kommt eine analoge Anwendung des § 38 UrhG in Betracht.[92] Nicht um eine dispositive Auslegungsregel, sondern um eine zwingende Einschränkung der Verfügungsbefugnis handelt es sich beim Zweitnutzungsrecht öffentlich finanzierter Wissenschaftsautoren gem. § 38 IV UrhG.[93]

922 Ebenfalls Ausdruck der Vertragszwecktheorie ist schließlich **§ 44 I UrhG,** nach dem mit der Veräußerung von Werkstücken im Zweifel keine Nutzungsrechtseinräumung verbunden ist, sowie die Auslegung einer Einräumung des Verfilmungsrechts nach § 88 UrhG. Umgekehrt hingegen wird die Vertragszwecktheorie zugunsten des Li-

---

[91] → Rn. 941.
[92] *Lettl* (→ Rn. 176) → Rn. 89.
[93] Oben → Rn. 853.

zenzerwerbers verdrängt durch die Auslegungsregel des § 89 I 1 UrhG mit ihrer Vermutung umfassender Rechte des Filmherstellers.

Literatur zur Vertiefung: *Appt,* Der Buy-out-Vertrag im Urheberrecht, 2008; *Basse,* Gemeinsame Vergütungsregeln im Urheberrecht, 2007; *Bisges,* Das Selbstplagiat im Urheberrecht, UFITA 2008/I, 643; *Brandenburg,* Die Rückrufsrechte des Urhebers im Kontext allgemeiner Vertragsbeendigungsgründe, 2014; *Budde,* Das Rückrufsrecht des Urhebers wegen Nichtausübung in der Musik, 1997; *Dietz,* Das Urhebervertragsrecht in seiner rechtspolitischen Bedeutung, Festgabe Schricker, 1995, 1; *Heald,* Copyright Reversion to Authors (and the Rosetta Effect): An Empirical Study of Reappearing Books, 2017, https://ssrn.com/abstract=3084920; *Hoeren,* Strukturelle Vertragsimparität und der Schutz der Kreativen im Urheberrecht, ZGE 2013, 147; *Hoffmann,* Die Vergütungsansprüche des Urhebers im reformierten Urhebervertragsrecht, 2012; *Hucko,* Das neue Urhebervertragsrecht, 2002; *Koch-Sembdner,* Das Rückrufsrecht des Urhebers bei Unternehmensveräußerungen, 2004; *Nordemann, J.-B.,* Der neue § 40a UrhG, FS Gernot Schulze, 2017, 265; *Obergfell* (Hg.), Zehn Jahre reformiertes Urhebervertragsrecht, 2013; *Peifer,* Urhebervertragsrecht in der Reform, 2016; *Pfeil,* Urheberrecht und Unternehmenskauf, 2007; *Riesenhuber* (Hg.), Die „Angemessenheit" im Urheberrecht, 2013; *Riesenhuber/Klöhn* (Hg.), Das Urhebervertragsrecht im Lichte der Verhaltensökonomik, 2010; *Schmitt-Kammler,* Die Schaffensfreiheit des Künstlers in Verträgen über künftige Geisteswerke, 1978; *Schuchardt,* Verträge über unbekannte Nutzungsarten, 2009

§ 39. Urheber als Arbeitnehmer

Im Jahr 2014 waren etwa 1,6 Millionen Menschen in der Kultur- und Kreativwirtschaft erwerbstätig, wovon der Anteil der abhängig (sozialversicherungspflichtig) Beschäftigten 50% betrug. Die andere Hälfte setzt sich überwiegend aus geringfügig Beschäftigten sowie selbstständig Tätigen mit weniger als 17.500 Euro Jahresumsatz zusammen; lediglich 15,4% erzielten einen Jahresumsatz von mehr als 17.500 Euro. Dabei ist eine Tendenz zu beobachten, dass der Anteil der Arbeitnehmerkreativen zugunsten der sog. Freelancer sinkt.[1] Dennoch ist die Zahl der Urheber, die in Zeitungs- und Verlagshäusern, in Architekturbüros, in der Filmproduktion, in den Sendeunternehmen, in der Werbewirtschaft, in der kunstgewerblichen Industrie und an Universitäten fest angestellt sind, unverändert signifikant. 923

In diesem Zusammenhang ist daran zu erinnern, dass das Urheberrecht nicht nur die große, einmalige Leistung, den genialen Wurf schützt, sondern (leider) auch schöpferische Leistungen von ganz geringem und unbedeutendem Umfang (die sog. kleine Münze),[2] wie sie taglich in großer Zahl von Geistesarbeitern aller Art erbracht werden. Man spricht hier auch von **unpersönlichen Werken,** weil sie nicht die Persönlichkeit eines individuellen Schöpfers widerspiegeln („Massenware"). Außerdem ist auf vielen Gebieten des geistigen Schaffens eine deutliche Hinwendung zum Schaffen sog. **komplexer Werke** im Teamwork zu beobachten, das als arbeitsteiliges Gruppenschaffen nur schwer ohne die organisatorische Leitung und die Investitionen eines Unternehmers auskommt (Filmproduktion, Sendeunternehmen, Zeitungsunternehmen, Werbewirtschaft). Auch entstehen Werke im Bereich der **Informationstechnologie** wie Computerprogramme, Datenbanken oder Multimediaerzeugnisse in der Regel unter Eingliederung in größere Unternehmen. Ein sehr erheblicher Teil urheberrechtlich geschützter Werke entsteht also heute, wie § 43 UrhG sagt, in Erfüllung der Verpflichtungen aus einem Arbeits- oder Dienstverhältnis. Da das Gesetz für diesen Fall (leider) vom Schöpferprinzip keine Ausnahme zulässt, ist die Lösung des Problems, wie der 924

[1] RegE UrhVertrRRef 2016, BT-Drs. 18/8625, 16f. mwN.
[2] S. → Rn. 198ff.

Arbeitgeber zu dem ihm zustehenden Recht am Arbeitsergebnis kommt, allein dem Urhebervertragsrecht überlassen. Dessen Regelungen aber sind mehr als unvollkommen.

925 Ebenso verhält es sich, wenn **Verfasser wissenschaftlicher Ausgaben, Lichtbildner** und **ausübende Künstler** ihre wissenschaftlich-künstlerischen Leistungen in Erfüllung von Verpflichtungen aus einem Arbeits- oder Dienstverhältnis erbringen, man denke an die typischerweise angestellten Wissenschaftler, Arbeitnehmer aller Art, die Fotos erstellen, und Orchestermusiker. Für sie **gilt § 43 UrhG entsprechend.**[3] Sie erlangen durch den Realakt der Leistung Rechte gem. §§ 70, 72 und 73ff. UrhG, während ihr Arbeitgeber auf einen vertraglichen Rechtserwerb angewiesen ist. Dieser kann sich anders als bei Urheber-Arbeitnehmern auch im Wege der vollständigen Rechtsübertragung vollziehen. Im Übrigen aber gelten die folgenden Ausführungen für diese Leistungsschutzberechtigten entsprechend. Für die anderen Inhaber verwandter Schutzrechte verweist das Gesetz hingegen nicht auf § 43 UrhG. Denn bei ihnen handelt es sich ohnehin um die für die Herstellung von Tonträgern, Filmen, Presseerzeugnissen usw. verantwortlichen Unternehmer, also um Arbeitgeber, die hier mit eigenständig-originären Verwertungsrechten ausgestattet werden.

I. Die Zuordnung des Arbeitsergebnisses schöpferischer Tätigkeit

1. Im Sachenrecht

926 Schafft ein Arbeitnehmer im Rahmen seines Arbeitsverhältnisses schöpferisch ein Werk der Literatur, Wissenschaft und Kunst im Sinne von § 2 UrhG, so erwirbt der Arbeitgeber originär nur das Eigentum am Werkexemplar, dh am Werkstück (Original oder Vervielfältigung) als der körperlichen Festlegung des Immaterialguts „Werk". Der Eigentumserwerb erfolgt aufgrund von § 950 BGB, wobei ein Arbeitgeber, der Betriebsinhaber ist, als Hersteller im Sinne dieser Vorschrift angesehen wird und nicht etwa der Arbeitnehmer als Schöpfer der neuen Sache, der die schöpferische Arbeit in eigener Person geleistet hat. Das ergibt sich aus der (sachenrechtlichen) **Zuordnungstheorie,** nach der der Arbeitnehmer als Werkschöpfer dem Direktionsrecht des Arbeitgebers unterworfen ist und infolge seiner Einordnung in die fremde Betriebsorganisation im Hinblick auf seine weisungsgemäß geleistete Tätigkeit nicht mehr als eigenständiges Handlungssubjekt, sondern als **Besitzdiener** (§ 855 BGB) des Arbeitgebers erscheint. Sein Handeln wird nach der Verkehrsanschauung dem Arbeitgeber als dem Risikoträger der arbeitsteiligen Produktionsweise zugeordnet.[4] Untypisch ist hier jedoch die Rechtslage bei Hochschulangehörigen, soweit sie im Bereich von Kunst und Wissenschaft (Art. 5 III GG) fachlich weisungsunabhängig schaffen, also nicht Assistentenarbeit erledigen. Da hier das Arbeitsergebnis der schöpferischen Tätigkeit nicht dem Dienstherrn geschuldet ist, sind sie beim Schaffen von Werkexemplaren auch nicht Besitzdiener des Dienstherrn. Der originäre Rechtserwerb tritt daher in ihrer Person ein.[5]

927 Aus der Eigentümerposition des Arbeitgebers am Werkexemplar folgt, dass er gegen den Arbeitnehmer als Werkschöpfer einen **Herausgabeanspruch nach § 985 BGB** geltend machen kann, falls dieser seine Stellung als Besitzdiener überschreitet und ar-

[3] Vgl. §§ 70 I, 72 I, 79 IIa UrhG.
[4] BGH GRUR 1952, 258 – Krankenhauskartei.
[5] BGHZ 112, 243 (254) – Grabungsmaterialien.

beitsvertragswidrig an bestimmten Werkexemplaren Eigenbesitz begründet. Sind die Werkexemplare gegen den Willen des Arbeitgebers in den Besitz Dritter gelangt, richtet sich der Eigentumsherausgabeanspruch auch gegen diese Dritten, selbst wenn sie beim Besitzerwerb gutgläubig gewesen sein sollten (§ 935 I BGB).

Umgekehrt ergibt sich aber auch eine Beschränkung der Eigentümerposition des Ar- 928
beitgebers aufgrund der Tatsache, dass der Arbeitnehmer Schöpfer eines Master-Artefakts ist, das die Voraussetzungen des § 2 II UrhG erfüllt. Hat nämlich der Arbeitgeber den Arbeitnehmer vom Besitz der Werkstücke ausgeschlossen, dann muss er dem Arbeitnehmer **nach § 25 I UrhG den Zugang zum Original oder einem Vervielfältigungsstück** eröffnen, soweit dies erforderlich ist, um dem Arbeitnehmer die Herstellung von Vervielfältigungsstücken oder Bearbeitungen ohne Verletzung berechtigter Arbeitgeberinteressen zu ermöglichen.[6] Der Arbeitnehmer kann nämlich zur Herstellung eigener Vervielfältigungsstücke trotz Arbeitsvertrags während des Arbeitsverhältnisses oder nach seinem Ausscheiden aus dem Arbeitsverhältnis berechtigt sein. Auch kann er den Zugang zum Werkstück benötigen, um das Werk zu bearbeiten, was § 25 I UrhG erwähnt, oder um es als unvollendetes Werk zu beenden.

2. Im Urheberrecht

Im Unterschied zur dinglichen Rechtslage an den Werkexemplaren erwirbt ein Arbeit- 929
nehmer, der im Rahmen seines Arbeitsverhältnisses ein schutzfähiges Werk schafft, an diesem Werk ein originäres Urheberrecht, weil das in § 7 UrhG festgeschriebene **Schöpferprinzip,** das den Rechtserwerb von Urheberrechten an den Realakt des Werkschaffens natürlicher Personen knüpft,[7] noch nicht einmal bei Computerprogrammen eine Ausnahme zulässt (siehe § 69b UrhG). Will der Arbeitgeber also seine vom Arbeitnehmer geschaffenen Werkexemplare nutzen und weitere Werkexemplare herstellen, die wirtschaftliche Zielsetzung demnach des auf sein finanzielles Risiko veranstalteten urheberrechtlichen Schaffens erreichen, dann muss er von seinem Arbeitnehmer die dafür erforderliche urheberrechtliche Berechtigung erwerben. Da das deutsche Urheberrecht entsprechend der monistischen Theorie wegen seines persönlichkeitsrechtlichen Bestandteils nach § 29 I UrhG unübertragbar ist, kommt für den erforderlichen Rechtserwerb des Arbeitgebers maximal eine Belastung des Urheberrechts durch Einräumung von Nutzungsrechten in Betracht (§§ 29 II, 31 UrhG).

Die Frage, ob und in welchem Umfang der Arbeitnehmer verpflichtet ist, dem Arbeit- 930
geber Nutzungsrechte, möglicherweise auch bestimmte Urheberpersönlichkeitsrechte einzuräumen, ist rechtlich nur unbefriedigend geregelt. In diesem Bereich herrscht heute noch extreme Vertragsfreiheit; denn die gesetzlichen Regeln des Arbeitsvertragsrechts äußern sich zum Urheberrecht nicht, und das Urheberrechtsgesetz enthält nur rudimentäre Ansätze zu einem Urhebervertragsrecht. Zu letzteren gehört allerdings **§ 43 UrhG,** der die **widerlegbare Vermutung** aufstellt, dass eine Rechtseinräumung aufgrund eines (privatrechtlichen) Arbeitsverhältnisses oder eines (öffentlichrechtlichen) Dienstverhältnisses nur für Werke erfolgt, die in Erfüllung einer entsprechenden Arbeitspflicht geschaffen wurden, und dass auf die Nutzungsrechtseinräumung an diesen sog. Pflichtwerken die Auslegungsregeln der §§ 31–42 UrhG Anwendung finden, soweit sich aus dem Inhalt und „Wesen" des betreffenden Arbeits- oder Dienst-

[6] → Rn. 464.
[7] Vgl. o. → Rn. 188.

verhältnisses nichts Abweichendes ergibt. Im Folgenden wird nur die Rechtslage im privatrechtlichen Arbeitsverhältnis behandelt, das Recht des öffentlichen Dienstes wegen seiner dienstrechtlich verschiedenen positivrechtlichen Regelungen dagegen ausgeklammert.[8]

931 **a) Pflichtwerke.** § 43 UrhG beschränkt seine lapidare Regelung der urheberrechtlichen Position des Arbeitgebers auf **das in Erfüllung des Arbeitsvertrags geschaffene Werk.** Ob das Schaffen eines Werkes zur Arbeitsaufgabe gehört, richtet sich nach dem Inhalt der – auf dem Arbeitsvertrag beruhenden – Arbeitspflicht. Diese wird im arbeitsrechtlichen Einzel- oder Kollektivvertrag näher bestimmt und ergibt sich auch aus den Konkretisierungen, die der Arbeitgeber in diesem Rahmen im Wege der Ausübung seines Weisungsrechts vornehmen kann. Eine einmal vereinbarte Arbeitsaufgabe ist während der Laufzeit des Arbeitsverhältnisses nicht notwendig gleichbleibend. Vielmehr kann im Vollzug des Arbeitsverhältnisses eine einverständliche Veränderung der Arbeitspflicht erfolgen, dh die ursprünglich vereinbarte Arbeitsaufgabe kann stillschweigend fortentwickelt und damit ein kreatives Werkschaffen zum Inhalt der geschuldeten Arbeitsleistung werden.

932 Ist kreative Arbeit an Werken im Sinne des Urheberrechts geschuldet, macht es keinen Unterschied, ob ein bestimmtes Werk **während der Dienstzeit und/oder am Arbeitsort** oder ob es während der Freizeit und/oder außerhalb der Arbeitsstätte geschaffen wurde; denn geistig-schöpferische Tätigkeit als Gegenstand einer geschuldeten Arbeitsleistung erfährt im Zweifel keine zeitliche oder räumliche Eingrenzung. Mangels anderslautender Vereinbarungen führt also nur die Laufzeit des Arbeitsverhältnisses zu einer zeitlichen Begrenzung der geschuldeten Arbeitsleistung.[9] Ferner macht es keinen Unterschied, ob der Arbeitnehmer ein bestimmtes Werk in Erfüllung seiner Arbeitspflicht schaffen will oder nicht. Da er in eine fremde Arbeitsorganisation eingegliedert wird, kommt es auf einen **entgegenstehenden Willen** nicht an.

933 Hingegen sind **freie Mitarbeiter,** die nicht in eine fremde Arbeitsorganisation eingegliedert sind, auch dann nicht (und zwar auch nicht analog) in die Regelung des § 43 UrhG einzubeziehen, wenn sie wirtschaftlich abhängig und damit arbeitnehmerähnlich sind (sog. Scheinselbstständige). Denn das würde ihre Rechtsstellung als formal selbstständige Arbeitsleistende verschlechtern und nicht – wie bei Scheinselbstständigen erwünscht – verbessern.[10]

934 **b) Freie Werke.** Ein Recht zur Nutzung der vom Arbeitnehmer erbrachten Geistesschöpfungen ist dem Arbeitgeber ohne besondere Vereinbarung nur dann zuzugestehen, wenn diese Schöpfungen unter Eingliederung in dessen Arbeitsorganisation und damit unter dem Direktionsrecht des Arbeitgebers erbracht wurden. Denn der auf dem vertragsrechtlichen Austauschprinzip beruhende Grundsatz, dass das Arbeitsergebnis dem Arbeitgeber gebührt, betrifft nur solche Arbeitsergebnisse, die im Rahmen des Arbeitsverhältnisses bewirkt wurden. Hat zB der Angestellte einer Rundfunkanstalt in seiner Freizeit einen Schlager komponiert oder der Lektor eines Fachverlags während seiner Arbeitszeit unter Verletzung seiner Arbeitspflicht an seinem Gedicht-

[8] Vgl. dazu BGH ZUM 2011, 47 → Rn. 10ff. – Lärmschutzwand.
[9] Dazu BGH GRUR 1985, 128 – Elektrodenfabrik.
[10] *Schack* (→ Rn. 176) Rn. 1116.

band gearbeitet, dann liegt eine sog. freie Schöpfung vor, die **nicht in Erfüllung, sondern allenfalls bei Gelegenheit der Erfüllung der Arbeitspflicht geschaffen** wurde.[11]

Ebenfalls zu den freien Schöpfungen sind Werke zu zählen, die zwar im Rahmen des Arbeitsverhältnisses geschaffen werden, bei denen aber das Arbeitsverhältnis nicht die Nutzung solcher Werke zum Ziel hat. Bei diesem Ausnahmetatbestand handelt es sich um die sog. **zweckfreie Forschung,** wie sie an Lehrstühlen und Forschungsinstituten der Universitäten oder in nicht-kommerziellen Einrichtungen wie den Max-Planck-Instituten geleistet wird. Hier sind Wissenschaftler damit beschäftigt, im Rahmen ihrer Forschungstätigkeit urheberrechtliche Werke zu schaffen, indem sie ihre geistige Arbeit in Publikationen niederlegen. In fremder Arbeitsorganisation und oft unter Inanspruchnahme fremder persönlicher und sachlicher Mittel werden hier Werke geschaffen, und zwar auf fremdes wirtschaftliches Risiko; denn die Forschungsarbeit wird besoldet. Das Schaffen von Werken ist hier auch üblich und wird erwartet. Doch es gehört nicht zum „Wesen" dieses Arbeitsverhältnisses, dass der wirtschaftliche Risikoträger dieser Tätigkeit die Werke nutzt. Es handelt sich hier also ausnahmsweise um freie Werke.[12] 935

Will der Arbeitgeber die Publikation „freier" Forschung in eigenen Publikationsorganen oder in einer von ihm organisierten Weise durchführen, muss im Falle zweckfreier Forschung der Pflichtwerkcharakter von Publikationen im Anstellungsvertrag ausdrücklich vereinbart sein. Dies gilt auch für eine etwaige Verpflichtung, wissenschaftliche Werke nicht bei Verlagen, sondern auf frei zugänglichen Online-Repositorien zu veröffentlichen (sog. **Open Access**). Allerdings kann sich eine solche Verpflichtung zum Open Access aus dem Hochschulrecht ergeben.[13] 936

Doch auch „freie Werke" sind nicht völlig frei, sondern insofern gebunden, als nach hM für den Arbeitnehmer-Urheber eine **Anbietungspflicht** besteht, sofern die Nutzung des Werkes in den Arbeitsbereich des Arbeitgeber-Unternehmens fällt.[14] In dem Augenblick, in dem der Arbeitnehmer **von seinem Veröffentlichungsrecht Gebrauch macht,** indem er das Werk selbst öffentlich verwertet oder Dritten diese Möglichkeit eröffnet oder Anstalten dazu trifft, konkurrenziert er seinen Arbeitgeber. Dieser kann dann neben der Unterlassung auch die Einräumung eines ausschließlichen Nutzungsrechts an sich selbst zu angemessenen Bedingungen verlangen; denn die Berufung auf das Urheberrecht wäre gegenüber dem Verlangen des Arbeitgebers nach Wahrung seiner Interessen durch Einräumung der Nutzungsmöglichkeit treuwidrig.[15] 937

[11] S. BGH GRUR 1972, 714 – Im Rhythmus der Jahrhunderte.

[12] BGH ZUM 1985, 369; OLG München ZUM 2000, 407 – Neues Lexikon der deutschen Gegenwartsliteratur; anders in einem besonderen Fall KG, ZUM-RD 1997, 175 – Poldok.

[13] Vgl. § 44 VI BWLHG und dazu VGH Mannheim Vorlagebeschluss v. 26.9.2017 – 9 S 2056/16, BeckRS 2017, 130319 (es handele sich um eine Regelung „des Urheberrechts", für die gem. Art. 73 I Nr. 9 GG ausschließlich der Bund zuständig sei).

[14] BGH ZUM 1991, 580 (585) – Grabungsmaterialien.

[15] Ebenso *Schack* (→ Rn. 176) Rn. 1117.

II. Die Einräumung von Nutzungsrechten

1. Die Pflicht des Arbeitnehmers zur Einräumung von Nutzungsrechten

938 Da der Arbeitnehmer als Werkschöpfer trotz seiner Eingliederung in die fremde Arbeitsorganisation originär das Urheberrecht auch an den Pflichtwerken erwirbt, der Arbeitgeber aber aufgrund des Arbeitsvertrags das Recht auf das Arbeitsergebnis hat, weil die Nutzung der Arbeitsleistung Sinn des Arbeitsverhältnisses als Austauschverhältnis ist, besteht die **Pflicht des Arbeitnehmers,** ihm die **Nutzungsmöglichkeit an seinen Pflichtwerken einzuräumen.** Hinsichtlich dieser Nutzungsrechtseinräumung ist zwischen der schuldrechtlichen Grundlage der Einräumung und ihrem immaterialgüterrechtlichen (gegenständlich wirkenden) Vollzug zu unterscheiden.[16]

939 **Schuldrechtliche Grundlage** für die Nutzungsrechtseinräumung eines Arbeitnehmers an seinen Arbeitgeber ist, wie § 43 UrhG zu entnehmen ist, der **Arbeitsvertrag.** Mangels ausdrücklicher vertraglicher oder kollektivrechtlicher Regelung ergibt sich die Rechtspflicht zur Nutzungsrechtseinräumung bei Pflichtwerken als eine Hauptleistung aus dem arbeitsrechtlichen Austauschprinzip und bei freien Werken aus dem arbeitsrechtlichen Treueprinzip. Für Pflichtwerke enthält § 43 UrhG als Ausdruck des Übertragungszweckgedankens[17] die Auslegungsmaxime, dass sich die Art der eingeräumten Nutzungsrechte, ihre räumliche, zeitliche und inhaltliche Begrenzung sowie weitere Fragen der einzuräumenden Nutzungsberechtigungen nach den §§ 31–42 UrhG bestimmen, soweit sich aus dem Inhalt und Wesen des Arbeitsverhältnisses nichts anderes ergibt. Allerdings ergibt sich aus dem Wesen eines Arbeitsverhältnisses generell die **Nicht-Anwendbarkeit von § 40 UrhG** über die Einräumung von Nutzungsrechten an künftigen Werken, weil der mit dieser Vorschrift intendierte Schutz des Urhebers bereits durch die Regeln des Arbeitsvertragsrechts erfolgt und der Arbeitsvertrag typischerweise die Nutzung der künftig zu schaffenden Pflichtwerke zum Inhalt hat. § 43 UrhG hätte daher § 40 UrhG aus seiner Verweisungsregelung ausdrücklich ausnehmen sollen.

940 Der Vollzug der schuldrechtlichen Verpflichtung durch die (gegenständlich wirkende) **Nutzungsrechtseinräumung** erfordert ebenfalls eine Einigung der Parteien. Wer auch bei Pflichtwerken dem Arbeitnehmer das Urheberpersönlichkeitsrecht zugestehen will, über das Ob der Veröffentlichung zu entscheiden, sieht die Nutzungsrechtseinräumung erst in der Ablieferung des Werkes nach dessen Vollendung. Das entspricht aber nicht dem „Wesen" des Arbeitsvertrags; denn das würde auf eine Vernachlässigung berechtigter Interessen des Arbeitgebers hinauslaufen. Erfolgt das Werkschaffen bei Pflichtwerken doch unter dem Weisungsrecht des Arbeitgebers. Dieser kann den Abbruch der Arbeit an einem Pflichtwerk herbeiführen und muss dann die Möglichkeit haben, das teilweise entstandene Werk, zB ein unvollendetes Manuskript, für seine Zwecke zu nutzen oder dessen Vollendung einem anderen Arbeitnehmer aufzutragen. Zwar gebietet ihm die Fürsorgepflicht, das Urheberpersönlichkeitsrecht des Arbeitnehmers zu achten und deshalb bei der Nutzung des Werkes den Namen des Arbeitnehmers nicht zu verwenden, wenn dieser nicht damit einverstanden ist. Eine **Verwertung** muss aber bereits **in jeder Phase der schöpferischen Arbeit möglich** sein. Auch kann es angesichts der Weisungsgebundenheit des Schöpfungsvorgangs

[16] → Rn. 807 ff.

[17] S. o. → Rn. 915 ff.

nicht im Belieben des Arbeitnehmers stehen, über die Veröffentlichungsreife des Werkes mit Hilfe seines Veröffentlichungsrechts allein zu entscheiden. Ein jederzeitiger Zugriff des Arbeitgebers auf das auf sein Risiko geschaffene Pflichtwerk ist aber nur gewährleistet, wenn man die Nutzungsrechtseinräumung bereits mit dem Abschluss des Arbeitsvertrags in Form einer stillschweigenden Einigung über Rechte an künftigen Werken, dh im Wege der Vorausverfügung, als erfolgt ansieht. Die Auslegung des Arbeitsvertrags macht den Gegenstand dieser Vorausverfügung genügend bestimmbar. Im Zweifel hat der Arbeitnehmer also bereits mit Vertragsschluss die Nutzungsrechte an Pflichtwerken übertragen.

Das soll nach einigen anders sein, wenn ein **Tarifvertrag** für Arbeitnehmer oder arbeit- 941
nehmerähnliche Personen (zu Letzteren § 12a TVG) die Einräumung von Nutzungsrechten vorsieht,[18] weil dieser angesichts des Bestimmtheitsgrundsatzes wegen der Ungewissheit der betroffenen Parteien keine (gegenständlich wirkenden) Verfügungen im Vorhinein treffen könne, so dass nur eine Begründung von schuldrechtlichen Pflichten zur Rechtseinräumung in Tarifverträgen möglich sei.[19] Hier wird jedoch übersehen, dass der Bestimmtheitsgrundsatz nur für rechtsgeschäftliche Verfügungen gilt. Tarifrecht ist hingegen Gesetz im materiellen Sinne. Wer von diesem Gesetz betroffen wird, entscheidet sich durch die Tarifbindung konkreter Arbeitsverhältnisse. Der Tarifvertrag enthält also eine gesetzliche Nutzungsrechtseinräumung für tarifgebundene Arbeits- und arbeitnehmerähnliche Verhältnisse auf den Zeitpunkt des Eintritts der Tarifbindung.[20]

Vorausverfügungen sind freilich wirkungslos, wenn sie zu spät kommen. Das ist der 942
Fall, wenn der Arbeitnehmer bereits früher zugunsten einer **Verwertungsgesellschaft** verfügt hat. Dann muss der Arbeitgeber für die Nutzung „seines" Werkes neben dem Arbeitslohn noch eine Vergütung an die Verwertungsgesellschaft zahlen. Das ist nicht sinnvoll, weil dieses Geld dem Arbeitnehmer von Seiten der Verwertungsgesellschaften nur nach Abzug erheblicher „Verwaltungsgebühren" und „Sozialabzüge"[21] zukommt. Da der Arbeitgeber diese doppelte Zahlungspflicht bei der Bemessung seines Lohns berücksichtigen können muss, trifft den Arbeitnehmer-Urheber über seine Vorausverfügung an eine Verwertungsgesellschaft eine entsprechende Offenbarungspflicht, die im Falle der Verletzung schadensersatzpflichtig macht.[22]

2. Die Reichweite der Rechtseinräumung

Die Auslegungsregel des § 43 UrhG bestimmt Art und Umfang der in Arbeitsverhält- 943
nissen eingeräumten Nutzungsrechte. Mangels abweichender Bestimmungen wird bei Pflichtwerken die **stillschweigende Nutzungsrechtseinräumung im Umfang des Vertragszwecks vermutet.** Dieser ist mangels anderer Anhaltspunkte aus dem jeweiligen Tätigkeitsbereich des Arbeitgebers zu entnehmen, da der Tätigkeitsbereich das „Wesen" des Arbeitsverhältnisses bestimmt. Der **Tätigkeitsbereich** entscheidet also

[18] S. die bei *Hillig* (→ Rn. 175) abgedruckten Tarifverträge für Journalisten, Redakteure, Film- und Fernsehschaffende und Designer.

[19] So MHdB ArbR/*Bayreuther* § 91 Rn. 5.

[20] MHdB ArbR/*Bayreuther* § 91 Rn. 7; aA *Steinberg*, Urheberrechtsklauseln in Tarifverträgen, 1998, die verfügende Regelungen über Arbeitnehmerurheberrechte im Hinblick auf § 1 Abs. 1 TVG für unzulässig hält.

[21] → Rn. 1104.

[22] Näheres bei *Riesenhuber*, NZA 2004, 1363.

im Zweifel über die Nutzungsart (§ 31 I 1 UrhG), den Nutzungsumfang, dh über einfaches oder ausschließliches Nutzungsrecht (§ 31 I 2 UrhG) sowie über räumliche, zeitliche und inhaltliche Beschränkungen, über die Berechtigung zur Weiterübertragung von Nutzungsrechten oder die Einräumung von Unterberechtigungen (§§ 34, 35 UrhG).[23] Im Falle des Betriebsübergangs gehen die bisher entstandenen Nutzungsrechte auch ohne Übergang des Arbeitsverhältnisses des Urhebers auf den Erwerber des Betriebes über (§ 34 III UrhG). Die Vermutungsregel des § 43 UrhG soll nur anwendbar sein, wenn der Arbeitgeber beweist, dass er die von ihm beanspruchten Nutzungsrechte durch die Zahlung eines Arbeitsentgelts erworben habe.[24] Das kann nicht richtig sein, weil es sich um Vorausabtretungen handelt und Arbeitsentgelte erst post numerando geschuldet sind.

944 Da das Arbeitsverhältnis betriebsbezogen ist, ist sein „Wesen" auf den Tätigkeitsbereich des Betriebs beschränkt, in den der Arbeitnehmer eingegliedert wird. Es kommt also nicht auf den Tätigkeitsbereich aller Unternehmungen des Arbeitgebers, sondern nur auf den **Tätigkeitsbereich des Betriebs** an, **in dem sich der Arbeitsplatz befindet.** Denn ist nichts anderes bestimmt, muss der Arbeitnehmer beim Abschluss seines Vertrages nur mit der Nutzung seiner Werke im Rahmen desjenigen Betriebs rechnen, in den er eingegliedert wird. Anderes hätte vereinbart werden müssen. Ändert sich der Tätigkeitsbereich dieses Betriebs im Laufe des Arbeitsverhältnisses, dann verändert sich stillschweigend auch die Arbeitspflicht dahin, dass der Arbeitnehmer nunmehr mit der Nutzung im veränderten Tätigkeitsbereich rechnen muss. Bei früher geschaffenen Werken kann aber die Vorausverfügung nicht nachträglich als verändert angesehen werden, solange nicht der Arbeitsvertrag diesen Fall ausdrücklich vorgesehen hat. Denn das würde eine einseitige Leistungsbestimmung durch den Arbeitgeber bedeuten, mit der der Arbeitnehmer im Zweifel nicht zu rechnen braucht. Abweichende Vereinbarungen sind möglich (§ 43 UrhG). Wird der Tätigkeitsbereich des Betriebs während des Arbeitsverhältnisses ausgeweitet, kann das zu stillschweigenden Änderungen der Rechtseinräumung sowohl schuldrechtlich wie gegenständlich wirkend führen. Doch für Werke, die in der Vergangenheit als Pflichtwerke geschaffen wurden, ist der Arbeitnehmer zur Rechtseinräumung in Bezug auf neue Nutzungsarten nur gegen eine Sondervergütung (wie im Falle freier Werke) aus der Treuepflicht verpflichtet.

945 Die Erfordernisse des betreffenden Betriebs bestimmen auch darüber, ob mangels ausdrücklicher Regelungen zu vermuten ist, dass der Arbeitnehmer ein ausschließliches oder dass er nur ein einfaches Nutzungsrecht eingeräumt hat. **Im Zweifel** ist von einem **ausschließlichen Nutzungsrecht** (§ 31 III UrhG) auszugehen,[25] denn das Arbeitsergebnis gebührt allein dem Arbeitgeber, weil der Arbeitnehmer im Rahmen seiner Arbeitspflicht seine Arbeitskraft im Zweifel ausschließlich dem Arbeitgeber zur Verfügung stellt. Im Übrigen dürfte die Nutzungsrechtseinräumung an Dritte auch oft zu einer arbeitsrechtlich unerlaubten Konkurrenzierung des Arbeitgebers führen.

946 Mangels ausdrücklicher Regelungen bestimmt der Zweck des Arbeitsvertrags die **Reichweite des eingeräumten Nutzungsrechts.** Das kann neben der Beschränkung auf ein einfaches Nutzungsrecht (§ 31 II UrhG) und auf bestimmte Nutzungsarten

[23] BGH ZUM 2011, 47 Rn. 10ff. – Lärmschutzwand.
[24] BGH GRUR 1978, 244 (245).
[25] OLG Koblenz BB 1983, 993.

(vgl. § 31 V UrhG) auch zu zeitlichen und räumlichen[26] Beschränkungen führen. Zeitlich ist das Nutzungsrecht des Arbeitgebers im Zweifel nicht auf die Dauer des Arbeitsverhältnisses beschränkt, dh der Arbeitgeber darf die Pflichtwerke auch nach dem Ausscheiden des Arbeitnehmers aus dem Arbeitsverhältnis bis zum Ablauf der Schutzfristen nutzen;[27] denn der Arbeitslohn, der als Entgelt mit dem Ausscheiden aus dem Arbeitsverhältnis wegfällt, bezieht sich auf die Schaffung des Werkes als Arbeitsleistung und nicht auf die Nutzungsmöglichkeit durch den Arbeitgeber als Arbeitserfolg, wenn auch diese Nutzungsmöglichkeit ein entscheidender Faktor für die Bewertung der Arbeitsleistung ist.

Werke, die **vor Arbeitsantritt vollendet** waren, sind keine Pflichtwerke. Da sie auch 947
nicht während der Dauer des Arbeitsverhältnisses geschaffen wurden, kommt auch nicht wie bei den während des Arbeitsverhältnisses geschaffenen freien Werken eine Anbietungspflicht in Betracht.[28] Hier ist allenfalls aus dem arbeitsrechtlichen Wettbewerbsverbot die Unterlassung der Konkurrenzierung durch Verwertung solcher Werke während der Dauer des Arbeitsverhältnisses geschuldet.

Das arbeitsrechtliche **Konkurrenzverbot** entscheidet auch darüber, inwieweit der Ar- 948
beitnehmer in der Nutzung der ihm verbleibenden Rechtsposition am Werk beschränkt ist. Weder er selbst noch aufgrund seiner Rechtseinräumung Dritte dürfen dem Arbeitgeber während der Laufzeit des Arbeitsverhältnisses Konkurrenz machen. Doch ist hierbei auf die Kunst- und Wissenschaftsfreiheit des Arbeitnehmer-Urhebers (Art. 5 III GG) angemessen Rücksicht zu nehmen.[29]

Nutzungsrechte können übertragen (§ 34 UrhG) oder, wenn sie ausschließliche Nut- 949
zungsrechte sind, durch Einräumung einfacher Nutzungsrechte (durch Lizenzerteilung) belastet werden (§ 35 UrhG). Für die Werke selbständig schaffender Urheber ist dazu nach der gesetzlichen Regelung die Zustimmung des Urhebers erforderlich. Dieses Zustimmungserfordernis schützt materielle und ideelle Interessen des Urhebers; materielle Interessen insoweit, als der Urheber für die Nutzung durch andere ein Entgelt erhalten können soll, das sich nach dem Umfang der Nutzung richtet; ideelle insoweit, als die Person des Nutzers und die Art der Nutzung die Urheberpersönlichkeit tangieren kann. Die Gesichtspunkte des Vermögensschutzes und des Persönlichkeitsschutzes können für Pflichtwerke im Sinne des § 43 UrhG nicht in gleichem Maße Geltung beanspruchen. Rechtsgrund der Nutzungsrechtseinräumung ist hier der Arbeitsvertrag, der im Zweifel eine Vorausverfügung über Pflichtwerke zugunsten des Arbeitgebers enthält. Diese ist zwar durch den betrieblichen Tätigkeitsbereich des Arbeitgebers beschränkt. Dieser wird aber häufig die **Weitergabe der Nutzungsbefugnis an Dritte** erforderlich machen. Dies gilt angesichts der wirtschaftlichen Verflechtung nicht nur für die Weitergabe an Konzernunternehmen, zB im Rahmen eines Medienkonzerns, sondern auch dann, wenn die Verwertung von „Nebenrechten" durch Weitergabe an geeignete Nutzer für das betreffende Unternehmen üblich oder aus unternehmerischen Gründen angezeigt ist. In diesen Fällen würde eine Verweigerung der Zustimmung zur Weitergabe der Nutzungsberechtigung aus arbeitsrechtlicher Sicht

[26] ZB BGH ZUM 2011, 47 Rn. 10ff. – Lärmschutzwand (auf das Land Niedersachsen beschränkter Erwerb von Nutzungsrechten von Entwürfen eines Beamten).

[27] BAG GRUR 1984, 432 – Statikprogramme.

[28] BGH GRUR 1985, 129 (130) – Elektrodenfabrik.

[29] Zur Zulässigkeit sog. Selbstplagiate *Bisges,* UFITA 2008/I, 643.

bei Pflichtwerken treuwidrig sein (§§ 34 I 2, 35 II UrhG). Die Berufung auf das Urheberpersönlichkeitsrecht für den Fall unzumutbarer Nutzung bleibt dem Urheber unbenommen. Die Frage, ob eine gesonderte Vergütung geschuldet ist, die über den Arbeitslohn hinausgeht, wird später behandelt.[30]

950 Die §§ 31a, 32c UrhG wollen dem Urheber die Entscheidung darüber vorbehalten, ob und gegen welches Entgelt er mit der Nutzung seines Werkes **in neuen Nutzungsarten** einverstanden ist.[31] Dies ist zugunsten eines freien Urhebers zwingend (§§ 31a IV, 32c III 1 UrhG). Der zwingende Charakter der Norm wird nun für die Pflichtwerke von Arbeitnehmern durch die Spezialregelung des § 43 UrhG insoweit durchbrochen, als im Arbeitsvertrag oder im Tarifvertrag durch ausdrückliche Regelung etwas anderes bestimmt sein kann.[32] Hingegen ergibt sich nicht bereits aus dem „Wesen" jedes Arbeitsvertrags, dass ein stillschweigender Verzicht auf den gesetzlichen Schutz bei Verträgen über **unbekannte Nutzungsarten** im Falle von **Pflichtwerken** anzunehmen ist. Mit der neuen Nutzungsart erweitert sich der mögliche Tätigkeitsbereich des Arbeitgebers. Über den bisherigen Tätigkeitsbereich hinausgehend kann aber kein stillschweigendes Einverständnis angenommen werden; denn das Unbekannte übersteigt den üblichen Erwartungshorizont. Die größere Nutzungsmöglichkeit verstärkt theoretisch die Verhandlungsposition des Arbeitnehmers bezüglich seines Entgelts. Es würde dem Arbeitnehmerschutzgedanken widersprechen, dem Arbeitnehmer mangels ausdrücklichen Einverständnisses diese bessere Verhandlungsposition zu nehmen.

III. Die Beschränkung von Urheberpersönlichkeits- und Rückrufsrechten

951 Mit dem originären Rechtserwerb des Urheberrechts stehen dem Arbeitnehmer-Urheber auch die Urheberpersönlichkeitsrechte an seinen Werken zu. Infolge seines Arbeitsvertrags muss er aber eine Rechtsminderung auch in diesem Bereich hinnehmen. Zwar sind Urheberpersönlichkeitsrechte wie die Verwertungsrechte unübertragbar (§ 29 I UrhG) und wie andere Persönlichkeitsrechte unverzichtbar (unveräußerlich). Es gibt aber zwei dogmatische Rechtsfiguren, die verhindern, dass der urheberrechtliche Monismus im Bereich der Urheberpersönlichkeitsrechte zum Bremsklotz einer arbeitsteiligen Kulturwirtschaft wird, nämlich der schuldrechtlich wirkende **Verzicht auf die Geltendmachung einzelner Ansprüche aus dem Urheberpersönlichkeitsrecht** (pactum de non petendo) und die missverständlich sog. gebundene Rechtsübertragung, eine der Nutzungsrechtseinräumung vergleichbare **konstitutive Belastung des Urheberpersönlichkeitsrechts** mit der Befugnis zur treuhänderischen Rechtswahrnehmung.[33]

1. Das Veröffentlichungsrecht

952 Gebührt dem Arbeitgeber die Nutzung, so kann es entgegen § 12 UrhG nicht mehr von der freien Entschließung des Arbeitnehmers abhängen, ob und wie sein Werk veröffentlicht wird. Mit der Einräumung, meist der Vorausverfügung über die Nutzungsrechte, erhält der Arbeitgeber auch das Veröffentlichungsrecht.[34] Will der Arbeitgeber bei der Nutzung allerdings den Namen des Arbeitnehmers verwenden, so steht diesem

---

30 → Rn. 960ff.
31 → Rn. 888ff.
32 Offengelassen in BGH GRUR 1991, 135 – Videozweitauswertung.
33 S. o. → Rn. 833ff.
34 BGHZ 15, 249 (258) – Cosima Wagner.

das Recht zu, über die Veröffentlichungsreife des geschaffenen Werkes zu befinden. Der Arbeitnehmer hat damit ein **Namensunterdrückungsrecht.**

2. Das Recht auf Anerkennung der Urheberschaft und auf Urheberbenennung

Das Recht des Urhebers auf **Anerkennung seiner Urheberschaft** (§ 13 S. 1 UrhG) 953
kann nur mit schuldrechtlicher Wirkung eingeschränkt werden, zB in einer Ghostwriter-Abrede.[35] Der Arbeitsvertrag kann also nicht bewirken, dass der Arbeitnehmer daran gehindert ist, sich immaterialgüterrechtlich gegen das Bestreiten seiner Urheberschaft oder gegen die Zuschreibung des Werkes an einen anderen zu wehren. Eine Ghostwriter-Abrede macht ihn lediglich aus Vertragsbruch schadensersatzpflichtig. Die Verwendung seines Namens hingegen für Werke anderer kann der Arbeitnehmer aus seinem allgemeinen Persönlichkeitsrecht abwehren (droit de non-paternité),[36] das der Arbeitgeber auch aus dem Arbeitsvertrag heraus verpflichtet ist zu respektieren.

Hingegen hat der Arbeitnehmer bei Pflichtwerken im Zweifel kein Recht, darüber zu 954
entscheiden, ob das Werk mit einer **Urheberbezeichnung** zu versehen ist und welche Bezeichnung zu verwenden ist. § 13 S. 2 UrhG, der diese Entscheidung dem Urheber vorbehält, ist nämlich abdingbar. Häufig finden sich ausdrückliche Regelungen in Einzel- oder Kollektivvereinbarungen. Ist das aber nicht der Fall, gilt das Betriebsübliche oder Branchenübliche als stillschweigend vereinbart.[37] Hier liegen die Dinge oft sehr verschieden. Für die Üblichkeit der Namensnennung ist jedoch der Arbeitnehmer beweispflichtig. Denn im Zweifel ergibt sich aus dem Wesen des Arbeitsvertrags, dass die Urheberbezeichnung bei der Nutzung von Pflichtwerken eine unternehmerische Entscheidung über das „Marketing“ ist, die dem Arbeitgeber zusteht.

3. Das Recht zur Änderung oder Fortsetzung des Werkes

Soweit das Werkschaffen der arbeitsrechtlichen Weisungsgewalt des Arbeitgebers un- 955
terstellt wird, hat der Arbeitnehmer mit Eingehung des Vertrages sich des Rechts begeben, sich **Änderungen** des Werkes selbst oder seines Titels zu widersetzen (§§ 43, 39 UrhG). Die Grenze für die Änderung freigeschaffener Werke, die nach § 39 II UrhG dort liegt, wo ein Änderungsverbot des Urhebers gegen Treu und Glauben verstoßen würde, wird bei Pflichtwerken bis zu dem Punkt ausgedehnt, wo der Arbeitgeber mit der Anordnung dieser Änderungen sein **Direktionsrecht überschreiten** würde. Das ist der Fall, wenn die Änderungen nicht mehr durch die Erfordernisse einer möglichst effektiven Verwertung gedeckt sind. Maßstab ist hier die Verkehrsanschauung der betreffenden Branche. Im Zweifel wird man aber dem Arbeitgeber als demjenigen, der das wirtschaftliche Risiko der Werkschöpfung trägt, auch die letzte Entscheidung darüber belassen müssen, ob ihm die Änderung für die wirtschaftliche Verwertung im vorausgesetzten Rahmen nützlich erscheint oder nicht.

Das Weisungsrecht des Arbeitgebers ist auch der Grund, warum man ihm das Recht 956
zusprechen muss, begonnene Werke seiner Arbeitnehmer durch andere fortführen zu lassen. Urheberrechtlich stellt die **Fortsetzung** eines Werkes nach herrschender Meinung eine Bearbeitung dar, deren Veröffentlichung oder Verwertung, bei bestimmten Werkkategorien bereits deren Herstellung der Zustimmung des Urhebers bedarf (§ 23

[35] Oben → Rn. 836.
[36] BGH UFITA 29 (1959), 98 (100).
[37] BGH UFITA 38 (1962), 340 (347f.).

UrhG). Es wäre aber dem Arbeitgeber rechtlich möglich gewesen, von Anfang an mehrere Mitarbeiter mit der Herstellung des Werkes zu beauftragen.

957 Änderungen (Umgestaltungen) und Bearbeitungen dürfen allerdings nicht so gravierend sein, dass das Werk **entstellt** wird, mithin eine Verletzung der persönlichen und geistigen Interessen des Urhebers erfolgt. Werden nämlich Ansehen und Ruf des Urhebers durch erhebliche Eingriffe in die Werkintegrität gefährdet, kann dieser verlangen, dass bei der Werknutzung eine Urheberbezeichnung unterbleibt (Namensunterdrückungsanspruch). Ist die Namensnennung bereits erfolgt, hat der Arbeitnehmer das Recht zur öffentlichen Distanzierung vom Werk (sog. Austafelung). Umgekehrt darf der Arbeitnehmer die Nennung seines Namens nicht bereits bei jedem Eingriff in das Werk verbieten; denn die Namensnennung kann für die Vermarktung nützlich sein, worauf der Arbeitgeber im Zweifel einen Anspruch hat.

4. Die Ausübung der Rückrufsrechte

958 Auch die Rückrufsrechte stehen einem angestellten Urheber bei Pflichtwerken nicht gleichermaßen zu wie einem Freischaffenden. Auf seine **gewandelte Überzeugung** kann sich der Arbeitnehmer seinem Arbeitgeber gegenüber im Sinne des § 42 UrhG nur dahin berufen, dass er ihm für den Fall der Nutzung die Urheberbenennung untersagt. Dies ist nur unter der Voraussetzung möglich, dass er ihm, sollte dadurch die Nutzung beeinträchtigt werden, den nunmehr nutzlos dafür aufgewandten Arbeitslohn als Aufwendungsersatz im Sinne von § 42 III 3 UrhG erstattet oder Sicherheit dafür leistet.

959 Bedeutsamer für die Praxis ist die Frage des Rückrufs wegen **Nichtausübung** nach § 41 UrhG. Dass das Arbeitsergebnis der angestellten Urheber in den Schubläden und Aktenschränken des Arbeitgebers verschwindet, weil diesem die unternehmerische Entscheidung über die wirtschaftliche Verwertung zusteht, gehört bei Pflichtwerken, falls keine Verwertungspflicht vereinbart wurde, zum „Wesen" des Arbeitsverhältnisses. Der Arbeitnehmer wurde ja für sein Werkschaffen besoldet. Aber ähnlich wie ein Arbeitnehmer aus seinem allgemeinen Persönlichkeitsrecht heraus im Arbeitsverhältnis einen Anspruch auf tatsächliche Beschäftigung haben kann, der den Arbeitgeber verpflichtet, die vom Arbeitnehmer angebotene Arbeitsleistung tatsächlich entgegenzunehmen, so können es die urheberpersönlichkeitsrechtlichen Interessen des Arbeitnehmers verlangen, dass der Arbeitgeber ihm die Möglichkeit gibt, selbst für die Veröffentlichung des Werkes zu sorgen. Hat der Arbeitnehmer also ein schutzwürdiges Interesse an der Veröffentlichung von Pflichtwerken unter seinem Namen, was bei Werken mit starker persönlicher Prägung oder im Hinblick auf sein berufliches Fortkommen der Fall sein kann, so ist ein Rückruf nach § 41 UrhG möglich. Dieser zieht einen Anspruch auf billige Entschädigung des Arbeitgebers, zB im Hinblick auf eine dadurch eintretende Konkurrenzierung, nach sich (§ 41 VI UrhG). Auch das **Recht zur anderweitigen Verwertung nach zehn Jahren bei pauschaler Vergütung** gem. § 40a UrhG kommt für Werke, die in einem Arbeitsverhältnis geschaffen wurden, in aller Regel nicht zum Tragen, weil der Urheber sein Entgelt unabhängig von der Verwertbarkeit seines Werkes erhält und mit einer parallelen Eigen- oder Drittauswertung die berechtigten Interessen des Arbeitgebers verletzt werden würden.[38]

[38] RegE UrhVertrRRef 2016, BT-Drs. 18/8625, 30f.

IV. Der Anspruch auf Sondervergütung

1. Bei freien Werken und bei Pflichtwerken

Ein wichtiger Punkt in den Beziehungen zwischen Arbeitnehmer-Urheber und Arbeitgeber ist häufig die Frage, ob der Arbeitgeber für die Nutzung des Werkes seines Arbeitnehmers noch ein besonderes Entgelt zu zahlen hat oder ob die Nutzung mit dem Arbeitslohn abgegolten ist. Man wird hier differenzieren müssen. Bei Werken, die außerhalb des Rahmens des betreffenden Arbeitsverhältnisses geschaffen wurden, die also **freie Werke** sind, erlangt der Arbeitgeber sein Nutzungsrecht aufgrund der arbeitsrechtlichen Treuepflicht ohnehin nur gegen ein angemessenes Entgelt, das vom Arbeitslohn unabhängig ist. Von diesem in Bezug auf die Nutzungsmöglichkeit angemessenen Entgelt ist ein entsprechender Betrag in Abzug zu bringen, wenn der Arbeitnehmer zur Fertigstellung des freien Werkes persönliche oder sachliche Mittel des Arbeitgebers benutzt hat oder das Werk während der Arbeitszeit geschaffen wurde. 960

Anders ist die Lage bei **Pflichtwerken,** die im arbeitsrechtlichen Sinne als Arbeitsergebnisse anzusehen sind. Wollte man sie wie Diensterfindungen behandeln, so wäre ihre Nutzung gemäß § 9 ArbNErfG stets gesondert zu vergüten. Die Vergütung für Diensterfindungen ist aber eine Vergütung eines Leistungserfolgs, dessen Eintritt nicht allein von den Bemühungen des Arbeitnehmers abhängt. Die Vertragsparteien machen daher die Entlohnung grundsätzlich nur von den Leistungsbemühungen abhängig. Das ist beim Arbeitsverhältnis eines Urhebers anders, weil hier die Fertigstellung des Werkes von den Bemühungen des Arbeitnehmers abhängt, mag die Qualität des Arbeitsergebnisses im Einzelnen auch recht unterschiedlich sein. Der Arbeitgeber kann hier also bei entsprechenden Bemühungen mit dem gewünschten Arbeitserfolg rechnen und dementsprechend bereits den Arbeitslohn an dem erwarteten Erfolg ausrichten. Die vertraglich vorgesehene Nutzungsmöglichkeit ist daher ein entscheidender Faktor für die Bemessung des Arbeitslohns. Die Einräumung der Nutzungsrechte, die ohnehin mit Vertragsschluss in Form der Vorausverfügung erfolgt, ist also **keine Sonderleistung,** die einen Anspruch auf Sondervergütung rechtfertigen würde.[39] Das gilt auch für Verwertungshandlungen, die erst nach Beendigung des Arbeitsverhältnisses erfolgen. 961

2. Als Entgelt für die Erweiterung der Arbeitspflicht

Die Schaffung von Pflichtwerken kann allerdings ausnahmsweise eine Sonderleistung darstellen und deshalb zu einer Sondervergütung verpflichten. Das ist der Fall, wenn sie mit Mehrarbeit verbunden ist. Diese **Mehrarbeit** kann eine rein quantitative sein. Ein bestimmtes Werk lässt sich zB nur schaffen, wenn der Autor Überstunden macht. Die Überstundenvergütung, die er daraufhin zugute hat, wäre dann eine Sondervergütung für die Schaffung des betreffenden Werkes. Die Mehrarbeit kann jedoch auch qualitativ sein. Ist zB ein Buchhalter mit der Herstellung einer Festschrift anlässlich des Firmenjubiläums beauftragt worden oder ist die von einem Fachbuchautor als Schreibkraft eingestellte Sekretärin zur Mitautorin geworden, so ist dadurch die Arbeitspflicht gegenüber der vereinbarten Tätigkeit qualitativ verändert, so dass nunmehr eine vergleichsweise höherwertige Tätigkeit geschuldet ist. Dies hat im Zweifel einen Anspruch auf Sondervergütungen zur Folge.[40] 962

[39] BAG GRUR 1984, 429 – Statikprogramme.
[40] BGH GRUR 1978, 244 (246) – Ratgeber für Tierheilkunde.

3. Als Ausdruck zwingender Mindestvergütung gem. §§ 32, 32a UrhG

963 Die zwingenden Ansprüche auf angemessene Vergütung gem. §§ 32, 32a UrhG gelten ausweislich des Vorrangs tarifvertraglicher Abreden (§§ 32 IV, 32a IV UrhG) grundsätzlich auch für den Arbeitnehmer-Urheber und den angestellten ausübenden Künstler. Doch folgt hieraus **kein gerichtlich festzusetzender Mindestlohn für die gesamte Kulturwirtschaft.** Denn das vereinbarte Entgelt entlohnt nicht nur die Nutzungsrechtseinräumung, sondern vor allem auch das vorgelagerte kreative Schaffen und sonstige Tätigkeiten. Allenfalls kann der vereinbarte Lohn unter Berücksichtigung der ggf. stillschweigenden Nutzungsrechtseinräumungen nach den Grundsätzen des sog. **Lohnwuchers** unangemessen niedrig sein, so dass eine übliche Vergütung geschuldet wird. Eigenständige Bedeutung kann hingegen der Anspruch auf weitere Beteiligung gem. § 32a UrhG erlangen, wenn der vereinbarte Lohn unter Berücksichtigung der gesamten Beziehungen des Kreativen zum Arbeitgeber in einem auffälligen Missverhältnis zu den späteren Erträgen und Vorteilen aus der arbeitgeberseitigen Nutzung des Werkes steht.

V. Die Sonderregelung für Computerprogramme

964 Abweichend vom § 43 UrhG zugrundeliegenden Übertragungszweckgedanken, wonach die Rechtseinräumung der Nutzungsrechte an Pflichtwerken im Zweifel auf das für das Arbeitsverhältnis Erforderliche oder Übliche beschränkt ist, legt § 69b UrhG für Computerprogramme fest, dass bei dieser Werkkategorie der Arbeitgeber mangels abweichender Vereinbarungen die **vermögensrechtlichen Nutzungsrechte** an Pflichtwerken kraft Gesetzes (und ohne besondere Arbeitnehmervergütung)[41] **in vollem Umfang erhält.** Diese durch die ComputerprogrammRL 2009/24 dem deutschen Gesetzgeber aufgezwungene Lösung wäre die rechtspolitisch richtige Lösung auch für die anderen Werkkategorien, will man sich schon aus ideologischen Gründen nicht zu einem originären Rechtserwerb des Arbeitgebers verstehen. So aber gilt nur für Computerprogramme, dass der Arbeitgeber im Zweifel alle wirtschaftlichen Rechte am arbeitnehmer-geschaffenen Pflichtwerk ausüben kann, ohne Beschränkung und ohne besondere Vergütung.

965 Der Charakter als **Pflichtwerk** wird auch dann bejaht, wenn eine ausdrückliche Vereinbarung fehlt; denn mit fortschreitendem Einbezug des Computers in das Arbeitsgeschehen wird vom verantwortungsbewussten Mitarbeiter auch die Entwicklung eigener Programme je nach seinen Möglichkeiten erwartet.[42] Nur die Urheberpersönlichkeitsrechte des Arbeitnehmers sind zu respektieren, doch auch diese unter den Einschränkungen, die die berechtigten Nutzerinteressen des Arbeitgebers erfordern, so insbesondere beim Änderungsrecht. Für freie Werke gelten auch bei Computerprogrammen die allgemeinen Regeln.

Literatur zur Vertiefung: *Götz v. Olenhusen,* Der Urheber- und Leistungsrechtsschutz der arbeitnehmerähnlichen Personen, GRUR 2002, 11; *Nix/Hegemann/Hemke* (Hg.), Normalvertrag Bühne, 2008; *Peifer,* Urhebervertragsrecht in der Reform: Der Kölner Entwurf, ZUM 2015, 437; *Rehbinder,* Werke von Hochschulangehörigen, FS Hubmann, 1985, 359; *Schacht,* Die Einschränkungen des Urheberpersönlichkeitsrechts im Arbeitsverhältnis, 2004; *Ulrici,* Vermögensrechtliche Grundfragen des Arbeitnehmer-Urheberrechts, 2008; *van der Hoff,* Die Vergütung angestellter Software-Entwickler, 2009

[41] BGH ZUM 2002, 137 – Wetterführungspläne II.
[42] Dazu KG ZUM 1998, 167 – Softwareentwickler im Arbeitsverhältnis.

§ 40. Zwangsvollstreckung und Insolvenz

Als verfassungsrechtliches Eigentum repräsentiert das Urheberrecht eigentlich einen Vermögenswert, auf den Gläubiger des Urhebers ggf. gern zugreifen möchten, um ihre Forderungen zu befriedigen. Allerdings ist das **Urheberrecht als Ganzes weder Gegenstand der Einzel- noch der Gesamtvollstreckung** im Zuge eines Insolvenzverfahrens, weil es nicht übertragbar ist (§§ 857 I, 851 ZPO, 36 I InsO, 29 I UrhG). Eine Vollstreckung in persönlichkeitsrechtliche Befugnisse ist aus demselben Grunde nicht möglich. Für die Einzelvollstreckung wegen Geldforderungen in urheberrechtliche Verwertungsrechte stellt das UrhG Sondervorschriften auf, die den persönlichkeitsrechtlichen Gehalt des Urheberrechts berücksichtigen (§§ 112ff. UrhG), sich über § 36 I 1 InsO auch auf das Insolvenzverfahren auswirken und für die verwandten Schutzrechte der Verfasser wissenschaftlicher Ausgaben und der Lichtbildner entsprechend gelten (§ 118 UrhG). Sie werden nur selten praktisch relevant. 966

Für die **translativ übertragbaren Verwertungsrechte der ausübenden Künstler** (§ 79 I 1 UrhG) und die **Investoren-Leistungsschutzrechte** behalten die allgemeinen Regelungen der ZPO und der InsO uneingeschränkt Gültigkeit. Dasselbe gilt für den **Gläubigerzugriff auf Tantiemeforderungen,** die dem Urheber aus der Einräumung von Nutzungsrechten zustehen, in Vergütungsansprüche (beachte jedoch §§ 20b II 3, 26 II 2, 27 I 3, 32 I 3, 32a III 2 und 63a UrhG) sowie in Schadensersatz- und Bereicherungsansprüche wegen Verletzung der Schutzrechte. Zu beachten ist hier insbesondere die Schutzvorschrift über pfändungsfreie Beträge in § 850c ZPO für Arbeitseinkommen und § 850i ZPO. Letztere Vorschrift ist auch auf die Ausschüttungen der Verwertungsgesellschaften, zB der GEMA, an ihre Wahrnehmungsberechtigten anzuwenden.[1] 967

I. Einzelzwangsvollstreckung

1. Die Vollstreckung in das Urheberrecht

Da die persönlichen Interessen beim Urheber selbst ausgeprägter und schutzwürdiger sind als bei seinem Rechtsnachfolger (über den Begriff vgl. § 30 UrhG), unterscheidet das Gesetz danach, ob sich der **Gläubigerzugriff gegen den Urheber oder gegen seinen Rechtsnachfolger** richtet. 968

Die **Zwangsvollstreckung wegen Geldforderungen gegen den Urheber** ist in das Urheberrecht nur mit dessen Einwilligung und nur insoweit zulässig, als er Nutzungsrechte einräumen kann (§ 113 UrhG). Das Gesetz wertet die persönliche Bindung des Urhebers zu seinem Werk höher als die Vermögensinteressen der Gläubiger und lässt daher eine zwangsweise Verwertung des Werkes nur zu, wenn der Urheber seine Einwilligung gibt. Die Einwilligung kann nur von ihm persönlich oder durch einen Spezialbevollmächtigten, nicht dagegen durch einen gesetzlichen Vertreter (§ 113 S. 2 UrhG) oder einen Generalbevollmächtigten erteilt werden. Gegen einen geschäftsunfähigen Urheber ist daher die Zwangsvollstreckung überhaupt unmöglich. Ein beschränkt Geschäftsfähiger kann die Einwilligung mit Zustimmung des gesetzlichen Vertreters erklären. Auch wenn der Urheber die Einwilligung gegeben hat, ist der Zwangszugriff **nur in die Verwertungsbefugnisse** möglich. Dabei kann der Urheber seine Zustimmung auf bestimmte Befugnisse, zB auf das Aufführungsrecht, das Sen- 969

[1] *Schack* (→ Rn. 176) Rn. 872.

derecht usw., beschränken. Unverzichtbare persönliche Interessen dürfen keinesfalls durch die Zwangsverwertung beeinträchtigt werden, wohl aber kann der Urheber wie bei einer sonstigen Werknutzung seine Zustimmung zu Änderungen geben oder auf Namensnennung verzichten.

970 Richtet sich die Vollstreckung wegen Geldforderungen in das Urheberrecht gegen den Rechtsnachfolger des Urhebers, also **gegen den Erben oder Vermächtnisnehmer** (§ 30 UrhG), so ist dessen Einwilligung nur erforderlich, solange das Werk nicht erschienen ist (§ 115 UrhG). Nach dem Erscheinen des Werkes ist dagegen der Gläubigerzugriff gegen den Rechtsnachfolger nach allgemeinen Vorschriften zulässig. Wird das Urheberrecht durch einen Testamentsvollstrecker ausgeübt, so ist seine Einwilligung zur Zwangsvollstreckung in ein nicht erschienenes Werk erforderlich (§ 117 UrhG). Hat sich der Rechtsnachfolger zur Einräumung von Nutzungsrechten verpflichtet, so ist die Vollstreckung wegen dieser Verpflichtung ohne Weiteres möglich.

971 Für das **Verfahren der Zwangsvollstreckung** ist § 857 ZPO maßgebend. Da ein Drittschuldner fehlt, wird die Pfändung durch Zustellung eines nach § 829 ZPO zu erlassenden Beschlusses an den Schuldner bewirkt. Die Verwertung des gepfändeten Rechts kann durch Überweisung zur Einziehung erfolgen (§ 835 ZPO),[2] durch die der Gläubiger instand gesetzt wird, die Rechte des Schuldners so lange auszuüben, bis er befriedigt ist, oder durch Einräumung einzelner Nutzungsrechte an den Gläubiger. Auch die Anordnung der Veräußerung des Rechts im Wege der Versteigerung oder des freihändigen Verkaufs (§ 844 mit § 857 V ZPO) sowie die Anordnung einer Verwaltung (§ 844 mit § 857 IV ZPO) ist möglich. Eine Einziehung zum Nennwert scheidet dagegen aus, da urheberrechtliche Nutzungsrechte keinen Nennwert besitzen.

2. Die Vollstreckung in abgeleitete Rechte

972 Der **Gläubigerzugriff gegen den Erwerber von Nutzungsrechten** ist nach allgemeinen Regeln grundsätzlich zulässig. Ausnahmen ergeben sich jedoch aus dem Gesichtspunkt, dass die Vollstreckung nicht die Rechtsstellung des ursprünglichen Rechtsinhabers, insbesondere des Urhebers, beeinträchtigen darf, da dieser nicht Vollstreckungsschuldner ist. Danach sind folgende Fälle zu unterscheiden:

973 Soweit die **Weiterübertragung** des abgeleiteten Rechts der Zustimmung des Urhebers bedarf (vgl. §§ 34, 35 UrhG), ist auch die Pfändung an seine Zustimmung gebunden (§§ 851, 857 ZPO). Daran ändert auch § 857 II ZPO nichts, da das UrhG dem Urheber die Kontrolle darüber, wer sein Recht ausübt, vorbehalten will. Jedoch darf der Urheber die Zustimmung nicht wider Treu und Glauben verweigern (§ 34 I 2 UrhG).

974 Soweit eine Weiterübertragung zulässig ist, kann sich doch eine Beschränkung der Vollstreckung aus dem **Persönlichkeitsrecht des Urhebers** ergeben. So kann zB das Vervielfältigungs-, Verbreitungs-, Vorführungs- und Senderecht des Filmherstellers ohne Weiteres übertragen (§ 90 UrhG) und daher auch gepfändet werden.[3] Falls jedoch die Pfändung dazu führt, dass der Film nicht vorgeführt wird, so können ihr die Urheber nach § 771 ZPO widersprechen, weil dadurch ihr Persönlichkeitsrecht, nämlich ihr persönliches Interesse, durch Vorführung des Filmes bekannt zu werden, beeinträchtigt würde.

[2] AA *E. Ulmer* (→ Rn. 176) S. 574.
[3] KG JW 1924, 413.

Falls die Einräumung abgeleiteter Rechte mit fortwirkenden **Verpflichtungen** gegenüber dem ursprünglichen Rechtsinhaber, zB mit einer fortlaufenden Zahlungspflicht, verbunden ist, ist die Einzelvollstreckung nur mit dessen Zustimmung zulässig, da durch den Zwangszugriff die Erfüllung dieser Verpflichtung gefährdet würde. 975

3. Die Vollstreckung in Werkexemplare und andere körperliche Gegenstände

Auch die **Zwangsvollstreckung in Verkörperungen des Werkes** ist teils wegen der persönlichen Beziehung des Urhebers zu einzelnen Exemplaren, teils wegen ihrer Bedeutung im Rahmen der Verwertung des geistigen Gutes durch Sondervorschriften des UrhG **beschränkt.** 976

Für **Originale von Werken** bestimmt § 114 UrhG, dass die Zwangsvollstreckung wegen Geldforderungen gegen den Urheber nur mit seiner Einwilligung zulässig ist. Die Einwilligung kann ebenso wie bei der Vollstreckung in das Urheberrecht nicht durch einen gesetzlichen Vertreter erteilt werden. Richtet sich die Vollstreckung gegen den Rechtsnachfolger des Urhebers, so bedarf sie vor dem Erscheinen des Werkes seiner Einwilligung (§ 116 I u. II 1 Nr. 2 UrhG). Bei angeordneter Testamentsvollstreckung ist die Einwilligung des Testamentsvollstreckers erforderlich (§ 117 UrhG). 977

Ohne Einwilligung zulässig ist jedoch die Zwangsvollstreckung wegen Geldforderungen in **Bauwerke** und andere veröffentlichte **Werke der bildenden Künste** (§§ 114 II 1 Nr. 2 und 3, 116 II 1 Nr. 1 UrhG). In diesen Fällen dürfen die gepfändeten Originale auch veräußert werden (§§ 114 II 2, 116 II 2 UrhG). Ferner bedarf es keiner Einwilligung, soweit die Zwangsvollstreckung in das Original des Werkes zur Durchführung der Zwangsvollstreckung in ein Nutzungsrecht am Werk notwendig ist (§§ 114 II 1 Nr. 1, 116 II 1 Nr. 1 UrhG). Hat zB ein Gläubiger mit Einwilligung des Urhebers dessen Vervielfältigungsrecht gepfändet, so kann er auch in das Manuskript vollstrecken, soweit und solange dieses zur Herstellung der Vervielfältigung benötigt wird. Diese Regeln gelten nach § 118 UrhG auch für wissenschaftliche Ausgaben und Lichtbilder. 978

Keine besonderen Vorschriften enthält das UrhG für den Fall, dass die **Vollstreckung nicht wegen Geldforderungen** erfolgt. Es gelten dann die allgemeinen Bestimmungen. Verkauft zB der Urheber das Original seines Werkes, so kann gegen ihn auf Erfüllung geklagt und aus dem Urteil vollstreckt werden. Dasselbe gilt für die Verpflichtung zur Ablieferung des Manuskripts an den Verleger aus § 10 VerlG. 979

Vervielfältigungsstücke des Werkes und veräußerte Originale sind ohne Weiteres pfändbar. Ihre Verwertung darf allerdings nicht in einer das Urheberrecht verletzenden Weise geschehen, insbesondere darf sie nicht gegen das ausschließliche Verbreitungsrecht des Urhebers verstoßen. 980

Gepfändete Bücher sind daher nur frei verwertbar, wenn das Verbreitungsrecht bereits erschöpft ist,[4] wie es bei Exemplaren der Fall ist, die sich in der Hand von Käufern, von Antiquariaten oder Buchhändlern befinden. Dagegen können noch nicht in Verkehr gebrachte Vervielfältigungsstücke, die sich in der Hand des Urhebers, Verlegers oder Druckers befinden, zwar gepfändet, aber nicht durch Versteigerung verbreitet werden. Ihre Verwertung ist nur in einer Weise zulässig, die keine Verbreitung dar- 981

[4] Vgl. o. → Rn. 365ff.

stellt. Eine Verbreitung der Vervielfältigungsstücke im Wege der **Versteigerung** wäre nur mit Zustimmung des Inhabers des Verbreitungsrechts oder bei gleichzeitiger Pfändung des Verbreitungsrechts zulässig.[5] Das gleiche gilt für eine Verwertung von Vervielfältigungsstücken aufgrund des gesetzlichen Pfandrechts, wie es zB dem Drucker an den von ihm gedruckten Exemplaren nach § 647 BGB zusteht.

982 Das UrhG schränkt auch die **Zwangsvollstreckung in Wiedergabevorrichtungen von Werken und geschützten Leistungen** ein, da sie für einen Gläubiger, der nicht zugleich das Werk oder die geschützte Leistung verwerten darf, nur den in der Regel geringen Materialwert haben. Daher bestimmt § 119 I und II UrhG, dass Vorrichtungen, die ausschließlich zur Vervielfältigung oder Funksendung eines Werkes oder zur Vorführung eines Filmwerkes bestimmt sind, der Zwangsvollstreckung wegen Geldforderungen nur unterliegen, **soweit der Gläubiger zur Nutzung des Werkes mittels dieser Vorrichtungen berechtigt ist.** Als solche Vorrichtungen kommen in Betracht: Formen, Platten, Steine, Druckstöcke, Matrizen, Filmnegative, Filmstreifen usw. Dasselbe gilt nach § 119 III UrhG für Vorrichtungen zur Vervielfältigung, Sendung oder Vorführung von Leistungen, nämlich von geschützten Ausgaben, Lichtbildern, Bild- und Tonträgern und Datenbanken. Keiner Beschränkung unterliegt dagegen die **Zwangsvollstreckung** in diese Vorrichtungen, **wenn sie nicht wegen Geldforderungen erfolgt.** Hat sich zB der Filmproduzent dem Verleiher gegenüber zur Lieferung des Filmnegativs oder der Filmkopien verpflichtet, so kann er auf Leistung verklagt werden. Die Vollstreckung aus dem Urteil ist ohne Weiteres zulässig.

983 Für Gegenstände, an denen Persönlichkeitsrechte bestehen, ist die Bestimmung des § 811 Nr. 11 ZPO analog anzuwenden (str.). Danach sind Bildnisse, Briefe, Tagebücher und sonstige vertrauliche Aufzeichnungen, die sich in der Hand des Trägers des Persönlichkeitsrechts befinden, **grundsätzlich unpfändbar.** Die Pfändung eines Bildnisses, das sich in fremder Hand befindet und nicht dem Abgebildeten gehört, ist zulässig; jedoch kann der Abgebildete einer Verbreitung oder Schaustellung in der Öffentlichkeit gemäß § 771 ZPO widersprechen, sofern nicht ein Fall des § 23 I Nr. 1–4 KUG vorliegt. Hat der Abgebildete einer Veröffentlichung zugestimmt, so kann er einer Verwertung nur widersprechen (§ 771 ZPO), wenn dadurch erhebliche persönliche Interessen betroffen werden. Ähnlich wird man die Pfändung und Verwertung von Briefen, Tagebüchern und vertraulichen Aufzeichnungen behandeln müssen.

II. Schutzrechte und abgeleitete Nutzungsrechte in der Insolvenz

984 Urheber, ausübende Künstler und andere originäre Inhaber verwandter Schutzrechte können ebenso wie Nutzungsrechtsnehmer **(drohend) zahlungsunfähig oder überschuldet** sein. Liegt in ihrer Person ein solcher Grund zur Eröffnung eines Insolvenzverfahrens vor (vgl. §§ 11 ff. InsO), und wird daraufhin ein Insolvenzverfahren eröffnet, geht gem. § 80 I InsO das Recht des Gemeinschuldners, das zur Insolvenzmasse gehörende Vermögen zu verwalten und über es zu verfügen, auf den Insolvenzverwalter über. Damit ist aber noch nicht die spezifische Frage beantwortet, ob die originären Schutzrechte bzw. die abgeleiteten Nutzungsrechte in die Insolvenzmasse fallen und ob ihre Verwertung parallel zur Einzelzwangsvollstreckung Einschränkungen unterliegt.

[5] AA *Berger* (→ Rn. 378) S. 443.

Gem. § 35 I InsO erfasst das Insolvenzverfahren das gesamte Vermögen, das dem Schuldner zur Zeit der Eröffnung des Verfahrens gehört und das er während des Verfahrens erlangt (Insolvenzmasse). Allerdings nimmt § 36 I 1 InsO hiervon **Gegenstände, die nicht der Zwangsvollstreckung unterliegen,** wieder aus. Wie dargestellt, unterliegt das unübertragbare Urheberrecht als solches nicht der Zwangsvollstreckung; es fällt daher auch von vornherein nicht in die Insolvenzmasse. Soweit jedoch die §§ 113ff. UrhG eine Zwangsvollstreckung in das Urheberrecht und Originale von Werken zulassen – nämlich mit Einwilligung des Urhebers und soweit er selbst gem. §§ 31ff. UrhG Nutzungsrechte einräumen kann – soweit kommt auch eine Verwertung in der Insolvenz durch den Insolvenzverwalter in Betracht.[6] Uneingeschränkt der Gesamtvollstreckung unterliegen hingegen die laufenden Einnahmen aus der Verwertung von Werken sowie die übertragbaren Leistungsschutzrechte. 985

Von besonderer praktischer Bedeutung ist das **Schicksal abgeleiteter Nutzungsrechte („Lizenzen") in der Insolvenz** des Urhebers (Lizenzgebers) bzw. des Nutzungsrechtsnehmers (Lizenznehmer). Ist der Lizenzgeber insolvent, kann der Insolvenzverwalter bestrebt sein, alle eingeräumten Lizenzverträge und abgeleiteten Nutzungsrechte zu beenden, um das Rechteportfolio des Gemeinschuldners anschließend belastungsfrei versilbern zu können. Ist hingegen der Lizenznehmer zahlungsunfähig, wird der Insolvenzverwalter häufig ein Interesse am Erhalt eingeräumter Lizenzen haben, um das Unternehmen fortführen oder mitsamt den Lizenzen veräußern zu können. 986

Die Rechtsprechung hat diese typischen Interessenkonflikte nicht im Sinne eines Entweder-Oder gelöst. Vielmehr geht sie davon aus, dass ein Lizenzvertrag als Dauernutzungsvertrag im Sinne der §§ 108, 112 InsO für den **Insolvenzverwalter einer jeden Vertragspartei ein Wahlrecht nach § 103 InsO** eröffnet, falls sie im Zeitpunkt der Insolvenzeröffnung beiderseits noch nicht vollständig erfüllt waren (vgl. auch § 36 I VerlG). Der Insolvenzverwalter kann anstelle des Schuldners den Vertrag erfüllen und die Erfüllung vom anderen Teil verlangen (§ 103 I InsO), oder er kann die Erfüllung ablehnen (§ 103 II 1 InsO). Die Eröffnung des Insolvenzverfahrens führt bei gegenseitigen Verträgen, die zur Zeit der Eröffnung des Insolvenzverfahrens beiderseits nicht vollständig erfüllt sind, zwar nicht zu einem Erlöschen der Ansprüche; sie hat aber zur Folge, dass die noch ausstehenden Ansprüche des Vertragspartners, soweit es sich nicht um Ansprüche auf die Gegenleistung für schon erbrachte Leistungen handelt, gegen die Insolvenzmasse nicht mehr durchsetzbar sind.[7] Im Ergebnis wird damit die Entscheidung über das Schicksal einer Lizenz in die Hände des Insolvenzverwalters gelegt. Anders ist es lediglich bei der Insolvenz des Verlegers, wenn zur Zeit der Eröffnung des Insolvenzverfahrens mit der Vervielfältigung des Werkes noch nicht begonnen worden ist. Dann kann der Verfasser gem. § 36 III VerlG auch gegen den Willen des Insolvenzverwalters vom Verlagsvertrag zurücktreten und so das Verlagsrecht zum Erlöschen bringen (§ 9 I VerlG). 987

Literatur zur Vertiefung: *Asche,* Zwangsvollstreckung in Software, 1998; *Esser,* Urheberrechtliche Lizenzen in der Insolvenz, 2009; *Hendricks,* Die Zwangsvollstreckung gegen den Urheber unter besonderer Berücksichtigung des Einwilligungserfordernisses in § 113 UrhG, 2008; *Rudolph,* Filmrechte in der Insolvenzordnung, 2006; *Skauradszun,* Das Urheberrecht in der Zwangsvollstreckung, 2009; *Wallner,* Die

[6] MüKoInsO/*Peters* InsO § 35 Rn. 339ff.

[7] BGH GRUR 2016, 201 Rn. 43 mwN – Ecosoil. Zur Insolvenz des Verlegers beim Verlagsvertrag vgl. § 36 II VerlG.

Insolvenz des Urhebers, 2002; *J.B. Zimmermann,* Immaterialgüterrechte und ihre Zwangsvollstreckung, 1998

§ 41. Rechtsnachfolge von Todes wegen

I. Der Grundsatz der Vererblichkeit

988 Nach § 28 I UrhG iVm § 1922 BGB **geht das Urheberrecht auf die Erben über;** sie rücken grundsätzlich in die volle Rechtsstellung des Urhebers ein (§ 30 UrhG).[1] Nur in einzelnen gesetzlichen Vorschriften ist für den Rechtsnachfolger etwas Besonderes bestimmt, zB in § 42 UrhG für das Rückrufsrecht wegen gewandelter Überzeugung und in den §§ 115, 116 UrhG für die Zwangsvollstreckung. Hat der Urheber zu seinen Lebzeiten anderen Nutzungsrechte eingeräumt, zB das Mitglied des Jesuitenordens durch sein Armutsgelübde gegenüber dem Orden,[2] so ist der Erbe nach bürgerlichem Recht an diese Verfügung gebunden. Dies gilt auch hinsichtlich der persönlichkeitsrechtlichen Befugnisse, die der Urheber zu seinen Lebzeiten vielleicht einer Vertrauensperson zur Ausübung überlassen hat. Hat zB der Urheber die Wahrung seiner persönlichen Interessen, wie die Entscheidung über die Veröffentlichung seines Werkes, mit einem Nutzungsrecht unter Lebenden einem Treuhänder anvertraut, so wirkt diese Verfügung des Urhebers auch gegen die Erben. Sollte allerdings der **Treuhänder** in schwerwiegender Weise gegen die persönlichen Interessen des Urhebers verstoßen, so können die Erben aufgrund des auf sie übergegangenen Stamm-Urheberrechts von ihm Unterlassung solcher Handlungen verlangen.[3]

989 Während die Erben als neue Rechtsinhaber mit den Verwertungsrechten nach ihrem Belieben verfahren können, ist streitig, ob bei der **postmortalen Ausübung der Urheberpersönlichkeitsrechte** ihre Interessen (erbrechtliche Betrachtung) oder diejenigen des verstorbenen Urhebers (persönlichkeitsrechtliche Betrachtung) maßgeblich sind. Nimmt man den Zweck der Urheberpersönlichkeitsrechte trotz ihrer monistischen Verflechtung mit den Verwertungsrechten ernst, kann nur die letztgenannte Auffassung richtig sein. Maßgeblich bleiben demnach stets die geistigen und persönlichen Interessen des verstorbenen Urhebers. Die auf seine Person ausgerichteten Befugnisse ändern durch den Erbgang nicht ihre individuelle Schutzrichtung. Die praktischen Probleme der Durchsetzung der Interessen des Verstorbenen sind kein Grund, diese Bindung des Erben von vornherein aufzugeben. Immerhin wird den Gerichten ein Instrument an die Hand gegeben, offensichtlich missbräuchlichen, dem Willen des Urhebers erkennbar zuwiderlaufenden Geltendmachungen des Urheberpersönlichkeitsrechts durch die Erben die Gefolgschaft zu versagen. Auch erklärt sich auf dieser Grundlage zwanglos, weshalb die Urheberinteressen nach ständiger Rechtsprechung Jahre und Jahrzehnte nach dem Tod nicht notwendig dasselbe Gewicht haben wie zu seinen Lebzeiten.[4]

990 Fällt das Urheberrecht an **mehrere Erben,** so bestimmt sich ihre Mitberechtigung nach den Vorschriften des BGB über die Erbengemeinschaft (§§ 2032ff.). Im Wege der Erbauseinandersetzung kann das Urheberrecht als Ganzes auf einen oder mehrere Miterben übertragen werden (§ 29 I UrhG).

---

[1] Zur vermögensmäßigen Bewertung des urheberrechtlichen Nachlasses s. FinErlaß BStBl. 1997 I 689.
[2] OLG Düsseldorf GRUR 1991, 759, 760 – Armutsgelübde.
[3] BGHZ 15, 249 – Cosima-Wagner-Tagebücher.
[4] BGH GRUR 2012, 172 – Stuttgart 21 mwN.

Die **verwandten Schutzrechte** sind ebenfalls **vererblich.** Für den Schutz wissenschaftlicher Ausgaben und Lichtbilder ergibt sich dies aus dem Verweis auf das Urheberrecht (§§ 70 I, 72 I UrhG). Die Vererblichkeit der übrigen Leistungsschutzrechte folgt unmittelbar aus § 1922 I BGB, da die Verwertungsrechte zum „Vermögen" zählen. Anders verhält es sich mit den Persönlichkeitsrechten des ausübenden Künstlers, die nach dualistischer Art von den Verwertungsrechten getrennt und postmortal von den Angehörigen wahrgenommen werden (vgl. § 76 UrhG).[5] 991

II. Verfügungen von Todes wegen

Der Rechtsinhaber kann für den Fall seines Todes besondere Bestimmungen über das Schicksal seines Werkes treffen. Hierfür stehen ihm die erbrechtlichen Formen zur Verfügung. Er kann also durch **Testament oder Erbvertrag** eine bestimmte Person als Erben einsetzen oder ihr das Urheberrecht vermachen. In letzterem Falle geht es zunächst auf den Erben über und ist von diesem auf den **Vermächtnisnehmer** zu übertragen. Durch Auflagen kann der Rechtsinhaber die Durchführung bestimmter Anordnungen, zB über die Veröffentlichung, sichern. Auch kann er einen Testamentsvollstrecker mit der Verwaltung und Ausübung des Urheberrechts betrauen (§ 28 II 1 UrhG). Die Vorschrift des § 2210 BGB, wonach die Testamentsvollstreckung unwirksam wird, wenn 30 Jahre seit dem Erbfall verstrichen sind, ist dabei nicht anzuwenden (§ 28 II 2 UrhG). 992

Die Beachtung seiner persönlichen Interessen kann der Urheber insbesondere durch **Auflagen** und durch **Bestellung eines Testamentsvollstreckers** sichern. Dagegen dürfte es nicht möglich sein, durch formlose Bestimmung eine Person mit der Wahrnehmung der persönlichen Interessen nach dem Tode zu betrauen. Bei reinen Persönlichkeitsrechten ist eine solche Bestimmung allerdings zu beachten.[6] Beim Urheberrecht sind hingegen die persönlichen Interessen mit den Vermögensinteressen eng verbunden. Die Wahrnehmung persönlicher Interessen hat meist vermögensrechtliche Wirkungen. Aus Gründen der Rechtssicherheit ist daher für **letztwillige Verfügungen über das Urheberpersönlichkeitsrecht** an den erbrechtlichen Formen festzuhalten. Dagegen ist eine Überlassung urheberpersönlichkeitsrechtlicher Befugnisse in Verbindung mit einem Nutzungsrecht unter Lebenden formlos möglich. 993

Literatur zur Vertiefung: *Clément,* Urheberrecht und Erbrecht, 1993; *Gloser,* Die Rechtsnachfolge in das Urheberrecht, 2012; *Hunziker,* Immaterialgüterrechte nach dem Tode des Schöpfers, Bern 1983; *Peukert,* Die Leistungsschutzrechte des ausübenden Künstlers nach dem Tode, 2001; *Rehbinder,* Die Familie im Urheberrecht, ZUM 1986, 365

[5] → Rn. 683 ff.
[6] BGHZ 50, 140 – Mephisto.

2. Kapitel. Rechtsschutz im Urheber- und Leistungsschutzrecht

§ 42. Rechtsschutz technischer Schutzmaßnahmen

I. Die drei Schutzschichten des digitalen Urheberrechts

994 Das UrhG gewährt Werken und Leistungen einen **rechtlichen Schutz.** Die Ausschließlichkeitsrechte ordnen Werke und Leistungen ihren Rechtsinhabern zur exklusiven Verwertung zu. Wo Verbotsrechte nicht realisierbar oder mit Rücksicht auf Zugangsinteressen nicht wünschenswert sind, verfügen die Berechtigten immerhin über gesetzliche Vergütungsansprüche (zB § 54 UrhG). Die Nutzer *können* demnach zwar Bücher, CDs, heruntergeladene Dateien usw. kopieren und für öffentliche Wiedergaben verwenden, sie *dürfen* es aber nicht oder nur gegen Zahlung einer angemessenen Vergütung. Das Urheberrecht und die verwandten Schutzrechte bilden die erste, eben rechtliche Ebene des Schutzes von Werken und Leistungen.

995 Schon seit geraumer Zeit versuchen Rechtsinhaber, diesen rechtlichen durch einen **technischen Schutz** zu verstärken. Im Internet werden der Zugang zu und die Nutzung von Datenbanken von der Eingabe eines Passwortes abhängig gemacht. Geschützte Inhalte werden im Übrigen verschlüsselt zur Verfügung gestellt, und den Schlüssel zur gewünschten Nutzung in Gestalt einer Soft- oder Hardwarekomponente (zB Dongles, Pay-TV-Receiver, spezielle Datenträger zB für Computerspiele) erhalten nur rechtmäßige Nutzer. Derartige Technologien sollen sicherstellen, dass Nutzer nicht autorisierte Handlungen schon nicht vornehmen *können.* Technische Schutzmaßnahmen bilden demnach die zweite, eben technische Ebene des Schutzes von Werken und Leistungen.

996 Weil aber keine von Menschen geschaffene Technik existiert, die nicht von Menschen umgangen werden kann, **bedarf die technische Schutzschicht wiederum des rechtlichen Schutzes.** Die von den Rechtsinhabern zum Schutz ihrer gesetzlichen Befugnisse (1. Ebene) eingesetzten Zugangs- und Kopierschutztechnologien (2. Ebene) werden folglich ihrerseits durch das Urheberrecht (3. Ebene) geschützt. Zu diesem Zweck verbieten die §§ 95a und 95c UrhG in Umsetzung der Art. 6 und 7 InfoSocRL 2001/29 die Umgehung technischer Maßnahmen, vorbereitende und unterstützende Verhaltensweisen mit diesem Ziel sowie die Entfernung und Änderung von Informationen für die Rechtewahrnehmung. Der technische Zaun, der von den Rechtsinhabern um die Inhalte errichtet wird, wird vom Gesetzgeber gewissermaßen unter Strom gesetzt. Letztlich sollen die Rechtsinhaber in die Lage versetzt werden, die Nutzung geschützter Inhalte durch **Digitales Rechtemanagement** nach ihren Vorstellungen zu kontrollieren und im gewählten Geschäftsmodell individuell abzurechnen.[1] Gleichwohl etabliert der Rechtsschutz technischer Schutzmaßnahmen kein neues, eigenständiges Ausschließlichkeitsrecht, sondern verstärkt den Schutz der im UrhG geregelten gesetzlichen Befugnisse. Dementsprechend finden sich die einschlägigen Vorschriften im 1. Abschnitt des 4. Teils des UrhG unter dem Titel „Ergänzende Schutzbestimmungen".

[1] Oben → Rn. 333 ff.

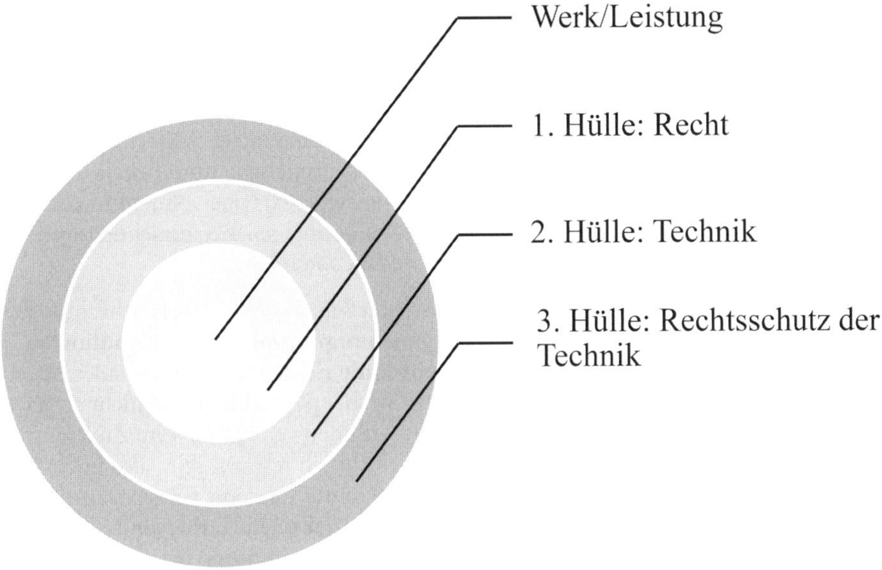

Übersicht: Schutzschichten

II. Schutz technischer Schutzmaßnahmen

Werden Werke (mit Ausnahme von Computerprogrammen, vgl. § 69a V UrhG) oder sonstige Schutzgegenstände des UrhG durch wirksame technische Maßnahmen gesichert, so schützt § 95a UrhG diese Maßnahmen gegen Umgehung oder bestimmte Vorbereitungshandlungen hierzu, die mit dem Ziele erfolgen, auf diese Weise ohne Zustimmung des Rechtsinhabers den Zugang zu den Schutzgegenständen oder deren Nutzung zu ermöglichen. **Technische Maßnahmen** sind nach der Legaldefinition in § 95a II 1 UrhG Technologien, Vorrichtungen und Bestandteile, die im normalen Betrieb dazu bestimmt sind, vom Rechtsinhaber nicht genehmigte Handlungen gegen Schutzobjekte des UrhG zu verhindern oder einzuschränken. Sie finden sich sowohl im Offline- als auch im Online- und praktisch flächendeckend im mobilen App-Bereich. Beispielsweise werden DVDs verschlüsselt, um Kopien und die Nutzung in außereuropäischen Ländern zu verhindern.[2] Computerspielkonsolen können nur mit speziellen Speichermedien des jeweiligen Herstellers benutzt werden.[3] Und Online-Streams werden verschlüsselt und oder nur im Rahmen bestimmter Apps übertragen, damit der Datenstrom nicht abgefangen und dauerhaft gespeichert werden kann.[4] 997

Wirksam sind derartige technische Schutzmaßnahmen nach der Legaldefinition in § 95a II 2 UrhG, wenn der Rechtsinhaber die Nutzung seines Schutzgegenstands unter Kontrolle hält, indem er sein Schutzziel durch eine Zugangskontrolle, durch einen Schutzmechanismus wie Verschlüsselung, Verzerrung oder sonstige Umwandlung oder durch einen Mechanismus zur Kontrolle der Vervielfältigung sicherstellt. Wirksam ist eine Maßnahme also auch dann, wenn ihre Umgehung möglich ist. Es genügt, 998

2 BGH ZUM-RD 2011, 290 – AnyDVD.
3 BGH ZUM 2013, 804 Rn. 2 – Videospiel-Konsolen.
4 LG Hamburg CR 2014, 130ff.

wenn zur Umgehung ein aktives Tun (Entschlüsselung, Einsatz einer speziellen Soft- oder Hardware usw.) erforderlich ist. Der EUGH verlangt darüber hinaus, dass technische Maßnahmen als solche **verhältnismäßig** sein müssen, also zur Verwirklichung des Rechtsschutzes geeignet sein müssen und nicht über das hierzu Erforderliche hinausgehen dürfen.[5] Doch formulieren weder Art. 6 III InfoSocRL 2001/29 noch seine Umsetzung in § 95a II UrhG einen solchen Verhältnismäßigkeitsvorbehalt. Letztlich wird dem in Anspruch genommenen Nutzer in der Praxis aber ohnehin kaum der Nachweis gelingen, dass andere Technologien zu geringeren Beeinträchtigungen der Nutzer geführt, aber einen vergleichbaren Schutz geboten hätten.[6]

999 Nach dem Wortlaut von § 95a II 1 UrhG genießen ferner nur solche technischen Maßnahmen Rechtsschutz, die sich gegen **genehmigungspflichtige Handlungen in Bezug auf Werke oder andere Schutzgegenstände** richten. Die betreffenden Werke oder Leistungen müssen also nach dem UrhG überhaupt geschützt und nicht etwa wegen Ablaufs der Schutzdauer oder aus anderen Gründen gemeinfrei sein. Zudem muss die technisch unterbundene Handlung urheberrechtlich relevant sein, also in ein Verwertungs- oder Persönlichkeitsrecht eingreifen, könnte sie denn vorgenommen werden. Schließlich statuiert § 95a I UrhG einen **subjektiven Tatbestand.** Demnach muss der Nutzer in der Absicht handeln, sich ohne Zustimmung des Rechtsinhabers den Zugang zum Schutzgegenstand oder dessen Nutzung zu verschaffen. Umgehungshandlungen, die ausschließlich wissenschaftlichen Zwecken dienen (zB Kryptographie), sind demgemäß erlaubt.[7] Umgehungsabsicht erfordert, dass dem Handelnden der Umgehungszweck bekannt ist oder den Umständen nach bekannt sein musste.

1000 Neben der Umgehung selbst sind nach § 95a III UrhG auch gewisse **Vorbereitungshandlungen** hierzu verboten, und zwar die Herstellung, die Einfuhr (in den Geltungsbereich des UrhG), die Verbreitung, die Vermietung, die Werbung im Hinblick auf Verkauf oder Vermietung, der gewerblichen Zwecken dienende Besitz von Vorrichtungen, Erzeugnissen oder Bestandteilen oder die Erbringung von Dienstleistungen, die (Nr. 1) Gegenstand einer Verkaufsförderung, Werbung oder Vermarktung mit dem Ziele der Umgehung sind, oder die (Nr. 2) abgesehen von der Umgehung nur einen begrenzten wirtschaftlichen Zweck oder Nutzen haben, oder die (Nr. 3) hauptsächlich entworfen, hergestellt, angepasst oder erbracht werden, um die Umgehung zu ermöglichen oder zu erleichtern. Verboten ist es demzufolge, sog. Modchips zu bewerben und zu vertreiben, mit deren Hilfe auf Computerspielkonsolen „Raubkopien" verwendet werden können.[8] Hingegen verstößt der Vertrieb eines handelsüblichen Digital-Receivers für den Satellitenempfang unverschlüsselter Fernsehprogramme nicht schon deshalb gegen § 95a III UrhG, weil ein solches Gerät unter Einsatz sog. Emulatorensoftware auch zum unerlaubten Empfang unverschlüsselter Pay-TV-Programme verwendet werden kann.[9] Denn nur diese Software hat allenfalls einen begrenzten alternativen wirtschaftlichen Zweck und ist auch hauptsächlich hergestellt worden, um die Umgehung zu ermöglichen.

5 EUGH ZUM 2014, 219 Rn. 30ff. – Nintendo.
6 Vgl. OLG München MMR 2017, 339ff. – Nintendo.
7 AmtlBegr. UFITA 2004/I, 237.
8 OLG München MMR 2017, 339 – Nintendo.
9 OLG Hamburg ZUM 2010, 63.

Zur Verwirklichung eines vollautomatischen Vertriebs digitaler Inhalte und insbesondere zur Unterscheidung eines lizenzierten Datensatzes von unerlaubten Kopien müssen die geschützten Inhalte mit Informationen über das Werk bzw. die Leistung, den Rechtsinhaber und die Nutzungsbedingungen versehen sein. Derartige Informationen zur Rechtewahrnehmung **(Metadaten)** genießen gem. § 95c UrhG ebenfalls Rechtsschutz. Zu den Informationen (Metadaten), die zur Implementierung des Digitalen Rechtemanagements erforderlich sind, zählen gem. § 95c II UrhG (a) elektronische Informationen, die Werke (mit Ausnahme von Computerprogrammen, § 69a V UrhG) oder andere Schutzgegenstände des UrhG, den Urheber oder jeden anderen Rechtsinhaber identifizieren, ferner (b) Informationen über Modalitäten und Bedingungen für die Nutzung der Schutzgegenstände sowie (c) Zahlen und Codes, durch die derartige Informationen ausgedrückt werden. Alle diese Informationen dürfen nach § 95c I UrhG nicht entfernt oder verändert werden, wenn sie an einem Vervielfältigungsstück des Schutzgegenstandes angebracht sind oder im Zusammenhang mit der öffentlichen Wiedergabe erscheinen und wenn die Entfernung oder Veränderung wissentlich unbefugt erfolgt und der Handelnde dies weiß oder hätte wissen müssen, dass er damit die Verletzung von Urheber- oder Leistungsschutzrechten veranlasst, ermöglicht, erleichtert oder verschleiert. § 95c III UrhG enthält das Verbot der Nutzung von Schutzgegenständen des UrhG, bei denen der Handelnde weiß oder annehmen muss, dass elektronische Informationen zur Rechtewahrnehmung unbefugt entfernt oder geändert worden sind. 1001

Von vornherein nicht anwendbar sind die §§ 95a ff. UrhG gem. § 69a V UrhG auf **Computerprogramme.** Für diesen Schutzgegenstand sieht § 69f II UrhG in Umsetzung der ComputerprogrammRL 2009/24 lediglich einen Anspruch auf Vernichtung von Umgehungsmitteln vor. Diese deutlich hinter §§ 95a ff. UrhG zurückbleibende Sonderregelung genügt den völkerrechtlichen Vorgaben des WCT nicht.[10] Zudem beruhen immer mehr hybride digitale Produkte wie insbesondere Computerspiele auf Software, mit deren Hilfe Bild- oder Bild-/Tonfolgen erzeugt werden, die wiederum als Lichtbild- oder Filmwerk gem. § 2 I Nr. 5 und 6 UrhG eigenständigen Schutz genießen.[11] Nach herrschender Meinung kommen auf solch hybride Produkte die §§ 69f II, 95a ff. UrhG kumulativ zur Anwendung.[12] 1002

§§ 95a, 95c UrhG sind **Schutzgesetze** iSv § 823 II BGB, so dass Rechtsinhaber Unterlassung, Beseitigung sowie Schadensersatz verlangen können. Auch Ansprüche auf Vernichtung, Rückruf und Überlassung rechtswidriger Umgehungsmittel gem. § 98 UrhG kommen in Betracht. Verstöße gegen §§ 95a und c UrhG sind überdies zT bußgeldbewehrt (§ 111a I Nr. 1 UrhG), zT strafbar (§ 108b UrhG). 1003

III. Durchsetzung von Schrankenbestimmungen

Sinn und Zweck technischer Schutzmaßnahmen ist es, flüchtige und dauerhafte Vervielfältigungen geschützter Inhalte von vornherein zu unterbinden. Diese Nutzungen würden zwar stets in das denkbar weit konzipierte Vervielfältigungsrecht gem. § 16 UrhG eingreifen. Sie können aber nach Maßgabe der Schranken des Urheberrechts (§§ 44a ff. UrhG) auch zulässig sein, man denke an Kopien zu Zwecken des Zitats 1004

[10] Art. 4, 11 und 12 WCT.
[11] Oben → Rn. 232f.
[12] BGH ZUM 2013, 804 Rn. 24 – Videospiel-Konsolen.

oder zur wissenschaftlichen Forschung. Wenn eine technische Schutzmaßnahme wie im Fall verschlüsselter Online-Streams nun selbst flüchtige Kopien unterschiedslos verhindert, werden letztlich alle **Schranken des Urheberrechts technisch ausgehebelt.** Gleichwohl räumt das Gesetz dem Digitalen Rechtemanagement weitgehend Vorrang ein, um die Entwicklung neuer Geschäftsmodelle zu begünstigen.

1005 Vom Verbot der Umgehung von technischen Schutzmaßnahmen und bestimmten Vorbereitungshandlungen unberührt bleiben nur Handlungen öffentlicher Stellen zum Zwecke der **Strafrechtspflege** oder der **öffentlichen Sicherheit** (§ 95a IV UrhG). Allein diese hoheitlichen Sicherheitsinteressen dürfen ohne Rücksicht auf Digitales Rechtemanagement verfolgt werden. Im Übrigen ist wie folgt zu differenzieren:

1006 Im **Offline-Bereich** hat der Inhaber der Rechte an Schutzgegenständen des UrhG (mit Ausnahme von Computerprogrammen, § 69a V UrhG), der diese gegen unbefugte Nutzung durch technische Maßnahmen sichert, dafür zu sorgen, dass diejenigen, die aufgrund bestimmter Schrankenregelungen des UrhG zur Nutzung auch ohne seine Zustimmung befugt sind, im Falle ihres rechtmäßigen Zugangs zu den Schutzgegenständen auch die Mittel erhalten, um ihre Zugangsrechte trotz der technischen Schutzmaßnahmen ausüben zu können (§ 95b I 1 UrhG). Abweichende Vereinbarungen sind unwirksam (§ 95b I 2 UrhG). **Anspruchsberechtigt** sind die Begünstigten aus folgenden, abschließend aufgezählten Schrankenregelungen: § 45 (Rechtspflege und öffentliche Sicherheit), § 45a (Behinderte), § 47 (Schulfunksendungen), § 53 (Vervielfältigungen zum privaten und eigenen Gebrauch, jedoch in einem vom Gesetzgeber kleinlich begrenzten Umfang unter Ausschluss insbesondere der digitalen Privatkopie), § 55 (Vervielfältigung durch Sendeunternehmen) und §§ 60a–f (Schranken für Unterricht und Wissenschaft mit Ausnahme der Terminalschranke). Welcher Art die Mittel zur Überwindung von technischen Schutzmaßnahmen für die Begünstigten aus den Schrankenregelungen sind, bleibt angesichts der Unsicherheit über die technische Entwicklung offen. In der Praxis ist dieser bußgeldbewehrte (§ 111a I Nr. 2, II UrhG) Anspruch auf nachträgliche Hilfestellung bedeutungslos geblieben. Allerdings stellt die Gewährung eines zivilrechtlichen Anspruchs der aus der Schrankenregelung Begünstigten gegen den Rechtsinhaber in § 95b II 1 UrhG klar, dass ein **Selbsthilferecht** zur Umgehung der technischen Schutzmaßnahmen **nicht besteht,** da die zwangsweise Durchsetzung dieses Anspruchs im Wege der Individualklage nur zum Zwangsgeld nach § 888 ZPO führt. Bereits im Offline-Bereich ist die Umgehung technischer Maßnahmen also selbst dann verboten, wenn der Handelnde von einer Schranke des Urheberrechts (zB für eine Kopie zu Ausbildungszwecken oder ein Zitat) Gebrauch machen möchte.

1007 Im Online-Bereich genießen technische Schutzmaßnahmen und Digitales Rechtemanagement sogar einen absoluten Vorrang vor sämtlichen Schranken des Urheberrechts. Denn selbst die von § 95b UrhG statuierte, nachträgliche Durchsetzung von Schrankenbestimmungen durch Individual- oder Verbandsklage (§ 3a UKlaG) entfällt, soweit Schutzgegenstände des UrhG der Öffentlichkeit aufgrund einer vertraglichen Vereinbarung in einer Weise zugänglich gemacht werden, dass sie Mitgliedern der Öffentlichkeit von Orten und zu Zeiten ihrer Wahl (dh über das Internet) zugänglich sind (§§ 95b III UrhG, 2a II UKlaG). Bei der **Online-Vermarktung** steht also die **Zulassung zur Schrankennutzung vollständig im Belieben des jeweiligen Rechtsinhabers.** Nur unter diesen günstigen rechtlichen Rahmenbedingungen rechnete der europäische Gesetzgeber mit der Entstehung neuer Geschäftsmodelle. Und in der Tat funktionieren etwa Streaming-Plattformen vollständig automatisiert. Es würde zu erheblichen und ggf. prohibitiven Kosten führen, wenn die Kunden individuelle Nutzungswünsche nach Maßgabe der Schranken des Urheberrechts geltend machen könnten. Sie müssen sich deshalb auf den bloßen Konsum des digitalen Inhalts beschränken und für weitergehende Nutzungen auf andere Quellen wie zB CDs und DVDs zurückgreifen.[13]

Bedenklich erscheinen technisch-rechtliche Verbote an sich zulässiger Schrankennut- 1008
zungen demnach nicht, soweit sie lediglich die **Art des Konsums digitaler Güter** (endgültig oder vorübergehend) **regulieren.** Insbesondere die digitale Privatkopie, aber auch die vergütungspflichtigen Schranken im Forschungs- und Bildungsbereich können daher durch widersprechendes Digitales Rechtemanagement wirksam unterbunden werden. Problematisch sind hingegen technische und rechtliche Verbote an sich zulässiger Zitate, freier Benutzungen und anderer Schranken des Urheberrechts im Interesse der Informations- und Kommunikationsfreiheit. Dieser **Kernbereich grundrechtlich garantierter Kommunikationsfreiheiten** muss auch vom Digitalen Rechtemanagement unberührt bleiben. Umgehungen und Vorbereitungshandlungen zu diesem Zweck erfolgen in Wahrnehmung berechtigter Interessen und sind daher nicht rechtswidrig.[14]

IV. Pflicht zur Kennzeichnung von technischen Schutzmaßnahmen

Da Kopierfähigkeit und Abspielbarkeit auf bestimmten Gerätetypen zu den Eigen- 1009
schaften gehören, die für die Kaufentscheidung maßgebend sind, statuiert **§ 95d I UrhG** im Interesse des **Verbraucherschutzes** eine Pflicht des Rechtsinhabers, die Eigenschaften der verwendeten technischen Schutzmaßnahmen deutlich sichtbar zu kennzeichnen (Computerprogramme wiederum ausgenommen, § 69a V UrhG). Um den aus den Schrankenregelungen Begünstigten die Geltendmachung ihrer Ansprüche wegen Verwendung technischer Schutzmaßnahmen nach § 95b II UrhG zu ermöglichen, besteht auch die bußgeldbewehrte (§ 111a I Nr. 3 UrhG) Pflicht zur Angabe von Name oder Firma und der zustellungsfähigen Anschrift (§ 95d II 1 UrhG). Im Online-Bereich gilt diese Verpflichtung wie die flankierende Pflicht zur Ermöglichung bestimmter Schrankennutzungen wiederum nicht (§ 95d II 2 UrhG).

Literatur zur Vertiefung: *Arlt,* Digital Rights Management-Systeme, 2006; *Bechtold,* Vom Urheber- zum Informationsrecht, 2002; *Mittenzwei,* Informationen zur Rechtewahrnehmung im Urheberrecht (§ 95c UrhG), 2006; *Rubli,* Das Verbot der Umgehung technischer Maßnahmen, 2009; *Trayer,* Technische Schutzmaßnahmen und elektronische Rechtewahrnehmungssysteme, 2003

§ 43. Ansprüche bei Rechtsverletzungen

I. Übersicht und Prüfungsaufbau

Das UrhG kodifiziert in seinen beiden ersten Teilen insgesamt zehn Ausschließlich- 1010
keitsrechte, nämlich das Urheberrecht an Werken der Literatur, Wissenschaft und Kunst sowie neun verwandte Schutzrechte an bestimmten, insbesondere unternehme-

[13] Zur AGB-rechtlichen Zulässigkeit der entsprechenden Endnutzerlizenzen oben → Rn. 779ff.

[14] Vgl. BGH ZUM-RD 2011, 290 – AnyDVD; BVerfG ZUM-RD 2012, 125 – AnyDVD (Pressebericht mit Link auf die Homepage des Anbieters von Umgehungsmitteln zulässig). Zur Nichtigkeit zuwiderlaufender Vertragsklauseln oben → Rn. 786.

rischen Leistungen im Bereich der Kulturwirtschaft. Handlungen im Schutzbereich dieser Ausschließlichkeitsrechte wie insbesondere Vervielfältigungen, Verbreitungsakte und öffentliche Wiedergaben bedürfen demnach der vorherigen Zustimmung des jeweiligen Rechtsinhabers, soweit sie nicht nach Maßgabe der Schranken des Urheberrechts und der verwandten Schutzrechte zulässig sind. Fehlt es an dieser Einwilligung und genehmigt der Rechtsinhaber den Eingriff auch nicht nachträglich (vgl. § 184 I BGB), hat dies zivilrechtliche und öffentlichrechtliche Konsequenzen. Zivilrechtlich stellt eine Rechtsverletzung eine **unerlaubte Handlung** dar, für die an sich Schadensersatzansprüche gem. § 823 I BGB wegen der Verletzung eines „sonstigen Rechts" in Frage kommen. Allerdings haben die Ansprüche wegen Rechtsverletzungen in den §§ 97 ff. UrhG eine vorrangige, vom allgemeinen Zivilrecht in vielerlei Hinsicht abweichende Regelung gefunden. Die §§ 106–111 c UrhG sehen darüber hinaus **Straf- und Bußgeldvorschriften** sowie **Grenzbeschlagnahmemaßnahmen der Zollbehörden** vor.[1]

1011 Die zivilrechtlichen Ansprüche bei Rechtsverletzungen können ihrem Ziel nach in drei Kategorien eingeteilt werden:

- **Abwehransprüche** sind in die Zukunft gerichtet. Sie dienen der Beseitigung fortwirkender Rechtsverletzungen und ihrer künftigen Verhinderung. Zu den Abwehransprüchen zählen der Beseitigungs- und Unterlassungsanspruch (§ 97 I UrhG) sowie die Ansprüche auf Vernichtung, Rückruf und Überlassung (§ 98 UrhG). Abwehransprüche treffen nicht nur Täter und Teilnehmer von Rechtsverletzungen, sondern auch den sog. Störer. Der haftende Verletzer kann den Abwehranspruch ausnahmsweise durch eine Entschädigungszahlung abwenden (§ 100 UrhG).
- **Zahlungsansprüche** sind in die Vergangenheit gerichtet. Sie dienen dem Ausgleich, dem Ersatz bzw. der Entschädigung vergangener Rechtsverletzungen. Auf Zahlung lauten die Ansprüche auf materiellen Schadensersatz (§ 97 II 1–3 UrhG), auf Entschädigung immaterieller Schäden (§ 97 II 4 UrhG) sowie auf Wertersatz wegen Eingriffskondiktion gem. §§ 812 I 1 2. Alt., 818 BGB. Die Ansprüche treffen nur Täter; auf Schadensersatz haften auch Anstifter und Gehilfen (§ 830 II BGB).
- **Auskunftsansprüche** dienen der Klärung und Sicherung von Abwehr- und Zahlungsansprüchen gegen identifizierte bzw. wahrscheinliche Verletzer sowie der Ermittlung von noch unbekannten Verletzern. Sie sind in den §§ 101–101 b UrhG geregelt und treffen je nach ihrer Zielsetzung nur schuldhaft handelnde Täter und Teilnehmer (§ 101 b UrhG: Sicherung von Schadensersatzansprüchen), alle Verletzer (§ 101 I UrhG: Auskunft über Herkunft und Vertriebswege rechtsverletzender Produkte; § 101 a UrhG: Vorlage- und Besichtigungsanspruch) und sogar sonstige Dritte wie zB Internet Access-Provider (§ 101 II UrhG).

1012 Die vorgenannten Anspruchsgrundlagen setzen die **Richtlinie 2004/48 zur Durchsetzung der Rechte des geistigen Eigentums** (DurchsetzungsRL 2004/48) in deutsches Recht um. Die Richtlinie erfasst die Verletzung sämtlicher Urheber- und Leistungsschutzrechte, auch wenn sie wie das Schutzrecht der Presseverleger allein auf nationalem Recht beruhen (vgl. Art. 2 I DurchsetzungsRL 2004/48). Nach Art. 3 DurchsetzungsRL 2004/48 müssen die Maßnahmen, Verfahren und Rechtsbehelfe

[1] Dazu unten § 44.

zur Durchsetzung der Urheber- und Leistungsschutzrechte **fair und gerecht** sowie **wirksam, verhältnismäßig und abschreckend** sein und so angewendet werden, dass die Einrichtung von Schranken für den rechtmäßigen Handel vermieden wird und die Gewähr gegen ihren Missbrauch gegeben ist. Sie dürfen schließlich nicht unnötig kompliziert oder kostspielig sein und keine unangemessenen Fristen oder ungerechtfertigten Verzögerungen mit sich bringen. Abgesehen von diesen allgemeinen Vorgaben zur Effektivität und Verhältnismäßigkeit der Rechtsdurchsetzung basiert die Richtlinie auf dem Konzept der Mindestharmonisierung. Gem. Art. 16 DurchsetzungsRL können die Mitgliedstaaten „andere angemessene Sanktionen" vorsehen, die über die Maßnahmen nach Art. 6–15 der Richtlinie hinausgehen. Im deutschen Recht betrifft dies den verschuldensunabhängigen Anspruch auf Wertersatz wegen Eingriffskondiktion gem. §§ 812 I 1 2. Alt, 818 BGB.

In Klausuren und Hausarbeiten wird häufig nach Ansprüchen wegen einer Rechtsver- **1013**
letzung gefragt. Hierfür bietet sich folgender **Prüfungsaufbau** an:

A. Zulässigkeit einer Klage oder eines sonstigen Rechtsbehelfs
- I. Vorfrage zur internationalen Zuständigkeit deutscher Gerichte
  1. Als Gericht am allgemeinen Beklagtengerichtsstand
  2. Als Verletzungsgericht am Ort der unerlaubten Handlung
- II. Weitere Prozessvoraussetzungen, insbesondere
  1. Örtliche und sachliche Zuständigkeit des Gerichts (vgl. §§ 104–105 UrhG)
  2. Prozessführungsbefugnis bei gewillkürter Prozessstandschaft
  3. Hinreichend bestimmter Antrag gem. § 253 II Nr. 2 ZPO

B. Begründetheit (materielle Anspruchsvoraussetzungen)
- I. Vorfrage zum anwendbaren Recht: Macht der Anspruchsteller Schutz für das Inland aufgrund einer Verletzung des UrhG geltend?
- II. Wird ein „Urheberrecht oder anderes nach UrhG geschütztes Recht" geltend gemacht?
  1. Schutzfähiges Werk gem. §§ 2–4 UrhG?
  2. Schutzfähige Leistung gem. §§ 70ff. UrhG?
- III. Ist der Anspruchsteller „Verletzter"?
  1. Als originärer Rechtsinhaber: Urheber (§§ 7, 120–123 UrhG) oder Leistungsschutzberechtigter (zB ausübender Künstler, §§ 73, 125 UrhG)
  2. Als Erwerber nach Übertragung verwandter Schutzrechte
  3. Als Inhaber eines ausschließlichen Nutzungsrechts (§ 31 III UrhG)
- IV. Hat der Anspruchsgegner („wer") das Urheber- oder Leistungsschutzrecht „verletzt"?
  1. Verletzung von Verwertungsrechten
     - a) Eingriff in Verwertungsrechte gem. §§ 16–23, 70ff. UrhG?
     - b) Eingriff zulässig gem. §§ 24, 44a ff., 70ff. UrhG?
  2. Verletzung von Urheber- oder Künstlerpersönlichkeitsrechten gem. §§ 12ff., 74ff. UrhG
     - a) Unerlaubte Veröffentlichung, unterlassene Namensnennung bzw. Entstellung?
     - b) Interessenabwägung
  3. Passivlegitimation des Anspruchsgegners
     - a) Täter und Teilnehmer sind für alle Ansprüche passivlegitimierte „Verletzer".

   b) Störer sind bei Abwehransprüchen passivlegitimierte „Verletzer".
   c) Sonstige Dritte sind nur für den Auskunftsanspruch gem. § 101 II UrhG passivlegitimiert.
  4. Rechtsgeschäftliche Befugnis zum Eingriff
   a) Eingriff von Nutzungsrecht (§§ 31 ff. UrhG) gedeckt?
   b) Hat Verletzer einen schuldrechtlichem Duldungsanspruch (§§ 29 II 2. Alt. UrhG)?

V. Rechtswidrigkeit („widerrechtlich")
  1. Wird durch den Eingriff in den Schutzbereich indiziert.
  2. Entfällt bei Vorliegen von Rechtfertigungsgründen, insbesondere bei
   – Einwilligung des Rechtsinhabers;
   – Handlung in Wahrnehmung berechtigter Interessen.

VI. Besondere Voraussetzungen des geltend gemachten Anspruchs gem. §§ 97 ff. UrhG, insbesondere
  1. Bei Abwehransprüchen Erstbegehungs- oder Wiederholungsgefahr (Unterlassungsanspruch), fortwirkende Rechtsverletzung (Beseitigungsanspruch) und Voraussetzungen gem. § 98 UrhG; ersatzweise Entschädigung gem. § 100 UrhG
  2. Bei Schadensersatzanspruch Verschulden gem. § 97 II 1–3 UrhG
  3. Bei Auskunftsansprüchen Voraussetzungen gem. §§ 101–101 b UrhG

VII. Bestehen von Einreden
  1. Verjährung gem. § 102 UrhG
  2. Verwirkung

II. Prozessvoraussetzungen bei Urheberrechtsstreitsachen

1014 Für Urheberrechtsstreitsachen (Rechtsstreitigkeiten, durch die ein Anspruch aus einem im UrhG geregelten Rechtsverhältnis geltend gemacht wird) schreibt § 104 UrhG den **ordentlichen Rechtsweg** vor. Das gilt auch für Streitigkeiten aus einem Arbeits- oder Dienstverhältnis. Nur wenn es sich ausschließlich um Ansprüche auf Leistung einer vereinbarten Vergütung handelt, bleiben der Rechtsweg zu den Gerichten für Arbeitssachen und der Verwaltungsrechtsweg unberührt.[2] Das ordentliche Gericht entscheidet den Rechtsstreit unter allen in Betracht kommenden rechtlichen Gesichtspunkten (§ 17 II 1 GVG).

1015 Für den **Gerichtsstand** gelten die allgemeinen Bestimmungen der ZPO. Zuständig ist demnach zunächst das Gericht am **Wohnsitz des Beklagten** als dessen allgemeiner Gerichtsstand gem. §§ 12 ff. ZPO. Ansprüche aus unerlaubten Handlungen können nach § 32 ZPO aber auch bei dem Gericht des Ortes, an dem die Handlung begangen worden ist, geltend gemacht werden. Dies ist jeder Ort, an dem auch nur eines der wesentlichen Tatbestandsmerkmale der unerlaubten Handlung vorgefallen ist, also insbesondere der Ort der Vervielfältigung, des Vortrags, der Aufführung, der Vorführung. Für die Verbreitung ist nicht nur der Ort der Absendung, sondern auch der der Auslieferung an den Empfänger maßgebend.[3] Der Gerichtsstand nach § 32 ZPO ist auch dort gegeben, wo der Erfolg der Rechtsverletzung eintritt. Der Kläger bzw. Antragsteller kann frei wählen, ob er das Verfahren am allgemeinen Gerichtsstand des Beklagten oder am **besonderen Deliktsgerichtsstand** einleitet (§ 35 ZPO).

[2] BAG, NJW 1997, 1026.
[3] BGH NJW 1977, 1590.

Ereignet sich die Urheberrechtsverletzung wie bei der bundesweiten Verbreitung urheberrechtsverletzender Druckwerke und insbesondere bei Rechtsverletzungen im Internet in allen inländischen Gerichtsbezirken, begründet § 32 ZPO sogar einen **bundesweiten „fliegenden Gerichtsstand“.** Der Kläger kann dann wählen, vor welchem sachlich zuständigen Amts- bzw. Landgericht er seine Ansprüche geltend macht. Insbesondere kann er das Verletzungsverfahren an seinem eigenen Wohnsitz eröffnen, soweit auch hier eine Rechtsverletzung aufgrund der bestimmungsgemäßen Abrufbarkeit bzw. des Vertriebs naheliegt oder sogar nachgewiesen ist. Die Möglichkeit des Forum-Shoppings unterliegt dabei grundsätzlich nur der allgemeinen Grenze des Rechtsmissbrauchs.[4] Richtet sich das Verletzungsverfahren aber gegen **inländische Verbraucher,** erklärt § 104a I 1 UrhG deren allgemeinen Gerichtsstand für ausschließlich zuständig. Der Verletzte kann also nur dort klagen, wo der Verbraucher seinen Wohnsitz bzw. gewöhnlichen Aufenthalt hat. Mit dieser Sonderregelung soll verhindert werden, dass der Kläger durch die Wahl des Gerichtsstands zeitlichen und finanziellen Druck auf den Verbraucher ausübt.[5] Für Verletzungsverfahren gegen Unternehmer (§ 14 BGB) und ausländische Verbraucher (§ 104a I 2 UrhG) bleibt es hingegen beim fliegenden Gerichtsstand des § 32 ZPO. 1016

§ 105 UrhG ermächtigt die Landesregierungen, in Erweiterung der örtlichen Zuständigkeit **besondere Landgerichte und Amtsgerichte** für Urheberrechtsstreitsachen zu bestimmen. Bis auf Bremen und das Saarland, in denen es freilich jeweils nur ein Landgericht gibt, haben alle Länder entsprechende Verordnungen erlassen, so dass zB in Hessen nur das AG/LG Frankfurt a. M. und das AG/LG Kassel für Urheberrechtsstreitsachen zuständig sind.[6] Nach der internen Geschäftsverteilung sind stets spezielle Kammern und Senate zuständig, beim BGH der 1. Zivilsenat. 1017

Die **sachliche Zuständigkeit** richtet sich nach dem Streitwert (§§ 23 Nr. 1, 71 I GVG). Der Gegenstandswert eines urheberrechtlichen Unterlassungsanspruchs liegt gem. §§ 48 I 1 GKG, 3 ZPO regelmäßig über 5.000 Euro, so dass die Landgerichte zuständig sind. Urheberrechtsstreitsachen vor Amtsgerichten betreffen hingegen typischerweise Zahlungsansprüche auf Schadensersatz und insbesondere auf Erstattung von Rechtsanwaltskosten für die vorgerichtliche Abmahnung (vgl. § 97a III UrhG). 1018

Auch im Übrigen gelten für Urheberrechtsstreitsachen die allgemeinen Prozessvoraussetzungen. So muss die Klageschrift gem. § 253 II Nr. 2 ZPO unter anderem einen **bestimmten Antrag** enthalten, was bei Unterlassungsansprüchen oftmals Schwierigkeiten bereitet. Der Unterlassungsantrag darf nicht derart undeutlich gefasst sein, dass der Streitgegenstand und der Umfang der Prüfungs- und Entscheidungsbefugnis des Gerichts nicht mehr klar umrissen sind, der Beklagte sich deshalb nicht erschöpfend verteidigen kann und im Ergebnis dem Vollstreckungsgericht die Entscheidung darüber überlassen bleibt, was dem Beklagten verboten ist.[7] Auch Ansprüche auf Zahlung von Schadensersatz vermag der Verletzte zu Beginn eines Verletzungsverfahrens oftmals noch nicht genau zu beziffern. In diesem Fall kommt die Erhebung einer Stufenklage (§ 254 ZPO) oder einer Klage auf Feststellung der Schadensersatzpflicht (§ 256 1019

[4] Vgl. OLG München ZUM 2012, 587, 589; LG Hamburg ZUM-RD 2014, 213, 215f. – Fliegender Gerichtsstand.

[5] S. BT-Drs. 17/14216, 7.

[6] S. Dreier/Schulze (→ Rn. 177), § 105 UrhG Rn. 5.

[7] BGH GRUR 2003, 958 – Paperboy.

ZPO) mit anschließendem Betragsverfahren in Betracht. Klagt nicht der verletzte Rechtsinhaber oder der Inhaber einer ausschließlichen Lizenz, kann sich die Prozessführungsbefugnis gleichwohl aus einer **gewillkürten Prozessstandschaft** ergeben. Eine derartige Ermächtigung kann zB dem Nehmer eines einfachen Nutzungsrechts erteilt werden, der auch über ein eigenes, rechtsschutzwürdiges Interesse zur Verfolgung von Rechtsverletzungen verfügt. Die Abmahnung des Prozessgegners ist hingegen keine Zulässigkeitsvoraussetzung (vgl. § 97a I UrhG: „soll"). Wer jedoch eine zumutbare Mahnung unterlässt, riskiert, die Gerichtskosten tragen zu müssen, wenn der Beklagte den Anspruch nach § 93 ZPO sofort anerkennt.

III. Abwehransprüche

1. Unterlassungsanspruch und Abmahnung

1020 Erlangt der Berechtigte Kenntnis davon, dass eine **Rechtsverletzung** erstmalig droht, wird er typischerweise bestrebt sein, den Eingriff in seine Rechte und damit einen potentiellen Vermögensschaden von vornherein zu **verhindern.** Ist es bereits zu einer Rechtsverletzung gekommen, geht das Interesse des Verletzten dahin, das angegriffene Verhalten so schnell wie möglich zu **beenden** und eine **Wiederholung** dieses Vorfalls zu **unterbinden.** Diesen Zwecken dient der Unterlassungsanspruch gem. § 97 I UrhG. Er hat die Abwehr drohender (künftiger) Beeinträchtigungen zum Ziel und realisiert dadurch die Exklusivität, die der Rechtsinhaber dank der Urheber- und Leistungsschutzrechte genießt.

1021 Der Unterlassungsanspruch setzt nach § 97 I 1 UrhG eine **Rechtsverletzung** in der Vergangenheit und **Wiederholungsgefahr** voraus. Eine bereits begangene Verletzung begründet die Vermutung, dass sich der Verletzer erneut so verhalten wird. Deshalb indiziert die Rechtsverletzung die erforderliche Wiederholungsgefahr. Dies gilt nicht nur für identische Wiederholungen, sondern auch für alle im Kern gleichartigen Verletzungshandlungen, auf die sich der Unterlassungsanspruch folglich ebenfalls erstreckt. Stellt zB eine Versicherung ohne Erlaubnis fünf gem. § 72 UrhG geschützte Lichtbilder eines Sachverständigengutachtens ins Internet, so begründet dies die tatsächliche Vermutung dafür, dass die Versicherung auch die 29 übrigen Lichtbilder des betreffenden Gutachtens öffentlich zugänglich machen wird (§ 19a UrhG).[8] Die Wiederholungsgefahr wird in der Regel nur ausgeschlossen, wenn nach Abmahnung eine sog. strafbewehrte (dh mit Vertragsstrafversprechen nach § 339 BGB versehene) Unterlassungserklärung abgegeben wird (§ 97a I UrhG).[9] Sollte der Schuldner seine Verletzungshandlungen fortsetzen, ist die vereinbarte Vertragsstrafe verwirkt; in Zweifelsfällen ist die Reichweite der Unterlassungserklärung gem. §§ 133, 157 BGB auszulegen.[10]

1022 Nach § 97 I 2 UrhG ist jedoch nicht erforderlich, dass der Tatbestand einer Rechtsverletzung bereits verwirklicht wurde. Vielmehr kann schon gegenüber einem **erstmals drohenden Eingriff** auf Unterlassung geklagt werden (vorbeugender Unterlassungsanspruch). Es genügt also die Gefährdung eines Rechts oder ein erheblicher Anlass zur Besorgnis solcher Gefährdung, zB durch Bestreiten der Rechtsinhaberschaft oder durch Verfügung als Nichtberechtigter. Die Erstbegehungsgefahr ist vom Verletzten darzulegen und zu beweisen. Für den Wegfall der Erstbegehungsgefahr gelten weniger

[8] BGH GRUR 2013, 1235 Rn. 16ff. – Restwertbörse II.
[9] BGH ZUM 2014, 401 Rn. 25 – Peter Fechter.
[10] BGH ZUM 2015, 391 Rn. 50ff. – CT-Paradies.

strenge Anforderungen als für den Wegfall der Wiederholungsgefahr.[11] Ein Insolvenzverwalter muss sich vorangegangene Rechtsverletzungen der Gemeinschuldnerin nicht zurechnen lassen. Teilt er mit, die angegriffene Handlung nicht fortsetzen zu wollen, ist die erforderliche Erstbegehungsgefahr nicht gegeben und die in die Zukunft gerichtete Unterlassungsklage abzuweisen.[12]

Vor der Einleitung eines gerichtlichen Verfahrens, das auf Unterlassung gerichtet ist, 1023
soll der Verletzte den Verletzer abmahnen und dem Verletzer Gelegenheit geben, den Streit durch Abgabe einer mit einer angemessenen Vertragsstrafe bewehrten Unterlassungsverpflichtung beizulegen (§ 97a I UrhG). Die **Abmahnung** ist keine Prozessvoraussetzung, sondern die Mitteilung eines Verletzten an einen Verletzer, dass dieser durch die im Einzelnen bezeichnete Handlung eine Verletzung der Rechte des Abmahnenden begangen habe, verbunden mit der Aufforderung, dieses Verhalten in Zukunft zu unterlassen und binnen einer bestimmten Frist eine strafbewehrte Unterwerfungserklärung abzugeben. Sie hat den Zweck, ein für beide Seiten aufwendiges Verletzungsverfahren durch außergerichtliche Klärung zu vermeiden. Bleibt die Abmahnung erfolglos, gibt der uneinsichtige Verletzer Anlass zur Erhebung einer Klage, deren Kosten er selbst dann tragen muss, wenn er den Anspruch sofort anerkennt (vgl. § 93 ZPO).

War die Abmahnung berechtigt und genügt sie den detaillierten Transparenzerforder- 1024
nissen des § 97a II UrhG, hat der Abmahnende **Anspruch auf Ersatz der erforderlichen Aufwendungen** (§ 97a III 1 UrhG). Dazu rechnen vor allem die **Anwaltskosten.** Ist die Abmahnung hingegen unberechtigt oder aufgrund von Intransparenz unwirksam, kann umgekehrt der Abgemahnte Ersatz der für seine Rechtsverteidigung erforderlichen Aufwendungen verlangen (§ 97a IV UrhG).[13]

Das Gesetz **deckelt die erstattungsfähigen Anwaltskosten** für Unterlassungs- und Be- 1025
seitigungsansprüche zudem grundsätzlich auf einen Gegenstandswert von 1 000 Euro,[14] wenn **Verbraucher** abgemahnt werden, gegen die der Abmahnende in der Vergangenheit noch keinen urheberrechtlichen Unterlassungsanspruch außergerichtlich oder gerichtlich durchgesetzt hat (§ 97a III UrhG). Diese Regelung soll verhindern, dass massenhafte Abmahnungen privater Internetnutzer wegen unerlaubten Filesharings zu einem lukrativen anwaltlichen Geschäftsmodell werden, bei dem der eigentliche Abmahnzweck, nämlich die Beseitigung und Unterlassung von Urheberrechtsverletzungen im Internet, in den Hintergrund tritt, so dass die gesamte Legitimität des Urheberrechts in Mitleidenschaft gezogen wird.[15] In allen anderen Fällen bestimmt sich der Wert eines urheberrechtlichen Unterlassungsanspruchs nach dem **Interesse des Anspruchstellers an der Unterbindung weiterer gleichartiger Verstöße.** Dieses Interesse ist unter Be-

[11] BGH NJW 2002, 66 – Berühmungsaufgabe.

[12] BGH ZUM 2015, 558 Rn. 60ff. – Videospiel-Konsolen II.

[13] Weitergehende Ersatzansprüche können sich bei unberechtigten Schutzrechtsverwarnungen unter dem Gesichtspunkt des Eingriffs in den eingerichteten und ausgeübten Gewerbebetrieb ergeben; vgl. BGH ZUM 1997, 832 – Mecki Igel III.

[14] Im Ergebnis bedeutet dies, dass derzeit 124,00 Euro (1,3 Geschäftsgebühr nach Nr. 2300 VV RVG = 104 Euro zzgl. Auslagenpauschale nach Nr. 7002 VV RVG = 20 Euro), ggf. zzgl. Umsatzsteuer, erstattungsfähig sind.

[15] BT-Drs. 17/13057, 10f. Im Übrigen kann von einem missbräuchlichen Kostenbelastungsinteresse nur ganz ausnahmsweise ausgegangen werden; vgl. BGH GRUR 2013, 176 Rn. 14ff. – Ferienluxuswohnung.

rücksichtigung der Umstände des Einzelfalles zu bewerten. Wird ein durchschnittlich erfolgreicher Spielfilm nicht allzu lange nach seinem Erscheinungstermin öffentlich zugänglich gemacht, so hält der BGH regelmäßig einen Gegenstandswert von nicht unter 10.000 Euro für angemessen; ein Computerspiel soll 15.000 Euro wert sein; und bei einem Upload vor der offiziellen Veröffentlichung kann auch ein Gegenstandswert iHv 30.000 Euro angebracht sein.[16]

2. Ansprüche auf Beseitigung, Vernichtung, Rückruf und Überlassung

1026 Gem. § 97 I 1 UrhG kann der Verletzte die **Beseitigung bereits eingetretener, aber fortwirkender Rechtsbeeinträchtigungen** verlangen. Beispielsweise hat der Verletzte einen Anspruch darauf, dass der Verletzer einen unerlaubten Upload eines Werkes löscht und hiermit den fortdauernden rechtswidrigen Zustand der öffentlichen Zugänglichmachung gem. § 19a UrhG beseitigt. Der in die Zukunft gerichtete Beseitigungsanspruch ist vom Anspruch auf Wiederherstellung des früheren Zustands (§ 249 BGB) zu unterscheiden, der als Naturalrestitution nur aufgrund schuldhafter Rechtsverletzungen gegeben ist. Da Beseitigungs- und Unterlassungsansprüche keine strafähnlichen Maßnahmen sind, ist das Absehen von der Voraussetzung des Verschuldens aber mit der Verfassung zu vereinbaren.[17] Die Deckelung der erstattungsfähigen Anwaltskosten für urheberrechtliche Abmahnungen privater Rechtsverletzer gilt gem. § 97a III 2 UrhG auch, wenn ein Unterlassungs- und ein Beseitigungsanspruch nebeneinander geltend gemacht werden.

1027 Beziehen sich die Ansprüche des Verletzten auf rechtswidrig hergestellte oder verbreitete Vervielfältigungsstücke wie Bücher, CDs oder DVDs, schließt selbst eine strafbewehrte Unterlassungserklärung oder eine entsprechende Gerichtsentscheidung nicht aus, dass die rechtswidrigen Waren früher oder später von einem Dritten erneut in Verkehr gebracht werden. Um diese Gefahr einer neuerlichen Rechtsverletzung auszuschließen und zugleich die Folgen der ursprünglichen Rechtsverletzung zu beseitigen, steht dem Verletzten gem. § 98 I UrhG (für Computerprogramme siehe § 69f I UrhG) ein **Vernichtungsanspruch** zu. Der Anspruch richtet sich gegen Verletzer, die rechtswidrig hergestellte, verbreitete oder zur rechtswidrigen Verbreitung bestimmte Vervielfältigungsstücke (nicht hingegen Originale oder solche Kopien, die nur zur widerrechtlichen Vorführung benutzt wurden) besitzen. Sie sind auch dann zur Vernichtung verpflichtet, wenn die betreffenden Waren im Eigentum eines Dritten, etwa einer Bank, an die ein Lagerbestand zur Sicherheit übereignet wurde, stehen. Gegen Zahlung der Herstellungskosten kann der Verletzte alternativ auch die Herausgabe der rechtswidrigen Vervielfältigungsstücke verlangen (§ 98 III UrhG). Nach § 98 I 2 UrhG erstreckt sich der Vernichtungsanspruch schließlich auf Vorrichtungen, die vorwiegend zur Herstellung von Piraterieware gedient haben. Allerdings gilt dies nur, wenn diese Maschinen (zB Computer, DVD-Brenner) im Eigentum des Verletzers stehen. Bei Computerprogrammen unterliegen nach § 69f II UrhG auch Mittel, die allein dazu bestimmt sind, den Kopierschutz eines Herstellers zu beseitigen oder zu umgehen, dem Vernichtungsanspruch.[18]

---

[16] BGH ZUM 2016, 1037 Rn. 34ff. – Die Päpstin; BGH ZUM-RD 2017, 25 Rn. 20ff. – Alan Wake; BGH ZUM-RD 2017, 390 Rn. 48 – T. W.

[17] BVerfG ZUM 1996, 673.

[18] Anders soll es nach Auffassung des BGH für Umgehungsmittel gem. § 95a UrhG sein (sehr zw.), vgl. BGH ZUM 2015, 558 Rn. 64ff. – Videospiel-Konsolen II.

Befinden sich die rechtswidrigen Vervielfältigungsstücke nicht mehr im Besitz des Rechtsverletzers (zB eines Verlags oder eines gewerblichen Raubkopierers), läuft der Vernichtungsanspruch ins Leere, weil der Verletzer einwenden kann, dass ihm eine Vernichtung unmöglich ist. Um ein weiteres Zirkulieren von Piraterieware gleichwohl tunlichst zu verhindern, hat der Verletzte in dieser Konstellation aber einen Anspruch darauf, dass der Verletzer rechtswidrig hergestellte, verbreitete oder zur rechtswidrigen Verbreitung bestimmte Vervielfältigungsstücke **zurückruft** oder **endgültig aus den Vertriebswegen entfernt** (§ 98 II UrhG). Die Ansprüche sind zwar komplementär, aber zugleich auf unterschiedliche Ziele gerichtet. Daher kann der Berechtigte sie nebeneinander geltend machen. Der Anspruch auf Rückruf verpflichtet den Schuldner dazu, seine Abnehmer zu einer Rückgabe der von ihm gelieferten patentverletzenden Erzeugnisse aufzufordern. Der Anspruch auf endgültiges Entfernen aus den Vertriebswegen verpflichtet den Schuldner hingegen dazu, alle ihm zur Verfügung stehenden und zumutbaren tatsächlichen und rechtlichen Möglichkeiten auszuschöpfen, um die weitere oder erneute Zirkulation patentverletzender Gegenstände in den Vertriebswegen auszuschließen. Dazu kann es auch erforderlich sein, rechtliche Schritte gegen einen Abnehmer einzuleiten, der eine Rückgabe der rechtsverletzenden Vervielfältigungsstücke von vornherein ablehnt.[19] 1028

Der Beseitigung der Beeinträchtigungen, die mit einer Rechtsverletzung einhergehen, dient schließlich auch der Anspruch auf Bekanntmachung eines Urteils, das eine solche Rechtsverletzung bestätigt. Nach § 103 UrhG kann der obsiegenden Partei, wenn sie ein berechtigtes Interesse dartut, die Befugnis zur **öffentlichen Bekanntmachung des Urteils** auf Kosten der unterlegenen Partei zugesprochen werden, im Falle dringenden Bedürfnisses im Wege der Anordnung einer vorläufigen Vollstreckbarkeit auch schon vor der Rechtskraft.[20] Eine private Bekanntmachung durch den Obsiegenden ist auch ohne diese gerichtliche Erlaubnis zulässig, soweit dem keine persönlichkeitsrechtlichen oder sonst berechtigten Interessen (zB Geheimnisschutz) entgegenstehen. 1029

3. Verhältnismäßigkeitsgrundsatz und Abwendungsbefugnis

Die vorgenannten Abwehransprüche setzen kein Verschulden voraus. Sie treffen demgemäß nicht nur Täter und Teilnehmer, sondern ggf. auch sog. Störer, die in irgendeiner Weise willentlich und adäquat kausal zur Verletzung des geschützten Rechts beigetragen haben.[21] Diese **weitgehende Haftung** ist bei Unterlassungs- und Beseitigungsansprüchen in aller Regel unproblematisch, da vom Verletzer lediglich verlangt wird, nicht (wieder) in Ausschließlichkeitsrechte einzugreifen bzw. fortdauernd rechtswidrige Zustände zu beenden, indem zB ein rechtswidriger Upload gelöscht wird. Die Vernichtung von Vervielfältigungsstücken und der Rückruf bzw. die Entfernung aus den Vertriebswegen können den Verletzer hingegen erheblich mit Kosten und weiteren Nachteilen belasten. So können sich die ggf. schuldlos rechtswidrig hergestellten Kopien im Eigentum eines Dritten befinden, den der Verletzer für den Verlust des Sacheigentums zu entschädigen hat (vgl. § 98 I 1 UrhG). Ein Produktrückruf kann für ansonsten rechtstreue Marktteilnehmer (zB einen Verlag) fatale Konsequenzen haben. 1030

[19] BGH GRUR 2017, 785 – Abdichtsystem.
[20] AmtlBegr. UFITA 2008/III, 837.
[21] Näher unten → Rn. 1064ff.

1031 Vor diesem Hintergrund erklärt sich, weshalb die Ansprüche auf Vernichtung, Rückruf und Überlassung gem. § 98 IV UrhG unter einem ausdrücklichen **Verhältnismäßigkeitsvorbehalt** stehen. Dabei sind auch die berechtigten Interessen Dritter, insbesondere betroffener Eigentümer von Pirateriewaren und Kopiergeräten, zu berücksichtigen. Um unnötige Wertzerstörungen zu vermeiden, sind der Vernichtungsanspruch, der Rückrufanspruch und der Überlassungsanspruch überdies nicht gegeben bei **Bauwerken** sowie in Bezug auf ausscheidbare Teile von Vervielfältigungsstücken und Vorrichtungen, deren Herstellung oder Verbreitung für sich betrachtet nicht rechtswidrig ist (§ 98 V UrhG). Doch sind nicht nur die weitreichenden Folgenbeseitigungsansprüche gem. § 98 UrhG ausgeschlossen, wenn sie sich im Einzelfall als unverhältnismäßig erweisen. Die Bekanntmachung eines Urteils kommt gem. § 103 S. 1 UrhG nur in Betracht, wenn die obsiegende Partei ein überwiegendes berechtigtes Interesse hieran darlegen kann. Schließlich gilt der Verhältnismäßigkeitsgrundsatz auch für Unterlassungs- und Beseitigungsansprüche. Sie müssen wie alle anderen Maßnahmen zur Rechtsdurchsetzung nach Art. 3 I DurchsetzungsRL 2004/48 „fair und gerecht" sein und den spezifischen Merkmalen des Falls gebührend Rechnung tragen.[22]

1032 Da die Geltendmachung der Abwehransprüche aus §§ 97, 98 UrhG gegenüber einem schuldlosen Verletzer zu Unbilligkeiten führen kann, gewährt ihm § 100 UrhG darüber hinaus ein **Abwendungsrecht.** Er kann sich ausnahmsweise durch Zahlung einer Geldentschädigung von der Haftung befreien. Voraussetzung ist jedoch, dass ihn kein Verschulden trifft. Das ist angesichts der äußerst strengen Sorgfaltspflicht in Bezug auf den Rechteerwerb selten. Es ist aber denkbar, dass ein Unternehmer, soweit er für das Verschulden seiner Mitarbeiter nur nach § 831 BGB (Haftung für Verrichtungsgehilfen) und nicht nach § 278 BGB (Haftung für Erfüllungsgehilfen), aus Organisationsverschulden oder aus § 31 BGB (Organhaftung) einstehen muss, den Entlastungsbeweis führen kann. Weiter muss der Schaden, der bei Erfüllung des Abwehranspruchs eintreten würde, im Verhältnis zur üblicherweise zu zahlenden Lizenzgebühr unverhältnismäßig groß sein, dh ganz außer Verhältnis dazu stehen. Das wäre zB bei der Filmherstellung der Fall, bei der häufig große Beträge investiert werden. Schließlich muss dem Berechtigten die Ablösung durch Zahlung einer angemessenen Entschädigung zumutbar sein, was bei der Verletzung des Urheberpersönlichkeitsrechts nur im Falle geringfügiger Verletzungen in Betracht kommt. Nach allem dürfte das Abwendungsrecht kaum je zur Anwendung kommen.

IV. Zahlungsansprüche

1033 Abwehransprüche sind in die Zukunft gerichtet. Mit ihnen kann der Verletzte erreichen, dass eine Rechtsverletzung nicht fortwirkt oder sich gar nicht erst ereignet. Hingegen sind die Abwehransprüche nicht geeignet, einen **Schaden** aufgrund einer bereits erfolgten Rechtsverletzung **auszugleichen** bzw. ihren **Wert zu restituieren.** So ändert etwa die Löschung eines rechtswidrigen Uploads im Internet (§ 19a UrhG) nichts daran, dass sich der Verletzer den Vermögenswert des Werkes während der Dauer der Abrufbarkeit angeeignet hat. Insoweit stehen dem Verletzten Schadensersatz- und Bereicherungsansprüche zu.

---

[22] Vgl. ErwGrd. 17 DurchsetzungsRL 2004/48.

1. Schadensersatzanspruch

Der Schadensersatzanspruch setzt einen **schuldhaften, rechtswidrigen Eingriff** in das Schutzrecht voraus. Anspruchsgrundlage ist § 97 II 2 UrhG, hinter den die gem. § 102a UrhG im Prinzip anwendbaren § 823 I („sonstiges Recht") und §§ 823 II BGB iVm §§ 106–108 UrhG zurücktreten. Als Verletzungshandlungen kommen nur Eingriffe in die ausschließlichen Befugnisse des Urhebers, eines Leistungsschutzberechtigten oder des Inhabers eines ausschließlichen Nutzungsrechts (§ 31 III 1 UrhG) in Betracht, nicht etwa die Nichterfüllung von schuldrechtlichen oder gesetzlichen Zahlungsansprüchen oder Verstöße gegen Einwilligungsrechte, die nur im Verhältnis zwischen bestimmten Personen gelten, zB die Zustimmungsbedürftigkeit der Übertragung von Nutzungsrechten (§ 34 UrhG).[23] 1034

Die Schadensersatzpflicht des Verletzers setzt **Verschulden,** dh Vorsatz oder Fahrlässigkeit (§ 276 BGB), voraus. Ein Irrtum über die Existenz oder Tragweite urheberrechtlicher Vorschriften lässt zwar nach der im Zivilrecht herrschenden Vorsatztheorie den Vorsatz entfallen, doch kommt hier in der Regel eine Haftung wegen Fahrlässigkeit zum Zuge.[24] Insbesondere Fachleute, die sich berufsmäßig mit der Verwertung von Geisteswerken beschäftigen, haben eine strenge **Sorgfaltspflicht,** müssen sich also über tatsächliche Umstände der Werknutzungshandlungen und dabei einschlägige Rechtsfragen informieren. Selbst unklare Rechtslagen entschuldigen nur, wenn sich in diesen Fragen noch keine herrschende Meinung gebildet hat,[25] und auch dann handelt fahrlässig, wer sich **erkennbar in einem Grenzbereich des rechtlich Zulässigen** bewegt, in dem er eine von der eigenen Einschätzung abweichende Beurteilung der rechtlichen Zulässigkeit des fraglichen Verhaltens in Betracht ziehen muss.[26] Auch auf eine Zusicherung seines Vertragspartners kann ein vermeintlicher Lizenznehmer im Verhältnis zum Rechtsinhaber, der der Lizenzierung tatsächlich nicht wirksam zugestimmt hat, nicht vertrauen.[27] Hingegen verstößt ein Händler nicht gegen die im Verkehr erforderliche Sorgfalt, solange er nicht darauf hingewiesen wurde, dass ein bestimmtes Produkt aus seinem Sortiment urheberrechtsverletzend ist. 1035

Passivlegitimiert sind vorsätzlich oder fahrlässig handelnde **Täter** einer Rechtsverletzung, also diejenigen, die den Verletzungstatbestand selbst verwirklichen.[28] Täterschaftlich handeln etwa Nutzer von Internettauschbörsen (§§ 16, 19a UrhG), Verleger (§ 17 UrhG) und Drucker (§ 16 UrhG), mangels eigener rechtsverletzender Handlung hingegen nicht Erwerber körperlicher Raubkopien.[29] Auch **Mittäter, Anstifter** und **Gehilfen** haften auf Schadensersatz, wenn sie die konkrete Urheberrechtsverletzung zumindest billigend in Kauf genommen haben (vgl. § 830 BGB). Hat der Inanspruchgenommene die Rechtsverletzung weder selbst – ggf. gemeinschaftlich mit anderen – begangen noch an einer fremden Rechtsverletzung mit doppeltem Anstifter- oder Gehilfenvorsatz teilgenommen, scheidet ein Schadensersatzanspruch aus. Internetprovi- 1036

[23] *Schack* (→ Rn. 176), Rn. 761.
[24] BGH ZUM 1988, 247 – Vorentwurf II.
[25] BGH GRUR 1972, 616 – Landesversicherungsanstalt.
[26] BGH GRUR 2010, 123 Rn. 42 – Scannertarif; zur Berufung auf „unbewusste Entlehnung" siehe → Rn. 211.
[27] LG Köln ZUM 2013, 973, 974.
[28] Unten → Rn. 1057 ff.
[29] BGH ZUM 1990, 363.

der und andere Störer sind daher in der Regel nicht zur Zahlung von Schadensersatz verpflichtet.[30]

1037 Bei der **Berechnung des Vermögensschadens** ist die besondere Interessenlage zu berücksichtigen, wie sie bei der Verletzung von Schutzrechten besteht. Der Verletzte kann hier in der Regel eine konkrete Vermögensminderung nach der Differenzhypothese nicht feststellen. Oft ist vielleicht auch keine solche eingetreten, ohne dass es aber billig wäre, dem Verletzer die Vorteile aus seiner Rechtsverletzung zu belassen. Dieser muss vielmehr unabhängig davon, ob der Verletzte eine in der Bilanz messbare Vermögenseinbuße erlitten hat, verpflichtet sein, die übliche Lizenzgebühr zu zahlen oder den erlangten Gewinn herauszugeben. Daher werden **drei Methoden** der Schadensliquidation zur Auswahl gestellt:[31]

1038 Der Verletzte kann zunächst Ersatz seiner nachgewiesenen Vermögenseinbuße einschließlich des ihm entgangenen Gewinns (§ 252 BGB) verlangen (§ 97 II 1 UrhG: **konkreter Schaden**). Darüber hinaus billigt die Rechtsprechung den Verwertungsgesellschaften als Ausgleich für ihre erheblichen Überwachungskosten, die ihnen zwecks Feststellung von Rechtsverletzungen erwachsen, als Schadensersatz ausnahmsweise einen Zuschlag von 100 % zu den üblichen Tarifsätzen zu,[32] aber nur, soweit für die in Frage stehenden Rechtsverletzungen ein besonderer Kontrollapparat unterhalten wird, dessen Kosten nicht den rechtstreuen Lizenznehmern, sondern nach Möglichkeit den Rechtsverletzern zu überbürden sind. Das ist bei der Kontrolle öffentlicher Musikwiedergabe (kleines Recht) der Fall (sog. GEMA-Zuschlag), nicht aber bei der Kontrolle der Vervielfältigung und Verbreitung, insbesondere des Videomarkts.[33]

1039 Der Verletzte kann als Ausnahme vom Erfordernis der konkreten Schadensberechnung statt dessen aber auch verlangen, dass der Schadensersatzanspruch auf der Grundlage des Betrages berechnet wird, den der Verletzer als angemessene Vergütung hätte entrichten müssen, wenn er die Erlaubnis zur Nutzung des verletzten Rechts eingeholt hätte (§ 97 II 3 UrhG). Dies gilt auch dann, wenn der Berechtigte im Einzelfall dem Verletzer keine Lizenz eingeräumt hätte oder selbst nicht in der Lage gewesen wäre, die angemessene Lizenzgebühr zu erzielen. Denn der Verletzer soll durch den unerlaubten Eingriff nicht besser gestellt werden, als er im Falle einer ordnungsgemäß erteilten Erlaubnis stehen würde **(fiktive Lizenzgebühr).** Für die Höhe der Lizenzgebühr ist im Wege der Schätzung gem. § 287 ZPO darauf abzustellen, was bei vertraglicher Einräumung ein vernünftiger Lizenzgeber gefordert und ein vernünftiger Lizenznehmer gewährt hätte.[34] Da der Schadensersatzanspruch dem Ausgleich von häufig nicht einmal bezifferbaren Schäden dient, und der Gedanke des Strafschadensersatzes dem deutschen Recht unverändert fremd ist, darf die angemessene Lizenzgebühr auch bei vorsätzlich handelnden Tätern nicht zu Abschreckungszwecken verdoppelt oder sonst pauschal erhöht werden. Dabei sind auch unionsrechtliche Grenzen zu beachten. Überschreitet eine ggf. verdoppelte, fiktive Lizenzgebühr einen

[30] Näher unten → Rn. 1064ff.

[31] Daran soll auch unter Geltung von Art. 13 I DurchsetzungsRL 2004/48 festgehalten werden können, obwohl die Richtlinie zwischen zwei Schadensberechnungsmethoden unterscheidet; vgl. BGH ZUM 2016, 173 Rn. 55 – Tauschbörse I.

[32] BGHZ 59, 285 – doppelte Tarifgebühr.

[33] BGH ZUM 1986, 380 – Filmmusik; BGH ZUM 1988, 245 – GEMA-Vermutung IV.

[34] BGH ZUM 1990, 573 – Lizenzanalogie.

irgendwie nachweisbaren tatsächlichen Schaden eindeutig und beträchtlich, stellt dies einen nach Art. 3 II DurchsetzungsRL 2004/48 verbotenen Rechtsmissbrauch dar.[35] Vom Unionsrecht gedeckt aber ist die herrschende Praxis, die unterlassene Namensnennungen (§ 13 UrhG) mit einer zusätzlichen Lizenzgebühr in Rechnung stellt.[36] Auf diesen Grundlagen setzt die Rechtsprechung beispielsweise illegale private Downloads mit 0,50 Euro pro Abruf, 15 illegale Uploads in Filesharing-Netzwerken hingegen mit 200,00 Euro pro Aufnahme an.[37] Bei Inhalten, die der Rechtsinhaber selbst kostenfrei zugänglich macht, ist ihr Werbewert zu schätzen; bei Bildern hält die Rechtsprechung insoweit 10 Euro für angemessen.[38]

Der Verletzte kann schließlich alternativ auch die **Herausgabe des Reingewinns,** den der Verletzer durch die Benutzung des fremden Rechts erzielt hat, und Rechnungslegung über diesen Gewinn verlangen (§ 97 II 2 UrhG).[39] Ob dem Berechtigten selbst ein entsprechender Gewinn entgangen ist, ist dabei gleichgültig.[40] Bei der Berechnung der Höhe des Verletzergewinns dürfen nicht die Gemeinkosten abgezogen werden, dh die Fixkosten, die von der Beschäftigung unabhängig sind, wie Mieten und die zeitabhängigen Abschreibungen für Anlagevermögen, sondern nur die variablen Kosten, dh die vom Beschäftigungsgrad abhängigen Kosten für Herstellung und Vertrieb.[41] Wird das Verletzerprodukt entgeltlich abgegeben, kann daher die Schadensberechnung nach dem Verletzergewinn weit günstiger sein als die angemessene Lizenzgebühr. 1040

Der Verletzte darf sein **Wahlrecht** zwischen diesen drei Arten der Schadensberechnung[42] noch während des Prozesses geltend machen. Es erlischt, wenn der geltend gemachte Anspruch entweder erfüllt oder rechtskräftig zuerkannt wurde. **Andere Schäden,** wie derjenige durch Marktverwirrung infolge rechtswidrig in der Werbung benutzten Urhebergutes, liegen außerhalb des Schutzzwecks des Urheberrechts und können daher nicht mit § 97 II UrhG begründet werden (§ 102a UrhG).[43] 1041

Urheber, ausübende Künstler, Verfasser wissenschaftlicher Ausgaben und Lichtbildner genießen als natürliche Personen auch einen besonderen persönlichkeitsrechtlichen Schutz.[44] Konsequent billigt ihnen § 97 II 4 UrhG **Geldersatz für Nichtvermögensschäden** zu, wenn und soweit dies billig erscheint. Der Anspruch dient der ideellen Genugtuung und der Prävention, nicht aber der Abschöpfung eines durch die Verletzung des Urheberpersönlichkeitsrechts erzielten wirtschaftlichen Vorteils.[45] Voraussetzung ist eine **schwerwiegende Urheber- bzw. Künstlerpersönlichkeitsrechtsverletzung,** die nicht in anderer Weise befriedigend ausgeglichen werden kann.[46] Ob eine 1042

[35] EUGH ZUM 2017, 349 – OTK.
[36] BGH ZUM-RD 2015, 508 Rn. 39 – Motorradteile; zB OLG Düsseldorf ZUM 1998, 673 – Zuschlag von 100 % bei unerlaubten Foto-Nutzungen.
[37] BGH ZUM 2016, 173 Rn. 58ff. – Tauschbörse I (der Betrag von 200,00 Euro gelte jedoch nicht bei einer großen Zahl von Uploads).
[38] BGH ZUM 2015, 391 Rn. 75 – CT-Paradies.
[39] BGH GRUR 2001, 331 – Gemeinkostenanteil.
[40] BGH ZUM 1987, 83 – Videolizenzvertrag.
[41] BGHZ 145, 366 – Gemeinkosten, betreffend das Geschmacksmusterrecht.
[42] BGH NJW 1992, 2755 – Verquickungsverbot.
[43] BGH ZUM 2000, 239 – Planungsmappe.
[44] § 34.
[45] S. zB BGHZ 128, 16 – Caroline von Monaco zum allgemeinen Persönlichkeitsrecht.
[46] BGH ZUM-RD 2015, 508 Rn. 38 – Motorradteile.

schwerwiegende Verletzung des Persönlichkeitsrechts vorliegt, die die Zahlung einer Geldentschädigung erfordert, hängt insbesondere von der Bedeutung und Tragweite des Eingriffs, ferner von Anlass und Beweggrund des Handelnden sowie vom Grad seines Verschuldens ab.[47] Der Genugtuungsanspruch, dessen Höhe nach § 287 ZPO zu schätzen ist, ist zu Lebzeiten übertragbar, steht aber weder Nutzungsrechtsnehmern noch Erben bei postmortalen Persönlichkeitsverletzungen zu.[48]

2. Bereicherungsanspruch

1043 Wer ein Urheberrecht oder ein verwandtes Schutzrecht täterschaftlich verletzt, greift in den Zuweisungsgehalt eines fremden Ausschließlichkeitsrechts ein. Dem Rechtsinhaber steht daher gegenüber demjenigen, der durch eine unmittelbare Rechtsverletzung einen Vermögensvorteil erlangt, ein Anspruch auf Herausgabe der ungerechtfertigten Bereicherung nach § 812 I 1 2. Alt. BGB zu **(Eingriffskondiktion).**[49] Der Anspruch setzt anders als der Schadensersatzanspruch kein Verschulden voraus.[50]

1044 Fraglich aber ist, was der unmittelbare Verletzer durch den Eingriff erlangt und daher herauszugeben hat. Das erlangte „Etwas" ist in der **Nutzung des fremden Rechts** zu erblicken, die allein dem Berechtigten zusteht. Gleichgültig ist es, ob dieser das Recht tatsächlich in der betreffenden Weise genutzt hätte. Der Bereicherungsanspruch soll nicht eine Vermögensminderung im Vermögen des Benachteiligten, sondern einen grundlosen Vermögenszuwachs im Vermögen des Bereicherten ausgleichen. Da die erlangte Nutzung nicht in Natur herausgegeben werden kann, ist gem. § 818 II BGB ihr objektiver Verkehrswert zu ersetzen. Im Ergebnis bedeutet das, dass Täter einer Rechtsverletzung stets auf Zahlung einer **angemessenen Lizenzgebühr** haften. Jedoch kann der Rechtsinhaber den Teil des Gewinns, der auf der eigenen Leistung und den Betriebseinrichtungen des Bereicherten beruht, nicht gem. §§ 812, 818 II BGB fordern; denn dieser Teil des Gewinns ist nicht durch die Nutzung des fremden Rechts erlangt.[51] Wer durch die Verletzung des Urheberrechts oder eines anderen nach dem Urheberrechtsgesetz geschützten Rechts etwas erlangt hat, kann sich im Regelfall auch nicht mit Erfolg nach § 818 III BGB auf den **Wegfall seiner Bereicherung** berufen, da das Erlangte – also der Gebrauch des Schutzgegenstands – nicht mehr entfallen kann.[52]

V. Auskunfts- und Vorlageansprüche

1. Allgemeiner zivilrechtlicher Auskunftsanspruch

1045 Auf der Grundlage der §§ 242, 259, 260 BGB gewährt die Rechtsprechung einen Anspruch auf **Auskunftserteilung und Rechnungslegung,** wenn dem Anspruchsteller dem Grunde nach ein Zahlungsanspruch zusteht, über dessen Höhe er aber in entschuldbarer Weise im Ungewissen ist, er sich die zur Vorbereitung und Durchführung seines Anspruchs notwendigen Auskünfte nicht auf zumutbare Weise selbst beschaffen kann und der Verpflichtete sie unschwer, dh ohne unbillig belastet zu sein, zu erteilen vermag.[53] Bei Schutzrechtsverletzungen dient dieser Anspruch zum einen der Durch-

[47] BGH GRUR 2015, 1189 Rn. 89 – Goldrapper.
[48] BGH GRUR 1974, 800 – Fiete Schulze; OLG Hamburg ZUM 1995, 433 – Maillol.
[49] BGH GRUR 2010, 623 Rn. 33 – Restwertbörse I.
[50] BGH ZUM 1993, 140 – Talkmaster-Foto.
[51] BGHZ 82, 305 – Kunststoffhohlprofil II.
[52] BGH ZUM-RD 2015, 508 Rn. 28 ff. – Motorradteile.
[53] BGH ZUM 2015, 569 Rn. 12 – Möbelkatalog.

setzung des Schadensersatzanspruchs, und zwar zum Zwecke der Berechnung des Schadens nach jeder der drei möglichen Berechnungsarten und Auswahl der günstigsten Berechnungsart. Weiter dient der Anspruch auf Auskunft und Rechnungslegung aber auch zur Durchsetzung von Bereicherungsansprüchen[54] und von gesetzlichen Vergütungsansprüchen. Für einzelne Vergütungsansprüche ist er auch ausdrücklich näher geregelt (§ 26 IV UrhG: Folgerecht; §§ 32d, e: Anspruch auf angemessene Vergütung; § 54f UrhG: Geräte-, Speichermedien- und Betreiberabgabe).

Hingegen besteht **kein allgemeiner Anspruch auf Auskunft,** ob eine ggf. verdächtige 1046
Person Rechtsverletzungen begangen hat oder ob ein bestimmter Verletzer weitere verbotene Eingriffe vorgenommen hat. Denn ein solcher Anspruch würde der Ausforschung unter Vernachlässigung allgemein gültiger Beweislast- und Prozessregeln Tür und Tor öffnen. Doch lässt die Rechtsprechung auch Ausnahmen zu. So kann eine Verwertungsgesellschaft gem. § 242 BGB von einem Nutzer wie einer Diskothek, mit der sie in ständigen Rechtsbeziehungen steht, Auskunft über alle Rechtsverletzungen verlangen, wenn dem kein anerkennenswertes Interesse des Auskunftspflichtigen entgegensteht. Dies soll im Interesse der effektiven Rechtsverfolgung selbst für den Zeitraum vor der ersten nachgewiesenen Verletzungshandlung gelten.[55]

2. Sicherung von Schadensersatzansprüchen

Selbst ein über die vorgenannten Auskunftsansprüche ermittelter und titulierter Scha- 1047
densersatzanspruch bleibt praktisch wertlos, wenn er nicht erfolgreich vollstreckt werden kann, weil der Anspruchsinhaber nicht weiß, wo sich vollstreckbare Vermögenswerte befinden. Um diesem Informationsdefizit entgegenzuwirken, sieht § 101b UrhG einen Auskunftsanspruch zur Sicherung von Schadensersatzansprüchen vor. Demnach kann der Verletzte den Verletzer bei einer **in gewerblichem Ausmaß schuldhaft begangenen Rechtsverletzung** auch auf Vorlage von Bank-, Finanz- oder Handelsunterlagen oder einen geeigneten Zugang zu den entsprechenden Unterlagen in Anspruch nehmen, wenn ohne die Vorlage **die Erfüllung des Schadensersatzanspruchs fraglich** ist. Soweit der Verletzer geltend macht, dass es sich um vertrauliche Informationen handelt, trifft das Gericht die erforderlichen Maßnahmen, um den im Einzelfall gebotenen Schutz zu gewährleisten. Wie alle Auskunftsansprüche ist auch dieser Anspruch ausgeschlossen, wenn die Inanspruchnahme im Einzelfall unverhältnismäßig ist (§ 101b II UrhG).

3. Vorlage- und Besichtigungsanspruch gem. § 101a UrhG

In manchen Konstellationen kann es dazu kommen, dass der Berechtigte zwar immer- 1048
hin Anhaltspunkte für eine Rechtsverletzung hat, die er aber mangels Zugriff auf die vermeintlich rechtsverletzenden Gegenstände **nicht nachweisen** kann. Dieses Problem stellt sich insbesondere im **Softwarebereich.** Einerseits kann selbst eine identische Benutzeroberfläche auf einem unterschiedlichen, nicht rechtsverletzenden Computerprogramm beruhen. Andererseits kann eine äußerlich nur ähnliche, funktional aber identische oder sonst kompatible Software zumindest teilweise auf der widerrechtlichen Übernahme von geschützten Programmteilen beruhen. Ob eine Rechtsverletzung vorliegt, lässt sich letztlich nur durch Vergleich der beiden menschenlesbaren Quellcodes beurteilen. Über den Quellcode der angegriffenen Software verfügt

[54] BGH ZUM 1988, 575 – Kopierwerk.
[55] BGH GRUR 2010, 623 Rn. 43ff. – Restwertbörse I.

aber nur der vermeintliche Verletzer, der dieses Betriebsgeheimnis nicht offenbaren möchte. Zur Lösung dieses Konflikts zwischen Auskunfts- und Geheimhaltungsinteressen statuiert § 101 a UrhG in Umsetzung der Art. 6 und 7 DurchsetzungsRL 2004/48 einen begrenzten Anspruch auf Vorlage von Urkunden, Bank-, Finanz- oder Handelsunterlagen und auf Besichtigung von Sachen. Die Vorschrift verdrängt als lex specialis den allgemeinen bürgerlichrechtlichen Vorlageanspruch gem. § 809 BGB.

1049 § 101 a I 1 UrhG setzt zunächst voraus, dass sich aus Tatsachen eine **hinreichende Wahrscheinlichkeit einer Rechtsverletzung** herleiten lässt.[56] Eine nur entfernte Möglichkeit einer Rechtsverletzung genügt nicht. Ist beispielsweise noch ungeklärt, ob der Kläger überhaupt über ein ausschließliches Nutzungsrecht an der fraglichen Software verfügt, kann der Beklagte (noch) nicht zur Vorlage des Quellcodes verurteilt werden.[57] Ferner muss die Vorlage der Urkunde, der Bank- und Handelsunterlagen bzw. die Besichtigung der Sache zur Begründung des vermuteten Anspruchs unter Berücksichtigung der bereits vorhandenen Beweismittel **erforderlich** sein[58] und sich in der Verfügungsgewalt des vermeintlichen Verletzers befinden. Macht dieser geltend, es handele sich um vertrauliche Informationen, soll das Gericht die erforderlichen Schutzmaßnahmen treffen (§ 101 a I 3 UrhG), zB Sichtung durch einen neutralen Sachverständigen, der beurteilt, ob eine Rechtsverletzung gegeben ist, oder Schwärzung bestimmter Stellen der Urkunde oder des Sachverständigengutachtens. Der Vorlage- und der Besichtigungsanspruch kann auch im Eilverfahren durchgesetzt werden (§ 101 a III UrhG). Hier wie generell ist er ausgeschlossen, wenn er sich im Einzelfall als unverhältnismäßig erweist. Stellt sich nach Durchsetzung des Vorlegungs- oder Besichtigungsanspruchs heraus, dass eine Rechtsverletzung weder vorlag noch drohte, ist der vermeintliche Verletzte zum Ersatz des Schadens verpflichtet (§ 101 a V UrhG), bestehend aus den Verfahrenskosten sowie der ordnungsgeldbewehrten Untersagung durch das Gericht, die erlangten Informationen zu verwerten.

4. Auskunft über Herkunft und Vertriebswege sowie unbekannte Verletzer

1050 In bestimmten Konstellationen sind Rechtsinhaber mit dem weiteren Problem konfrontiert, dass sie zwar die Existenz rechtsverletzender Vervielfältigungsstücke („Raubkopien") feststellen können, aber nicht wissen, wer hierfür die Verantwortung trägt und ob es weitere Beteiligte und weitere vergleichbare Fälle von Rechtsverletzungen gibt. Diese Situation stellt sich zum einen bei **organisierter Piraterie,** zum anderen bei **anonym begangenen Rechtsverletzungen im Internet.** Um auch in diesen Fällen eine effektive Rechtsdurchsetzung zu ermöglichen, gewährt § 101 UrhG den Rechtsinhabern in Umsetzung von Art. 8 DurchsetzungsRL 2004/48 weitgehende Auskunftsansprüche.

1051 Gem. § 101 I UrhG kann jeder Täter, Teilnehmer und Störer, der **in gewerblichem Ausmaß Rechte verletzt,** vom Verletzten auf unverzügliche **Auskunft über die Herkunft und den Vertriebsweg** der rechtsverletzenden Vervielfältigungsstücke in Anspruch genommen werden. Hiermit soll das Umfeld einer festgestellten Rechtsverletzung aufgeklärt werden. Das erforderliche „gewerbliche Ausmaß" der Rechtsverlet-

[56] S. zu § 809 BGB BGHZ 150, 382 = ZUM-RD 2002, 573 – Faxkarte.

[57] Entsprechend zu § 809 BGB BGH ZUM-RD 2013, 371 Rn. 18 f. – UniBasic-IDOS.

[58] Bank-, Finanz- oder Handelsunterlagen sind gem. § 101 a I 2 UrhG also nur vorzulegen, wenn substantiiert dargetan ist, inwieweit gerade diese Dokumente zur Klärung einer hinreichend wahrscheinlichen Rechtsverletzung erforderlich sind.

zung kann sich sowohl aus der Anzahl als auch aus der Schwere der Rechtsverletzungen ergeben. Gewerbsmäßigkeit im Sinne von Gewinnerzielungsabsicht ist hingegen nicht erforderlich. Der auskunftspflichtige Verletzer hat gem. § 101 III UrhG ua Angaben zu machen über den Hersteller, Lieferanten und gewerbliche Abnehmer, über die Menge der hergestellten, ausgelieferten, erhaltenen oder bestellten Vervielfältigungsstücke sowie über die Preise, die für die rechtsverletzenden Waren bezahlt wurden.

Doch nicht nur identifizierte Verletzer sind zu diesen Auskünften verpflichtet, sondern 1052
in Fällen offensichtlicher Rechtsverletzung oder in Fällen, in denen der Verletzte gegen den Verletzer bereits Klage erhoben hat, gem. § 101 II 1 UrhG auch bestimmte **Dritte,** selbst wenn sie keine naheliegende Gefahr für die betreffende Rechtsverletzung gesetzt haben und daher **nicht einmal als Störer haften.** Der gegen sie gerichtete Auskunftsanspruch soll es dem Rechtsinhaber ermöglichen, überhaupt erst den Rechtsverletzer zu ermitteln. So müssen zB Transport- oder Lagerunternehmen, die offensichtlich rechtsverletzende Vervielfältigungsstücke in ihrem Besitz haben, Auskunft über die Vorbesitzer und Adressaten dieser Waren geben (Nr. 1). Auch wer eine offensichtlich rechtsverletzende Dienstleistung – zB ein illegales Streaming-Portal – in gewerblichem Ausmaß in Anspruch nimmt, ist grundsätzlich auskunftspflichtig (Nr. 2).

Von besonderer praktischer Bedeutung ist ferner der Auskunftsanspruch gegen ge- 1053
werbliche Anbieter von Dienstleistungen, die von Verletzern für ihre illegalen Tätigkeiten genutzt werden (§ 101 II 1 Nr. 3 UrhG). Das sind namentlich **Internet Access-Provider,** deren Kunden Urheberrechtsverletzungen im Internet begehen. Die Provider sind danach verpflichtet, dem Verletzten den Namen und die Anschrift – auch eine E-Mail-Adresse, nicht aber eine Telefonnummer[59] – des Anschlussinhabers mitzuteilen, dessen statische oder dynamische IP-Adresse für eine Rechtsverletzung verwendet wurde. Diese Rechtsverletzung muss offensichtlich sein, nach zweifelhafter Auffassung des BGH aber kein gewerbliches oder sonst besonderes Ausmaß angenommen haben. Vielmehr ist der Auskunftsanspruch der Rechtsinhaber in aller Regel ohne Weiteres begründet, selbst wenn nur eine Datei in einer Internettauschbörse offensichtlich rechtswidrig öffentlich zugänglich gemacht wurde. Da die Auskunft allerdings nur unter Verwendung von Verkehrsdaten und damit unter Eingriff in das Fernmeldegeheimnis gem. Art. 10 I GG erfolgen kann, ist für ihre Erteilung gem. § 101 IX UrhG eine vorherige richterliche Anordnung erforderlich.[60] Um zu verhindern, dass der materielle Auskunftsanspruch aufgrund einer Löschung der Verbindungsdaten ins Leere läuft, sind Provider gem. § 101 II und IX UrhG iVm § 96 I 2 TKG verpflichtet, die Daten, zu denen ihnen ein konkretes Auskunftsverlangen vorliegt, bis zur Auskunftserteilung oder bis zur rechtkräftigen Abweisung des Auskunftsgestattungsantrags vorzuhalten. Eine abstrakte Speicherpflicht im Hinblick auf drohende, aber noch nicht verübte Rechtsverletzungen jenseits des Datenschutz- und Telekommunikationsrechts besteht hingegen nicht.[61] Ebenfalls auskunftspflichtig nach § 101 II 1

[59] OLG Frankfurt a. M. ZUM-RD 2017, 651.

[60] BGH GRUR 2012, 1026 Rn. 10ff. – Alles kann besser werden. Zur Beschwerdeberechtigung des Anschlussinhabers gem. §§ 58 I, 59 I FamFG siehe BGH ZUM 2013, 490 Rn. 10ff. – Die Heiligtümer des Todes. Anwaltskosten im Gestattungsverfahren sind vom Rechtsverletzer im Folgeprozess gem. § 91 I 1 ZPO zu tragen; vgl. BGH GRUR 2017, 854 Rn. 9ff. Zur datenschutz- und grundrechtlichen Zulässigkeit des Auskunftsanspruchs siehe EUGH ZUM 2012, 466 – Bonnier Audio.

[61] BGH GRUR 2017, 1236 Rn. 54ff. – Sicherung der Drittauskunft.

Nr. 3 UrhG sind **Bankinstitute,** die Auskunft über Namen und Anschrift des Inhabers eines Kontos gewähren müssen, das zur Abwicklung von Zahlungen für offensichtliche Rechtsverletzungen verwendet wurde.[62]

1054 **§ 101 II 1 Nr. 4 UrhG** erweitert diesen ohnehin bereits denkbar weiten Kreis von Auskunftsverpflichteten nochmals, nämlich um diejenigen Personen, die nach den Angaben der vorgenannten Dritten an der Herstellung, Erzeugung oder am Vertrieb solcher Vervielfältigungsstücke, sonstigen Erzeugnisse oder Dienstleistungen beteiligt waren. Die Haftung dieser Personen beruht nicht darauf, dass ihre Täterschaft, Teilnahme oder Störereigenschaft erwiesen oder auch nur wahrscheinlich ist, sondern allein auf dem Hinweis von Spediteuren, Access-Providern, Banken usw.

1055 In Fällen offensichtlicher Rechtsverletzungen können die Auskunftsansprüche gem. § 101 I und II UrhG auch im Wege der **einstweiligen Verfügung** geltend gemacht werden (§ 101 VII UrhG). Missbräuchen zu Ausforschungszwecken wird dadurch vorgebeugt, dass die **Auskunft** nach § 101 IV UrhG nicht gegeben werden muss, wenn sie **im Einzelfall unverhältnismäßig** ist, und dass sie ohne Zustimmung des Auskunftspflichtigen in einem Strafverfahren oder Ordnungswidrigkeitenverfahren gegen den Verletzer oder gegen Angehörige (§ 52 I StPO) nicht verwertet werden darf (§ 101 VIII UrhG). Bei Auskunftsbegehren gegenüber der Presse ist das Redaktionsgeheimnis zu beachten.[63]

VI. Passivlegitimation

1056 Die §§ 97ff. UrhG bestimmen nicht näher, gegen wen sich die Ansprüche bei Rechtsverletzungen richten. In § 97 I UrhG heißt es, dass auf Unterlassung und Beseitigung in Anspruch genommen werden kann, **„wer" ein Urheber- oder Leistungsschutzrecht verletzt.** In der Schadensersatznorm des § 97 II UrhG, aber auch in den Anspruchsgrundlagen auf Vernichtung usw. (§ 98 UrhG) sowie auf Auskunft (§§ 100–101b UrhG) wird der Passivlegitimierte als **„Verletzer"** bezeichnet. Die Auslegung dieses Begriffs und damit die Bestimmung des Kreises der haftenden Personen zählt zu den umstrittensten Fragen des Urheberrechts.

1. Täter und Mittäter

1057 Sämtliche Ansprüche gem. §§ 97ff. UrhG treffen jedenfalls den oder die **Täter.** Als Täter einer Urheberrechtsverletzung haftet, wer die Merkmale eines der handlungsbezogenen Verletzungstatbestände des Urheberrechts selbst oder durch einen anderen in mittelbarer Täterschaft begeht (§ 25 I StGB), wer mit anderen Worten also **selbst vervielfältigt, verbreitet, öffentlich ausstellt oder wiedergibt.**

1058 Je weiter die Begriffe der Vervielfältigung, öffentlichen Wiedergabe usw. ausgedehnt werden, desto weiter reichen die Befugnisse der Rechtsinhaber und desto größer ist der Kreis derjenigen, die wegen eigener Eingriffshandlung als Täter einer Rechtsverletzung auch auf Zahlung haften. Dieser Zusammenhang zeigt sich beispielsweise bei der Auslegung des Begriffs der „öffentlichen Wiedergabe" gem. § 3 I InfoSocRL 2001/29 durch den EUGH. Demnach haften nicht nur diejenigen täterschaftlich, die selbst geschützte Inhalte im Internet hochladen, sondern unter bestimmten Voraussetzungen auch diejenigen, die Hyperlinks auf rechtswidrige Inhalte setzen, multi-

[62] BGH GRUR 2016, 497 Rn. 17ff. – Davidoff Hot Water II (zum Markenrecht).
[63] BVerfG ZUM 1999, 263 – urheberrechtswidriger Bildabdruck.

mediale Medienabspieler in Verkehr bringen und eine Peer-to-Peer-Plattform betreiben.[64] Hier zeichnet sich eine unionsrechtliche Dogmatik der Täterhaftung ab, die Ähnlichkeiten aufweist zur klassisch-deliktsrechtlichen **Haftung für lediglich mittelbare, aber unter Verletzung von Verkehrspflichten begangene Rechtsverletzungen.**[65]

Ebenfalls täterschaftlich haftet, wer sich objektiv fremde, rechtsverletzende **Inhalte zu** 1059 **eigen macht.** Fremde Inhalte macht sich zu eigen, wer verständigen Verbrauchern den Eindruck vermittelt, man übernehme die inhaltliche Verantwortung für den öffentlichen Verbreitungs- oder Wiedergabeakt, obwohl dieser eigentlich von einem Dritten initiiert und zumindest auch kontrolliert wird. So verhält es sich je nach der Gestaltung einer Internetseite bei Online-Plattformen, auf denen Dritte Texte, Bilder usw. einstellen können.[66] Auch die Betreiberin einer Verkaufsplattform im Internet, auf die von einzelnen Anbietern wöchentlich etwa 100.000 Artikel neu eingestellt werden, verbreitet selbst rechtswidrige Vervielfältigungsstücke iSd § 17 UrhG, wenn sie die betreffenden Waren **im eigenen Namen und auf eigene Rechnung** anbietet.[67] Anders ist es bei Plattformen wie YouTube und eBay, die ihren Nutzern auch aus Sicht der Endkonsumenten lediglich die Möglichkeit eröffnen, in einem automatisierten Verfahren, in dem keine Auswahl getroffen wird, eigene Videos und Produkte zugänglich zu machen bzw. anzubieten. Sie haften allenfalls als Teilnehmer, wenn sie positive Kenntnis von konkreten Rechtsverletzungen haben und die betreffenden Inhalte dennoch (weiter) öffentlich zugänglich machen.[68]

Wieder anders beurteilt die hM die Haftung von **Buchhändlern.** Auch sie begehen an 1060 sich eine täterschaftliche Verletzung des Verbreitungsrechts gem. § 17 UrhG, wenn sich in ihrem Sortiment rechtswidrige Publikationen finden. Für ihre Haftung als Täter kommt es mithin auf die Verletzung von Verkehrs- und Prüfungspflichten eigentlich nicht an. Denn schon aus § 17 UrhG folgt die Rechtspflicht, Werke und andere Schutzgegenstände nur mit Zustimmung des Rechtsinhabers in Verkehr zu bringen. Allerdings ist zu beachten, dass Händler zwar die körperlichen Werkstücke, also Bücher und andere Sachen, im eigenen Namen zum Verkauf anbieten, sich damit aber nicht automatisch die in den Büchern, auf Ton- und Bildträgern usw. enthaltenen urheberrechtsverletzenden Informationen zu eigen machen. Überdies ist es ihnen mit Rücksicht auf die Pressefreiheit und den Verhältnismäßigkeitsgrundsatz gem. Art. 3 DurchsetzungsRL 2004/48[69] nicht zumutbar, ihr gesamtes Sortiment laufend auf Urheberrechtskonformität zu überprüfen. Erst wenn sie auf eine genau bezeichnete (vgl. § 97a II Nr. 2 UrhG) Rechtsverletzung hingewiesen wurden, müssen sie den Titel aus dem Angebot nehmen. Und erst wenn sie diese Maßnahmen unterlassen, kommt eine täterschaftliche Haftung in Betracht.[70] Ebenso verhält es sich bei Urheberrechtsverstößen **im Anzeigenteil einer Zeitung oder Zeitschrift.** Hier ist wegen Art. 5 I GG

64 → Rn. 384.
65 *Ohly*, ZUM 2017, 793.
66 BGH ZUM-RD 2010, 456 Rn. 23f. – marions-kochbuch.de.
67 BGH ZUM-RD 2016, 285 Rn. 16ff. – Al Di Meola.
68 Vgl. OLG Hamburg ZUM-RD 2016, 83 – Gema/YouTube mit LG Berlin, ZUM-RD 2015, 741.
69 Vgl. EUGH ZUM 2014, 494 Rn. 47 – UPC Telekabel Wien.
70 Im Ergebnis ebenso OLG München GRUR-RR 2014, 13, 15 – Buchbinder Wanninger; LG Berlin, GRUR-RR 2009, 216 – Buchhändlerhaftung; aA LG Hamburg ZUM 2014, 153, 154.

eine Haftung nur bei Verletzung der Prüfungspflicht in Fällen grober, unschwer zu erkennender Verstöße gegeben.[71]

1061 Grundsätzlich muss der Verletzte **darlegen und beweisen,** dass die in Anspruch genommene Person nach den vorgenannten Kriterien täterschaftlich gehandelt hat. Hat der Verletzte aber keine nähere Kenntnis der maßgeblichen Umstände und auch keine Möglichkeit zur weiteren Sachverhaltsaufklärung, während dem Prozessgegner nähere Angaben dazu ohne Weiteres möglich und zumutbar sind, trifft Letzteren eine sog. sekundäre Darlegungslast. Wenn zB ein Inhaber eines Internetanschlusses, von dem aus ein urheberrechtlich geschütztes Werk ohne Zustimmung des Berechtigten öffentlich zugänglich gemacht worden ist, geltend macht, nicht er, sondern ein Dritter habe die Rechtsverletzung begangen, muss er nachvollziehbar vortragen, welche Personen mit Rücksicht auf Nutzerverhalten, Kenntnisse und Fähigkeiten sowie in zeitlicher Hinsicht Gelegenheit hatten, die fragliche Verletzungshandlung ohne Wissen und Zutun des Anschlussinhabers zu begehen. Genügt er dieser Darlegungslast nicht, wird vermutet, dass er als Täter für die Rechtsverletzung verantwortlich ist.[72] Streitig ist in diesem Zusammenhang insbesondere, ob ein Anschlussinhaber seiner täterschaftlichen Haftung bereits dadurch entgehen kann, dass er einen Familienangehörigen benennt, der neben ihm Zugriff auf den Anschluss hat und als Täter in Betracht kommt. In einer solchen Konstellation kollidieren die Wertungen der Zeugnisverweigerungsrechte gem. § 383 I Nr. 1–3 ZPO iVm Art. 6 I GG/7 GRCharta mit dem potentiell leerlaufenden Rechtsschutzinteresse des Verletzten.[73]

1062 Haben mehrere durch eine gemeinschaftlich begangene Rechtsverletzung einen Schaden verursacht, so ist gem. § 830 I 1 BGB jeder **Mittäter** für den Schaden verantwortlich. Wer zu diesem Personenkreis zählt, ist wie bei anderen unerlaubten Handlungen grundsätzlich nach den strafrechtlichen Rechtsgrundsätzen (§ 25 II StGB) zu beurteilen.[74] Demnach handelt mittäterschaftlich, wer seinen eigenen Tatbeitrag so in die Tat einfügt, dass dieser als Teil der Handlung eines anderen Beteiligten und umgekehrt dessen Handeln als Ergänzung des eigenen Tatanteils erscheint. Die Mitwirkung muss sich nach der Willensrichtung des Beteiligten als Teil der Tätigkeit aller darstellen. Maßgebliche Kriterien sind der Grad des eigenen Interesses an der Tat, der Umfang der Tatbeteiligung und die Tatherrschaft oder wenigstens der Wille dazu, so dass die Durchführung und der Ausgang der Tat maßgeblich auch vom Willen des Betreffenden abhängen. Mittäterschaft erfordert dabei nicht zwingend eine Mitwirkung am Kerngeschehen selbst; ausreichen kann auch ein die Tatbestandsverwirklichung fördernder Beitrag, der sich auf eine Vorbereitungs- oder Unterstützungshandlung beschränkt.[75] Als Mittäter angesehen wurden zB die Betreiber eines strukturell auf Rechtsverletzungen angelegten Internetportals (Haupttäter sind die Uploader),[76] die

[71] BGH GRUR 1999, 420 – Möbelklassiker.

[72] BGH ZUM 2017, 62 Rn. 34, 50 – Everytime we touch.

[73] Vgl. BGH ZUM 2017, 924 Rn. 24ff. – Loud (Eltern müssen den Namen des volljährigen Kindes nennen, das ihnen gegenüber die Rechtsverletzung zugegeben hat); anders aber im Verhältnis zwischen Ehegatten BGH GRUR-RR 2017, 484 – Ego Shooter; BGH ZUM 2017, 503 – Afterlife; ferner LG München I, GRUR Int. 2017, 452 – Filesharing (Vorlagebeschluss zum EUGH).

[74] BGH ZUM-RD 2014, 4 Rn. 30ff. mwN – Kinderhochstühle im Internet II.

[75] BGH GRUR 2017, 273 Rn. 13ff. – kinox.to.

[76] BGH GRUR 2017, 273 Rn. 13ff. – kinox.to.

Nutzer einer Internettauschbörse[77] und die Veranstalter einer unautorisierten öffentlichen Aufführung (§ 19 II UrhG), nicht aber der Vermieter des Saales, in dem die urheberrechtswidrige Darbietung stattfand.[78]

2. Teilnehmer

Anstifter und Gehilfen haften als **Teilnehmer** an einer fremden Rechtsverletzung 1063
ebenfalls für sämtliche Abwehr-, Zahlungs- und Auskunftsansprüche (vgl. § 830 II UrhG). Allerdings müssen die Teilnehmer nicht nur ihre Anstiftungs- oder Gehilfenhandlung vorsätzlich begangen, sondern auch die konkrete Urheberrechtsverletzung durch den Täter zumindest billigend in Kauf genommen haben. An diesem doppelten Teilnehmervorsatz, der das Bewusstsein der Rechtswidrigkeit einschließen muss, fehlt es häufig. Insbesondere genügt es nicht, wenn zB Access- oder Hostprovider mit gelegentlichen Rechtsverletzungen rechnen, ohne von einer konkret drohenden Haupttat positive Kenntnis zu haben.[79] Eine Teilnehmerhaftung kommt daher allenfalls in Betracht, wenn Online-Intermediäre nach einem konkreten Hinweis auf eine offensichtliche Rechtsverletzung keine Maßnahmen zur Löschung bzw. Sperrung ergreifen.

3. Störer

Zum Schadensersatz ist gem. § 97 II 1 UrhG nur verpflichtet, „wer die Handlung vor- 1064
sätzlich oder fahrlässig vornimmt". Das sind unstreitig nur Täter, Mittäter und Teilnehmer (§ 830 BGB). Wertersatz wegen Eingriffskondiktion hat lediglich der Bereicherungsschuldner zu leisten, also derjenige, dem das begünstigte Vermögen zugeordnet ist und der die Lizenz für die unerlaubte Nutzung hätte erwerben müssen. Während im Hinblick auf diese Zahlungsansprüche zumindest die dogmatischen Grundlagen geklärt sind, ist die Frage der **Passivlegitimation für Abwehr- und Auskunftsansprüche** sowohl dem Grunde nach als auch im Detail hoch umstritten. Das Gesetz besagt dazu lediglich, dass etwa auf Unterlassung und Beseitigung in Anspruch genommen werden kann, „wer" ein Schutzrecht „widerrechtlich verletzt" (§ 97 I 1 UrhG).

Immerhin legen mehrere Vorschriften nahe, dass der Kreis der insoweit Passivlegiti- 1065
mierten nicht auf Täter und Teilnehmer iSv § 830 BGB beschränkt ist. So richten sich gem. § 99 UrhG die Abwehransprüche auf Unterlassung, Beseitigung, Vernichtung, Rückruf und Überlassung „auch gegen den Inhaber" **(= Rechtsträger) eines Unternehmens,** in dem eine Schutzrechtsverletzung begangen wurde. Nach Art. 8 III InfoSocRL haben die Mitgliedstaaten ferner sicherzustellen, dass Rechtsinhaber „gerichtliche Anordnungen" gegen **„Vermittler"** beantragen können, deren Dienste von einem Dritten zur Verletzung von Schutzrechten genutzt werden.[80] Zu diesen Vermittlern zählt der EUGH auch Internet-Access-Provider wie die Deutsche Telekom und Anbieter öffentlicher WLAN-Netze wie zB die Deutsche Bahn, obwohl diese nur in sehr allgemeiner, nicht spezifisch gefahrgeneigter Weise mit Urheberrechtsver-

[77] BGH ZUM 2018, 293 Rn. 24ff. – Konferenz der Tiere.
[78] BGH ZUM 2015, 811 Rn. 16ff. – Trassenfieber.
[79] OLG Hamburg ZUM-RD 2016, 83, 116 – Gema/YouTube.
[80] Vgl. auch Art. 11 S. 3 DurchsetzungsRL 2004/48 („Mittelspersonen …, deren Dienste von einem Dritten zwecks Verletzung eines Rechts des geistigen Eigentums in Anspruch genommen werden") und § 7 III TMG.

letzungen in Berührung kommen.[81] Generell müssen die EU-Mitgliedstaaten gem. Art. 11 S. 1, 3 II DurchsetzungsRL 2004/48 wirksame, verhältnismäßige und abschreckende Anordnungen gegen Verletzer erlassen, die jenen weitere Rechtsverletzungen untersagt. Auch das deutsche Sachen- und Deliktsrecht verlangt von Inhabern ausschließlicher Rechte nicht, Eingriffe erst einmal zu dulden und nachträglich zu liquidieren. Vielmehr gewährt es gem. § 1004 BGB (quasi-)negatorische Ansprüche auf Unterlassung und Beseitigung nicht nur gegen den Täter oder Teilnehmer, sondern auch gegen sog. Störer.

1066 Die Rechtsfigur des **Störers** ist seit vielen Jahrzehnten auch im Urheberrecht fest etabliert. Als Störer haftet auf Abwehr- und Auskunftsansprüche demnach grundsätzlich jeder, der – ohne Täter oder Teilnehmer zu sein – **in irgendeiner Weise willentlich und adäquat kausal zur Verletzung** des ausschließlichen Urheber- oder Leistungsschutzrechts **beiträgt.** Dieser Beitrag kann sich als aktive Unterstützung darstellen. Es genügt aber auch, dass der Inanspruchgenommene eine eigenverantwortliche Rechtsverletzung eines Dritten lediglich ausnutzt. In beiden Fällen muss der Anspruchsgegner die rechtliche und tatsächliche Möglichkeit zur Verhinderung der Rechtsverletzung haben. Allerdings setzt die Haftung als Störer mit Rücksicht auf den Verhältnismäßigkeitsgrundsatz voraus, dass der Betreffende **zumutbare Verhaltenspflichten, insbes. Prüfungspflichten verletzt** hat. Welche konkreten Verhaltenspflichten zu beachten sind bzw. entstehen, hängt von den Umständen des Einzelfalls ab.[82] Zu berücksichtigen ist etwa, ob der Inanspruchgenommene ohne Gewinnerzielungsabsicht im öffentlichen Interesse handelt oder aber eigene erwerbswirtschaftliche Zwecke verfolgt und zB über Provisionen an der Rechtsverletzung beteiligt ist, und ob die geförderte Rechtsverletzung eines Dritten offenkundig und unschwer zu erkennen ist.[83] Ist ein Geschäftsmodell von vornherein auf Rechtsverletzungen durch die Nutzer angelegt oder fördert ein Unternehmer durch eigene Maßnahmen wie zB Werbung für ein „kostenloses Pay-TV" die Gefahr einer rechtsverletzenden Nutzung seines Produkts, bestehen weitergehende Verhaltenspflichten, die letztlich auf ein Verbot der betreffenden Ware oder Dienstleistung hinauslaufen.[84] In jedem Fall haften Störer als „Verletzer" nur für die **Abwehr- und Auskunftsansprüche** gem. §§ 97 I, 98, 101 f., 103 UrhG, nicht hingegen für die Zahlungsansprüche aus §§ 97 II UrhG, 812 I 1 2. Alt. BGB. Denn sie greifen nicht selbst (schuldhaft) in den Zuweisungsgehalt des verletzten Rechts ein.

1067 Allerdings gerät die bisher **scheinbar eindeutige Trias** von (1) Tätern/Teilnehmern, die auch auf Schadensersatz haften, (2) Störern, die nur auf Abwehr- und Auskunft haften, und (3) sonst unbeteiligten Dritten, die gar nicht haften, unter dem Einfluss des Unionsrechts **immer mehr ins Wanken.** Das gilt sowohl an der Schnittstelle zwischen Täter/Teilnehmer und Störer als auch an derjenigen zwischen Störer und unbeteiligtem Dritten. In der Rechtsprechung des EUGH und des BGH dominieren Einzelfallentscheidungen, die sich zu keinem kohärenten Gesamtbild mehr fügen.

1068 Die Unterscheidung zwischen Tätern und Störern zerfließt beispielsweise im bereits erwähnten Fall des **Buchhändlers.** Eigentlich nehmen Buchhändler selbst und damit

[81] EUGH ZUM 2014, 494 – UPC Telekabel Wien; EUGH ZUM 2016, 965 – Tobias Mc Fadden.

[82] Zuletzt etwa BGH ZUM 2018, 123 Rn. 74 – Vorschaubilder III mwN.

[83] BGH ZUM-RD 2014, 4 Rn. 34 mwN – Kinderhochstühle im Internet II.

[84] BGH GRUR 2009, 841 Rn. 21 f., 32 ff. – Cybersky; BGH GRUR 2013, 1030 Rn. 36 ff. – File-Hosting-Dienst.

täterschaftlich Verbreitungshandlungen gem. § 17 I UrhG vor, sie sollen nach freilich bestrittener Auffassung mit Rücksicht auf die Pressefreiheit aber erst auf Unterlassung und ggf. auch Schadensersatz haften, wenn sie eine rechtsverletzende Publikation trotz eines Hinweises nicht aus ihrem Sortiment nehmen.[85] Die Haftung von Spediteuren und Frachtführern betrifft hingegen die Abgrenzung von Störern und gar nicht haftenden Dritten. Art. 8 I DurchsetzungsRL 2004/48 (umgesetzt in § 101 II Nr. 3 UrhG) besagt ausdrücklich, dass Spediteure zwar auf Auskunft in Anspruch genommen werden können, im Übrigen aber nicht zu den „Verletzern" zählen („Verletzer und/oder jede[r] andere[n] Person …"). Und in der Tat stellt der Transport von Waren aller Art keine Tätigkeit dar, die eine vorhersehbare und vermeidbare, naheliegende Gefahr gerade für eine Urheberrechtsverletzung schafft. Dennoch geht der BGH davon aus, dass auch **Spediteure und Frachtführer** im Einzelfall konkreten Anhaltspunkten für rechtsverletzende Waren nachgehen müssen und diese ggf. nicht transportieren dürfen.[86] Ein typisches Beispiel für einen Störer, der weder Täter noch Teilnehmer einer konkreten Rechtsverletzung noch gewissermaßen nur zufällig beteiligter Dritter ist, ist der **Betreiber eines Straßen- oder Flohmarkts.** Er hat auf einen klaren und eindeutigen Hinweis, dass an einem Marktstand Raubkopien verkauft werden, dafür Sorge zu tragen, dass sich solche Rechtsverletzungen künftig nicht wiederholen. Genügt er dieser Verkehrspflicht nicht, haftet er auf Unterlassung.[87]

Noch unübersichtlicher ist die Rechtslage bei der Beurteilung der **Haftung von Online-Intermediären.** Denn hier ist neben der Frage nach ihrer materiellen Haftung zusätzlich das besondere „Verantwortlichkeits"-Regime der §§ 7-10 TMG zu beachten, die auf die E-Commerce-RL 2000/31 zurückgehen. Die Vorschriften sind zwar als abstrakt vorgeschalteter Haftungsfilter gedacht, entfalten aber mittelbare Rückwirkungen auf die nachrangige Entscheidung darüber, ob und inwieweit Telemedien-Diensteanbieter dem Grunde nach Verkehrs- und Prüfpflichten zu beachten und ggf. sonstige Ansprüche zu gewärtigen haben. Insoweit stellt § 7 I TMG zunächst klar, dass Anbieter von Telemediendiensten gem. § 2 Nr. 1 TMG für **eigene (und zu eigen gemachte) Informationen,** die sie zur Nutzung bereithalten, nach den allgemeinen Gesetzen verantwortlich sind, also ggf. als Täter für eine unerlaubte Vervielfältigung und öffentliche Zugänglichmachung von Werken auch auf Schadensersatz haften. 1069

Für die **Übermittlung und Speicherung *fremder* Informationen** genießen Diensteanbieter hingegen besondere **Haftungsprivilegien** gem. §§ 8–10 TMG, die erst entfallen, wenn das betreffende Unternehmen eine aktive Rolle bei der Vermarktung der betreffenden Informationen übernimmt.[88] Demnach sind Access- und Hostprovider gem. § 7 II TMG prinzipiell nicht verpflichtet, pro-aktiv die von ihnen übermittelten oder gespeicherten fremden Informationen zu überwachen oder nach Umständen zu forschen, die auf eine rechtswidrige Tätigkeit hinweisen.[89] Nach § 7 III TMG bleiben 1070

[85] Oben → Rn. 1060. In die umgekehrte Richtung weist die Rechtsprechung des EUGH zum Begriff der öffentlichen Wiedergabe, unter den sogar die Herstellung und der Vertrieb von Abspielgeräten gefasst wird; vgl. oben → Rn. 384.

[86] BGH GRUR 2017, 785 Rn. 54 – Abdichtsystem.

[87] EUGH GRUR 2016, 1062 – Tommy Hilfiger Licensing (zu Art. 11 DurchsetzungsRL 2004/48).

[88] EUGH GRUR 2011, 1025 Rn. 116ff. – L'Oréal/eBay. In diesem Fall gelten auch weitergehende Prüfungspflichten; vgl. BGH ZUM-RD 2014, 4 Rn. 47ff. – Kinderhochstühle im Internet II.

[89] EUGH ZUM 2012, 29 – Scarlet (Access-Provider); EUGH ZUM 2012, 307 – SABAM (Host-Provider).

indes Verpflichtungen zur Entfernung von Informationen oder zur Sperrung der Nutzung von Informationen – also die hier interessierenden Unterlassungs- und Beseitigungsansprüche – auch im Falle der Nichtverantwortlichkeit des Diensteanbieters nach den §§ 8-10 TMG „unberührt". Werden Access- und Hostprovider also auf eine konkrete Urheberrechtsverletzung hingewiesen, müssen sie ex post zumutbare Maßnahmen ergreifen, um die Rechtsverletzung aufzudecken, zu beenden (Sperrung/takedown) und künftig zu verhindern („staydown").[90] Die Verhaltenspflichten dürfen aber zum einen nicht so weit gehen, dass das von der Rechtsordnung gebilligte Geschäftsmodell der Online-Intermediäre gefährdet oder ihre Tätigkeit unverhältnismäßig erschwert wird. Außerdem ist dafür Sorge zu tragen, dass keine rechtmäßigen Inhalte (zB gem. § 24 UrhG zulässige Parodien), Webseiten und Links gelöscht oder gesperrt und hierdurch die Kommunikationsgrundrechte der Internetnutzer beeinträchtigt werden.[91] Die rechtsstaatlich äußerst bedenkliche Lösung dieses gordischen Knotens besteht darin, **die Rechtsdurchsetzung weitgehend in die Hände der Dienstanbieter und sonstigen Online-Intermediäre zu legen.**[92]

1071 **Internet-Access-Provider** wie die Deutsche Telekom oder 1&1 sind demnach verpflichtet, auf einen konkreten Hinweis den Zugang zu Webseiten, die weit überwiegend urheberrechtsverletzende Inhalte zum Download oder Stream anbieten, zu sperren. Zugleich aber müssen der betroffene Webseitenbetreiber und andere Internetnutzer zumindest nachträglich die effektive Möglichkeit haben, gegenüber dem beantragenden Rechtsinhaber eine Verletzung ihrer Kommunikationsgrundrechte gerichtlich geltend zu machen.[93] Daher muss der Access-Provider bei einem Aufruf der gesperrten Webseite eine zustellungsfähige, inländische Anschrift des beantragenden Rechtsinhabers anzeigen. Nach Auffassung des BGH setzt ein Sperranspruch gegen Vermittler von Internetzugängen des Weiteren voraus, dass der Rechteinhaber zunächst erfolglos zumutbare Anstrengungen unternommen hat, gegen diejenigen Beteiligten vorzugehen, die – wie der Betreiber der Internetseite – die Rechtsverletzung selbst begangen haben oder – wie der Host-Provider – zur Rechtsverletzung durch die Erbringung von Dienstleistungen beigetragen haben. Dass eine mithin erst subsidiär mögliche Webseitensperre nicht nur die Werke und Leistungen des klagenden Rechteinhabers, sondern auch gemeinfreie und für Dritte geschützte Schutzgegenstände erfasst, stehe ihrer Zumutbarkeit und Verhältnismäßigkeit aber nicht entgegen.[94] Ob dieses Haftungsregime noch auf den überkommenen Grundsätzen der Störerhaftung beruht, erscheint zweifelhaft. Zum einen ordnet Art. 8 I DurchsetzungsRL 2004/48 Access-Provider wie zB auch Spediteure gerade nicht als „Verletzer" ein. Zum anderen beruht die spezialgesetzliche Grundlage zur Inanspruchnahme der digitalen „Vermittler" gem. Art. 8 III InfoSocRL nicht auf dem Gedanken eines irgendwie adäquat-vorhersehbaren Verletzungsbeitrags, sondern darauf, dass Online-Intermediäre „selbst am besten in der Lage" seien, „Verstößen ein Ende zu bereiten".[95]

[90] EUGH GRUR 2011, 1025 – L'Oréal/eBay.

[91] Für Host-Provider BGH ZUM-RD 2014, 4 Rn. 36ff. – Kinderhochstühle im Internet II (eBay); für Access-Provider EUGH ZUM 2014, 494 Rn. 47ff. – UPC Telekabel Wien.

[92] Zu Hostprovidern OLG Hamburg ZUM-RD 2016, 83 – Gema/YouTube; zu Suchmaschinen BGH ZUM 2018, 123 Rn. 72ff. – Vorschaubilder III.

[93] EUGH ZUM 2014, 494 Rn. 63 – UPC Telekabel Wien.

[94] BGH GRUR 2016, 268 – Goldesel. Entsprechendes muss für die ähnlich unbeteiligten Domain-Registrare gelten. Viel zu weitgehend insoweit OLG Saarbrücken, ZUM-RD 2015, 196, 198f.

[95] ErwGrd. 59 S. 2 InfoSocRL.

Gem. § 8 III TMG gilt das Haftungs(privilegierungs)regime der Access-Provider grundsätzlich auch für „Anbieter drahtloser lokaler Netzwerke", mithin für **Anbieter öffentlicher WLAN-Netze** wie zB Cafés, aber auch für nicht-kommerziell agierende Betreiber solcher Internetzugänge. Doch hat der deutsche Gesetzgeber für diesen speziellen Fall der Zugangsvermittlung Sonderregelungen geschaffen, die dazu beitragen sollen, dass die Zahl offener WLAN-Netze steigt.[96] Einerseits wurde in § 7 IV TMG „abseits der viel kritisierten Störerhaftung" eine materiellrechtliche Anspruchsgrundlage auf „Sperrung der Nutzung von Informationen" kodifiziert, „um die Wiederholung der Rechtsverletzung zu verhindern". Gedacht ist hier an die Sperrung illegaler Webseiten am Router des WLAN-Anbieters oder an die generelle Begrenzung der verfügbaren Datenmenge. Andererseits sollen Anbieter offener WLAN-Netze wie andere Access-Provider nach der Rechtsprechung des BGH im Verhältnis zu den unmittelbaren Rechtsverletzern und den beteiligten Host-Providern nur subsidiär haften und darüber hinaus weder zur Erstattung von Abmahnkosten noch zur Registrierung ihrer Nutzer verpflichtet sein (§§ 7 IV 3, 8 IV TMG). Allerdings ist zweifelhaft, ob diese Privilegierungen anwendbar sind. Denn in seiner einschlägigen McFadden-Entscheidung hat der EUGH alle vorgenannten Punkte genau im entgegengesetzten Sinne entschieden (keine Subsidiarität, Ersatz der Abmahnkosten und Registrierungspflicht).[97] 1072

Wieder anders gestaltet sich die **Haftung von privaten Internetanschlussinhabern,** die in ihrer Wohnung ein drahtloses lokales Netzwerk betreiben, über das andere Familienangehörige, Mitbewohner und Gäste eine Verbindung mit dem Internet herstellen können. In einer solchen Konstellation handelt kein „Diensteanbieter" gem. §§ 2 Nr. 1, 8 III TMG, der einer unbestimmten Vielzahl von Nutzern einen Internetzugang zur Verfügung stellt. Private Anschlussinhaber haften daher nach allgemeinen Grundsätzen als Störer auf Unterlassung und ggf. Erstattung der erforderlichen Abmahnkosten (§ 97a I UrhG). Hierfür können zwei Arten von Verkehrspflichtverletzungen haftungsbegründend sein. Eine besteht – im merkwürdigen Gegensatz zur Privilegierung offener WLAN-Netze im TMG – darin, dass der Anschlussinhaber die im Kaufzeitpunkt des WLAN-Routers marktüblichen und ggf. werksseitig voreingestellten Verschlüsselungsmöglichkeiten einsetzen muss, um zu verhindern, dass sonstige Dritte über den Anschluss Rechtsverletzungen begehen.[98] Ist das private WLAN passwortgeschützt, müssen Eltern des Weiteren ihre minderjährigen Kinder, nicht aber volljährige Familienangehörige, Mitbewohner oder Gäste über urheberrechtsverletzendes Verhalten belehren und ihnen die Teilnahme an Internettauschbörsen verbieten. Eine Verpflichtung, die Nutzung des Internets durch andere Nutzer des privaten WLAN-Netzes zu überwachen, den betreffenden Computer zu überprüfen oder den Zugang zum Internet (teilweise) zu versperren, entsteht hingegen erst, wenn konkrete Anhaltspunkte dafür bestehen (Abmahnung!), dass ein Familienmitglied, Mitbewohner oder Gast bereits Urheberrechtsverletzungen begangen hat.[99] Die so konturierte Rechtsdurchsetzung kann in der Praxis auf erhebliche Nachweisprobleme stoßen. Denn wenn der Anschlussinhaber geltend macht, die Rechtsverletzung sei nicht von ihm, sondern von einem Mitbewohner oder Gast über das nach außen hin verschlüs- 1073

[96] RegE 3. TMGÄndG, BT-Drs. 18/12202, 11 ff.

[97] Vgl. EUGH ZUM 2016, 965 Rn. 22 ff. – Tobias Mc Fadden mit RegE 3. TMGÄndG, BT-Drs. 18/12202, 11 ff.

[98] BGH ZUM 2010, 696 – Sommer unseres Lebens; BGH ZUM 2017, 672 Rn. 16 – WLAN-Schlüssel.

[99] BGH ZUM 2016, 1043 Rn. 14 ff. Silver Linings Playbook mwN.

selte Netz begangen worden, und diese Person ihrerseits die Täterschaft abstreitet, kann sowohl die Täter- als auch die Störerhaftung mangels Beweises einer Rechte bzw. Verkehrspflichten verletzenden Handlung scheitern.[100] Auch § 830 I 2 BGB hilft nicht weiter, da es bereits am Nachweis einer Rechtsverletzung und nicht nur am Nachweis ihrer haftungsbegründenden Kausalität fehlt.

1074 Während sich Access-Provider und WLAN-Anbieter darauf beschränken, ihren Nutzern ein Kommunikationsnetz zur Verfügung zu stellen, über das Informationen übermittelt werden können, zeichnen sich sog. **Host-Provider** gem. § 10 I TMG dadurch aus, dass sie aus ihrer Sicht „fremde Informationen … für einen Nutzer speichern". Eine solche Speicherdienstleistung wird von zahlreichen Unternehmen mit ganz unterschiedlichen Geschäftsmodellen angeboten. Die Palette reicht von reinen Cloud-Speicherdiensten über die großen Social-Media-Plattformen wie YouTube und Facebook, Verkaufsplattformen wie eBay und Amazon bis hin zu kleineren Webseitenbetreibern, die ihren Nutzern ermöglichen, Texte (Kommentare!), Bilder und andere digitale Inhalte auf den Servern des betreffenden Diensteanbieters zu speichern und von dort zugänglich zu machen. Aufgrund dieser großen Vielfalt ist in einem ersten Schritt stets zu prüfen, ob sich der Provider den konkreten Inhalt aus objektiver Empfängersicht zu eigen gemacht hat und daher als Täter in Anspruch genommen werden kann.[101] Ordnet der verständige Internetnutzer die rechtsverletzenden Inhalte hingegen dem einzelnen Dienstenutzer und nicht dem Host-Provider zu, kommt für Letzteren immer noch eine Haftung als Störer in Betracht. Ihn trifft die Verkehrspflicht, auf konkreten Hinweis rechtsverletzende Inhalte zu löschen (sog. takedown) und ihr Wiederauftauchen zu verhindern (sog. staydown).[102] Welche Maßnahmen ein Host-Provider zu diesem Zweck ergreifen muss, ist in Abhängigkeit von den jeweiligen Besonderheiten des infrage stehenden Dienstes anhand der Umstände des konkreten Einzelfalls zu entscheiden. YouTube etwa ist nach Auffassung des OLG Hamburg nicht nur verpflichtet, automatische Inhalteerkennungs- und Wortfilter einzusetzen, um als rechtsverletzend gemeldete Inhalte von der Plattform zu verbannen, sondern es muss auch ein „Dispute-Verfahren" implementieren, um dem Inhalteanbieter einen Widerspruch gegen die Löschung zu ermöglichen.[103]

4. Haftung juristischer Personen, Personengesellschaften und ihrer Organe

1075 An vielen Rechtsverletzungen, insbesondere im gewerblichen Bereich, sind typischerweise nicht nur einzelne natürliche Personen bzw. Einzelkaufmänner beteiligt, sondern Handelsgesellschaften gem. § 6 HGB wie GmbHs, AGs, OHGs und KGs sowie sonstige juristische Personen und rechtsfähige Personengesellschaften wie eingetragene Vereine, Stiftungen und BGB-Außengesellschaften. Juristische Personen und rechtsfähige Personengesellschaften können freilich nicht selbst in der äußeren Wirklichkeit handeln. Die faktische Verwertung von Werken und Leistungen vollzieht sich stets durch eine menschliche Aktivität. Fehlt hierfür die erforderliche Einwilligung, ist zu prüfen, ob die Verletzungshandlung der juristischen Person/Personengesellschaft **zu-**

[100] Vgl. BGH ZUM 2017, 503 Rn. 18ff. – Afterlife.
[101] Oben → Rn. 1059.
[102] Entsprechende Pflichten gelten für Suchmaschinenbetreiber, vgl. BGH ZUM 2018, 123 Rn. 74ff. – Vorschaubilder III.
[103] OLG Hamburg ZUM-RD 2016, 83, 118ff. – Gema/YouTube.

gerechnet werden kann, und ob der betreffende Akteur daneben oder allein in Anspruch genommen werden kann.

Für die Haftung auf **Schadensersatz** ist insoweit auf die allgemeinen zivil- und gesellschaftsrechtlichen Zurechnungsnormen abzustellen. Wird die betreffende Rechtsverletzung von einem organschaftlichen Vertreter (zB GmbH-Geschäftsführer) „in Ausführung der ihm zustehenden Verrichtungen" und nicht nur bei Gelegenheit begangen, haftet der Unternehmensträger (also zB die GmbH) gem. § 31 BGB ohne Exkulpationsmöglichkeit auf Schadensersatz. Handelt ein Erfüllungs- oder Verrichtungsgehilfe der Gesellschaft, erfolgt die Zurechnung über § 278 BGB bzw. § 831 BGB. Schlägt eine Zurechnung auf dieser Grundlage fehl, weil zB nicht nachgewiesen werden kann, wer welches Organ oder welchen Gehilfen bestellt hat, haftet der Unternehmensträger nach der Rechtsprechung zum sog. Organisationsmangel für das diesbezügliche eigene Verschulden. Für Rechtsverletzungen „in Ausübung eines … anvertrauten öffentlichen Amtes", zB durch einen Lehrer, der mehr als 15 Prozent eines Buches für die Veranschaulichung im Unterricht kopiert, trifft die Verantwortlichkeit gem. § 839 BGB iVm Art. 34 GG grundsätzlich den Staat oder die Körperschaft, in deren Dienst der Amtsträger steht. 1076

Für den Anspruch auf **Wertersatz wegen Eingriffskondiktion** gem. § 812 I 1 Alt. 2 BGB bedarf es einer solchen Zurechnung nicht, da es im Bereicherungsrecht nicht um ein Unwerturteil über eine Handlung, sondern um die Rückgängigmachung einer rechtsgrundlosen Bereicherung geht. Demgemäß kommt es für die Passivlegitimation allein darauf an, welchem Vermögen die unerlaubt-kostenlose Nutzung zugutegekommen ist. Erfolgt die Nutzung in einem Unternehmen durch Organe, Verrichtungs- oder Erfüllungsgehilfen oder in einer Behörde durch Amtsträger, ist der juristische Träger des privaten oder öffentlichen Vermögens – die GmbH, die OHG, die Gemeinde, das Bundesland usw. – unmittelbar bereichert und daher Bereicherungsschuldner. 1077

Für die **Abwehransprüche** gem. §§ 97 I, 98 UrhG (Unterlassung, Beseitigung, Vernichtung und Rückruf/Überlassung) ist die Zurechnungsfrage in § 99 UrhG ausdrücklich geregelt. Demnach hat der Verletzte die genannten Ansprüche auch gegen den Inhaber des Unternehmens, wenn „in einem Unternehmen von einem Arbeitnehmer oder Beauftragten" ein Schutzrecht verletzt worden ist.[104] Inhaber eines Unternehmens ist erneut der wirtschaftliche Unternehmensträger, also zB eine GmbH. Da die aufgelisteten Abwehransprüche kein Verschulden voraussetzen, kommt auch eine Exkulpationsmöglichkeit nicht in Betracht. Der Unternehmensträger kann sich mithin nicht darauf berufen, dass betrieblich veranlasste und nicht nur bei Gelegenheit begangene Rechtsverletzungen ohne sein Wissen von abhängigen Dritten begangen worden sind. § 99 UrhG ist analog anzuwenden auf rechtsfähige Personengesellschaften, juristische Personen, die kein Unternehmen betreiben, sowie auf juristische Personen des öffentlichen Rechts.[105] 1078

Insbesondere im Fall, dass eine inländische juristische Person insolvent ist oder es sich um eine Gesellschaft handelt, die ihren Sitz im Ausland hat, sind Rechtsinhaber häufig daran interessiert, die ggf. im Inland wohnhaften Gesellschafter, Organe und ggf. die 1079

[104] Verfassungsgemäß: BVerfG NJW 1996, 2567.
[105] BGH ZUM 1993, 86 – Seminarkopien.

Mitarbeiter einer Gesellschaft als Täter in Anspruch zu nehmen. Einerseits sind sie es, die die konkreten Rechtsverletzungen, die Vervielfältigungen, öffentlichen Wiedergaben usw. ausführen. Andererseits ist es gerade der Sinn und Zweck juristischer Personen und rechtsfähiger Personengesellschaften, Vermögensmassen und Haftungsrisiken vom Privatvermögen der Gesellschafter und sonstigen Beteiligten abzusondern. Vor diesem urheber- und gesellschaftsrechtlichen Hintergrund hat die Rechtsprechung differenzierte Kriterien zur **Eigenhaftung von Organen und Mitarbeitern** entwickelt. Geschäftsführer einer GmbH und andere Organe haften persönlich nur, wenn sie an der betreffenden Rechtsverletzung entweder selbst durch positives Tun beteiligt waren oder wenn sie die Rechtsverletzung aufgrund einer nach allgemeinen Grundsätzen des Deliktsrechts begründeten Garantenstellung hätten verhindern müssen. Das ist beispielsweise der Fall, wenn ein wichtiges Geschäftsfeld einer GmbH, dessen urheberrechtliche Zulässigkeit offenbar zweifelhaft ist, auch nach einer Abmahnung fortgesetzt wird.[106] Beruht die Rechtsverletzung auf einer Maßnahme der Gesellschaft, über die typischerweise auf Geschäftsführungsebene entschieden wird – wie zB der Internetauftritt des Unternehmens oder das Vertriebsgebiet eines Produkts –, kann im Wege des Anscheinsbeweises davon ausgegangen werden, dass sie von der Geschäftsführung veranlasst worden ist.[107] Hingegen trifft eine eigene urheberrechtliche Verantwortlichkeit denjenigen nicht, der als **weisungsgebundene Person** tätig wird und daher keine Herrschaft über die Rechtsverletzung hat. Entscheidend ist für die Einordnung als unselbständige Hilfsperson, dass dieser die verletzende Handlung in sozialtypischer Hinsicht nicht als eigene zugerechnet werden kann, weil sie aufgrund ihrer untergeordneten Stellung keine eigene Entscheidungsbefugnis hat. Zu dieser Personengruppe zählen etwa die in der Produktion, im Vertrieb oder mit dem Internetauftritt eines Unternehmens beschäftigten Arbeitnehmer.

VII. Verjährung und Verwirkung

1080 Für die Verjährung der Zahlungs-, Abwehr- und Auskunftsansprüche wegen Schutzrechtsverletzungen gelten gemäß § 102 S. 1 UrhG die **allgemeinen zivilrechtlichen Vorschriften der §§ 195ff. BGB.** Demnach beginnt die Verjährungsfrist mit dem Schluss des Jahres, in dem (1) der Anspruch entstanden ist und (2) der Rechtsinhaber von den den Anspruch begründenden Umständen und der Person des Schuldners Kenntnis erlangt oder ohne grobe Fahrlässigkeit erlangen müsste (§ 199 I BGB). Im Hinblick auf die Entstehung des Anspruchs ist zu beachten, dass bei einer rechtsverletzenden Dauerhandlung wie zB dem unbefugten öffentlichen Zugänglichmachen von Werken im Internet die Fortdauer der schädigenden Handlung fortlaufend neue Schäden und damit neue Ersatzansprüche erzeugt. Zur Bestimmung des Beginns der Verjährung ist die fortgesetzte Rechtsverletzung gedanklich in Einzelhandlungen (also in Tage) aufzuspalten, für die jeweils eine gesonderte Verjährungsfrist läuft.[108] Folglich beginnt die Verjährung von Ansprüchen wegen illegaler Uploads am 31.12. jedes Jahres für alle Zugänglichmachungen, die im betreffenden Kalenderjahr bis zum Silvestertag erfolgten. Die Verjährungsfrist beträgt grundsätzlich drei Jahre (§ 195 BGB), ohne Rücksicht auf die Kenntnis oder grobfahrlässige Unkenntnis maximal zehn Jahre

[106] BGH ZUM 2015, 558 Rn. 78ff. – Videospiel-Konsolen II; OLG München MMR 2017, 339 – Nintendo.
[107] BGH ZUM-RD 2016, 288 Rn. 36f. Marcel-Breuer-Möbel II.
[108] BGH ZUM-RD 2015, 508 Rn. 23 – Motorradteile.

(§ 199 III 1 Nr. 1 BGB). Die Verjährung ist im Wege der Einrede geltend zu machen (§ 214 I BGB) und wird nach den allgemeinen Regelungen gehemmt oder unterbrochen (§ 203 BGB).

Nach § 102 S. 2 UrhG findet **§ 852 BGB** entsprechende Anwendung, wenn der Verpflichtete durch die Verletzung etwas auf Kosten des Berechtigten erlangt hat. Dieser unscheinbare und schwer verständliche Verweis ist von erheblicher praktischer Bedeutung. Denn ein Verletzer erlangt auf Kosten des Rechtsinhabers stets den vermögenswerten Vorteil der Nutzung, dessen Wert er gem. §§ 812 I 1 Alt. 2, 818 II BGB zu erstatten hat, da die Nutzung nicht in Natur herausgegeben werden kann. Damit bewirkt § 852 im Ergebnis, dass der **Anspruch auf Ersatz der angemessenen Lizenzgebühr,** der sich sowohl aus § 97 II 1 UrhG als auch aus Eingriffskondiktion ergibt,[109] nicht kenntnisabhängig in drei, sondern frühestens **in zehn Jahren nach der Entstehung des Anspruchs** und damit nach der schuldhaften Rechtsverletzung verjährt (sog. Restschadensersatzanspruch).[110] 1081

Der in Urheberrechtsprozessen häufig vorgebrachte Einwand der **Verwirkung** greift nur ganz ausnahmsweise durch. Die Verwirkung erfasst allenfalls einzelne entstandene Ansprüche, nicht das urheberrechtliche Ausschließlichkeitsrecht selbst, und bezüglich der unverzichtbaren persönlichkeitsrechtlichen Befugnisse ist eine Verwirkung überhaupt nicht möglich.[111] Ein Anspruch ist verwirkt, wenn der Berechtigte ihn längere Zeit hindurch nicht geltend gemacht hat (Zeitmoment) und der Verpflichtete sich darauf eingerichtet hat und sich nach dem gesamten Verhalten des Berechtigten auch darauf einrichten durfte, dass dieser den Anspruch nicht mehr geltend machen werde (Umstandsmoment). Selbst wenn ein Rechtsinhaber seine urheberrechtlichen Befugnisse fast fünfzig Jahre lang nicht geltend macht, können allenfalls Zahlungsansprüche wegen nicht abgemahnter früherer Verletzungen, die der Berechtigte kannte oder kennen musste, verwirkt sein, nicht hingegen der Unterlassungsanspruch, der mit jeder Rechtsverletzung neu entsteht.[112] 1082

Literatur zur Vertiefung: *Achilles,* Die Verantwortlichkeit von Onlinediensteanbietern für das rechtsverletzende Verhalten Dritter unter Anwendung der Verkehrspflichtendogmatik, 2017; *Ahnefeld,* Die Haftung der Transportperson für schutzrechtsverletzende Waren nach dem deutschen Recht, 2017; *Brüggemann,* Der Drittauskunftsanspruch gegen Internetprovider, 2012; *Brunotte,* Urheberrechtliche Bewertung der Streamingfilmportale, 2014; *Habermann,* Die zivilrechtliche Störerhaftung bei einer Verletzung von Immaterialrechtsgütern im Internet, 2016; *Mantz,* Die (neue) Haftung des (WLAN-)Access-Providers nach § 8 TMG, GRUR 2017, 969; *Mes,* Münchener Prozessformularbuch Band 5: Gewerbl. Rechtsschutz, Urheberrecht, Presserecht, 5. A. angekündigt 2018; *Ohly,* Der weite Täterbegriff des EUGH in den Urteilen „GS Media", „Filmspeler" und „The Pirate Bay": Abenddämmerung für die Störerhaftung, ZUM 2017, 793; *ders.,* Die Verantwortlichkeit von Intermediären, ZUM 2015, 308; *B. Raue,* Die dreifache Schadensberechnung, 2017; *P. Raue/Hegemann,* Münchener Anwaltshandbuch Urheber- und Medienrecht, 2. A. 2017; *Sandor,* Datenspeicherung und urheberrechtliche Durchsetzungsansprüche, 2012; *Spindler,* Haftung ohne Ende? Über Stand und Zukunft der Haftung von Providern, MMR 2018, 48; *Walchner,* Der Beseitigungsanspruch im gewerblichen Rechtsschutz und Urheberrecht, 1998; *Wullschleger,* Die Durchsetzung des Urheberrechts im Internet, 2015

[109] Oben → Rn. 1033 ff.
[110] BGH ZUM-RD 2015, 508 Rn. 28 ff. – Motorradteile.
[111] BGH GRUR 1981, 652 – Stühle und Tische.
[112] BGH ZUM 2014, 401 Rn. 38 ff. – Peter Fechter.

§ 44. Öffentlich-rechtliche Sanktionen

I. Straftatbestände

1083 Neben zivilrechtlichen Ansprüchen gewährt das UrhG bei Rechtsverletzungen auch einen strafrechtlichen Schutz. Dieser stand in den Anfängen des Urheberrechts im Vordergrund (Nachdruckverbote) und hat inzwischen bei der Bekämpfung der gewerblichen Online-Piraterie wieder eine gewisse Bedeutung erlangt.[1] Die einzelnen Strafvorschriften erfassen allerdings die Verletzungshandlungen nicht so lückenlos wie die zivilrechtlichen Bestimmungen. Ihre analoge Anwendung ist – wie immer im Strafrecht – verboten (§ 1 StGB). Das UrhG sieht **vier Straftatbestände** vor, die freilich wenig konsistent erscheinen:

1084 Strafbar ist nach § 106 I UrhG **jede unerlaubte Vervielfältigung, Verbreitung oder öffentliche Wiedergabe** eines Werkes. Die Verwertungshandlung ist unerlaubt, wenn sie ohne Einwilligung des Berechtigten in anderen als den gesetzlich zugelassenen Fällen (§§ 44a ff. UrhG) erfolgt. Damit stellt das UrhG nicht nur gewerbliche, sondern auch private Urheberrechtsverletzungen unter Strafe. Strafbar macht sich zB, wer zum Musizieren im privaten Kreis oder in einem Chor eine Kopie von Noten geschützter Werke kopiert (vgl. § 53 III lit. a UrhG). Da Bearbeitungen bis zur Grenze des „Verblassens" gem. § 24 I UrhG zugleich Vervielfältigungen darstellen, ist für die Strafbarkeit gleichgültig, ob das Werk in seiner ursprünglichen oder in einer veränderten Form wiedergegeben wird. Die Strafbarkeit besteht auch dann, wenn das Werk erst infolge der Veränderung in der betreffenden Weise wiedergegeben werden konnte, wenn also zB ein Roman erst nach Dramatisierung oder Verfilmung vorgeführt wurde. Nicht strafbar ist hingegen die unbefugte Ausstellung eines Werkes (§ 18 UrhG), auch wenn dies in voller Absicht zu kommerziellen Zwecken geschieht; ebenso wenig die Verletzung des Urheberpersönlichkeitsrechts.

1085 Strafbar ist ferner nach § 107 I UrhG das **unzulässige Anbringen der Urheberbezeichnung,** und zwar nach Nr. 1 das unzulässige Anbringen einer zutreffenden Bezeichnung auf dem Original eines Werkes der bildenden Kunst und nach Nr. 2 das unzulässige Anbringen auf einem Vervielfältigungsstück, einer Bearbeitung oder Umgestaltung, wenn dadurch der Anschein des Originals erweckt wird. Auch die Verbreitung der unzulässig bezeichneten Werkexemplare ist strafbar. Unzulässig ist das Anbringen der Urheberbezeichnung in allen Fällen, die vom Gesetz nicht ausdrücklich zugelassen sind. Während die Strafbarkeit nach Nr. 1 (Original) aber durch die Einwilligung des Urhebers beseitigt werden kann, ist das bei Nr. 2 (Vortäuschung eines Originals) nicht der Fall, weil zugleich Interessen der Allgemeinheit geschützt werden. Das Anbringen einer unzutreffenden Bezeichnung (durch den Kunstfälscher) wird durch § 107 UrhG nicht erfasst. Auch entfällt die Strafbarkeit, wenn die Tat in anderen Vorschriften (wie Urkundenfälschung, § 267 StGB, oder Betrug, § 263 StGB) mit schwererer Strafe bedroht ist.

1086 Strafbar sind nach § 108 I UrhG auch die dort aufgezählten **Eingriffe in Leistungsschutzrechte.** Bei wissenschaftlichen Ausgaben (§ 70 UrhG), nachgelassenen Werken (§ 71 UrhG) und Lichtbildern (§ 72 UrhG) sind die Straftatbestände denen bei Werken nachgebildet. Bei den Leistungen der ausübenden Künstler (§§ 77, 78 UrhG), der

[1] Vgl. BGH GRUR 2017, 273 – kinox.to.

Tonträgerhersteller (§ 85 UrhG), der Sendeunternehmen (§ 87 UrhG), der Datenbankhersteller (§ 87b I UrhG) und des Filmherstellers (§§ 94f. UrhG) sind Eingriffe in die diesen gewährten ausschließlichen Verwertungsbefugnisse strafbar. Die Leistungen des Veranstalters (§ 81 UrhG) und des Presseverlegers (§ 87f UrhG) sind hingegen strafrechtlich nicht geschützt. Auch die Nichtleistung gesetzlicher Vergütungsansprüche bleibt strafrechtlich folgenlos.

Strafbar sind schließlich nach § 108b I UrhG die **unerlaubte Umgehung technischer** 1087 **Schutzmaßnahmen** (Nr. 1) und gewisse, gegenüber § 95a III UrhG eingeschränkte Vorbereitungshandlungen hierzu (§ 108b II UrhG) sowie unerlaubte Eingriffe in die zur Rechtewahrnehmung erforderlichen Informationen (§ 108b I Nr. 2). Ausgenommen von der Strafbarkeit sind nach § 108b UrhG Verstöße, die ausschließlich zum eigenen privaten Gebrauch des Handelnden und ihm persönlich verbundener Personen erfolgen bzw. sich auf einen derartigen Gebrauch beziehen. Für diese privaten Rechtsverstöße kommen im Gegensatz zu § 106 I UrhG nur zivilrechtliche Schadensersatzansprüche in Betracht.

Strafbar ist bei den eben behandelten ersten drei Tatbeständen nicht nur die vollendete 1088 Tat, sondern bereits der **Versuch** (§§ 106 II, 107 II, 108 II, 108a II UrhG). Täterschaft und Teilnahme folgt allgemeinen strafrechtlichen Grundsätzen.

Eine Bestrafung wegen Urheberrechtsverletzung setzt **Vorsatz** des Täters voraus (§ 15 1089 StGB), Fahrlässigkeit genügt nicht. Die Straftatbestände des § 108b I UrhG setzen weitergehend absichtliches bzw. wissentlich unbefugtes Handeln voraus. Nach der im Strafrecht herrschenden Schuldtheorie (§ 17 StGB) gehört das Unrechtsbewusstsein nicht zum Vorsatz, sondern zur Schuld. Der aufgrund der Anknüpfung an das komplexe private Urheberrecht potentiell relevante **Verbotsirrtum** schließt daher vorsätzliches Handeln nicht aus, sondern kann nur wegen geminderter Schuld zu einer Strafminderung führen. Nur ein trotz gehöriger Gewissensanspannung unvermeidbarer Irrtum hat Straflosigkeit zur Folge, da dem Täter in diesem Falle kein Schuldvorwurf gemacht werden kann. Dagegen fehlt es bei Irrtum über Tatumstände (§ 16 StGB) und über die tatbestandlichen Voraussetzungen eines Rechtfertigungsgrundes am notwendigen Vorsatz. So ist zB der Irrtum über die Erteilung einer Einwilligung durch den Berechtigten ein (Erlaubnis-)Tatbestandsirrtum; dagegen ist der Irrtum über die Reichweite einer im Übrigen vollständig zur Kenntnis genommenen Einwilligung ein Verbotsirrtum. Ebenso besteht Verbotsirrtum, wenn angenommen wird, die urheberrechtliche Schutzfrist betrage nur 50 Jahre post mortem auctoris. Bei der Entscheidung über die Vermeidbarkeit des Verbotsirrtums sind bei Fachleuten, die sich berufsmäßig mit der Verwertung von Geisteswerken befassen (Verleger, Redakteure usw.), strenge Anforderungen zu stellen. Sie müssen sich über Gesetz und Rechtsprechung informieren. Der Irrtum zB über die Schutzfrist wäre bei ihnen nicht entschuldbar.

Wer nicht gewerbsmäßig handelt, wird mit **Freiheitsstrafe bis zu 3 Jahren oder** 1090 **Geldstrafe** bestraft. Gegenstände, auf die sich die Straftat bezieht, können eingezogen werden (§ 110 UrhG). Auf Antrag des Verletzten ist, wenn dieser ein besonderes Interesse daran dartut, im Strafurteil anzuordnen, dass die Verurteilung auf sein Verlangen in bestimmter Art und Weise öffentlich bekanntzumachen sei (§ 111 UrhG). Allerdings sind die nicht gewerbsmäßig begangenen Urheberrechtsdelikte nur **Antragsdelikte,** bei denen die Staatsanwaltschaft nur im Falle eines besonderen öffentlichen Interesses von Amts wegen einschreitet (§ 109 UrhG). Strafantrag kann nicht nur der

Urheber oder Leistungsschutzberechtigte und sein Erbe, sondern jeder Inhaber einer ausschließlichen Berechtigung stellen (zB auch der Verleger oder die Verwertungsgesellschaft), nicht hingegen der Inhaber einer nur einfachen Lizenz. Die Antragsfrist beträgt 3 Monate (Näheres in § 77b StGB). Sind mehrere ausschließlich Berechtigte vorhanden, ist jeder allein antragsberechtigt. Die Zurücknahme des Antrags ist zulässig (§ 77d StGB).

1091 Handelt der Täter hingegen **gewerbsmäßig,** sind strafbare Verletzungen des Urheberrechts Offizialdelikte, die die Staatsanwaltschaft von Amts wegen verfolgt. Die Strafdrohung in diesem Fall erhöht sich auf eine Freiheitsstrafe von bis zu 5 Jahren oder Geldstrafe (§§ 108a, 108b III UrhG). Dieser Strafrahmen erlaubt die Verhängung durchaus spürbarer Sanktionen. So wurde einer der Betreiber einer illegalen, mit Gewinnerzielungsabsicht betriebenen Online-Streaming-Seite wegen Beihilfe zur gewerbsmäßigen unerlaubten Verwertung von urheberrechtlich geschützten Werken in 2.890 tateinheitlichen Fällen, wegen Computersabotage, wegen Beihilfe zur Computersabotage und wegen Nötigung in zwei tateinheitlichen Fällen zu einer Gesamtfreiheitsstrafe von immerhin drei Jahren und vier Monaten verurteilt.[2]

II. Ordnungswidrigkeiten

1092 § 111a UrhG statuiert drei Ordnungswidrigkeitentatbestände, und zwar im Zusammenhang mit dem **Rechtsschutz technischer Maßnahmen.**[3] Bestimmte Handlungen im Vorfeld der Umgehung technischer Schutzmaßnahmen sind nach § 111a I Nr. 1 UrhG ordnungswidrig, nämlich der Verkauf, die Vermietung oder die Verbreitung, welche über die mit dem Täter persönlich verbundenen Personen hinausgeht, von Vorrichtungen, Erzeugnissen oder Bestandteilen, die die Umgehung technischer Maßnahmen ermöglichen oder erleichtern (lit. a) oder der gewerblichen Zwecken dienende Besitz solcher Gegenstände, die Werbung für Verkauf oder Vermietung oder die Dienstleistung für solche Gegenstände (lit. b). Nach § 111a I Nr. 2 UrhG handelt ordnungswidrig, wer entgegen § 95b I 1 UrhG ein notwendiges Mittel zur Durchsetzung der Schrankenbestimmungen dem Begünstigten nicht zur Verfügung stellt. Diese beiden Ordnungswidrigkeiten können mit einer Geldbuße von bis zu 50.000 Euro geahndet werden (§ 111a II UrhG). Nach § 111a I Nr. 3 UrhG handelt schließlich ordnungswidrig, wer entgegen § 95d II 1 UrhG technisch geschützte Werke und Leistungen nicht ausreichend kennzeichnet. Hier kann die Geldbuße maximal 10.000 Euro betragen (§ 111a II UrhG).

III. Grenzbeschlagnahme durch die Zollbehörden

1093 Die Ansprüche, Straftat- und Ordnungswidrigkeitstatbestände gem. §§ 97ff. UrhG greifen nur bei einer Verletzung eines nach dem UrhG geschützten Ausschließlichkeitsrechts. Da das UrhG und die in ihm kodifizierten Urheber- und verwandten Schutzrechte nach dem Territorialitätsprinzip nur auf dem Gebiet der Bundesrepublik Deutschland gelten, können sich auch die Ansprüche und öffentlich-rechtlichen Sanktionen nur gegen inländische Rechtsverletzungen richten. Wird ein hierzulande geschütztes Werk oder eine Leistung hingegen **im Ausland vervielfältigt,** ist allenfalls

[2] BGH GRUR 2017, 273, 274 – kinox.to.

[3] Oben § 42.

das dort geltende Urheberrecht verletzt. Auch die Sanktionen für diese ausländische Rechtsverletzung können allein aus diesem sog. Schutzlandrecht folgen.[4]

Allerdings wird ein erheblicher Teil der urheberrechtlich geschützten Kulturgüter (man denke an Spielwaren, aber auch an Bücher) im Ausland hergestellt und dann **in die EU und nach Deutschland importiert.** Die Einfuhr urheberrechtlich geschützter Waren stellt ein Inverkehrbringen gem. § 17 I UrhG dar und bedarf daher grundsätzlich der Zustimmung des Rechtsinhabers. Anders ist es nur, wenn die betreffenden Waren vom Berechtigten bereits in einem anderen Mitgliedstaat der EU oder des EWR in Verkehr gebracht worden waren und nun lediglich innerhalb des Binnenmarkts weitervertrieben werden (sog. regionale Erschöpfung gem. § 17 II UrhG).[5] Importe aus Drittstaaten, etwa aus China oder den USA, bedürfen hingegen stets der Zustimmung des Rechtsinhabers. Um zu verhindern, dass es aus diesen Drittländern, aber auch aus anderen Mitgliedstaaten der EU zu rechtswidrigen Einfuhren in das Inland[6] kommt und so rechtsverletzende Waren („Piraterie") auf den inländischen Markt gelangen, sehen das Unionsrecht und das deutsche Recht Vorschriften zur **Grenzbeschlagnahme durch die Zollbehörden** vor. 1094

Wenn **Waren,** die im Verdacht stehen, ein Urheber- oder verwandtes Schutzrecht zu verletzen, zum Beispiel im Hamburger Hafen oder am Flughafen Frankfurt am Main **aus Drittstaaten in das Zollgebiet der EU** verbracht werden, bestimmen sich Zulässigkeit und Verfahren einer Grenzbeschlagnahme nach der **GrenzbeschlagnahmeVO 608/2013,** die im Wesentlichen am 1.1.2014 an die Stelle der Vorgängerverordnung Nr. 1383/2003 getreten ist.[7] Ausgangspunkt einer Grenzbeschlagnahme ist in der Regel ein Antrag des Rechtsinhabers auf Tätigwerden der Zollbehörden. Dieser Antrag kann über ein zentrales Datenbanksystem des Zolls online gestellt werden und umfasst insbesondere Informationen zur geschützten Originalware sowie zum Berechtigten.[8] Ermitteln die Zollbehörden Waren, bei denen es hinreichende Anhaltspunkte dafür gibt, dass sie dem Anschein nach ein über dieses Verfahren gemeldetes inländisches Urheber- oder verwandtes Schutzrecht verletzen, setzen sie die Überlassung der Waren aus oder halten die Waren zurück und unterrichten den Rechtsinhaber sowie eine der für die Einfuhr verantwortlichen Personen bzw. den Besitzer der Waren innerhalb eines Arbeitstags hiervon.[9] Bestätigt der Rechtsinhaber den Zollbehörden innerhalb von zehn (bei leicht verderblichen Waren innerhalb von drei) Arbeitstagen, dass die Waren wegen Urheberrechtsverletzung vernichtet werden sollen und erklärt sich der Anmelder bzw. Besitzer der Einfuhrware innerhalb dieser Frist nicht (Zustimmungsfiktion), wird die **Ware vernichtet.** Widerspricht der Einfuhrverantwortliche der Vernichtung, muss der Rechtsinhaber die Einleitung eines gerichtlichen Verfahrens nach- 1095

[4] Näher unten → Rn. 1205ff.

[5] Dazu oben → Rn. 368.

[6] Und Ausfuhren, vgl. Art. 1 I lit. a GrenzbeschlagnahmeVO 608/2013, § 111b I 1 UrhG.

[7] Vgl. Art. 1, 2 Nr. 1 lit. c, Nr. 6 GrenzbeschlagnahmeVO 608/2013. Die Verweise auf die Vorgängerverordnung 1383/2003 in §§ 111b f. UrhG gelten gem. Art. 38 S. 2 GrenzbeschlagnahmeVO 608/2013 als Verweise auf die neue Verordnung.

[8] Vgl. Art. 3–16 GrenzbeschlagnahmeVO 608/2013 sowie http://www.zoll.de/DE/Fachthemen/Verbote-Beschraenkungen/Gewerblicher-Rechtsschutz/Information-ZGR-online/information-zgr-online_node.html.

[9] Art. 17 GrenzbeschlagnahmeVO 608/2013. Zur Grenzbeschlagnahme von Amts wegen vgl. Art. 18ff. GrenzbeschlagnahmeVO 608/2013.

weisen, um eine Freigabe der Waren durch die Zollbehörden zu verhindern.[10] Ist das zivilgerichtliche Verfahren rechtzeitig eingeleitet worden, wird die Ware durch die Zollbehörden verwahrt, bis ein rechtskräftiges Urteil vorliegt. Anschließend wird die Ware entweder unter zollamtlicher Überwachung vernichtet oder überlassen.

1096 Die vor allem gegen Piraterieware aus Asien und anderen Drittstaaten gerichtete GrenzbeschlagnahmeVO 608/2013 wird durch die nationale Vorschrift über Maßnahmen der Zollbehörden gem. § 111b UrhG ergänzt. Diese Regelung gilt nur für den grenzüberschreitenden Handel mit **Mitgliedstaaten der EU und des EWR** sowie für nicht erlaubte **Parallelimporte** von Originalwaren aus Drittstaaten sowie für sogenannte **Overruns** (über eine genehmigte Lizenzmenge hinausgehende Mehrproduktion, Grauimporte). Damit betrifft § 111b UrhG schwieriger zu beurteilende und im Hinblick auf den gemeinsamen Binnenmarkt problematischere Fälle der Grenzbeschlagnahme als die auf die EU-Außengrenzen bezogene GrenzbeschlagnahmeVO 608/2013. Konsequent dürfen die Zollbehörden gem. § 111b I 1 aE UrhG nur auf Antrag bei **offensichtlichen Rechtsverletzungen** tätig werden, wenn der Rechtsinhaber überdies **Sicherheit** geleistet hat. Erfolgt eine Beschlagnahme, sind die Beteiligten von dieser unverzüglich zu unterrichten und dem Rechtsinhaber in Einschränkung des Postgeheimnisses Einzelheiten über das beschlagnahmte Gut sowie Name und Anschrift des Verfügungsberechtigten mitzuteilen und eine Besichtigung zu ermöglichen (§ 111b II UrhG). Wird der Beschlagnahme vom Verfügungsberechtigten nicht binnen zwei Wochen ab Zustellung der Mitteilung widersprochen, ordnet die Zollbehörde die Einziehung an (§ 111b III UrhG). Andernfalls muss der Antragsteller binnen zwei Wochen eine einstweilige Verfügung eines Gerichts vorlegen, die die Verwahrung der beschlagnahmten Ware oder eine Verfügungsbeschränkung anordnet. Erst wenn der Vernichtungsanspruch anerkannt oder ggf. im Hauptsacheverfahren rechtskräftig zuerkannt wurde, werden die Waren eingezogen und nach einer weiteren Rechtsmittelfrist von zwei Wochen nach Zustellung des Einziehungsbescheids der Vernichtung zugeführt (vgl. § 111b IV und VII UrhG). Erweist sich die Beschlagnahme als von Anfang an ungerechtfertigt, haftet der Rechtsinhaber auf Schadensersatz, wenn er nach dem Widerspruch des Verfügungsberechtigten seinen Antrag aufrechterhalten oder sich nicht unverzüglich auf den Widerspruch erklärt hat (§ 111b V UrhG).

1097 Eine Einfuhr von Waren greift nur dann in das Verbreitungsrecht gem. § 17 I UrhG ein, wenn die betreffenden Waren hiermit der inländischen Öffentlichkeit angeboten oder in Verkehr gebracht werden. An diesem Öffentlichkeitsbezug fehlt es, wenn **Reisende in ihrem persönlichen Gepäck** urheberrechtswidrig hergestellte Piraterieware bei sich tragen, die sie im Ausland erworben haben. Da der bloße Besitz solch privater Gegenstände für sich betrachtet keine Urheberrechtsverletzung darstellt, scheiden urheberrechtlich begründete Maßnahmen der Zollbehörden aus.[11] Auch der bloße Transit urheberrechtsverletzender Waren durch das Inland stellt keine inländische Rechtsverletzung dar.[12]

[10] Art. 23ff. GrenzbeschlagnahmeVO 608/2013.

[11] Vgl. Art. 1 IV GrenzbeschlagnahmeVO 608/2013 (Waren ohne gewerblichen Charakter).

[12] Anders aber nunmehr unter bestimmten weiteren Voraussetzungen Art. 9 IV UMV für die Unionsmarke.

Literatur zur Vertiefung: *Dierkes,* Jurisdiktionskonflikte bei der strafrechlichen Verfolgung von Urheberrechtsverletzungen im Internet, 2017; *v. Gravenreuth,* Das Plagiat aus strafrechtlicher Sicht, 1986; *Heinrich,* Die Strafbarkeit der unerlaubten Vervielfältigung und Verbreitung von Standardsoftware, 1993; *Hildebrandt,* Die Strafvorschriften des Urheberrechts, 2001; *May,* Urheberstrafrecht und Streaming, 2014; *Rinnert,* Die neue Customs-IP-Verordnung, GRUR 2014, 241; *Schäufele,* Zur Strafbarkeit des Raubkopierens im Internet, 2013; *Sedlmeier,* Die Auslegung der urheberrechtlichen Straftatbestände bei Internet-Sachverhalten, 2003; *Sieg,* Unzulässiges Anbringen der richtigen Urheberbezeichnung, 1985; *Sternberg-Lieben,* Musikdiebstahl, 1985; *Thiele,* Dimension und Bekämpfung der Softwarepiraterie aus urheberrechtlicher Sicht, 2001; *Weber,* Der strafrechtliche Schutz des Urheberrechts, 1976

3. Kapitel. Das Recht der Verwertungsgesellschaften

Nach dem gesetzlichen Idealbild werden sowohl die rechtsgeschäftliche Gestattung 1098
(dazu Kapitel 1) als auch die Durchsetzung der Schutzrechte gegen unerlaubte Nutzungen (dazu Kapitel 2) vom Rechtsinhaber in jedem Einzelfall erklärt bzw. veranlasst. Dahinter steht der allgemeine **Gedanke des subjektiven Privatrechts,** wonach granular-individuelle Lizenzierung und Rechtsverfolgung am ehesten versprechen, dass der Marktwert des geschützten Inhalts möglichst vollständig erfasst und damit dem Beteiligungsgrundsatz Rechnung getragen wird.

Doch stößt dieses Ideal schnell an die **Grenzen des praktisch Machbaren.** Rechtsin- 1099
haber sind unter Bedingungen allverfügbarer Technologien zur Vervielfältigung, Verbreitung und öffentlichen Wiedergabe mit permanenten und zahllosen Nutzungshandlungen konfrontiert, die sie unmöglich einzeln erfassen können – man denke an vergütungspflichtige digitale Privatkopien und öffentliche Wiedergaben durch Fernseh- und Hörfunksender sowie an fast allen öffentlichen Orten (Kaufhäuser, Gaststätten, U-Bahn-Stationen usw.). Umgekehrt erleben auch und gerade Großnutzer wie Sendeunternehmen und andere Veranstalter öffentlicher Wiedergaben die Allgegenwärtigkeit des Urheberrechts als Problem. Denn aufgrund der Ausweitung des Schutzbereichs des Urheberrechts und der gestiegenen Zahl der verwandten Schutzrechte sind sie ebenfalls mit zahllosen Schutzgegenständen und Berechtigten konfrontiert. Eine individuelle Rechteklärung würde auch auf ihrer Seite oftmals einen Aufwand erfordern, der in keinem Verhältnis zum Ertrag steht, den sie durch die Verwertung erwirtschaften können. Die Folge wäre, dass entweder entgegen dem Beteiligungsgrundsatz unentgeltlich genutzt würde oder dass Verwertungshandlungen, an denen eigentlich ein Interesse besteht, mangels effizienter Möglichkeit zur Rechteklärung unterblieben. Keine dieser Konsequenzen ist wünschenswert. Die Schutzrechte drohen zu einer Lose-Lose-Institution zu werden.

§ 45. Funktion und Begriff der Verwertungsgesellschaft

I. Verwertungsgesellschaften, abhängige und unabhängige Verwertungseinrichtungen

Als Reaktion auf das weitflächige Scheitern der individuellen Rechteverwertung im 1100
Urheberrecht gründeten Urheber und später die Leistungsschutzberechtigten **Verwertungsgesellschaften.** Die ersten Gesellschaften dieser Art wurden bereits im 19. Jahrhundert in Frankreich gegründet. Der Entstehung der ersten Musikurheber-Gesellschaft, der noch heute existierenden Société des Auteurs, Compositeurs et Éditeurs de Musique (SACEM) im Jahr 1851 ging eine oftmals kolportierte Anekdote voraus.

Demnach weigerte sich der Komponist Ernest Bourget in einem Pariser Café, seine Rechnung zu begleichen, weil er dort zufällig bemerkte, dass seine Musik gespielt wurde: Wenn das ohne Bezahlung geschehe, so sei auch er nicht zur Zahlung verpflichtet.[1]

1101 Unverändert stellt die Wahrnehmung der sog. **Zweitverwertungsrechte** zur öffentlichen Wiedergabe durch Bild- oder Tonträger (§ 21 UrhG: Diskotheken, Kaufhäuser) und von Funksendungen und Online-Streams (§ 22 UrhG: Cafés und andere öffentliche Orte) eines der wichtigsten Betätigungsfelder der mittlerweile zahlreichen Verwertungsgesellschaften dar. Praktisch ebenfalls nicht individuell abzuwickeln sind die **Vergütungsansprüche für gesetzlich zulässige Nutzungen,** etwa für die Privatkopie oder Nutzungen im Bildungs- und Wissenschaftsbereich. Konsequent bestimmt das UrhG, dass sie zT überhaupt nur durch eine Verwertungsgesellschaft geltend gemacht und im Übrigen im Voraus nur an eine Verwertungsgesellschaft abgetreten werden können.[2] Sogar ein ausschließliches Verwertungsrecht erklärt das Gesetz für verwertungsgesellschaftspflichtig, nämlich das Recht zur **Kabelweitersendung** (§ 20b I UrhG). Auch das ist konsequent. Denn die zeitgleiche, unveränderte und vollständige Weiterübertragung von Fernseh- und Hörfunkprogrammen, die eine Vielzahl geschützter Werke und Leistungen enthalten, ist überhaupt nur rechtskonform realisierbar, wenn die Kabelunternehmen nicht mit allen beteiligten Urhebern, ausübenden Künstlern und sonstigen Rechtsinhabern einzeln, sondern nur mit einer oder wenigen Verwertungsgesellschaften verhandeln und kontrahieren müssen.[3]

1102 Die **Kollektivierung der individuellen Rechteverwertung** durch zwischengeschaltete Verwertungsgesellschaften, die auf pauschalisierender Grundlage Vergütungen einnehmen und an zahlreiche Berechtigte verteilen, erscheint daher in vielen Konstellationen sinnvoll. Sie wirft zugleich aber **regelungsbedürftige Interessenkonflikte** auf. Zunächst müssen die beteiligten Kreise und bei verwertungsgesellschaftspflichtigen Rechten auch der Gesetzgeber immer wieder prüfen, ob und inwieweit eine Abkehr vom Grundsatz des subjektiven Rechts und der subjektiven Verantwortung für seine Geltendmachung tatsächlich (noch) geboten ist. Diese Frage ist im Zuge der Digitalisierung wieder besonders virulent geworden. Denn durch DRM-Systeme und ergänzende (Zahlungs-)Dienstleistungen kann selbst der einzelne private Werkgenuss punktgenau erfasst, monetarisiert und automatisiert abgerechnet werden; das gilt auch für massenhafte Nutzungen auf Online-Plattformen.[4] Die Wahrnehmung der ausschließlichen Rechte zur Vervielfältigung und öffentlichen Zugänglichmachung (§§ 16, 19a UrhG) durch die GEMA und ihre ausländischen Schwestergesellschaften im Musikurheberbereich steht daher unter besonderem Rechtfertigungs- und Änderungsdruck.[5] Generell ist das Verhalten von Verwertungsgesellschaften auch und gerade in Nutzungsbereichen, in denen sie praktisch unverzichtbar sind, regulierungsbedürftig. Denn je intensiver Rechtsinhaber und Nutzer auf eine kollektive und zwangsläufig pauschale Abwicklung zahlloser Nutzungsvorgänge angewiesen sind, umso größer wird die **Machtposition der Verwertungsgesellschaft.** Sie erreicht ihr Maximum, wenn es in einem bestimmten Bereich überhaupt nur eine Verwertungs-

[1] RegE VGG, BT-Drs. 18/7223, 57.
[2] Vgl. §§ 27 III, 54h I, 63a UrhG und oben → Rn. 612ff.
[3] Näher oben → Rn. 414.
[4] Allgemein oben → Rn. 333ff.
[5] Dazu unten → Rn. 1118.

gesellschaft gibt, an die sich Rechtsinhaber und Nutzer wenden können – und das ist der historische Normalfall einer Verwertungsgesellschaft, etwa für Musik- (GEMA) und Sprachwerke (VG Wort). So wünschenswert ein solcher „One-Stop-Shop" für das Weltrepertoire an Musik oder Texten unter Effizienzgesichtspunkten sein mag, so missbrauchsanfällig ist die hiermit einhergehende Marktmacht.

Um diese Marktmacht einzuhegen und zu gewährleisten, dass Verwertungsgesellschaf- **1103**
ten gegenüber Rechtsinhabern *und* Nutzern angemessene Bedingungen vereinbaren und einhalten, setzte der Gesetzgeber zeitgleich mit dem UrhG am 1.1.1966 das „Gesetz über die Wahrnehmung von Urheberrechten und verwandten Schutzrechten" (Urheberrechtswahrnehmungsgesetz, WahrnG) in Kraft. Im Jahr 2014 erließ der EU-Gesetzgeber eine Richtlinie „über die kollektive Wahrnehmung von Urheber- und verwandten Schutzrechten und die Vergabe von Mehrgebietslizenzen für Rechte an Musikwerken für die Online-Nutzung im Binnenmarkt" (RL Kollektive Wahrnehmung 2014/26). Sie verfolgt insbesondere die Ziele, die Kontrollbefugnisse der Mitglieder von Verwertungsgesellschaften zu stärken, deren Handeln transparenter zu gestalten und die Aufteilung des digitalen Binnenmarkts im Musiksektor zu überwinden. Ihre Umsetzung erfolgte knapp verspätet durch das **Gesetz über die Wahrnehmung von Urheberrechten und verwandten Schutzrechten durch Verwertungsgesellschaften (Verwertungsgesellschaftengesetz – VGG),** das am 1.6.2016 in Kraft trat und richtlinienkonform auszulegen ist. Es verpflichtet Verwertungsgesellschaften dazu, Einnahmen aus den von ihr wahrgenommenen Rechten mit der gebotenen Sorgfalt einzuziehen, zu verwalten und zu verteilen (§ 23 VGG).

§ 2 I VGG sieht eine **Legaldefinition des Begriffs der Verwertungsgesellschaft** vor. **1104**
Demnach ist eine Verwertungsgesellschaft eine „Organisation, die gesetzlich oder auf Grundlage einer vertraglichen Vereinbarung berechtigt ist und deren ausschließlicher oder hauptsächlicher Zweck es ist, für Rechnung mehrerer Rechtsinhaber Urheberrechte oder verwandte Schutzrechte zu deren kollektiven Nutzen wahrzunehmen, gleichviel, ob in eigenem oder in fremdem Namen." § 2 II VGG ergänzt, dass eine Organisation, um als Verwertungsgesellschaft im Rechtssinne gelten zu können, darüber hinaus mindestens eine der folgenden zwei Bedingungen erfüllen muss. Entweder (1) ihre Anteile werden von ihren Mitgliedern (vgl. § 7 VGG) gehalten oder sie wird von ihren Mitgliedern beherrscht oder (2) sie ist nicht auf Gewinnerzielung ausgerichtet. Bemerkenswert an dieser Legaldefinition ist vor allem das Merkmal der Wahrnehmung **zum „kollektiven Nutzen" der Berechtigten** (§§ 5f. VGG), durch das sich Verwertungsgesellschaften von Agenturen und anderen Rechteverwertern unterscheiden, die zwar auch treuhänderisch Rechte wahrnehmen, dies aber stets im Einzelinteresse ihrer Mandanten tun.[6] Verwertungsgesellschaften zeichnen sich also durch einen Gemeinschaftsaspekt aus, der sich zB darin äußert, dass Verwertungsgesellschaften sowohl gegenüber ihren Berechtigten als auch im Außenverhältnis zu Nutzern auf kulturelle und soziale Belange Rücksicht nehmen *sollen* (§§ 32, 39 III VGG).

Die für Verwertungsgesellschaften geltenden Vorschriften des VGG sind gem. § 3 II 1 **1105**
VGG auf sog. **„abhängige Verwertungseinrichtungen"** entsprechend anzuwenden, soweit diese Tätigkeiten einer Verwertungsgesellschaft ausüben. Abhängige Verwertungseinrichtungen sind nach der Legaldefinition des § 3 I VGG Organisationen, de-

[6] Dazu oben → Rn. 764ff.

ren Anteile zumindest indirekt oder teilweise von mindestens einer Verwertungsgesellschaft gehalten werden oder die zumindest indirekt oder teilweise von mindestens einer Verwertungsgesellschaft beherrscht wird. In diese Kategorie fallen neben internationalen Joint Ventures[7] die sog. **Inkassogesellschaften,** die von Verwertungsgesellschaften gegründet wurden, um von ihnen jeweils wahrgenommene Rechte nochmals zu bündeln und im Außenverhältnis gegen Vergütungsschuldner geltend zu machen. Zu ihnen zählen die ZPÜ (Zentralstelle für private Überspielungsrechte, bei der GEMA), die ZBT (Zentralstelle Bibliothekstantieme, bei der VG WORT), die ZFS (Zentralstelle Fotokopieren an Schulen, bei der VG WORT), die ZVV (Zentralstelle für Videovermietung, bei der GEMA), die ZWF (Zentralstelle für die Wiedergabe von Fernsehsendungen, mit wechselnder Geschäftsführung kraft Satzung) sowie die ARGE DRAMA (Arbeitsgemeinschaft zur Geltendmachung von Kabelweitersenderechten an Bühnenwerken von GEMA und VG Wort in gemeinschaftlicher Geschäftsführung).[8]

1106 Schließlich regelt das VGG in Umsetzung der Richtlinie auch die Wahrnehmung von Schutzrechten durch sog. **unabhängige Verwertungseinrichtungen.** Welche Organisationen unter diesen Begriff fallen, ist unklar. Nach der Legaldefinition erfüllen unabhängige Verwertungseinrichtungen zwar die in § 2 I VGG genannten Voraussetzungen einer Verwertungsgesellschaft – sie nehmen also für Rechnung mehrerer Rechtsinhaber Schutzrechte zu deren kollektiven Nutzen wahr –, sie werden aber anders als Verwertungsgesellschaften auch nicht indirekt und teilweise von ihren Berechtigten gehalten oder beherrscht werden und sind überdies auf Gewinnerzielung ausgerichtet (vgl. §§ 4 I, 2 II VGG). Damit weisen unabhängige Verwertungseinrichtungen merkwürdig hybride, ja widersprüchliche Merkmale auf. Einerseits verfügen sie über den kulturellen und sozialen Gemeinschaftscharakter klassischer Verwertungsgesellschaften, andererseits agieren sie unabhängig von den Berechtigten im eigenen Profitinteresse.[9] Herkömmliche Produzenten, also Film- und Tonträgerhersteller, Sendeunternehmen und Verleger, sowie Manager und Agenten sollen keine „unabhängigen Verwertungseinrichtungen" in diesem Sinne sein, da sie die Rechte der Kreativen jedenfalls nicht zu deren „kollektiven Nutzen" wahrnehmen, sondern im individuellen Eigen- und Fremdinteresse.[10] Die Regelungen des VGG gelten für derartige Verwertungseinrichtungen gem. § 4 II VGG nur sehr eingeschränkt. Sie haben gewisse Informationspflichten zu erfüllen und unterliegen nach Maßgabe des § 91 VGG einer begrenzten Aufsicht durch das DPMA.

II. Die Verwertungsgesellschaften in Deutschland

1107 In Deutschland agieren auf dieser gesetzlichen Grundlage derzeit **13 Verwertungsgesellschaften,** die im Jahr 2015 mehr als **1,5 Milliarden Euro** Erträge erwirtschaftet und verteilt haben.[11]

[7] Dazu unten → Rn. 1115 ff.

[8] Gesellschaftsverträge und Satzungen abgedruckt bei *Hillig* (→ Rn. 175). Zur ZPÜ BGH ZUM-RD 2017, 436 Rn. 25 – Gesamtvertrag PCs.

[9] Vgl. *Kling* (→ Rn. 1118), 161 ff.

[10] ErwGrd. 16 RL Kollektive Wahrnehmung 2014/26; RegE VGG, BT-Drs. 18/7223, 65.

[11] https://www.dpma.de/dpma/wir_ueber_uns/weitere_aufgaben/verwertungsges_urheberrecht/aufsicht_verwertungsges/liste_vg/index.html.

Die auf das Jahr 1903 zurückgehende und mit etwas mehr als einer Milliarde (!) Euro Gesamterträgen im Jahr 2016 wirtschaftlich bedeutendste unter den bestehenden Verwertungsgesellschaften ist die **GEMA** (Gesellschaft für musikalische Aufführungs- und mechanische Vervielfältigungsrechte), Sitz: Berlin/München.[12] Sie nimmt die Rechte von ca. 71.000 Komponisten, Textdichtern und Musikverlegern an Werken der Musik wahr,[13] und zwar neben den gesetzlichen Vergütungsansprüchen für Schrankennutzungen und gem. §§ 20b, 27 UrhG zahlreiche Ausschließlichkeitsrechte, namentlich das Vervielfältigungs- und Verbreitungsrecht, das Aufführungs- und Senderecht sowie das Recht der öffentlichen Zugänglichmachung (§ 19a UrhG). Beim Aufführungs- und Senderecht sowie dem Recht der öffentlichen Wiedergabe durch Bild- oder Tonträger beschränkt sich die GEMA auf die Wahrnehmung der sog. kleinen Rechte, während die großen Rechte – das sind die Rechte der bühnenmäßigen Aufführung und Sendung dramatisch-musikalischer Werke – durch den Urheber selbst oder einen Bühnenverlag wahrgenommen werden. Auch die grafischen Rechte, dh die Vervielfältigungs- und Verbreitungsrechte an Noten, werden nicht durch die GEMA wahrgenommen. 1108

Hiermit ist vielmehr die **VG Musikedition** (Verwertungsgesellschaft zur Wahrnehmung von Nutzungsrechten an Editionen (Ausgaben) von Musikwerken eV, Sitz: Kassel) befasst, die im Geschäftsjahr 2016 vergleichsweise geringe Gesamterträge in Höhe von 5,812 Mio. Euro erzielte.[14] Sie nimmt grafische Vervielfältigungsrechte, Abdruckrechte sowie die Rechte an Wissenschaftlichen Ausgaben und Erstausgaben für Musikverlage, Komponisten, Textdichter und musikwissenschaftliche Herausgeber wahr. 1109

Die dritte Verwertungsgesellschaft im Musikbereich mit einem Gesamtertragsvolumen von 271,7 Mio. Euro im Jahr 2016 ist die **Gesellschaft zur Verwertung von Leistungsschutzrechten (GVL)** mit Sitz in Berlin, deren Gesellschafter die Deutsche Orchestervereinigung und die Deutsche Landesgruppe der IFPI (International Federation of the Phonographic Industry) sind.[15] Sie nimmt die Rechte von 138.000 ausübenden Künstlern sowie von 10.000 Konzertveranstaltern, Tonträgerherstellern und Herstellern von Videoclips wahr.[16] Zu diesen Rechten zählen vornehmlich die gesetzlichen Vergütungsansprüche für Schrankennutzungen gem. §§ 78 II, 86 UrhG. Die maßgeblichen Ausschließlichkeitsrechte verbleiben hingegen anders als im Fall der Musikurheber bei den einzelnen Leistungsschutzberechtigten. Das Inkasso hat die GVL der GEMA übertragen. 1110

Auch, aber nicht nur im Musikbereich aktiv ist ferner die jüngste, 2014 gegründete Verwertungsgesellschaft, die **Gesellschaft für die Wahrnehmung von Veranstalterrechten (GWVR).** Die als GmbH verfasste GWVR ist eine 100-prozentige Tochter des Bundesverbands der Veranstaltungswirtschaft (bdv). Sie konzentriert sich anders als die GVL nicht auf die Wahrnehmung gesetzlicher Vergütungsansprüche, sondern auf die Wahrnehmung der ausschließlichen Rechte des Veranstalters gem. § 81 S. 1 1111

[12] Geschäftsbericht GEMA 2016, S. 54, verfügbar unter: https://www.gema.de/fileadmin/user_upload/Gema/geschaeftsberichte/gema_geschaeftsbericht_transparenzbericht_2016.pdf.

[13] Ebd, S. 8.

[14] Transparenzbericht VG Musikedition 2016, S. 16, verfügbar unter: https://www.vg-musikedition.de/fileadmin/vgweb/public/pdf/Transparenzberichte/Transparenzbericht_2016.pdf.

[15] Transparenz- und Geschäftsbericht GVL 2016, S. 42, verfügbar unter: https://www.gvl.de/sites/default/files/publications/download/gvltransparenz-undgeschaeftsbericht2016.pdf.

[16] Ebd., S. 8.

UrhG, vom Aufnahme- und Vervielfältigungsrecht über das Verbreitungsrecht bis hin zum Senderecht und zum Recht der öffentlichen Zugänglichmachung.[17]

1112 Die **Verwertungsgesellschaft WORT** mit Sitz in München ist die Verwertungsgesellschaft von mehr als 744.000 Autoren von Sprachwerken gem. § 2 I Nr. 1 UrhG und ihrer Verleger.[18] Die Nettoerlöse aus der Rechtewahrnehmung beliefen sich im Geschäftsjahr 2016 auf 184,7 Mio. Euro.[19] Die VG Wort nimmt neben den gesetzlichen Vergütungsansprüchen insbesondere die Zweitverwertungsrechte gem. §§ 21 f. UrhG und das sog. kleine Senderecht wahr. Die übrigen Verwertungsrechte und insbesondere die Königsrechte zur Vervielfältigung, Verbreitung und öffentlichen Zugänglichmachung räumen die Autoren hingegen ihren Verlagen ein.

1113 Für den visuellen Bereich haben die bildenden Künstler, Fotografen und Illustratoren insbesondere zur Geltendmachung der gesetzlichen Vergütungsansprüche, des Folgerechts und der Reproduktionsrechte die **VG Bild-Kunst** (Sitz: Frankfurt a. M.) ins Leben gerufen. Sie erwirtschaftete für ihre 57.755 Mitglieder im Jahr 2015 88,5 Mio. Euro.[20]

1114 Schließlich bestehen sieben weitere **Verwertungsgesellschaften zur Wahrnehmung im Filmbereich.** Die VFF (Verwertungsgesellschaft der Film- und Fernsehproduzenten mbH) nimmt hauptsächlich die Rechte an Eigen- und Auftragsproduktionen der öffentlich-rechtlichen Rundfunkanstalten und von privaten Sendeunternehmen wahr.[21] Die VG Bild-Kunst,[22] die VGF (Verwertungsgesellschaft für Nutzungsrechte an Filmwerken mbH)[23] und die GWFF (Gesellschaft zur Wahrnehmung von Film- und Fernsehrechten)[24] verwalten die Rechte an deutschen und ausländischen Filmen, die GÜFA (Gesellschaft zur Übernahme und Wahrnehmung von Filmaufführungsrechten mbH)[25] die Rechte speziell an erotischen Filmen, die Treuhandgesellschaft Werbefilm mbH (TWF)[26] die Rechte der Hersteller von Werbefilmen und die VG Media[27] die Rechte privater TV- und Radiosender. Diese Verwertungsgesellschaften nehmen insbesondere den Vergütungsanspruch für Bild- und Tonaufzeichnungen sowie (Kabel-)Weitersenderechte wahr. Als bisher einzige transnational organisierte Verwertungsgesellschaft macht die AGICOA Urheberrechtsschutz-GmbH (Association de Gestion Internationale Collective des oeuvres Audiovisuelles)[28] die Weitersenderechte vorwiegend amerikanischer Filmproduzenten geltend.

[17] http://gwvr.de/info/.

[18] Geschäftsbericht VG Wort 2016, S. 8, http://vgwort.de/fileadmin/pdf/geschaeftsberichte/Gesch%C3%A4ftsbericht_2016.pdf.

[19] Ebd., S. 18.

[20] Geschäftsbericht VG Bild-Kunst, S. 1 f., http://www.bildkunst.de/uploads/media/Geschaeftsbericht_2015.pdf.

[21] http://www.vff.org.

[22] Ihre Berufsgruppe III vereinigt sog. Jungfilmer.

[23] http://www.vg-film.de.

[24] http://www.gwff.de.

[25] http://www.guefa.de.

[26] http://www.twf-gmbh.de.

[27] http://www.vg-media.de.

[28] http://www.agicoa.de.

III. Grenzüberschreitende Verwertung

Verwertungsgesellschaften tragen zwar seit Jahrzehnten dazu bei, dass die Schutzrechte auch bei individuell nicht kontrollierbaren, massenhaften Nutzungen zum Tragen kommen. Doch beschränkte sich ihre Wahrnehmungs- und Lizenzierungspraxis bis in jüngste Vergangenheit auf den jeweiligen Sitzstaat. Sie haben sich zwar die Vergütungsansprüche und Verwertungsrechte stets räumlich unbeschränkt für alle Länder zur Wahrnehmung einräumen lassen. Doch schlossen sie Wahrnehmungs- und Nutzungsverträge über ihr Repertoire nur mit inländischen Rechtsinhabern und für Nutzungen im Inland. Dadurch entstanden **territorial strikt abgegrenzte Aktionsräume von Verwertungsgesellschaften.** Für deutsche Komponisten und öffentliche Musikaufführungen in Deutschland zB war ausschließlich die GEMA zuständig, für französische Berechtigte und Nutzer ihre dortige „Schwestergesellschaft", die SACEM usw. Das Nebeneinander der nationalen Verwertungsgesellschaften spiegelte damit das Territorialitätsprinzip der Schutzrechte und die inzwischen weitgehend überwundene Diskriminierung von Ausländern („Fremden") wider.[29] 1115

Eine grenzüberschreitende Verwertung fand daher bis zum Ende des 20. Jahrhunderts nur insoweit statt, als etwa die GEMA für Nutzungen in Deutschland das gesamte Weltrepertoire der Musik im Angebot hatte. Während Berechtigte und einzelne Nutzungshandlungen strikt lokalisiert wurden, waren die geschützten Werke und Leistungen seit jeher faktisch ubiquitär verfügbar; sie machten nicht an Landesgrenzen Halt. Um zu gewährleisten, dass unter diesen Gegebenheiten zB deutsche Urheber für Nutzungen in Frankreich vergütet werden und zugleich das französische Publikum urheberrechtskonform Zugang zum deutschen Musik- und Kulturschaffen erhält, schlossen die Verwertungsgesellschaften miteinander sog. Gegenseitigkeitsverträge, die das VGG nunmehr **„Repräsentationsvereinbarungen"** nennt und die im Rahmen internationaler Dachorganisationen der Verwertungsgesellschaften ausgehandelt wurden.[30] In diesen Verträgen räumt etwa die GEMA der SACEM die von ihr gehaltenen Rechte zur Wahrnehmung für das französische Staatsgebiet ein, und umgekehrt. Die jeweilige nationale Gesellschaft zieht das für die Nutzung in ihrem Land fällig werdende Entgelt ein und rechnet mit den ausländischen Gesellschaften ab. Je mehr ausländische Werke im Inland genutzt werden, desto größer ist der Vergütungsanteil, der auf diesem Wege ins Ausland fließt. In diesem Zusammenhang bestimmen die §§ 44, 45 VGG, dass die in Deutschland ansässigen Verwertungsgesellschaften Berechtigte anderer Verwertungsgesellschaften, die sie im Inland repräsentieren, nicht diskriminieren und von den ihnen zustehenden Einnahmen nur Verwaltungskosten abziehen dürfen, wenn nichts anderes ausdrücklich vereinbart ist.[31] 1116

Der nur über Repräsentationsvereinbarungen verknüpfte, ansonsten aber strikt national abgegrenzte Flickenteppich von Verwertungsgesellschaften steht in einem offensichtlichen Spannungsverhältnis zum Integrationsziel des EU-Rechts. Dies gilt zu- 1117

---

29 Näher unten § 47.

30 CISAC (Confédération Internationale des Sociétés d'Auteurs et Compositeurs, www.cisac.org/); BIEM (Bureau International des Sociétés gérant les Droits d'Enregistrement et de Reproduction Mécanique, www.biem.org); Groupement Européen des Sociétés d'Auteurs et Compositeurs (GESAC, www.authorsocieties.eu).

31 Zur kartellrechtlichen Zulässigkeit des Systems der Gegenseitigkeitsverträge EUGH ZUM 2014, 395 Rn. 73 ff. – OSA.

nächst für das **Diskriminierungsverbot** des Art. 18 AEUV, das den Mitgliedstaaten, aber auch marktmächtigen Unternehmen wie Verwertungsgesellschaften jede Diskriminierung aus Gründen der Staatsangehörigkeit untersagt. Daher ist seit langem anerkannt, dass zu den wahrnehmungsberechtigten Rechtsinhabern, mit denen eine Verwertungsgesellschaft gem. § 9 VGG kontrahieren muss, nicht nur deutsche Staatsangehörige, sondern **auch Angehörige eines anderen EU- oder EWR-Staates** zählen.[32] Die Rechtsinhaber gem. § 5 VGG haben mithin die Wahl, welche in- oder ausländische Verwertungsgesellschaft sie mit der Wahrnehmung ihrer Weltrechte betrauen wollen, wodurch ein Wettbewerb der Verwertungsgesellschaften in Gang gesetzt wird. In Umsetzung der RL Kollektive Wahrnehmung 2014/26 regelt das VGG nunmehr ferner, unter welchen Voraussetzungen **ausländische Verwertungsgesellschaften** in Deutschland tätig werden und damit ebenfalls grenzüberschreitend agieren dürfen. Sie unterliegen gem. §§ 77 II, 82 VGG grundsätzlich nur einer Anzeige-, nicht aber wie inländische Verwertungsgesellschaften einer Erlaubnispflicht. Die Aufsicht beim DPMA hat sodann gem. § 76 II VGG darauf zu achten, dass die ausländische Verwertungsgesellschaft die Vorschriften ihres Sitzstaates ordnungsgemäß einhält (Ursprungslandprinzip). Stellt das DPMA Verstöße fest, kann es die Aufsichtsbehörde im Sitzstaat informieren und diese um das Ergreifen von Maßnahmen ersuchen (§§ 86f. VGG).

1118 All diese Öffnungen hin zur transnationalen Verwertung ändern aber zunächst nichts an der im System der Repräsentationsvereinbarungen niedergelegten und unverändert weithin gültigen Praxis der Verwertungsgesellschaften, keine multiterritorialen Lizenzen zu vergeben, sondern nur Nutzungen im jeweiligen Sitzstaat zu erfassen.[33] Diese Fragmentierung der Lizenzgebiete macht sich vor allem im Online-Bereich negativ bemerkbar, für den sich die Musikurheber-Verwertungsgesellschaften wie die GEMA frühzeitig die ausschließlichen Rechte (§ 19a UrhG) gesichert hatten. Wer einen EU-weiten Musikstreamingdienst anbieten wollte, musste daher alle nationalen Musikurheber-Verwertungsgesellschaften abklappern. Die abschreckende Wirkung dieses Aufwands beeinträchtigt auch die Interessen der Rechtsinhaber, denen der digitale Binnenmarkt verlorengeht. Um diesem Missstand abzuhelfen, sehen die §§ 59–74 VGG in Umsetzung der RL Kollektive Wahrnehmung 2014/26 umfangreiche Regelungen zur Förderung der **gebietsübergreifenden Vergabe von Online-Rechten an Musikwerken** durch Verwertungsgesellschaften vor. Sie gelten nicht nur für interaktive On-Demand-Angebote (iTunes, Spotify), sondern auch für lineare Sendungen, also insbesondere für Webcasting (Sendungen im Internet) und Simulcasting (zeitgleiche konventionelle Sendung und Sendung im Internet).[34] Ihr Kerngedanke ist, dass eine Verwertungsgesellschaft, die bereits gebietsübergreifend Online-Rechte vergibt, verpflichtet ist, auf Wunsch anderer Verwertungsgesellschaften auch deren Repertoire wahrzunehmen (sog. Repräsentationszwang, § 69 VGG). In der Praxis haben sich stattdessen zwei andere Wege zur Ermöglichung von Mehrgebietslizenzen im Online-Sektor durchgesetzt. Zum einen haben einige große Rechtsinhaber (Sony, EMI, Bertelsmann Music Group) ihre Online-Rechte an angloamerikanischem Repertoire (zB

[32] Vgl. EuGH GRUR 1994, 280, 283 – Phil Collins. Zu Drittstaatsangehörigen *Schulze,* in: Dreier/Schulze, § 6 UrhWahrnG Rn. 23f.

[33] Zur kartellrechtlichen Zulässigkeit dieser Gebietsaufteilung EUG, ZUM-RD 2013, 293 Rn. 80ff. – International Confederation of Societies of Authors and Composers (CISAC).

[34] RegE VGG, BT-Drs. 18/7223, 91.

an den Werken von David Bowie) aus der Kollektivgemeinschaft der GEMA abgezogen und in eigenständige Verwertungsunternehmen eingebracht, die sie allerdings wiederum mit der GEMA betreiben.[35] Zum anderen haben sich einige große nationale Musikverwertungsgesellschaften in den letzten Jahren zu internationalen „Hubs" zusammengeschlossen, die das verbliebene Repertoire der beteiligten Verwertungsgesellschaften jeweils EU- und EWR-weit für die Online-Nutzung lizenzieren.[36] Aus Sicht des VGG handelt es sich in all diesen Fällen um abhängige Verwertungseinrichtungen iSv § 3 VGG. Im Ergebnis ist im Bereich der Online-Rechte an Musikwerken an die Stelle der territorialen Fragmentierung umfassender Weltrepertoires eine **Fragmentierung der Musikrepertoires** getreten. Nutzer können zwar europaweite Online-Lizenzen erwerben, aber diese umfassen jeweils nur einen Teil des Weltmusikrepertoires. Durch die Herauslösung der einzelnen Repertoires aus dem System der Repräsentationsvereinbarungen ist für die Nutzer überdies die Möglichkeit entfallen, eine territorial auf einen Staat begrenzte, dafür aber in der Sache umfassende Blankettlizenz für sämtliche geschützten Musikwerke zu erhalten. Doch entspricht diese Konsequenz nur dem Ziel des Unionsgesetzgebers, die nationalen Onlinemärkte in einen einheitlichen digitalen Binnenmarkt zu überführen.

Literatur zur Vertiefung: *Bing,* Die Verwertung von Urheberrechten, 2002; *Block,* Die Lizenzierung von Tonträgern im Europäischen Binnenmarkt, 1997; *Gerlach/Evers* (Hg.), 50 Jahre GVL, 2011; *Gorski,* Effizienz, Wahlfreiheit u. Gleichbehandlung. Eine Untersuchung der Einführung von Wettbewerb zwischen musikalischen Verwertungsgesellschaften durch die Europäische Kommission, 2009; *Götz v. Olenhusen/Gergen (Hrsg.),* Kreativität und Charakter, FS M. Vogel, 2017; *Hauptmann,* Die Vergesellschaftung des Urheberrechts, 1994; *Keiderling,* Geist, Recht und Geld. Die VG Wort 1958–2008, 2008; *Kling,* Gebietsübergreifende Vergabe von Online-Rechten an Musikwerken, 2017; *Kreile/Becker/Riesenhuber* (Hg.), Recht und Praxis der GEMA, 2. A. 2008; *Melichar,* Die Wahrnehmung von Urheberrechten durch Verwertungsgesellschaften, 1983; *ders.,* Urheberrecht in Theorie und Praxis, 1999; *W. Nordemann,* Entwicklung und Bedeutung der Wahrnehmungsgesellschaften, GRUR-FS 1991, 1197; *Papēde,* Verwertungsgesellschaften im europäischen Kontext, 2016; *Peifer,* Umsetzung der EU-Richtlinie für Verwertungsgesellschaften in deutsches Recht, ZUM 2014, 453; *Schierholz ua* (Hrsg.), Kunst, Recht und Geld, FS G. Pfennig, 2011; *Staats,* Aufführungsrechte und kollektive Wahrnehmung bei Werken der Musik, 2004; *Steden,* Das Monopol der GEMA, 2003; *Trumpke,* Exklusivität und Kollektivierung, 2016; *Winghardt,* Gemeinschaftsrechtliches Diskriminierungsverbot und Inländerbehandlungsgrundsatz in ihrer Bedeutung für urheberrechtliche Vergütungsansprüche, 2001

§ 46. Rechte und Pflichten von Verwertungsgesellschaften sowie ihre Durchsetzung

Bei der **Regelung der Rechte und Pflichten von Verwertungsgesellschaften und** 1119
Verwertungseinrichtungen unterscheidet das VGG zwischen dem Innenverhältnis zu Rechtsinhabern, Berechtigten und Mitgliedern (dazu I) und dem Außenverhältnis zu den Nutzern (dazu II). Ferner sieht das VGG besondere Vorschriften zur effektiven Durchsetzung des objektiven Wahrnehmungsrechts und der subjektiven Rechte der Beteiligten vor (dazu III).

[35] ARESA (Anglo-American Rights European Service Agency) und SOLAR, vgl. https://www.gema.de/die-gema/organisation/tochtergesellschaften/.

[36] Armonia (www.armoniaonline.com, SACEM und acht weitere Verwertungsgesellschaften); International Copyright Enterprise (www.iceservices.com, ua GEMA und britische Verwertungsgesellschaften); Mint (www.mintservices.com, Schweizer und US-amerikanische Verwertungsgesellschaften); RegE VGG, BT-Drs. 18/7223, 60f.

I. Regelungen zum Innenverhältnis von Verwertungsgesellschaften

1. Binnenrecht der Organisationen

1120 Wenn Verwertungsgesellschaften und -einrichtungen Rechte und Pflichten haben sollen, müssen sie als **juristische Person oder rechtsfähige Personengesellschaft** verfasst sein. Doch schreibt das VGG keine bestimmte Rechtsform vor. Die Legaldefinitionen der §§ 2–4 VGG sprechen unspezifisch von „Organisationen"; § 13 I 1 VGG verweist im Hinblick auf die Bedingungen einer Mitgliedschaft in einer Verwertungsgesellschaft auf die Satzung, den Gesellschaftsvertrag oder die „sonstigen Gründungsbestimmungen (Statut)". Und in der Tat herrscht in der Praxis eine erhebliche Organisationsvielfalt. Die klassischen Urhebergesellschaften sind als wirtschaftliche Vereine gem. § 22 BGB (GEMA, VG Wort, VG Bild-Kunst), die jüngeren Verwertungsgesellschaften im Bereich der Leistungsschutzrechte (GVL) und der Filmverwertung als GmbHs inkorporiert. Bei den Inkassogesellschaften wie zB der ZPÜ handelt es sich wiederum um BGB-Gesellschaften, denen nach hM ebenfalls eine Teilrechtsfähigkeit zukommt.

1121 Die §§ 13–22 VGG machen unabhängig von der konkreten gesellschaftsrechtlichen Verfasstheit einer Verwertungsgesellschaft detaillierte **Vorgaben, wie das Binnenrecht einer solchen Organisation ausgestaltet sein muss.** Demnach ist zwischen Mitgliedern (§ 7 VGG) und bloßen Berechtigten (§ 6 VGG) zu unterscheiden. Die Mitglieder einer Verwertungsgesellschaft wirken durch Abstimmungen in der Mitgliederhauptversammlung an den wesentlichen Entscheidungen, etwa im Hinblick auf das Statut, den Verteilungsplan und die vertretungsberechtigten Organe, mit (§ 17f. VGG). Die Berechtigten nehmen an diesen Entscheidungen über Delegierte überwiegend nur beratend teil (§ 20 VGG). In der Satzung bzw. im Gesellschaftsvertrag muss objektiv, transparent und nichtdiskriminierend geregelt sein, welche Bedingungen ein Berechtigter erfüllen muss, um den Status eines stimmberechtigten Mitglieds zu erlangen (§ 13 I VGG). Bei alldem müssen die in einer Verwertungsgesellschaft vertretenen, verschiedenen Berufs- und Rechtsinhaberkategorien (zB bei der GVL Tonträgerhersteller und ausübende Künstler) fair und ausgewogen vertreten sein (§ 16 VGG). Verwertungsgesellschaften müssen ferner über ein Aufsichtsgremium verfügen (§ 22 VGG) und Vorkehrungen dafür treffen, dass die vertretungsberechtigten Organe (Vorstände, Geschäftsführer) ihre Aufgaben solide, umsichtig und angemessen erfüllen (§ 21 VGG). Für unabhängige Verwertungseinrichtungen gelten all diese Vorgaben gar nicht, für abhängige Verwertungseinrichtungen wie die ZPÜ und das International Copyright Enterprise lediglich im Hinblick auf die Geschäftsführungsregeln (§ 3 II S. 2 VGG).

2. Wahrnehmungsverhältnis zwischen Verwertungsgesellschaften und Berechtigten/Mitgliedern

1122 Verwertungsgesellschaften sind als wirtschaftliche Vereine, GmbHs usw. eigenständig rechtsfähig. Ihre gesamte Tätigkeit beruht darauf, dass sie mit Rechtsinhabern (§ 5 VGG) **Wahrnehmungsverträge** abschließen, wodurch aus Rechtsinhabern „Berechtigte" werden (§ 6 VGG, in der Praxis ist zT von „Berechtigungsverträgen" die Rede). Hierbei stehen sich Verwertungsgesellschaften und Rechtsinhaber/Berechtigte als Vertragspartner gegenüber. Das VGG zeichnet daher ein schiefes Bild, wenn es die Vorschriften zur Ausgestaltung dieses „Wahrnehmungsverhältnisses" im Abschnitt zum „Innenverhältnis" von Verwertungsgesellschaften aufführt. Verständlich wird diese gesetzliche Systematik vor dem Hintergrund, dass Verwertungsgesellschaften die Rechte der Rechtsinhaber „zu deren kollektiven Nutzen" wahrnehmen (§ 2 I VGG). Rechtsinhaber, Berechtigte, Mitglieder und Verwertungsgesellschaften werden mithin vom Gesetzgeber in gewisser Weise zu einer Einheit zusammengefasst, die den „Nutzern" im Außenverhältnis gegenübertritt. Doch geht diese Bündelung nicht so weit, dass es einem einzelnen Berechtigten oder Mitglied verwehrt wäre geltend zu machen, dass die mit ihm vereinbarten, von der Mitgliederhauptversammlung abgesegneten Wahrnehmungsbedingungen unangemessen sind (§ 9 S. 2 VGG). Vielmehr kann jeder einzelne Berechtigte aufgrund des mit der Verwertungsgesellschaft geschlossenen Wahrnehmungsvertrags beanspruchen, mit einem Anteil an ihren Einnahmen beteiligt zu werden, der den Erlösen entspricht, die die Verwertungsgesellschaft durch die Auswertung seiner Rechte erzielt hat.[1] Selbst Mitglieder von Verwertungsgesellschaften bewahren also ihre Eigenständigkeit und können ihren individuellen Beteiligungsanspruch individuell auch gegen „ihre" Verwertungsgesellschaft durchsetzen.

Gar keine Rede von einem „Innenverhältnis" kann sein, bevor ein Rechtsinhaber 1123
einen Wahrnehmungs- bzw. Berechtigungsvertrag mit einer Verwertungsgesellschaft abgeschlossen hat. Während Rechtsinhaber die Wahl haben, ob und wenn ja welche Rechte an welchen Werken und Leistungen sie welcher Verwertungsgesellschaft treuhänderisch einräumen, unterliegen Verwertungsgesellschaften gem. § 9 S. 1 VGG einem **Wahrnehmungszwang,** wenn (1) die Rechte, die Werke und sonstigen Schutzgegenstände sowie die territorialen Gebiete zum Tätigkeitsbereich der Verwertungsgesellschaft gehören und (2) der Wahrnehmung auch sonst keine objektiven Gründe entgegenstehen. Dieser Kontrahierungszwang beruht auf der Erkenntnis, dass Rechtsinhaber zT schon gesetzlich, oftmals aber faktisch darauf angewiesen sind, ihre Rechte und Ansprüche durch eine bestimmte Verwertungsgesellschaft geltend zu machen.

Die Bedingungen der Wahrnehmungsverträge werden von der Verwertungsgesellschaft 1124
gem. § 305 I 1 BGB vorformuliert und einseitig gestellt. Individualvereinbarungen mit einzelnen Rechtsinhabern kommen nicht vor, weil die Verwertungsgesellschaft nur Wahrnehmungsbedingungen vereinbaren darf, die von der Mitgliederhauptversammlung zuvor beschlossen worden sind (§ 17 I 2 Nr. 13 VGG). Als **allgemeine Geschäftsbedingungen** unterliegen die Wahrnehmungsverträge daher mitsamt ihren Bestandteilen (typischerweise Satzung und Verteilungsplan) der allgemeinen Transparenz- und Inhaltskontrolle gem. §§ 305ff. BGB, die nach Maßgabe des § 310 I BGB auch greift, wenn wie im hiesigen Fall ein Unternehmer iSd § 14 BGB – sei es ein Urheber, ein ausübender Künstler, ein Tonträgerhersteller usw. – mit AGB konfrontiert wird.[2]

Die §§ 10–12 VGG stellen sicher, dass die Berechtigten (§ 6 VGG) auch **nach Abschluss des Wahrnehmungsvertrags** nicht die Kontrolle über ihr Werk oder ihre 1125
Leistung verlieren. Demnach muss die Verwertungsgesellschaft für eine Erweiterung des von ihr wahrgenommenen Rechtekatalogs die individuelle Zustimmung jedes Berechtigten zur Wahrnehmung für jedes einzelne Recht in Textform (§ 126b BGB) einholen und dokumentieren (§ 10 VGG). Berechtigte müssen ferner die Möglichkeit haben, das Wahrnehmungsverhältnis unter Einhaltung einer angemessenen Frist von höchstens sechs Monaten insgesamt zu beenden oder der Verwertungsgesellschaft einzelne Rechte oder Arten von Schutzgegenständen seiner Wahl zu entziehen, und zwar

[1] BGH ZUM 2016, 639 Rn. 87 – Verlegeranteil und § 31 I VGG.
[2] BGH ZUM 2016, 756 Rn. 17ff. – Allgemeine Marktnachfrage.

jeweils für Länder ihrer Wahl (§ 12 VGG). Schließlich ist ihnen die Möglichkeit zu gewähren, ihr Werk oder ihre Leistung parallel zur Wahrnehmung durch die Verwertungsgesellschaft selbst zu nicht-kommerziellen Zwecken im Open-Content-Modus zu verwenden (§ 11 VGG).[3] Über all diese Bedingungen muss die Verwertungsgesellschaft die Rechtsinhaber informieren (§ 53 VGG).

1126 Im laufenden Wahrnehmungsverhältnis ist die Verwertungsgesellschaft verpflichtet, **Einnahmen aus den Rechten** mit der gebotenen Sorgfalt einzuziehen, zu verwalten und an die Berechtigten zu verteilen (§ 23 VGG). Die Verteilung der Einnahmen an die Berechtigten kann zwar nach festen Regeln und Anteilen erfolgen, darf aber nicht willkürlich sein (§ 27 VGG). Im Übrigen darf die Verwertungsgesellschaft ihre Einnahmen nur zur Deckung gerechtfertigter und belegter Verwaltungskosten, zur Förderung kulturell bedeutender Werke und Leistungen und für die Einrichtung und den Betrieb von Vorsorge- und Unterstützungseinrichtungen verwenden (§§ 26, 30–32 VGG).[4]

1127 Ein aktueller **Brennpunkt** und eindrucksvoller Beleg des keineswegs spannungsfreien Verhältnisses zwischen Verwertungsgesellschaften einerseits und Rechtsinhabern/Berechtigten/Mitgliedern andererseits ist der Streit um die Frage, ob Buch-, Presse-, Musik- und Kunstverlage sowie Agenturen an den Einnahmen der VG Wort, der GEMA, der VG Bild-Kunst und der VG Musikedition beteiligt werden dürfen. Auf Klage eines einzelnen Mitglieds der VG Wort hat der BGH diese Frage im Jahr 2016 verneint.[5] Denn **Verlage** verfügen (jenseits der hier nicht relevanten §§ 71, 87f ff. UrhG) weder über ein originäres Leistungsschutzrecht noch können sie von den Urhebern abgeleitete Nutzungsrechte einbringen, wenn der Urheber seine Rechte wie regelmäßig im Voraus umfassend an eine Verwertungsgesellschaft abgetreten hat, so dass ein nachfolgender Verlagsvertrag ins Leere geht. Folglich würden sie an Einnahmen partizipieren, die nicht ihnen, sondern allein den Urhebern als Berechtigten iSv § 6 VGG zustehen. Die früheren Regelungen zur teilweise 50-prozentigen Beteiligung der Verleger am Vergütungsaufkommen in den Satzungen und Verteilungsplänen, die Bestandteil der Wahrnehmungsverträge waren, wurden vom BGH gem. § 307 I 1, II Nr. 1 BGB als unangemessene Benachteiligung der Urheber qualifiziert und für unwirksam erklärt. Es sei allein Sache des Gesetzgebers zu entscheiden, ob und inwieweit die verlegerische Leistung urheberrechtlichen Schutz genießt und ihre Nutzung gesetzliche Vergütungsansprüche begründet.[6] Welche Auswirkungen der schon jetzt historische Rechtsstreit zwischen Martin Vogel und der VG Wort haben wird, ist nicht abzusehen. Noch im Jahr 2016 hat der deutsche Gesetzgeber mit den §§ 27 II, 27a VGG erste Korrekturmaßnahmen ergriffen, deren Tragfähigkeit aber zweifelhaft ist und die im Übrigen nur bestätigen, dass die Beteiligung der Verleger an den Einnahmen aus den gesetzlichen Vergütungsansprüchen im Belieben der Urheber steht.[7] Denkt man die Entscheidung des BGH konsequent zu Ende, dürfen Verleger nicht nur nicht an den

[3] Zu dieser Nutzungsoption allgemein oben → Rn. 768ff.

[4] Zur Unionsrechtskonformität von Kultur- und Sozialabzügen EUGH ZUM 2013, 780 Rn. 46ff. – Amazon.

[5] BGH ZUM 2016, 639 Rn. 64ff. – Verlegeranteil; ebenso aus Sicht des Unionsrechts EUGH ZUM 2016, 152 Rn. 48 – Hewlett-Packard Belgium.

[6] BGH ZUM 2016, 639 Rn. 23ff. – Verlegeranteil; entsprechend zur Beteiligung der Musikverleger am Vergütungsaufkommen der GEMA KG, ZUM 2017, 160 – Musikverlegeranteil.

[7] Vgl. Rechtsausschuss UrhVertrRRef 2016, BT-Drs. 18/10637, 24f.

Einnahmen partizipieren, sie dürfen auch nicht an den Entscheidungen der Mitgliederhauptversammlung mitwirken. Denn wer kein Rechtsinhaber ist, kann kein „Berechtigter" iSv § 6 VGG und auch kein „Mitglied" iSv § 7 VGG sein.[8] Damit stünde die überkommene symbiotische Einheit von Urhebern und Verlegern vor dem Aus.

II. Regelungen zum Außenverhältnis von Verwertungsgesellschaften

Mit den Regelungen zum „Außenverhältnis" von Verwertungsgesellschaften adressiert das VGG das **Verhältnis zwischen Verwertungsgesellschaften und Nutzern** (§§ 34–43 VGG) sowie das im Folgenden nicht näher betrachtete Verhältnis zwischen mehreren Verwertungsgesellschaften (§§ 44–47 VGG).[9] Dass Nutzer, also diejenigen, die eine Nutzungserlaubnis benötigen oder zur Zahlung einer gesetzlichen Vergütung verpflichtet sind (§ 8 VGG), den klassischen Gegenpart zu Rechtsinhabern und Verwertungsgesellschaften bilden, kommt auch darin zum Ausdruck, dass sie sich im Streit mit einer Verwertungsgesellschaft um die Angemessenheit der von dieser geschuldeten Vergütung nicht auf etwaige Mängel im „Innenverhältnis" der Verwertungsgesellschaft zu ihren Berechtigten und Mitgliedern berufen können. So kann ein Schuldner der Privatkopievergütung gem. § 54h UrhG nicht vergütungsmindernd geltend machen, dass ein erheblicher Teil der von ihm gezahlten Vergütung zu Unrecht an die Verleger geflossen ist. Und in der Tat hängt der Preis für eine Nutzung nicht davon ab, ob das entsprechende Entgelt letztlich in die Taschen der Urheber und/oder der Verleger fließt oder es im „Kollektiv" sonst zu Verteilungsmängeln kommt.[10] 1128

Mit Rücksicht auf die ggf. monopolistische Marktmacht von Verwertungsgesellschaften legt ihr § 34 VGG einen **Abschlusszwang** auf. Sie ist demnach verpflichtet, aufgrund der von ihr wahrgenommenen Rechte jedermann auf Verlangen zu angemessenen Bedingungen Nutzungsrechte einzuräumen. Die Bedingungen müssen insbesondere objektiv und nichtdiskriminierend sein und eine angemessene Vergütung vorsehen. Maßstab hierfür sind grundsätzlich die geldwerten Vorteile, die durch die Verwertung erzielt werden (§ 39 I 1 VGG). Allerdings hat die Verwertungsgesellschaft auf religiöse, kulturelle und soziale Belange der Nutzer, einschließlich der Belange der Jugendhilfe, angemessen Rücksicht zu nehmen (§ 39 III VGG). 1129

Die Nutzungen, die Verwertungsgesellschaften lizenzieren bzw. die ihnen gegenüber zu vergüten sind (zB Privatkopien), fallen typischerweise in großer Zahl an. Denn gerade für massenhafte Nutzungen, die individuell nicht sinnvoll abgewickelt werden können, wurden Verwertungsgesellschaften gegründet. Das VGG stellt den Verwertungsgesellschaften und den Nutzern zwei Instrumente zur flächendeckend effizienten und zugleich im Ergebnis angemessenen Rechte- bzw. Vergütungsklärung zur Verfügung, nämlich den Gesamtvertrag und den Tarif. Tritt eine ausreichend große Nutzervereinigung[11] an die Verwertungsgesellschaft heran, ist diese verpflichtet, über die von ihr wahrgenommenen Rechte einen **Gesamtvertrag** zu angemessenen Bedingungen abzuschließen, der sodann die Grundlage für Einzelverträge mit bestimmten Nutzern bildet. Um der Verwertungsgesellschaft die Möglichkeit zu nehmen, durch Hinauszö- 1130

[8] *v. Ungern-Sternberg* (→ Rn. 1139); zweifelnd auch *Schack* (→ Rn. 176), Rn. 1309.
[9] Zu diesen Repräsentationsvereinbarungen oben → Rn. 1116.
[10] BGH GRUR 2017, 172 Rn. 110–112 – Musik-Handy.
[11] ZB der Bundesverband für Unternehmen der Informationswirtschaft, der Telekommunikation und der neuen Medien (BITKOM); vgl. BGH ZUM-RD 2017, 436 Rn. 23 – Gesamtvertrag PCs.

gern der Nutzungserlaubnis Druck auf die Nutzervereinigung zur Anerkennung der von ihr verlangten Vergütung auszuüben, fingiert § 37 VGG eine Nutzungsrechtseinräumung und erlaubt damit eine sofortige Nutzung, wenn die Nutzer den ihrer Meinung nach angemessenen Betrag zahlen und in Höhe der weitergehenden Forderung der Verwertungsgesellschaft zu deren Gunsten hinterlegen.[12] Kommt kein Gesamtvertrag zustande oder fehlt es auf Nutzerseite an einer ausreichend repräsentativen Vereinigung, hat die Verwertungsgesellschaft gem. § 38f. einseitig **Tarife** aufzustellen. Allerdings sind Tarife als bloße Angebote zum Abschluss eines Nutzungsvertrags unverbindlich. Im Bereich der gesetzlichen Vergütungsansprüche bedeutet das, dass sich zB die Zahlungspflicht der Hersteller, Importeure und Händler gem. §§ 54ff. UrhG dem Grunde und der Höhe nach unmittelbar aus dem Gesetz ergibt.[13]

III. Besonderheiten der Rechtsdurchsetzung

1131 Die Kollektivierung subjektiver Vergütungsansprüche und sogar Ausschließlichkeitsrechte in Verwertungsgesellschaften ist zwar in vielen Fällen gesetzgeberisch vorgesehen und erscheint auch im Übrigen aus Effizienzgesichtspunkten sinnvoll. Sie zieht aber gewisse **Probleme bei der Durchsetzung** sowohl der objektiven Regelungen des VGG als auch der subjektiven Rechte der Beteiligten nach sich. Zur Erläuterung dieser Besonderheiten kann erneut die im VGG angelegte Unterscheidung zwischen dem Innen- und Außenverhältnis einer Verwertungsgesellschaft fruchtbar gemacht werden.

1. Rechtsdurchsetzung im Innenverhältnis

1132 Im Innenverhältnis zwischen Verwertungsgesellschaften, Rechtsinhabern, Berechtigten und Mitgliedern besteht die Durchsetzungsproblematik vor allem darin, dass die internen Abläufe für die Berechtigten und auch die Mitglieder kompliziert bis undurchsichtig sein können und für den Einzelnen nur ein verhältnismäßig geringer Anreiz besteht, im Zuge des Kampfes um sein subjektives Recht systemische Defizite der kollektiven Wahrnehmung zu beseitigen.[14] Diese Umstände bedingen ein **Sanktionsdefizit,** dem das VGG mit drei Maßnahmen entgegenwirkt.

1133 Erstens haben Verwertungsgesellschaften gegenüber den Berechtigten und Rechtsinhabern umfassende **Informationspflichten** zu erfüllen (§§ 53–55 VGG). Zweitens müssen sie gem. § 33 VGG wirksame und zügige, interne **Beschwerdeverfahren** implementieren, in denen Mitglieder und Berechtigte Einwände etwa gegen die Verteilungspraxis und Abzüge von den Einnahmen erheben können, und die das Vorspiel zu einem anschließenden Zivilprozess zwischen Berechtigtem/Mitglied und Verwertungsgesellschaft auf Feststellung der Unwirksamkeit dieser Verteilungspraxis bilden können.[15]

1134 Drittens unterliegen Verwertungsgesellschaften, die ihren Sitz im Inland haben, im Hinblick auf diese und alle weiteren gesetzlichen Pflichten gegenüber ihren Berechtigten und Mitgliedern der **hoheitlichen Aufsicht durch das Deutsche Patent- und**

[12] Bei gesetzlichen Vergütungsansprüchen haben umgekehrt die Verwertungsgesellschaften ein Interesse an vorläufiger Sicherheit für ihre Forderungen, über die oftmals viele Jahre prozessiert wird. Vgl. dazu § 107 VGG.

[13] BGH ZUM-RD 2017, 374 Rn. 28ff. – externe Festplatten.

[14] Ausnahmen bestätigen die Regel; vgl. BGH ZUM 2016, 639 – Verlegeranteil.

[15] S. erneut als Beispiel BGH ZUM 2016, 639 – Verlegeranteil.

Markenamt (DPMA, §§ 75ff. VGG).[16] Diese verwaltungsrechtliche Aufsicht dient nicht einzelnen Partikularinteressen, sondern allein dem öffentlichen Interesse daran, dass die Verwertungsgesellschaften den ihnen nach dem VGG obliegenden Verpflichtungen ordnungsgemäß nachkommen (§§ 75 II, 76 VGG). Einen subjektiven, verwaltungsrechtlichen Anspruch der Rechtsinhaber, Berechtigten oder Mitglieder auf Tätigwerden der Aufsichtsbehörde gibt es daher nicht. Zu diesem Zweck unterwirft das Gesetz die Tätigkeit einer Verwertungsgesellschaft iSd § 2 VGG zunächst einem Verbot mit Erlaubnisvorbehalt (§§ 77–84 VGG). Wird die erforderliche Erlaubnis gar nicht nachgesucht, versagt oder widerrufen und wird eine Verwertungsgesellschaft dennoch (weiter) tätig, sind die von ihr abgeschlossenen Nutzungsverträge unwirksam (§ 84 VGG). Zudem kann das DPMA einer solch illegal agierenden Verwertungsgesellschaft im Wege des Verwaltungsakts die Geschäftstätigkeit untersagen (§§ 85 II, 89 VGG). Darüber hinaus ist die Aufsichtsbehörde gem. § 85 I VGG iVm §§ 35ff. VwVfG auch gegenüber den zugelassenen Verwertungsgesellschaften befugt, alle erforderlichen Maßnahmen zu ergreifen, um sicherzustellen, dass es im Innenverhältnis gesetzeskonform zugeht. Dazu stehen dem DPMA umfassende Befugnisse zur Auskunft und zur Teilnahme an internen Sitzungen zu (§ 85 III, IV VGG), umgekehrt sind Verwertungsgesellschaften von sich aus zur Unterrichtung der Aufsicht verpflichtet (§ 88 VGG). So eingehend und umfassend die staatliche Aufsicht demnach geregelt ist, so hartnäckig halten sich die Klagen über ihre mangelnde praktische Wirksamkeit.[17] Und in der Tat weckt allein der Umstand, dass die Verleger trotz durchaus artikulierter Zweifel jahrzehntelang rechtswidrig am Vergütungsaufkommen der Urhebergesellschaften partizipieren konnten, erhebliche Zweifel an der Effektivität der Kontrolltätigkeit des DPMA.

2. Rechtsdurchsetzung im Außenverhältnis

Im Außenverhältnis zu den Nutzern geschützter Werke und Leistungen stellen sich andere Fragen der Rechtsdurchsetzung. Hier geht es zum einen darum, die **Machtposition der Verwertungsgesellschaften** als großen und zT monopolistischen Lizenzgebern **wirksam einzuhegen,** zum anderen darum, ihnen eine effiziente Durchsetzung der wahrgenommenen Rechte und Ansprüche zu ermöglichen. Das erstgenannte Ziel verfolgt das VGG mit denselben Instrumenten, die auch im Innenverhältnis eine ordnungsgemäße Tätigkeit von Verwertungsgesellschaften sicherstellen sollen, nämlich mit Informations- und Transparenzpflichten der Verwertungsgesellschaften (§§ 55f. VGG) und mit der staatlichen Aufsicht, die sich nach dem Gesetz auch auf die Verpflichtungen der Verwertungsgesellschaften im Außenverhältnis erstreckt (§§ 76 I, 34ff. VGG). Hinzu tritt die von der Europäischen Kommission und dem Bundeskartellamt ausgeübte wettbewerbsrechtliche Kontrolle[18] sowie (theoretisch) die vereinsrechtliche Aufsicht nach den §§ 33 II, 43 IV BGB. 1135

Eine ganze Reihe von Vorschriften des VGG sind in gewissermaßen umgekehrter Stoßrichtung dem Ziel gewidmet, den Verwertungsgesellschaften die Durchsetzung der von ihnen wahrgenommenen Rechte zu erleichtern. Die betreffenden Regelungen 1136

[16] Zur deutlich eingeschränkten Aufsicht über Verwertungsgesellschaften, die im Inland tätig sind, aber ihren Sitz in einem anderen EU- oder EWR-Staat haben, vgl. §§ 76 II, 86f. VGG.

[17] Vgl. *Rehbinder,* DVBl. 1992, 216ff. („mangelhafte Kontrolle durch das Deutsche Patentamt ganz offensichtlich"); *v. Ungern-Sternberg* (→ Rn. 1139) mwN.

[18] Vgl. § 81 VGG und oben → Rn. 125.

sollen sicherstellen, dass die Größen- und Rationalisierungseffekte der Kollektivierung von Rechten und Ansprüchen in Verwertungsgesellschaften auch in einem Zivilprozess gegen Nutzer zum Tragen kommen können. Dieser Zielsetzung zuordnen lassen sich erstens der **Auskunftsanspruch** von Verwertungsgesellschaften gem. § 41 VGG und komplementäre **Meldepflichten** der Nutzer gem. § 42 VGG sowie zweitens mehrere **Vermutungsregeln und Wahrnehmungsfiktionen** zugunsten von Verwertungsgesellschaften.[19] Nach den zuletzt genannten Vorschriften wird widerleglich vermutet, dass eine Verwertungsgesellschaft bei bestimmten Auskunfts- und Vergütungsansprüchen die Rechte aller relevanten Rechtsinhaber wahrnimmt, was ihr einen detaillierten Rechtenachweis erspart (§§ 48f. VGG). Bei Kabelweitersendungen und vergriffenen Werken geht das Gesetz sogar so weit, die betreffenden Verwertungsgesellschaften mit einer fiktiven Wahrnehmungsbefugnis im Verhältnis zu Außenseitern zu versehen, mit denen gar kein Wahrnehmungsverhältnis besteht.[20] Über diese gesetzlichen Regelungen hinaus hat die Rechtsprechung den Verwertungsgesellschaften weitere prozessuale Vermutungen gewährt, zB der GEMA im Hinblick auf ihre umfassende Wahrnehmungsbefugnis bei öffentlichen Wiedergaben gem. §§ 21f. UrhG.[21]

1137 **Zivilprozesse** über eine große Zahl kollektiv wahrgenommener Rechte und Ansprüche stellen jedoch nicht nur für die Verwertungsgesellschaften eine **Herausforderung** dar. Auch die Nutzer und nicht zuletzt die Gerichte sind damit konfrontiert, dass nicht einzelne, klar umrissene Streitgegenstände zu klären sind, sondern gewissermaßen allgemeingültige Entscheidungen anstehen, etwa über die Höhe der angemessenen Vergütung gem. §§ 54ff. UrhG für bestimmte Geräte oder Trägermedien. Der klassische Zivilprozess zwischen zwei Parteien, die über den Streitgegenstand verfügen, ist auf solch generell-abstrakte Sachverhalte und Entscheidungen nicht zugeschnitten. Vor diesem Hintergrund sehen die §§ 92-131 VGG ein besonderes Schiedsstellenverfahren und hieran anschließende spezielle Zuständigkeiten und Befugnisse der ordentlichen Gerichte vor.

1138 Die beim DPMA ansässige, aber nicht weisungsgebundene **Schiedsstelle** (§§ 124f. VGG) kann gem. § 92 I VGG sowohl von Verwertungsgesellschaften als auch von Nutzern bzw. Nutzervereinigungen angerufen werden, wenn der Streit (1) die Nutzung geschützter Werke oder Leistungen, (2) die Vergütungspflicht für Geräte und Speichermedien nach § 54 UrhG oder die Betreibervergütung nach § 54c UrhG oder (3) den Abschluss oder die Änderung eines Gesamtvertrags betrifft. Nach den §§ 92 II, 94 VGG können auch Streitfälle über die Kontrahierungspflicht von Sendeunternehmen gegenüber Kabelunternehmen gem. § 87 V UrhG und über die gebietsübergreifende Vergabe von Online-Rechten an Musikwerken vor die Schiedsstelle gebracht werden. Das von der Schiedsstelle nach §§ 95ff. VGG und im Übrigen nach „billigem Ermessen" zu führende Verfahren endet mit einem Einigungsvorschlag durch die Schiedsstelle. Dieser gilt als angenommen und eine dem Inhalt des Vorschlags entsprechende Vereinbarung als zustande gekommen, wenn kein Beteiligter widerspricht (vgl. § 105 VGG).

[19] Zur gerichtlichen Zuständigkeit für Verletzungsverfahren, an denen eine Verwertungsgesellschaft beteiligt ist, vgl. § 131 VGG.

[20] Vgl. § 50 VGG und zu vergriffenen Werken §§ 51f. VGG und oben → Rn. 568ff.

[21] Vgl. BGHZ 95, 276f. – GEMA-Vermutung I; BGHZ 95, 288 – GEMA-Vermutung II; BGH ZUM 1986, 199 – GEMA-Vermutung III; BGH ZUM 1988, 241 – GEMA-Vermutung IV.

Führt das Schiedsstellenverfahren nicht zu einer Beilegung der Auseinandersetzung, schließt sich ggf. ein regulärer **Zivilprozess** an. In Verfahren über den Abschluss oder die Änderung von Gesamtverträgen und in Streitigkeiten, bei denen die Anwendbarkeit eines Tarifs auf einen bestimmten Sachverhalt oder seine allgemeine Angemessenheit bestritten sind – also in Auseinandersetzungen, deren Bedeutung über eine einzelne Erlaubnis- oder Vergütungspflicht hinausreicht –, ist ein solches Gerichtsverfahren allerdings überhaupt nur zulässig, wenn ein Schiedsstellenverfahren vorausgegangen ist oder nicht innerhalb der Jahresfrist des § 105 I VGG abgeschlossen wurde (§ 128 VGG). Ausschließlich zuständig für diese und weitere Streitigkeiten zwischen Verwertungsgesellschaften und Nutzern ist gem. § 129 VGG das **OLG München,** mit Revisionsmöglichkeit zum BGH. Das OLG München ist dabei gem. § 130 VGG auch befugt, den Inhalt von Gesamtverträgen, insbesondere Art und Höhe der Vergütung, nach billigem Ermessen festzusetzen.[22] Die zwingende Vorschaltung des Schiedsstellenverfahrens und die Zuständigkeitskonzentration beim OLG München sollen eine besondere Sachkunde der Entscheider gewährleisten. Insbesondere bei Auseinandersetzungen über den Grund und die Höhe gesetzlicher Vergütungsansprüche treten die Grenzen der Beschleunigung und Effektivierung von Verfahren jedoch immer wieder hervor. Denn nicht selten ziehen sich diese Streitigkeiten über mehr als ein Jahrzehnt hin.[23] 1139

Literatur zur Vertiefung: *Allner,* Die tatsächliche Vermutung mit besonderer Berücksichtigung der GEMA-Vermutung, 1993; *Augenstein,* Rechtliche Grundlagen des Verteilungsplans urheberrechtlicher Verwertungsgesellschaften, 2004; *Müller,* Der Verteilungsplan der GEMA, 2006; *C. Pflüger,* Gerechter Ausgleich und angemessene Vergütung, 2017; *v. Ungern-Sternberg,* Verwertungsgesellschaften und ihre Berechtigten, FS Büscher 2018, 265; *Wünschmann,* Die kollektive Verwertung von Urheber- und Leistungsschutzrechten nach europäischem Wettbewerbsrecht, 2000

4. Kapitel. Internationales Urheberrecht

§ 47. Geltungsbereich des UrhG für internationale Sachverhalte

I. Fragmentierte Regulierung globaler Kommunikation

Urheberrechtlich geschützte Werke und Leistungen zeichnen sich dadurch aus, dass sie nach ihrer Veröffentlichung bzw. ihrem Erscheinen im Prinzip von jedermann zu jedem Zeitpunkt und an jedem Ort genutzt werden können. So kann beispielsweise ein Tonträger samt darauf verkörperter Werke und Darbietungen zeitgleich in Deutschland und den USA hergestellt und verbreitet werden. Diese Ubiquität[1] immaterieller Güter hat dem Urheberrecht schon immer ein besonders internationales Gepräge gegeben. Bereits der Buchdruck und seine Erzeugnisse machten nicht an den Staatsgrenzen halt. Mit dem Internet ist die **globale Kommunikation** und mit ihr die Vermarktung, aber auch die unerlaubte Nutzung von Werken und Leistungen sogar zum **Normalfall** geworden. Immer mehr Werke, man denke an Software, Computerspiele, Filme, Musik bis hin zu wissenschaftlichen Werken, werden von vornherein für den Weltmarkt produziert und von Unternehmen aus verschiedenen Ländern 1140

[22] Zu den Anforderungen an diese rechtsgestaltende Entscheidung BGH ZUM-RD 2017, 436 Rn. 30ff. – Gesamtvertrag PCs.

[23] Oben → Rn. 628.

[1] Ökonomen sprechen von Nicht-Exklusivität und Nicht-Rivalität, o. → Rn. 29.

weltweit verwertet. Rechtsverletzendes Filesharing vollzieht sich ebenfalls in weltweiten Netzwerken. Im globalen Medium Internet agieren Rechtsinhaber und Nutzer typischerweise grenzüberschreitend. Dementsprechend sind auch **urheberrechtliche Sachverhalte mit einer Verbindung zu einem ausländischen Staat** (vgl. Art. 3 EGBGB, 1 I Rom I-VO, 1 I Rom II-VO) vom Ausnahme- zum **Regelfall** geworden.

1141 Eigentlich müsste hierauf mit einem weltweit einheitlichen Ausschließlichkeitsrecht reagiert werden. Ein solches Welturheberrecht würde auch dem vermeintlich universellen Gedanken des „geistigen Eigentums" entsprechen (vgl. auch Art. 27 II der Allgemeinen Erklärung der Menschenrechte v. 10. 12. 1948: „Jeder Mensch hat das Recht auf Schutz der moralischen und materiellen Interessen, die sich aus jeder wissenschaftlichen, literarischen oder künstlerischen Produktion ergeben, deren Urheber er ist."). Ein solches **Welturheberrecht gibt es** aber **nicht.** Vielmehr ist der räumliche Geltungsbereich aller Urheberrechtsgesetze der Welt auf das Territorium des Staates begrenzt, der das betreffende Gesetz erlassen hat. Globale Kommunikation und Werkverwertung treffen also auf einen **Flickenteppich nationaler Urheberrechte.**[2] Zu allem Überfluss behalten nicht wenige nationale Urheberrechtsgesetze – so auch das deutsche – ihren Schutz grundsätzlich den **Inländern** vor (vgl. § 120 I UrhG).

1142 Das **internationale Urheberrecht** hat den Zweck, diese Diskrepanz zwischen transnationaler Werknutzung und strikt territorial begrenztem Urheberrechtsschutz für die jeweiligen Staatsangehörigen zu bewältigen. Es umfasst mehrere Rechtsmaterien. Aus dem nationalen Urheberrecht („Sachrecht") ergibt sich der räumliche, persönliche und sachliche Geltungsbereich des jeweiligen Urheberrechtsgesetzes (dazu sogleich). Die **völkerrechtlichen Verträge zum Urheberrecht** sollen die hieraus folgenden Restriktionen kompensieren und dafür sorgen, dass Urheber ein möglichst umfangreiches Bündel nationaler Rechte erlangen (dazu § 48). Das **Internationale Zivilprozess- und Privatrecht** (IZVR und IPR) regeln schließlich, welche Gerichte für internationale Urheberrechtsstreitigkeiten zuständig sind und welches materielle Urheberrecht anzuwenden ist (dazu § 49).

II. Räumlicher Geltungsbereich des UrhG

1143 Wie bereits erläutert, ist der Schutz des deutschen Urheberrechts in räumlicher Hinsicht beschränkt.[3] Er endet an den Grenzen des Bundesgebiets. Die urheberrechtlichen Befugnisse erfassen nur Verhaltensweisen mit einem ausreichenden Bezug auf das Inland. Auch begründet eine Rechtsverletzung im Ausland, und sei es in einem benachbarten EU-Mitgliedstaat, für sich genommen keine Erstbegehungsgefahr für eine inländische Rechtsverletzung.[4] Umgekehrt erkennt die deutsche Rechtsordnung ein von einem ausländischen Staat gewährtes Schutzrecht auf deutschem Gebiet nicht an. Dieses hat keine rechtliche Wirkung für inländische Tatbestände, zB für eine Aufführung des Werkes eines Ausländers im Inland. Die territoriale Begrenzung des Urheberrechts wird als **Territorialitätsprinzip** bezeichnet. Es gilt nicht nur im deutschen Recht, sondern in allen Rechtsordnungen.[5] Man kann sagen, dass es sich hierbei um einen allgemein anerkannten Grundsatz des internationalen Immaterialgüterrechts

[2] BGH ZUM-RD 1997, 548 – Spielbankaffaire.
[3] → Rn. 474.
[4] BGH ZUM-RD 2017, 461 Rn. 46 – Mart-Stam-Stuhl.
[5] Zu den Mitgliedstaaten der EU vgl. EuGH GRUR 2006, 50 → Rn. 46 – Lagardère Active Broadcast.

handelt. Universell ist also nicht der Gedanke des „geistigen Eigentums", sondern die territorial begrenzte, gesetzesabhängige (Art. 14 I 2 GG) Geltung nationalstaatlicher Urheberrechte.

Das Territorialitätsprinzip bildet das **Grundproblem des internationalen Urheberrechts.** So wurde ein ganzes Netz völkerrechtlicher Verträge abgeschlossen, um zu verhindern, dass ausländische Urheber und Schutzgegenstände vom je nationalen Rechtsschutz ausgeschlossen werden. Die Konventionen sehen insbesondere vor, dass jede Vertragspartei den Angehörigen anderer Vertragsparteien mindestens diejenigen Rechte gewähren muss, die in der jeweiligen Konvention geregelt sind (Inländerbehandlungsgrundsatz und Mindestrechte).[6] Auch im IZVR und IPR wirkt sich das Territorialitätsprinzip aus. So sind die deutschen Gerichte zwar auch für Verletzungsverfahren gegen ausländische Beklagte zuständig, wenn diese eine Rechtsverletzung, zB eine Vertriebshandlung, im Inland begangen haben. Die Entscheidungskompetenz der deutschen Verletzungsgerichte ist aber auf Schäden aus der inländischen Rechtsverletzung begrenzt. Die ggf. international weit verstreuten Rechtsverletzungen und Schäden können hingegen nur am Wohnsitz des Beklagten geltend gemacht werden.[7] Und selbst vor diesem Forum kann sich der Rechtsinhaber für seinen Gesamtschaden nicht einfach auf das vor Ort geltende Urheberrecht berufen. Denn dieses gilt ja ebenfalls nur im betreffenden Staat und nicht weltweit. Vielmehr muss er seine Rechte nach Maßgabe der Urheberrechtsgesetze all jener Länder vortragen, für die er Schutz beansprucht (vgl. Art. 8 Rom II-VO, **Schutzlandprinzip**).[8] Als ob all dies nicht schon schwierig genug wäre, ist häufig auch noch umstritten, welches nationale Urheber-/Schutzlandrecht eine grenzüberschreitende Nutzungshandlung erfasst und damit einschlägig ist: Verletzt eine unerlaubte lineare Sendung (vgl. § 20 UrhG) oder eine interaktive öffentliche Zugänglichmachung (vgl. § 19a UrhG) das Urheberrecht nur im Staat, wo sich der Sende- bzw. Uploadvorgang ereignete, oder auch überall dort, wo das Sendesignal empfangen bzw. die Daten abgerufen werden können?[9] 1144

III. Subjektiver Anwendungsbereich des UrhG

Bereits das Territorialitätsprinzip zeigt, dass der eigentlich **universelle Anspruch des „geistigen Eigentums" nicht der Rechtsrealität entspricht.** Vielmehr setzen Urheberrechte und verwandte Schutzrechte eine gesetzliche Grundlage voraus, die ihrerseits nur auf einem bestimmten Territorium für dort handelnde Rechtssubjekte Geltung beansprucht (vgl. Art. 14 I 2 GG). Gerade wenn man wie das deutsche Urheberrecht den Urheber in das Zentrum rückt (vgl. § 11 UrhG), wäre aber zu erwarten, dass der räumlich begrenzte Schutz dann zumindest **allen Urhebern** zugutekommt, unabhängig von ihrer Staatsangehörigkeit und sonstigen Umständen wie dem Veröffentlichungsort des Werkes. 1145

Für die **urheberpersönlichkeitsrechtlichen Befugnisse gem. §§ 12–14 UrhG** entspricht dies in der Tat dem geltenden Recht. Den Schutz nach diesen Vorschriften genießen nämlich auch ausländische Staatsangehörige für alle ihre Werke vorbehaltlos (vgl. § 121 VI UrhG). Entsprechendes gilt für die **Persönlichkeitsrechte des aus-** 1146

6 Näher → Rn. 1155f.
7 Näher → Rn. 1197ff.
8 Näher → Rn. 1205ff.
9 Näher → Rn. 1208f.

übenden Künstlers gem. §§ 74f. UrhG und dessen Rechte zur Aufnahme und Sendung inländischer Live-Darbietungen (§ 125 VI UrhG), die funktional dem Veröffentlichungsrecht des Urhebers gem. § 12 UrhG entsprechen. Auch auf den ergänzenden Schutz durch das allgemeine Persönlichkeitsrecht können sich Ausländer ohne Weiteres berufen.[10]

1147 Die **kommerziellen Verwertungsrechte** gewährt das deutsche Recht hingegen grundsätzlich nur deutschen Staatsangehörigen, Deutschen gem. Art. 116 I GG sowie Staatsangehörigen von Mitgliedstaaten der EU (vgl. Art. 118 AEUV) und EWR-Staaten bzw. Unternehmen mit Sitz im Inland oder einem dieser europäischen Staaten (§§ 120, 124, 125 I, 126 I, 127 I, 127a I und II, 128 I UrhG), ferner Staatenlosen (§ 122 I UrhG) und ausländischen Flüchtlingen (§ 123 UrhG), wenn sie ihren gewöhnlichen Aufenthalt im Inland haben. Es genügt, wenn ein Miturheber deutscher Staatsangehöriger ist (§ 120 I 2 UrhG) und wenn die deutsche Staatsangehörigkeit oder der ihr gleichgestellte Status im Zeitpunkt der Verletzungshandlung vorliegt;[11] ihr späterer Wegfall macht den eingetretenen Schutz nicht wieder hinfällig. Verfügt der Urheber bzw. originär Leistungsschutzberechtigte über diesen Status, kommt es nicht mehr darauf an, wo das Werk oder die Leistung erschienen ist oder stattgefunden hat. **Angehörige von Drittstaaten** und **Unternehmen mit Sitz in Drittstaaten** (Russland, USA, Indien, China usw.) sind im Umkehrschluss grundsätzlich vom Vermögensschutz, den das UrhG gewährt, ausgeschlossen.

1148 Anders ist dies ausnahmsweise, wenn ein bestimmtes Werk im Original oder die Übersetzung eines Sprachwerks **erstmals im Inland** oder spätestens dreißig Tage nach seinem erstmaligen Erscheinen im Ausland auch im Bundesgebiet **erscheint** (§ 121 I UrhG). Der urheberrechtliche Schutz wird den ausländischen Urhebern in diesem Fall als Anreiz und Belohnung für die zügige Bereitstellung des Werkes für das inländische Publikum in Aussicht gestellt. Entsprechendes gilt für die verwandten Schutzrechte an wissenschaftlichen Ausgaben und Lichtbildern (§ 124 UrhG).

1149 **Ausübende Künstler aus Drittstaaten** genießen ebenfalls Rechtsschutz für diejenigen Darbietungen, die im Inland als Live-Auftritte stattfinden oder im Inland binnen dreißig Tagen erscheinen bzw. ausgestrahlt werden (§ 125 II-IV UrhG). Entscheiden sich **Tonträger- und Filmhersteller sowie Sendeunternehmen** für die Bundesrepublik als Ort des erstmaligen Erscheinens bzw. Ausstrahlens oder halten sie die 30-Tage-Frist ein, wird auch ihnen Schutz gewährt (§§ 126 II, 127 II, 128 II UrhG). Doch erlischt der Leistungsschutz (soweit nicht multinationale Abkommen Anwendung finden) spätestens mit Ablauf der Schutzdauer in dem Staat, dessen Staatsangehörigkeit der Leistungsschutzberechtigte besitzt bzw. in dem er seinen Firmensitz hat, ohne die Schutzdauer für Inländer zu überschreiten (§§ 125 VII, 126 II 2, 127 II 2, 128 II UrhG). Die verwandten Schutzrechte der **Konzertveranstalter** (§ 81 UrhG) und der **Herausgeber nachgelassener Werke** (§ 71 UrhG) setzen bereits tatbestandsmäßig voraus, dass eine Live-Darbietung im Inland organisiert wird bzw. dass das nachgelassene Werk im Inland erstmals erscheint oder öffentlich wiedergegeben wird. Konsequent sind diese Leistungsschutzrechte nicht Gegenstand der fremdenrechtlichen Beschränkungen der §§ 124ff. UrhG, so dass es auf die Staatsangehörigkeit bzw. den Sitz des verantwortlichen Unternehmers nicht ankommt. Nur

[10] BGH GRUR 1984, 907.

[11] BGH GRUR 1973, 602.

Datenbankhersteller mit Sitz in einem Drittstaat wie den USA gehen selbst dann leer aus, wenn sie ihre Datenbank in Deutschland erstmals erscheinen lassen (vgl. § 127a UrhG). Diese ausnahmslose Diskriminierung hat den Zweck, Drittstaaten zum Abschluss von Staatsverträgen über das Datenbankherstellerrecht zu veranlassen. Für das Leistungsschutzrecht für **Presseverleger** fehlt eine Regelung. Da Presseverleger eine mit Tonträger- und Filmherstellern vergleichbare Leistung erbringen, ist diese planwidrige Regelungslücke durch entsprechende Anwendung des § 126 UrhG zu schließen.

Wenn Drittstaatenangehörige („Fremde") das Bundesgebiet nicht als Ort der Erstvermarktung wählen, genießen sie **„im Übrigen Schutz nach Inhalt der Staatsverträge"** (§§ 121 IV 1, 125 V 1, 126 III 1, 127 III 1, 127a III UrhG). Dieser Pauschalverweis auf die völkerrechtlichen Verträge zum Urheberrecht und den verwandten Schutzrechten bewirkt in der Praxis, dass die weitaus meisten ausländischen Urheber und sehr viele ausübende Künstler, Tonträgerhersteller und Sendeunternehmen für ihre Werke und Leistungen letztlich doch Rechtsschutz im Inland genießen. Denn die Bundesrepublik und viele weitere Staaten haben Abkommen ratifiziert, in denen sie sich gegenseitig verpflichtet haben, den Angehörigen der anderen Vertragsparteien denselben Rechtsschutz angedeihen zu lassen wie den Inländern **(Inländerbehandlungsgrundsatz).** So gehören der jüngsten Fassung der mehrfach revidierten Berner Übereinkunft (RBÜ) nicht weniger als 185 Verbandsländer an, deren Staatsangehörige nach Art. 5 I RBÜ iVm § 121 IV 1 UrhG diejenigen Rechte genießen, die das UrhG inländischen Urhebern gewährt.[12] 1150

Ist jedoch keiner dieser Staatsverträge auf das betreffende Werk, die Darbietung, den Tonträger, die Sendung oder den Bildträger anwendbar, so besteht für solche Schutzgegenstände urheberrechtlicher Schutz nur, soweit in dem Staat, dem der Berechtigte angehört oder wo er seinen Sitz hat, nach einer Bekanntmachung des Bundesministers der Justiz im Bundesgesetzblatt deutsche Staatsangehörige für ihre Werke einen entsprechenden Schutz genießen (§ 121 IV 2, 125 V 2, 126 III 2, 127 III 2, 128 II UrhG). Mit anderen Worten gewährt das deutsche Recht dem „Fremden" nur Schutz, wenn sein Heimatland einem deutschen Urheber oder Leistungsschutzberechtigten ebenfalls Schutz bietet. Derartige **Gegenseitigkeits-Bekanntmachungen** sind bislang allerdings nicht ergangen. Damit wird den wenigen verbliebenen Außenseitern des internationalen Urheberrechtssystems ein Anreiz gesetzt, den völkerrechtlichen Verträgen beizutreten und auf diesem Wege ihren Staatsangehörigen auch in Deutschland zum Rechtsschutz zu verhelfen. Das **Folgerecht** und das **Datenbankherstellerrecht** werden Drittstaatenangehörigen immer nur unter der Voraussetzung der Gegenseitigkeit gewährt (§§ 121 V, 127a III UrhG), da es in beiden Fällen an mehrseitigen Staatsverträgen fehlt, die zur Inländerbehandlung verpflichten.[13] 1151

Literatur zur Vertiefung: *Metzger,* Perspektiven des internationalen Urheberrechts – Zwischen Territorialität und Ubiquität, JZ 2010, 929; *Peifer,* Das Territorialitätsprinzip im Europäischen Gemeinschaftsrecht vor dem Hintergrund der technischen Entwicklungen, ZUM 2006, 1; *Peukert,* Territoriality and Extraterritoriality in Intellectual Property Law, in: Handl/Zekoll/Zumbansen, Beyond Territoriality, 2012, 189

[12] Näher → Rn. 1162ff.
[13] Vgl. auch Art. 14ter RBÜ; BGH GRUR 1982, 308, 310f.

§ 48. Völkerrechtliche Verträge zum Urheberrecht und den verwandten Schutzrechten

I. Funktion und Grundsätze des Konventionsrechts

1152 Bereits im Laufe des 19. Jahrhunderts war die **Diskrepanz zwischen internationaler Kulturgütervermarktung** einerseits und einem territorial und überdies nicht selten persönlich auf Inländer **begrenzten Urheberrechtsschutz** andererseits deutlich geworden. Die Verlagsbranche und Autoren wie Victor Hugo beklagten, dass ihre Produkte bzw. Werke im Ausland ohne Erlaubnis und doch legal nachgedruckt wurden.

1153 Nachdem es Mitte des 19. Jahrhunderts zu ersten bilateralen Abkommen, etwa zwischen Frankreich und dem Vereinigten Königreich, über den gegenseitigen Schutz der Rechtsinhaber gekommen war, gründeten einige europäische Staaten (darunter alle Kolonialmächte sowie das Deutsche Reich) mit Haiti und Tunesien 1886 in Bern einen „Verband zum Schutz der Rechte der Urheber" (Art. 1 RBÜ). Diese Berner Übereinkunft wurde in der Folgezeit mehrfach, zuletzt 1971 revidiert und wird deshalb heute **Revidierte Berner Übereinkunft (RBÜ)** genannt. Die RBÜ und weitere urheberrechtliche Abkommen werden von der **Weltorganisation für geistiges Eigentum** (World Intellectual Property Organization – **WIPO;** Organisation Mondiale de la Propriété Intellectuelle – OMPI) mit Sitz in Genf verwaltet. Die WIPO bietet nicht weniger als 191 (!) Unterzeichnerstaaten ein ständiges Forum, um den Schutz des geistigen Eigentums durch Zusammenarbeit weltweit weiter zu fördern.[1] Die zweite wichtige Institution des internationalen Urheberrechtssystems ist die ebenfalls in Genf ansässige **Welthandelsorganisation** (World Trade Organization – **WTO**), der 164 Staaten angehören. Die WTO beschäftigt sich mit Fragen des Urheberrechts im Kontext des WTO-Übereinkommens über handelsbezogene Aspekte der Rechte des geistigen Eigentums (Trade Related Aspects of Intellectual Property Rights – **TRIPS**), das einen wirksamen und angemessenen Schutz von Urhebern, ausübenden Künstlern, Tonträgerherstellern und Sendeunternehmen bezweckt (Präambel und Art. 7 f. TRIPS).[2] Das TRIPS-Abkommen und die von der WIPO verwalteten Konventionen bilden ein weltumspannendes Netzwerk von Staatsverträgen, das Urhebern und zunehmend auch Leistungsschutzberechtigten in den meisten Staaten ein erhebliches Maß an Schutz garantiert.

1154 Ob ein streitgegenständliches Werk oder eine Leistung nach Maßgabe eines dieser Staatsverträge (vgl. § 121 IV 1 UrhG) zu schützen ist, hängt vom sachlichen und zeitlichen **Anwendungsbereich der jeweiligen Konvention** ab (vgl. zB Art. 18 RBÜ). Unterfällt ein Schutzgegenstand mehreren divergierenden Abkommen, ist anhand von Vorrangregeln innerhalb der Konventionen die im Einzelfall anzuwendende Vorschrift zu bestimmen.[3]

1155 Im Übrigen basieren alle urheberrechtlichen Übereinkommen auf dem Grundsatz der Inländerbehandlung, garantierten Mindestrechten und einem Formalitätenverbot. Der **Inländerbehandlungsgrundsatz** besagt, dass Rechtsinhaber für Werke oder Leis-

[1] Art. 3 Übereinkommen zur Errichtung der Weltorganisation für geistiges Eigentum, abgedruckt bei *Hillig* (→ Rn. 175); http://www.wipo.int/portal/en/.

[2] http://www.wto.org/english/tratop_e/trips_e/trips_e.htm.

[3] Vgl. zB Art. XVII, XIX WUA. Zur Schutzdauerberechnung zB BGH ZUM 2014, 517 Rn. 14 ff. – Tarzan.

tungen, die einem urheberrechtlichen Abkommen unterfallen, in allen Vertragsstaaten diejenigen Rechte genießen, die entweder der betreffende völkerrechtliche Vertrag oder generell die nationalen Urheberrechtsgesetze den jeweiligen inländischen Urhebern und Leistungsschutzberechtigten gewähren.[4] Damit wird die im deutschen Urheberrecht vorgesehene, grundsätzliche Diskriminierung von Drittstaatenangehörigen ausgeschlossen („kompensatorisches Fremdenrecht"). Der Inländerbehandlungsgrundsatz gilt allerdings nur in den Ländern, in denen bzw. für die Schutz begehrt wird (sog. Schutzländer), nicht hingegen im sog. **Ursprungsland;** hier ist nur innerstaatliches Recht maßgeblich (Art. 5 I-III RBÜ). Als Ursprungsland gilt bei veröffentlichten Werken das Land der Erstveröffentlichung, bei gleichzeitiger Veröffentlichung in mehreren Verbandsländern dasjenige, das die kürzeste Schutzdauer hat, bei gleichzeitiger Veröffentlichung in einem Verbandsland und einem verbandsfremden Land das Verbandsland, bei nicht veröffentlichten oder erstmals in einem verbandsfremden Land veröffentlichten Werken das Heimatland des Urhebers (über Ausnahmen für Filmwerke und Kunstwerke vgl. Art. 5 IV RBÜ). Für diese inländischen Werke behält also jeder Staat freie Hand in der Regelung seines Urheberschutzes, der auch hinter den internationalen Vorgaben zurückbleiben kann. Freilich würde dies auf eine Benachteiligung der Inländer hinauslaufen, die denn auch weder Deutschland noch andere Staaten praktizieren.

Der Inländerbehandlungsgrundsatz bliebe eine leere Hülle, wenn die völkerrecht- 1156
lichen Abkommen nicht auch ein materielles Mindestschutzniveau festlegen würden, das Werken und Leistungen außerhalb des Ursprungslandes zukommen muss. Diese Funktion übernehmen die **Mindestrechte,** die im Laufe der Zeit immer weiter ausgebaut wurden, so dass Rechtsinhaber inzwischen ein weltweit harmonisiertes, relativ hohes Schutzniveau genießen. Während der Inländerbehandlungsgrundsatz über die Verweisklauseln auf die Staatsverträge (§ 121 IV 1 UrhG) automatisch wirkt, bedürfen neue Mindestrechte teilweise erst noch der Umsetzung in nationales, zwischen den Privatrechtssubjekten geltendes Recht. In der EU geschieht dies inzwischen vermittelt über EU-Richtlinien,[5] die wiederum in deutsches Recht zu implementieren sind.[6]

Die völkerrechtlichen Vorgaben betreffen alle Aspekte des Rechtsschutzes. So be- 1157
stimmt Art. 2 I RBÜ, dass alle Erzeugnisse auf dem Gebiet der Literatur, Wissenschaft und Kunst ohne Rücksicht auf die Art und Form des Ausdrucks zu den prinzipiell **schutzfähigen Werkkategorien** zählen, ohne allerdings eine materielle Schutzvoraussetzung wie in § 2 II UrhG (persönliche geistige Schöpfung) festzulegen. Auch Bearbeitungen und Computerprogramme sind als Werke zu schützen (vgl. Art. 2 III RBÜ, 4 WCT, 10 I TRIPS). Für Datensammlungen wird darüber hinaus auch eine materielle Schutzvoraussetzung definiert: Sie müssen aufgrund der Auswahl oder Anordnung ihres Inhalts eine geistige Schöpfung darstellen (Art. 5 WCT, 10 II TRIPS).[7] Die **Mindestschutzdauer** des Urheberrechts beträgt 50 Jahre p.m.a. (Art. 7 I RBÜ, 12 TRIPS), für verwandte Schutzrechte betragen die verpflichtenden Schutzdauern teilweise 20, überwiegend 50 Jahre (Art. 14 Rom-Abkommen, 14 V TRIPS, 17 WPPT,

[4] Vgl. Art. 5 I RBÜ iVm 1 IV WCT, 3 I TRIPS, 2–6 Rom-Abkommen (dazu BGH ZUM 2016, 861 Rn. 85ff. – An Evening with Marlene Dietrich), 4 WPPT, 4 BTAP.

[5] S. ErwGrd. 15 InfoSocRL 2001/29 (Umsetzung des WCT und des WPPT).

[6] Oben § 5.

[7] Zur entsprechenden Schutzvoraussetzung gem. DatenbankRL 96/9/EG und § 4 UrhG oben § 10.

14 BTAP). Ein zentrales Element aller urheberrechtlichen Konventionen sind sodann Regelungen zum **Begriff und** zur **Reichweite der** mindestens vorzusehenden **Ausschließlichkeitsrechte,** namentlich zum Vervielfältigungsrecht, zum Verbreitungs- und Vermietrecht, zum Recht der öffentlichen Wiedergabe unter Einschluss des Rechts der öffentlichen Zugänglichmachung sowie zum Bearbeitungsrecht (vgl. Art. 8f., 12 RBÜ; 6ff. WCT; 6ff. WPPT; 6ff. BTAP). Damit diese Verwertungsrechte nicht durch Schrankenregelungen ausgehöhlt werden, begrenzen die Übereinkommen den diesbezüglichen nationalen Spielraum durch eine generelle **Schranken-Schranke,** den sog. **Dreistufentest.** Demnach müssen die Vertragsparteien Beschränkungen und Ausnahmen der ausschließlichen Rechte begrenzen auf (1) bestimmte Sonderfälle, die (2) weder die normale Verwertung beeinträchtigen noch (3) die berechtigten Interessen der Rechtsinhaber unzumutbar verletzen (vgl. Art. 9 II RBÜ, 13 TRIPS, 10 I WCT, 16 WPPT, 13 II BTAP). Auch die im Unionsrecht vorgesehenen Schranken dürfen nur unter den genannten drei Bedingungen „angewandt werden" (vgl. Art. 5 V InfoSocRL 2001/29). Aus dieser doch recht allgemeinen Vorgabe hat der EUGH beispielsweise die sehr konkrete Schlussfolgerung gezogen, dass Privatkopien unzulässig sind, wenn sie auf der Grundlage einer unrechtmäßigen Quelle angefertigt werden.[8] Schließlich enthält das TRIPS-Abkommen umfangreiche Mindestvorgaben für die **wirksame Rechtsdurchsetzung** in Gestalt zivilrechtlicher Ansprüche, Grenzbeschlagnahmemaßnahmen und sogar Strafverfahren (Art. 41–61 TRIPS).

1158 Der Genuss und die Ausübung all dieser Rechte darf zu guter Letzt **keinerlei Formalitäten** unterliegen, wie sie im gewerblichen Rechtsschutz üblich sind (Art. 5 II 1 1. Hs. RBÜ iVm Art. 9 I 1 TRIPS, 3 WCT, 20 WPPT, 17 BTAP). Den Vertragsparteien der urheberrechtlichen Konventionen ist es daher verboten, die Entstehung, die Fortdauer und die gerichtliche Geltendmachung von Urheber- und Leistungsschutzrechten an die Eintragung des Schutzgegenstandes in ein Register, an die Verwendung des ©-Zeichens oder die Zahlung besonderer, nicht verfahrensgebundener Urheberrechtsgebühren zu knüpfen. Hiermit wird sichergestellt, dass allein durch den Realakt der Werkschöpfung bzw. durch die Erbringung einer schutzwürdigen Leistung (Darbietung, Herstellung eines Tonträgers usw.) ipso iure ein Bündel von mindestens 185 nationalen Urheberrechten (RBÜ) bzw. mindestens 164 nationalen Rechten an Darbietungen, Tonträgern und Sendungen (TRIPS) entsteht.

1159 Die Kombination aus Inländerbehandlungsgrundsatz, Mindestrechten und Formalitätenverbot ändert zwar nichts daran, dass Urheber und Leistungsschutzberechtigte unverändert mit einem Bündel nationaler Rechtstitel auskommen müssen. Die Konventionen sorgen aber dafür, dass der urheberrechtliche **Flickenteppich** inzwischen eine praktisch **weltumspannende Größe** erreicht hat und ziemlich **engmaschig geknüpft** ist. Während Rechtsinhaber diese Expansion naturgemäß begrüßen, wenden insbesondere Vertreter von Entwicklungsländern ein, der Spielraum der Staaten zur flexiblen Ausgestaltung des Urheberrechts mit Rücksicht auf die sozialen, kulturellen und ökonomischen Umstände vor Ort sei zu weit geschrumpft, und das hohe urheberrechtliche Schutzniveau beeinträchtige legitime Zugangsinteressen, etwa im Bereich von Bildung und Forschung.

[8] EUGH ZUM 2014, 573 Rn. 38ff. – ACI Adam. § 53 I 1 UrhG untersagt hingegen lediglich Privatkopien, für die „offensichtlich" rechtswidrige Quellen verwendet werden.

Urheber- und leistungsschutzrechtliche Konventionen sind schließlich nicht nur für Staaten und Gesetzgeber relevant. Zwar können sich Privatrechtssubjekte nicht unmittelbar auf völkerrechtliche Verträge und den darin vorgesehenen Mindestrechtsschutz berufen, falls dieser im UrhG noch unterschritten wird.[9] Indes können die Abkommen in mehrerer Hinsicht **mittelbar Bedeutung im horizontalen Privatrechtsverhältnis** erlangen. Zum einen kann es sein, dass Drittstaatsangehörige aufgrund der restriktiven Ausgestaltung des deutschen „Fremdenrechts" Rechtsschutz überhaupt nur nach Maßgabe der Staatsverträge genießen.[10] Zum anderen sind das EU- und das deutsche Recht völkerrechtskonform auszulegen, wenn sie, wie häufig, der Umsetzung internationaler Verpflichtungen dienen. Obwohl das Gericht in einem solchen Fall unmittelbar nur deutsches und EU-Recht anwendet, werden sowohl die einschlägigen Auslegungsmethoden (vgl. Art. 31–33 Wiener Vertragsrechtskonvention) als auch die Auslegungsergebnisse vom Völkerrecht präformiert.[11] 1160

II. Urheberrechtliche Abkommen

Das internationale Urheberrechtssystem besteht aus einem **Geflecht mehrerer Abkommen** mit je eigenem Anwendungs- und Regelungsbereich, die sich jedoch gegenseitig ergänzen und aufeinander aufbauen. Um diesen Zusammenhang zu veranschaulichen, werden im Folgenden die maßgeblichen Regelungen der wichtigsten Staatsverträge kurz dargestellt. Der Aufbau orientiert sich an der Systematik des UrhG. Demgemäß werden zunächst die zentralen völkerrechtlichen Vorgaben zum Urheberrechtsschutz skizziert, bevor auf die wachsende Bedeutung der verwandten Schutzrechte im Völkerrecht einzugehen ist. 1161

1. Revidierte Berner Übereinkunft

Der älteste und über lange Zeit bedeutendste völkerrechtliche Vertrag zum Urheberrecht ist die **Berner Übereinkunft,** die auf das Jahr **1886** zurückdatiert und im 20. Jahrhundert fünf Mal revidiert wurde, weshalb sie heute Revidierte Berner Übereinkunft (RBÜ) genannt wird. Sie ist ein mehrseitiger völkerrechtlicher Vertrag, durch den sich die inzwischen 185 vertragschließenden Staaten zwecks internationalen Schutzes des Urheberrechts (nicht der verwandten Schutzrechte) zu einem Staatenverband mit eigener Rechtspersönlichkeit zusammengeschlossen haben (Art. 1 RBÜ). Verwaltungsorgan dieses Staatenverbandes ist das Internationale Büro in Genf, zugleich Sekretariat der WIPO. 1162

Die RBÜ ist auf alle **Werke der Literatur und Kunst** einschließlich von **Bearbeitungen und Filmwerken** (Art. 2, 14bis RBÜ) **anwendbar,** die bei ihrem Inkrafttreten für das jeweilige Schutzland noch nicht aufgrund Ablaufs der Schutzdauer im Ursprungs- oder Schutzland gemeinfrei sind (Art. 18 RBÜ). In subjektiver Hinsicht werden alle einem Verbandsland angehörenden Urheber sowie verbandsfremde Urheber geschützt, die ihr Werk erstmals in einem Verbandsland oder gleichzeitig in einem verbandsfremden und einem Verbandsland veröffentlicht haben (Art. 3 I RBÜ). Für Werke, die der RBÜ unterfallen, gelten der Inländerbehandlungsgrundsatz und das 1163

[9] EUGH GRUR 2012, 593 Rn. 43–48 – SCF; BGH ZUM 2016, 861 Rn. 43 – An Evening with Marlene Dietrich mwN.

[10] → Rn. 1145. Entscheidungserheblich zB in BGH GRUR 2014, 559 – Tarzan; BGH ZUM 2016, 861 – An Evening with Marlene Dietrich.

[11] Vgl. zB BGH ZUM 2016, 861 Rn. 63 – An Evening with Marlene Dietrich.

Formalitätenverbot (Art. 5 RBÜ). Im Hinblick auf die Schutzfrist bildet zwar die Dauer im Ursprungsland die Höchstgrenze (System des Fristenvergleichs: Art. 7 VIII RBÜ), doch beträgt die Mindestschutzdauer 50 Jahre nach dem Tode des Urhebers (Art. 7 I RBÜ).

1164 Neben der Inländerbehandlung garantiert die RBÜ den „verbandseigenen" Werken noch **besondere Mindestrechte,** die im Zuge der Änderungen der Übereinkunft im 20. Jahrhundert immer weiter ausgebaut wurden (Art. 2f. und 6bis ff. RBÜ). Hierzu zählen das Bearbeitungsrecht (Art. 8, 12, 14 RBÜ), das ausschließliche Recht zur Vervielfältigung, gleichviel, auf welche Art und in welcher Form sie vorgenommen wird (Art. 9 I, III RBÜ), sowie einzelne Befugnisse zur öffentlichen Wiedergabe (Art. 11–11ter RBÜ). Schließlich verlangt Art. 6bis RBÜ von den Verbandsländern die Anerkennung eines Kernbestands von Urheberpersönlichkeitsrechten. Demnach muss der Urheber unabhängig von seinen vermögensrechtlichen Befugnissen und selbst nach deren Abtretung über das Recht verfügen, die Urheberschaft am Werk für sich in Anspruch zu nehmen und sich jeder Entstellung, Verstümmelung, sonstigen Änderung oder Beeinträchtigung des Werkes zu widersetzen, die seiner Ehre oder seinem Ruf nachteilig sein könnten. Die §§ 13f. UrhG gehen über dieses Mindestniveau deutlich hinaus.[12] Zugunsten der Entwicklungsländer sieht ein Anhang zu Art. 21 RBÜ die Möglichkeit der Erteilung von Zwangslizenzen zur Übersetzung und Vervielfältigung von Werken insbesondere für den Bildungssektor vor, die jedoch praktisch bedeutungslos geblieben sind.

2. TRIPS-Abkommen

1165 Nachdem alle Versuche, die 1971 zuletzt revidierte RBÜ unter dem Dach der WIPO weiterzuentwickeln, am Konflikt zwischen Industrie- und Entwicklungsländern gescheitert waren, schlugen die USA mit Unterstützung unter anderem der damaligen EG vor, das Immaterialgüterrecht nicht mehr isoliert zu betrachten, sondern in das nach dem Fall der Mauer entstehende **Welthandelsrecht** einzubinden. Sie argumentierten, dass ihr komparativer Vorteil auf dem künftigen Weltmarkt in der Herstellung und im Vertrieb von Innovationen bestehe, zu denen auch urheberrechtlich geschützte Werke wie Filme (Hollywood!) und Computerprogramme (Microsoft, Silicon Valley!) zählten. Dieser komparative Vorteil lasse sich aber nur realisieren, wenn die betreffenden Produkte in allen Mitgliedstaaten der WTO einen angemessenen Mindestschutz genießen. Und so kam es, dass mit der Gründung der WTO im Jahre 1994 ein besonderes Abkommen über handelsbezogene Aspekte der Rechte an geistigem Eigentum (TRIPS) geschlossen wurde, das am 1. 1. 1995 auch mit Wirkung für Deutschland in Kraft getreten ist und inzwischen 164 Staaten bindet. Das Abkommen hat nach seiner Präambel den Zweck, Verzerrungen und Behinderungen des internationalen Handels zu verringern und einen wirksamen und angemessenen Schutz der Rechte des geistigen Eigentums zu fördern. Zu diesen Rechten gehören neben Patenten und anderen gewerblichen Schutzrechten auch das Urheberrecht und verwandte Schutzrechte.

1166 Art. 9 TRIPS sieht insoweit zunächst vor, dass die WTO-Mitglieder mindestens (vgl. Art. 1 I TRIPS) die materiellen Schutzbestimmungen der RBÜ mit Ausnahme des Urheberpersönlichkeitsrechts gem. Art. 6bis RBÜ befolgen müssen, und stellt weiterhin klar, dass sich der urheberrechtliche Schutz nur auf Ausdrucksformen und nicht auf

[12] Oben §§ 22, 23.

Ideen, Verfahren, Arbeitsweisen oder mathematische Konzepte als solche erstreckt. Über diesen Verweis inkorporiert das TRIPS-Abkommen auch den Inländerbehandlungsgrundsatz und das Formalitätenverbot der RBÜ. Doch fügt das TRIPS-Abkommen der RBÜ weitere Mindestrechte hinzu **(„Bern-Plus")**. So sind Computerprogramme und Datenbankwerke literarischen Werken gleichzustellen (Art. 10 TRIPS) und zumindest für Computerprogramme und Filmwerke ein Vermiet- und Verleihrecht zu gewährleisten (Art. 11 TRIPS), während Schranken dem Dreistufentest unterworfen sind (Art. 13 TRIPS). Nicht zuletzt legt das TRIPS-Abkommen besonderes Augenmerk darauf, dass die WTO-Mitglieder auch wirksame, abschreckende, zugleich aber faire und gerechte Verfahren und Maßnahmen zur **Durchsetzung der Rechte des geistigen Eigentums** vorsehen (Art. 41 I und II TRIPS). Zu diesem Zweck enthält das Abkommen eingehende Vorgaben zu zivilrechtlichen Verfahren und Ansprüchen, insbesondere zu einstweiligen Maßnahmen (Art. 50 TRIPS) und zu Ansprüchen auf Unterlassung, Vernichtung, Schadensersatz, Beweisvorlage und Auskunft (Art. 43ff. TRIPS), ferner zur Grenzbeschlagnahme (Art. 51ff. TRIPS) und zur obligatorischen Strafbarkeit von Marken- und Urheberrechtsverletzungen in gewerblichem Ausmaß (Art. 61 TRIPS). Insbesondere der letztgenannte, dem deutschen Recht bis anhin fremde Rechtsbegriff hat, vermittelt über die DurchsetzungsRL 2004/48, inzwischen eine sehr prominente Bedeutung im Urheberrecht erlangt.[13]

Abgesehen von der Anhebung des völkerrechtlich verbindlichen Mindestschutz- 1167
niveaus weist das TRIPS-Abkommen zwei Besonderheiten auf, die mit seiner Herkunft aus dem Welthandelsrecht zusammenhängen. Erstens gilt der welthandelsrechtliche **Grundsatz der Meistbegünstigung** gem. Art. 4 TRIPS auch für den Schutz des Urheberrechts und der verwandten Schutzrechte. Demnach werden zusätzliche Rechte, die ein WTO-Mitglied den Angehörigen eines anderen Landes gewährt, sofort und bedingungslos den Angehörigen aller anderen Mitglieder gewährt. Wenn also die EU ein Partnerschaftsabkommen mit Drittstaaten schließt, mit dem den Drittstaatsangehörigen Rechte zugesichert werden, die über das TRIPS-Abkommen hinausgehen (zB eine Schutzfrist von 70 Jahren p.m.a.), so können sich über Art. 4 TRIPS die Angehörigen aller anderen 164 WTO-Mitglieder – ebenfalls auf diesen TRIPS-Plus-Schutz berufen. Die Konsequenzen dieser „MFNication" (Meistbegünstigung = Most Favoured Nation Clause/MFN) bilateraler Staatsverträge sind bisher nur unzureichend bedacht worden. Die zweite Besonderheit des TRIPS-Abkommens besteht darin, dass das TRIPS-Abkommen insoweit justiziabel ist, als ein WTO-Mitglied (zB die EU) im Rahmen des WTO-**Streitbeilegungsverfahrens** geltend machen kann, dass ein anderer Staat seinen diesbezüglichen Verpflichtungen nicht nachgekommen ist.[14] Stellen die WTO-Gremien einen derartigen Verstoß gegen das TRIPS-Abkommen fest und ergreift der betreffende Staat die erforderlichen Abhilfemaßnahmen nicht, können empfindliche Entschädigungszahlungen und Handelssanktionen die Folge sein. So hat sich die EG/EU erfolgreich über die Vergütungsfreiheit öffentlicher Wiedergaben in Gaststätten nach US-amerikanischem Recht beschwert;[15] die USA

[13] Vgl. § 101 I und II UrhG und oben → Rn. 1050ff.

[14] Vgl. Art. 63f. TRIPS und Vereinbarung über Regeln und Verfahren zur Beilegung von Streitigkeiten im Rahmen der WTO, BGBl. 1994 II 1749ff.

[15] WTO Panel Report, WT/DS160/R, 15.6.2000 – United States – Section 110(5) of the US Copyright Act, abrufbar unter http://www.wto.org/english/tratop_e/dispu_e/cases_e/ds160_e.htm.

wiederum haben China erfolgreich vorgeworfen, nicht näher spezifizierten „illegalen" Inhalten pauschal den Urheberrechtsschutz zu versagen.[16]

3. WIPO-Urheberrechtsvertrag (WCT)

1168 Als das TRIPS-Abkommen 1994 gerade erfolgreich verabschiedet worden war, wurde deutlich, dass die Digitalisierung und das sich rasant verbreitende Internet Anpassungen des internationalen Urheberrechts und der verwandten Schutzrechte dringend erforderlich machten. Da die WTO hierfür als Forum nicht mehr in Betracht kam, fanden die Verhandlungen wieder unter dem Dach der WIPO statt. Als Ergebnis wurde innerhalb kurzer Frist am 20.12.1996 der WIPO-Urheberrechtsvertrag (WIPO Copyright Treaty = WCT) vereinbart. Ausweislich seiner Präambel soll der WCT den Schutz der Urheberrechte in Anbetracht der tiefgreifenden **Auswirkungen der digitalen Netzwerktechnologien** in möglichst wirksamer und gleichmäßiger Weise fortentwickeln und aufrechterhalten, mit anderen Worten also das internationale Urheberrecht in das digitale Zeitalter übertragen.

1169 Zu diesem Zweck inkorporiert der WCT nicht nur die materiellen Vorgaben der RBÜ und damit auch den Inländerbehandlungsgrundsatz und das Formalitätenverbot (Art. 1, 3 WCT), sondern fügt der RBÜ und auch dem TRIPS-Abkommen **weitere Mindestrechte** hinzu. Zunächst stellt eine Vereinbarte Erklärung zu Art. 1 IV WCT klar, dass die elektronische Speicherung eines geschützten Werkes in digitaler Form als Vervielfältigung im Sinne von Art. 9 RBÜ gilt. Sodann haben die Vertragsparteien den Urhebern das Verbreitungs- und Vermietrecht sowie das Recht der öffentlichen Zugänglichmachung zu gewähren (Art. 6–8 WCT) und Rechtsschutz für technische Schutzmaßnahmen vorzusehen (Art. 11 f. WCT). Schließlich verlangt der WCT einen Urheberrechtsschutz von Computerprogrammen und Datenbankwerken (Art. 4 f. WCT) und wiederholt die Schranken-Schranke des Dreistufentests (Art. 10 WCT).

1170 Obwohl der WCT vergleichsweise jungen Datums ist, haben bereits 96 Staaten das Abkommen ratifiziert. Die EU hat die Vorgaben des WIPO-Internetvertrags durch die InfoSocRL 2001/29 in das Unionsrecht implementiert,[17] deren Umsetzung in deutsches Recht schließlich durch das (erste) Gesetz zur Regelung des Urheberrechts in der Informationsgesellschaft v. 10.9.2003 erfolgte. Da sich der EUGH bei der Auslegung der Richtlinie stark an den völkerrechtlichen Vorgaben orientiert und die Richtlinie ihrerseits eine vollständige Rechtsharmonisierung herbeiführt, kommt der **völkerrechts- und damit zugleich unionsrechtskonformen Auslegung** der §§ 16, 17 und 19a UrhG sowie der §§ 95a–c UrhG hervorragende Bedeutung zu.[18]

4. Sonstige Abkommen

1171 Nach dem Zweiten Weltkrieg rief die UNESCO das **Welturheberrechtsabkommen** (WUA) ins Leben, um den USA, deren Rechtssystem sich damals vor allem durch die strengen Formerfordernisse für den Urheberschutz von den europäischen Rechtsordnungen unterschied, den Beitritt zu einem größeren internationalen Abkommen zu

[16] WTO Panel Report, WT/DS362/R, 26.1.2009 – China – Measures Affecting the Protection and Enforcement of Intellectual Property Rights, abrufbar unter http://www.wto.org/english/tratop_e/dispu_e/cases_e/ds362_e.htm.

[17] Vgl. ErwGrd. 15 InfoSocRL 2001/29.

[18] Zum Verbreitungsrecht gem. Art. 4 InfoSocRL 2001/29 zB EUGH ZUM 2008, 508 Rn. 29 ff. – Peek & Cloppenburg.

ermöglichen. Nachdem die USA ihr heimisches Recht angepasst und die bestehenden Formalitäten (Registrierung, ©-Vermerk) abgeschafft hatten sowie mit Wirkung vom 1.3.1989 der RBÜ beigetreten sind, ist das WUA, dessen Schutzniveau deutlich geringer als das der RBÜ ist, weitgehend bedeutungslos geworden. Der **WIPO-Vertrag von Marrakesch** v. 27.6.2013, der Schrankenregelungen zugunsten von blinden, sehbehinderten oder sonst lesebehinderten Personen (Visually Impaired People = VIP) vorsieht, wurde von der EU bereits in der RL Lesebehinderte 2017/1546 sowie der VO Grenzüberschreitender Austausch zugunsten Lesebehinderter 2017/1563 umgesetzt.

Neben den mehrseitigen Abkommen bestehen **bilaterale Verträge,** etwa im Verhältnis 1172
zwischen Deutschland und den USA. Auch in einer Reihe von Investitionsschutz- und allgemeinen Partnerschaftsabkommen finden sich Bestimmungen über den Schutz der Urheberrechte. Soweit solche Verträge mit einem Verbandsstaat der RBÜ geschlossen wurden, gelten sie nach Art. 20 RBÜ nur insoweit, als sie den Urheber besser stellen oder den Grundsätzen der RBÜ nicht zuwiderlaufen.[19]

Im Übrigen darf der weitere Ausbau des internationalen Urheberrechtsschutzes über 1173
bi- oder multilaterale Verträge („Bern-/WCT-/TRIPS-Plus-Ansatz“) **nicht zu Verzerrungen und Behinderungen des internationalen Handels führen** (vgl. Präambel, Art. 1 I, 41 I 2 TRIPS). Aus dem Welthandelsrecht folgt damit ein ähnliches Rechtfertigungsbedürfnis für Urheberrechte wie innerhalb der EU aus den Grundfreiheiten.[20] Demnach ist ein weitergehender Rechtsschutz nur mit dem Welthandelsrecht vereinbar, wenn dadurch in verhältnismäßiger Weise zum beiderseitigen Vorteil von Rechtsinhabern und Nutzern Innovationen und die Verbreitung von Kulturgütern gefördert werden (vgl. Art. 7 TRIPS).

III. Abkommen über verwandte Schutzrechte

Während die Geschichte des internationalen Urheberrechts in das 19. Jahrhundert zu- 1174
rückreicht, erlangten die verwandten Schutzrechte als eigenständige Kategorie erst in den 1960er Jahren auf nationaler[21] und internationaler Ebene Anerkennung. Umso rasanter vollzog sich ihr unverändert andauernder Ausbau. Inzwischen sind die **Rechte der ausübenden Künstler, der Tonträgerhersteller und der Sendeunternehmen** Gegenstand mehrerer völkerrechtlicher Verträge. Mit Ausnahme des TRIPS-Abkommens, das wie die angloamerikanische Rechtstradition nicht scharf zwischen Urheber- und verwandten Schutzrechten trennt, betonen die einschlägigen Übereinkommen, dass der durch sie vorgesehene Schutz den Schutz der Urheberrechte an Werken der Literatur und Kunst unberührt lässt und diesen in keiner Weise beeinträchtigt (Art. 1 Rom-Abkommen, 1 II WPPT, 1 II BTAP). Ungeachtet hiervon basieren die Abkommen auf denselben Grundsätzen wie das internationale Urheberrecht: **Inländerbehandlung, Mindestrechte und Formalitätenverbot.** Zudem stellt das Rom-Abkommen als ältestes internationales Abkommen zu verwandten Schutzrechten sicher, dass ein Staat nur die Leistungen der ausübenden Künstler, Tonträgerhersteller und

[19] Zur Fortgeltung und Bedeutung des Sonderabkommens zwischen dem Deutschen Reich und den USA v. 15.1.1892 siehe BGH ZUM 2014, 517 Rn. 14ff. – Tarzan; über die empörende Rechtsungleichheit dieses Vertrages zu Lasten Deutschlands siehe *Püschel,* UFITA 130 (1996), 25.

[20] Oben → Rn. 161ff.

[21] Oben → Rn. 645ff.

Sendeunternehmen, nicht aber das Urheberrecht schützt. Denn Vertragsstaat des Rom-Abkommens kann nur werden, wer entweder dem WUA oder der RBÜ angehört (Art. 24 II, 28 IV Rom-Abkommen).

1. Schutz der ausübenden Künstler

1175 Darbietungen ausübender Künstler sind Gegenstand des Rom-Abkommens, des TRIPS-Abkommens sowie des WPPT. Dabei ist freilich zu beachten, dass diese Verträge keineswegs sämtliche Darbietungen erfassen, für die ausübende Künstler im deutschen Recht gem. § 73 UrhG Schutz erlangen können. Vielmehr betreffen die genannten Abkommen nur solche Darbietungen, die sich in Form von **Tönen** an das menschliche Gehör richten. Schutzsubjekte sind also nicht alle ausübenden Künstler gem. § 73 UrhG, sondern lediglich **Tonkünstler** wie Sänger, Sprecher, Instrumentalisten und Dirigenten, deren hörbare Darbietungen auf **Tonträgern** aufgenommen werden können. (Audio-)visuelle Darbietungen von Schauspielern und Tänzern, die auf *Bild*trägern aufgezeichnet werden, schließen die betreffenden Abkommen explizit aus ihrem Anwendungsbereich aus (vgl. Art. 19 Rom-Abkommen, 14 I 1 TRIPS, 2 lit. b WPPT). Damit gewährleistet das gegenwärtige Völkerrecht Schutz im Wesentlichen für die internationale **Musik- und Hörbuchvermarktung** und spiegelt die historisch überkommene Unterscheidung zwischen Musik- und Film-/Fernsehbranche.

1176 Nach **Art. 7 des Rom-Abkommens** v. 26. 10. 1961 müssen die inzwischen 93 vertragschließenden Staaten ausübenden Künstlern für ihre Tondarbietungen das Vervielfältigungsrecht und das Recht der öffentlichen Wiedergabe von Live-Darbietungen gewähren. **Art. 14 I TRIPS** wiederholt diese Mindeststandards und macht sie damit für 164 WTO-Staaten verpflichtend. Wesentlich erweitert wurde das internationale Mindestschutzniveau für Tondarbietungen schließlich durch den WIPO-Vertrag über Darbietungen und Tonträger (WIPO Performances and Phonograms Treaty – **WPPT**), den 96 Länder ratifiziert haben. Dieses Übereinkommen wurde mit dem WCT am 20. 12. 1996 vereinbart und bezweckt ebenso wie dieser, das auf das analoge Zeitalter zugeschnittene Schutzniveau für das digitale Online-Zeitalter fortzuschreiben. Dementsprechend statuiert der WPPT Mindestrechte wie der WCT für die Urheber, nämlich das Vervielfältigungs-, Verbreitungs- und Vermietrecht, das Recht der öffentlichen Zugänglichmachung (Art. 7–10 WPPT) sowie den Rechtsschutz technischer Schutzmaßnahmen (Art. 18 f. WPPT), ferner ausschließliche Rechte im Hinblick auf nicht festgelegte Live-Darbietungen (Art. 6 WPPT) und nicht zuletzt Persönlichkeitsrechte auf Namensnennung und gegen rufschädigende Entstellungen (Art. 5 WPPT). Die Mindestschutzdauer steigt von 20 (Art. 14 Rom-Abkommen) auf 50 Jahre (Art. 17 I WPPT) an.

1177 Ausübende Künstler, die wie Schauspieler und Tänzer **audiovisuelle Darbietungen** erbringen, die als bewegte Bilder auf **Bildträgern** aufgenommen und verwertet werden, genießen all diese Garantien derzeit noch nicht und sind daher ganz auf das Wohlwollen der nationalen Gesetzgeber in den Schutzländern angewiesen. Erst am 26. 6. 2012 konnte im Rahmen der WIPO auch für diesen Bereich der Kulturwirtschaft ein völkerrechtliches Abkommen vereinbart werden, nämlich der **Vertrag von Peking zu audiovisuellen Darbietungen** (Beijing Treaty on Audiovisual Performances – **BTAP**), der allerdings noch nicht in Kraft getreten ist. Sobald dies der Fall sein wird, werden visuelle Darbietungen dasselbe Schutzniveau genießen wie Tondarbietungen nach dem WPPT. Die allein historisch bedingte Unterscheidung zwischen Ton- und Bewegtbilddarbietungen bzw. zwischen Musik- und Filmbranche wird damit nach und nach eingeebnet.[22]

2. Schutz der Tonträgerhersteller

Dass die gegenwärtigen Konventionen zu verwandten Schutzrechen vor allem die **Musikbranche** betreffen und begünstigen, lässt sich auch daran ablesen, dass parallel zu den Tonkünstlern auch die **Tonträgerhersteller** internationalen Rechtsschutz genießen. **Art. 10 Rom-Abkommen** garantiert ihnen zunächst das Recht, die unmittelbare oder mittelbare Vervielfältigung ihrer Tonträger zu erlauben oder zu verbieten. Ferner sieht Art. 12 Rom-Abkommen bei der Benutzung von Tonträgern zur Rundfunksendung oder zur öffentlichen Wiedergabe einen Vergütungsanspruch vor, der von der nationalen Gesetzgebung entweder den ausübenden Künstlern oder den Herstellern von Tonträgern oder beiden gemeinsam gewährt werden kann.[23] Von diesem Mindestschutz lässt aber das Abkommen Einschränkungen durch Vorbehaltserklärungen und nationale Schrankenregelungen zu (Art. 15f. Rom-Abkommen). Das Übereinkommen zum Schutz der Tonträgerhersteller **(Genfer Tonträger-Abkommen)** vom 29.10.1971 verpflichtet 79 Vertragsstaaten in Ergänzung des Rom-Abkommens dazu, Tonträgerhersteller auch gegen die Einfuhr und die Verbreitung unerlaubt hergestellter Vervielfältigungsstücke zu schützen. **Art. 14 II, V TRIPS** sichert den Tonträgerherstellern das Vervielfältigungsrecht in allen 164 WTO-Staaten und verlängert die Mindestschutzfrist von zuvor 20 auf 50 Jahre. Schließlich garantieren **Art. 11 ff. WPPT** den Tonträgerherstellern im Online-Zeitalter dieselben Rechte wie den Tonkünstlern, insbesondere das Recht der öffentlichen Zugänglichmachung und einen Rechtsschutz technischer Schutzmaßnahmen. Die Umsetzung dieser Vorgaben des WPPT in deutsches Recht vollzog sich wie bei den Rechten der Tonkünstler über die InfoSocRL 2001/29. 1178

3. Schutz der Sendeunternehmen

Das dritte und letzte verwandte Schutzrecht, das in einer ganzen Reihe von regionaleuropäischen und internationalen Übereinkommen völkerrechtliche Anerkennung gefunden hat, ist das Leistungsschutzrecht der Sendeunternehmen an ihrer Sendung. Die älteste einschlägige Rechtsgrundlage ist das Europäische Abkommen vom 22.6.1960 zum Schutz von Fernsehsendungen.[24] Dieses Abkommen wurde aber nur von wenigen, inzwischen noch sieben Mitgliedern des Europarats, darunter Deutschland, ratifiziert, weil das Rom-Abkommen aus dem Folgejahr einen in der Sache vergleichbaren Schutz von Sendeunternehmen gewährleistet, der heute 93 Staaten innerhalb und außerhalb Europas bindet. Nach **Art. 13 Rom-Abkommen** genießen Sendeunternehmen das ausschließliche Recht, ihre Sendungen weiterzusenden, aufzunehmen und sonst zu vervielfältigen und an Orten, die der Öffentlichkeit gegen Zahlung eines Eintrittsgeldes zugänglich sind, öffentlich wiederzugeben.[25] Das am 22.1.1965 wiederum unter dem Dach des Europarats vereinbarte Europäische Übereinkommen zur Verhütung von Rundfunksendungen, die von Sendestellen außerhalb 1179

[22] Zum Schutz der Filmhersteller durch den BTAP unten → Rn. 1180.
[23] Vgl. § 86 UrhG.
[24] http://conventions.coe.int/Treaty/ger/Treaties/Html/034.htm.
[25] Vgl. § 87 I UrhG.

der staatlichen Hoheitsgebiete gesendet werden, verpflichtet 19 europäische Staaten dazu, **„Piratensender"** zu unterbinden, die von See- oder Luftfahrzeugen aus operieren.[26] Ferner hat die Bundesrepublik das Übereinkommen über die Verbreitung der durch Satelliten übertragenen programmtragenden Signale **(Brüsseler Satelliten-Abkommen)** vom 21.5.1974 ratifiziert. Es schützt als Reaktion darauf, dass Jordanien die Satellitenübertragung der Olympiade „anzapfte", die Sendeunternehmen dagegen, dass ihre über Satelliten (nicht Direktsatelliten) ausgestrahlten Sendungen unbefugt weitergesendet werden. Schließlich statuiert **Art. 14 III 1 TRIPS** zugunsten von Sendeunternehmen zwar ein Vervielfältigungsrecht und ein umfassendes Recht der öffentlichen Wiedergabe. Derselbe Absatz räumt den WTO-Mitgliedern mit Rücksicht auf das US-Recht, das einen eigenständigen Schutz von Sendesignalen nicht kennt, zugleich aber die Option ein, diese Rechte statt den Sendeunternehmen nur den Urhebern gesendeter Werke zu gewähren. Das TRIPS-Abkommen verschafft den Sendeunternehmen also anders als den Tonträgerherstellern keine eigenen, zwingenden Mindestrechte. Auch die seit 1997 (!) andauernden Verhandlungen über einen WIPO- Vertrag zum Schutz von Sendeunternehmen im Online-Zeitalter nach dem Vorbild von WCT, WPPT und BTAP sind bisher nicht von Erfolg gekrönt gewesen, so dass vorläufig keine völkerrechtliche Verpflichtung besteht, Sendeunternehmen das Recht der öffentlichen Zugänglichmachung einzuräumen.[27]

4. Sonstige verwandte Schutzrechte

1180 Hinsichtlich der **übrigen verwandten Schutzrechte** der Verfasser wissenschaftlicher Ausgaben, der Herausgeber nachgelassener Werke, der Lichtbildner, Filmhersteller, Presseverleger und Datenbankhersteller bestehen bisher **keine völkerrechtlichen Abkommen.** An dieser Einschätzung wird sich auf den ersten Blick auch durch das Inkrafttreten des Peking-Abkommens zu audiovisuellen Darbietungen (BTAP) nichts ändern. Denn das Peking-Abkommen benennt als sein Schutzsubjekt und -objekt nur ausübende Künstler und ihre audiovisuellen Darbietungen, nicht jedoch Filmhersteller und ihre Bildträger. Allerdings stellt **Art. 12 I BTAP** es den Vertragsstaaten frei, die im Übereinkommen vorgesehenen **Mindestrechte** kraft Vermutung,[28] Legalzession und sogar originär **dem Filmhersteller zuzuweisen,** wenn die ausübenden Künstler der betreffenden Aufnahme zugestimmt haben und keine abweichende vertragliche Vereinbarung getroffen wurde. Durch diese Hintertür können also auch Filmhersteller, die im internationalen Rechtsverkehr bisher auf den Erwerb von Urheberrechten am Filmwerk angewiesen waren, in den Genuss der Mindestrechte des BTAP kommen.

1181 Doch selbst soweit das internationale Urheberrechtssystem (noch) Lücken aufweist, ist der **Bundesgesetzgeber ganz überwiegend nicht mehr frei,** die verwandten Schutzrechte nach seinen politischen Vorstellungen auszugestalten. Denn die verwandten Schutzrechte der Herausgeber nachgelassener Werke sowie der Film- und Datenbankhersteller haben in EU-Richtlinien eingehende, überwiegend vollständig harmonisierende Regelungen erfahren, an die der deutsche Gesetzgeber gebunden ist.[29] Nationale

---

26 http://conventions.coe.int/Treaty/ger/Treaties/Html/053.htm.

27 Vgl. http://www.wipo.int/copyright/en/activities/broadcast.html. S. aber Art. 3 II lit. d InfoSocRL 2001/29, § 87 I Nr. 1 2. Alt. UrhG.

28 Vgl. § 92 UrhG.

29 Vgl. Art. 3 III, 4 SchutzdauerRL 2006/116; 2ff. InfoSocRL 2001/29; 7ff. DatenbankRL 96/9/EG.

Regelungsautonomie besteht daher nur noch im Hinblick auf den Schutz der Verfasser wissenschaftlicher Ausgaben (§ 70 UrhG),[30] der Lichtbildner (§ 72 UrhG)[31] und der Presseverleger (§§ 87f–h UrhG). Nimmt man die weitgehende Prägung des Urheberrechts durch das Völker- und EU-Recht hinzu,[32] wird deutlich, dass das Urheberrecht und die verwandten Schutzrechte von vornherein im Kontext des nationalen, supranationalen und internationalen Rechts betrachtet werden müssen.

Literatur zur Vertiefung: *v. Bar,* Kollisionsrecht, Fremdenrecht und Sachrecht im Internationalen Urheberrecht, UFITA 108 (1988), 27; *Bergsma,* Das Prinzip der Inländerbehandlung im internationalen und schweizerischen Urheberrecht, 1990; *Busche/Stoll* (Hg.), TRIPs-Kommentar, 2007; *Ficsor,* The law of copyright and the Internet, 2002; *Goldstein/Hugenholtz,* International Copyright, 3. A. 2013; *v. Lewinski,* International Copyright Law and Policy, 2008; *Nordemann/Vinck/Hertin/Meyer,* International Copyright and Neighboring Rights, 1990; *Reinbothe/v. Lewinski,* The WIPO Treaties 1996, 2007; *Ricketson/Ginsburg,* International Copyright and Neighbouring Rights, 2. Bde. 2. A. 2006; *Schmidt,* Maximalschutz im internationalen und europäischen Urheberrecht, 2017; *Viganò,* Urheberrecht und Entwicklungsländer, 1989

§ 49. Internationale Zuständigkeit und anwendbares Recht

I. Funktion und Rechtsgrundlagen des Internationalen Zivilprozess- und Privatrechts

Aufgrund der Ubiquität von Werken und Leistungen, der Verfügbarkeit moderner 1182 Informations- und Kommunikationstechnologien sowie der Globalisierung des Handels sind **urheberrechtliche Sachverhalte mit einer Verbindung zu einem ausländischen Staat** (vgl. Art. 3 EGBGB, 1 I Rom I-VO, 1 I Rom II-VO) zum **Regelfall** geworden. Solch internationale Sachverhalte werfen mehrere Fragen auf. Das Fremdenrecht der §§ 120ff. UrhG iVm den urheberrechtlichen Staatsverträgen regelt, ob und in welchem Umfang ausländische Staatsangehörige bzw. Unternehmen mit Sitz im Ausland Schutz nach Maßgabe des UrhG im Bundesgebiet genießen.[1] Doch selbst wenn dies der Fall ist, folgt daraus noch nicht, dass eine Rechtsverletzung oder ein Anspruch aus urheberrechtlichem Nutzungsvertrag auch vor deutschen Gerichten in Anwendung des deutschen Urheber- und Vertragsrechts zu entscheiden ist. Vielmehr ist bei Sachverhalten mit Auslandsberührung erstens zu prüfen, **ob die deutschen Gerichte** und/oder die Gerichte eines anderen Staates für eine Klage wegen Rechtsverletzung oder aus Urheberrechtsvertrag **international zuständig** sind. Zweitens ist zu fragen, **welches materielle Recht** das zuständige Gericht anzuwenden hat.[2] Ist in einer Urheberrechtsstreitsache ein Urteil erstritten worden, kann sich ggf. die Folgefrage stellen, unter welchen Voraussetzungen ein deutsches Urteil im Ausland bzw. umgekehrt ein ausländisches Urteil im Inland **anerkannt und vollstreckt** werden kann.

Die **Rechtsgrundlagen zur Klärung der internationalen Zuständigkeit der deut-** 1183 **schen Gerichte** finden sich im EU- und im deutschen Zivilprozessrecht. Hat der Beklagte seinen (Wohn-)Sitz im Hoheitsgebiet eines Mitgliedstaats der EU (mit Aus-

[30] S. Art. 5 SchutzdauerRL 2006/116.
[31] S. Art. 6 S. 3 SchutzdauerRL 2006/116.
[32] Oben § 5.
[1] Oben → Rn. 1145ff.
[2] Zur Prüfungsreihenfolge bei Falllösungen oben → Rn. 1013.

nahme Dänemarks), bestimmt sich die internationale Zuständigkeit der deutschen Gerichte nach der EU-Verordnung 1215/2012 über die gerichtliche Zuständigkeit und die Anerkennung und Vollstreckung von Entscheidungen in Zivil- und Handelssachen **(EUGVVO).**[3] Hat der Beklagte hingegen keinen (Wohn-)Sitz in der EU, sondern zB in den USA oder in der Türkei, so ist die internationale Zuständigkeit der deutschen Gerichte in entsprechender Anwendung der **§§ 12ff. ZPO** zu beurteilen.[4]

1184 Selbst wenn feststeht, dass die deutschen Gerichte für eine internationale Urheberrechtsstreitsache zuständig sind, bedeutet dies nicht zwangsläufig, dass auch **das deutsche Urheber- und sonstige materielle Sachrecht anwendbar** ist. Denn deutsche Gerichte dürfen und müssen ggf. ausländisches Recht anwenden. So mag es sein, dass der Verwertungsvertrag, aus dem ein deutscher Urheber seinen ausländischen Vertragspartner verklagt, eine Rechtswahlklausel enthält, wonach der Vertrag ausländischem Recht (zB dem Vertragsrecht Kaliforniens) unterliegt. Auch kann sich die angegriffene Verletzungshandlung ggf. nicht (nur) in Deutschland, sondern (auch) im Ausland zugetragen haben. Ob bei derartigen Sachverhalten mit Auslandsberührung deutsches oder ausländisches Recht anwendbar ist, beurteilt sich nach Maßgabe des **Internationalen Privatrechts (IPR),** das wiederum teils im EU-Recht, teils im deutschen Recht geregelt ist. Vorrangig zu prüfen sind zunächst die beiden sog. Rom-Verordnungen der EU, nämlich die Verordnung 593/2008 über das auf vertragliche Schuldverhältnisse anzuwendende Recht **(Rom I-VO)** und die Verordnung 864/2007 über das auf außervertragliche Schuldverhältnisse anzuwendende Recht **(Rom II-VO).** Soweit diese EU-Verordnungen die einschlägige IPR-Frage nicht regeln, ist gem. **Art. 3 EGBGB** auf das deutsche IPR zurückzugreifen.

1185 Insbesondere wenn an einer Urheberrechtsstreitsache Parteien mit Sitz in unterschiedlichen Staaten (zB Deutschland und Frankreich oder USA) beteiligt sind, stellt sich häufig das Problem, dass ein **Urteil im Ausland vollstreckt** werden muss, um beispielsweise eine titulierte Schadensersatzforderung durchzusetzen. Die Anerkennung und Vollstreckung eines Urteils eines deutschen Gerichts in einem anderen Mitgliedstaat der EU sowie umgekehrt die Durchsetzung des Urteils eines Gerichts eines anderen Mitgliedstaats in Deutschland beurteilt sich nach Art. 36ff. EUGVVO 1215/2012. Demnach sind vollstreckbare Urteile **in anderen Mitgliedstaaten der EU** grundsätzlich wie dort ergangene Entscheidungen zu vollstrecken, ohne dass die Zuständigkeit des Erstgerichts und dessen Entscheidung in der Sache nochmals geprüft werden dürfen. Für die **Anerkennung von Urteilen drittstaatlicher Gerichte** (etwa von US-Gerichten) in Deutschland gelten hingegen die strengeren Anforderungen des § 328 ZPO.[5] Die Anerkennung eines solchen ausländischen Gerichts im Inland ist unter anderem ausgeschlossen, wenn sich das Gericht nach den deutschen Zuständigkeitsregeln nicht für zuständig hätte erklären dürfen, wenn dem Beklagten das verfahrenseinleitende Dokument nicht ordnungsmäßig oder nicht so rechtzeitig zugestellt worden ist, dass er sich verteidigen konnte oder wenn die Anerkennung des

[3] Vgl. Art. 4 EUGVVO 1215/2012. Auf das im Verhältnis zu Dänemark, Norwegen, Island und der Schweiz anwendbare Lugano-Übereinkommen, ABl. EU L 147/5 v. 10.6.2009, das weitestgehend mit der EUGVVO übereinstimmt, wird im Folgenden nicht gesondert eingegangen.

[4] Vgl. Art. 6 I EUGVVO 1215/2012.

[5] Zur Anerkennung und Vollstreckung ausländischer Schiedssprüche siehe § 1061 ZPO.

Urteils zu einem Ergebnis führt, das mit wesentlichen Grundsätzen des deutschen Rechts, insbesondere den Grundrechten, offensichtlich unvereinbar ist.

Allein die Auflistung der bei internationalen Urheberrechtsstreitsachen zu prüfenden Vor- und Folgefragen lässt erkennen, wie viele rechtliche und damit verbunden **prozesstaktische Erwägungen** anzustellen sind, bevor ein solches Verfahren eingeleitet wird. Hieran mangelt es oft. Rechtsanwälte, die mit internationalen Vertrags- und Rechtsverletzungsfällen konfrontiert werden, neigen oftmals dazu, den begehrten Anspruch kurzerhand bei ihrem heimischen Gericht auf der Grundlage des lokalen Sachrechts geltend zu machen. Doch erweist sich dies ebenso häufig als fataler Fehler, der dem Mandanten nichts als jahrelange Prozesse und Kosten verursacht.[6] Vielmehr ist unter Berücksichtigung auch der Vollstreckungsaussichten eines erstrebten Urteils eingehend zu analysieren, vor welchem Gericht alle Begehren oder zumindest das vorrangige Ziel des Mandanten (zB kurzfristige Unterlassung und Beseitigung oder umfassender Schadensersatz?) erreicht werden können. Dabei ist zwischen vertraglichen und außervertraglichen Urheberrechtsstreitsachen mit internationalen Bezügen zu unterscheiden: 1186

II. Internationale Urheberrechtsverträge

Urheberrechtliche Nutzungs- und Verwertungsverträge weisen sehr häufig Verbindungen zu mehreren Staaten und ihrem Recht auf. **Internationale Berührungspunkte** ergeben sich zum einen daraus, dass die Vertragsparteien ihren (Wohn-)Sitz in unterschiedlichen Staaten haben, etwa wenn ein deutscher Urheber oder Konsument mit einem ausländischen Produzenten bzw. Inhalteanbieter kontrahiert. Zum anderen erstrecken sich viele Verwertungsverträge zwischen Kreativen und Produzenten oder zwischen verschiedenen Produzenten auf mehrere Staaten. Betrifft der Vertrag aber nicht nur deutsche Urheber- und verwandte Schutzrechte und damit das Bundesgebiet, handelt es sich stets um einen internationalen Vertrag, für den das zuständige Gericht und das anwendbare Recht als Vorfragen zu identifizieren sind. Dies gilt selbst dann, wenn beide Vertragsparteien ihren Sitz in Deutschland haben. Rein innerstaatliche Urheberrechtsverträge zwischen deutschen Vertragsparteien für eine innerdeutsche Nutzung dürften in der Praxis vorrangig noch im Bereich von bloßen Vertriebs- und Endnutzerverträgen vorzufinden sein. 1187

1. Zuständigkeit der deutschen Gerichte

Die internationale Zuständigkeit der deutschen Gerichte für Streitigkeiten über solch internationale Urheberrechtsverträge bestimmt sich nach den Vorschriften der **EUGVVO 1215/2012,** wenn der Beklagte seinen Sitz in der EU (außer Dänemark) hat, für Beklagte mit Sitz in Drittstaaten hingegen nach **§§ 12ff. ZPO.** In der Sache sehen beide Rechtsgrundlagen übereinstimmend folgende Zuständigkeiten vor: 1188

[6] Vgl. zB die Sachverhalte der nur wegen der Zuständigkeitsfrage bis vor den EUGH geführten Verfahren EUGH GRUR 2014, 100 Rn. 25ff. – Peter Pinckney (Klage eines französischen Komponisten vor einem französischen Gericht gegen einen österreichischen CD-Hersteller wegen des Versands einer rechtsverletzenden CD durch ein britisches Unternehmen aus dem Vereinigten Königreich); EUGH GRUR 2014, 599 – Hi Hotel (Klage eines deutschen Fotografen vor dem LG Köln gegen einen französischen Hoteleigner, dessen Hotel der Kläger fotografiert hatte, wegen unerlaubten Abdrucks der Fotos in einem Bildband, der von einem deutschen Verlag in Deutschland vertrieben wurde).

1189 Zunächst ist zu prüfen, ob die Parteien in Ausübung ihrer Privatautonomie eine **Gerichtsstandsvereinbarung** getroffen haben. Eine schriftliche oder sonst den Gepflogenheiten zwischen den Parteien oder einem Handelsbrauch entsprechende Vereinbarung, wonach ein bestimmtes Gericht oder die Gerichte eines bestimmten Staates über eine Streitigkeit aus dem Vertrag zuständig sein soll, begründet im Zweifel eine **ausschließliche Zuständigkeit** der benannten Gerichte (Art. 25 EUGVVO 1215/2012). Die Gerichte anderer Staaten müssen sich von Amts wegen für unzuständig erklären, wenn sie entgegen der Gerichtsstandsklausel mit einer Streitigkeit aus dem Vertrag befasst werden. Ist die Nutzungsrechtseinräumung Teil eines Verbraucher- oder Arbeitsvertrags, ist die Freiheit zur Bestimmung eines zuständigen Gerichts im Interesse des Verbraucher- und Arbeitnehmerschutzes erheblich eingeschränkt.[7] Umgekehrt können die Parteien ihre vertraglichen Streitigkeiten weitgehend außerhalb des staatlichen Justizsystems abwickeln, wenn sie sich in einer **Schiedsvereinbarung** der Entscheidung durch ein Schiedsgericht unterwerfen (vgl. §§ 1025 ff. ZPO). Dessen Schiedsspruch hat unter den Parteien die Wirkungen eines rechtskräftigen gerichtlichen Urteils. Wird vor einem deutschen Gericht Klage in einer Angelegenheit erhoben, die Gegenstand einer solchen Schiedsvereinbarung ist, so hat das Gericht die Klage grundsätzlich als unzulässig abzuweisen.

1190 Haben die Parteien keinen Wahlgerichtsstand vereinbart, können alle Streitigkeiten über einen internationalen Urheberrechtsvertrag zunächst am **allgemeinen Gerichtsstand des Beklagten** erhoben werden (Art. 4 EUGVVO, §§ 12 ff. ZPO). Dieser befindet sich am Wohnsitz natürlicher Personen bzw. am satzungsmäßigen Sitz oder am Ort der Hauptverwaltung/Hauptniederlassung juristischer Personen (Art. 63 EUGVVO 1215/2012, § 17 ZPO).

1191 Vertragsrechtliche Streitigkeiten können jedoch nicht nur am allgemeinen Beklagtengerichtsstand geführt werden, sondern wahlweise auch vor dem Gericht des Ortes, an dem die streitige Verpflichtung erfüllt worden ist oder zu erfüllen wäre (Art. 7 Nr. 1 lit. a EUGVVO 1215/2012, § 29 I ZPO). Der besondere **Gerichtsstand des Erfüllungsortes** ist vor allem dann von Interesse, wenn dieser mit dem Klägergerichtsstand zusammenfällt. Maßgeblich für die Erfüllungsortzuständigkeit ist die dem erhobenen Anspruch zu Grunde liegende Vertragspflicht, deren Verletzung gerügt wird. Ansprüche wegen Nicht- oder Schlechterfüllung von Leistungspflichten sind dementsprechend am Erfüllungsort der Primärverbindlichkeit zu erheben. Der Erfüllungsort der verletzten Vertragspflicht bestimmt sich nach dem für das Vertragsverhältnis maßgeblichen Vertragsstatut. Nach deutschem Recht entspricht der Erfüllungsort grundsätzlich dem Leistungsort, also dem Ort, an dem der Schuldner die von ihm zu erbringende Leistungshandlung vorzunehmen hatte.[8] Mangels abweichender Vereinbarungen ist dies auch für Geldschulden der Wohnsitz des Schuldners.

2. Anwendbares Recht

1192 Sind deutsche Gerichte aufgrund einer Gerichtsstandsvereinbarung oder als Gerichtsstand am Wohnsitz der Beklagten oder am Erfüllungsort für eine Streitigkeit über internationale Urheberrechtsverträge zuständig, ist wiederum von Amts wegen zu prüfen, **welches Vertragsstatut auf den Vertrag anzuwenden ist.** Einschlägig hierfür ist

[7] Vgl. Art. 17 ff. EUGVVO 1215/2012.
[8] BGH NJW-RR 2013, 309 Rn. 14 ff.

die **Rom I-VO 593/2008** über das auf vertragliche Schuldverhältnisse anzuwendende Recht. Dies gilt auch dann, wenn der Beklagte keinen Wohnsitz in der EU hat, die Zuständigkeit der deutschen Gerichte im Verfahren gegen solche Drittstaatsangehörigen (zB aufgrund einer Gerichtsstandsklausel) auf den §§ 12ff. ZPO beruht und letztlich das Recht eines Drittstaates anwendbar sein sollte, der nicht EU-Mitglied ist (Art. 2 Rom I-VO 593/2008).

Die Parteien eines internationalen Urheberrechtsvertrags können nicht nur das zuständige Gericht, sondern auch das von jenem anzuwendende Recht privatautonom bestimmen. Gem. Art. 3 I Rom I-VO 593/2008 unterliegt ein internationaler Vertrag zuvorderst dem von den Parteien gewählten Recht.[9] Die **Rechtswahl** muss ausdrücklich erfolgen oder sich eindeutig aus den Bestimmungen des Vertrags oder aus den Umständen des Falles ergeben. Die Parteien können die Rechtswahl für ihren ganzen Vertrag oder nur für einen Teil desselben treffen und ihre Wahl auch nachträglich ändern. Das gewählte Vertragsstatut ist für alle vertragsrechtlichen Gesichtspunkte maßgeblich, insbesondere für die Auslegung des Vertrags und die Rechtsfolgen von Leistungsstörungen (Art. 12 Rom I-VO 593/2008). Auch die Frage, ob und in welchem Umfang der Vertrag eine Verfügung über das vertragsgegenständliche Recht enthält, ist anhand des Wahlstatuts zu beurteilen. Lediglich die vorgelagerte immaterialgüterrechtliche Frage, ob das betreffende Urheber- oder Leistungsschutzrecht überhaupt rechtsgeschäftlich **übertragbar** ist, ist anhand des nicht disponiblen Immaterialgüter- und Schutzlandrechts zu entscheiden.[10] Wenn also ein deutsches Urheberrecht im Rahmen eines Vertrags „übertragen" wird, der ausländischem (etwa kalifornischem) Recht unterliegt, so ist diese Vereinbarung mit Rücksicht auf § 29 I UrhG in die Einräumung eines ausschließlichen Nutzungsrechts gem. § 31 III UrhG umzudeuten. 1193

Haben die Parteien **keine Rechtswahl** getroffen, ist das auf den Vertrag anzuwendende Recht gem. Art. 4 Rom I-VO 593/2008 zu bestimmen. Art. 4 I Rom I-VO 593/2008 legt für eine abschließende Liste von Vertragstypen das anzuwendende Recht starr fest. So unterliegen Kaufverträge ausnahmslos dem Recht des Staates, in dem der Verkäufer seinen gewöhnlichen Aufenthalt hat, Franchiseverträge dem Heimatrecht des Franchisenehmers und Vertriebsverträge dem Heimatrecht des Vertriebshändlers. **Lizenzverträge** über Urheber- und verwandte Schutzrechte werden hingegen als Verträge sui generis betrachtet und unterfallen daher keinem der genannten Vertragstypen. Auf Lizenzverträge ist daher gem. Art. 4 II, 19 Rom I-VO 593/2008 das Recht des Staates anzuwenden, in dem die Partei, welche **die für den Vertrag charakteristische Leistung** zu erbringen hat, im Zeitpunkt des Vertragsschlusses ihren gewöhnlichen Aufenthalt hat. Das ist grundsätzlich der **Lizenzgeber,** da die Pflicht des Lizenznehmers zur Entgeltzahlung den Lizenzvertrag nicht als solchen auszeichnet. Mithin unterliegt ein internationaler Lizenzvertrag grundsätzlich dem Heimatrecht des Urhebers oder sonstigen Rechtsinhabers. Anders entscheidet die hM, wenn den Lizenznehmer, zB einen Verleger, eine Ausübungspflicht trifft. Dann soll seine Leistung die vertragstypische und folglich sein Heimatrecht anzuwenden sein.[11] Bei 1194

[9] Wie die Freiheit zur Gerichtsstandswahl ist auch die Rechtswahlfreiheit bei Verbraucher- und Arbeitsverträgen erheblich eingeschränkt; vgl. Art. 6 und 8 Rom I-VO 593/2008. Zum anwendbaren Recht bei Schiedsverfahren vgl. § 1051 ZPO.

[10] BGH GRUR Int. 1998, 427, 429 – Spielbankaffaire.

[11] LG Hamburg ZUM 2009, 667.

einer Rechtseinräumung im Rahmen eines Arbeitsvertrags gilt einheitlich das Arbeitsvertragsstatut gem. Art. 8 Rom I-VO 593/2008, also mangels Rechtswahl das am Arbeitsort geltende Recht. Endnutzerverträge mit Verbrauchern unterliegen gem. Art. 6 I Rom I-VO 593/2008 grundsätzlich dem Heimatrecht des Verbrauchers.

1195 Häufig wird vertreten, deutsche Gerichte dürften die **vertragsrechtlichen Vorschriften zum Schutz der Urheber und ausübenden Künstler** selbst dann anwenden, wenn der Vertrag kraft einer Rechtswahl oder gem. Art. 4 Rom I-VO 593/2008 eigentlich einem ausländischen Vertragsstatut unterliegt, das keine entsprechenden Schutznormen kennt.[12] Diese Auffassung ist verfehlt. Um urhebervertragsrechtliche Vorschriften als sog. Eingriffsnormen qualifizieren zu können, müssten die entsprechenden Regelungen zunächst einmal national zwingend sein. Schon hieran mangelt es den meisten urheberschützenden Normen, die lediglich als dispositive Auslegungsregeln ausgestaltet sind[13] oder auf deren Wohltaten der Urheber zumindest nachträglich verzichten kann.[14] Zudem folgt im Umkehrschluss aus § 32b UrhG, dass andere als die von der Norm ausdrücklich für international zwingend erklärten Ansprüche auf angemessene Vergütung gem. §§ 32 und 32a UrhG eben nicht anwendbar sind, wenn der Nutzungsvertrag einem ausländischen Vertragsstatut unterliegt.[15] Urheber und ausübende Künstler mit gewöhnlichem Aufenthalt im Inland begeben sich also des vertragsrechtlichen Schutzes, den das UrhG ihnen bietet, wenn sie sich mit der Geltung eines ausländischen, weniger urheberfreundlichen Vertragsrechts einverstanden erklären. Wer das für problematisch hält, muss dafür eintreten, selbständige Urheber und ausübende Künstler im internationalen Vertragsrecht wie Verbraucher und Arbeitnehmer zu behandeln. Ein diesbezüglicher Konsens ist aber weder in der EU und schon gar nicht international vorhanden.

III. Internationale Rechtsverletzungen

1196 Auch **Rechtsverletzungen** weisen häufig eine **Verbindung zu einem ausländischen Recht** auf. Dies ist etwa der Fall, wenn deutsche Rechtsinhaber Ansprüche gegen ausländische Verletzer geltend machen (zB Gema vs. Google) oder umgekehrt. Und selbst wenn Verletzter und Verletzer ihren Wohnsitz im Inland haben, kann der Sachverhalt internationale Berührungspunkte aufweisen. So führt ein unerlaubter Upload eines Werkes oder einer Leistung im Internet dazu, dass der geschützte Inhalt weltweit abrufbar ist und folglich sämtliche Urheberrechtsgesetze der Erde berührt. Vom Inland ausgestrahlte Sendungen können ggf. im Ausland empfangen werden. Schließlich tangiert die Ein- und Ausfuhr urheberrechtsverletzender Waren nicht nur die hiesige, sondern auch die Rechtsordnungen der Herkunfts- bzw. Empfangsländer.

1. Zuständigkeit der deutschen Gerichte

1197 Die internationale Zuständigkeit deutscher Gerichte für Verletzungsverfahren richtet sich wie bei Streitigkeiten über internationale Verträge nach der EUGVVO 1215/2012, wenn der Beklagte seinen Wohnsitz in der EU hat,[16] und nach §§ 12ff. ZPO für Beklagte aus Drittstaaten. Anders als bei vertraglichen Auseinandersetzungen

[12] Für den Übertragungszweckgedanken gem. § 31 V UrhG OLG Köln ZUM 2011, 574.
[13] Vgl. §§ 31 V, 34f., 37–39, 44 UrhG.
[14] Vgl. §§ 32c III 1, 34 V 1, 40 II 1, 41 IV 1, 42 II 1 UrhG.
[15] Zum Übertragungszweckgedanken BGH ZUM 2015, 330 Rn. 35ff. – Hi Hotel II.
[16] Zum Lugano-Übereinkommen oben Rn. 1138.

kommt es zwischen den Parteien eines Verletzungsverfahrens aber typischerweise nicht zum Abschluss einer **Gerichtsstandsvereinbarung.**

Zuständig ist vielmehr grundsätzlich das Gericht am **Wohnsitz des Beklagten** (Art. 4 EUGVVO 1215/2012, §§ 12ff. ZPO). Als dessen allgemeiner Gerichtsstand ist es für sämtliche Ansprüche zuständig, die der Kläger geltend macht. Folglich ist der Kläger bei ausländischen Verletzern zwar ggf. gezwungen, im Ausland zu klagen, bei deutschen Beklagten eben vor deutschen Gerichten. Doch wird dieser Nachteil dadurch kompensiert, dass das Beklagtengericht über sämtliche Verletzungshandlungen und hieraus resultierende Schäden entscheiden kann, auch wenn diese sich außerhalb des Forumstaates ereignet haben. Die **universelle Kompetenz** der Gerichte am Beklagtengerichtsstand kann insbesondere bei Verletzungshandlungen in mehreren Staaten (zB bei internationalem Vertrieb rechtsverletzender Ware) dafür sprechen, das Verfahren dort einzuleiten. Zudem ist ein etwaiger Titel am Beklagtenwohnsitz unmittelbar vollstreckbar. 1198

Die universelle Kompetenz des Gerichts am allgemeinen Gerichtsstand des Beklagten **steht nicht unter dem Vorbehalt der ausschließlichen Zuständigkeit** der Gerichte in den einzelnen Schutzländern. Darin unterscheiden sich die formlos entstehenden Urheber- und verwandten Schutzrechte von Patenten und anderen Registerrechten im Bereich des gewerblichen Rechtsschutzes. Auch wenn deren Gültigkeit in einem Verletzungsverfahren lediglich im Wege der Einrede aufgeworfen wird, begründet dies gem. Art. 24 Nr. 4 EUGVVO 1215/2012 die ausschließliche Zuständigkeit der Gerichte des Staates, in dem das streitgegenständliche Patent usw. registriert ist. Alle anderen Gerichte unter Einschluss des Gerichts am allgemeinen Beklagtengerichtsstand müssen sich bei Erhebung der Nichtigkeitseinrede von Amts wegen für unzuständig erklären.[17] Im Urheberrecht muss der Verletzte solche Komplikationen nicht bedenken. Selbst wenn der Beklagte einwendet, der vom Kläger vorgebrachte Schutzgegenstand sei in einem bestimmten Land kein schutzfähiges Werk oder keine schutzfähige Leistung (zB keine schutzfähige Datenbank gem. § 87a UrhG), ändert dies an der universellen Zuständigkeit des Beklagtengerichts nichts. 1199

Art. 8 EUGVVO 1215/2012 eröffnet darüber hinaus die Möglichkeit, **am allgemeinen Gerichtsstand eines Beklagten weitere Personen zu verklagen,** für die das betreffende Gericht eigentlich nicht zuständig ist. Voraussetzung hierfür ist, dass zwischen den Klagen eine so enge Beziehung besteht, dass eine gemeinsame Verhandlung und Entscheidung geboten erscheint, um zu vermeiden, dass in getrennten Verfahren widersprechende Entscheidungen ergehen könnten. Diese Gefahr besteht, wenn die Verfahren jeweils dieselbe Sach- und Rechtslage betreffen, etwa im Fall, dass Zeitungsverlage in verschiedenen Ländern dasselbe rechtsverletzende Foto abdrucken. Dass die Urheberrechtsverletzungen anhand verschiedener Urheberrechtsgesetze in den jeweiligen Schutzländern zu beurteilen sind (dazu sogleich), steht nach Auffassung des EUGH der Zuständigkeit eines Beklagtengerichts für alle Beklagten nicht entgegen. Haben die Beklagten allerdings unabhängig voneinander gehandelt und beruht die identische Rechtsverletzung daher nur auf Zufall, scheidet eine Klage gegen alle Verletzer gleichwohl aus.[18] 1200

[17] EUGH GRUR 2007, 49 Rn. 13ff. – GAT/Luk.
[18] EUGH ZUM-RD 2012, 1 Rn. 76ff. – Painer.

1201 Der Verletzte ist überdies nicht gezwungen, das Verletzungsverfahren am Beklagtengerichtsstand zu eröffnen. Vielmehr kann er den Verletzer alternativ vor dem Gericht des Ortes verklagen, an dem das schädigende Ereignis eingetreten ist oder einzutreten droht (Art. 7 Nr. 2 EUGVVO 1215/2012) bzw. wo die schädigende Handlung begangen wurde (§ 32 ZPO).[19] Die besondere Zuständigkeit eines Gerichts am **Deliktsgerichtsstand** beruht darauf, dass in dessen Bezirk relevante Anknüpfungspunkte wie einschlägige Beweise gegeben sind, die erwarten lassen, dass dieses Gericht objektiv am besten beurteilen kann, ob die Voraussetzungen für eine Haftung des Beklagten gegeben sind. Diesen Bezug zur Rechtsverletzung weisen ggf. mehrere Orte auf. Die Rechtsprechung unterscheidet den Ort des ursächlichen Geschehens („Handlungsort") vom Ort der Verwirklichung des Schadens („Erfolgsort"). In der Regel fallen beide Orte zusammen, zB wenn ein Rechtsinhaber gegen eine unerlaubte Vervielfältigung oder einen Upload vorgeht, die als solche rechtsverletzend sind. Zuständig sind beispielsweise aber auch die Gerichte am Ort, an dem eine Werbekampagne konzipiert wurde, deren rechtsverletzende Elemente erst später konkret festgelegt wurden. Obwohl am Ort der Konzeptionsgespräche keine Rechtsverletzung begangen wurde, sind die Gerichte an diesem Ort des ursächlichen Geschehens gleichwohl zuständig, weil sich dort zB Beweismittel befinden können.[20]

1202 Zur Begründung der Zuständigkeit eines Verletzungsgerichts genügt es, wenn der Kläger schlüssig Tatsachen behauptet, aus denen sich ein inländischer Handlungs- oder Erfolgsort ergibt. Ob sich eine Rechtsverletzung zugetragen hat oder ernsthaft droht, ist erst im Rahmen des anwendbaren materiellen Urheberrechts zu prüfen.[21] Für **über das Internet begangene Rechtsverletzungen** lässt es die Rechtsprechung genügen, dass der Kläger nach seinen schlüssigen Behauptungen im Forum über ein Urheber- oder verwandtes Schutzrecht verfügt und der rechtsverletzende Inhalt überhaupt abrufbar war.[22]

1203 Am Deliktsgerichtsstand können auch **Mittäter, Teilnehmer (Anstifter und Gehilfen) sowie Störer** verklagt werden. Auch insoweit hat der Verletzte wieder die Wahl zwischen dem Handlungs- und dem Erfolgsort. Er kann die Beteiligten verklagen, wo sie ihren Beitrag zur Rechtsverletzung geleistet haben (Handlungsort) oder wo die Gefahr besteht, dass sich ihr Beitrag in der Haupttat der Rechtsverletzung verwirklicht (Erfolgsort). Am letztgenannten Gerichtsort kann der Verletzte also sämtliche Beteiligten verklagen, unabhängig davon, wo sie gehandelt haben.[23] In Kombination mit der weiten Auslegung des Erfolgsorts bei Internetdelikten führt dies im Ergebnis dazu, dass zB US-amerikanische Plattformbetreiber ohne Weiteres mit dem Vorwurf vor deutsche Gerichte zitiert werden können, sie hafteten als Störer für einen rechtswidrigen Inhalt, der auf ihrer Internetseite im Inland abrufbar ist.[24]

[19] Gilt entsprechend für gesetzliche Vergütungsansprüche; vgl. EUGH GRUR 2016, 927 – Austro-Mechana.

[20] S. EUGH GRUR 2012, 654 Rn. 17ff. – Wintersteiger; EUGH GRUR 2014, 599 Rn. 27ff. – Hi Hotel; BGH GRUR 2005, 431 – HOTEL MARITIME.

[21] BGH NJW 1996, 1411.

[22] EUGH GRUR 2014, 100 Rn. 22ff. – Peter Pinckney; BGH ZUM 2016, 861 Rn. 17f. – An Evening with Marlene Dietrich.

[23] BGH ZUM 2015, 330 Rn. 13ff. – Hi Hotel II.

[24] BGH ZUM 2016, 861 Rn. 17f. – An Evening with Marlene Dietrich.

Die weitgehenden Möglichkeiten, die der zweigliedrige Deliktsgerichtsstand einem Verletzten eröffnet, werden im Ergebnis dadurch kompensiert, dass das Verletzungsgericht nur für Rechtsverletzungen im betreffenden Forumstaat zuständig ist, ein deutsches Verletzungsgericht also nur für Rechtsverletzungen in Deutschland. Während das Gericht am Beklagtenwohnsitz also über eine universelle **Kognitionsbefugnis** verfügt, ist diejenige **der Verletzungsgerichte von vornherein territorial begrenzt.** Das gilt auch dann, wenn sich das Verletzungsgericht zugleich am gewöhnlichen Aufenthaltsort des Rechtsinhabers und damit am Ort des Mittelpunkts seiner Interessen befindet. Denn diese Interessen sind ebenfalls nicht universell, sondern nach Maßgabe des Territorialitätsprinzips nur im jeweiligen Land geschützt.[25] Aus Sicht des Verletzten bedeutet dies, dass eine Klage vor einem Verletzungsgericht nur dann empfehlenswert ist, wenn dessen Zuständigkeit ausreicht, um das Klageziel zu erreichen. Sinnvoll erscheint ein Verfahren am Deliktsgerichtsstand zB, wenn dort die Herstellung rechtsverletzender Ware unterbunden oder ein rechtswidriger Upload beseitigt werden soll. Der gesamte Schadensersatz bei Mehrstaatendelikten kann hingegen nur am Beklagtengerichtsstand geltend gemacht werden. 1204

2. Anwendbares Recht

Nach dem universell anerkannten **Territorialitätsprinzip** gilt jedes Urheberrecht nur auf dem Territorium desjenigen Staates, der es erlassen hat. So gilt das UrhG nur innerhalb des Bundesgebiets, das französische Urheberrecht nur auf französischem Staatsgebiet, der US Copyright Act nur in den USA usw. Schutz für das deutsche Territorium kann also nur nach deutschem Urheberrecht beansprucht werden. Oder anders gewendet: Im **Schutzland** Deutschland gilt nur das UrhG. Aus diesem Flickenteppich folgt, dass eine grenzüberschreitende, ggf. weltweite Rechtsverletzung nicht einfach anhand eines der berührten Urheberrechtsgesetze beurteilt werden kann, sondern grundsätzlich alle betroffenen Rechte anzuwenden sind, allerdings jedes nur für das jeweilige Territorium.[26] Internationale Rechtsverletzungen verlangen daher grundsätzlich eine **Mosaikbetrachtung.** 1205

Die aus diesen Grundsätzen folgende Kollisionsnorm wird **Schutzlandprinzip** (lex loci protectionis) genannt. Sie besagt, dass auf alle Fragen, die das Urheberrecht und die verwandten Schutzrechte als solche betreffen (Urheberrechtsstatut), das Urheberrecht des Staates anzuwenden ist, **für den Schutz beansprucht wird.**[27] Für welchen Staat der Kläger bei internationalen Rechtsverletzungen Schutz begehrt, entscheidet er selbst. Das anwendbare Recht hängt also vom klägerischen Vortrag ab. Beruft sich der Kläger vor einem deutschen Gericht nur auf das UrhG, folgt daraus zugleich, dass Schutz nur für das Inland geltend gemacht wird.[28] Umgekehrt impliziert ein Tatsachenvortrag, der nur ausländisches Verhalten angreift, dass für den betreffenden ausländischen Staat nach Maßgabe des dort geltenden, ausländischen Urheberrechts Schutz in Anspruch genommen wird. Im Zweifel muss das Gericht den Kläger zur 1206

[25] Vgl. EUGH GRUR 2014, 100 Rn. 45 ff. – Peter Pinckney, in Abgrenzung zu EUGH GRUR 2012, 300 Rn. 37 ff. – eDate (Persönlichkeitsrechtsverletzung).

[26] Vgl. auch Art. 5 II 2 RBÜ, 7 II Rom-Abkommen („in dem" bzw. „in dessen Gebiet" Schutz beansprucht wird).

[27] Für Ansprüche aus Rechtsverletzungen Art. 8 I Rom II-VO 864/2007; für alle übrigen urheberrechtlichen Aspekte BGH ZUM 2003, 225, 226 – Sender Felsberg.

[28] BGH ZUM 2014, 517 Rn. 12 – Tarzan.

Klarstellung auffordern, für welchen Staat er geltend macht, geschützter Rechtsinhaber zu sein.

1207 Das Schutzlandprinzip gilt für alle das Urheberrecht und die verwandten Schutzrechte als solche betreffenden Gesichtspunkte, also für die **Schutzvoraussetzungen,** den **Schutzbereich** (Schutzdauer, Rechte, Schranken), die **Übertragbarkeit** des Urheber- und verwandten Schutzrechts sowie die **Ansprüche bei Rechtsverletzungen.** Im Gegensatz zum anwendbaren Vertragsstatut können die Parteien einer internationalen Urheberrechtsstreitsache das anwendbare Schutzlandrecht nicht vereinbaren (vgl. Art. 8 III Rom II-VO 864/2007). Das Bestehen und die Reichweite des Urheberrechtsschutzes sind der Disposition der Privatrechtssubjekte entzogen.

1208 Das Schutzlandprinzip besagt lediglich, dass dasjenige Urheberrecht anzuwenden ist, auf das sich der Kläger zur Untermauerung seiner Ansprüche beruft. Ob das angegriffene Verhalten tatsächlich eine Rechtsverletzung darstellt und die Klage im Ergebnis Erfolg hat, beurteilt sich allein nach Maßgabe des anwendbaren materiellen Urheberrechts, für Deutschland also nach dem UrhG. Auf dieser materiellrechtlichen Ebene tritt die Diskrepanz zwischen globaler Kommunikation und territorialer Urheberrechtsregulierung erneut auf den Plan. Problematisch ist nämlich, **ob das geltend gemachte Schutzlandrecht auch grenzüberschreitende Verletzungshandlungen erfasst.** Dabei handelt es sich um das Problem der Berücksichtigung eines Auslandssachverhaltes auf materiellrechtlicher Ebene. Die Lokalisierung von Urheberrechtsverletzungen in einem bestimmten Schutzland ist in der Regel unproblematisch, solange es um Verwertungshandlungen geht, die wie zB die Vervielfältigung eines Buches oder der Vortrag, die Auf- oder Vorführung eines Werkes (§ 19 UrhG) an einem bestimmten Ort stattfinden. Demgegenüber kann die Zuordnung der Verletzungshandlung zu einem Schutzlandrecht schwierig sein, wenn einzelne Tatbestandselemente sowohl im Inland als auch im Ausland erfüllt werden.

1209 Diese Problematik stellt sich insbesondere beim **Verbreitungsrecht,** beim **Senderecht** und beim **Recht der öffentlichen Zugänglichmachung.** Verstößt ein Angebot zum Kauf einer rechtsverletzenden CD auf einer ausländischen Webseite gegen § 17 UrhG? Verletzt eine zB in Frankreich ausgestrahlte Sendung das Senderecht gem. § 20 UrhG, wenn die Sendesignale auch in Deutschland empfangen werden können? Greift in § 19a UrhG ein, wer ein Werk auf einem ausländischen Server für den Abruf im Inland zugänglich macht? All diese Fragen sind durch Auslegung der genannten Verwertungsrechte zu lösen, wenn sich der Kläger auf das deutsche Recht als Schutzlandrecht beruft. Demnach setzt ein Verstoß gegen § 20 UrhG einen inländischen Sende- oder Weitersendevorgang voraus; der bloße Empfang und damit auch die Empfangbarkeit einer Sendung stellen keine Rechtsverletzung dar.[29] Grenzüberschreitende Verbreitungsakte und öffentliche Zugänglichmachungen verstoßen hingegen auch in denjenigen Ländern gegen das Urheberrecht, deren örtliche Bevölkerung der Webseitenbetreiber bzw. Uploader **gezielt ansprechen** wollte. Ob dies der Fall ist, hängt von den Umständen des Einzelfalls, zB der Sprache der betreffenden Webseite, den akzeptierten Währungen usw. ab.[30] Kein Verstoß gegen § 19a UrhG liegt demnach etwa vor, wenn auf einem fremdsprachigen

[29] Deshalb sind zB tausende Internetradios legal im Inland empfangbar, auch ohne dass die Rechtsinhaber ihre Zustimmung erteilt haben.

[30] EUGH GRUR 2012, 817 Rn. 21 ff. – Donner; EUGH ZUM 2013, 119 Rn. 18 ff. – Football Dataco ua/Sportradar.

Blog, der von einem im Ausland ansässigen Blogger mit Blick auf ein ausländisches Publikum betrieben wird, unerlaubt ein geschützter Inhalt zugänglich gemacht wird. Die Klage gegen eine solche Nutzung vor deutschen Gerichten läuft ins Leere. Sie muss am Wohnsitz des Webseitenbetreibers oder im Land erhoben werden, an das sich der Blog richtet.[31]

Nach hM gilt das Schutzlandprinzip auch für die Frage, **wem das Urheber- oder verwandte Schutzrecht kraft Gesetzes originär zugewiesen ist.**[32] Diese Lösung hat zB zur Folge, dass ein Filmwerk nach den Schutzlandgesetzen in der EU originär dem Regisseur und ggf. weiteren Filmurhebern zusteht,[33] während in den USA, aber auch in vielen anderen Drittstaaten der Filmproduzent als originärer Inhaber des Copyrights am Film gilt. Diese Unterschiede führen im internationalen Rechtsverkehr zu erheblicher Rechtsunsicherheit, vor allem, wenn die Rechte am Film weiterübertragen oder unterlizenziert werden. Daher sollte die Frage der ersten Inhaberschaft weltweit einheitlich beantwortet werden, und zwar anhand des Rechts des Staates, mit dem die **Entstehung des Schutzgegenstands die engsten Verbindungen aufweist.**[34] In der Regel ist dies der Staat, in dem der Urheber bzw. Leistungserbringer (ausübender Künstler, Tonträgerhersteller usw.) seinen gewöhnlichen Aufenthalt hat. Unter Berücksichtigung aller Umstände des Einzelfalls kann die Entstehung des Werkes oder der Leistung aber auch eine engere Verbindung zu einem anderen Staat aufweisen.[35] Dies ist zB der Fall, wenn sich ein Urheber für die Herstellung eines Films oder anderen Werkes gezielt ins Ausland begibt. Bei virtueller Kooperation über das Internet ist auf den gewöhnlichen Aufenthalt des zentralen Projektleiters abzustellen. Auf die verschiedenen Schutzlandrechte ist zur Beurteilung der ersten Inhaberschaft nur zurückzugreifen, wenn das Recht der engsten Verbindung den betreffenden Schutzgegenstand nicht kennt und daher keinen originären Rechtsinhaber identifiziert. 1210

Der **strafrechtliche Schutz** der §§ 106–108a UrhG ist sowohl im Hinblick auf die Tatobjekte als auch im Hinblick auf die Tathandlungen urheberrechtsakzessorisch ausgestaltet, dh, es gilt abweichend von den allgemeinen Regeln des deutschen Strafanwendungsrechts (§§ 3–7 StGB) ein strenges Territorialitätsprinzip. Die den Zivilrechtsschutz von Ausländern im Inland und den Zivilrechtsschutz von Deutschen im Ausland einschränkenden Regeln des Urheberrechts haben also Vorrang insbesondere vor § 7 StGB. Der durch eine Rechtsverletzung im Ausland geschädigte deutsche Rechtsinhaber kann also nur nach dem dort geltenden materiellen Strafrecht Schutz durch die Gerichte des Verletzungsstaates suchen. 1211

Literatur zur Vertiefung: *Beckstein,* Einschränkungen des Schutzlandprinzips, 2010; *Bollacher,* Internationales Privatrecht, Urheberrecht und Internet – Das auf ländergreifende Sachverhalte anwendbare Recht, 2005; *CLIP (European Max Planck Group on Conflict of Laws in Intellectual Property),* Grundregeln des Internationalen Privat- und Zivilprozessrechts des geistigen Eigentums (CLIP-Grundregeln), GRUR Int. 2012, 899; *Grünberger,* Das Urheberrechtsstatut nach der Rom II-VO, ZVglRWiss 108 (2009), 134; *Hoppe,* Lizenz- und Know-how-Verträge im IPR, 1994; *Klass,* Das Urheberkollisionsrecht der ersten Inhaberschaft – Plädoyer für einen universalen Ansatz, GRUR Int. 2007, 373; *Leible/Ohly* (Hg.), Intellectual

[31] LG Hamburg GRUR-RS 2016, 12262 – Internet-Blog.

[32] BGHZ 136, 380, 387 – Spielbankaffaire.

[33] Oben → Rn. 248.

[34] Für Anwendung des Rechts des Ursprungslandes gem. Art. 2 I RBÜ *Schack* (→ Rn. 176), Rn. 1034ff.

[35] Entsprechend für den Mittelpunkt der Interessen einer Person bei Persönlichkeitsrechtsverletzungen im Internet EUGH GRUR 2012, 300 Rn. 49 – eDate.

Property and Private International Law, 2009; *Nerenz,* Urheberschutz bei grenzüberschreitenden Datentransfers, 2000; *Neumaier,* Grenzüberschreitender Rundfunk im internationalen Urheberrecht, 2003; *Obergfell,* Filmverträge im deutschen materiellen und internationalen Privatrecht, 2001; *Oppermann,* Die kollisionsrechtliche Anknüpfung internationaler Urheberrechtsverletzungen, 2011; *Schack,* Zur Anknüpfung des Urheberrechts im internationalen Privatrecht, 1979; *E. Ulmer,* Die Immaterialgüterrechte im internationalen Privatrecht, 1975; *Zimmer,* Urheberrechtliche Verpflichtungen und Verfügungen im Internationalen Privatrecht, 2006

Gesetzesverzeichnis

Stichwortverzeichnis